MY
DARK
VANESSA

마이 다크 버네사

MY DARK VANESSA
by Kate Elizabeth Russell

MY
DARK
VANESSA

마이 다크 버네사

케이트 엘리자베스 러셀
장편소설

이진 옮김

문학동네

일러두기

1. 주석은 모두 옮긴이주다.
2. 본문 중 고딕체는 원서에서 이탤릭체나 대문자로 강조한 부분이다.

아무도 그들의 이야기를 들어주고 믿어주고
이해해주지 않았던
현실의 돌로레스 헤이즈들과 버네사 와이들을 위하여

차례

마이 다크 버네사 ⋯ 009

2017년

나는 출근할 준비를 한다. 게시글이 올라온 지 여덟 시간이 지났다. 머리를 마는 동안 페이지를 새로고침한다. 지금까지 공유 224회, 좋아요 875개. 검은 울 정장을 입고 나서 또 한번 새로고침. 소파 밑에 있던 검은색 플랫슈즈를 꺼내며 또 한번 새로고침. 옷깃에 황금색 명찰을 달고 새로고침. 매번 숫자가 늘고 댓글이 급증한다.

정말 강한 분이시군요.

참 용감하세요.

어린애한테 그런 짓을 하는 사람은 대체 어떤 괴물인가요?

나는 네 시간 전에 스트레인에게 보낸 마지막 문자를 다시 확인한다. 괜찮아요? 그는 아직 답하지 않았고, 읽지도 않았다. 나는 문자를 한 줄 더 썼다가—얘기하고 싶으면 들어줄게요—마음을 바꾸고 지운 다음, 다른 말 없이 물음표만 여러 개 보낸다. 몇 분을 기다리다가 그에게 전화를 걸어보지만, 음성사서함으로 넘어가자 휴대전화를 주머니에 넣고 아파트에서 나와 문을 닫는다. 너무 애쓸 필요 없다. 그가 자초한 상황이다. 이건 그의 문제다, 내 문제가 아니다.

직장에서 나는 호텔 로비 한쪽 구석에 자리잡은 안내 데스크에 앉아 투숙객들에게 어디에 가서 무얼 먹을지 추천한다. 지금은 성수기 끝물이고, 마지막 남은 소수의 관광객들이 겨울철에 접어들기 전에 나뭇잎을 보려고 메인주에 온다. 눈까지는 번지지 않는 흔들림 없는 미소를 머금고, 나는 일주년 기념일을 축하하려는 어느 커플을 위해 저녁식사를 예약해주고 그들이 돌아오는 시간에 맞춰 객실에 샴페인 한 병을 준비시킨다. 예상을 뛰어넘는 이런 호의야말로 후한 팁을 가져다준다. 어느 가족을 공항으로 실어 갈 리무진도 예약한다. 격주로 월요일마다 업무차 호텔에 묵는 남자가 더러운 셔츠 세 장을 들고 와서 내일까지 드라이클리닝을 해줄 수 있느냐고 묻는다.

"해드릴게요." 내가 말한다.

남자가 미소를 지으며 나에게 윙크한다. "당신은 역시 최고예요, 버네사."

휴식 시간에 나는 안쪽 사무실의 빈 칸막이 공간에 앉아, 행사에 쓰고 남은 하루 지난 샌드위치를 먹으며 휴대전화를 쳐다본다. 이제 페이스북을 확인하는 게 일종의 강박이 되었다. 손가락이 움직이는 것을, 내 시선이 화면을 빠르게 훑는 것을, 불어나는 좋아요와 공유, 정말 두려움이 없으시네요, 계속 진실을 말하세요, 당신을 믿어요, 라는 수십 개의 댓글을 확인하는 것을 도저히 멈출 수가 없다. 댓글을 읽고 있는 동안에도 점 세 개가 깜빡인다. 지금 이 순간에도 누군가가 댓글을 쓰고 있다. 이내 마법처럼, 또하나의 댓글이, 또다른 응원 메시지가 올라오고, 나는 휴대전화를 책상 저편으로 휙 밀어놓고 남아 있는 시들한 샌드위치를 쓰레기통에 던져버린다.

로비로 돌아가려는데 휴대전화가 진동하기 시작한다. 발신자 제이컵 스트레인. 나는 웃으면서 전화를 받는다. 그가 살아 있어서, 내게 전화를 하고 있어서 마음이 놓인다. "괜찮아요?"

잠시 정적이 흐르고, 나는 모뉴먼트광장의 가을 농산물 시장과 푸드 트럭들이 내다보이는 창문에 시선을 빼앗긴다. 10월 초이고 완연한 가을이다. 이맘때의 포틀랜드는 모든 것이 엘엘빈* 카탈로그에서 그대로 튀어나온 것 같다. 호박들과 표주박들, 사과술 주전자들. 체크무늬 셔츠에 더크 부츠**를 신은 여자가 가슴께에 아기 띠로 고정한 아기에게 미소를 지으며 광장을 가로지른다.

"스트레인?"

그가 무겁게 한숨을 내쉰다. "너도 봤구나."

"네," 내가 말한다. "봤어요."

묻지 않았는데도, 그가 상황을 설명하기 시작한다. 학교측에서 조사를 시작했고 자신은 최악의 상황에 대비하고 있다고. 학교측

---

* L.L.Bean. 메인주에 본사를 둔 의류와 아웃도어 용품 회사.
** 엘엘빈에서 처음으로 제작한 방수 가죽 부츠.

에서 사직을 강요할 것 같다고. 올해를 못 넘길 것 같다고, 어쩌면 크리스마스 휴일까지도 못 버틸 것 같다고. 그의 목소리를 듣는 것 자체가 너무도 큰 충격이라 나는 그가 하는 말을 쫓아가려 애쓴다. 우리가 마지막으로 대화를 나눈 게 벌써 몇 달 전이다. 당시는 아빠가 심장마비로 세상을 떠난 직후라 나는 극심한 불안감에 사로잡혀 있었고 스트레인에게 이제 더는 못하겠다고 말했다. 오랜 세월을 엉망으로 사는 동안—실직, 결별, 그리고 좌절—수시로 밀려들곤 했던 도덕적 각성이었다. 마치 지금부터라도 착하게 살면 그동안 내가 망가뜨린 것들을 전부 다 복원할 수 있다는 듯이.

"그애가 학생이었을 때 학교에서 이미 조사했다면서요." 내가 말한다.

"다시 시작이야. 모두가 다시 조사받고 있어."

"그때 당신에게 잘못이 없는 걸로 결론을 냈다면 이번이라고 그 사람들 생각이 바뀌겠어요?"

"최근에 뉴스 안 봤니?" 그가 묻는다. "시대가 바뀌었잖아."

너무 민감하게 반응할 것 없다고, 잘못한 게 없으면 괜찮을 거라고 말해주고 싶지만 그의 말이 옳다는 걸 안다. 지난 한 달간, 무언가가 동력을 얻고 있다. 여성들이 남성들을 학대자, 폭행자로 폭로하는 흐름. 표적이 된 사람들은 주로 유명인들—뮤지션, 정치인, 영화배우—이지만 덜 유명한 사람들도 지목되었다. 배경과 상관없이, 지목된 사람은 모두 똑같은 전철을 밟는다. 첫째, 전부 다 부정한다. 그러다가 비난의 원성이 잦아들 기미가 보이지 않으면, 불명예 속에서 물러나면서 잘못을 인정하는 것에는 한참 못 미치는 모호한 사과 성명을 낸다. 그리고 마지막 단계, 조용히 사라진다.

하루가 멀다 하고 이런 일이 벌어지는 것을, 남자들이 그렇게 쉽게 추락하는 것을 지켜보고 있으니 너무도 비현실적으로 느껴진다.

"괜찮을 거예요." 내가 말한다. "그애가 쓴 글은 다 거짓말이잖아요."

전화기에 대고 스트레인이 숨을 들이켜자 그의 치아 사이에서 휘파람소리가 난다. "그걸 거짓말이라고 할 수 있을지는 잘 모르겠어, 엄밀하게 말하면."

"거의 건드리지도 않았다면서요. 게시글에는 폭행당했다고 썼던데."

"폭행," 그가 코웃음친다. "아무데나 폭행을 갖다붙이지. 손목을 잡거나 어깨를 밀치는 것도 구타인 것처럼. 아무 의미 없는 법률 용어일 뿐이야."

나는 창밖으로 농산물 시장을 바라본다. 몰려드는 인파, 떼 지어 날아다니는 갈매기들. 음식을 파는 여자가 철제 용기를 열고 타말레* 두 개를 꺼내자 김이 구름처럼 피어오른다. "실은, 그애가 지난주에 내게 메시지를 보냈어요."

잠시 침묵. "그랬군."

"나도 나서고 싶은지 알고 싶대요. 나를 끌어들이면 사람들이 자기를 좀더 믿어줄 거라고 생각했나봐요."

스트레인은 아무 말도 하지 않는다.

"답은 안 했어요. 물론."

"그래." 그가 말한다. "당연히 그랬겠지."

---

* 옥수수 가루, 다진 고기, 고추로 만드는 멕시코 요리의 일종.

"그애가 괜히 큰소리치는 거라고 생각했어요. 그럴 배짱이 있는 줄은 몰랐죠." 나는 몸을 앞으로 숙이고 이마를 창문에 댄다. "괜찮을 거예요. 내가 누구 편인지 알죠?"

이 말에 그가 숨을 내쉰다. 그의 얼굴에 번지는 안도의 미소와 눈가의 주름이 그려진다. "내가 듣고 싶은 말은 그것뿐이야." 그가 말한다.

안내 데스크로 돌아온 나는 페이스북을 열고 검색창에 '테일러 버치'라고 입력한다. 그녀의 프로필이 화면을 채운다. 몇 년 동안 꼼꼼하게 읽었던 얼마 안 되는 공개 글, 사진들과 최신 소식들을 스크롤하면, 맨 위에 스트레인에 관한 게시글이 있다. 숫자는 여전히 올라가는 중이다. 현재 공유 438회, 좋아요 1.8k개에, 비슷한 내용의 댓글들이 새로 달렸다.

고무적인 일이네요.
당신의 용기에 경의를 표합니다.
계속 진실을 말하세요, 테일러.

*

스트레인과 처음 만났을 때 나는 열다섯 살이었고 그는 마흔두 살이었다. 거의 완벽하게 삼십 년이 차이 나는 셈이었다. 당시에 나는 우리의 나이 차를 그렇게 표현했다―완벽하게, 라고. 나는 그 차이를 사랑했다. 내 나이의 세 배라니, 세 명의 내가 스트레인 안에 들어가는 걸 상상하기란 너무도 쉬웠다. 한 명은 그의 뇌를,

14

또 한 명은 그의 심장을 끌어안고, 나머지 한 명은 액체가 되어 그의 혈관을 타고 흐른다고 상상했다.

그는 브로윅 사립학교에 스승과 제자의 로맨스가 종종 있었지만, 나를 만나기 전에 자기는 한 번도 그랬던 적이 없다고 했다. 그런 욕망을 느껴본 적이 없었기 때문에. 자기 머릿속에 그런 생각을 처음 주입한 학생이 나라고 그는 말했다. 그런 위험을 감수할 정도로 내가 특별하다고. 나에겐 그를 끌어당기는 묘한 매력이 있다고.

내 나이가 어린 것과는 상관없다고 했다. 적어도 그에겐 그 사실이 중요하지 않다고. 무엇보다도 나의 정신세계를 사랑한다고. 나에게 천재 수준의 감수성이 있고 글쓰기에 특출한 재능이 있다고, 나와는 얘기가 통한다고, 속마음을 털어놓을 수 있다고. 내 마음 깊은 곳에 어두운 로맨스가 도사리고 있는데, 자신의 내면에도 똑같은 감성이 있다고. 내가 나타날 때까지 어느 누구도 그 어두운 내면을 이해하지 못했다고.

"내 운명이겠지." 그는 말했다. "마침내 영혼의 짝을 만났는데, 그 사람이 열다섯 살이라니."

"운명 얘기가 나와서 말인데," 내가 반박했다. "마침내 영혼의 짝을 만났는데 그 사람이 나이 많은 남자라면 기분이 어떨지 좀 생각해봐요."

그때 그는 내가 농담으로 한 말인지 확인하려고 내 표정을 살폈다─물론 나는 농담으로 한 말이었다. 나는 내 또래 남자아이들과 얽히고 싶은 마음이 조금도 없었다. 그들의 비듬과 여드름을, 여자애들을 신체 부위별로 나눠서 1점부터 10점까지 점수를 매기는 그들의 잔인함을 원치 않았다. 그애들은 나에게 맞지 않았다. 나는 스트레인이 지닌 중년 남자의 신중함을, 그의 느린 구애를 사랑했다. 그는 내 머리색을 단풍잎 빛깔에 비유했고 내게 시집을 주었다—에밀리, 에드나, 실비아. 그는 자신의 시선으로 나를 보게 했다. 나는 붉은 머리카락을 휘날리며 솟아올라 그를 공기처럼 들이마시는 힘을 지닌 소녀였다. 스트레인은 나를 너무도 사랑해서, 가끔은 내가 교실에서 나가고 나면 내가 앉았던 자리에 앉아 세미나 테이블에 엎드린 채 나의 체취를 들이마시곤 했다. 그 모든 일이 우리가 키스조차 하기 전에 일어났다. 그는 나를 조심스럽게 대했다. 나에게 잘하려고 무던히도 노력했다.

그 모든 게 언제 시작되었는지 꼭 집어 말하기는 쉽다. 햇살에 흠뻑 물든 그의 교실로 내가 걸어들어갔고 그의 시선이 처음으로 나를 들이마시던 순간이었다. 그러나 그 모든 것이 언제 끝났는지는 말하기 어렵다. 정말 끝이 나긴 한 거라면 말이다. 아마도 내가 스물두 살 때, 그가 이제 그만 정신을 차려야겠다면서 내가 가까이 있으면 제대로 살 수가 없다고 말했을 때였던 것 같다. 그러나 지난 십 년 동안 우리는 밤늦게 통화를 했고, 과거를 곱씹으면서, 우리 둘 다 치유를 거부하는 상처를 들쑤셨다.

십 년 혹은 십오 년 뒤, 그의 육체가 무너지기 시작할 때, 그가 의지할 사람은 아마도 나일 것이다. 이 사랑 이야기는 그렇게 끝나리라. 나는 전부 다 내던지고 뭐든 할 것이다, 마치 충직한 개처럼. 그리고 그는 받고, 받고, 또 받을 것이다.

열한시에 퇴근해 텅 빈 시내 거리를 걷는다. 테일러의 게시글을 보지 않고 한 블록을 걸을 때마다 내가 이긴 걸로 친다. 아파트에 돌아와서도 여전히 휴대전화를 보지 않는다. 업무용 정장을 걸어놓고, 화장을 지우고, 침대에 누워 마리화나를 피우고, 불을 끈다. 자제력을 발휘해야지.

그러나 어둠 속에서, 다리 위로 침대 시트가 미끄러지는 감각과 함께 내 안의 무언가가 꿈틀거린다. 갑자기 강렬한 욕구를 느낀다—그가 날 안심시켜주기를, 그 여자가 주장하는 그런 짓은 결코 하지 않았다고 말해주기를 원하는 욕구. 그 여자가 거짓말하는 거라고, 십 년 전에도 거짓말쟁이였고 지금도 거짓말쟁이라고, 이제 와서 피해의식에 취한 거라고 그가 다시 한번 말해주기를 나는 원한다.

마치 내 전화를 기다리고 있던 것처럼, 첫번째 신호가 채 끝나기도 전에 그가 전화를 받는다. "버네사."

"미안해요. 늦은 시간이란 거 알아요." 나는 그렇게 말하고 머뭇거린다. 내가 원하는 걸 어떻게 말해야 할지 모르겠다. 마지막으로 이걸 한 지 너무 오래되었다. 나의 시선이 어두운 방을 배회하며, 열린 옷장 문의 윤곽을, 가로등 불빛이 천장에 드리운 그림자를 살핀다. 주방에서는 냉장고가 윙윙대며 돌아가고 수도꼭지에서 물이 뚝뚝 떨어진다. 그는 나에게 이걸 해주어야 한다, 나의 침묵, 나의 충성심의 대가로.

"빨리 끝낼게요." 내가 말한다. "몇 분만요."

그가 일어나 앉아 휴대전화를 반대편 귀에 바꾸어 대는 동안 이불이 버스럭거리는 소리가 들리고, 그 순간 나는 그가 거절할 거라고 생각한다. 그러나 그때, 내 뼈가 녹아내리게 하는 속삭임에 가까운 목소리로, 그가 예전의 나에 대해 얘기하기 시작한다. 버네사,

그때 넌 어렸고 아름다움이 철철 흘러넘쳤어. 십대 소녀이면서도 에로틱했고 얼마나 생기가 넘치는지, 젠장 난 겁이 나서 죽는 줄 알았지.

나는 엎드려 누워서 다리 사이에 베개를 넣는다. 그에게 추억을 하나 달라고, 내가 빠져들 수 있는 무언가를 달라고 말한다. 장면을 고르느라 그는 잠시 말이 없다.

"교실 안쪽 사무실." 그가 말한다. "한겨울이었어. 넌 온몸에 소름이 돋은 채로, 소파에 누워 있었지."

눈을 감는 순간 나는 그 사무실에 있다―흰 벽과 반들거리는 나무 바닥, 채점하지 않은 과제물이 쌓여 있는 책상, 거친 소파, 쉭쉭거리는 라디에이터, 그리고 바다 거품 빛깔의, 하나뿐인 팔각형 창문. 그가 날 흥분시킬 때 나는 그 창문에 시선을 고정하곤 했다. 마치 물속에 있는 것 같았고, 어느 쪽이 수면인지도 개의치 않고 무게 없이 이리저리 떠다니는 기분이었다.

"나는 키스하고 있었지. 너의 그곳에. 내가 널 끓게 만들었어." 그가 낮게 웃는다. "넌 그렇게 표현했었지, '날 끓게 해줘요'라고. 넌 그렇게 재미있는 표현들을 생각해냈어. 넌 수줍음이 많았고 그런 얘기를 하는 걸 싫어했어. 그저 내가 할일을 해주기만 바랐지. 기억하니?"

기억이 나지는 않는다, 딱히. 그 시절의 수많은 기억이 어둡고 불완전하다. 그가 빈틈을 메워주어야 한다. 그러나 가끔은 그가 묘사하는 여자애가 낯선 사람처럼 느껴진다.

"소리를 내지 않는 게 너한텐 힘든 일이었지." 그가 말한다. "그래서 입술을 꽉 깨물곤 했어. 한번은 네가 아랫입술을 너무 꽉 깨무는 바람에 피가 나기 시작했는데도, 나한테 멈추지 말라고 했어."

그의 말이 나의 머릿속으로 흘러들어와 나를 침대 밖으로, 내가 열다섯 살이고 허리 아래로 나체였을 때로, 전율하며, 또 타오르며 그의 사무실 소파에 누워 있을 때로, 그가 시선을 나의 얼굴에 고정한 채 내 다리 사이에 무릎을 꿇고 앉아 있을 때로 데려갈 때, 나는 매트리스에 얼굴을 대고 베개에 몸을 문지른다.

세상에, 버네사, 네 입술, 그가 말한다. 피가 나잖아.

나는 고개를 저으며 쿠션을 꽉 움켜쥔다. 괜찮아요, 계속하세요. 어서 끝내버려요.

"도무지 만족할 줄을 몰랐지." 스트레인이 말한다. "그 단단하고 조그만 몸은."

내가 절정을 느끼며 코로 숨을 거칠게 내쉴 때, 그가 나에게 그 느낌을 기억하느냐고 묻는다. 네, 네, 네. 기억하고 있어요. 그 느낌이야말로 내가 매달릴 수 있었던 것들이었다. 그가 나에게 해주었던 것들, 매번 날 몸부림치게 만들고 더 해달라고 조르게 만들었던 것들.

아빠가 세상을 떠나고 여덟 달째 루비에게 상담을 받고 있다. 처음엔 애도 치료였지만 어쩌다보니 나의 엄마, 나의 전 남자친구, 직장생활과 세상 모든 것에 대해 느끼는 답답함에 대해 얘기하게 되었다. 루비가 상담료를 할인해주긴 했지만 그래도 누군가 내 얘기를 들어주는 대가로 일주일에 50달러를 지출한다는 건 여전히 내겐 사치다.

루비의 상담실은 호텔에서 두어 블록 떨어져 있다. 조명이 아늑한 방에 안락의자 두 개와 소파 한 개, 티슈 상자가 놓인 작은 테이블들이 있다. 창밖으로는 캐스코만灣이 보인다. 낚시터 위로 갈매기들이 떼 지어 날아다니고, 유조선들이 천천히 움직이고, 수륙양용 관광차가 바다로 들어가며 버스에서 보트로 변신하느라 덜컹거린다. 루비는 나보다 나이가 많다. 엄마보다는 큰언니 정도로 많다. 루비는 짙은 금발에 보헤미안 스타일로 옷을 입는다. 나는 루비가 사무실을 가로지를 때 나무굽이 달린 신발에서 나는 또각-또각-또각 소리가 좋다.

"버네사!"

문을 열며 루비가 내 이름을 부르는 방식도 마음에 든다. 마치 다른 누구도 아닌 내가 문 앞에 서 있어서 다행이라는 듯이.

그 주에는, 다가오는 휴일에 내가 엄마 집에 가는 것에 대해 얘기를 나눈다. 아빠가 없는 집에 가는 건 처음이다. 나는 우울해하는 엄마가 걱정스럽고 그 얘기를 어떻게 꺼내야 할지 모르겠다. 루비와 나는 함께 계획을 짠다. 전문가의 도움을 받아보면 어떻겠느냐는 나의 말에 엄마가 보일 법한 다양한 반응을, 다양한 시나리오를 점검한다.

"어머니에게 공감하면서 접근하기만 하면," 루비가 말한다. "괜찮을 거예요. 두 사람은 가깝잖아요. 이런 어려운 대화도 감당할 수 있어요."

엄마와 내가 가깝다고? 나는 반박하진 않지만 그 말에 동의하지도 않는다. 별다른 노력을 기울이지 않고도 내가 얼마나 쉽게 사람을 속이는지 때로는 그저 놀라울 따름이다.

상담이 끝날 때까지, 루비가 휴대전화를 꺼내 다음 상담 약속을 달력에 입력할 때까지, 나는 페이스북 게시글을 확인하는 걸 참아내는 데 성공한다. 정신없이 화면을 스크롤하는 내 모습을 보고, 루비가 무슨 특별한 뉴스라도 있느냐고 묻는다.

"내가 맞혀볼까요?" 그녀가 말한다. "또다른 학대자가 나왔군요."

내가 휴대전화에서 고개를 든다. 팔다리가 싸늘하게 식는다.

"정말 끝이 없네요, 안 그래요?" 루비가 서글픈 미소를 짓는다. "출구가 안 보여요."

그녀는 최근 세간의 이목을 끌었던 폭로 사건에 대해 얘기하기 시작한다. 학대당하는 여자들의 이야기를 영화로 제작하며 명성을 쌓은 어느 영화감독 얘기다. 그가 촬영장 뒤에서 젊은 여자 배우들에게 자신의 신체 부위를 노출하고 구강성교를 요구했단다.

"그 사람이 여성을 학대한다고 누가 상상이나 했겠어요?" 루비가 빈정거리며 묻는다. "그가 만든 영화가 다 명백한 증거인데. 등잔 밑이 어둡다더니."

"우리가 허용했기 때문에 일어난 일이죠." 내가 말한다. "우리가 전부 눈감아주잖아요."

루비가 고개를 끄덕인다. "너무나 맞는 말이에요."

이런 식으로 이야기하는 건 스릴이 있다. 가장자리까지 살금살금 기어가는 것.

"그와 계속해서 작업했던 여자들을 어떻게 생각해야 할지 모르겠어요." 내가 말한다. "자존심도 없는 걸까요?"

"여자들을 비난할 순 없죠." 루비가 말한다. 나는 반박하지 않고, 그녀에게 수표를 건넨다.

집으로 돌아와 불을 전부 켜놓고 취한 채로 소파에서 잠든다. 문자가 왔는지 아침 일곱시에 휴대전화가 마룻바닥에서 진동하고 나는 비틀거리며 걸어가 휴대전화를 집어든다. 엄마다. 안녕, 딸. 그냥 네 생각이 나서 연락해봤어.

화면을 쳐다보면서, 나는 엄마가 얼마나 알고 있을지 생각해본다. 테일러의 페이스북 게시글이 올라온 지 오늘로 사흘째고, 엄마는 브로윅의 그 누구와도 알고 지내지 않지만 그 글은 너무도 널리 퍼졌다. 게다가 엄마는 요즘 하루종일 온라인에 접속해서 끝도 없이 좋아요를 누르고 공유를 하고, 말하기 좋아하는 사람들과 싸움에 휘말리곤 한다. 엄마도 얼마든지 볼 수 있었을 것이다.

나는 문자 창을 닫고 페이스북을 띄운다. 공유 2.3k회, 좋아요 7.9k개. 테일러는 어젯밤에 전체 공개로 새 글을 올렸다.

여성들을 믿어라.

2000년

노럼베가로 향하는 2차선 고속도로에 접어들자 엄마가 말한다. "올해는 네가 적극적으로 학교생활을 했으면 좋겠어."

오늘은 고등학교 2학년 첫날이고, 기숙사에 입주하는 날이다. 브로윅이 나를 집어삼키면 나와의 접촉은 전화 통화와 방학 기간으로만 제한되기 때문에, 브로윅으로 가는 이 길이 엄마가 약속을 받아낼 수 있는 마지막 기회다. 작년에 엄마는 기숙학교가 날 문란하게 만들까봐 걱정하면서, 술을 마시거나 섹스를 하지 않겠다는 약속을 받아냈다. 올해는 새 친구들을 사귀겠다고 약속하라는데, 그건 더 모욕적이고 심지어 더 잔인한 것 같기도 하다. 내가 제니와 틀어진 건 다섯 달 전이지만, 여전히 마음이 쓰리다. '새 친구들'이라는 표현만 들어도 속이 뒤집힌다. 생각만으로도 배신처럼 느껴진다.

"밤낮없이 방안에 혼자 우두커니 앉아 있지 말라는 소리야." 엄마가 말한다. "엄마가 그런 말도 못하니?"

"어차피 집에 있을 때도 종일 하는 일이 그것뿐이데요 뭘."

"집에 있는 게 아니잖아. 그게 중요한 거 아니니? 네가 이 학교에 다니는 걸 허락해달라고 우릴 설득할 때, '인간관계의 폭'을 넓히겠다고 했던 걸로 기억하는데."

나는 조수석에 몸을 힘껏 누르며 내 몸이 그대로 조수석에 녹아들어 내가 한 말로 엄마가 날 공격하는 소리를 안 들었으면 좋겠다고 생각한다. 일 년 반 전, 브로윅 사람들이 우리 학교 8학년 교실에 와서, 햇살에 물든 깔끔한 교정을 담은 신입생 모집 비디오를 상영했고 나는 그 학교에 지원하게 해달라고 부모님을 설득했다. 나는 '브로윅이 일반 공립학교보다 나은 이유'라는 제목으로 스무 개 항목을 작성했다. 그중 한 가지가 바로 학교에서의 '인간관계의 폭 확대'였고, 그 외에도 대학 진학률, 학교에 개설된 AP 과목*의 수 등이 포함되어 있었다. 학교 안내책자에서 발췌한 내용들이었다. 결국 부모님을 설득하는 데는 두 가지 항목만이 필요했다. 내가 장학금을 타게 되어 학비 부담이 없어진 것, 그리고 콜럼바인 총격 사건. 우리는 CNN에서 반복해서 보여주는, 살려고 도망치는 아이들의 영상을 보면서 여러 날을 보냈다. 내가 "콜럼바인 사건 같은 일은 브로윅에서는 절대 일어나지 않아요"라고 말했을 때 부모님은 서로 눈짓을 주고받았다. 마치 두 사람이 생각하고 있던 걸 내가 말했다는 듯이.

---

* 미국에서 고등학생이 대학 진학 전에 수강할 수 있는 고급 학습 과정으로, 입학 전형에서 가산점을 받거나 대학 학점을 취득할 수 있다.

"여름 내내 우울해했잖아." 엄마가 말한다. "이제 그만 털어버리고 나아갈 때가 됐어."

나는 "그러지 않았어요"라고 웅얼거리지만 사실 그랬다. 텔레비전 앞에 멍하니 앉아 있거나, 헤드폰을 끼고 반드시 나를 울게 만들 노래를 들으며 해먹에 널브러져 있었다. 엄마는 감정에 매몰되어 살아서는 안 된다고, 살다보면 분노할 일은 항상 있기 마련이고 행복한 삶의 비결은 부정적인 생각에 끌려다니지 않는 거라고 말한다. 슬픔이 얼마나 큰 만족감을 줄 수 있는지 엄마는 이해하지 못한다. 피오나 애플의 노래를 들으며 해먹에 누워 몇 시간이고 몸을 흔들면서 보내는 건 행복보다 기분이 좋다.

차 안에서 나는 눈을 감는다. "아빠하고 같이 왔으면 엄마가 나한테 이런 얘기 안 했을 텐데."

"아빠도 똑같이 얘기했을걸."

"네, 하지만 아빠 더 부드럽게 얘기했겠죠."

눈을 감고 있는데도 창밖으로 스쳐지나가는 것들이 전부 다 보인다. 브로윅 사립학교에 입학한 지 올해로 이 년째인데 벌써 이 길을 최소한 열두 번은 지나갔다. 낙농 농장들이 있고 메인주 서부의 굽이치는 작은 언덕들이 있고, 차가운 맥주와 낚시용 생미끼를 광고하는 잡화점들이 있고, 지붕이 내려앉은 농장 주택들이 있으며, 허리 높이로 자란 풀과 미역취로 덮인 들판에는 녹슨 자동차 부품들이 쌓여 있다. 노럼베가에 접어드는 순간, 풍경이 아름다워진다. 완벽한 시내, 베이커리, 서점, 이탈리아 레스토랑, 마리화나 용품점, 공공도서관, 눈부시게 흰 목재와 벽돌로 이루어진 언덕 위의 브로윅 교정.

엄마가 정문 쪽으로 차를 몬다. 큼지막한 브로윅 사립학교 간판이 기숙사 입주를 축하하는 적갈색과 흰색 풍선으로 장식되어 있고 교정의 좁은 도로에 차들이 꽉 차 있다. 짐을 넘치도록 실은 SUV 차량들이 여기저기 주차되어 있고, 학부모와 신입생들이 건물들을 둘러보며 교정을 거닌다. 엄마가 운전대 위로 몸을 숙여 바짝 다가 앉고, 차가 앞으로 휘청하며 나아갔다가, 멈추었다가, 다시 나아가는 동안, 우리 사이의 기류는 점점 더 팽팽해진다.

"넌 똑똑하고 재미있는 아이야." 엄마가 말한다. "친구를 많이 사귀어야 해. 한 명한테 네 시간을 다 바치지 말고."

엄마는 의도했던 것보다 말이 거칠게 나온 듯했지만 어쨌든 나는 쏘아붙인다. "제니는 그냥 한 명이 아니었어요. 제니는 내 룸메이트였다고요." 나는 룸메이트와의 관계가 지니는 중요성—그 혼란스러운 친밀감, 때로는 함께 쓰는 방 바깥의 세계가 무음, 무색으로 변할 수도 있다는 사실—은 누구나 알 거라는 듯 그 단어를 내뱉지만 엄마는 이해하지 못한다. 엄마는 기숙사에 살아본 적이 없고, 기숙학교는커녕 대학에도 가지 않았다.

"룸메이트이건 아니건," 엄마가 말한다. "다른 친구도 사귈 수 있었을 거 아니야. 한 명한테만 집중하는 건 별로 좋지 않아. 엄만 그 얘길 하는 거야."

교정의 잔디에 가까워지자 우리 앞에서 자동차 행렬이 둘로 갈라진다. 엄마가 왼쪽 깜빡이를 켰다가, 다시 오른쪽 깜빡이를 켠다. "여기서 어느 쪽이지?"

나는 한숨을 쉬며 왼쪽을 가리킨다.

굴드Gould관은 방 여덟 개와 사감의 숙소가 있는 작은 기숙사 건물로, 사실상 그냥 집 한 채나 마찬가지다. 작년에 기숙사 추첨에서 앞 번호를 뽑은 덕분에 독방을 배정받을 수 있었다. 2학년생에게는 드문 일이다. 짐을 전부 들여놓느라 엄마와 나는 네 번을 왔다갔다한다. 옷가방 두 개, 책 상자 하나, 여분의 베개와 침대 시트, 어렸을 때 입던 낡은 티셔츠로 만든 퀼트 이불, 방 한복판에 배치한 선풍기.

짐을 푸는 동안 열린 문 밖으로 사람들이 지나간다. 학부모들, 학생들, 복도를 뛰어다니다가 기어이 넘어져서 우는 누군가의 남동생들. 어느 순간 화장실에 간 엄마가 가식적인 공손한 목소리로 누군가에게 인사를 하고, 이어 다른 누군가의 엄마가 인사하는 소리가 들린다. 나는 책상 위 책장에 책을 꽂다 말고 귀를 기울인다. 눈을 가늘게 뜨고 누구 목소리인지 생각해본다. 제니의 엄마, 머피 부인.

엄마가 다시 방으로 돌아와 문을 닫는다. "밖이 점점 시끄러워지네." 엄마가 말한다.

"제니 엄마였어요?" 책을 책장에 꽂으며 내가 묻는다.

"응."

"제니도 만났어요?"

엄마는 고개를 끄덕이지만 더이상은 얘기가 없다. 우리는 한동안 말없이 짐을 풀고, 침대를 정돈한다. 줄무늬 매트리스 위에 시트를 씌울 때 내가 말한다. "솔직히, 난 제니가 안됐어요."

표현은 마음에 들었으나, 물론 거짓말이다. 어젯밤만 해도, 한시간 가까이 내 방 거울 앞에 서서 제니의 눈으로 나를 찬찬히 살펴보았다. 제니가 탈색제를 써서 조금 밝아진 내 머리색을 알아차릴지, 새로 한 링 귀고리를 알아차릴지 궁금해하면서.

엄마는 잠자코 비닐 가방에서 퀼트 이불을 꺼낸다. 내가 다시 예전으로 돌아갈까봐, 그러다가 또다시 마음을 다칠까봐 엄마가 걱정하고 있다는 걸 안다.

"설령 제니가 다시 나와 친구가 되고 싶어해도," 내가 말한다. "시간 낭비는 안 할 거예요."

엄마가 엷게 미소 지으며 침대 위의 퀼트를 반듯하게 편다. "제니는 아직 개하고 사귀니?" 제니의 남자친구, 톰 허드슨을 두고 하는 말이다. 우리 사이가 틀어지는 데 결정적 역할을 했던 애. 나는 모른다는 듯 어깨를 으쓱하지만, 사실 알고 있다. 알고말고. 나는 여름 내내 제니의 온라인 프로필을 확인했고 제니의 상태는 '남자친구 있음'에서 바뀌지 않았다. 두 사람은 여전히 사귀고 있다.

떠나기 전에 엄마는 20달러짜리 지폐 넉 장을 주고 매주 일요일마다 집으로 전화하겠다는 다짐을 받는다. "절대 잊지 마." 엄마가 말한다. "그리고 아빠 생일날엔 집에 와야 해." 그러곤 뼈가 아플 정도로 나를 꽉 끌어안는다.

"숨을 못 쉬겠어요."

"미안, 미안." 엄마는 글썽이는 눈물을 감추려고 선글라스를 쓴다. 그리고 기숙사 방에서 나가면서 손가락으로 나를 가리키며 말한다. "몸조심해. 친구도 사귀고."

내가 손을 내젓는다. "네, 네, 네." 나는 방문 앞에 서서, 엄마가 복도를 걸어가 계단으로 사라지는 모습을 지켜본다. 이제 엄마는 떠났다. 거기 서 있는 동안 두 사람의 목소리가, 경쾌하게 울려퍼지는 엄마와 딸의 웃음소리가 들려온다. 제니와 제니의 엄마가 나타나는 순간 나는 얼른 방안으로 숨는다. 그들의 모습을 살짝 엿본 짧은 순간 동안, 제니의 머리가 전보다 짧아졌고 작년 내내 옷장에 걸려 있었지만 입은 건 본 적이 없는 원피스를 입고 있다는 것 정도만 알아차린다.

나는 다시 침대에 누워 방을 둘러보며 복도에 울려퍼지는 작별 인사와 훌쩍이는 소리, 조용한 울음소리에 귀기울인다. 일 년 전 신입생 기숙사에 입주한 첫날밤 나는 제니와 밤늦도록 깨어 있었다. 제니의 카세트 플레이어에서 스미스와 비키니 킬의 노래가 흘러나왔고 나는 그 밴드의 이름을 들어본 적이 없었지만 찌질이, 촌뜨기임을 실토하기가 두려워 아는 척했다. 실토했다간 제니가 더 이상 나를 좋아하지 않을 것 같았다. 브로윅에서의 첫 며칠간 나는 일기에 이렇게 썼다. 이곳 생활에서 가장 마음에 드는 건 제니 같은 아이들을 만날 수 있다는 점이다. 제니는 정말이지 어마어마하게 '멋진' 애라서 곁에 있는 것만으로도 멋진 애가 되는 법을 배우게 된다. 나중에 나는 그 첫 장을 찢어버렸다. 보기만 해도 수치심으로 얼굴이 후끈거렸다.

굴드관의 사감은 대학을 갓 졸업하고 새로 부임한 스페인어 교사, 톰프슨 선생님이다. 휴게실에서 첫 모임이 있는 날, 톰프슨 선생님은 색색의 매직펜과 종이 접시를 가져와서 나누어주고 방문에 붙일 명패를 만들게 한다. 우리 기숙사의 다른 여자애들은 3학년이고 제니와 나만 2학년이다. 우리는 서로에게서 멀찍이 떨어져서 테이블 양쪽 끝에 앉는다. 제니가 몸을 숙이고 명패를 만든다. 갈색 단발 머리카락이 뺨에서 찰랑거린다. 제니가 잠깐 고개를 들어

숨을 돌리고 매직펜을 바꿀 때, 그녀의 시선은 마치 내가 눈에 들어오지도 않는다는 듯 나를 건너뛴다.

"방으로 돌아가기 전에 이걸 하나씩 챙기렴." 톰프슨 선생님이 말한다. 그녀는 비닐봉지를 하나 들고 있다. 처음엔 사탕이라고 생각했지만, 다시 보니 은색 호루라기다.

"아마 이걸 쓸 일은 없겠지만." 톰프슨 선생님이 말한다. "그래도 가지고 있는 게 좋겠지. 만약을 대비해서."

"우리한테 호루라기가 왜 필요한데요?" 제니가 묻는다.

"아, 그냥 교내 호신 용품이야." 톰프슨 선생님의 얼굴에 떠오른 너무도 환한 미소를 보고 나는 선생님이 불편해하고 있음을 알아차린다.

"작년엔 이런 거 안 받았는데요."

"누가 널 강간하려 하면 쓰라는 거야." 디애나 퍼킨스가 말한다. "호루라기를 불어서 남자를 막으란 거지." 그녀가 호루라기를 입으로 가져가더니 힘껏 분다. 복도에 울려퍼지는 소리가 너무도 쩌렁쩌렁해서 모두가 따라 해본다.

소음 속에서 톰프슨 선생님이 말을 하려 애쓴다. "자, 자." 그녀가 웃는다. "작동되는 걸 알았으니 이제 됐고."

"강간할 작정인 남자를 정말 이걸로 막을 수 있을까요?" 제니가 묻는다.

"강간범을 막을 수 있는 건 없어요." 루시 서머스가 말한다.

"그렇지 않아." 톰프슨 선생님이 말한다. "그리고 이건 '강간 방지용' 호루라기가 아니야. 일반적인 호신 용품이지. 교내에서 불편한 상황이 발생했을 때 사용하라는 거야."

"남자들도 호루라기를 받나요?" 내가 묻는다.

루시와 디애나가 기가 차다는 듯 눈을 굴린다. "남자애가 이런 게 왜 필요해?" 디애나가 묻는다. "생각을 좀 해라."

그 말에 제니가 큰 소리로 웃는다. 마치 루시와 디애나가 자기한테는 그런 눈빛을 보내지 않았다는 듯이.

개학 첫날, 교정은 북적이고 흰 목조건물의 창문은 모두 활짝 열려 있으며 직원용 주차장은 꽉 찬다. 아침식사 시간에 나는 기다란 셰이커 스타일*의 테이블 끝에 앉아 홍차를 마신다. 음식을 먹기엔 속이 너무 불편하다. 나는 대성당식 천장 아래에서 구내식당을 훑으며 낯선 얼굴들과 어딘가 변한 듯한 낯익은 얼굴들을 찬찬히 살핀다. 한 명도 놓치지 않는다. 마고 애서턴은 오른눈의 약시를 가리기 위해 가르마를 왼쪽으로 타고, 제러미 라이스는 매일 아침 구내식당에서 바나나 한 개를 훔친다. 톰 허드슨이 제니와 사귀기 이전, 내가 그에게 관심을 가질 이유가 생기기 전에도, 나는 그가 버튼다운셔츠 속에 받쳐 입는 밴드 티셔츠의 순서까지 정확하게 꿰고 있었다. 다른 사람들은 나에 대해 아무것도 모르고 있을 게 뻔한데, 나는 이렇게 많은 것을 꿰고 있다는 게 섬뜩하지만 그건 내가 통제할 수 있는 영역이 아니다.

아침식사가 끝나고 1교시가 시작되기 전에 개학식을 하는데, 새 학년으로 우리를 밀어넣기 위한 일종의 격려 연설이라고 볼 수 있

---

* 그리스도교의 일파인 셰이커교도들이 추구하는 스타일로 간결함과 실용성을 중시한다.

다. 우리는 강당으로 모인다. 강당은 따스한 목재와 붉은색 벨벳 커튼으로 꾸며져 있고, 햇살이 스며들어 둥글게 열을 이룬 의자들을 환하게 비춘다. 개학식이 시작되자 자일스 교장선생님이 학칙과 학교 방침에 대해 설명한다. 희끗희끗한 단발을 귀 뒤로 넘긴 그녀 특유의 불안정한 목소리가 강당에 울려퍼지는 처음 몇 분 동안은 모두의 얼굴이 새롭고 신선해 보인다. 그러나 그녀가 단상에서 내려갈 무렵 강당은 후덥지근해지고 학생들의 이마는 땀으로 번들거리기 시작한다. 뒷줄의 누군가가 신음소리를 낸다. "이거 언제 끝나?" 안토노바 선생님이 어깨 너머로 쏘아본다. 내 옆자리에서는 애나 셔피로가 얼굴에 손부채질을 한다. 열린 창문으로 들어온 바람이 벨벳 커튼의 아랫단을 펄럭인다.

다음엔 영문학과 학장인 스트레인 선생님이 단상을 가로지른다. 누군지는 알지만 수업을 들어본 적도, 대화를 해본 적도 없다. 곱슬거리는 검은 머리카락에 검은 턱수염을 길렀고, 빛을 반사하는 안경을 쓰고 있어서 눈이 보이지 않지만, 내가 가장 먼저 알아차린―누구라도 가장 먼저 알아차릴―건 그의 체격이다. 뚱뚱하진 않지만 거구이고, 체격이 좋으며, 마치 너무 많은 공간을 차지하는 것에 대해 사과하고 싶다는 듯 어깨가 구부정하다.

단상에 올라선 그는 마이크를 최대한 위로 올린다. 그가 말하는 동안 햇빛이 그의 안경에 반사되고, 나는 가방에 손을 넣어 시간표를 확인해본다. 있다. 오늘 마지막 수업이 스트레인 선생님의 고급 미국문학 수업이다.

"오늘 아침 멋진 전환점에 서 있는 젊은이들의 모습이 보이는군요." 그의 목소리가 스피커를 통해 크게 울린다. 한마디 한마디가 발음이 너무도 정확해서 듣기 불편할 정도다. 길게 늘어지는 모음, 견고한 자음. 마치 스르르 재우다가 느닷없이 깨우는 것 같다. 그가 하는 말은 결국 똑같이 식상한 얘기—별을 향해 손을 뻗으세요, 설령 닿지 못하면 어떤가요, 어쩌면 달에 착륙할지도 모르잖아요—로 귀결되지만 그는 훌륭한 연설가이고 그래서인지 어딘가 심오하게 들린다.

"올 한 해, 여러분에게 잠재된 최고의 모습으로 거듭나기 위한 노력을 멈추지 마세요." 그가 말한다. "브로윅을 보다 나은 곳으로 만드는 일에 도전하세요. 여러분의 흔적을 남기세요." 그가 뒷주머니에 손을 넣더니 빨간 손수건을 꺼내 이마의 땀을 닦는다. 그 바람에 겨드랑이의 짙은 땀자국이 보인다.

"저는 브로윅에서 십삼 년째 교직에 몸담아왔고," 그가 말한다. "그 십삼 년 동안, 이 학교 학생들의 용기 있는 행동을 수없이 목격했습니다."

나는 무릎 뒤와 팔꿈치 안쪽에 차오르는 땀을 의식하며 자리에서 뒤척인다. 그리고 그가 말하는 용기 있는 행동이라는 게 무얼 말하는 것일지 생각해본다.

나의 가을 학기 시간표에는 고급 프랑스어, 고급 생물학, AP 세계사, 기하학(수학에 소질이 없는 아이들을 위한 기하학으로, 심지어 안토노바 선생님도 "바보들을 위한 기하학"이라고 부른다), 그 외에 선택과목으로 CNN 뉴스를 보고 다가올 대통령 선거에 대해 얘기하는 미국 정치와 미디어, 고급 미국문학이 있다. 개학 첫날, 나는 무거운 책들에 짓눌린 채 수업을 듣기 위해 교정을 이리저리

가로지른다. 1학년과 2학년의 학업량 차이는 곧바로 체감할 수 있을 정도로 크다. 하루종일 모든 교사가 결코 만만치 않을 거라고, 과제와 시험이 늘어날 거라고, 때로는 숨이 턱턱 막힐 정도일 거라고 경고한다. 왜냐하면 이 학교는 평범한 학교가 아니고 우린 평범한 학생들이 아니니까. 특별한 청소년인 우리는 역경을 이겨내야 하고, 역경을 통해 발전해야 하니까. 피로감이 밀려든다. 정오가 되자 고개를 가누는 것조차 힘들고, 그래서 점심을 먹는 대신 기숙사로 몰래 들어가 침대에 웅크리고 누워서 운다. 그 정도로 힘들 거라면, 굳이 노력할 필요가 있을까? 이건 좋지 않은 태도다. 더구나 개학 첫날이라면 더더욱. 문득 애초에 내가 브로윅에서 뭘 하고 있는 건지, 대체 왜 나에게 장학금을 준 건지, 왜 이 학교에선 내가 여기 다닐 정도로 똑똑한 아이라고 판단했는지 의문이 든다. 이것은 전에도 휩쓸린 적 있는 생각의 회오리이고 나는 매번 같은 결론에 도달한다. 아마도 나에겐 문제가 있으며, 그래서 나의 선천적인 나약함이 게으름, 어려운 과제에 대한 두려움으로 표출되고 있는 것이라는 결론. 브로윅의 다른 학생 중 누구도 나처럼 힘들어하는 것 같진 않다. 다른 아이들은 항상 답을 알고 있고, 항상 준비된 상태로 수업을 듣는다. 그 아이들에겐 쉬운 일처럼 보인다.

오늘의 마지막 수업인 미국문학 수업에 들어가면서 내가 맨 먼저 알아차린 것은 스트레인 선생님이 연설을 한 뒤에 셔츠를 갈아입었다는 사실이다. 팔짱을 끼고 교실 앞쪽 칠판에 기대어 선 그는 연설할 때보다 훨씬 더 커 보인다. 수업을 듣는 학생은 제니와 톰을 포함해 열 명 정도다. 우리가 교실에 들어가는 동안 스트레인 선생님의 시선이 우리를 좇는다. 마치 우리를 평가하듯이. 제니가 들어설 때, 이미 나는 세미나 테이블에, 톰으로부터 두 자리 건너에 앉아 있다. 제니를 보자 톰의 얼굴이 환해진다. 톰은 제니에게 자신과 나 사이의 빈자리에 앉으라고 손짓한다. 그는 아무것도 모른다. 그게 있을 수 없는 일이라는 걸 이해하지 못한다. 제니는 가방끈을 움켜쥐면서 톰에게 짧게 미소 짓는다.

"그냥 이쪽에 앉을래." 제니가 말한다. 반대편 자리, 나에게서 먼 자리에 앉겠다는 뜻이다. "이 자리가 더 나아."

제니의 시선이, 기숙사 모임 때 그랬던 것처럼, 나를 건너뛴다. 어떻게 보면 참 한심한 노릇이다. 우리의 우정이 아예 존재하지도 않았던 척하느라 이렇게 애를 쓴다는 게.

수업 시작종이 울리는데도 스트레인 선생님은 움직이지 않는다. 그는 우리가 조용해지기를 기다렸다가 입을 연다. "여러분은 모두 서로를 알겠지만," 그가 말한다. "나는 다 알진 못해요."

그가 세미나 테이블 앞으로 다가와 우리를 무작위로 지명하고 이름과 출신지를 묻는다. 몇 사람에게는 다른 질문을 한다. 형제가 있는지, 가장 멀리 갔던 여행지가 어디였는지, 이름을 새로 짓는다면 어떤 이름으로 짓고 싶은지. 제니에게는 몇 살 때 첫사랑을 했는지 묻고 제니의 얼굴이 빨갛게 물든다. 제니 곁에서 톰도 얼굴을 붉힌다.

내가 소개할 차례가 되자, 나는 말한다. "제 이름은 버네사 와이이고, 딱히 출신지라고 할 만한 곳이 없어요."

스트레인 선생님이 의자에 앉는다. "버네사 와이, 출신지 딱히 없음."

내가 한 말을 그가 되풀이하니 너무도 한심하게 들려서, 초조해진 나는 웃음을 터뜨린다. "그게, 도시가 아니어서 이름이 없거든요. 사람들이 타운십 29라고 불러요."

"여기 메인주? 동부 고속도로 타고 가면 나오는?" 그가 묻는다. "난 거기가 어딘지 정확히 알아요. 거기 이름이 아주 예쁜 호수가 하나 있을 텐데, 고래whale 어쩌고 하는 이름인데……"

내가 놀라 눈을 깜빡인다. "훼일스백whalesback호수요. 바로 그 호숫가에 살아요. 거기 일 년 내내 사는 집은 우리집밖에 없어요." 그 말을 하는 순간, 묘하게 가슴이 저려온다. 브로윅에서 향수병을 앓아본 적은 없지만, 어쩌면 그건 아무도 내 고향이 어디인지 모르기 때문일지도.

"놀랍군요." 스트레인 선생님이 잠시 생각에 잠긴다. "거기서 가끔 외로울 때도 있나요?"

나는 너무 놀라 할말을 잃는다. 그 질문은 아무런 고통 없이 나를 벤다, 놀랍도록 깔끔하게. 외롭다는 말은 깊은 숲속에서의 삶을 설명할 때 내가 한 번도 사용해본 적 없는 단어이지만, 스트레인 선생님이 그 단어를 사용하니 어쩌면 그게 진실일지도 모른다는, 어쩌면 항상 그게 진실이었을지도 모른다는 생각이 든다. 어떤 선생님이 대번에 내가 외로운 사람이라는 걸 알아차릴 정도로 내 얼굴이 온통 외로움으로 범벅되어 있다고 생각하니 갑자기 창피해진다. 나는 가까스로, "가끔은 그런 것 같아요"라고 대답하지만, 선생님은 이미 다음 사람으로 넘어가서 그레그 에이커스에게 시카고에 살다가 메인주 서부의 산자락으로 온 기분이 어떠냐고 묻는다.

자기소개가 끝나자, 스트레인 선생님은 자기 수업이 올해 우리가 듣는 가장 어려운 수업이 될 거라고 말한다. "대부분의 학생들이 내가 브로윅에서 가장 힘든 교사라고 하더군요." 그가 말한다. "대학교수보다 더 힘들었다고 말한 학생도 있었어요." 그가 손가락으로 테이블을 두드리며 자신이 하는 말의 심각성이 우리에게 스며들기를 기다린다. 그러다가 칠판으로 걸어가더니, 분필을 들고 쓰기 시작한다. 그가 어깨 너머로 뒤돌아보며 말한다. "필기를 시작해야죠."

우리가 서둘러 노트를 꺼내자 그가 헨리 워즈워스 롱펠로와 그의 시 「하이어워사의 노래」에 관한 수업을 시작한다. 나는 그 이름을 들어본 적이 없고, 나만 처음 듣는 것일 리 없지만, 선생님이 그 이름을 들어봤느냐고 묻자 우리는 모두 고개를 끄덕인다. 멍청해 보이고 싶은 사람은 아무도 없다.

그가 설명하는 동안, 나는 교실을 둘러본다. 기본 구조는 인문학관의 다른 교실들과 똑같지만—나무 바닥, 붙박이 책장으로 메워진 한쪽 벽, 초록색 칠판, 세미나 테이블—그의 교실은 마치 사람이 사는 공간처럼 아늑하다. 밟고 다녀서 가운데가 해진 러그가 있고, 초록색 탁상 램프가 커다란 참나무 책상을 밝히고 있다. 서류 캐비닛 위에는 커피메이커와 하버드대학교 인장이 새겨진 머그잔이 놓여 있다. 새로 깎은 잔디 내음과 자동차 엔진소리가 열린 창문으로 흘러든다. 스트레인 선생님이 칠판에 분필로 롱펠로의 시 한 구절을 적는데, 얼마나 힘껏 눌러쓰는지 쥐고 있던 분필이 바스라진다. 어느 순간, 선생님이 쓰기를 멈추고 우리 쪽으로 돌아서서 말한다. "이 수업에서 여러분이 꼭 한 가지 얻어 갈 것이 있다면, 이 세상은 끝없이 교차하는 이야기들로 이루어져 있고, 그 이야기하나하나가 유효하고 진실이라는 겁니다." 나는 그가 하는 말을 하나도 빼놓지 않고 받아 적으려고 애쓴다.

수업시간을 오 분 남겨두고 강의가 갑자기 중단된다. 스트레인 선생님의 양팔이 옆으로 떨어지고, 어깨는 축 늘어진다. 그는 분필을 놓고 세미나 테이블에 앉더니 얼굴을 문지르고 크게 한숨을 쉰다. 그러더니 지친 목소리로 말한다. "첫째 날은 늘 참 힘들죠."

테이블에 둘러앉은 우리는 어쩔 줄 모르는 상태로 기다린다. 우리의 펜이 노트 위에서 맴돈다.

선생님이 얼굴에서 손을 뗀다. "여러분에게 솔직히 말하죠." 그가 말한다. "나 지금 씨발 되게 피곤해요."

맞은편에서 제니가 놀라 웃는다. 때로 선생님들도 수업시간에 농담을 하지만, "씨발"이라고 말하는 건 처음 듣는다. 선생님이 그런 말을 할 수 있다고 생각해본 적이 없다.

"내가 욕하는 거 불편해요?" 그가 묻는다. "여러분 허락을 먼저 구해야 했는데." 그가 양손을 모은다, 냉소적일 정도로 반듯하게. "여기 있는 사람 중에 내가 욕하는 게 진심으로 거슬리는 사람이 있다면, 지금 말하든지 아니면 영원히 침묵하세요."

물론 아무도, 아무 말도 하지 않는다.

*

처음 몇 주는 빠르게 지나간다. 계속되는 수업들, 홍차로 때우는 아침식사, 땅콩버터 샌드위치로 때우는 점심식사, 도서관에서의 공부, 기숙사 휴게실에서 열리는 영화 감상의 밤. 나는 기숙사 회의에 불참하는 바람에 방과후에 남는 벌을 받아야 했지만, 톰프슨 선생님을 설득해 기숙사에서 한 시간 동안 선생님과 함께 공부하는 건 두 사람 다 원치 않으니 대신 선생님 개를 산책시키기로 한다. 수업이 시작하기 전 거의 모든 아침을 벼락치기로 과제를 하며 보낸다. 아무리 열심히 해도 나는 항상 허둥거리고, 항상 뒤처지기 직전이기 때문이다. 선생님들은 고칠 수 있는 부분이라고, 내가 똑똑하지만 집중을 못하고 의욕이 없어서 그런 거라고 말한다. 게으르다는 걸 살짝 좋게 표현한 것이다.

기숙사에 입주하고 며칠 만에 나의 방은 옷가지와 흩어진 종이들, 반쯤 홍차가 남아 있는 머그잔들로 엉망이 된다. 이 모든 것을 효율적으로 통제하기 위해 만든 일일 계획표마저 잃어버리지만 예상했던 일인 것이, 나는 뭐든 다 잃어버리기 때문이다. 최소 일주일에 한 번은 문을 열면 문손잡이에 열쇠가 걸려 있다. 화장실이나 교실이나 식당에서 발견한 열쇠를 누군가가 걸어두고 간 것이다. 나는 제대로 하는 게 하나도 없다. 교과서는 침대와 벽 사이에 처박혀 있고, 과제물은 가방 밑바닥에 구겨져 있다. 선생님들은 늘 구겨진 과제물을 보고 화를 내면서 상태가 엉망인 과제물이 몇 점 감점인지 일깨워준다.

"체계적으로 정리를 해야지!" 전날 필기한 것을 확인하려고 내가 미친듯이 교과서를 뒤지자 AP 역사 선생님이 소리지른다. "이제 겨우 둘째 주인데 벌써 그렇게 정신이 없니?" 결국 그 필기를 찾았지만 선생님의 지적을 무효화하지는 못한다. 나는 칠칠맞고, 그것은 나약함의 상징이며, 치명적인 인격적 결함이다.

브로윅에서 교사들은 한 달에 한 번 지도학생들을 집으로 초대해 식사하는 전통이 있지만, 나의 지도교사인 안토노바 선생님은 우리를 초대하지 않는다. "난 선을 지키는 게 좋아." 그녀가 말한다. "모든 교사들이 내 생각에 동의하진 않아. 그럴 수 있지. 그 선생님들은 학생들을 자기 삶에 끌어들이는데, 그것도 그럴 수 있어. 하지만 난 그러고 싶지 않아. 다 같이 어디로든 가서 식사하고, 얘기를 좀 나누고, 그다음엔 각자 집으로 가는 거야. 선을 지키자고."

새 학년이 되고 처음 만나는 날, 선생님은 우리를 시내 이탈리아 레스토랑으로 데려간다. 링귀니를 포크에 돌돌 마는 것에 집중하고 있는데, 안토노바 선생님이 정리를 못하는 것이 교사들이 생각하는 나의 가장 시급한 문제점이라고 말한다. 나는 너무 무심하게 들리지 않으려 애쓰며 노력해보겠다고 대답한다. 선생님은 지도학생들 한 명 한 명에게 주요 전달 사항을 전한다. 정리를 못한다는 지적을 받은 사람은 나밖에 없지만 그래도 내가 가장 형편없는 학생은 아니다. 카일 퀸은 두 과목의 과제물을 제출하지 않았고, 그것은 심각한 학칙 위반이다. 안토노바 선생님이 그에게 전달 사항을 읽어줄 때, 나머지 학생들은 파스타만 바라보며 카일만큼 형편없는 학생이 아닌 것에 안도한다. 식사가 끝날 무렵, 우리의 접시는 비어 있다. 그녀가 체리를 넣어 집에서 만든 도넛을 한 통 돌린다.

"이건 팜푸슈키인데," 그녀가 말한다. "우크라이나 빵이야. 어머니가 우크라이나 출신이라."

식당에서 나와 교정으로 향하는 언덕길을 올라가는데, 안토노바 선생님이 내 옆으로 와 보조를 맞춘다. "버네사, 깜빡 잊고 말을 못 했는데, 올해는 과외활동을 해야 해. 한 가지 이상. 대학 입시를 생각해야지. 과외활동이 좀 부실하더라." 선생님이 이런저런 제안을 하기 시작하고, 나는 고개를 끄덕인다. 좀더 적극적으로 과외활동에 참여해야 한다는 걸 나도 알고 있고 노력하고 있다. 지난주 프랑스어 클럽에 들어가볼까 해서 갔다가, 매번 조그만 검은색 베레모를 착용해야 한다는 사실을 알곤 바로 나왔다.

"문예창작은 어때?" 선생님이 말한다. "너한테 맞을 거야. 너 시 쓰잖아."

거기도 생각했었다. 문예창작 클럽에서는 학교 문예지를 발행하는데, 나는 작년 문예지를 처음부터 끝까지 다 읽었고, 문예지에 실린 작품들과 내가 쓴 시를 비교하면서 어느 것이 나은지 최대한 객관적으로 평가해보려 애썼다. "네, 어쩌면요." 내가 말한다.

선생님이 내 어깨를 다독인다. "잘 생각해봐." 그녀가 말한다. "올해는 스트레인 선생님이 클럽 지도교사야. 그 방면에 일가견이 있는 분이지."

안토노바 선생님이 뒤를 돌아보더니 뒤처진 아이들에게 박수를 치면서 러시아어로 소리지른다. 이유는 알 수 없지만 러시아어가 영어보다 효율적으로 우리를 재촉한다.

문예창작 클럽에는 나 말고 한 명이 더 있다. 제시 리라는 상급생으로, 브로윅에서 가장 고스goth족에 근접한 애이고 게이라는 소문도 있다. 내가 교실로 들어설 때 제시는 원고가 잔뜩 쌓인 세미나 테이블 앞에 앉아 있다. 군화 신은 발을 의자에 올려놓고 펜을 귀 뒤에 꽂았다. 제시는 나를 흘긋 쳐다보지만 아무 말도 하지 않는다. 아마 내 이름도 모를 것이다.

스트레인 선생님이 책상 뒤에서 벌떡 일어서더니 교실을 가로질러 내게 다가온다. "클럽 때문에 왔니?" 그가 묻는다.

나는 입을 열지만 무슨 말을 해야 할지 알지 못한다. 만약 회원이 나 말고 한 명밖에 없다는 걸 알았다면 오지 않았을 것이다. 도로 나가고 싶지만 스트레인 선생님이 너무 반색을 한다. 그가 내 손을 잡고 흔들며 말한다. "네 덕분에 우리 회원수가 두 배로 늘겠구나." 나는 마음을 바꾸면 안 될 것 같은 기분이 든다.

그가 나를 세미나 테이블로 안내하고 내 옆에 앉더니 테이블에 쌓여 있는 종이 더미가 문예지 응모 원고라고 설명한다. "이게 다 학생들 작품이란다." 그가 말한다. "되도록 이름은 보지 말고. 작품을 끝까지 찬찬히 읽고 판단하렴." 그는 내게 여백에 평가 의견을 쓰고 1부터 5 사이로 점수를 매기라고 말한다. 아주 형편없으면 1점, 아주 훌륭하면 5점.

고개를 들지 않고 제시가 말한다. "전 체크 표시를 하고 있는데요. 작년엔 그렇게 했어요." 그는 이미 자신이 읽은 원고를 가리킨다. 원고의 오른쪽 상단에 작은 체크 표시가 있다. 체크, 체크 마이너스, 체크 플러스. 스트레인 선생님이 눈썹을 치켜세운다. 화가 난 게 분명하지만 제시는 알아차리지 못한다. 제시의 시선은 읽고 있던 시에 고정되어 있다.

"어떤 방식이건 두 사람이 알아서 해." 스트레인 선생님이 말한다. 그는 나에게 미소를 짓고 윙크를 한다. 일어서며 내 어깨를 다독인다.

스트레인 선생님이 교실 맞은편의 책상으로 돌아가자, 나는 원고 무더기에서 응모작 하나를 뽑는다. '내 인생 최악의 날'이라는 제목으로 조이 그린이 쓴 짧은 글이다. 작년에 대수학을 조이와 같이 들

었다. 그애는 내 뒷자리에 앉아 있다가 세스 매클라우드가 나를 빅
레드*라고 놀릴 때마다 마치 그렇게 재미있는 말은 처음 들어본다
는 듯이 웃어댔다. 나는 마음속에서 편견을 몰아내려고 머리를 흔
들었다. 이래서 스트레인 선생님이 이름을 보지 말라고 한 것이다.

조이의 글은 할머니가 돌아가셔서 병원 대기실에 있는 소녀에
관한 얘기다. 첫 단락을 읽고 나니 벌써 지루하다. 몇 쪽이나 되는
지 확인하려고 원고를 뒤적이는데 제시가 나를 쳐다보며 낮은 목
소리로 말한다. "형편없으면 끝까지 읽을 필요 없어. 나 작년에도
문예지 편집했거든. 그때는 블룸 선생님이 지도교사였는데, 선생
님이 그래도 된다고 했어."

나의 시선이 책상에 앉아 앞에 놓인 과제물을 읽고 있는 스트레
인 선생님에게로 향한다. 나는 어깨를 으쓱하면서 말한다. "그냥
끝까지 읽을래. 괜찮아."

제시가 내가 들고 있는 원고를 흘긋 쳐다본다. "조이 그린? 작
년에 토론 대회에서 졌던 그 여자애 맞지?" 그렇다—조이는 사형
제도에 찬성하는 측의 주장을 맡았는데 결승전에서 상대편인 잭
슨 켈리가 그녀의 주장이 인종주의적이고 부도덕하다고 몰아세우
자 눈물을 터뜨렸다. 잭슨이 흑인이 아니었다면 조이가 그렇게까
지 동요하진 않았을 것이다. 잭슨이 토론 대회 우승자로 선정되자
조이는 잭슨의 주장에 인신공격을 당했다고 느꼈다면서, 그건 토
론 규칙에 위배된다고 말하는 바람에 결국 두 사람이 공동 우승자
로 마무리되었지만 그게 다 헛소리라는 걸 모두가 알고 있었다.

---

* 빨간색을 띤 청량음료 상표명.

제시가 몸을 앞으로 숙이더니 내 손에서 조이의 글을 빼앗아 오른쪽 귀퉁이에 체크 마이너스 표시를 한 다음 '불합격' 무더기에 던져놓는다. "봤지?" 그가 말한다.

그렇게 한 시간 가까이 제시와 응모작을 읽는 동안, 스트레인 선생님은 교실 뒤쪽의 자기 책상에서 과제물을 채점한다. 가끔은 복사를 하거나 커피메이커에 물을 넣으려고 자리를 뜨기도 한다. 그러다가 어느 순간 그가 오렌지 껍질을 벗기자 그 향기가 교실을 채운다. 한 시간이 지나고, 내가 갈 준비를 하며 일어서자, 스트레인 선생님이 다음 시간에도 올 거냐고 묻는다.

"잘 모르겠어요." 내가 말한다. "아직은 이것저것 시도해보는 중이라서요."

그가 미소를 지으며 제시가 나가기를 기다렸다가 말한다. "친구를 사귀는 데는 별로 도움이 안 되겠지."

"아, 그건 괜찮아요." 내가 말한다. "어차피 별로 사교적인 편은 아니에요."

"왜 그렇지?"

"잘 모르겠어요. 그냥 친구가 별로 없어요."

그가 진지한 표정으로 고개를 끄덕인다. "네 말이 무슨 뜻인지 알아. 나도 혼자 있는 걸 좋아하거든."

처음엔 아니라고, 난 혼자 있는 걸 좋아하지 않는다고 말하고 싶은 충동을 느끼지만, 어쩌면 선생님의 말이 맞을지도 모른다. 어쩌면 나는 혼자 있는 게 좋아서 외톨이가 되기로 선택한 건지도 모른다.

"예전에는 제니 머피와 가장 친했었어요." 내가 말한다. "미국문학 수업을 같이 듣는 그애요." 나도 모르게 튀어나온 말이다. 교사에게, 더구나 남자 교사에게 이런 얘기를 한 적은 없지만, 그가 나를 바라보는 모습—한 손으로 턱을 괴고 자상한 눈빛으로 미소를 짓고 있다—을 보니 얘기하고 싶어지고, 나를 드러내고 싶어진다.

"아," 그가 말한다. "그 이집트 여왕." 내가 혼란스러운 표정으로 얼굴을 찌푸리자, 선생님이 짧은 단발 때문에 클레오파트라처럼 보여서 한 말이라고 설명한다. 그가 그 얘기를 할 때, 내 속에서 무언가가 따끔거린다. 질투와 비슷하지만, 그보다 더 야비한 감정이다.

"제니의 단발이 그 정도로 예쁜 것 같진 않아요." 내가 말한다.

스트레인 선생님이 피식 웃는다. "그래서 두 사람이 예전에는 친구였고. 그런데 무슨 일이 있었지?"

"제니가 톰 허드슨하고 사귀기 시작했어요."

그가 잠시 생각에 잠긴다. "구레나룻 기른 남자애."

나는 고개를 끄덕이면서, 선생님들이 머릿속에서 우리를 어떻게 알아보고 분류할지 생각해본다. 만약 누군가가 버네사 와이를 언급한다면 선생님은 나의 무엇을 떠올릴까. 빨간 머리 여자애. 늘 혼자 다니는 여자애.

"배신감에 시달렸겠구나." 그가 말한다. 제니와의 일을 두고 하는 말이다.

그런 식으로는 생각해본 적 없었는데, 그렇게 생각하자 마음이 따스해진다. 고통을 당한 건 나다. 내 과도한 예민함과 집착이 제니를 밀어낸 게 아니다. 오히려 내가 피해를 입었다.

스트레인 선생님이 일어서더니 칠판 쪽으로 가 수업시간에 쓴 내용을 지우기 시작한다. "이 클럽은 왜 오게 되었지? 자기소개서의 취약점을 보완하려고?"

나는 고개를 끄덕인다. 그에게는 솔직해도 될 것 같다. "안토노바 선생님이 권하셨어요. 정말 글쓰는 걸 좋아하기도 하고요."

"무얼 쓰는데?"

"주로 시요. 잘 쓰는 건 아니고요."

스트레인 선생님이 어깨 너머로 돌아보며 미소를 짓는다. 다정하면서도 어딘가 거만하게 느껴지는 방식으로. "네 작품을 좀 읽어보고 싶구나."

그가 "작품"이라고 말하는 방식을 나의 뇌가 포착한다. 마치 내가 쓴 글이 진지하게 읽어볼 가치가 있다는 듯한 그 말투를. "좋아요." 내가 말한다. "정말 읽고 싶으시다면요."

"정말 읽고 싶어." 그가 말한다. "읽고 싶지 않았다면 얘길 안 했겠지."

그 말에 얼굴이 화끈거린다. 엄마 말에 따르면 나의 가장 나쁜 습관은 칭찬을 자기 비하로 바꾸는 것이다. 칭찬을 받아들이는 방법을 배워야 한다고, 그건 결국 자신감, 혹은 자신감 결여의 문제로 귀결된다고, 엄마는 말한다.

스트레인 선생님이 칠판지우개를 분필 받침대에 올려놓고 교실 맞은편에 앉아 있는 나를 찬찬히 살핀다. 주머니에 손을 넣고 나를 위아래로 훑어본다.

"원피스가 예쁘구나." 그가 말한다. "네 스타일 마음에 든다."

나는 고맙습니다, 라고 웅얼거린다. 너무도 몸에 배어 있어서 거의 반사적으로 나오는 말이다. 그리고 내 원피스를 내려다본다. 황록색 면 재질에 살짝 에이라인이긴 하지만 전반적으로는 밋밋하게 뚝 떨어지고 밑단은 무릎 위까지 올라온다. 세련된 원피스는 아니다. 단지 내 머리색과 대비되는 색상이 마음에 들어 입는 것뿐이다. 중년 남자가 여자애의 옷에 관심이 있다는 게 이상하게 느껴진다. 우리 아빠는 원피스와 스커트가 어떻게 다른지도 잘 모르는데.

스트레인 선생님이 칠판 쪽으로 돌아서더니 이미 깨끗한데도 다시 칠판을 지우기 시작한다. 그는 살짝 당황한 것 같다. 나는 한편으로는 그에게 다시 고맙다고 인사하고 싶다. 이번에는 제대로 말하고 싶다. 정말 감사합니다. 지금껏 저에게 그런 말을 해준 사람은 아무도 없었어요, 라고 말할 수도 있을 것이다. 그가 돌아서기를 기다려보지만 그는 초록색 바탕에 뿌연 줄을 만들며 계속 칠판지우개를 앞뒤로 움직인다.

내가 문 쪽으로 다가갈 때 그가 말한다. "목요일에도 볼 수 있으면 좋겠다."

"아, 네." 내가 말한다. "보실 수 있을 거예요."

그래서 나는 목요일에 다시 가고, 그다음 주 화요일에도, 목요일에도 간다. 나는 클럽의 정회원이 된다. 문예지에 실릴 작품을 선정하는 일이 생각보다 오래 걸린다. 주로 내가 너무 우유부단해서 평점을 여러 번 바꾸기 때문이다. 반면 제시의 평가는 신속하고도 무자비하다. 그의 펜은 지면을 날카롭게 가른다. 어떻게 그렇게 빨리 결정하느냐고 물었더니, 좋은 작품인지 아닌지는 처음 한 줄만 읽어봐도 안다고 말한다. 어느 목요일, 스트레인 선생님이 교실 안쪽 사무실로 사라졌다가 지난 호 문예지들을 한아름 들고나온다. 그걸 보면 문예지가 어떤 식으로 구성되는지 알 수 있을 거라면서.

물론 작년에도 편집을 했던 제시는 이미 알고 있지만, 지난 호 문예지를 뒤적이다가 '소설' 섹션의 목차에서 제시의 이름을 발견한다.

"어, 여기 네 글이 있네." 내가 말한다.

그걸 보고 제시가 신음소리를 낸다. "제발, 내 앞에서 읽지 말아줘."

"왜?" 내가 첫 장을 넘긴다.

"왜냐하면 내가 원하지 않으니까."

나는 그 문예지를 가방에 넣어두고 잊어버렸다가, 저녁식사를 마치고 나서 도저히 이해가 안 가는 기하학 과제 속에서 허우적거릴 때 비로소 떠올린다. 머리를 식힐 무언가가 간절하다. 가방에서 문예지를 꺼내 제시의 글을 두 번 읽는다. 그의 작품은 훌륭하다, 정말 훌륭하다. 내가 썼던 그 어떤 것보다도 훌륭하고 우리가 읽은 모든 응모작보다도 훌륭하다. 그다음 클럽 모임 때 그 얘기를 꺼내자 제시가 내 말을 자른다. "난 이제 글 쓰는 건 별로 관심 없어." 그가 말한다.

어느 오후, 스트레인 선생님은 문예지를 만들 새로운 소프트웨어 사용법을 알려준다. 제시와 나는 나란히 컴퓨터 앞에 앉고, 스트레인 선생님이 뒤에 서서 우릴 지켜보며 가르쳐준다. 내가 실수를 하자, 그가 손을 뻗어 나 대신 마우스를 움직인다. 그의 손은 너무도 커서 내 손을 완전히 덮는다. 그의 손길에 나의 온몸이 달아오른다. 내가 다시 실수를 하자, 선생님이 다시 손을 뻗어서 이번에는 나의 손을 살짝 움켜쥔다. 마치 잘할 수 있을 거라고 나를 안심시키듯이. 그러나 제시에게는 그렇게 하지 않는다. 심지어 제시가 실수로 저장을 하지 않고 프로그램을 끄는 바람에 선생님이 처음부터 다시 설명해야 했을 때도.

어느덧 9월 말이 되고 일주일 동안 날씨가 완벽하다. 화창하면서 서늘하다. 매일 아침 나뭇잎의 빛깔이 조금씩 더 밝아지면서 노럼베가를 둘러싼 굽이치는 산자락에 색의 향연이 펼쳐진다. 교정의 모습이 내가 브로윅에 입학원서를 쓸 때 사로잡혔던 안내책자의 풍경—스웨터 입은 학생들, 밝은 초록색 잔디, 흰 목조건물을 물들이는 황혼—으로 바뀐다. 그 풍경을 즐겨야 하겠지만, 이런 날씨는 오히려 나를 불안하게 하고 두렵게 한다. 수업이 끝나면 나는 좀처럼 진정하지 못하고, 도서관에서 기숙사 휴게실로 갔다가 기숙사 방으로 갔다가 다시 도서관으로 간다. 어디에 있건 다른 곳에 있고 싶어 안달한다.

어느 날 오후 나는 교정을 세 바퀴를 돈다. 가는 곳마다 마음에 들지 않는다. 도서관은 어둡고, 내 지저분한 방은 너무 음울하다. 다른 곳은 어딜 가든 모여서 공부하는 아이들로 북적여서 내가 혼자라는 게, 늘 혼자라는 게 더 도드라져 보일 뿐이다. 결국 나는 인문학관 건물 뒤쪽, 풀이 돋아난 비탈면에 멈추어 선다. 진정해, 심호흡을 해.

나는 미국문학 수업시간에 시선이 머물곤 했던 외로운 단풍나무에 기대서서 손등을 뜨거운 뺨에 대어본다. 너무 초조해서 땀이 난다. 지금 기온이 10도밖에 되지 않는데도.

여기 괜찮네, 나는 생각한다. 여기서 숙제를 하면서 마음을 가라앉히자.

나무에 등을 기대고 앉아 배낭에 손을 넣고, 더듬더듬 기하학 교재 뒤쪽에 있는 스프링 노트를 꺼낸다. 시를 좀 쓰다보면 기분이 나아지겠지. 그러나 섬에 갇혀 해변에서 선원들을 부르는 소녀에 관한, 가장 최근에 쓴 시 두어 연을 펼쳐서 다시 읽어보니 형편없다. 서툴고, 연결도 안 되고, 앞뒤가 안 맞는다. 이걸 잘 썼다고 생각했다니. 어떻게 그렇게 생각할 수가 있지? 민망할 정도로 형편없다. 어쩌면 내 시는 다 형편없을지도 모른다. 몸을 웅크리고 손바닥으로 눈두덩이를 문지르고 있는데, 나뭇잎이 바스락거리고 나뭇가지가 부러지는 소리와 함께 내 쪽으로 다가오는 발소리가 들린다. 고개를 들어보니 커다란 형체가 해를 가리고 있다.

"안녕." 그 형체가 말한다.

손으로 햇빛을 가리고 보니 스트레인 선생님이다. 내 얼굴과 충혈된 눈을 본 순간, 그의 표정이 달라진다. "속상한 일이 있구나." 그가 말한다.

그를 올려다보며 나는 고개를 끄덕인다. 거짓말은 소용없을 것 같다.

"혼자 있고 싶니?" 그가 묻는다.

나는 망설이다가, 아니라고 고개를 젓는다.

선생님이 몸을 숙이더니 조금 간격을 두고 내 옆에 앉는다. 그가 긴 다리를 앞으로 뻗자, 바지 위로 무릎의 윤곽이 드러난다. 그는 계속 나를 쳐다보고, 내가 눈물을 닦는 것을 지켜본다.

"불편하게 할 생각은 없었어. 저기 저 창문으로 널 봤는데, 인사나 하려고 왔지." 그가 뒤쪽 인문학관 건물을 가리킨다. "뭐가 속상한지 물어봐도 될까?"

나는 심호흡하고 말로 표현해보려 애쓰지만, 잠시 후 그저 고개를 젓는다. "너무 커다란 문제라 설명하기가 힘들어요." 내가 말한다. 왜냐하면, 내가 속상한 건 단지 내 시가 형편없어서도 아니고, 공부할 장소를 찾다가 지쳐서도 아니기 때문이다. 그보다 훨씬 더 암울한 느낌이다. 나에게 뭔가 문제가 있고 그걸 영원히 해결할 수 없을지도 모른다는 두려움.

나는 스트레인 선생님이 그쯤에서 넘어갈 거라고 생각한다. 그러나 그는 수업시간에 어려운 질문을 하고 대답을 기다릴 때처럼 내 대답을 기다린다. 물론 너무 커다란 문제라 설명하기 힘들겠지, 버네사. 어려운 질문 앞에선 당연히 그런 기분이 들어.

심호흡을 한 다음, 내가 말한다. "요즘 그냥 제가 머저리가 된 것 같아요. 시간에 쫓기는 것 같은 기분이에요. 인생을 허비하고 있는 것 같고요."

스트레인 선생님이 눈을 깜빡인다. 내가 그런 말을 할 거라고는 생각하지 못했던 게 분명하다. "인생을 허비한다." 그가 내 말을 따라 한다.

"말이 안 된다는 건 알아요."

"아니, 말이 돼. 완벽하게 말이 돼." 그는 손으로 땅을 짚고 몸을 뒤로 젖히곤 고개를 비스듬히 기울인다. "네가 만약 내 나이라면, 중년의 위기를 겪고 있는 거라고 말해줄 텐데."

선생님이 내게 미소를 짓고, 그럴 생각은 없었지만 내 얼굴에도 미소가 번진다. 그가 웃고, 나도 웃는다.

"뭘 쓰고 있는 것 같던데," 그가 말한다. "좋은 작품이 나왔니?"

좋은 작품이라고 부를 수 있을지 모르겠어서 내가 어깨를 으쓱한다. 그렇다고 말하는 건 잘난 척하는 것 같다. 내가 할 말은 아니다.

"네가 쓴 글 보여줄래?"

"절대 안 돼요." 내가 두 손으로 노트를 움켜쥐고 가슴에 댄다. 선생님의 눈빛에 놀란 기색이 역력하다. 나의 돌발 행동에 겁을 먹은 것처럼. 나는 자세를 가다듬고 덧붙인다. "아직 미완성이라."

"글을 쓰는 일에 완성이란 게 과연 있을까?"

속임수처럼 느껴지는 질문이다. 나는 잠시 생각한 뒤 말한다. "어떤 글이 다른 글보다 좀더 완성에 가까울 순 있죠."

그가 미소를 짓는다. 내 대답이 마음에 드나보다. "그럼 내게 보여줄 수 있는 좀더 완성에 가까운 글이 있을까?"

나는 움켜쥐었던 손을 풀고 노트 첫 장을 펼친다. 주로 쓰다 만 시들, 아무렇게나 휘갈겼다가 고쳐쓴 글들로 가득하다. 최근에 쓴 것들로 페이지를 넘기고 두어 주 동안 다듬었던 시를 찾는다. 완성작이라고 볼 수는 없지만, 그래도 아주 형편없진 않다. 나는 선생님에게 노트를 건네고, 그가 가장자리의 낙서들, 노트 스프링을 따라 그려놓은 꽃이 핀 덩굴을 보지 못하기를 바란다.

그가 조심스럽게 두 손으로 노트를 받아드는데, 그 모습을 보는 것만으로도, 선생님이 내 노트를 들고 있는 것만으로도, 전율이 인다. 지금까지 그 누구도, 읽는 건 고사하고 내 노트를 만진 적도 없다. 시를 다 읽고 나서 그가 말한다. "흠." 나는 보다 명확한 반응을 기다린다. 선생님이 마음에 드는지 마음에 안 드는지를 알 수 있는 반응. 그러나 그는 이렇게 말한다. "다시 읽어야겠어."

마침내 선생님이 고개를 들고 말한다. "버네사, 정말 훌륭하구나." 나는 크게 한숨을 쉬고, 웃는다. "이걸 쓰는 데 얼마나 오래 걸렸지?" 그가 묻는다.

순간적으로 천재성을 발휘한 것처럼 보이는 게 더 인상적일 것 같아서, 나는 어깨를 으쓱하며 거짓말한다. "오래 걸리진 않았어요."

"종종 글을 쓴다고 했지?" 그가 노트를 도로 내게 건넨다.

"보통은 매일 써요."

"그런 것 같아. 아주 잘 쓰는구나. 교사로서가 아니라, 독자로서 말하는 거야."

나는 너무도 기쁘고, 그래서 다시 웃는다. 스트레인 선생님이 특유의 자상하면서도 거만한 미소를 짓는다. "내 말이 재미있니?" 그가 묻는다.

"아뇨, 제 글에 대해 지금까지 들은 말 중 가장 좋은 말이라서요."

"설마. 이건 아무것도 아니야. 훨씬 더 좋은 말도 해줄 수 있단다."

"사실 지금껏 아무한테도 제……" 나는 이번만큼은 다른 표현 대신 선생님이 쓴 단어를 사용해보기로 한다. "제 작품을 보여준 적이 없어요."

잠시 우리 사이에 정적이 흐른다. 선생님이 바닥을 손으로 짚고 몸을 뒤로 젖혀 주변 풍경을 바라본다. 그림 같은 시내와 멀리 보이는 강, 굽이치는 언덕들. 나는 다시 노트를 본다. 노트를 들여다보고 있지만 사실은 아무것도 보지 않는다. 나는 옆에 있는 선생님의 몸을 지나치게 의식한다. 그의 비스듬한 상체와 셔츠 속에서 팽팽한 배, 발목을 포갠 긴 다리, 바지 밑단 한쪽이 접히는 바람에 등산화 위로 조금 드러난 피부. 그가 일어서서 돌아갈까봐 걱정하며 그를 붙잡아둘 말을 생각해보지만, 내가 말을 꺼내기 전에 그가 땅에 떨어져 있던 빨간 단풍잎 하나를 들어 줄기를 잡고 빙글빙글 돌린다. 그리고 잠시 그 잎을 바라보다가 내 얼굴 앞에 든다.

"이것 좀 봐." 그가 말한다. "네 머리색하고 똑같아."

나는 얼어붙고, 입이 저절로 벌어진다. 그는 단풍잎을 조금 더 들고 있고, 단풍잎 끝이 내 머리카락을 스친다. 그러더니 그가 고개를 살짝 저으며 손을 내려뜨리고, 단풍잎이 땅에 떨어진다. 선생님은 자리에서 일어나—이번에도 해를 가린다—두 손을 허벅다리에 문지른 다음 인사도 없이 인문학관으로 향한다.

그가 사라지자, 갑자기 몸이 후끈거리고 도망치고 싶어진다. 나는 노트를 덮고 가방을 들고 기숙사 쪽으로 가다가, 다시 돌아와 그가 내 머리색과 똑같다고 말한 단풍잎을 찾는다. 단풍잎을 노트 사이에 안전하게 끼운 다음, 마치 발이 공중에 뜬 것처럼, 걸음 사이사이에 발이 거의 땅에 닿지 않는 듯이 교정을 서둘러 가로지른다. 방으로 돌아와서야 선생님이 창문으로 날 보았다고 말한 것을 떠올린다. 교실로 돌아간 그가 단풍잎을 찾고 있는 나를 지켜보고 있었을 거라는 생각을 떨쳐버리려고, 나는 눈을 질끈 감는다.

그 주 주말에 나는 아빠의 생일을 축하하기 위해 집으로 간다. 엄마의 생일 선물은 보호소에서 데려온 노란 래브라도 강아지다. 주인의 파양 사유가 "색이 지나치게 엷음"이라고 적혀 있었단다. 아빠는 강아지 이름을 베이브라고 짓는다. 영화에 나오는 돼지의 이름을 딴 것인데, 강아지의 통통한 배와 분홍색 코가 아기 돼지를 닮았기 때문이다. 우리가 최근까지 키우던 개는 지난여름에 죽었다. 열두 살 된 셰퍼드였는데, 아빠가 시내에서 길을 잃고 돌아다니던 녀석을 데려왔다. 어린 강아지를 키운 적은 한 번도 없었기 때문에 나는 곧바로 베이브와 사랑에 빠지고, 주말 내내 녀석을 아기처럼 안고 돌아다니면서 젤리빈 같은 발바닥을 문지르고 숨결냄새를 맡는다.

밤이 되고 부모님이 잠자리에 들면, 나는 거울 앞에 서서 스트레인 선생님의 눈으로 나를 보려 애쓴다. 단풍잎 빛깔의 머리카락에 예쁜 원피스를 입고 스타일이 멋진 아이. 그러나 내 눈에 비친 나는 그저 창백하고 주근깨 난 소녀의 모습일 뿐이다.

엄마가 나를 다시 브로윅으로 데리고 갈 때, 아빠는 베이브와 함께 집에 남는다. 차 안의 닫힌 공간 속에서, 나는 그 얘기를 하고 싶어 속이 탄다. 그러나 무슨 얘기를 해야 할까. 선생님이 내 손을 두어 번 만지고, 내 머리카락에 대해 얘기했다고?

다리를 건너 시내로 들어서며, 나는 가장 태연한 목소리로 묻는다. "내 머리카락이 단풍잎 빛깔이란 거 알고 있었어요?"

엄마가 놀란 표정으로 나를 쳐다본다. "글쎄, 단풍잎도 빛깔이 여러 가지라." 엄마가 말한다. "그리고 가을이 되면 여러 색깔로 변하잖아. 사탕단풍나무도 있고, 줄무늬단풍나무도 있고, 꽃단풍나무도 있고. 그리고 얼마나 북쪽이냐에 따라, 산속에 있는 단풍나무는……"

"됐어요. 그만하세요."

"언제부터 그렇게 나무에 관심이 있었어?"

"나무 얘기가 아니라, 내 머리색 얘기를 하고 있는 거예요."

누가 머리카락이 단풍잎 빛깔이라고 말했느냐고 엄마가 묻지만 의심하는 것 같진 않다. 엄마의 목소리는 다정하다. 그저 따뜻한 말이라고 생각하는 것 같다.

"아무도요." 내가 말한다.

"누구든 너한테 그렇게 말했을 거 아니야."

"내가 혼자 그렇게 생각할 수도 있는 거 아니에요?"

우리는 빨간불에 멈춘다. 라디오에서 정시 뉴스를 전한다.

"누군지 말하면," 내가 말한다. "절대 과민 반응 하지 않겠다고 약속해요."

"절대 안 그럴게."

나는 엄마를 한참 쳐다본다. "약속해요."

"알았어," 엄마가 말한다. "약속할게."

나는 심호흡한다. "어떤 선생님이 그랬어요. 내 머리카락이 단풍잎 빛깔이라고." 그 말을 내뱉는 순간 아찔한 후련함이 느껴져서 나는 거의 웃음을 터뜨릴 뻔한다.

엄마가 미간을 찌푸린다. "선생님이?" 엄마가 묻는다.

"엄마, 운전에 집중해요."

"남자였니?"

"그게 무슨 상관이에요?"

"선생님이 그런 말을 하면 안 되잖아. 누군데?"

"엄마."

"알고 싶어."

"과민 반응 안 한다고 약속했잖아요."

엄마가 진정하려는 듯 입술을 꽉 다문다. "열다섯 살 여자애한테 하는 말치곤 좀 이상하잖아. 엄마 말은 그거야."

우리는 도심을 가로지른다. 쇠락한 빅토리아시대 저택들이 아파트촌으로 바뀐 동네, 텅 빈 시내, 거대한 병원, 검은 머리카락과 턱수염이 어딘가 스트레인 선생님을 닮은, 미소 짓는 폴 버니언[*] 동상.

"남자였어요." 내가 말한다. "그게 정말 이상하다고 생각해요?"

"응," 엄마가 말한다. "정말 이상하다고 생각해. 엄마가 가서 얘기 좀 할까? 엄마가 가서 확 뒤집어놓을까보다."

엄마가 행정실 건물로 들이닥쳐서 교장을 만나게 해달라고 요구하는 모습을 상상해본다. 나는 고개를 젓는다. 아니, 그런 상황은 원치 않는다. "그냥 무심코 던진 말이었어요." 내가 말한다. "심각하게 한 말이 아니었어요."

그 말에 엄마가 조금 안심한다. "누군데?" 엄마가 다시 묻는다. "아무 짓도 안 할게. 그냥 알고 싶어서 그래."

"정치학 선생님이요." 나는 일말의 주저도 없이 거짓말을 한다. "셸던 선생님."

"셸던 선생님?" 자기가 들어본 가장 한심한 이름이라는 듯 엄마가 그 말을 내뱉는다. "아무튼 선생님들하고 어울리면 못써. 친구를 사귀는 데 집중해야지."

나는 창밖으로 스쳐가는 도로를 바라본다. 브로윅으로 들어가는 주간 고속도로를 탈 수도 있지만 엄마는 그러지 않는다. 고속도로는 성난 사람들로 가득찬 경주용 도로라면서. 그래서 엄마는 시간이 두 배로 걸리는 2차선 고속도로를 탄다.

"나한텐 아무 문제가 없어요."

엄마가 이마를 찌푸리며 나를 흘긋 쳐다본다.

_____

[*] 미국의 전설 속에 등장하는 거인 나무꾼.

"난 본래의 내 모습대로 살고 싶다고요. 그건 자연스러운 일이에요. 그걸 가지고 뭐라 하면 안 되잖아요."

"뭐라 하는 게 아니야." 그렇지만 우리 둘 다 그 말이 사실이 아니란 걸 안다. 얼마 후 엄마가 덧붙인다. "미안해. 엄만 그냥 네가 걱정돼서 그래."

그후 우리는 거의 말을 섞지 않는다. 창밖을 바라보면서, 내가 이겼다는 기분이 드는 건 어쩔 수 없다.

나는 도서관 개인 열람실에서 기하학 숙제를 펼쳐놓고 앉아 있다. 집중해보려 해도 나의 뇌는 마치 수면을 스치며 날아가는 돌멩이 같다. 아니면 양철통 속에서 달그락거리는 돌멩이. 선을 그어보려고 노트를 꺼냈다가 여전히 고쳐쓰는 중인 섬에 있는 소녀에 관한 시에 주의가 분산된다. 얼마 후 고개를 들어보니 벌써 한 시간이 흘렀고 기하학 숙제는 손도 대지 못했다.

얼굴을 문지르고 연필을 들고 집중하려 해보지만, 몇 분 뒤 나는 다시 창밖을 바라보고 있다. 어느덧 황혼이고, 햇살이 붉은 나무에 불을 붙인다. 축구부 티셔츠를 입고 운동화를 어깨에 대롱대롱 걸친 남자애들이 운동장에서 돌아온다. 여자애 둘이 바이올린 케이스를 어깨에 배낭처럼 메고 걸어가는데, 걸음을 내디딜 때마다 똑같이 묶은 머리카락이 찰랑거린다.

그때 인문학관 쪽으로 나란히 걸어가는 톰프슨 선생님과 스트레인 선생님의 모습이 보인다. 두 사람은 여유 있게 천천히 걷는다. 스트레인 선생님은 뒷짐을 지고 있고 톰프슨 선생님은 미소를 지으며 얼굴을 만진다. 전에도 두 사람이 같이 있는 걸 본 적이 있는지, 톰프슨 선생님이 예쁜 편인지 생각해본다. 톰프슨 선생님은 눈이 파란색이고 머리칼은 검다. 엄마가 매혹적이라고 말하는 조합이다. 그러나 좀 뚱뚱한 편이고 엉덩이가 선반처럼 튀어나왔다. 조심하지 않으면 나도 그렇게 될까봐 두려운, 그런 몸매다.

나는 좀더 자세히 보려고 눈을 가늘게 뜨고 그들을 바라본다. 두 사람은 가까이 있지만 몸이 닿지는 않았다. 어느 순간 톰프슨 선생님이 고개를 뒤로 젖히고 웃는다. 스트레인 선생님이 웃긴가? 스트레인 선생님이 나를 웃게 한 적은 없다. 나는 창문에 얼굴을 바짝 갖다대고 그들을 시야 안에 붙잡아두려 애쓰지만, 두 사람은 모퉁이를 돌아 떡갈나무의 오렌지색 잎들 뒤로 사라진다.

우리는 PSAT* 시험을 치른다. 나는 그럭저럭 치렀지만 대다수의 2학년들만큼 잘하진 못한다. 그애들은 벌써 아이비리그 대학의 안내책자를 받아보기 시작한다. 나는 정리를 좀더 잘해보려고 스터디 플래너를 하나 더 구입한다. 선생님들이 그 사실을 알게 되고, 곧 안토노바 선생님에게까지 소식이 전해진다. 안토노바 선생님은 내게 헤이즐넛 사탕을 한 통 주며 칭찬한다.

미국문학 시간에 우리는 월트 휘트먼의 작품을 읽고, 스트레인 선생님은 인간의 다중성과 모순에 대해 얘기한다. 나는 스트레인 선생님이 지닌 모순적인 측면에 관심을 갖기 시작한다. 그는 하버드를 다녔지만 가난한 유년에 대해 얘기하고, 유려한 언변 곳곳에 욕설을 뿌린다. 다림질한 셔츠에 맞춤 블레이저를 입고 흠집이 있

---

* 대입 자격시험 SAT의 모의시험.

는 등산화를 신는다. 가르치는 방식도 모순적이다. 수업시간에 나서서 말을 하는 건 위험하게 느껴진다. 학생이 한 말이 마음에 들면, 그는 박수를 치고 칠판으로 가서 학생이 한 근사한 말을 공들여 설명하지만, 마음에 안 들 땐 말을 끝까지 듣지도 않고 "아, 거기까지"라는 뼈를 찌르는 말로 학생의 말을 자른다. 반 전체에 질문을 한 뒤, 마치 내가 무슨 말을 할지 유난히 궁금하다는 듯 나를 똑바로 쳐다볼 때도, 나는 선뜻 말하기가 두렵다.

수업 필기 노트의 여백에, 나는 그가 자신에 관해 흘리는 소소한 정보들을 기록한다. 그는 몬태나주의 뷰트Butte에서 자랐고, 뷰트는 큐트cute처럼 발음해야 한다. 열여덟 살에 하버드로 진학하기 전에는 바다를 본 적이 없다. 그는 노럼베가 시내, 공공도서관 맞은편 집에 산다. 어린 시절 개에게 물린 적이 있어서 개를 좋아하지 않는다. 어느 화요일 문예창작 클럽활동이 끝난 뒤, 제시가 벌써 문을 나서서 복도를 반쯤 걸어갔을 때, 스트레인 선생님이 내게 줄 게 있다고 말한다. 그가 서랍 맨 아래 칸을 열더니 책을 한 권 꺼낸다.

"수업에 필요한 건가요?" 내가 묻는다.

"아니," 그가 말한다. "너한테 주는 거야." 그가 책상을 돌아 나오더니 책을 내 손에 얹는다. 실비아 플라스의 『에어리얼』. "이 작가 작품 읽어본 적 있니?"

나는 고개를 저으며 책을 살펴본다. 파란색 헝겊 표지의 낡은 책이다. 책갈피로 사용한 종이가 책 사이로 비죽이 나와 있다.

"약간 과하다는 느낌을 주는 작가이긴 한데," 스트레인 선생님이 말한다. "젊은 여자들은 좋아해."

과하다는 게 어떤 의미인지 모르겠지만 굳이 묻고 싶지 않다. 나는 책장을 넘기다가—얼핏얼핏 시들이 보인다—표시된 페이지에서 멈춘다. 대문자로 쓴 제목 '레이디 나사로'가 보인다. "여기 왜 표시가 되어 있어요?" 내가 묻는다.

"보여줄게."

선생님이 내 곁으로 다가와 페이지를 넘긴다. 너무 가까이에 서 있으니 그가 나를 집어삼키는 것 같다. 나의 머리는 그의 어깨에도 미치지 못한다.

"여기." 그가 손으로 어느 행을 가리킨다.

재 속에서
나는 붉은 머리카락으로 일어나
공기를 들이마시듯 남자들을 잡아먹는다.

선생님이 말한다. "이 구절을 보면 네 생각이 나." 그러더니 내 뒤로 손을 뻗어 하나로 묶은 내 머리카락을 잡아당긴다.

나는 그 시를 읽는 척하면서 책을 들여다보지만, 시의 연이 노란 종이 위의 검은 얼룩처럼 흐릿해진다. 어떻게 반응해야 할지 모르겠다. 아무래도 웃어야 할 것 같다. 혹시 나한테 추파를 던지는 건가. 하지만 그럴 리가 없다. 그런 거라면 재미있어야 하는데, 이 상황은 재미를 느끼기엔 너무 무겁다.

나지막한 목소리로 스트레인 선생님이 묻는다. "이걸 보고 네 생각을 해도 괜찮을까?"

나는 입술을 축이고 어깨를 으쓱한다. "그럼요."

"왜냐하면 내가 가장 원치 않는 게 바로 선을 넘는 거거든."

선을 넘는다. 무슨 뜻으로 그런 말을 한 건지도 모르겠지만, 선생님이 나를 내려다보는 방식 때문에 그 어떤 질문도 할 수가 없다. 그는 갑자기 부끄러워하면서도 희망을 품는 것 같다. 마치 내가 괜찮지 않다고 말하면, 금방이라도 울 것 같은 표정이다.

그래서 나는 미소를 짓고 고개를 젓는다. "선을 넘지 않았어요."

선생님이 한숨을 내쉰다. "다행이구나." 그가 말하며, 나에게서 떨어져 다시 자기 책상으로 돌아간다. "그 책 한번 읽어보고 네 생각을 말해줘. 어쩌면 이 책이 네게 영감을 주어서 시를 한두 편 쓰게 될지도 모르지."

나는 교실에서 나와 곧장 기숙사로 향하고, 침대로 들어가 『에어리얼』을 끝까지 읽는다. 시는 마음에 들지만 그가 왜 이 시를 읽고 나를 떠올렸는지, 언제 나를 떠올렸는지가 더 궁금하다. 나뭇잎을 주웠던 그날 오후였을까? 단풍잎 빛깔의 빨간 머리. 선생님이 얼마나 오래 이 책을 서랍에 넣어두었을지 궁금하고, 거기 넣어두고 나에게 줄지 말지 결정하느라 시간을 끌었을지도 궁금하다. 아마도 용기를 끌어내야 했을 것이다.

나는 그가 「레이디 나사로」에 표시해두기 위해 사용한 쪽지에 단정한 필기체로 나는 붉은 머리카락으로 일어나, 라고 쓰고 그것을 책상 위의 코르크판에 핀으로 고정한다. 내 머리카락에 대해 좋은 말을 해주는 건 어른들뿐이지만, 스트레인 선생님은 그저 좋은 말을 해주는 것 이상이다. 그는 내 생각을 한다. 그는 내 생각을 많이 해서 가끔은 무언가를 보고 나를 떠올리기도 한다. 그건 의미가 있는 일이다.

며칠 시간을 끌다가 그에게 『에어리얼』을 돌려준다. 수업이 끝나고 다들 교실에서 나갈 때까지 일부러 꾸물거리다가 책을 선생님의 책상 위에 밀어놓는다.

"어땠니?" 내가 무슨 말을 할지 무척 궁금하다는 듯, 그가 팔꿈치에 체중을 실으며 몸을 앞으로 숙인다.

나는 머뭇거리다가 코를 찡긋한다. "이 여자는 너무 자신에게 몰입해 있어요."

선생님이 웃는다. 진짜 웃음이다. "일리가 있어. 솔직해서 좋구나."

"하지만 마음에 들어요." 내가 말한다. "특히 선생님이 표시한 시요."

"그럴 줄 알았어." 그가 붙박이 책장 쪽으로 다가가 책들을 훑어본다. "자," 그가 나에게 또 한 권의 책을 건넨다. 에밀리 디킨슨. "이건 어떤지 한번 보자꾸나."

나는 디킨슨은 지체 없이 바로 돌려준다. 다음날 수업이 끝난 뒤 책을 선생님의 책상에 던지며 내가 말한다. "별로예요."

"설마."

"좀 지루하던데요."

"지루하다고!" 그가 손바닥으로 가슴을 짚는다. "버네사! 네가 내 마음을 아프게 하는구나."

"솔직해서 좋다면서요." 내가 웃으며 말한다.

"그건 그래." 선생님이 말한다. "다만 너와 내가 같은 생각이면 더 좋겠지."

그가 그다음으로 준 책은 에드나 세인트 빈센트 밀레이의 작품이다. 스트레인 선생님의 말에 따르면, 그녀는 지루한 것과는 가장 거리가 먼 사람이다. "그리고 이 작가도 메인주 출신이고 머리색이 붉어." 그가 말한다. "꼭 너처럼."

나는 그가 준 책을 들고 다니면서 틈틈이 읽는다. 쉬는 시간마다, 그리고 식사 시간 내내. 문득 그 책을 내가 좋아하는지는 중요하지 않다는 것을 깨닫는다. 선생님이 나 자신을 보는 새로운 렌즈들을 제공하고 있다는 게 더 중요하다. 그 시들은 그가 왜 그렇게 나에게 관심을 갖는지, 나에게서 정확히 무얼 보았는지를 이해하기 위한 단서들이다.

선생님이 나에게 관심을 보인 덕분에, 내가 쓴 시들을 보여줄 용기가 생긴다. 그는 비평과 함께 나의 시를 돌려준다. 단순한 칭찬이 아니라, 내 시를 보다 나아지게 하기 위한 실질적인 제안들이다. 나 스스로도 확신이 없었던 단어에 동그라미를 치고는 이게 최선일까?라고 쓴다. 또 어떤 대목은 완전히 줄을 그어 지우고, 넌 이것보다 더 잘 쓸 수 있어, 라고 쓴다. 그의 교실과 고향집의 내 방이 뒤섞인 듯한 공간을 배경으로 한 꿈을 꾸다가 깨어나 한밤중에 쓴 시에 대해서는 버네사, 이 시는 좀 무섭구나, 라고 쓴다.

나는 교사 상담 시간을 스트레인 선생님의 교실에서 보내기 시작한다. 나는 세미나 테이블에서 공부를 하고 그는 그의 책상에 앉아 일을 할 때면, 교실 유리창이 우리 위로 10월의 햇살을 드리운다. 가끔 다른 학생들이 과제를 도와달라고 찾아오지만 대부분의 시간 동안에는 우리 두 사람뿐이다. 선생님은 나에 관해 질문한다. 훼일스백 호숫가에서 자랄 땐 어땠는지, 브로윅 생활이 어떤지, 이다음에 더 나이를 먹으면 무얼 하고 싶은지. 나는 뭐든 할 수 있는 애라고, 학점이나 시험 점수로 평가할 수 없는 아주 희귀한 지적 감수성의 소유자라고, 그는 말한다.

"난 가끔 너 같은 학생들이 걱정돼." 그가 말한다. "쇠락해가는 학교가 있는 소도시 출신들 말이야. 그런 학생들이 이런 학교에 오면 분위기에 압도당하고 길을 잃기 십상이거든. 하지만 넌 잘하고 있어. 안 그러니?"

나는 고개를 끄덕이지만 선생님이 말한 "쇠락해가는" 학교라는 게 뭔지 의문이 든다. 내가 다니던 중학교는 그 정도로 형편없진 않았는데.

"이걸 기억해." 선생님이 말한다. "넌 특별하다는 거. 넌 이 흔해빠진 과잉 성취자들은 엄두도 못 내는 무언가를 가졌어." 그는 "과잉 성취자들"이라고 말할 때 세미나 테이블의 빈자리들을 가리키고, 나는 제니를 생각한다. 성적에 대한 제니의 집착, 언젠가 방에 가보니 제니가 부츠를 신은 채 침대에 누워 울고 있었던 일, 굵은 눈물 자국으로 얼룩진 시트, 구겨서 바닥에 내던진, 가채점한 중간고사 시험지. 제니의 점수는 88점이었다. 제니, 그래도 B잖아. 그러나 이 말은 제니에겐 전혀 위로가 되지 않았다. 제니는 그저 벽 쪽으로 몸을 굴리더니 두 손으로 얼굴을 가리고 울었다.

어느 날 오후 스트레인 선생님이 강의계획서를 타이핑하다가, 밑도 끝도 없이 이렇게 말한다. "네가 여기서 나와 많은 시간을 보내는 걸 다들 어떻게 생각할지 모르겠다." 그가 말하는 "다들"이 누구인지 나는 알 수 없다. 다른 학생들을 말하는 건지, 아니면 다른 선생님들을 말하는 건지, 아니면 그저 온 세상을 하나의 집합명사로 축소시켜서 말하는 건지.

"걱정할 필요 없을 거 같아요." 내가 말한다.

"왜지?"

"왜냐하면 어차피 제가 뭘 하는지 알아차리는 사람은 아무도 없으니까요."

"그건 사실이 아니야." 선생님이 말한다. "난 네가 무얼 하는지 항상 알아차려."

나는 노트에서 고개를 든다. 선생님은 타이핑을 멈추고, 손을 키보드 위에 올린 채 나를 쳐다본다. 그의 표정이 너무도 다정해서 나의 몸이 서늘해진다.

그날 이후 게슴츠레한 눈으로 아침식사를 할 때나, 시내에서 걸어다닐 때나, 내 방에 혼자 있을 때나, 머리를 묶은 고무줄을 당겨서 풀고 그가 골라준 책을 들고 침대로 파고들 때나, 나는 선생님이 날 지켜보고 있다고 상상한다. 내 상상 속에서 그는 책장을 넘기는 나를 지켜보고 내가 하는 모든 작은 행동들에 숨을 죽인다.

학부모 초청 행사가 열리는 주말이 다가오고, 사흘 동안 브로윅은 좋은 인상을 주려고 최선을 다한다. 금요일에는 학부모들만을 위한 칵테일파티가 있고, 그다음에는 평상시 우리 식단에서는 한 번도 본 적 없는 음식들이 등장하는, 학교 전체가 참석하는 공식 만찬이 이어진다. 로스트비프, 손가락 모양 감자, 따뜻한 블루베리 파이. 학부모와 교사의 면담이 토요일 점심 전에 있고, 오후에는 운동회가 있으며, 일요일까지 머무는 학부모들은 교회에 가거나 브런치를 먹으러 시내에 나간다. 작년에 나의 부모님은 모든 행사에 참석했다. 심지어 일요일 미사까지도. 그러나 올해 엄마는 이렇게 말한다. "버네사, 올해도 행사에 전부 다 참석했다간 엄마도 아빠도 너무 진이 빠질 것 같아." 그래서 부모님은 토요일에 열리는 면담에만 참석한다. 나는 상관없다, 브로윅은 나의 세상이고, 그들의 세상이 아니니까. 나의 부모님이 차에 나는 브로윅의 학부모입니다, 라는 스티커를 붙이고 다닐 확률은 그들이 공화당에 투표할 확률보다 낮다.

면담을 마치고 부모님이 내 방을 보러 온다. 아빠는 보스턴 레드삭스 모자에 체크무늬 플란넬 셔츠 차림이고 엄마는 그나마 카디건 트윈 세트를 입어서 아빠의 옷차림을 상쇄하려 노력했다. 아빠가 방안을 돌아다니며 책장을 살펴보는 동안, 엄마는 침대에 앉아 내 손을 잡으려 한다.

"하지 마세요." 엄마의 손을 뿌리치며 내가 말한다.

"그럼 네 목냄새라도 맡게 해줘." 엄마가 말한다. "네 냄새가 그립더라."

나는 어깨를 귀까지 끌어올리며 엄마를 밀어낸다. "너무 이상해요, 엄마." 내가 말한다. "그건 정상이 아니에요." 지난 겨울방학 때 엄마는 내가 가장 좋아하는 목도리를 엄마가 가져도 되겠느냐고 물었다. 상자에 넣어두었다가 내가 보고 싶을 때마다 꺼내서 냄새를 맡겠다면서. 나는 그런 생각들을 곧바로 떨쳐내야 한다. 그러지 않으면 너무 죄책감이 들어서 숨도 못 쉴 지경이 되기 때문이다.

엄마가 면담에 대해 설명하기 시작한다. 내가 알고 싶은 건 스트레인 선생님이 무슨 말을 했는지뿐이지만 나는 엄마가 교사 명단을 다 훑을 때까지 기다린다. 지나치게 관심을 보여서 의심을 불러일으키고 싶지 않다.

마침내 엄마가 말한다. "참, 네 미국문학 선생님 참 재미있는 분 같더라."

"그 키 크고 턱수염 기른 사람?" 아빠가 묻는다.

"응, 하버드 나왔다는 사람." 엄마는 하버드를 하-버드라고 길게 늘여 발음한다. 어쩌다가 그 얘기가 나왔는지 궁금하다. 스트레인 선생님이 대화중에 자기가 하버드 출신이라고 말을 흘렸는지, 아니면 부모님이 그의 책상 뒤쪽 벽에 걸려 있는 학위증을 보았는지.

엄마가 다시 한번 말한다. "아주 재미있는 분이야."

"그게 무슨 뜻이에요?" 내가 묻는다. "스트레인 선생님이 무슨 말을 했는데요?"

"지난주에 네가 에세이를 잘 썼더래."

"그게 다예요?"

"더 많은 얘길 했어야 하니?"

나는 볼 안쪽을 깨문다. 스트레인 선생님이 나를 여느 학생과 똑같이 얘기했다고 생각하니 수치심이 밀려든다. 따님이 지난주에 에세이를 잘 썼더군요. 어쩌면 그에게 나는 딱 그 정도일지도 모른다.

엄마가 말한다. "누가 별로였는지 알아? 그 정치학 교사, 셸던 선생." 엄마는 나를 흘긋 쳐다보면서 덧붙인다. "완전 개자식 같더라."

"잰, 제발." 아빠가 말한다. 아빠는 엄마가 내 앞에서 욕하는 걸 싫어한다.

나는 침대에서 벌떡 일어나 옷장 문을 열고 옷을 찾기 시작한다. 여기 좀더 있다가 저녁식사를 하고 갈지 아니면 어두워지기 전에 출발할지 부모님이 실랑이하는 동안 그들을 쳐다볼 필요가 없도록.

"우리가 저녁 안 먹고 가면 서운하겠니?" 부모님이 묻는다. 걸려 있는 옷들을 바라보며 나는 괜찮다고 웅얼거린다. 나는 언제나처럼 통명스럽게 작별인사를 하면서, 엄마의 눈가가 촉촉해지는 것을 보고 짜증을 내지 않으려 애쓴다.

휘트먼에 관한 중요한 과제물을 제출하기로 되어 있는 금요일, 스트레인 선생님은 세미나 테이블에 둘러앉은 학생들을 무작위로 호명하여 자신의 주제문을 발표하게 한다. 그는 즉석에서 평가를 내리면서 "괜찮지만 보완이 필요하다"라거나 "내다버리고 처음부터 다시 시작해"라고 말하고, 그 과정에서 우리는 불안감에 휩싸인다. 톰 허드슨은 "내다버리고 처음부터 다시 시작해"라는 말을 들었는데, 그 순간 나는 톰이 울지도 모른다고 생각한다. "괜찮지만 보완이 필요하다"는 말을 들은 제니는 실제로 눈물을 참으려고 눈을 깜빡인다. 마음 한편으로는 달려가 제니를 끌어안으며 스트레인 선생님에게 그러지 말라고 말하고 싶다. 내 주제문을 발표할 차례가 되고, 선생님은 완벽하다고 말한다.

평가가 모두 끝나고 난 뒤에도 수업은 아직 십오 분이 남았고, 스트레인 선생님은 남은 시간 동안 주제문을 수정하라고 말한다. 그가 내 글이 완벽하다고 했기 때문에 무얼 해야 할지 모르는 상태로 앉아 있는데 책상 뒤에서 선생님이 내 이름을 부른다. 그는 수업 시작 전에 내가 그에게 준 시를 들어 보이면서 나에게 책상 앞으로 오라고 손짓한다. "이 시에 대해 얘기해보자꾸나." 선생님이 말한다. 내가 의자를 뒤로 밀며 일어설 때 제니가 쥐가 나는 손을 털다가 연필을 떨어뜨린다. 순간 우리의 눈이 마주치고, 스트레인 선생님의 책상으로 걸어갈 때도 제니의 시선이 느껴진다.

나는 스트레인 선생님의 옆자리에 앉으며 내 시의 여백에 아무것도 적혀 있지 않은 것을 확인한다. "조용히 얘기하게 좀더 가까이 와보렴." 그가 말하고는 내가 움직이기도 전에 내 의자의 등판을 움켜잡고 바짝 끌어당겨서 우리 사이의 거리는 30센티미터도 채 되지 않는다.

그와 내가 무얼 하는지 다들 궁금해하는지는 모르겠지만 겉으로 티를 내는 사람은 없다. 세미나 테이블에 앉아 있는 모두가 고개를 숙이고 집중하고 있다. 그들은 그들만의 세계에 있고, 스트레인 선생님과 나는 또다른 세계에 있는 것 같다. 선생님이 손바닥 아래 불룩한 부분으로 종이의 접힌 부분을 문질러 편 다음 내가 쓴 시를 읽기 시작한다. 그가 너무도 가까이 있어서 그의 체취―커피와 분필 냄새―를 맡을 수 있다. 선생님이 시를 읽는 동안 나는 그의 손, 평평하고 물어뜯은 손톱, 손목에 난 검은 털을 본다. 내 시를 아직 읽지 않았다면 왜 얘기를 하자고 한 걸까. 선생님은 나의 부모님을 어떻게 생각했을까. 플란넬 셔츠를 입은 아빠와 가방을 가슴에 끌어안은 엄마가 촌스럽다고 생각했을까. 오, 하버드를 나오셨군요. 부모님은 분명히 그렇게 말했을 것이고, 감탄 속에서 사투리 억양이 드러났을 것이다.

펜으로 시를 가리키면서 스트레인 선생님이 속삭인다. "네사, 묻지 않을 수가 없구나. 여기 이 대목은 일부러 섹시하게 쓴 거니?"

나의 시선이 그가 가리키는 행에 꽂힌다.

보랏빛 배의 여린 소녀가 잠결에 뒤척이네,
매니큐어가 벗겨진 발로 이불을 걷어차며

크게 하품하네, 그가 속을 들여다볼 수 있도록.

그의 물음에 내가 나의 몸에서 이탈한다. 마치 나의 몸이 그의 곁에 머무는 동안, 나의 뇌는 세미나 테이블로 돌아가고 있는 것 같다. 지금껏 그 누구도 나에게 섹시하다고 말한 적이 없었고 나를 '네사'라고 부른 사람도 나의 부모님뿐이었다. 혹시 부모님이 회의 시간에 날 그렇게 불렀을까. 그래서 스트레인 선생님이 그 애칭을 듣고 본인이 쓰려고 기억해둔 것일까.
내가 일부러 섹시하게 썼던가? "모르겠어요."
선생님이 나에게서 물러난다. 아주 미세한 동작이지만 나는 느낄 수 있다. 그가 말한다. "널 당황하게 할 생각은 없었어."
나는 이것이 일종의 테스트임을 깨닫는다. 그는 섹시하다는 말에 내가 어떻게 반응할지 알고 싶은 것이고, 당황하는 건 곧 실패를 의미한다. 그래서 나는 고개를 젓는다. "당황하지 않았어요."
그가 계속 읽고, 또다른 행 옆에 느낌표를 쓰고는 중얼거린다, 나에게라기보다는 혼잣말처럼. "아, 정말 훌륭하네."
복도 어딘가에서 문이 쾅 닫히는 소리가 들린다. 세미나 테이블에서 그레그 에이커스가 손가락 마디를 하나씩 꺾고 제니는 지우개로 잘 풀리지 않는 문장을 지우고 또 지운다. 나의 시선은 어느덧 창문 밖으로 향하고 붉은색의 무언가를 포착한다. 눈을 가늘게 뜨니 풍선이 보인다. 풍선 줄이 단풍나무의 헐벗은 가지에 걸려 있다. 풍선이 바람에 흔들리며 나뭇잎과 나무껍질에 부딪힌다. 저 풍선은 대체 어디서 날아왔을까? 길게 느껴지는 시간이 흐르는 동안 나는 계속 그 풍선을 바라본다. 눈 한 번 깜빡이지 않고 유심히.

그때 스트레인 선생님의 무릎이 내 스커트 밑단 바로 아래, 나의 맨허벅지에 닿는다. 그의 시선은 여전히 나의 시에 고정된 가운데 펜 끝은 행을 따라 움직이고, 무릎은 줄곧 나의 몸에 닿아 있다. 나는 죽은 듯 꼼짝도 하지 않는다. 세미나 테이블에서, 아홉 명이 머리를 숙인 채 집중하고 있다. 창밖에는 빨간 풍선 하나가 나뭇가지에 걸려 있다.

처음엔 그가 미처 눈치채지 못한 거라고 생각한다. 내 다리를 책상이나 의자 옆면으로 생각한 거라고. 나는 선생님이 자신의 행동을 깨닫기를 기다린다. 자기 무릎이 어디에 닿았는지 깨닫고 얼른 "미안"이라고 속삭이며 몸을 피하기를. 그러나 그의 무릎은 계속 나에게 지그시 닿아 있다. 내가 예의를 갖추려고 살짝 물러나자 선생님도 따라온다.

"우린 아주 비슷한 사람인 것 같구나, 네사." 그가 속삭인다. "네가 쓴 글을 보니 너도 나처럼 어두운 로맨티스트란 걸 알겠어. 너도 어두운 걸 좋아하는구나."

책상에 가려진 상태로, 선생님이 손을 뻗어 내 무릎을 조심스럽게, 슬그머니 어루만진다. 마치 사납게 돌변해서 물지 않을지 확신하지 못한 채 개를 쓰다듬듯이. 나는 그를 물지 않는다. 나는 움직이지 않는다. 나는 숨도 쉬지 않는다. 그는 계속 내 시에 메모를 하면서 다른 손으로는 내 무릎을 쓰다듬고, 나의 영혼은 몸밖으로 이탈한다. 내 영혼은 천장으로 올라가 위에서 나를 내려다본다. 웅크린 두 어깨, 초점 없는 시선, 붉은 머리카락.

그리고 수업이 끝난다. 선생님이 나에게서 멀어지고, 그의 손이 머물다 간 내 무릎은 차갑다. 교실이 어수선하고 시끌벅적해진다.

지퍼 올리는 소리와 교과서 덮는 소리와 웃음소리와 얘기하는 소리. 그들 중 누구도 눈앞에서 방금 무슨 일이 일어났는지 알지 못한다.

"다음 시가 기대되는구나." 스트레인 선생님이 말한다. 그가 수정한 시를 나에게 건넨다. 마치 이 모든 게 자연스러운 일이라는 듯이, 자기는 아무 짓도 안 했다는 듯이.

아홉 명의 다른 아이들은 가방을 챙겨 연습을 하고 리허설을 하고 클럽활동을 하려고 교실을 나선다. 나도 교실을 나서지만 나는 그들과 다르다. 그 아이들은 똑같지만, 나는 달라졌다. 나는 인간이 아니다. 나는 지상에서 이탈했다. 그들이 평범하게 지상에 묶여 캠퍼스를 가로지를 때, 나는 단풍잎 빛깔의 붉은색 유성 꼬리를 흔적으로 남기며 하늘로 날아오른다. 나는 더이상 나 자신이 아니다, 나는 아무도 아니다. 나는 나뭇가지에 걸린 빨간 풍선이다. 나는 아무것도 아니다.

2017년

나는 근무중이다. 호텔 로비 쪽을 바라보고 있는데, 아이라에게서 문자가 온다. 푸시 알림이 쌓여가는 것을 지켜보며 나의 몸이 뻣뻣하게 굳는다. 아이라와 마지막으로 헤어진 뒤로 그의 번호는 여전히 '하지 마'라는 이름으로 저장되어 있다.

어떻게 지내?
최근에 네 생각이 났어.
한잔할까?

나는 휴대전화에 손대지 않는다. 내가 문자를 확인했다는 걸 그에게 알리고 싶지 않다. 그러나 레스토랑을 추천하고 예약을 해주고, 모든 투숙객들에게 도움을 드릴 수 있어 기쁘다고, 정말이지 너무도 기쁘다고 말할 때 내 뱃속에 조그만 불이 지펴진다. 아이라가 이번에는 확실하게 끝내버리자고 말한 뒤로 석 달이 지났고, 나는 이번에는 잘 버텼다. 그를 볼 수 있을까 하는 생각에 그의 아파트 앞을 지나가지도 않았고, 전화도, 문자도 하지 않았다—심지어 술에 취해서도 하지 않았다. 아마도 이것이 나의 자제력에 대한 보상일 것이다.

두 시간 뒤에 내가 대답한다. 난 잘 지내. 술 한잔 좋지. 그가 곧바로 답장한다. 근무중? 나 친구들하고 저녁 먹는 중. 여기 있다가 너 일 끝나면 만나러 갈게. 마치 '좋아'라고 입력하는 것조차 귀찮다는 듯, 엄지손가락 모양의 이모티콘을 보내는 나의 손이 떨린다.

열한시 반에 호텔을 나서니, 아이라가 발레파킹 접수대에 기대어 어깨를 움츠리고 휴대전화를 들여다보며 서 있다. 나는 곧바로 그의 변화를 알아차린다. 짧은 머리에 세련된 옷차림. 검은색 스키니 바지에 팔꿈치에 구멍이 난 데님 재킷을 걸쳤다. 나를 보자 아이라가 깜짝 놀라며 휴대전화를 뒷주머니에 넣는다.

"너무 오래 걸려서 미안." 내가 말한다. "일이 좀 많았어." 나는 그에게 어떻게 인사해야 할지, 어디까지 허용되는지 알지 못해 양손으로 가방을 들고 서 있다.

"괜찮아. 나도 조금 전에 왔어. 오늘 예쁘네."

"난 똑같아." 내가 말한다.

"하긴, 넌 항상 예뻤지." 아이라가 한 팔을 내밀고 포옹을 제안하지만 나는 고개를 젓는다. 그는 오늘 지나치게 다정하다. 날 다시 만날 생각이었다면, 나처럼 경계하면서 초조해했을 것이다.

"넌 오늘 아주⋯⋯" 내가 적절한 말을 찾는다. "세련됐다." 뜨끔하라고 한 말이지만 아이라는 웃으며, 진심어린 목소리로 고맙다고 말한다.

우리는 새로 생긴 술집에 간다. 낡아 보이게 만든 원목 테이블에 철제 의자들이 놓여 있고, 메뉴판에는 제조 방식, 제조국, 알코올 도수에 따라 맥주가 장장 다섯 쪽에 걸쳐 분류되어 있다. 술집에 들어서며 나는 실내를 훑어보고, 긴 금발의 여자들을 한 명씩 전부 확인한다. 테일러 버치가 바로 코앞에 나타난다고 해도 알아볼 수 나 있을지 확실치 않은데도. 지난 이 주 동안 나는 분명히 테일러 인 것 같은 여자들을 여럿 마주쳤지만 매번 비슷하지도 않은 얼굴 의 낯선 여자였다.

"버네사?" 아이라가 내 어깨를 건드리는데, 순간 마치 그가 여 기 있는 것을 몰랐던 것처럼 내가 놀란다. "괜찮아?"

나는 고개를 끄덕이고 그에게 엷게 미소 지은 뒤 빈 의자에 앉 는다.

웨이터가 와서 메뉴에 대해 떠들기 시작하자 내가 그의 말을 자 른다. "뭐가 뭔지 모르겠네요. 그냥 아무거나 하나 가져다줘요. 불 평 없이 먹을게요." 농담을 하려던 건데 말투가 너무 까칠하게 나 왔다. 아이라가 마치 내가 대신 사과할게요, 라고 말하는 듯한 표정 으로 웨이터를 쳐다본다.

"다른 데 갈 걸 그랬나보다." 아이라가 말한다.

"여기 괜찮아."

"네가 싫어하는 거 같아서."

"난 어차피 다 싫어해."

웨이터가 맥주를 가져온다. 아이라 앞에는 와인 향이 풍기는 어 두운색 맥주가 담긴 와인 잔을, 나에게는 밀러라이트 캔 하나를 가져다준다.

"유리잔 필요하세요?" 웨이터가 묻는다. "아니면 그냥 드시겠어요?"

"아, 그냥 마실게요." 내가 미소를 짓고는 캔을 가리킨다. 나는 호감을 주기 위해 최선을 다하고 있다. 웨이터가 다음 테이블로 간다.

아이라가 나를 유심히 쳐다본다. "너 잘 지내고 있는 거야? 솔직히 말해줘."

내가 어깨를 으쓱하며 한 모금 마신다. "그럼."

"페이스북에 올라온 글 봤어."

나는 손톱으로 맥주 캔의 따개 부분을 튕긴다. 딸깍-딸깍-딸깍. "페이스북에 올라온 어떤 글?"

아이라가 얼굴을 찌푸린다. "스트레인에 관한 거. 정말 못 봤어? 마지막으로 확인했을 때 공유만 2000회 가까이 되던데."

"아, 그거." 사실 지금은 살짝 속도가 더뎌졌지만 공유는 거의 3000회에 달하고 있다. 나는 맥주를 한 모금 더 들이켠 다음 메뉴판을 뒤적인다.

"네가 걱정되더라고." 아이라가 다정하게 말한다.

"걱정할 필요 없어. 난 괜찮으니까."

"페이스북에 글 올라오고 나서 그 사람하고 통화했어?"

내가 메뉴판을 탁 닫는다. "아니."

아이라가 나를 쳐다본다. "정말?"

"정말."

그는 스트레인이 해고될 것 같은지 묻고 나는 맥주를 들이켜는 도중에 어깨를 으쓱한다. 그걸 내가 어찌 알겠는가? 이어 테일러에게 연락할 생각이 있느냐는 물음에 나는 대답 없이 캔 따개를 튕기고, 이제 캔이 반쯤 비어 있어서 딸깍-딸깍-딸깍 소리는 딩-딩-딩 하고 울린다.

"너한테 얼마나 힘든 일인지 알아." 아이라가 말한다. "하지만 오히려 기회일 수도 있어, 안 그래? 그 사건을 정리하고 앞으로 나아갈 기회."

그의 말을 생각하면서 나는 억지로 숨을 쉬어야 한다. "그 사건을 정리하고 앞으로 나아"간다는 말은 나에게 낭떠러지에서 뛰어내리라는 말처럼 들리고, 죽으라는 말처럼 들린다.

"다른 얘기 하면 안 돼?" 내가 묻는다.

"돼." 아이라가 말한다. "되고말고."

그는 내 일에 대해 묻는다. 여전히 새 일자리를 찾고 있느냐고. 먼조이힐에 아파트를 얻었다고 얘기하는 그의 말에 내 심장이 두근거린다. 혹시 나에게 거기 들어와 살라고 말하려는 건가 하는 망상의 순간이 이어진다. 근사한 곳이라고, 그가 말한다. 엄청 크다고. 주방에 식탁도 들어가고, 침실에서 바다가 보인다고. 나는 기다린다, 적어도 날 집으로 초대해주기를. 그러나 아이라는 그저 잔을 들어올릴 뿐이다.

"그렇게 근사한 집이라면 보나마나 비싸겠네." 내가 말한다. "어떻게 감당해?"

아이라가 입술을 오므리며 맥주를 넘긴다. "운이 좋았어."

나는 우리가 이렇게 계속 술을 마실 거라고 짐작한다. 우린 늘 그랬으니까. 마시고 또 마시다가, 둘 중 한 사람이 용기를 내서 "나하고 같이 집에 갈 거야, 말 거야?"라고 물을 때까지. 그러나 내가 맥주를 한 잔 더 주문하기 전에 아이라가 웨이터에게 신용카드를 건네고 오늘밤은 이걸로 끝임을 암시한다. 한 대 얻어맞은 기분이다.

술집에서 추운 거리로 나서는데, 그가 내게 지금도 루비와 상담을 하느냐고 묻고, 나는 그 질문이 고맙다. 그 질문에 대해서만큼은 그가 원하는 대답을 해주기 위해 거짓말할 필요가 없다.

"계속 다닌다니 정말 다행이다." 아이라가 말한다. "너한테 가장 필요한 건 바로 그거야."

나는 미소를 지으려 애쓰지만, 그가 "너한테 가장 필요한 건 바로 그거"라고 말하는 방식이 마음에 들지 않는다. 그 말은 너무도 많은 기억을 소환한다. 아이라는 내가 학대를 낭만적으로 묘사하는 것이, 날 학대한 사람과 여전히 연락하고 있다는 사실만큼이나 불편하다고 말했다. 처음 만났을 때부터 아이라는 내가 상담을 받아야 한다고 말했다. 사귄 지 여섯 달이 되었을 때, 그는 자기가 찾은 심리상담사의 명단을 주었고, 제발 한번 만나보라고 애원했다. 내가 거부하자, 그는 자길 사랑한다면 상담을 받아야 한다고 했고, 나는 그에게 날 사랑한다면 내버려두라고 했다. 일 년 뒤 아이라는 상담을 일종의 최후통첩으로 내밀었고, 상담사를 만나지 않으면 헤어지겠다고 했다. 그 말조차도 내 마음을 바꿀 수 없었고, 결국 그가 물러섰다. 그후에 루비를 만나기 시작한 건 아빠의 죽음 때문이었지만, 그럼에도 아이라는 뿌듯해했다. 무슨 이유로든 일단 갔으면 된 거야, 버네사. 그는 이렇게 말하곤 했다.

"루비는 이 상황을 어떻게 생각해?" 아이라가 묻는다.

"무슨 뜻이야?"

"페이스북 게시글. 그 사람이 그 여자애한테 한 짓……"

"아, 우린 그런 얘기는 거의 안 해." 나의 시선이 가로등 불빛 아래 드러난 보도의 벽돌 문양을 좇는다. 바다에서 물안개가 밀려들고 있다.

두 블록을 걷는 동안, 아이라는 아무 말도 하지 않는다. 콩그레스 스트리트에 다다라 나는 왼쪽으로, 아이라는 오른쪽으로 가야 하는 지점에 이르자, 나는 그에게 우리집에 같이 가자고 말하고 싶어 가슴이 저려온다. 술에 취하지도 않았고, 그와 삼십여 분을 함께 보내는 동안 이미 나 자신을 증오하게 되었는데도. 나에겐 누군가의 손길이 필요하다.

아이라가 말한다. "너 아직 얘기 안 했구나."

"얘기했어."

아이라는 고개를 비스듬히 기울이고 눈을 가늘게 뜬다. "그래? 어렸을 때 널 학대했던 남자가 지금 다른 여자애를 학대했다는 사실이 폭로되었는데, 상담사랑 그런 얘기를 거의 안 한다고? 말이 되는 소릴 해."

내가 어깨를 으쓱한다. "나한텐 그렇게 중요한 일이 아니야."

"그렇겠지."

"그리고 그 사람은 날 학대하지 않았어."

아이라의 코끝이 벌름거리고 눈빛이 굳는다. 그의 얼굴에 스치는 익숙한 분노. 그가 그만 가겠다는 듯—나랑 싸우느니 차라리 그냥 돌아서는 편이 낫다는 듯—돌아섰다가 다시 몸을 돌린다. "상담사가 그 사람에 대해 알기는 해?"

"그 얘기 하려고 가는 게 아니라고. 알겠어? 아빠 때문에 가는 거라고."

자정이다. 저멀리 성당 종소리가 울려퍼지고 신호등이 빨간색, 노란색, 초록색으로 바뀌었다가 다시 노란색으로 반짝이고, 아이라가 고개를 젓는다. 그는 내가 역겹다. 그가 무슨 생각을 하는지 안다. 누구든 그렇게 생각할 것이다. 내가 학대의 옹호자이자 동조자라고. 그러나 나는 스트레인을 옹호하는 만큼 나 자신을 옹호하고 있다. 비록 내가 겪은 일들 중 몇 가지를 설명할 때 나 역시 학대라는 단어를 사용하는 게 사실이지만, 다른 사람의 입에서 나오는 순간 그 단어는 추잡하고 절대적인 것으로 변한다. 그 단어가 내게 일어난 모든 일을 삼켜버린다. 나를 삼켜버리고 내가 그걸 원했고 또 구걸했던 모든 시간을 삼켜버린다. 마치 법이 열여덟 살이 되기 전에 내가 스트레인과 했던 모든 섹스를 강간으로 뭉개버리는 것처럼. 생일이 무슨 마법의 날짜라도 되나? 생일은 다른 모든 날짜들처럼 임의적인 날짜일 뿐이다. 어떤 아이들은 조금 더 일찍 준비가 될 수도 있지 않은가?

"있잖아," 아이라가 말한다. "이 사건이 뉴스에 나온 지난 몇 주 동안, 난 오직 네 생각만 했어. 널 걱정했다고."

헤드라이트가 다가오고, 점점 더 밝아지고, 우리를 빛으로 감싸며 모퉁이를 돈다.

"그 여자가 쓴 글 때문에 네가 괴로울 거라고 생각했는데, 넌 전혀 신경도 안 쓰는 것 같네."

"내가 왜 신경써?"

"왜냐하면 그 사람이 너한테도 똑같은 짓을 했으니까!" 아이라가 소리를 지르고 그의 목소리가 건물들에 부딪혀 튕겨나온다. 그는 버럭 화낸 게 창피한지 심호흡하며 땅을 쳐다본다. 나처럼 그의 화를 돋우는 사람은 없다. 그는 늘 그렇게 말했다.

"그렇게 걱정할 필요 없어, 아이라." 내가 말한다.

그가 코웃음치고는 웃는다. "그건 나도 알아, 내 말 믿어."

"이 일에 네 도움은 필요치 않아. 넌 이해 못해. 넌 한 번도 이해한 적이 없어."

그가 고개를 뒤로 젖힌다. "그래, 이게 내 마지막 시도였어. 다시는 안 해."

돌아서서 멀어지는 아이라에게 나는 소리친다. "걔가 거짓말하는 거야."

그가 걸음을 멈추고, 고개를 돌린다.

"그 게시글 쓴 애 말이야. 순 거짓말이라고."

나는 기다리지만, 아이라는 말을 하지도, 움직이지도 않는다.

또다른 헤드라이트 불빛이 다가왔다가 우리를 지나친다.

"내 말 믿어?" 내가 묻는다.

아이라는 고개를 젓지만, 화가 난 것 같지는 않다. 그는 내가 딱하다고 생각한다. 그건 걱정하는 것보다 더 나쁘고, 그 어떤 것보다 나쁘다.

"그게 왜 그렇게 힘든 일이지, 버네사?" 그가 묻는다.

아이라는 콩그레스 스트리트를 따라 언덕 쪽으로 향하다가 돌아보며 소리친다. "그건 그렇고, 새 아파트 어떻게 된 거냐고? 새로운 사람을 만난 덕분이야. 우리 같이 살기로 했거든."

그가 뒷걸음치며 내 표정을 살피지만, 나는 아무 감정도 드러내지 않는다. 나는 타는 듯한 목구멍으로 침을 삼키며 빠르게 눈을 깜빡이고 그는 하나의 그림자로, 안개로 흐릿해진다.

정오가 되도록 자고 있는데 스트레인의 번호에 특별히 지정해놓은 전화벨소리가 울린다. 그 소리가 꿈속으로 파고들고, 딸랑거리는 보석함의 멜로디가 나를 너무도 다정하게 깨워서, 전화를 받으면서도 반쯤은 꿈을 꾸고 있다.

"그 사람들이 오늘 모인대." 그가 말한다. "거기서 날 어떻게 할지 결정할 거래."

나는 눈을 깜빡이며 잠에서 깨어난다. 스트레인이 말하는 "그 사람들"이 누구인지 혼미한 머리로 더듬어본다. "학교?"

"앞으로 어떻게 될지 뻔해." 그가 말한다. "삼십 년을 거기서 가르쳤는데, 날 쓰레기 취급하면서 내다버리겠지. 어떻게든 이젠 좀 끝났으면 좋겠어."

"그 사람들은 괴물들이니까." 내가 말한다.

"그렇게까지 말하고 싶진 않아. 자기들도 어쩔 수가 없겠지." 스트레인이 말한다. "이 상황에서 괴물이 있다면, 그 테일러인지 뭔지 하는 여자애가 떠드는 이야기야. 나한테 뭐 갖다붙일 게 없으니까 기껏 한다는 소리가 내가 무섭다잖아. 이게 무슨 빌어먹을 공포영화도 아니고."

"공포영화라기보다는 카프카 같네요." 내가 말한다.

그가 웃는 소리가 들린다. "네 말이 맞는 것 같아."

"그래서 오늘은 수업 없어요?"

"안 해. 결정날 때까지 학교 출입 금지야. 마치 범죄자가 된 기분이야." 스트레인이 길게 한숨을 쉰다. "저기, 나 지금 포틀랜드에 왔거든. 혹시 좀 볼 수 있을까?"

"여길 왔다고요?" 나는 침대에서 내려와 화장실로 가는 중이다. 거울에 비친 내 모습을 보니 속이 뒤집힌다. 서른 살이 되자마자 나타나기 시작한 입가와 눈가의 잔주름.

"아직도 그 아파트에 살아?" 그가 묻는다.

"아뇨, 이사했어요. 오 년 전에."

잠시 흐르는 침묵. "위치 좀 알려줄래?"

나는 주방 싱크대에 쌓인 음식물 범벅이 된 접시들, 쓰레기가 넘치는 쓰레기통, 불결한 위생 상태를 생각한다. 내 침실로 들어서는 순간 눈앞에 펼쳐질 더러운 빨래 무더기, 매트리스 주변에 늘어놓은 빈병들, 여전히 엉망으로 사는 나를 보는 스트레인의 모습을 상상해본다.

이젠 좀 정신을 차려야지, 그는 말할 것이다. 버네사, 너도 이제 나이가 서른둘이야.

"그냥 커피숍에서 만나는 게 어때요?" 내가 묻는다.

그는 구석자리에 앉아 있다. 처음엔 그를 잘 알아보지 못한다. 양손으로 커피잔을 감싸쥐고 앉아 있는 거구의 나이든 남자. 그러나 내가 카운터 앞에 선 줄을 가로지르고 의자들 사이로 걸어서 다가가자, 그가 나를 보고 일어선다. 그 순간 그 사람임이 확실해진다. 193센티미터의 산 같은 몸을, 견고하고 안전하며 너무도 익숙한 그 몸을 나의 몸이 알아본다. 나는 두 팔로 그를 끌어안으며 코트 자락을 꽉 움켜쥔다, 최대한 밀착하려 애쓰면서. 그의 품에 잠기는 느낌은 열다섯 살 때와 똑같다. 커피와 분필 냄새, 그의 어깨에 겨우 닿는 내 머리.

나를 놓아주는 그의 눈에 눈물이 고여 있다. 당황한 그는 안경을 이마로 올리고 뺨을 닦는다.

"미안," 그가 말한다. "질질 짜는 노인네라면 아주 질색일 텐데. 널 보는 순간 그만……" 그가 말끝을 흐리고, 내 얼굴을 살핀다.

"괜찮아요." 내가 말한다. "그래도 괜찮아요." 내 눈에도 눈물이 고인다.

우리는 마주앉는다. 마치 평범한 사람들처럼. 마치 오랜만에 옛 지인을 만난 것처럼. 그는 놀라울 정도로 늙어 보인다. 온통 허옇게 셌다. 머리카락뿐 아니라 피부와 눈동자까지도. 턱수염이 사라졌다. 턱수염 없는 그의 모습은 처음이다. 턱수염이 있던 자리에 턱살이 늘어져 있고, 그걸 보는 순간 토할 것 같다. 해파리처럼 매달려 있는 턱살이 그의 얼굴 전체를 밑으로 잡아당긴다. 충격적인 변화다. 마지막으로 그를 만난 게 오 년 전이고, 오 년이면 나이가 얼굴을 망가뜨리기에 충분한 시간이지만, 나는 테일러의 게시글 이후 일어난 변화가 아닐까 상상한다. 너무도 깊은 슬픔에 잠긴 사람들은 하룻밤 사이에도 늙을 수 있다는 미신처럼. 문득 떠오른 생각에 소름이 끼친다. 어쩌면 이번 일이 그를 무너뜨릴 것이다. 어쩌면 이번 일이 그를 죽일 것이다.

생각을 떨쳐내려 고개를 저으며, 나는 그에게라기보다는 나 자신에게 말한다. "잘 해결될 거예요."

"그럴 수도 있겠지." 스트레인이 말한다. "하지만 그렇게 안 될 거야."

"설령 그 사람들이 쫓아낸다고 해도, 그게 그렇게 나쁜 일인가요? 은퇴하는 셈 치면 되잖아요. 집을 팔고 노럼베가를 떠나요. 몬태나로 돌아가는 건 어때요?"

"그러고 싶지 않아." 그가 말한다. "내 삶은 여기 있어."

"여행도 하고, 제대로 휴가를 즐겨요."

"휴가," 그가 코웃음친다. "말이 되는 소릴 해. 어떤 식으로 결론이 나건, 내 이름은 더럽혀졌고 명예는 땅에 떨어졌어."

"결국엔 다 지나갈 거예요."

"지나가지 않아." 그의 눈빛이 너무 거칠게 번득여서 나도 겪어봐서 안다고, 나도 거기서 쫓겨났었다고 말할 수가 없다.

"버네사……" 그가 테이블 위로 몸을 숙인다. "몇 주 전에 그아이가 너한테 메시지를 보냈다며. 정말 답장 안 했니?"

나는 그를 한참 쳐다본다. "답장 안 했어요."

"그 정신과의사는 아직 만나고 있는지 모르겠네." 그가 아랫입술을 깨물더니 질문을 하려다 만다.

정신과의사가 아니라 상담사라고 그의 말을 수정하려다가 그만둔다. 중요한 건 그게 아니니까. 요지는 그게 아니다. "그 여자는몰라요. 당신 얘기는 안 하니까."

"좋아," 스트레인이 말한다. "그건 다행이네. 그리고 네 예전 블로그 말인데, 내가 찾아봤더니……"

"없어요. 몇 년 전에 다 없앴어요. 왜 이렇게 날 추궁하는 건데요?"

"그 여자애 말고 다른 사람이 너한테 연락한 적 있니?"

"다른 사람 누구요? 학교 사람들?"

"모르겠어," 그가 말한다. "그냥 혹시나 해서……"

"그 사람들이 날 끌어들일까봐 그래요?"

"나도 몰라. 나한텐 아무 얘기도 안 해줘."

"설마 그 사람들이 나한테⋯⋯"

"버네사." 내가 입을 다문다. 스트레인은 고개를 떨어뜨리고 한숨을 내쉰 뒤, 다시 천천히 말을 잇는다. "그 사람들이 무슨 짓을 할지 나도 몰라. 혹시라도 불씨가 남아 있는지 확인하는 것뿐이야. 그리고 네가 심리적으로⋯⋯" 그가 적절한 단어를 찾는다. "안정적인지도."

"안정적이에요." 내가 그의 말을 받는다.

그가 고개를 끄덕인다. 그리고 내게 시선을 고정한 채, 감히 소리 내어 묻지 못하는 질문을 던진다. 앞으로 무슨 일이 닥치더라도 감당할 만큼 내가 강한지.

"날 믿어도 돼요." 내가 말한다.

스트레인이 미소를 짓는다. 고마움이 그의 얼굴을 부드럽게 만든다. 비로소 그가 긴장을 푼다. 어깨가 풀어지고 그의 시선이 커피숍을 훑는다. "넌 어떻게 지내니?" 그가 묻는다. "어머니는 요즘 어떠셔?"

나는 어깨를 으쓱한다. 그와 엄마 얘기를 하는 건 언제나 배신처럼 느껴진다.

"그 친구는 아직 만나니?" 아이라를 두고 하는 말이다. 나는 고개를 젓고, 스트레인은 놀라지 않고 고개를 끄덕이며 내 손을 두드린다. "너하곤 안 맞았어."

접시 딸그락거리는 소리, 에스프레소 기계의 쉭쉭거리고 윙윙거리는 소리, 쿵쿵거리는 내 심장소리 속에서 우리는 말없이 앉아 있는다. 이 순간을—다시 그의 앞에, 손닿을 거리에 앉아 있는 순간을—몇 년 동안 상상했지만, 막상 이렇게 앉아 있으니 내 정신이 몸밖으로 빠져나가서 건너편 테이블에 앉아 날 지켜보는 것 같다. 우리가 평범한 사람들처럼 대화를 나누고 있다는 게, 그가 무릎을 꿇지 않고 감히 나를 쳐다본다는 게, 어딘가 잘못되었다는 생각이 든다.

"배고프니?" 그가 묻는다. "뭘 좀 먹자."

나는 머뭇거리며 휴대전화로 시간을 확인한다. 그제야 그가 내 검은 정장과 황금색 명찰을 본다.

"아, 근무중이지." 그가 말한다. "아직도 호텔에 있나보네."

"전화하면 돼요."

"아니, 그러지 마." 그가 의자에 기대앉는다. 그의 안색이 곧바로 어두워진다. 뭐가 문제인지 안다. 그가 식사하자고 했을 때, 덥석 그러자고 했어야 했다. 곧바로 좋다고 했어야 했다. 망설이는 건 실수였다. 그와 함께 있을 땐, 한 번 삐끗하면 전부 다 망칠 수 있다.

"일찍 퇴근할 수 있어요." 내가 말한다. "저녁식사 같이해요."

그가 손사래를 친다. "괜찮아."

"자고 가도 되고요." 그 말에 스트레인이 멈칫한다. 나의 제안을 생각해보는 동안, 그의 시선이 나를 훑는다. 열다섯 살의 나를 생각하는 건지, 아니면 오 년 전 그의 집, 플란넬 시트가 깔린 그의 침대에서 우리가 마지막으로 시도했던 때를 생각하는 건지 궁금하다. 우리는 첫날밤을 재연하려 애썼다. 나는 얇은 잠옷을 입었고, 조명은 흐릿했다. 잘 안 됐다. 그가 자꾸만 힘을 잃었다. 내가 너무 늙어버린 것이다. 나는 나중에 욕실에서 울었다, 물을 틀어놓은 채

한 손으로 입을 틀어막고서. 밖으로 나와보니 그는 옷을 입고 거실에 앉아 있었다. 우리는 두 번 다시 그 얘길 꺼내지 않았고, 그날 이후로는 통화만 했다.

"아니," 그가 나지막이 말한다. "집에 가야 해."

"알았어요." 내가 의자를 너무 세게 밀어서 손톱으로 칠판을 긁는 것 같은 끽 소리가 난다. 내가 손톱으로 그의 칠판을 긁었을 때처럼.

그는 코트에 팔을 넣고 가방을 메는 나를 바라본다. "거기서 일한 지는 얼마나 됐지?"

나는 어깨를 으쓱하고, 나의 뇌는 입안으로 들어오던 그의 손가락, 혀에 느껴지던 분필 가루 맛의 기억에 사로잡힌다. "잘 모르겠어요." 내가 작은 목소리로 말한다. "좀 됐어요."

"너무 오래됐어." 그가 말한다. "네가 좋아하는 일을 해야지. 그보다 못한 일에 안주하지 말고."

"상관없어요. 직업일 뿐인데요 뭐."

"넌 더 큰일을 할 수 있는 아이야." 그가 말한다. "넌 정말 총명했어. 뛰어난 아이였지. 난 네가 스무 살에 소설을 출간해서 세상을 평정할 거라고 생각했어. 최근에 글을 쓰니?"

나는 고개를 젓는다.

"세상에, 아깝구나. 네가 글을 쓰면 좋겠다."

나는 입술을 앙다문다. "실망시켜서 미안해요."

"무슨 그런 말을. 그런 말 마라." 그가 일어서서 두 손으로 내 얼굴을 감싸고는 목소리를 낮추어 날 다독이려 애쓴다. "조만간 다시 와서 자고 갈게." 그가 말한다. "약속하마."

우리는 입술을 다문 채로 작별의 키스를 주고받는다. 카운터의 바리스타는 팁을 담아두는 통 속의 돈을 계속 세고, 창가의 노인은 낱말 퍼즐을 푼다. 한때 그가 나에게 하는 키스는 들불처럼 번지는 루머의 빌미가 되었다. 그런데 이제 우리가 서로 애무를 해도 세상은 신경도 쓰지 않는다. 그 속에서 자유를 느껴야 옳겠지만, 나에게 그것은 상실처럼 느껴질 뿐이다.

  퇴근하고 집으로 돌아온 나는 침대에 누워 휴대전화를 들고 테일러 버치가 스트레인에 대한 비난 글을 올리기 전에 나에게 보낸 메시지를 읽는다. 안녕하세요, 버네사. 저에 대해 아실지 모르겠지만, 버네사와 제가 묘하게도 같은 경험을 통해 엮이게 된 것 같아요. 그 경험은 저에게 트라우마로 남았고, 아마 당신에게도 마찬가지일 거라 믿어요. 나는 메시지 창을 닫고 테일러의 프로필을 띄우지만 새로 올린 글은 없고, 그래서 과거의 글을 훑어본다. 샌프란시스코에서 미션 부리토*를 먹으며 휴가를 보내는 사진, 금문교를 배경으로 서서 찍은 셀카, 움푹하게 꺼진 벨벳 소파와 윤이 나는 마룻바닥, 풍성한 식물들로 둘러싸인 자신의 아파트에서 찍은 사진. 더 밑으로 내려가보니 '여성 행진'에서 분홍색 고양이 모자**를 쓰고 자기 머리만큼이나 큰 도넛을 먹고 있는 사진과 브로윅 동창회!라는 제목과 함께 시내 술집에서 친구들과 찍은 사진이 있다.

---

* 1960년대 샌프란시스코 미션 지구에서 처음 만들어져 인기를 끈 부리토.
** pink pussy hat. 2017년 일어난 '여성 행진' 시위에서 상징적으로 착용한 분홍색 모자. 'pussy'는 '고양이'를 뜻하지만 여성이나 여성의 성기를 비하하는 속어로도 쓰인다.

나는 내 프로필로 들어가서 테일러의 눈으로 나를 바라보려 애쓴다. 테일러가 내 근황을 확인하고 있다는 걸 안다. 몇 년 전 테일러가 내 사진에 좋아요를 눌렀다. 잘못 누른 거라 곧바로 취소했지만 나는 알림을 보았다. 그 화면을 캡처한 다음 스트레인에게 얘가 날 놓아주질 않네, 라고 써서 보냈지만 스트레인은 답장하지 않았다. 그는 소셜 미디어의 소란에, 숨어 있던 사람의 정체를 마침내 알게 되었을 때의 속물적 승리감에 관심이 없었다. 어쩌면 애초에 내 말뜻을 이해하지 못했는지도 모른다. 나는 때로 그가 정확히 몇 살인지 잊곤 한다. 내가 나이가 들면 우리의 나이 차가 줄어들 거라고 생각했지만, 우리의 나이 차는 여전히 크다.

휴대전화를 정신없이 들여다보는 동안 몇 시간이 흐른다. 나는 예전 사진들을 모아둔 계정으로 들어가서 2017에서 2010년으로, 다시 2007년, 2002년으로 돌아간다. 2002년도에 나는 열일곱 살이 되었고 처음으로 디지털카메라를 샀다. 마침내 찾던 사진이 화면에 뜨자 나는 숨을 죽인다. 사진 속에서 나는 땋은머리에 여름용 원피스를 입고 무릎까지 오는 양말을 신고, 자작나무 숲을 배경으로 서 있다. 원피스 자락을 들어올리고 창백한 허벅다리를 드러낸 사진도 있다. 카메라에서 돌아서서, 어깨 너머로 카메라를 바라보는 사진도 있다. 화질은 형편없지만 그래도 아름답다. 자작나무 숲의 단색 배경과 대비를 이루는 분홍색과 파란색 원피스, 그리고 나의 적갈색 머리카락.

나는 문자 창을 열고 사진을 복사해서 붙인 다음 새로운 메시지와 함께 스트레인에게 전송한다. 이 사진을 보여준 적 있는지 모르겠네요. 이때 나 열일곱 살이에요.

스트레인이 이미 몇 시간 전에 잠자리에 들었으리라는 걸 알면서도 나는 '전송' 버튼을 누르고 문자가 발송되는 것을 지켜본다. 나는 새벽까지 깨어서 내 십대 시절의 얼굴과 몸매를 본다. 스트레인에게 보낸 메시지가 '전송됨'에서 '읽음'으로 바뀌는지 이따금 확인하면서. 그가 한밤중에 일어나 잠에서 덜 깬 상태로 휴대전화를 확인하다가, 십대 시절의 나, 디지털 시대의 유령을 발견할 수도 있으니까. 그녀를 잊지 마.

때로는 그에게 연락할 때마다 그게 내가 하는 일의 전부인 것 같다. 그의 주위를 유령처럼 맴돌고, 그를 과거로 끌고 가고, 그때 있었던 일을 다시 얘기해달라고 부탁한다. 단 한 번이라도 그 일을 이해할 수 있게 해달라고. 왜냐하면 나는 아직 그 시간에 묶여 있기 때문이다. 앞으로 나아갈 수가 없다.

2000년

한 달에 한 번 금요일에, 구내식당에서 댄스파티가 열린다. 테이블은 모두 치워지고 흐릿한 조명이 드리우는, 어느 고등학교에서나 볼 수 있는 파티 풍경이다. 학교에서 고용한 디제이가 있고, 홀한복판에서 아이들이 모여 춤을 추고, 수줍은 아이들은 가장자리에 성별로 나뉘어 서 있다. 선생님들도 몇 명 있다. 선생님들은 감독관으로 참석해 학생들과 거리를 두고, 우리보다는 서로에게 더관심을 보이며 돌아다닌다.

오늘은 핼러윈 파티라 다들 핼러윈 복장을 하고 있고 이중문 앞에는 커다란 사탕 바구니 두 개가 놓여 있다. 대부분은 성의 없는 복장이다. 남자애들은 흰 티셔츠에 청바지를 입고 제임스 딘이라고 하고, 여자애들은 땋은머리에 주름 잡힌 미니스커트를 입고 브리트니 스피어스라고 한다. 그러나 시내에 나가서 사온 물건들로 정성 들여 꾸며 입은 아이들도 있다. 어떤 여자애는 가시 돋친 날

개에 파란색과 초록색 비늘이 있는 꼬리를 길게 늘어뜨린 용 분장을 하고 식당을 돌아다닌다. 종이 갑옷을 입은 그애의 남자친구가 독한 스프레이 페인트 냄새를 풍기며 그 뒤를 쫓아간다. 슈트를 입고 가짜 담배를 여자애들 얼굴 앞에 흔들며, 빌 클린턴 고무 마스크 뒤에서 웃는 남자애도 있다. 반면 나는 어설픈 고양이 복장을 하고 있다. 검은 원피스에 검은 타이츠를 신고, 십 분 만에 수염을 그리고 종이 귀를 붙였다. 나는 오직 스트레인 선생님을 만나려고 나왔다. 그가 오늘 파티의 감독관이다.

평상시에 나는 댄스파티에 절대 참석하지 않는다. 댄스파티의 모든 것이 소름 끼치게 싫다. 형편없는 음악, 머리끝을 밝은색으로 염색해서 뾰족하게 세운 헤어스타일에 염소수염을 기른, 보기 민망한 모습의 디제이, 애무하는 커플을 쳐다보지 않는 척하는 아이들. 내가 이번 파티를 견디는 이유는 벌써 일주일이 지났기 때문이다. 스트레인 선생님이 나를 만진 뒤 일주일이 지났다. 그가 내 다리에 손을 얹고 우리가 닮았다고, 우리 둘 다 어두운 걸 좋아한다고 말한 그날로부터. 그리고 그뒤로는? 아무 일도 없었다. 수업시간에 내가 발표를 하면, 선생님의 눈빛은 마치 나를 쳐다보는 것을 도저히 견딜 수 없다는 듯 세미나 테이블로 향했다. 문예창작 클럽 활동 시간에 그는 제시와 나 둘만 남겨두고 나갔다. (선생님은 "학과 회의"에 참석한다고 말했지만 회의에 참석하는 거였다면 왜 코트를 입고 가방을 챙겼겠는가?) 나중에 상담 시간에 다시 가보았더니, 교실 문은 닫혀 있었고 무늬유리 너머로 보이는 교실은 어두웠다.

그래서 나는 초조하고, 심지어 절박하다. 무슨 일이든 일어났으면 좋겠고, 그런 일은 학생과 교사가 흐릿한 조명 아래 서로 섞이면서 일시적으로 경계가 흐릿해지는 이런 자리에서 일어날 확률이 높다. 어떤 일이건 상관없다. 또 한번의 손길이어도 좋고, 또 한번의 칭찬이어도 좋다. 그가 원하는 게 뭔지, 이게 어떤 상황인지, 어떤 상황이랄 게 있긴 한지 알 수만 있다면.

나는 앙증맞은 초코바를 조금씩 베어먹으며, 느린 곡에 맞추어 춤추는 커플들이 마치 물속에 떠다니는 유리병처럼 흔들리는 모습을 지켜본다. 어느 순간 제니가 기모노 비슷한 새틴 드레스를 입고 걸어나온다. 뒤로 묶은 짧은 머리에 젓가락이 꽂혀 있다. 나는 제니가 내 쪽으로 다가오는 줄 알고 얼어붙은 채, 혀 위에서 초콜릿이 녹아내리는 것을 느낀다. 그러나 그때 톰이 평범한 바지에 벡* 티셔츠를 입고 나타난다. 그는 핼러윈 복장을 입으려는 시도조차 하지 않았다. 톰이 제니의 어깨를 건드리자 제니가 홱 뿌리친다. 그들의 대화를 엿듣기에는 음악소리가 너무 크지만 두 사람이 심하게 싸우고 있다는 건 확실하다. 제니가 턱을 부들부들 떨며 눈을 질끈 감는다. 톰의 손가락이 그녀의 팔에 닿는 순간 제니가 한 손으로 톰의 가슴을 힘껏 밀치고 톰이 비틀거리며 뒷걸음친다. 두 사람이 싸우는 모습을 보기는 처음이다.

나는 두 사람을 쳐다보느라 스트레인 선생님이 이중문으로 나가는 줄도 모른다. 하마터면 그를 놓칠 뻔한다.

밖으로 나서니 밤이 칠흑처럼 어둡다. 달도 없고 얼어죽기 일보 직전이다. 등뒤에서 문이 닫히자 댄스파티의 소음은 심장박동 같

---

*Beck. 미국의 싱어송라이터이자 음악 프로듀서.

은 베이스 선율과 아득한 노랫소리로 잦아든다. 주위를 둘러본다. 나의 눈이 그를 찾는 동안 팔에 소름이 돋지만 눈에 띄는 것이라고 는 나무들의 그림자와 텅 빈 풀밭뿐이다. 단념하고 안으로 들어서 려는데 가문비나무가 드리운 그림자 속에서 누군가가 걸어나온다. 플란넬 셔츠에 패딩 조끼와 청바지를 입은 스트레인 선생님이 불 붙이지 않은 담배를 손가락 사이에 끼고 있다.

나는 어쩔 줄을 몰라 가만히 서 있는다. 스트레인 선생님이 담배 를 들고 있는 모습을 들켜서 창피해하고 있음을 감지하고 나의 마 음이 앞서가기 시작한다. 나는 몰래 담배를 피우는 그의 모습을 상 상한다. 저녁이 되면 호숫가에서 아빠가 그랬던 것처럼. 선생님은 담배를 끊고 싶지만 그러지 못하는 것을 자신의 나약함으로 여기 고 있다. 선생님은 그 사실을 창피해한다.

하지만 창피했다면 얼마든지 그냥 숨어 있을 수 있었어. 나는 생각 한다. 내가 그냥 돌아서도록 내버려둘 수도 있었어.

그가 손가락 사이의 담배를 빙글빙글 돌린다. "들켰네."

"퇴근하시는 줄 알았어요." 내가 말한다. "그래서 인사하려고 나왔어요."

그가 주머니에서 라이터를 꺼내더니 손바닥 안에서 몇 번을 돌 린다. 그의 시선은 계속 나에게 머문다. 문득 너무도 또렷하게, 이 제 곧 무슨 일이 일어날 거야, 라는 생각이 든다. 그리고 그 생각이 확실해지자, 심장박동이 느려지고 어깨에 긴장이 풀린다.

선생님은 담배에 불을 붙이고 나무 밑으로 들어오라고 내게 손 짓한다. 그 나무는 거대하다. 아마도 교정에서 가장 큰 나무라, 가 장 아래에 있는 나뭇가지도 내 머리보다 한참 높다. 처음엔 너무 어두워서 그의 입으로 올라가는 담배의 붉은 불씨만 보인다. 눈이 어둠에 적응하고 나서야 그의 모습이 보인다. 머리 위로는 나뭇가지들이 보이고 발 아래로는 죽은 오렌지색 침엽수 잎사귀가 카펫처럼 깔려 있다.

"넌 담배 피우지 마라." 스트레인 선생님이 말한다. "아주 고약한 습관이야." 그가 담배 연기를 뿜어내고 그 냄새가 나의 머릿속을 채운다. 우리는 1.5미터 정도 거리를 두고 서 있다. 너무 위험하게 느껴진다. 이 정도로 가까이 있었던 게 이미 여러 번이었는데, 이런 생각이 드는 게 이상하다.

"하지만 그만큼 기분이 좋겠죠." 내가 말한다. "그렇지 않고서야 왜 피우겠어요?"

선생님이 웃으며, 담배를 한 모금 더 들이마신다. "네 말이 맞아." 그는 나를 찬찬히 본다. 그제야 내 복장이 눈에 들어온 듯하다. "이런, 이제 보니 작은 야옹이pussy cat로구나."

그가 그 단어를 말하는 것에 놀라 내가 웃는다. 성적인 의미가 아닌데도. 그러나 선생님은 웃지 않는다. 그는 나를 쳐다보고 있고, 그의 손에서는 담배가 타고 있다.

"지금 내가 뭘 하고 싶은지 아니?" 선생님이 묻는다. 그의 말투는 평상시보다 더 매끄럽다. 그가 담배로 나를 가리키며 몸을 살짝 흔든다. "아주 커다란 침대를 찾아서, 널 거기 눕히고 잘 자라고 키스해주고 싶어."

잠시 나의 뇌 회로가 완전히 마비되고 나는 죽은 것이나 다름없는 상태가 된다. 무無의 상태, 정지 화면, 소음의 벽. 그러다가 거칠고 목이 멘 듯한 소리와 함께 내가 되살아난다. 웃음도 아니고 울음도 아닌 소리.

식당 안쪽에서 누군가가 문을 열자 댄스파티의 음악이 흘러나온다. 그 틈에서 여자의 목소리가 들려온다. "제이크?"

그 순간이 덜그럭거린다. 스트레인 선생님이 돌아서더니 목소리를 향해 다급하게 걸어간다. 담배꽁초를 바닥에 버리고는 밟아 끄지도 않는다. 그가 문 쪽으로, 톰프슨 선생님에게로 향할 때 나는 바닥에 깔린 침엽수 낙엽에서 연기가 피어오르는 것을 지켜본다.

"잠깐 바람 좀 쐬러 나왔어요." 스트레인 선생님이 톰프슨 선생님에게 말한다. 두 사람은 함께 안으로 들어간다. 나는 나무 곁에 숨어 있다. 내가 처음 나왔을 때 그가 그랬던 것처럼. 톰프슨 선생님은 나를 보지 못했다.

연기가 피어오르는 담배를 내려다보면서, 그걸 주워 입술에 대어볼까 잠시 생각하지만, 이내 신발 뒷굽으로 문질러서 꺼버린다. 다시 댄스파티로 돌아가보니 디애나 퍼킨스와 루시 서머스가 플라스틱 물통을 들고 홀짝이면서 아이들의 복장을 하나하나 평가하고 있다. 스트레인 선생님은 톰프슨 선생님 곁에 겨우 몇 발짝 떨어져서서 톰프슨 선생님에게 시선을 고정하고 있다. 제니와 톰은 댄스 플로어 가장자리에서 바짝 붙어 있다. 두 사람은 화해했다. 제니는 톰의 어깨에 팔을 두르고 얼굴을 그의 목에 파묻고 있다. 너무도 은밀하고 어른스러운 동작이라, 나는 본능적으로 고개를 돌린다.

디애나와 루시가 물통을 주거니 받거니 하는 동안, 뭔지는 몰라도 안에 담긴 액체가 출렁인다. 디애나가 한 모금을 들이켜다가, 내가 쳐다보고 있는 것을 알아차린다. "왜?"

"나도 좀 마셔볼래." 내가 말한다.

루시가 물통에 손을 뻗는다. "미안, 양이 충분치 않아서."

"안 주면 이를 거야."

"닥쳐."

디애나가 손을 내두른다. "좀 마시라고 해."

루시가 한숨을 쉬더니, 물통을 내민다. "한 모금만이야."

알코올은 생각했던 것보다 훨씬 더 강하게 내 목을 태우고, 너무도 상투적이게도 나는 기침하기 시작한다. 디애나와 루시는 웃음을 숨길 생각도 하지 않는다. 나는 다시 물통을 그들에게 거칠게 넘겨주고, 구내식당 밖으로 걸어나간다. 스트레인 선생님이 나를 보기를, 내가 왜 화가 났으며 뭘 원하는지 깨닫기를 원한다. 나는 밖에서 기다리면서 선생님이 날 쫓아 나오는지 확인하지만 그는 나오지 않는다—물론 스트레인 선생님은 그러지 않는다.

돌아와보니 기숙사는 조용하고 텅 비어 있다. 방문이 전부 닫혀 있고, 다들 아직 댄스파티에 있다.

나는 복도 맨 끝에 있는 톰프슨 선생님의 방 문을 쳐다본다. 만약 톰프슨 선생님이 스트레인 선생님을 부르지 않았다면, 분명히 무슨 일인가가 일어났을 것이다. 그는 내게 키스하고 싶다고 말했다. 어쩌면 정말 키스를 했을지도 모른다. 여전히 파티 복장을 한 채로, 나는 톰프슨 선생님의 방으로 걸어간다. 지금 이 순간, 아마 스트레인 선생님은 톰프슨 선생님을 웃게 만들고 있겠지. 밤이 깊어지면 어쩌면 그들은 그의 집에 가서 섹스를 할지도 모른다. 어쩌면 스트레인 선생님은 톰프슨 선생님에게 내 얘기를 할지도 모른다. 내가 자기를 쫓아 나왔길래 듣기 좋은 말을 해줬다고. 그 아이가 선생님을 좋아하나본데요. 톰프슨 선생님은 말할 것이다. 놀리는 투로. 마치 전부 내 망상이라는 듯이, 아무 근거 없이 나 혼자 소설을 쓰고 있다는 듯이.

나는 톰프슨 선생님의 방 문에 붙어 있는 화이트보드로 다가가 마커 펜을 집어든다. 지난 한 주의 일정이 여전히 적혀 있다. 기숙사 회의와 그녀의 방에서 열리는 스파게티 저녁 만찬 날짜와 시간. 나는 손을 한 번 쓱 움직여서 글씨들을 지운 다음 그 자리에 크고 굵은 글씨로, 화이트보드 전체를 차지하도록 쌍년이라고 쓴다.

댄스파티 다음날 첫눈이 내리고 교정에 눈이 10센티미터 쌓인다. 토요일 아침 톰프슨 선생님이 휴게실로 우리를 소집해 자기 방 문에 쌍년이라고 써놓은 사람이 누구냐고 묻는다. "선생님 화 안 났어." 그녀가 강조한다. "그저 혼란스러울 뿐이야."

귓속에서 심장 뛰는 소리가 쿵쿵 울리고 나는 양손을 무릎에 모으고 앉아서 뺨이 벌겋게 달아오르지 않도록 애쓴다.

몇 분간의 침묵이 흐르고, 선생님이 단념한다. "이번엔 그냥 넘어가자." 그녀가 말한다. "하지만 이런 일이 또 일어나면 그땐, 알지?"

톰프슨 선생님은 고개를 끄덕이며 우리에게 알았다는 대답을 유도한다. 위층으로 올라가는 길에 나는 어깨 너머로 텅 빈 휴게실에 서서 양손으로 얼굴을 문지르는 선생님을 바라본다.

일요일 오후, 선생님의 방으로 다가간다. 나의 시선이 여전히 쌍년이라는 글자가 희미하게 남아 있는 화이트보드를 맴돈다. 죄책감이 든다. 내가 한 짓이라고 자백할 정도까지는 아니고, 뭔가 좋은 일을 하고 싶을 정도로만. 문을 여는 톰프슨 선생님은 트레이닝팬츠와 후드가 달린 브로윅 스웨트셔츠 차림에 머리는 뒤로 묶었고 전혀 화장기가 없는 얼굴이다. 뺨에는 여드름 흉터가 그대로 남아 있다. 스트레인 선생님이 톰프슨 선생님의 이런 모습을 본 적이 있을까.

"무슨 일이니?" 그녀가 묻는다.

"제가 미야 산책시켜도 될까요?"

"세상에, 미야가 엄청 좋아하겠다." 톰프슨 선생님이 어깨 너머로 미야를 부르는데, 허스키는 벌써 나에게 달려오는 중이다. 산책이라는 말을 듣고 흥분해서 귀를 쫑긋 세웠고 파란 눈이 커다래졌다.

내가 미야의 하니스를 머리 위로 씌우고 줄을 채우는데 톰프슨 선생님이 곧 어두워질 거라고 말한다. "멀리 안 가요." 내가 말한다.

"줄을 풀어주면 안 돼."

"네, 알아요." 마지막으로 미야를 산책시켰을 때, 내가 줄을 풀고 놀게 해주었더니 미야는 곧장 예술관 뒤쪽 정원으로 달려가 비료 밭에서 굴렀다.

밤사이 기온이 올라 10도 정도이고 눈은 어느새 녹아서 땅이 질척거리고 미끄럽다. 우리는 운동장 둘레를 따라 난 산책로를 걷는다. 미야가 이쪽저쪽으로 뛰어다니면서 킁킁거리며 돌아다닐 수 있도록 줄을 길게 잡는다. 나는 미야를 사랑한다. 미야는 내가 본 가장 아름다운 개이다. 털이 얼마나 수북한지 녀석을 긁어줄 때면 손가락 두번째 마디까지 파묻힌다. 그러나 무엇보다도 미야는 만만하지 않아서 좋다. 미야는 도도하다. 자기가 내키지 않으면 으르렁거리며 말대꾸한다. 톰프슨 선생님은 내게 개를 다루는 탁월한 재능이 있는 게 분명하다고 말한다. 미야가 나를 제외한 다른 사람들은 아무도 좋아하지 않기 때문이다. 하지만 개의 마음을 사기는 쉽다. 사람의 마음을 사는 것보다 훨씬 쉽다. 주머니에 맛있는 간식을 넣어두고 귀 뒤나 꼬리 밑을 긁어주기만 하면 개들에게 사랑을 받을 수 있다. 개들은 혼자 있고 싶을 때도 심리 싸움을 하려 들지 않는다. 그냥 자기가 원하는 걸 정확하게 알려준다.

축구장에서 산책로가 세 개의 좁은 길로 갈라진다. 하나는 다시 교정으로 돌아가는 길이고, 다른 하나는 숲으로 들어가는 길이며, 세번째는 시내로 나가는 길이다. 톰프슨 선생님에게는 멀리 가지 않겠다고 약속했지만 나는 세번째 길로 들어선다.

시내 상가의 진열장은 가짜 나뭇잎과 풍요의 뿔 같은 크리스마스 소품으로 꾸며져 있고, 베이커리에 벌써 크리스마스 전구가 달렸다. 미야가 나를 잡아끌고, 나는 상점 유리마다 내 모습을 비춰본다. 얼굴 주위로 뻗쳐 있는 내 머리카락을 흘긋 보면서, 어떻게 보면 예쁜 것도 같고, 어떻게 보면 흉한 것도 같다고 생각한다. 공공도서관에 다다랐을 때 나는 걸음을 멈춘다. 미야가 초조하게 돌아보며 파란 눈의 흰자위를 번득이고, 나는 건너편의 집을 바라본다. 그의 집. 아마 저 집이 맞을 것이다. 빛바랜 삼나무 널지붕에 짙은 파란색 문이 달린 집은 내가 상상했던 것보다 작다. 미야가 내 곁으로 다가와 머리를 내 다리에 부딪친다. 가자.

물론, 이게 바로 내가 이쪽으로 온 이유이고, 산책을 나온 이유이며, 애초에 톰프슨 선생님에게 개를 데리고 가겠다고 말한 이유다. 나는 스트레인 선생님이 집 앞에 나와 있는데 우연히 내가 그 앞을 지나가는 상상을 했다. 그는 나를 보고 부를 것이고, 왜 톰프슨 선생님의 개를 산책시키느냐고 물을 것이다. 우리는 그의 집 앞

잔디밭에 서서 잠깐 대화를 나눌 것이고, 그러다가 선생님이 나를 안으로 데리고 들어갈 것이다. 나의 상상은 거기서 흐지부지된다. 왜냐하면 그다음에 우리가 무얼 할지는 선생님이 무얼 원하느냐에 달려 있고, 그가 원하는 게 뭔지 나는 모르기 때문이다.

그러나 그는 밖에 나와 있지 않고, 집에 있는 것 같지도 않다. 창문은 어둡고, 진입로에 차도 없다. 그는 다른 어딘가에서 내가 짜증날 정도로 아는 바가 없는 또다른 삶을 살고 있을 것이다.

나는 미야를 도서관 계단 꼭대기로 데려간다. 우리는 숨어 있지만, 여전히 거리가 보인다. 태양이 오렌지빛으로 이글거리며 저물기 시작할 때까지, 나는 식당 샐러드 바에서 훔친 베이컨 조각을 미야에게 먹이며 그 자리에 앉아 있는다. 어쩌면 개 때문에 내가 집안에 들어가는 걸 그가 원치 않을 수도 있다. 스트레인 선생님이 개를 좋아하지 않는다고 말한 것을 깜박 잊었다. 그러나 톰프슨 선생님하고 어떤 식으로든 얽혀 있다면 그는 좋아하는 척이라도 해야 할 것이다. 그렇지 않고서야 톰프슨 선생님이 어떻게 견딜 수 있겠는가? 자기 개를 싫어하는 사람과 데이트하는 건 엄청난 배신일 것이다.

거의 해가 질 무렵 상자처럼 생긴 파란 스테이션왜건이 진입로로 들어온다. 시동이 꺼지고, 운전석 문이 열리고, 금요일 핼러윈 파티 때 입었던 것과 똑같은 청바지에 플란넬 셔츠를 입은 스트레인 선생님이 내린다. 나는 숨을 죽이며 그가 식료품이 든 쇼핑백들을 차 뒷좌석에서 꺼내 계단을 올라가는 모습을 지켜본다. 문 앞에 도착한 선생님은 열쇠를 가지고 실랑이하고, 옆에서는 미야가 간식을 더 달라고 화를 내며 낑낑거린다. 나는 손바닥 가득 간식을 꺼내준다. 작은 솔트박스 하우스*의 창문이 환해지고 이 방 저 방 돌아다니는 스트레인 선생님을 지켜보는 동안, 미야는 최대한 간식을 빨리 먹어치우곤 내 손바닥을 핥는다.

월요일 수업이 끝나자 나는 꾸물거린다. 아이들이 모두 나간 뒤 나는 가방을 어깨에 둘러메고 최대한 태연한 목소리로 묻는다. "선생님 도서관 맞은편 집에 사시죠?"

책상 뒤에서 스트레인 선생님이 놀라며 나를 쳐다본다. "네가 그걸 어떻게 아니?" 그가 묻는다.

"전에 한 번 얘기하셨어요."

스트레인 선생님이 나를 뚫어지게 쳐다보고, 그가 그러는 시간이 길어질수록 태연한 척하기가 점점 더 힘들어진다. 나는 입술을 앙다물며 찌푸린 표정을 유지하려 애쓴다.

"기억 안 나는데." 그가 말한다.

"얘기하셨어요. 그렇지 않고서야 제가 그걸 어떻게 알겠어요?" 내 목소리는 거칠고 화가 난 것처럼 들린다. 선생님이 살짝 당황했음을 알 수 있다. 그러나 그보다는 재미있어하는 표정이다. 마치 내가 화내는 게 귀엽다는 듯이. "제가 그 근처에 갔었던 것 같거든요." 내가 덧붙인다. "어딘지 보려고."

"그랬구나."

"화나셨어요?"

"전혀. 오히려 우쭐한 기분이 드네."

---

* 집 뒤쪽으로 길고 경사진 지붕이 있는 전통적인 뉴잉글랜드 스타일의 주택.

"선생님이 차에서 짐 내리는 거 봤어요."

"그래? 언제?"

"어제요."

"날 지켜보고 있었구나."

내가 고개를 끄덕인다.

"그럼 와서 인사라도 하지 그랬니."

내가 눈을 가늘게 뜬다. 예상했던 반응이 아니다. "그러다가 누가 보면 어떻게 해요?"

선생님이 미소를 지으며 고개를 갸우뚱한다. "네가 나한테 인사하는 걸 누가 본다고 해서 그게 무슨 문제가 되겠니?"

나는 입을 꽉 다물고 코로 거친 숨을 내쉰다. 그의 순수한 반응이 가식적으로 느껴진다. 마치 바보인 척하면서 날 가지고 노는 것 같다.

선생님이 여전히 미소를 지으며 의자 뒤로 기댄다. 그리고 그런 그의 모습—팔짱을 끼고, 마치 내가 재미있다는 듯이, 마치 내가 볼거리라도 된다는 듯이 위아래로 훑어보는 모습—을 보니 속에서 화가 끓어오른다. 너무도 갑작스럽고 강렬한 감정이라, 나는 소리를 지르며 앞으로 달려가 책상에 놓여 있던 하버드 머그잔을 그의 얼굴에 집어던지고 싶은 마음을 억누르려고 주먹을 꽉 쥔다.

나는 홱 돌아서서, 교실에서 나와 복도를 걷는다. 기숙사로 돌아가는 길 내내 부글부글 화가 끓어오르지만 방에 들어서자 분노는 사라지고 벌써 몇 주째 날 괴롭히고 있는, 어떤 의미에 대한 묵직한 갈망만 남는다. 그는 내게 키스하고 싶다고 말했다. 그는 나를 만졌다. 우리 사이의 모든 교감은 잠재적으로 파괴적인 어떤 기운을 머금고 있는데, 그가 그걸 모르는 척하는 건 옳지 않다.

*

나의 중간고사 기하학 점수는 D 플러스다. 이탈리아 레스토랑에서 열린 월례 지도 모임에서 안토노바 선생님이 그 사실을 발표하는 순간 모두의 눈이 내게 쏠린다. 처음에 나는 선생님이 내 얘기를 하고 있다는 걸 깨닫지 못한다. 나는 빵 한 조각을 잘게 찢어서 손가락 사이에 넣고 비벼서 밀가루 반죽으로 되돌려놓으며 딴생각을 하고 있었다.

"버네사," 안토노바 선생님이 말하며 손등으로 테이블을 두드린다. "D 플러스."

나는 고개를 들고 내게 쏠린 시선을 알아차린다. 안토노바 선생님은 종이 한 장을, 본인이 작성한 교사 의견서를 들고 있다. "그럼 이제 저는 올라갈 일만 남았네요." 내가 말한다.

안토노바 선생님이 안경 너머로 나를 빤히 쳐다본다. "아직 더 내려갈 데가 있어." 그녀가 말한다. "낙제도 있으니까."

"낙제는 안 해요."

"너에겐 계획이 필요하고, 개인 지도가 필요해. 수업을 배정해줄게."

안토노바 선생님이 다음 학생으로 넘어가는 동안 나는 테이블을 노려본다. 개인 지도를 받을 생각을 하니 가슴이 답답해진다. 개인 지도는 교사 상담 시간에 이루어지고, 그것은 곧 스트레인 선생님과 보내는 시간이 줄어든다는 것을 의미하기 때문이다. 카일 귄이

자기 스페인어 점수가 내 기하학 점수와 똑같이 나오자 나에게 공감의 미소를 보낸다. 나는 턱이 테이블에 닿을 정도로 의자 위에서 몸을 끌어내린다.

다시 교정으로 돌아가보니 기숙사 휴게실이 북적인다. 텔레비전에서 선거 개표 방송이 한창이다. 나는 소파에 비집고 앉아 개표가 끝난 주가 두 개의 막대그래프로 정리되는 것을 지켜본다. "버몬트는 고어의 승리입니다." 뉴스 앵커가 말한다. "켄터키는 부시의 승리이고요." 어느 순간 랠프 네이더가 화면에 나오자 디애나와 루시가 박수를 치기 시작하고, 부시가 나오자 모두가 야유한다. 고어의 승리가 거의 확실해 보였는데, 열시 직전 플로리다가 다시 "우열을 가리기 힘든 접전 지역"으로 분류되고, 나는 문득 다 넌더리가 나서 그만 잠자리에 든다.

처음엔 다들 선거가 도무지 끝나질 않는다고 농담하지만 결국 플로리다가 재검표에 들어가자 그때부터는 상황이 심각해진다. 대부분의 시간을 책상 위에 발을 올려놓고 보내던 셸던 선생님이 갑자기 활기를 띠면서 민주당이 패배할 수 있는 다양한 방법을 보여주기 위해 칠판에 거미줄을 그린다. 어느 수업시간에는 다양한 채드*에 대해—행잉 채드, 팻 채드, 프레그넌트 채드**—에 대해 이야기하고, 우리는 웃거나 채드 개그넌을 쳐다보지 않으려 애쓴다.

미국문학 시간에 우리는 『흐르는 강물처럼』을 읽고, 스트레인

---

* chad. 투표용지에 천공기로 구멍을 뚫어 기표하는 경우 구멍에서 떨어져나온 종잇조각을 일컫는 말.
** 종이가 구멍의 한 지점에만 붙어 있는 경우 행잉 채드, 네 곳에 다 붙어 있으면 팻 채드 혹은 프레그넌트 채드라고 한다.

선생님은 몬태나에서 보낸 자신의 어린 시절 이야기를 들려준다. 목장과 진짜 카우보이, 곰에게 잡아먹힌 개, 얼마나 큰지 태양을 가려버린다는 산. 나는 선생님의 소년 시절 모습을 상상하려 애쓰지만 턱수염이 없는 그의 얼굴은 전혀 그려지지 않는다. 『흐르는 강물처럼』이 끝난 뒤에는 로버트 프로스트의 작품을 읽는다. 스트레인 선생님이 「가지 않은 길」을 암송한다. 그는 우리가 그 시를 읽고 희망을 느껴서는 안 된다고, 많은 사람들이 그 시를 잘못 이해하고 있다고 말한다. 그 시는 순리를 거스른 것을 자축하는 시가 아니라 선택의 허망함을 아이러니하게 표현한 것이라고. 우리는 삶의 무한한 가능성이 존재한다고 믿으며 섬뜩한 진실을 외면하고 있다고 말한다. 사실 삶이란 우리 내면의 시계가 마지막 최후의 순간에 이를 때까지, 그저 꾸역꾸역 앞으로 나아가는 것일 뿐이라고.

"우리는 태어나고, 살고, 죽습니다." 선생님이 말한다. "그 과정에서 우리가 했던 선택들, 하루하루 우리가 고뇌했던 그 모든 것들은, 마지막 순간엔 아무 의미가 없어요."

아무도 그의 말에 반박하지 않는다. 독실한 가톨릭신자이고 우리가 하는 선택들이 마지막 순간에 아주 중요하다고 믿고 있을 해나 레베스크조차도. 해나는 입술을 살짝 벌리고 멍한 표정으로 선생님을 쳐다볼 뿐이다.

스트레인 선생님이 프로스트의 또다른 시 「파종」을 한 부씩 나눠주고, 그 시를 혼자 조용히 읽으라고 한 뒤, 다 읽었으면 다시 한 번 읽으라고 말한다. "이번에는 섹스를 생각하면서 이 시를 읽어보세요." 그가 말한다.

그 말이 우리에게 스며들기까지, 찌푸린 이맛살이 붉게 물든 뺨으로 바뀌기까지 잠시 시간이 걸리지만, 스트레인 선생님은 아이들이 부끄러워하는 표정을 미소를 머금고 지켜본다.

그런데 나는 부끄럽지가 않다. 섹스라는 말은 내 뺨을 갈기고 내 몸을 후끈 달아오르게 만든다. 아마도 이건 내 얘기일 것이다. 아마도 이것이 그의 다음 행동일 것이다.

"이 시가 섹스에 관한 시라는 뜻인가요?" 제니가 묻는다.

"열린 마음으로 찬찬히 읽어볼 필요가 있다는 뜻입니다." 스트레인 선생님이 말한다. "솔직히 말해봅시다, 여러분 모두가 이미 상당한 시간을 그 생각을 하면서 보내고 있잖아요. 그러니까 어서들 해봐요." 그가 박수를 치며 재촉한다.

섹스를 염두에 두고 시를 읽어보니, 전에 알아차리지 못한 것들이 보인다. 희고 보드라운 꽃잎의 상세한 묘사, 매끄러운 콩과 주름진 콩, 마지막에 나오는 휘어진 몸의 이미지. 심지어 '파종'이라는 말 자체도 명백하게 유혹적이다.

"이제 어떤가요?" 스트레인 선생님이 칠판에 등을 대고 서서 한쪽 다리를 다른 다리 위에 포갠다. 우리는 아무 말도 하지 않지만 침묵은 그의 말이 옳다는 것을, 이 시는 결국 섹스에 관한 시임을 증명할 뿐이다.

선생님은 대답을 기다리고, 그의 시선이 나를 제외한 교실 안의 모두와 눈을 맞추는 것 같다. 톰이 심호흡을 하며 말하려는 순간, 종이 울리고 스트레인 선생님은 마치 실망했다는 듯이 고개를 젓는다.

"다들 청교도들이군." 그가 말하며, 그만 가보라는 듯 손을 내젓는다.

교실을 나서서 복도를 걸어갈 때 톰이 말한다. "젠장 대체 뭐라는 거야?" 나를 부글부글 끓게 만드는 차갑고 권위적인 목소리로 제니가 말한다. "저 선생님 여성혐오주의자야. 우리 언니가 조심하라고 했어."

그날 오후, 제시가 문예창작 클럽에 나오지 않아서 스트레인 선생님과 단둘이 있으니 교실이 엄청나게 커다랗게 느껴진다. 나는 세미나 테이블에 앉아 있고 선생님은 자기 책상 뒤에 앉아 있다. 우리는 넓은 공간을 가로질러 서로를 쳐다본다.

"오늘은 네가 별로 할일이 없네." 그가 말한다. "문예지는 잘되고 있더구나. 제시가 오면 편집을 시작해도 되겠어."

"그럼 오늘은 그냥 갈까요?"

"여기 있고 싶으면 있어도 되고."

물론 나는 있고 싶다. 나는 가방에서 노트를 꺼내 전날 밤에 쓴 시를 펼친다.

"오늘 수업 어땠니?" 그가 묻는다. 낮게 드리운 햇살이 어느덧 앙상하게 가지만 남은 단풍나무 사이로, 교실로 스며든다. 책상 뒤에 앉아 있는 스트레인 선생님은 하나의 그림자다.

내가 대답하기 전에 그가 덧붙인다. "아까 네 얼굴을 보았기 때문에 묻는 거야. 꼭 놀란 새끼 사슴 같더구나. 다른 아이들이 기겁할 줄은 알았지만 넌 안 그럴 줄 알았어."

그러니까 선생님은 나를 보고 있었다. 기겁했던 나를. 나는 그가 여성혐오주의자라던 제니의 말을 떠올린다. 그 말이 얼마나 편협하고 평범하게 들렸는지도. 나는 그런 애가 아니다. 나는 그런 애가 되고 싶지 않다.

"기겁하지 않았어요. 전 오늘 수업 좋았어요." 나는 선생님의 표정을, 그의 다정하면서도 거만한 미소를 보기 위해 손으로 햇빛을 가린다. 그 미소를 몇 주 동안 보지 못했다.

"다행이구나." 그가 말한다. "내가 널 잘못 봤나 하는 의심이 들기 시작했었거든."

하마터면 심각한 실수를 저지를 뻔했다고 생각하니 숨이 턱 막힌다. 단 한 번의 실수로 다 망쳐버릴 수도 있는 것이다.

선생님이 손을 뻗어 맨 아래 서랍을 열더니 책을 한 권 꺼낸다. 나는 마치 강아지처럼 귀를 쫑긋 세운다. 파블로프식 조건반사—봄학기 심리학 선택 과목에서 배웠다.

"저 주실 책인가요?" 내가 묻는다.

그가 확실하진 않다는 듯 얼굴을 찌푸린다. "내가 이 책 빌려주면, 빌려준 사람이 나라는 걸 누구한테도 말하지 않겠다고 약속해야 해."

나는 목을 길게 빼고 책 제목을 읽어보려 애쓴다. "혹시 금서이거나 그런 거예요?"

선생님이 웃는다—진심으로 웃는다, 내가 실비아 플라스가 너무 자신에게 몰입해 있는 사람이라고 말했을 때처럼. "버네사, 넌 어떻게 그렇게 매번 정답을 말하지? 심지어 네가 모르는 것에 대해서도?"

그 말에 내가 얼굴을 찌푸린다. 선생님이 내가 이해하지 못하는 게 있다고 생각하는 게 싫다. "무슨 책인데요?"

선생님이 책을 가져온다, 표지는 여전히 가리고서. 그가 책을 내려놓자마자 내가 집어든다. 페이퍼백을 뒤집어보니, 발목까지 오는 양말에 새들슈즈*를 신은 다리, 볼록하게 뼈가 드러난 무릎 위까지 내려오는 주름치마가 보인다. 다리를 가로지르는 큼직한 흰 글자. 롤리타. 어디선가 들어본 적이 있다. 피오나 애플에 관한 기사에서—너무 어린데 섹시하다는 의미로 '롤리타적'이라는 표현을 쓴 걸 본 적이 있다. 그 책이 금서인지 물었을 때 선생님이 왜 웃었는지 알 것 같다.

"시는 아니야." 그가 말한다. "하지만 문장이 시적이지. 다른 건 몰라도, 문장을 즐길 순 있을 거야."

책을 이리저리 살피며 작품에 관한 설명을 훑어보는 나를 선생님이 관찰하는 게 느껴진다. 이건 또 한번의 시험이 분명하다.

"재미있을 것 같아요." 나는 책을 가방에 집어넣고 보고 있던 노트로 주의를 돌린다. "고맙습니다."

"그 책에 대한 네 생각을 알려다오."

"그럴게요."

"혹시 읽다가 누구한테든 들키면, 내가 준 거 아니다."

내가 눈을 부릅뜨며 말한다. "저도 비밀은 지킬 줄 알아요." 그건 딱히 진실이라고 할 수는 없지만—그를 만나기 전에, 나는 비밀다운 비밀을 가진 적이 없었다—나는 그가 듣고 싶은 말이 뭔지 안다. 그의 말대로, 나는 언제나 정답을 아는 애니까.

---

* 구두끈이 있는 발등 부분을 색이 다른 가죽으로 씌운 구두.

*

추수감사절 연휴. 나는 닷새 내내 온수가 더이상 나오지 않을 때까지 샤워하고, 내 방문 뒤에 붙어 있는 전신 거울 앞에 서서 나를 찬찬히 뜯어보고, 엄마가 족집게를 숨겨놓을 때까지 눈썹을 뽑고, 강아지가 아빠만큼 날 좋아하게 만들어보려 애쓰며 시간을 보낸다. 나는 매일 하이킹한다. 오렌지색 조끼를 입고 호수가 내려다보이는 화강암 절벽을 오른다. 절벽에는 동굴들이 있는데, 바위에 뚫린 구멍은 독수리들이 둥지를 틀고 동물들이 숨을 수 있을 정도로 크다.

가장 큰 동굴 안에는 군대식 야전침대가 있다. 어느 암벽 등반가가 오래전에 만들어놓았다는 그 야전침대는 내가 기억하는 한 항상 그 자리에 있었다. 야전침대의 철골과 부식된 캔버스 침상을 바라보면서 나는 첫 수업시간에 스트레인 선생님이 웨일스백호수를 알고 있고 그 호수에 가본 적이 있다고 했던 말을 떠올린다. 그가 이곳에 있는 나를, 깊은 숲속에 혼자 있는 나를 찾아오는 상상을 한다. 그러면 그는 들킬 걱정 없이, 나와 하고 싶은 것을 마음껏 할 수 있을 텐데.

밤이 되면 나는 침대에 누워, 아무 생각 없이 크래커 한 통을 먹어치우며 『롤리타』를 읽는다. 혹시 부모님이 방에 들어오면 표지를 가리려고 베개를 옆에 세워둔다. 바람이 창문을 두드리고, 나는 책장을 넘기며 내 안이 서서히 타오르는 것을 느낀다. 뜨거운 석탄처럼, 깊고 빨간 불씨로. 이 책의 줄거리가 중요한 게 아니다. 겉보기에는 평범해 보이지만 실제로는 치명적인 악마 소녀와 그 소녀를 사랑하는 남자의 이야기가 중요한 게 아니다. 선생님이 이 책을 내게 주었다는 사실이 중요하다. 나는 비로소 우리가 지금 하고 있는 게 무엇인지 새로운 관점에서 보게 되고, 그가 내게 원하는 게 무엇일지 새롭게 깨닫는다. 이 책으로 도출할 수 있는 결론이 그 밖에 더 있을까? 그는 험버트고, 나는 돌로레스다.

우리는 추수감사절을 맞아 밀리노킷의 할머니 할아버지 집에 간다. 집은 1975년의 모습 그대로다. 거친 카펫과 불타는 태양 모양의 시계, 오븐에서 칠면조가 익어가는데도 공중에 맴도는 담배와 커피와 브랜디 향기. 할아버지는 나에게 사탕 한 봉지와 5달러짜리 지폐를 준다. 할머니는 내게 체중이 늘었느냐고 묻는다. 우리는 뿌리채소와 가게에서 사온 디너 롤, 아무도 안 볼 때 아빠가 몰래 손가락으로 윗부분을 찍어 먹은, 갈색 봉우리들이 장식된 레몬 머랭 파이를 먹는다.

집으로 돌아오는 길에 얼어서 융기한 지면과 파인 구멍들을 지나며 차가 덜컹거리고, 양쪽으로 칠흑처럼 검은 숲의 벽이 끝도 없이 이어진다. 라디오에서 1970년대와 1980년대 유행가가 흘러나온다. 아빠는 운전대를 두드리며 〈My Sharona〉를 따라 부르고, 엄마는 창문에 머리를 기대고 잔다. "나는 더러운 영혼 / 언제나 어린 여자의 손길에 흥분하네." 다시 코러스 대목이 나오자 나는 박자에 맞춰 운전대를 두드리는 아빠의 손가락을 본다. 아빠는 이 노래가 어떤 노래인지 알고 따라 부르는 걸까? "언제나 어린 여자의 손길에 흥분하네." 아무도 알아차리지 못하는 것들을 나만 알아차리는 걸 보니, 내가 미친 게 분명하다.

추수감사절 연휴 이후 학교로 돌아온 첫날 저녁, 나는 테이블의 비어 있는 끝자리에서 혼자 저녁을 먹는다. 루시와 디애나가 몇 자리 건너에서 어느 인기 있는 상급생 여자애가 마약에 취한 상태로 핼러윈 파티에 갔다는 이야기를 수군거린다. 오브리 데이나가 어떤 마약이냐고 묻는다.

디애나가 망설이다가 대답한다. "코크coke."

오브리가 고개를 젓는다. "여긴 코크 가진 사람 없어." 그녀가 말한다.

디애나는 반박하지 않는다. 오브리는 뉴욕 출신이고, 그 사실이 그녀의 말에 신빙성을 더한다.

문득 나는 그들이 탄산음료가 아니라 코카인 얘기를 하고 있다는 사실을 깨닫는다. 평상시 같으면 촌뜨기가 된 기분이 들었을 텐데 지금은 그들이 하는 얘기가 서글프다는 생각이 든다. 누가 마약 좀 먹고 춤을 춘 게 뭐가 대수라고. 할 얘기가 그렇게 없나? 나는 땅콩버터 샌드위치를 내려다보며 그들에게서 관심을 거두고, 방금 다시 읽은 『롤리타』의 마지막 장면으로 돌아간다. 피로 얼룩지고 혼란스러운 험버트, 그토록 로에게서 많은 상처를 받았고 그 자신도 로에게 큰 상처를 주었는데도, 여전히 그녀를 사랑하는 험버트. 로에 대한 그의 사랑은 끝이 없고 통제가 불가능하다. 왜 안 그렇겠는가? 온 세상이 그런 감정을 이유로 그를 악마라고 부르는데? 로에 대한 사랑을 멈출 수가 있었다면, 아마도 험버트는 그렇게 했을 것이다. 로를 건드리지 않았다면 그의 삶이 훨씬 평탄했을 테니까.

샌드위치의 딱딱한 부분을 조금씩 떼어 먹으며, 나는 스트레인 선생님의 관점으로 상황을 바라보려 애쓴다. 아마도 그는 두려울 것이다. 아니, 극도로 겁에 질려 있을 것이다. 그동안 나 자신의 불만과 초조함에 매몰된 나머지, 선생님이 앞으로 감수해야 하는 위험을, 혹은 그가 내 다리를 만진 것이, 나에게 키스하고 싶다고 말한 것이 이미 얼마나 큰 위험을 감수한 것인지 생각하지 못했다. 그의 그런 행동에 내가 어떻게 반응할지 그는 예측할 수 없었다. 만약 내가 불쾌해하고 그의 행동을 학교에 보고했다면? 어쩌면 우리 둘 중 용감한 사람은 스트레인 선생님이고 나는 줄곧 이기적인 아이였는지도 모른다.

왜냐하면, 사실 내가 잃을 게 뭐가 있겠는가? 내가 그에게 다가갔다가 거절당한다고 해도, 나는 그저 약간 창피할 뿐이다. 그게 뭐가 대수라고. 나의 삶은 중단되지 않고 계속 이어질 것이다. 이미 많은 것을 감수한 그에게 더 감수하라고 하는 것은 옳지 못하다. 최소한 나도 마중을 나가야 한다. 내가 원하는 것이 무엇인지 알려주고, 온 세상이 나를 악마라고 해도 기꺼이 감수할 용의가 있음을 알려줘야 한다.

방으로 돌아온 나는 침대에 누워 『롤리타』를 펼치고 17쪽의 그 구절을 찾는다. 험버트가 평범한 소녀들 틈에 숨어 있는 님펫*의 신비로움을 묘사하는 대목이다. "사람들은 그녀를 알아보지 못하고 그녀 역시 자신이 지닌 불가사의한 능력을 의식하지 못한다."

나에겐 능력이 있다. 그 일이 일어나게 할 능력. 그를 장악할 능력. 이 사실을 좀더 일찍 깨닫지 못한 내가 바보였다.

---

* nymphet. 『롤리타』에서 험버트가 자신이 성적인 끌림을 느끼는 어린 소녀들을 신화 속 '님프(요정)'에 빗대어 '어린 요정'이라는 뜻으로 사용한 용어.

미국문학 수업에 들어가기 전에 화장실에 들러 얼굴을 점검한다. 나는 화장을 했다. 오늘 아침 갖고 있는 화장품을 전부 다 덕지덕지 발랐고 머리는 가운데 가르마를 타지 않고 한쪽으로 넘겼다. 거울 속의 얼굴이 낯설게 보일 정도로 큰 변화다. 잡지나 뮤직비디오에 나오는 여자애 같다. 종이 울리기를 기다리며 발로 책상을 두드리는 브리트니 스피어스. 오래 쳐다볼수록 나의 이목구비가 허물어진다. 한 쌍의 초록색 눈동자가 주근깨 난 코에서 멀어지고, 촉촉한 입술은 서로 분리되어 각기 다른 방향으로 헤엄친다. 그러다가 눈을 한 번 깜박이면 전부 다 제자리로 돌아온다.

화장실에서 꾸물거리다가 처음으로 미국문학 수업에 늦는다. 서둘러 교실로 들어서는데 나에게 시선이 꽂히는 게 느껴진다. 나는 스트레인 선생님의 시선이라고 생각하지만 무거운 속눈썹 틈으로 살펴보니 제니다. 나의 화장과 헤어스타일의 변화를 알아차린 제니의 펜이 노트 위에서 얼어붙는다.

오늘 우리는 에드거 앨런 포를 읽는다. 너무나도 적절한 작품이라 나는 머리를 테이블에 박고 웃고 싶다.

"이 사람 자기 사촌하고 결혼하지 않았어요?" 톰이 묻는다.

"그랬지." 스트레인이 말한다. "엄밀히 말하면."

해나 레베스크가 코를 찡그린다. "역겨워."

스트레인 선생님은 애들이 훨씬 더 역겨워할 만한 이야기, 버지니아 클렘이 포의 사촌인 것은 물론이고 겨우 열세 살이었다는 얘기는 하지 않는다. 선생님은 우리에게 「애너벨 리」를 한 연씩 소리 내어 읽게 한다. "나는 어린애였고 그녀도 어린애였다"라는 행을 읽을 때 나의 목소리가 떨린다. 『롤리타』의 이미지들이 머릿속에 꽉 차 있고 스트레인 선생님이 너와 나는 똑같아, 라고 속삭이며 내 무릎을 쓰다듬던 기억과 뒤섞인다.

수업이 끝날 무렵, 선생님이 고개를 뒤로 젖히고 눈을 감은 채 「혼자서」라는 시를 암송한다. 길게 끄는 굵은 목소리로 읊는 "나의 열정은 / 평범한 샘에서 길어올릴 수 없었네"가 마치 노래처럼 들린다. 그의 암송을 들으며 나는 울고 싶어진다. 이제야 그가 선명하게 보인다. 알려지면 그를 악인으로 몰아갈 세상 속에 살면서, 원해서는 안 되는 것, 나쁜 것을 원하는 그는 얼마나 외로울지 이제야 알 것 같다.

수업이 끝나고 모두가 자리를 뜨자, 나는 문을 닫아도 되냐고 묻고는 대답을 기다리지 않고 문을 닫는다. 이렇게 용기 있게 행동하긴 처음인 것 같다. 스트레인 선생님은 지우개를 손에 들고 칠판 앞에 서 있다. 셔츠를 팔꿈치까지 걷어올렸다. 그가 나를 위아래로 훑어본다.

"오늘 좀 달라 보이네." 그가 말한다.

나는 아무 말도 하지 않고, 스웨터 소매를 잡아당기면서 발목만 돌리고 있다.

"넌 연휴 동안 다섯 살은 더 먹은 것 같구나." 선생님은 그렇게 덧붙이더니 지우개를 내려놓고 손을 닦는다. 그가 내가 들고 있는 종이를 가리킨다. "그거 나 줄 거니?"

내가 고개를 끄덕인다. "시예요."

시를 건네자, 그가 바로 읽기 시작한다. 책상으로 걸어가 자리에 앉을 때도 시에서 눈을 떼지 않는다. 나는 묻지도 않고 그를 따라

가서 곁에 앉는다. 어젯밤에 완성했지만 하루종일 수정했다. 좀더 『롤리타』처럼, 좀더 유혹적으로.

　　그녀는 바다의 배들을 손짓하여 부른다.
　　배들이 차례로 뭍으로 들어올 때
　　쿵 소리가 골수 없는 그녀의 뼛속을 관통한다.
　　선원들이 그녀를 범할 때
　　그녀는 몸을 떨고 몸부림친다.
　　선원들이 소금에 절인 해초를 먹일 때,
　　그녀는 내내 운다,
　　그들이 미안하다고 말한다,
　　그런 짓을 해서 너무 미안하다고.

　스트레인 선생님은 시를 책상 위에 올려놓고 의자 뒤로 기댄다. 마치 그 시로부터 멀리 떨어지고 싶다는 듯이. "제목을 안 붙였네." 그가 말한다. 그의 목소리가 아득히 멀게 느껴진다. "제목을 붙여야지." 일 분이 지나도록 그는 움직이지도 말을 하지도 않고 그저 시만 들여다보고 있다.

　그렇게 침묵 속에 앉아 있으니, 그가 나한테 싫증이 났고 자신을 가만히 내버려두길 바란다는 섬뜩한 생각이 밀려와 나를 때린다. 나는 수치심에 눈을 질끈 감는다. 뻔뻔할 정도로 성적인 시를 쓴 것도 창피하고, 이런 계략과 위장으로 내가 원하는 걸 얻을 수 있다고 생각한 것도 창피하고, 나에게 책을 빌려주고 좋은 말을 몇 번 해준 것을 너무 확대 해석한 것도 창피하다. 나는 내가 보고 싶은 것만 보았고, 나의 환상이 현실이라고 스스로를 설득했다. 나는 어린애처럼 훌쩍이면서, 죄송하다고 중얼거린다.

"이런," 갑자기 표정을 누그러뜨리며 그가 말한다. "얘야, 뭐가 죄송하다는 거니?"

"왜냐하면," 내가 숨을 들이켜며 말한다. "전 바보니까요."

"왜 그런 말을 해?" 그의 팔이 내 어깨를 감싸며 끌어당긴다. "넌 절대 바보가 아니야."

아홉 살 때, 나무에 올라가려고 마지막으로 시도했다가 떨어진 적이 있다. 선생님이 나를 안을 때의 느낌이 바로 그 추락의 느낌이었다. 내가 땅으로 떨어졌다기보다는 땅이 나에게 올라온 것 같은 느낌, 지면에 닿은 뒤 땅이 나를 집어삼킨 것 같은 느낌. 그와 나는 너무 가까이 있다. 내가 고개를 조금만 기울이면 내 뺨이 그의 어깨에 닿을 것이다. 나는 그의 스웨터 냄새, 살갗에 밴 커피와 분필 가루 냄새를 들이마신다. 나의 입이 그의 목에서 불과 몇 센티미터 거리에 있다.

우리는 그 상태로 가만히 있는다. 그의 팔이 나를 끌어안고 나의 머리가 그의 어깨에 닿아 있고, 복도에서 웃음소리가 들려오고, 시내 교회 종소리가 삼십 분을 알린다. 나의 무릎이 그의 허벅지를 누르고 있고 나의 손등이 그의 바지 다리 부분에 닿아 있다. 그의 코에 얕은 숨을 불어넣으면서, 나는 그가 뭐든 해주기를 바란다.

그때 작은 움직임이 있다. 그의 엄지가 내 어깨를 문지른다.

고개를 드니 내 입이 선생님의 목에 거의 닿을 듯 말 듯 하고 나는 그가 침을 한 번, 두 번 삼키는 것을 느낀다. 그는 그런 식으로—마치 무언가를 그의 안으로 밀어넣는 것처럼—침을 삼키고 그것이 내가 입술을 그의 살갗에 댈 용기를 준다. 어설픈 키스지만, 그는 그 키스에 몸서리치고 그 몸서리가 나를 파도처럼 부풀게 한다.

그때 선생님이 내 머리에 키스한다. 그것이 그의 어설픈 키스다. 나는 다시 내 입술을 그의 목에 지그시 가져다 댄다. 이것은 우리 둘 중 누구도 제대로 저지르지는 못하는 어설픈 행동의 대화다. 돌아설 기회가, 마음을 바꿀 기회가 아직은 있다. 어설픈 키스는 잊힐 수 있지만 제대로 된 키스는 그렇지 않다. 그가 내 어깨를 꽉 움켜쥔다, 세게, 더 세게. 그리고 내 몸속에서 무언가가 깨어나기 시작한다. 나는 그것을 억누르려 애쓴다. 억누르지 않으면, 그에게 달려들어 그의 목을 붙잡고 이 순간을 전부 다 망쳐버릴 것만 같다.

그때, 느닷없이, 그가 나를 놓아준다. 그가 나에게서 물러나고 우리는 전혀 닿아 있지 않다. 마치 새로운 조명에 적응하듯 안경 뒤에서 그의 눈이 깜빡인다. "우리 얘기 좀 해야겠다." 선생님이 말한다.

"좋아요."

"이건 심각한 일이야."

"알아요."

"우린 많은 규칙을 어기고 있어."

"알고 있다고요." 내가 모른다고 생각한다는 게, 이게 얼마나 심각한 일인지 이미 긴 시간 생각했다는 걸 그가 모른다는 게 화가 나서 말한다.

선생님이 나를 쳐다본다. 얼떨떨하고 긴장한 표정이다. 그가 속삭이듯 중얼거린다. "비현실적인 일이군."

교실 시계의 분침이 움직인다. 아직 교사 상담 시간이다. 문이 닫혀 있지만 누구라도 언제든 들어올 수 있다.

"그래서 네가 원하는 게 뭐지?" 그가 묻는다.

너무도 엄청난 질문이다. 내가 원하는 건 그가 원하는 것에 달려 있다. "저도 모르겠어요."

선생님이 창문 쪽으로 돌아앉으며 팔짱을 낀다. 모르겠어요는 좋은 대답이 아니다. 어린애들이나 하는 말이고, 스스로 의사를 결정할 의지가 있고 그럴 능력이 있는 사람의 대답이 아니다.

"선생님과 함께 있는 게 좋아요." 내가 말한다. 선생님은 내가 더 말해주기를 기다리고, 나는 교실 안을 둘러보며 적절한 말을 찾는다. "그리고 우리가 하는 일도요."

"우리가 하는 일이라니, 그게 무슨 뜻이지?" 그는 내가 말하기를 원하지만, 그걸 뭐라고 불러야 할지 나는 알지 못한다.

나는 우리 사이의 공간을 가리킨다. "이거요."

엷은 미소를 지으며 그가 말한다. "나도 그게 좋아. 그럼 이건 어때?" 그가 몸을 숙이더니 손끝으로 내 무릎을 만진다. "이것도 좋니?"

내 표정을 살피면서, 그가 손끝으로 내 다리를 쓸며 타이츠의 사타구니 부분에 닿을 때까지 계속 올라간다. 나는 반사적으로 다리를 오므려 그의 손을 가둔다.

"너무 멀리 갔구나." 그가 시인한다.

나는 고개를 저으며 다리에 힘을 뺀다. "괜찮아요."

"괜찮지 않아." 선생님의 손이 내 스커트 속에서 빠져나가고 그는 마치 액체처럼 의자에서 바닥으로 미끄러진다. 그가 내 앞에 무릎을 꿇고 머리를 내 무릎 위에 올려놓고 말한다. "내가 널 망치고 말 거야."

그것은 지금까지 나에게 일어난 일 중 가장 믿기 힘든 일이다. 선생님이 내게 키스하고 싶다고 말했던 것보다, 혹은 내 다리를 쓰다듬은 것보다 더 비현실적인 일이다. "내가 널 망치고 말 거야." 그는 너무도 괴로워하며 그 말을 했다. 그가 얼마나 오랫동안 그 생각을 했고 고민했는지 보여주는 말이다. 그는 올바르게 행동하고 싶고, 나에게 상처를 주고 싶지 않지만 이제 체념하고 그렇게 될 가능성을 받아들인다.

그의 위쪽 허공에 두 손을 들어올린 상태로 나는 그를 찬찬히 살펴본다. 검은 머리카락, 관자놀이 주변의 희끗희끗한 머리카락, 턱 밑 면도한 지점에서 끝나는 매끄러운 턱수염. 목에 작은 상처가 있고, 살짝 염증이 생겼다. 내가 기숙사 방에서 맨발로 서서 화장을 할 때, 선생님이 자기 집 욕실에서 면도기를 들고 있는 모습을 상상해본다.

"나는 너에게 긍정적인 영향을 주는 사람이 되고 싶어." 그가 말한다. "네가 훗날 돌이켜보면서 즐겁게 회상할 수 있는 사람, 가엾게도 너와 사랑에 빠졌지만 너에게 손을 대지 않았던, 결국 좋은 사람이었던 웃기는 늙은 선생님."

그의 머리가 여전히 내 무릎 위에 묵직하게 놓여 있고, 내 다리가 후들거리기 시작하고, 겨드랑이와 무릎 안쪽에서 땀이 나기 시작한다. "가엾게도 너와 사랑에 빠졌지만." 그가 그 말을 하는 순간, 나는 누군가의 사랑을 받는 사람이 된다. 게다가 그 누군가는 내 또래의 한심한 남자애가 아니라, 이미 한평생을 살았고 세상사를 겪을 만큼 겪었는데도 내가 사랑받을 자격이 있다고 생각하는 남자다. 나는 이 문턱을 넘어야 할 것 같은 압박감을, 평범한 일상에서 벗어나 나이든 남자가 가엾게도 나와 사랑에 빠질 수도 있는 그런 세계로 강제로 밀려나는 듯한 느낌을 받는다.

"어떤 날은 네가 나가고 나서 네 자리에 앉아보곤 해. 마치 널 들이마시는 것처럼 테이블에 머리를 대고 있지." 선생님이 내 무릎에서 고개를 들더니, 손으로 얼굴을 문지르고 발꿈치에 체중을 실으며 쪼그려앉는다. "젠장 내가 제정신인가? 너한테 이런 소릴 하다니. 너 악몽 꾸겠다."

그가 몸을 일으켜 의자로 돌아가고, 나는 그에게 내가 두렵지 않다는 확신을 줄 행동을 해야겠다고 생각한다. 나도 그에 맞먹는 행동을 해야 한다. 그가 혼자가 아니라는 걸 보여주어야 한다. "저도 항상 선생님을 생각해요." 내가 말한다.

잠시, 그의 얼굴이 환해진다. 하지만 이내 정신을 차리고 코웃음 친다. "퍽도 그러겠다."

"항상 그래요. 집착처럼."

"그 말은 믿기 힘들구나. 예쁜 여자애들은 음탕한 늙은이와 사랑에 빠지지 않아."

"선생님은 음탕하지 않아요."

"아직은 안 그렇지." 그가 말한다. "하지만 여기서 조금만 더 다가가면 그렇게 될 거야."

그는 내가 더 확신을 주기를 원하고, 그래서 나는 준다. 나는 오직 그가 읽어주기를 바라며 한심한 시들을 썼다고 말하고("네 시는 절대 한심하지 않아, 제발 그렇게 말하지 마." 그는 말한다), 추수감사절 연휴 내내 『롤리타』를 읽으면서 그 책으로 인해 내가 달라지는 걸 느꼈다고 말하고, 오늘 선생님을 위해 예쁘게 꾸미고 왔다고 말하고, 그와 단둘이 있고 싶어서 문을 닫았다고 말한다.

"전 우리가 어쩌면……" 내가 말끝을 흐린다.

"어쩌면?"

나는 눈을 위로 떴다가, 키득거리며 웃는다. "아시잖아요."

"난 몰라."

나는 의자에서 살짝 몸을 돌리며 말한다. "어쩌면 우리가, 말하자면 키스 같은 걸 할 수도 있다고 생각했어요."

"내가 키스해주길 원하니?"

나는 어깨를 으쓱이고 고개를 숙여 머리카락으로 얼굴을 가린다. 그 말을 하기가 너무 창피하다.

"원한다는 뜻이야?"

나는 머리카락 뒤에서 작게 신음소리를 낸다.

"키스해본 적 있니?" 그가 얼굴을 보려고 내 머리카락을 뒤로 넘기고, 나는 고개를 젓는다. 거짓말하기엔 너무 긴장했다.

선생님은 일어나 교실 문을 잠그고 아무도 창문으로 안을 들여다보지 못하도록 불을 끈다. 그가 두 손으로 내 얼굴을 감싸자 나는 눈을 꼭 감는다. 그의 입술은 건조하다, 마치 햇빛에 바짝 마른 빨래처럼. 턱수염은 내가 생각했던 것보다 보드랍지만, 안경은 아프다. 그의 안경이 내 뺨을 파고든다.

우리는 입술을 닫은 채로 키스하고, 한번 더 한다. 그는 말없이 음 하는 소리만 내고 그다음에는 입을 벌린 채로 한참 키스한다. 지금 벌어지고 있는 일에 집중할 수가 없다. 나의 마음은 너무도 아득히 멀리 있어서 마치 다른 사람의 것 같다. 키스하는 내내 나의 머릿속은 온통 그에게 혀가 있다는 게 참 이상하다는 생각뿐이다.

키스하고 난 뒤 내 치아가 쉴새없이 딱딱 부딪친다. 나는 대범하고 싶고, 피식 웃으며 유혹적이고 새침한 말을 하고 싶지만, 그저 소매로 코를 슥 닦고 "기분이 너무 이상해요"라고 말할 뿐이다.

선생님이 나의 이마에, 관자놀이에, 턱 한쪽 옆에 키스한다. "좋게 이상한 기분이길 바란다."

그렇다고 말해야 한다는 걸 알지만, 그를 안심시키고, 내가 이걸 너무도 원한다는 걸 믿어 의심치 않게 해야 한다는 걸 알지만, 나는 그저 우리 사이의 공간을 멍하니 바라볼 뿐이고 그는 다시 몸을 숙여 키스하기 시작한다.

나는 세미나 테이블의 늘 앉던 자리에 앉아, 얼얼한 입가를 만지지 않기 위해 책상 위에 손바닥을 딱 붙인다. 다른 학생들이 들어와 코트 지퍼를 내리고 『이선 프롬』을 가방에서 꺼낸다. 무슨 일이 있었는지 아이들은 모른다. 알 리가 없다. 그런데 나는 소리질러 다 말하고 싶다. 소리지를 수 없다면 손바닥으로 테이블을 세게 눌러 나무판을 산산이 부수고 비밀이 교실 바닥에 흩어지게 만들고 싶다.

테이블 맞은편에서, 톰이 두 팔을 머리 뒤로 뻗으며 기지개를 켜자 셔츠 자락이 올라가면서 배가 살짝 드러난다. 제니의 자리는 비어 있다. 톰이 들어오기 전에 해나 레베스크가 두 사람이 헤어졌다고 말했다. 두 달 전만 해도 깜짝 놀랐을 소식이다. 그러나 지금은 귀에 들어오지도 않는다. 두 달이 일평생처럼 느껴진다.

수업시간에 스트레인 선생님이 『이선 프롬』에 대해 강의하는데, 그의 손이 살짝 떨리고 내 쪽을 보지 않으려 한다. 아니, 이제 그를 '선생님'으로 생각하는 게 우습게 느껴진다. 그러나 그냥 이름으로 부르는 것도 어딘가 잘못된 것 같다. 어느 순간 그가 이마를 짚고, 생각의 흐름을 놓친다. 전에는 한 번도 본 적 없는 모습이다.

"잠깐." 그가 웅얼거린다. "내가 어디까지 얘기했지?"

교실 문 위의 시계가 이 초, 삼 초, 사 초를 지난다. 해나 레베스크가 그 소설에 대해 너무 뻔한 얘기를 하지만, 스트레인은 해나의 말을 무시하는 대신 "네, 바로 그거죠"라고 말한다. 그는 칠판 쪽으로 돌아서더니, 큰 글자로 쓴다. 누구의 잘못인가? 내 귓가에서 바다가 포효한다.

오늘 수업에는 오십 쪽만 읽고 오는 거였는데 스트레인은 소설의 줄거리 전체에 대해 얘기한다. 젊은 매티의 매력과 늙은 유부남 이선이 처한 도덕적 딜레마에 대해. 매티에 대한 이선의 사랑은 과연 그렇게 잘못된 것인가? 이선은 적막한 삶을 살고 있다. 그에게는 위층에 병들어 누워 있는 지나뿐이다. "사람들은 얼마간의 아름다움을 위해서 모든 걸 감수하죠." 스트레인이 말한다. 너무도 진심어린 그의 목소리에 세미나 테이블 주위로 웃음의 파문이 인다.

이젠 익숙해질 때도 됐건만 여전히 믿기지 않는다. 그는 어떻게 책에 대해 얘기하는 동시에 나에 대해 얘기하면서 다른 아이들은 전혀 모르게 할 수 있을까. 다른 아이들이 전부 세미나 테이블에 앉아 주제문을 수정하는 데 열중하고 있는 동안 책상 뒤에서 나를 만졌던 때와 똑같다. 아이들은 자기 코앞에서 벌어지는 일인데도, 다들 너무 평범한 애들이라 알아차리지 못하는 것 같다.

누구의 잘못인가? 그가 질문에 밑줄을 긋고 대답을 기다린다. 그는 힘겨워하고 있다. 이제야 그게 보인다. 내가 곁에 있어서 초조한 게 아니다. 자신이 옳지 못한 일을 한 건 아닌지 의심하고 있는 것이다. 내가 좀더 용감했더라면 손을 들고 이선 프롬에 대해, 그에 대해 이렇게 얘기했을 것이다. 이선은 잘못이 없어요. 혹은 매티에게도 어느 정도 잘못이 있는 거 아닐까요?라고. 그러나 나는 잠자코 앉아 있는다. 겁먹은 어린 생쥐처럼.

수업이 끝났을 때, 누구의 잘못인가?는 여전히 칠판에 적혀 있다. 다른 학생들은 교실을 나서서 복도를 지나 운동장으로 향하지만, 나는 꾸물거린다. 가방 지퍼를 올리고 몸을 숙여 신발끈을 묶는 척한다. 나는 굼벵이처럼 느리다. 스트레인은 교실 밖 복도가 텅 빌 때까지 나를 모른 척한다. 목격자가 없을 때까지.

"괜찮니?" 그가 묻는다.

나는 배낭의 어깨끈을 잡아당기며 환하게 웃는다. "괜찮아요." 불안감을 조금도 내비쳐서는 안 된다는 걸 안다. 그랬다간 내가 더이상의 키스를 감당할 수 없는 애라고 단정할지도 모른다.

"네가 너무 버겁다고 느낄까봐 걱정했어." 그가 말한다.

"안 그래요."

"그렇구나." 그가 숨을 내쉰다. "네가 나보다 잘하고 있는 것 같네."

나는 나중에, 교사 상담 시간이 끝나고 인문학관이 조용해질 때 다시 오기로 한다. 교실을 막 나서려는데 그가 말한다. "예쁘다."

나는 얼굴에 미소가 번지는 것을 막을 수 없다. 오늘 나는 정말 예쁘다. 짙은 초록색 스웨터에, 내게 가장 잘 맞는 코듀로이 바지를 입었고, 머리는 어깨까지 곱실거린다. 일부러 신경썼다.

내가 다시 교실로 돌아왔을 땐 이미 해가 저물었다. 창문에 블라인드가 없어서, 우리는 불을 끄고, 그의 책상 뒤에 앉아, 어둠 속에서 키스한다.

*

톰프슨 선생님이 비밀 산타 게임을 기획하고 나는 제니의 이름을 뽑는다. 속이 상해야 할 것 같은데, 그저 모호한 짜증만 느낀다. 나는 선물 가격으로 책정된 10달러를 들고 식료품점에 가서 흔한 가루 커피 한 봉지를 사고 남은 돈으로 내가 먹을 간식을 산다. 커피를 포장할 생각조차 하지 않는다. 선물 교환 시간에 나는 비닐백에 담긴 커피를 제니에게 건넨다.

"이게 뭐야?" 제니가 묻는다. 지난봄 1학년 마지막날 이후 처음으로 내게 한 말이다. 그날 그녀는 기숙사 문을 나서며 그럼 또 보자, 라고 했다.

"너 줄 선물."

"포장 안 했어?" 제니가 손끝으로 비닐백을 열며 묻는다, 마치 안에 뭐가 들어 있을지 걱정된다는 듯이.

"커피야." 내가 말한다. "네가 항상 커피든 뭐든 마시고 있길래."

그녀가 커피를 내려다보며 눈을 너무 세게 깜빡여서 나는 순간적으로 제니가 울음을 터뜨릴까봐 두렵다. "자." 제니가 나에게 봉투를 하나 내민다. "나도 네 이름 뽑았어."

봉투 안에는 카드가 들어 있고, 카드 속에는 시내 서점에서 사용할 수 있는 20달러짜리 상품권이 들어 있다. 나는 한 손에는 상품권을 다른 한 손에는 카드를 든다. 나의 시선이 그 둘 사이를 빠르게 오간다. 카드에는 메리 크리스마스, 버네사. 그동안 우리가 좀 소원했지만 다시 우정을 회복했으면 좋겠어, 라고 적혀 있다.

"왜 그랬어?" 내가 묻는다. "10달러만 쓰라고 했잖아."

톰프슨 선생님은 아이들을 차례로 살펴보며 선물에 관해 얘기를 나누고 있다. 우리 차례가 되고, 선생님은 제니의 붉어진 얼굴과 바닥에 떨어진 진공 포장된 싸구려 커피를, 온통 죄책감으로 물든 내 얼굴을 본다.

"음, 멋진 선물이구나!" 톰프슨 선생님이 말한다. 너무 열정적으로 말해서 상품권을 두고 하는 말인 줄 알았는데 커피를 두고 하는 말이다. "선생님으로 말하자면, 커피는 아무리 마셔도 안 질리더라. 버네사, 넌 뭘 받았니?"

내가 상품권을 들어 보이자 톰프슨 선생님이 옅게 미소를 짓는다. "그것도 멋지네."

"숙제하러 가야겠어." 제니가 말한다. 그러고는 너무나 역겨운 물건이라 손도 대기 싫다는 듯 두 손가락으로 커피를 집어들고 휴게실을 나선다. 나는 제니에게 더 많은 말을 하고 싶다. 네가 나와 다시 잘 지내고 싶어하는 건 톰과 헤어졌기 때문이라고, 하지만 너무 늦었다고. 나는 이미 다 정리했다고. 나는 지금 네가 상상할 수도 없는 일을 하고 있다고 소리치고 싶다.

톰프슨 선생님이 내 쪽으로 돌아선다. "아주 사려 깊은 선물이었다고 생각해, 버네사. 가격은 중요하지 않아."

그제야 나는 선생님이 왜 내게 상냥한지 깨닫는다. 선생님은 내가 너무 가난해서 3달러짜리 커피밖에 살 수 없었다고 생각한 것이다. 그런 짐작이 우습기도 하고 수치스럽기도 하지만, 나는 굳이 반박하지 않는다.

"선생님, 크리스마스에 뭐하세요?" 디애나가 묻는다.

"고향인 뉴저지에 가려고." 톰프슨 선생님이 말한다. "친구들하고 버몬트에 여행을 갈까 해."

"남자친구는요?" 루시가 묻는다.

"남자친구가 있어야 말이지." 선생님은 다른 아이들의 선물을 살펴보려고 물러선다. 나는 톰프슨 선생님이 뒷짐을 지고 디애나가 루시에게 속삭이는 말을 못 들은 체하는 모습을 지켜본다. "스트레인 선생님이 남자친구 아니었어?"

어느 날 오후 스트레인은 내 이름이 아일랜드 작가인 조너선 스위프트에 의해 만들어졌다고 말한다. 스위프트는 한때 이름이 에스터 반홈리흐이고 애칭이 에사인 여자를 알았다고 한다. "스위프트는 그 여자의 이름을 분해해서 새로운 이름을 만들었어." 스트레인이 말했다. "그렇게 반-에사는 버네사가 된 거야. 네가 된 거지."

그에게 그렇게 말한 적은 없지만 가끔은 스트레인이 내게 하는 일이 바로 그것인 것 같다―나를 해체하고 새로운 사람으로 조립하는 것.

스위프트와 사랑에 빠진 최초의 버네사는 그보다 스물두 살이 어렸다고 한다. 스위프트는 그녀의 가정교사였다. 스트레인은 책상 뒤쪽의 책장으로 가서 스위프트가 쓴 '카데누스와 버네사'라는 제목의 시집 한 권을 가져온다. 총 육십 쪽이고, 시 전체가 선생님과 사랑에 빠진 어린 소녀에 관한 내용이다. 시를 훑어보는 동안 심장이 요동치지만, 그가 나를 쳐다보고 있어서 감정을 들키지 않으려 애쓴다. 나는 어깨를 으쓱하며 나른한 목소리로 말한다. "좀 웃긴 것 같아요."

스트레인이 얼굴을 찌푸린다. "난 섬뜩하다고 생각했어, 웃기다기보단." 그가 책을 다시 책장에 꽂아놓고 웅얼거린다. "왠지 거슬려. 운명에 대해 생각하게 되더라."

나는 스트레인이 책상에 앉아 성적기록부를 펼치는 모습을 지켜본다. 그의 귀 끝이 빨갛다, 마치 당황한 것처럼. 내가 그를 당황하게 만들 수 있는 걸까? 나는 그도 상처받을 수 있는 사람이라는 사실을 종종 잊는다.

"무슨 말인지 알아요." 내가 말한다.

그가 성적기록부에서 고개를 든다. 그의 안경에서 빛이 반사된다.

"전 이게 전부 다 운명이라는 생각이 들어요."

"전부 다라면," 그가 되풀이한다. "우리가 같이하는 일들 말이니?"

내가 고개를 끄덕인다. "어쩌면 이게 제가 태어난 이유인 것 같아요."

내 말을 듣는 순간, 마치 미소를 짓지 않으려고 애쓰는 것처럼, 스트레인의 입술이 떨린다. "가서 문 닫고 와." 그가 말한다. "불도 끄고."

나는 크리스마스 연휴를 앞둔 일요일에 기숙사 휴게실의 공중전화로 집에 전화를 건다. 엄마는 나를 수요일이 아닌 화요일에 데리러 오겠다고 한다. 그건 곧 연휴가 하루 더 늘어나는 것을 의미하고, 스트레인 없이 지내야 하는 날이 하루 더 늘어나는 것을 의미한다. 그 없이 주말을 보내는 것만으로도 이미 힘든데. 삼 주를 스트레인 없이 어떻게 지내야 할지. 그래서 엄마가 그 얘기를 하는 순간 마치 땅이 꺼지는 것만 같다.

"엄만 나한테 물어보지도 않고! 그래도 되는지 먼저 물어보지도 않고 하루 일찍 데리러 오기로 결정하는 게 어디 있어요!" 두려움이 커져가고, 나는 울지 않으려 애쓴다. "나도 할일이 있다고요." 내가 말한다. "나한테도 꼭 해야만 하는 일이라는 게 있어요."

"할일이 뭔데?" 엄마가 묻는다. "세상에, 왜 그렇게 펄펄 뛰어? 대체 왜 그러는 거야?"

나는 벽에 이마를 대고 심호흡한 다음, 가까스로 내뱉는다. "문예창작 클럽활동이 있는데 빠지면 안 된단 말이에요."

"아." 그것보다 훨씬 더 심각한 일인 줄 알았다는 듯 엄마가 한숨을 내쉰다. "여섯시 이후에 갈게. 그럼 그 모임에 참석할 시간은 충분하겠지."

엄마가 무언가를 한 입 베어 물고 그것이 엄마의 치아 사이에서 부서진다. 나는 엄마가 나와 얘기할 때 음식을 먹거나, 청소하거나, 아빠와 동시에 얘기하는 게 싫다. 때로 엄마는 전화기를 들고 화장실에 가는데 그럴 때면 변기 물을 내리는 소리로 엄마가 화장실에 있다는 걸 알게 된다.

"네가 그 클럽을 그렇게 좋아하는 줄은 몰랐네." 엄마가 말한다.

나는 스웨트셔츠의 더러운 소매로 코를 문지른다. "클럽활동을 좋아해서가 아니에요. 맡은 바 책임을 다하려는 거죠."

"흠." 엄마가 한 입 더 베어 물고, 그게 뭔지는 몰라도 입안에서 바스락거린다.

월요일이 되자, 스트레인과 나는 어두운 교실에 앉아 있지만, 나는 그가 키스하지 못하게 한다. 고개를 돌리고 그의 손이 닿지 않도록 다리를 꼰다.

"왜 그러니?" 그가 묻는다.

나는 고개를 젓는다. 어떻게 설명해야 할지 모르겠다. 그는 다가오는 연휴에 대해 아무 걱정도 없어 보인다. 그 얘기를 꺼내지도 않는다.

"내가 만지는 게 싫은 거면 이해할게." 그가 말한다. "하지 말라고 말만 해."

스트레인이 몸을 숙이고 나를 빤히 쳐다본다, 어둠 속에서 내 표정을 읽으려 애쓰면서. 그는 안경을 쓰고 있지 않아서 기민하게 움직이며 반짝이는 눈이 보인다. 내가 안경 때문에 아프다고 말한 이후로, 그는 키스할 때마다 안경을 벗는다.

"그럴 수 있으면 너무도 좋겠지만, 난 네 마음을 읽을 수가 없어." 그가 말한다.

그가 손끝으로 내 무릎을 만지며 내가 피하는지 지켜본다. 피하지 않자, 그의 손이 내 허벅지로, 내 골반으로 올라와 허리를 감아 끌어당기고, 그 바람에 의자의 다리 바퀴가 끽끽거리며 끌려가는 소리가 들린다. 나는 한숨을 쉬며 그에게 기댄다, 산처럼 거대한 그의 몸에.

"우리 이제 오랫동안 이거 못하잖아요." 내가 말한다. "삼 주 동

134

안이나."

그가 안도하는 게 느껴진다. "그래서 이렇게 부루퉁한 거야?"

내가 말도 안 되는 소리를 한다는 듯 그가 웃어서 나는 눈물이 난다. 그러나 그는 자기가 보고 싶을 것 같아서 내가 속상해하는 거라고 생각한다.

"난 아무데도 안 가." 그는 말하고 내 이마에 키스한다. 내가 예민하다면서. "마치……" 그가 하던 말을 멈추고 나지막이 웃는다. "어린애처럼, 이라고 말하려고 했어. 난 가끔 네가 진짜 어린애란 걸 잊어."

나는 그의 품에 얼굴을 더 깊게 파묻고 나를 통제할 수가 없다고 말한다. 나는 그도 같은 마음이라고 말해주기를 기대하지만, 스트레인은 그저 내 머리를 쓰다듬을 뿐이다. 어쩌면 그 말을 할 필요가 없을지도 모른다. 나는 처음 키스하던 날 오후 그가 내 무릎 위에 머리를 놓고, 내가 널 망치고 말 거야, 라고 신음하듯 중얼거리던 것을 떠올린다. 물론 그 역시 자신을 통제할 수 없다. 지금 우리가 하는 일을 하려면 무모해야 한다.

그가 나에게서 물러서더니 내 입가에 키스한다. "나한테 좋은 생각이 있어." 그가 말한다.

창밖의 대지가 온통 눈으로 덮여 있어서 눈에 반사된 햇빛이 교실을 환하게 밝히고 덕분에 나는 그의 미소를, 눈가의 주름을 볼 수 있다. 가까이에서 보니, 이목구비가 따로따로 보이고 거대해 보인다. 콧등에 난 움푹한 안경 자국은 도무지 없어지지 않는다.

"하지만 네가 정말 원하지 않는다면 내 제안에 동의하지 않겠다고 약속해." 그가 말한다. "알았지?"

나는 훌쩍이며 눈가를 닦는다. "알겠어요."

"크리스마스 연휴 끝나고 나서…… 그러니까 학교에 돌아오는 주의 첫번째 금요일에……" 그가 숨을 들이쉰다. "우리집에 오는 건 어때?"

나는 놀라서 눈을 깜빡인다. 언젠가 이런 날이 올 줄은 알았지만, 너무 이르다는 생각이 든다. 하지만 어쩌면 이른 게 아닌지도 모른다. 우리는 벌써 이 주 넘게 키스하고 있다.

내가 아무 말도 하지 않자 스트레인이 말을 잇는다. "교실 밖에서 함께 시간을 보내면 좋을 것 같아서. 저녁도 먹고, 환한 곳에서 서로를 보고. 재미있지 않을까?"

나는 곧바로 두려워진다. 두렵지 않았으면 좋겠는데. 나는 뺨 안쪽을 물어뜯으며 두려움을 떨쳐버리려 애쓴다. 그가 두렵진 않지만 그의 몸이 두렵다. 그의 거대한 몸이 두렵고 그 몸에 내가 무언가를 하게 되리라는 게 두렵다. 교실에 머무는 한, 우리가 할 수 있는 일은 키스뿐이지만, 그의 집에 간다는 것은 무슨 일이든 일어날 수 있다는 뜻이다. 뻔한 일이 일어날 것이다. 섹스.

"근데 제가 거길 어떻게 가요?" 내가 묻는다. "기숙사 통금 시간은요?"

"통금 시간 지나서 빠져나와. 내가 주차장에서 기다리고 있다가 널 데리고 몰래 나가면 돼. 아무도 눈치 못 채게 다음날 아침 일찍 데려다줄게."

내가 계속 망설이자 스트레인의 몸이 뻣뻣하게 굳는다. 그가 의자를 뒤로 빼고, 나에게서 멀어진다. 다리 사이로 찬 공기가 스며든다. "네가 준비가 안 됐다면 강요할 생각은 없어." 그가 말한다.

"준비됐어요."

"안 된 것 같은데."

"준비됐어요." 내가 우긴다. "갈게요."

"하지만 그게 정말 네가 원하는 거니?"

"네."

"정말로?"

"네."

눈동자를 이리저리 굴리며, 그가 나를 쳐다본다. 나는 뺨 안쪽을 더 세게 물어뜯는다. 세게 물어뜯어서 내가 또 한차례 눈물을 쏟으면, 그가 내게 화를 내지 않을지도 모른다고 생각하면서.

"잘 들어." 그가 말한다. "나는 너한테 아무것도 기대하지 않아. 그냥 소파에 앉아서 같이 영화나 한 편 보는 것도 좋아. 네가 원하지 않으면 손조차 잡을 필요 없어. 알겠지? 절대 네가 강요당하는 기분이 들지 않는 게 중요해. 그게 내가 나 자신을 견딜 수 있는 유일한 방법이야."

"강요당하는 기분 안 들어요."

"그래? 진심이니?"

내가 고개를 끄덕인다.

"좋아. 다행이야." 그가 내 손을 잡는다. "네가 책임자야, 버네사. 우리가 무얼 할지는 네가 결정하는 거야."

나는 그가 정말 그렇게 생각하는지 의문이 든다. 그가 먼저 나를 만졌고, 내게 키스하고 싶다고 했고, 사랑한다고 말했다. 매번 첫걸음은 그가 뗐다. 나는 강요당하지 않았고, 내게 싫다고 말할 힘이 있다는 걸 알지만, 그건 내가 책임자인 것과는 다르다. 하지만 어쩌면 그는 그렇게 믿어야만 하는지도 모른다. 어쩌면 그는 믿어야만 하는 것들의 긴 목록을 갖고 있는지도.

*

크리스마스 선물로 나는 50달러, 스웨터 두 벌―라벤더색 꽈배기 니트와 흰색 모헤어 니트―과 닳도록 들었던 피오나 애플 CD를 대체할 피오나 애플의 새 CD, 자세히 보아야만 박음질이 엉망임을 알 수 있는 엘엘빈 아울렛 매장에서 구입한 부츠, 기숙사 방에서 쓸 전기 주전자, 메이플시럽 사탕 한 상자, 양말과 속옷, 오렌지 모양의 초콜릿을 받는다.

부모님 집에 있는 동안 나는 스트레인을 서랍에 넣고 꽉 닫아두려 애쓴다. 그를 상상하며 침대에 누워 있거나 그에 관한 글을 쓰고 싶은 욕구를 억누르고, 예전의 나로 돌아간 기분이 들게 하는 행동들을 한다. 장작 난로 옆에서 책을 읽거나, 식탁에 앉아 엄마와 함께 무화과와 호두를 자른다. 베이브가 마치 복슬복슬한 노란 돌고래처럼 우리 주위에서 뛰어다니는 동안 아빠를 도와 나무 한 그루를 끌고 눈밭을 가로질러 집으로 간다. 대체로 아빠가 잠자리에 들면 베이브는 아빠를 따라 위층으로 올라가고, 엄마와 나는 소파에 누워 텔레비전을 본다. 우리는 똑같은 드라마를 좋아한다. 시대물, 〈앨리 맥빌〉 〈더 데일리 쇼〉. 우리는 존 스튜어트*와 함께 웃고, 조지 W. 부시가 화면에 나오면 질색한다. 개표는 이미 오래전

---
* 미국의 배우이자 방송인.

에 끝났고 부시의 승리로 판가름났다.

"부시가 부정으로 선거를 이겼다는 게 아직도 믿기지가 않아요." 내가 말한다.

"다들 부정으로 이겨." 엄마가 말한다. "단지 민주당이 그럴 땐 별로 싫지가 않은 것뿐이지."

우리는 텔레비전을 보면서 엄마가 찬장 꼭대기에 숨겨둔 비싼 진저 레몬 쿠키를 먹는다. 엄마는 내 쪽으로 슬금슬금 발을 뻗으며, 내가 싫어하는데도 내 엉덩이 밑에 발을 넣으려 한다. 내가 투덜거리자 엄마가 내게 까칠하게 굴지 말라고 한다. "넌 엄마 자궁 속에 있었어."

나는 제니가 비밀 산타 선물과 함께 나에게 편지를 주었다고 얘기한다. 다시 우정을 회복하고 싶다고 하더라고. 엄마가 코웃음치며 손가락으로 나를 찌른다. "걔가 그럴 거라고 내가 말하지 않았니? 네가 거기 안 넘어갔으면 좋겠다."

엄마는 잠이 든다. 엄마의 엷은 금발이 얼굴 위에 헝클어져 있고 텔레비전 화면은 광고로 넘어간다. 이럴 때가 바로 스트레인이 다시 떠오르는 순간이다. 집안이 고요하고 나 혼자만 깨어 있을 때. 나는 게슴츠레한 눈으로 화면을 바라보면서, 그가 내 곁에 앉아 날 안아주고 내 잠옷 바지 속에 손을 넣는 상상을 한다. 소파 반대편에서 엄마가 코를 골며 나를 상상에서 끌어내면, 나는 위층으로 뛰어올라간다. 내 방은 그를 불러들일 수 있는 유일하게 안전한 공간이다. 나는 문을 닫고 침대에 누워, 그의 집에 가면 어떤 기분일지, 섹스하는 건 어떤 기분일지 상상한다. 옷을 벗은 그의 모습이 어떨지도.

나는 혹시 미리 알아두어야 할 게 있는지 보려고 〈세븐틴〉 과월호를 뒤적이며 첫 섹스에 관한 기사를 찾지만 하나같이 "섹스는 중요한 일, 절대 압박감을 느끼지 말고, 시간을 충분히 가져라!" 따위의 헛소리들뿐이다. 그래서 나는 인터넷 게시판에서 '처녀성을 잃는 것에 관한 조언'이라는 제목의 글을 찾아낸다. 하지만 여자들을 위한 조언이라고는, "그냥 가만히 누워 있지 말라"는 것뿐이다. 대체 그게 무슨 뜻일까? 위로 올라가라는 뜻일까? 나는 스트레인에게 그렇게 하는 내 모습을 상상해보지만, 너무 창피하다. 그 생각을 하는 순간 온몸이 움츠러든다. 나는 검색어를 전부 삭제했는지 세 번 확인한 다음 브라우저를 닫는다.

브로윅으로 돌아가기 전날 밤, 부모님이 톰 브로카우가 나오는 저녁 뉴스를 보는 동안, 나는 부모님 방으로 몰래 들어가 엄마의 서랍장 맨 위 서랍을 열고 브래지어와 속옷들 틈에서 여전히 노란색 가격표가 붙어 있는 검은색 원피스 잠옷을 찾는다. 방으로 돌아온 나는 속에 아무것도 입지 않은 상태로 그 잠옷을 입어본다. 무릎 아래까지 내려와서 조금 길긴 하지만 꼭 끼어 몸의 굴곡이 어른스럽고 섹시하게 드러난다. 거울을 바라보며 머리를 위로 틀어올렸다가 얼굴 주위로 흘러내리게 한다. 그리고 아랫입술이 빨갛게 부풀어오를 때까지 입술을 깨문다. 어깨끈 하나가 팔까지 흘러내리고, 나는 스트레인이 특유의 다정하고도 거만한 미소를 지으며 어깨끈을 올려주는 상상을 한다. 아침이 되자 나는 그 잠옷을 가방 밑바닥에 집어넣는다. 무엇이든, 어떤 것이든, 감추기가 얼마나 쉬운지를 알고 나니, 브로윅으로 돌아가는 길 내내 미소를 멈출 수가 없다.

교정에 눈은 더 높이 쌓이고 크리스마스 장식들은 사라졌다. 기숙사에서는 마룻바닥을 닦느라 사용한 식초 냄새가 진동한다. 월요일 아침 일찍, 나는 스트레인을 찾아 인문학관으로 간다. 나를 보자 그의 얼굴이 환해지고, 미소가 번지고, 굶주린 입술이 된다. 그는 교실 문을 잠근 뒤 나를 캐비닛으로 밀어붙이고, 얼마나 세게 키스하는지 말 그대로 나를 뜯어먹는 것 같다. 우리의 치아가 부딪친다. 그의 허벅다리가 내 다리 사이로 밀고 들어와 내 몸을 문지른다. 그 느낌은 좋지만 너무도 순식간에 일어난 일이라 나는 숨을 헉 들이켜고, 그 소리에 나를 놓아준 그가 비틀비틀 물러서며 자기가 아프게 했느냐고 묻는다.

"네 곁에 있으면 정신을 차릴 수가 없어." 그가 말한다. "내가 꼭 십대 남자애처럼 굴고 있구나."

그는 금요일 약속은 변동이 없는지 묻는다. 지난 몇 주 동안 계속 내 생각을 했고, 내가 얼마나 보고 싶었는지 놀랄 정도였다고 말한다. 그 말에 내가 눈을 가늘게 뜬다. 그게 왜 놀랄 일이에요? "왜냐하면 우린 아직 서로를 잘 모르니까." 그가 설명한다. "하지만, 세상에, 너 때문에 미칠 것 같아." 내가 크리스마스에 무얼 했느냐고 묻자, 그는 "네 생각"이라고 답한다.

한 주가 카운트다운처럼 느껴진다, 마치 긴 복도를 걸어오는 느린 발자국처럼. 마침내 금요일 밤이 되고, 메리 에밋이 방문을 활짝 열어놓고 뮤지컬 〈렌트〉의 삽입곡인 525,600분 어쩌고 하는 가사의 노래를 목청껏 부르고 제니가 욕실 가운을 걸치고 복도를 지나 샤워장으로 향하는데, 나는 검은색 잠옷을 가방에 넣고 있는 것이 도무지 현실처럼 느껴지지 않는다. 그애들에게는 그저 또 한번의 평범한 금요일 밤이고, 그들의 평범한 삶이 나의 삶과 평행으로 너무도 평온하게 지나갈 거라 생각하니 기분이 이상하다.

아홉시 삼십분이 되자 나는 톰프슨 선생님에게 몸이 좋지 않아서 일찍 잠자리에 들겠다고 말하곤, 복도에 사람이 없어질 때까지 기다렸다가, 경보기가 고장난 뒤쪽 계단으로 빠져나간다. 서둘러 교정을 가로지르니 헤드라이트를 끄고 인문학관 주차장에서 날 기다리고 있는 스트레인의 스테이션왜건이 보인다. 내가 조수석 문을 열고 차에 타자 그는 나를 끌어당기며, 지금까지 한 번도 들어본 적 없는 소리로 웃는다—이런 일이 실제로 일어난다는 걸 믿을 수 없다는 듯이, 미친 사람처럼 헐떡이면서.

그의 집은 물건이 적고 깨끗하다. 부모님 집에서는 한 번도 본 적 없는 수준의 깨끗함이다. 비어 있는 싱크대는 반짝이고, 수도꼭지의 기다란 목에 넣어놓은 행주가 마르고 있다. 며칠 전 그는 내게 무얼 먹고 싶으냐고 물으면서 내가 가장 좋아하는 것들을 준비해놓고 싶다고 했다. 그는 냉동실에 있는 고급 아이스크림 세 통과 냉장실에 있는 체리코크 여섯 개들이 한 팩, 조리대에 놓인 대용량 포테이토칩 두 봉지를 보여준다. 조리대에는 위스키도 한 병 있다, 거의 녹아버린 얼음조각들이 들어 있는 유리잔과 함께.

거실 커피 테이블에는 잡동사니가 없고, 컵받침과 리모컨 두 개뿐이다. 책장은 깔끔하게 정돈되어 있고, 옆으로 누워 있거나 뒤집힌 책이 하나도 없다. 그가 집안을 구경시켜주는 동안, 나는 탄산음료를 홀짝이면서 감탄하되 너무 많이 감탄하지 않으려고, 관심을 보이되 너무 많은 관심을 보이지 않으려고 애쓴다. 그러나 사실 나는 온몸을 떨고 있다.

그가 마지막으로 보여준 방은 침실이다. 우리는 문 앞에 서 있고, 탄산음료 캔 속에서 기포가 보글거린다. 두 사람 다 이제 무얼 해야 할지 확신이 없다. 나는 여섯 시간 뒤에 기숙사로 돌아가야 하지만 여기 온 지는 이제 겨우 십 분이 되었을 뿐이다. 카키색 이불과 체크무늬 베개가 깔끔하게 정돈된 그의 침대가 우리 앞에 펼쳐져 있다. 너무 이르다는 생각이 든다.

"피곤하니?" 그가 묻는다.

내가 고개를 젓는다. "별로요."

"그럼 이거 마시지 마라." 스트레인이 나의 손에서 탄산음료를 가져간다. "다 카페인이잖아."

그가 소파에 앉아 손잡고 영화나 보자고 말했던 것을 일깨워줄 겸, 내가 텔레비전을 보자고 제안한다.

"그랬다간 난 바로 잠들고 말걸." 그가 말한다. "그냥 일찍 잠이나 자는 게 어때?"

그가 서랍장으로 가더니 맨 위 서랍을 열고 무언가를 꺼낸다. 흰 면에 빨간 딸기 무늬가 콕콕 박힌 탱크톱과 반바지 잠옷이다. 특별히 나를 위해서 샀는지, 가격표가 붙은 채로 반듯하게 개어져 있는 새 잠옷이다.

"네가 잘 때 입을 옷을 챙기는 걸 잊어버릴 것 같더라고." 그러더니 잠옷을 내 손 위에 얹어놓는다. 나는 가방 밑바닥에 검은색 잠옷이 있다는 얘기를 하지 않는다.

욕실에 들어간 나는 최대한 소리 내지 않으려 조심하며 옷을 벗고 잠옷의 가격표를 뗀다. 잠옷을 입기 전에 거울에 비친 내 얼굴을 보고, 샤워부스 안에 놓인 그의 샴푸와 비누를 슬쩍 들여다보고, 선반에 있는 물건들을 전부 살펴본다. 그는 전동칫솔을 사용하고, 전기면도기와 디지털 체중계가 있다. 체중계에 올라서니 65.7이라는 숫자가 반짝인다. 크리스마스 때보다 0.9킬로그램 줄었다.

탱크톱을 들고, 나는 그가 왜 하필 이 잠옷을 골랐을지 생각해본다. 아마 무늬가 마음에 들었나보다. 그는 전에 내 머리색과 피부가 딸기와 크림을 연상시킨다고 말한 적이 있다. 나는 여자애들의 의류 코너를 둘러보며 커다란 손으로 다양한 잠옷을 만져보는 스트레인의 모습을 상상한다. 그 생각을 하니 마음이 따뜻해진다. 몇 년 전, 고릴라가 아기 고양이를 안고 있는 그 유명한 사진을 보았을 때와 비슷한 기분이다. 그토록 커다란 동물이 그토록 섬세한 것들을 만지작거리며, 조심스럽고 친절하게 다루려 애쓰는 그 여린 모습.

나는 한 팔로 가슴을 가린 채 욕실에서 나와 침실로 들어선다. 스탠드 램프가 켜져 있다. 보드랍고 따스한 불빛이다. 그는 침대 가장자리에 앉아 있다. 어깨를 앞으로 숙이고 손을 깍지 낀 채로.

"잘 맞니?"

나는 몸을 떨며 고개를 반만 끄덕인다. 창밖으로 차가 한 대 지나가면서 소음이 가까워졌다가 멀어지더니, 정적이 밀려든다.

"봐도 될까?" 스트레인이 묻는다. 나는 그에게 가까이 다가간다. 그가 한 팔로 허리를 감으며 내 손을 내릴 수 있을 정도로. 그의 눈이 내 몸을 훑어내리고, 그가 한숨을 쉬며 말한다. "아, 안돼." 마치 우리가 지금부터 하려는 일이 벌써 미안하다는 듯이.

그가 일어서더니 이불을 젖힌다. 그러고는 "자, 자, 자"라고 속 삭인다. 그는 일단 자기는 옷을 입고 있겠다고 말한다. 아마 나를, 그리고 어쩌면 스스로를 안심시키려는 듯이. 그의 셔츠 겨드랑이 에서 검은 동그라미가 번져간다. 개학식에서 연설할 때 그랬던 것 처럼.

내가 그의 곁에 눕고 우리는 이불을 덮고 나란히 눕는다. 서로 만지지도 않고, 얘기도 하지 않는다. 천장은 크림색과 황금색 타일 이 소용돌이무늬를 이루고 있고 나의 눈이 그 무늬를 따라 빙글빙 글 맴돈다. 오리털 이불을 덮고 있으니 손과 발은 따듯해지는데 코 는 여전히 차갑다.

"우리집에 있는 내 방도 항상 이렇게 추워요." 내가 말한다.

"그래?" 내가 먼저 입을 열어 이 상황을 그나마 자연스럽게 만 들어준 게 고마운지 스트레인이 내 쪽으로 돌아눕는다. 그는 나에 게 내 방을 묘사해보라고 말한다. 어떤 분위기인지, 어떤 구조인 지. 나는 허공에 지도를 그린다.

"여기 호수 쪽으로 난 창문이 있고요." 내가 말한다. "여긴 산 쪽으로 난 창문이 있어요. 옷장은 여기 있고 침대는 여기 있죠." 나 는 그에게 내가 붙여놓은 포스터들과 침대보의 색에 대해 얘기한 다. 여름에는 호수에서 들려오는 아비새의 괴성에 한밤중에 깰 때 도 있다는 얘기, 단열이 잘 안 되는 집이라 겨울에는 벽에 얼음이 맺힌다는 얘기도 한다.

"언젠가 직접 가서 한번 보고 싶구나." 그가 말한다.

나는 내 방에 있는 그를 상상하며 웃는다. 내 방에서 그는 엄청 나게 커 보일 것이고, 머리가 천장에 닿을 것이다. "그런 일은 없을

걸요."

"혹시 모르지." 그가 말한다. "기회가 올지도."

그는 몬태나에 있는 어린 시절 자신의 방에 대해 얘기한다. 그 방도 겨울에 추웠다고 그는 말한다. 뷰트에 대해서도 설명한다. 신흥 광산 도시였던 뷰트는 한때 최고의 부촌이었지만 지금은 산에 둘러싸인 침체된 갈색 분지가 되었다고. 그는 주택들 사이에 높이 솟아오른 유기된 권양탑들을 묘사하고, 언덕 경사면에 형성된 시내 중심가와 언덕 꼭대기에 채광의 잔재로 남아 있는 커다란 산성 웅덩이에 대해서도 설명한다.

"끔찍할 것 같은데요." 내가 말한다.

"끔찍하지." 그가 동의한다. "하지만 직접 가서 보기 전에는 이해하기 힘든 곳이야. 그곳엔 기이한 아름다움이 있어."

"산성 웅덩이에 아름다움이 있다고요?"

그가 미소 짓는다. "언젠가 같이 가서 보자. 가보면 알 거야."

그는 이불 속에서 자신의 손을 내 손에 깍지 끼우고 계속 얘기한다. 여동생과 부모님에 대해. 그의 아버지는 구리를 캐는 광부였는데 고압적이지만 따뜻한 사람이었고, 그의 어머니는 교사였다.

"어머니는 어땠어요?" 내가 묻는다.

"화가 나 있었어." 그가 말한다. "몹시 화난 여자였지."

나는 무슨 말을 해야 할지 몰라 입술을 깨문다.

"날 보살피지 않았어." 그가 덧붙인다. "난 그 이유를 끝내 알지 못했지."

"아직 살아 계세요?"

"두 분 다 돌아가셨어."

내가 유감이라고 말하려는 순간 그가 내 말을 자르고 손을 꼭 잡는다. "괜찮아." 그가 말한다. "아주 오래전 일이야."

우리는 이불 속에서 손을 잡은 채, 한동안 말없이 누워 있다. 나는 숨을 들이쉬고 내쉬며, 눈을 감고 침실에서 풍기는 냄새가 정확히 무슨 냄새인지 알아내려 애쓴다. 옅고, 남성적인 냄새, 플란넬 시트에 밴 비누와 디오더런트 냄새, 옷장의 삼나무 냄새. 이곳이 그가 평범한 사람들처럼 살고 있는 집이라는 게, 여기서 그가 잠자고, 먹고, 생활에 필요한 온갖 허드렛일을 한다는 게 이상하게 느껴진다. 설거지, 화장실 청소, 빨래 등등. 빨래를 직접 하기는 할까? 나는 그가 세탁기에서 빨래를 꺼내 건조기에 넣는 상상을 해보지만, 그 모습은 상상하는 순간 바로 사라져버린다.

"왜 결혼을 안 하셨어요?" 내가 묻는다.

그가 나를 흘긋 쳐다보고 나를 잡았던 그의 손이 잠깐 느슨해지지만, 그것만으로도 내가 말을 잘못했다는 걸 알려주기에는 충분하다.

"누구나 다 결혼하는 건 아니야." 그가 말한다. "너도 나이를 먹으면 알게 될 거야."

"아뇨, 나도 알아요." 내가 말한다. "나도 결혼은 안 하고 싶어요." 그 말이 딱히 진실인지는 모르겠지만, 나는 그에게 관대하고 싶다. 그는 걱정하는 게 분명하다, 나에 대해, 우리가 하는 일에 대해. 그는 작은 일에도 화들짝 놀란다, 마치 내가 달아나거나 깨물기 좋아하는 짐승이라도 된다는 듯이.

그가 웃는다. 긴장했던 그의 몸이 누그러진다. 내가 옳은 대답을 한 것이다. "당연히 안 하겠지. 넌 너 자신을 잘 알고 있는 애니까,

너한테 맞지 않는 일이 뭔지도 알 거야." 스트레인이 말한다.

그럼 나에게 맞는 일이 뭐냐고 물어보고 싶지만 사실은 내가 나를 잘 모른다는 걸 밝히고 싶지 않다. 그가 다시 내 손을 잡고 키스하려는 듯 내 쪽으로 고개를 기울이고 있는 지금, 그 문제에 대해 더 깊이 이야기하고 싶진 않다. 그는 내가 여기 온 뒤로 키스하지 않았다.

그가 나에게 피곤하냐고 다시 묻고 나는 고개를 젓는다. "혹시 피곤하면," 그가 말한다. "나한테 말해줘. 그럼 난 거실로 갈게."

거실이라고? 나는 그게 무슨 뜻인지 알아내려 얼굴을 찌푸린다. "소파에서 자려고요?"

그가 내 손을 놓고 말을 하려다가, 멈추었다가, 다시 말한다. "내가 처음에 널 그런 식으로 만졌다는 게 부끄러워." 그가 말한다. "학기초에. 그래서 이제 그렇게 행동하고 싶지 않아."

"하지만 난 좋았는데요."

"네가 좋아했다는 건 알아. 하지만 혼란스럽지 않던?" 그가 내 쪽을 돌아본다. "혼란스러웠을 거야. 선생이라는 사람이 느닷없이 그렇게 널 만졌다는 게 영 마음에 걸렸어. 충분히 얘기하지도 않고 행동이 앞섰다는 게. 충분히 얘기하는 것이야말로 우리가 하고 있는 일을 그나마 속죄할 수 있는 유일한 방법이야."

그는 말하지 않지만, 내가 해야 할 일이 뭔지 안다. 내 감정을 말하고 내가 원하는 것이 뭔지 말해야 한다. 용감해져야 한다. 나는 그에게 바짝 다가가 얼굴을 그의 목에 댄다. "선생님이 소파에서 자는 건 원하지 않아요." 그의 미소가 느껴진다.

"좋아." 그가 말한다. "그것 말고 원하는 게 있니?"

나는 그의 품에 안기며 다리를 그의 다리에 얹어놓는다. 말은 나오지 않는다. 스트레인은 내게 키스를 원하느냐고 묻고, 내가 그의 목에 대고 고개를 끄덕이자 내 머리카락을 한 움큼 움켜쥐고 내 머리를 뒤로 젖힌다.

"세상에," 그가 말한다. "널 좀 봐라."

내가 완벽하다고, 그는 말한다. 너무 완벽해서 현실 같지가 않다고. 그가 내게 키스하고 그때부터 다른 일들이, 우리가 해본 적 없는 일들이 빠르게 일어나기 시작한다. 그는 내 탱크톱을 가슴 위로 밀어올리고, 꼬집고 쓰다듬고, 내 반바지 속으로 손을 넣어서 내 그곳을 감싼다.

그는 모든 일에 허락을 구한다. 내 잠옷 상의를 머리 위로 올리기 전에 묻는다. "해도 돼?" 속옷 안으로 파고들기 전에 "이렇게 해도 괜찮아?"라고 묻더니 손가락 한 개를 너무 빨리 안으로 집어넣어서, 나는 잠시 기겁하고 내 몸은 죽은 듯 꼼짝도 하지 않는다. 그렇게 그는 이미 하고 있는 일들의 허락을 구한다. "해도 돼?" 반바지를 내려도 되느냐고 묻는 것이지만 그는 이미 내 바지를 벗겼다. "괜찮아?" 내 다리 사이에 무릎을 꿇고 앉아도 되느냐고 묻는 것이지만 그는 이미 그러고 있다. 그가 신음하며 중얼거린다. "여기도 붉은색일 줄 알았어."

그가 시작하기 전에 나는 무얼 하려는 건지 알지 못한다. 그는 내 아래쪽 그곳에 키스하고 있다. 난 바보가 아니다. 사람들이 그런 짓을 한다는 걸 나도 안다. 그러나 스트레인이 그걸 원할 줄은 몰랐다. 그는 두 팔로 나를 감싸 가까이 끌어당기고, 나는 발꿈치에 힘을 주어 매트리스를 딛고 그의 머리카락을 아플 정도로 세게 움켜쥐지만, 그는 키스하고 핥고 그 외에 그가 하는 일들을—그는 어떻게 하면 내가 기분이 좋을지 어찌 그토록 정확히 알고 있을까? 그는 어떻게 나의 모든 것을 알고 있을까?—도무지 멈추지 않는다. 나는 소리를 지르지 않으려고 아랫입술을 깨물고 그는 후루룩 소리를 낸다. 마치 마지막 남은 탄산음료를 빨대로 빨아먹는 것처럼. 기분이 좋지 않았다면, 그 소리가 창피했을 것이다. 나는 한 팔로 눈을 가리고, 휘몰아치는 색의 향연 속으로, 산처럼 솟아오르는 파도 속으로 빠져들고, 그렇게 내가 너무도 작아지는 듯한 기분이 들다가, 마침내 절정에 도달한다. 혼자 할 때보다 훨씬 더 강렬한 쾌감이라 별이 보일 정도다.

"이제 그만." 내가 말한다. "그만, 그만."

마치 내가 발로 걷어차기라도 했다는 듯 그가 움찔하고 물러서며 다시 무릎을 꿇고 앉는다. 그는 여전히 티셔츠와 바지를 입고 있고, 머리는 헝클어지고 얼굴이 번들거린다. "느꼈니?" 그가 묻는다. "정말? 그렇게 빨리?"

나는 다리를 꼭 오므리고 눈을 꽉 감는다. 말을 할 수도, 생각을 할 수도 없다. 빨랐나? 대체 얼마나 걸린 거지? 일 분인지 십 분인지 이십 분인지, 감도 안 잡힌다.

"느꼈구나, 그렇지? 너 그게 얼마나 특별한 건지 아니?" 그가 묻는다. "얼마나 희귀한 건지?"

눈을 떠보니 그가 손등으로 입을 닦다가 그 손을 잠시 얼굴 앞에 대고 숨을 들이마시며 눈을 감는 모습이 보인다.

그는 내게 매일 밤 그렇게 해주고 싶다고 말한다. 그러고는 이불을 끌어올리며 내 옆에 누워 이렇게 덧붙인다. "매일 밤 네가 잠자리에 들기 전에."

그에게 안기는 건 그가 내 아래쪽 그곳에 있는 것만큼이나 기분이 좋다. 그의 턱이 내 머리 위에 닿고 그의 커다란 몸이 내 몸을 둥글게 감싼다. 그에게서 내 체취가 풍긴다. "일단은 이쯤 해두자." 그가 말하고, 섹스라는 게 결국 그가 내게 그걸 해주는 것일 뿐이라는 생각에 마음이 따스하게 녹는다.

스트레인이 손을 뻗어 스탠드를 끄지만, 나는 잠을 이룰 수가 없다. 내 어깨에 두른 그의 팔이 점점 더 무거워진다. 잠옷 차림의 나를 보고 그가 "아, 안 돼"라고 말하던 모습, 내 아래쪽으로 가서 두 팔을 내 다리 밑에 넣고 자기 얼굴 가까이 나를 끌어당기던 장면을 머릿속에 재생한다. 그러다가 어느 순간 내 손을 잡았던 것도.

다시 그렇게 해주었으면 좋겠지만, 그를 깨워 부탁할 엄두는 나지 않는다. 어쩌면 아침에 돌아가기 전에 한번 더 해줄지도 모른다. 어쩌면 방과후 그의 교실에서 해줄지도. 아니면 차를 몰고 교정 밖으로 나가서 차 안에서 해주거나. 내 마음은 도무지 차분해지지 않는다. 어느 순간 졸기 시작하면서도 나의 뇌는 여전히 궁리를 한다.

두어 시간 뒤 잠에서 깨어나보니 밖이 어둡다. 복도의 불빛이 침실 문으로 스며들어와 바닥을 가로지른다. 내 곁에서 스트레인은 깨어 있고, 그의 뜨거운 입술이 내 목에 닿아 있다. 나는 등을 대고 누워 미소를 지으면서 그가 다시 내 다리 사이에 얼굴을 가져갈 거라고 기대하지만 돌아누워보니 그는 발가벗고 있다. 가슴에서부터 다리까지 창백한 피부를 검은 털이 뒤덮었고 몸 중앙에는 거대하게 발기한 페니스가 있다.

"오!" 내가 말한다. "흠! 와우. 흠." 작고 한심한 단어들이다. 그가 내 손목을 끌어당겨 페니스로 이끌자, 나는 다시 그 말을 한다. "오! 흠!" 그가 내 손가락이 페니스를 감싸쥐게 하고 나는 손을 위아래로 움직여야 한다는 걸 안다. 나의 손은 곧바로, 마치 충성스러운 로봇처럼, 뇌와 상관없이, 움직이기 시작한다. 그것은 길쭉한 근육을 감싼 느슨한 피부로 둘러싸여 있고, 거칠고, 움찔거린다. 마치 며칠 동안 뱃속에 있던 쓰레기를 뱉어내는 개처럼. 그 정도로 격하게, 몸 전체가 구역질하듯 요동친다.

"천천히, 아가." 그가 말한다. "좀 천천히." 그가 나에게 시범을 보이고, 나는 팔에 쥐가 나는데도 속도를 유지하려 애쓴다. 그에게 피곤하다고 말하고 돌아누워서 다시는 그것을 안 보고 싶지만, 그건 이기적인 행동일 것이다. 그는 발가벗은 내 모습이 자기가 본 것 중 가장 아름답다고 말했다. 그런 말을 듣고 역겨움으로 답하는 것은 잔인한 행동일 것이다. 그를 만질 때 내 피부에 소름이 돋아도 상관없다. 상관없다. 괜찮다. 그가 너에게 해주었으니 너도 해주어야지. 몇 분 정도는 참을 수 있잖아.

그가 내 손을 페니스에서 떼어내자 이번엔 입으로 해달라고 말할까봐 걱정이 된다. 나는 그걸 원하지 않는다. 나는 못한다. 하지만 그는 대신 이렇게 말한다. "내가 씹해주길 원하니?" 질문이지만 사실 그는 묻고 있는 게 아니다.

그의 심경 변화를 이해할 수 없다. 일단은 이쯤 해두자, 라고 그가 정말 말을 하긴 했던가? 아니면 "일단은"이라는 말은 내가 생각한 것과 전혀 다른 의미였는지도 모른다. 내가 씹해주길 바라느냐고? 씹하다니. 그 말의 천박함에 나는 고개를 돌려 얼굴을 베개에 파묻는다. 그의 목소리마저 아까와 다르다. 까칠하고 거칠다. 눈을 뜨자, 그는 집중하느라 이마를 찌푸린 채 내 다리 사이에 자리를 잡고 있다.

나는 그를 막으려 애쓰며, 임신하고 싶지 않다고 말한다.

"넌 임신 안 해." 스트레인이 말한다. "불가능한 일이야."

나는 엉덩이를 뒤로 뺀다. "무슨 뜻이에요?"

"나 수술했어, 정관절제수술." 그가 말한다. 그러더니 한 손으로는 자신의 페니스를 잡고 다른 손으로 나를 고정시킨다. "임신 안 할 거야. 긴장 풀어." 그가 들어오려 애쓴다. 그의 엄지손가락이 내 골반을 파고든다. 도무지 들어가질 않는다.

"긴장을 풀어야 해, 아가." 그가 말한다. "숨을 크게 쉬어."

나는 눈물이 나기 시작하지만 그는 멈추지 않고, 내가 잘하고 있다면서 계속 들어오려 애쓴다. 그는 내게 숨을 들이쉬었다가 내쉬라고 말하고, 내가 숨을 내쉴 때 힘껏 밀고 들어온 다음 조금 더 들어온다. 나는 울음을 터뜨리고, 내가 진짜로 우는데도 그는 멈추지 않는다.

"잘하고 있어." 그가 말한다. "한번 더 숨을 크게 쉬어, 알았지? 아파도 괜찮아. 계속 아프진 않을 거야. 한 번만 더 숨을 크게 쉬는 거야, 알았지? 바로 그거야. 잘했어. 아주 잘했어."

얼마 후 그가 침대에서 내려가고, 나는 눈을 감기 전에 그의 배와 엉덩이를 언뜻 본다. 그가 속옷을 입고, 속옷 고무 밴드가 채찍 같은, 마치 무언가가 두 개로 쪼개지는 것 같은 소리를 낸다. 그는 욕실로 가서 큰 소리로 기침을 하고, 이어 세면대에 침 뱉는 소리가 들린다. 이불 밑에 있는 나는 쓰라리고 끈적끈적하다. 허벅지에서부터 다리가 온통 끈적거린다. 나의 마음은 고요한 날의 호수와도 같다. 말갛고, 고요하다. 나는 아무것도 아니다. 아무도 아니고, 어디에도 없다.

방으로 돌아온 스트레인은 다시 본래의 모습이 된 것 같다. 티셔츠와 운동복 바지 차림에 안경을 쓰고 있다. 그가 침대로 들어와 내 몸을 감싼다. "우린 사랑을 나눴어. 그렇지?" 그가 속삭인다. 나는 '씹'과 '사랑을 나누는 것'의 거리를 가늠해본다.

얼마 후 우리는 또 한번 섹스하고 이번엔 더 느리고, 더 쉽다. 나는 절정을 느끼진 못하지만 적어도 이번엔 울지 않는다. 심지어 내위에 있는 그의 무게가 좋다. 너무도 묵직해서 내 심장박동마저 느려진다. 신음소리와 함께 그가 절정에 달하자 그의 중심에서 뻗어나간 전율이 그의 몸을 관통한다. 내 몸 위에서 전율하는 그의 몸이 내 근육을 수축시키고 그를 안에서 더 세게 움켜잡는다. 아마도 이게 사람들이 말하는, 두 사람이 하나가 되는 순간인가보다.

그는 너무 빨리 끝났다고, 너무 서툴렀다고 사과한다. 마지막으로 친밀한 관계를 가졌던 게 한참 전이란다. 나는 친밀한이라는 말을 입안에서 굴리며 톰프슨 선생님을 떠올린다.

두번째 섹스를 한 뒤, 나는 욕실로 가서 약품 캐비닛 안을 들여다본다. 낯선 남자의 집에서 하룻밤을 보낸 여자들이 그러는 걸 영화에서 보지 않았다면 시도하지 못했을 행동이다. 그의 벽장에는 반창고와 항생제 연고, 처방전 없이 사는 소화제, 내가 광고에서 보아서 알고 있는, 비아그라와 웰부트린*이라고 적혀 있는 두 개의 오렌지색 병이 있다.

학교로 돌아오는 길, 거리의 불빛이 노란색으로 반짝이는 가운데 그가 기분이 어떠냐고 묻는다. "너한테 너무 벅찬 일이 아니길 바라." 그가 말한다.

나는 그가 진실을 원한다는 걸 알고, 눈을 떠보니 그가 발기한 채 문자 그대로 내 몸속으로 밀고 들어온 건 별로였다고 말해야 한다는 걸 안다. 이런 식으로 섹스할 준비는 되어 있지 않았다고. 강요당한 기분이었다고. 그러나 나는 그 어떤 말도 할 용기가 없다. 그가 내 손을 페니스로 이끌었던 건 생각만 해도 구역질나고, 내가 울기 시작했는데도 왜 멈추지 않았는지 이해가 안 간다고 말할 수가 없다. 첫번째 섹스를 하는 내내 나의 머릿속에는 오직 집에 가고 싶다는 생각뿐이었다고 말할 수가 없다.

"전 괜찮아요." 내가 말한다.

그가 내 표정을 찬찬히 살핀다, 마치 내가 진실을 말하고 있는지 확인하려는 듯이. "다행이네." 그가 말한다. "그게 우리가 원하는 거니까."

* 우울증 치료제와 금연 보조제로 사용되는 약물인 부프로피온의 상표명.

2017년

엄마가 보낸 문자: 얘. 방금 무슨 일이 있었는지 좀 들어봐. 한밤중에 잠이 안 와서 깨어 있는데 밖에서 무슨 소리가 나는 거야. 아래층에 내려가서 포치 불을 켰더니 글쎄 곰이 쓰레기통을 뒤지고 있지 뭐야!!! 엄마 무서워서 기절할 뻔했다. 소리지르면서 위층으로 냅다 뛰어올라와서 이불 속에 숨었어 하하. 지금은 마음을 가라앉히려고 영국 요리 프로 보는 중이야. 세상에 별일이 다 있다. 여긴 그것 말고 특별한 소식은 없어. 호수 건너편에 사는 그 마저리라는 여자, 폐암이래. 염소 기르는 여자 말이야. 하여간 지금 죽어가고 있대. 딱하지 뭐니. 엄마 자동차 문에 문제가 있어서 리콜 서비스 받았어. 팔 주에서 십이 주쯤 걸릴 거래. 아주 형편없는 차를 렌털해주었지 뭐니. 웩. 끔찍한 일들의 연속이구나. 어쨌든 그냥 안부 전하는 거야. 엄마한테 언제 전화 좀 해.

흐릿한 눈으로 오전 열시가 되도록 여전히 침대에 누워 있던 나는 엄마의 문자를 이해하려 애쓴다. 마저리가 누구인지, 엄마의 자동차 문이 뭐가 잘못됐는지, 엄마가 말하는 영국 요리 프로가 뭔지 전혀 모르겠다. 아빠가 돌아가신 뒤로 나는 이런 문자에 잠을 깨곤 한다. 그래도 이번에는 마침표가 정확하게 찍혔다. 다른 때는 말줄 임표로 연결된 산만한 의식의 흐름이고 너무 앞뒤가 안 맞아서 걱 정될 정도다.

문자 창을 닫고 페이스북을 띄운 다음 테일러의 프로필에 들어 가 새로운 내용이 있는지 확인한다. 그리고 검색창에 이름들을 입 력해본다. 이미 너무도 여러 번 검색해서 첫 글자만 입력해도 자동 으로 제시 리, 제니 머피가 뜬다. 제시는 보스턴에 살면서 마케팅 업계에서 일하고 있다. 제니는 필라델피아에서 외과의사로 일한 다. 제니의 사진을 보면 벌써 중년 같다. 눈가에 깊게 주름이 패었 고 갈색 머리카락은 희끗희끗하다. 그들의 프로필에는 스트레인에 관한 내용이 없다. 하긴 있을 이유가 뭔가? 그들은 충만한 삶을 살 아가고 있는 성인들이다. 그들에겐 그때 무슨 일이 있었는지 기억 할 이유가, 심지어 나를 기억할 이유가 없다.

나는 페이스북 창을 닫고 구글에 '헨리 플라우 애틀랜티카 칼리 지'라고 입력한다. 첫번째 검색 결과로 나온 것은 연구실에 앉아 있는 그의 오래된 사진과 교수 프로필이다. 그와 내가 훗날 마셨던 맥주가 그의 뒤쪽 책장에 놓여 있다. 당시 그는 서른넷이었다. 지 금의 나보다 겨우 두어 살 위였다. 두번째 검색 결과는 2015년 애 틀랜티카 칼리지 학생신문에 실린 기사다. "영문학과 교수 헨리 플 라우 우수강의상 수상." 그 상은 사 년에 한 번씩 주는 것으로 학생 들의 투표로 수상자가 선정된다. 3학년 영문학 전공생인 에마 티 보도는 학생들이 이번 투표 결과에 들떠 있다고 말한다. "헨리는 정말 훌륭한 교수이고, 항상 우리에게 영감을 주죠. 헨리와는 무슨 얘기든 편하게 할 수 있어요. 정말 놀라운 사람이에요. 헨리의 수업이 제 인생을 바꾸었어요."

기사의 맨 하단으로 내려가보니 빈 댓글 상자에서 커서가 깜빡인다. "댓글을 남기시겠어요?" 나는 댓글에 이렇게 쓴다. "'놀라운 사람'이라―내 말 믿어요. 헨리는 그런 사람 아니에요." 그러나 이미 이 년 전 기사이고 헨리가 그 정도로 못된 짓을 한 것도 아닌데 이러는 게 무슨 소용인가. 나는 휴대전화를 침대 위에 던져놓고 다시 잠을 청한다.

출근 준비를 하면서 피운 마리화나 때문에 몽롱한 상태로 직장으로 걸어가는데 스트레인이 전화를 한다. 휴대전화가 손안에서 진동하고 화면에 그의 이름이 뜨자 나는 걸음을 멈추고 마치 관광객처럼 길 한복판에 선다. 보행자들의 물결을 잠시 잊은 채. 휴대전화를 귀에 대는데 누군가가 내 어깨를 친다. 청재킷을 입은 여자애 한 명, 아니 똑같은 재킷을 입은 여자애 둘이다. 한 명은 머리가 검고 한 명은 금발이다. 둘은 배낭을 꼬리뼈에 퉁기며 팔짱을 끼고 걸어간다. 점심시간에 빠져나와 시내를 돌아다니는 고등학생들 같다. 나와 부딪힌 검은 머리 여자애가 어깨 너머로 나를 휙 돌아보며 "미안해요"라고 말한다. 목소리가 나른하고 무성의하다.

전화기에서 스트레인이 말한다. "내 말 들었니? 혐의를 벗었다고."

"그럼 이제 괜찮은 거예요?"

"내일 교실로 돌아가." 그가 믿을 수 없다는 듯이 웃는다. "이대로 끝장인 줄 알았는데."

나는 여전히 콩그레스 스트리트를 따라 걸어가는 여자애 둘에게, 그들의 물결치는 머리카락에 시선을 고정하고 있다. 또다시 아무 탈 없이 교실로 돌아가는 스트레인. 마치 그가 여기서 무너지길 바라기라도 했던 것처럼, 실망감이 밀려든다. 심술이 나의 허를 찌른다. 아마 마리화나 때문이겠지, 그래서 감정의 회오리에 휘말린 거겠지. 출근 전에 마리화나 좀 그만 피워야 하는데. 이제 그만 정신 차리고, 다 털어버리고, 앞으로 나아가야 한다.

"네가 기뻐할 줄 알았는데." 스트레인이 말한다.

여자애들이 샛길로 사라지고, 나는 무의식중에 참고 있던 숨을 내쉰다. "기뻐요. 기쁘고말고요. 잘됐어요." 나는 다시 걷기 시작한다. 다리가 불안정하다. "이제 마음이 놓이겠어요."

"마음이 놓이는 정도가 아니야." 그가 말한다. "남은 생을 감방에서 보내게 되리란 걸 슬슬 받아들이던 참이었거든."

나는 그의 과장에 눈을 치켜뜨려다가, 마치 그가 나를 보기라도 한다는 듯 멈춘다. 정말 자기가 감방에 갈 거라고 생각했을까? 하버드 출신의, 언변 좋은 백인 남자인 그가? 스트레인의 두려움은 근거가 없을뿐더러, 다소 보여주기식인 것 같지만 그를 비난하는 건 잔인한 일인지도 모른다. 그는 겁에 질렸고, 위기에 처했었다. 그에겐 이런 드라마를 쓸 자격이 있다. 그런 파멸이 눈앞에 다가오는 것을 지켜보는 게 어떤 기분일지 나는 이해하지 못한다. 그가 감수한 위험은 항상 내 몫보다 컸다. 한 번이라도 좀 상냥하게 굴어봐, 버네사. 너 왜 그렇게 못돼 처먹었니?

"같이 축하해야겠네요." 내가 말한다. "저 토요일에 쉴 수 있어요. 다들 맛있다고 야단인 스칸디나비아 레스토랑이 있어요."

스트레인이 숨을 들이켠다. "그럴 수 있을지 모르겠다." 나는 다른 제안—다른 레스토랑, 다른 요일, 그가 이곳에 오지 않고 내가 노럼베가까지 가는 것—을 하려고 입을 열지만 그가 말한다. "당분간은 조심해야 해."

조심. 나는 그 말에 움찔하면서, 그가 정말 하고 싶은 말이 무엇인지 이해하려 애쓴다. "나하고 같이 있는 걸 누가 본다고 문제될 건 없잖아요." 내가 말한다. "난 서른두 살이에요."

"버네사."

"아무도 기억 못해요."

"당연히 기억해." 그가 말한다. 초조함이 그의 말투를 날카롭게 만든다. 내 나이가 서른둘인데도 그가 나를 만나는 것이 여전히 불법이고 위험한 이유를 굳이 설명할 필요는 없다. 나는 스트레인이 저지른 가장 끔찍한 일의 살아 숨쉬는 증거다. 사람들은 날 기억한다. 그가 재앙에 직면하게 된 것도 사람들이 기억하기 때문이다.

"한동안 거리를 유지하는 게 좋을 것 같아." 그가 말한다. "이 모든 게 좀 잠잠해질 때까지."

호텔로 가는 횡단보도를 건너며 나는 호흡에 집중한다. 주차장 입구에 서 있는 주차 요원에게 손을 흔들고, 골목에서 담배를 길게 빨고 있는 청소부들에게도 인사한다.

"알았어요." 내가 말한다. "그걸 원하신다면."

정적. "원하는 게 아니야. 어쩔 수 없는 거지."

호텔 로비의 문을 열자 재스민과 감귤 향이 진하게 밴 공기가 얼굴에 닿는다. 이 호텔은 환기구에 그 향을 말 그대로 쏟아붓는다.

향기가 기운을 북돋고 감각을 깨운단다. 그런 세심한 것까지 신경 쓰기 때문에 바로 이곳이 최고급 호텔인 것이다.

"그게 최선이야." 스트레인이 말한다. "우리 둘 모두에게."

"나 출근했어요. 끊을게요." 나는 인사도 없이 전화를 끊는다. 그 순간에는 내가 이긴 것 같지만 막상 책상 앞에 앉으니 뱃속에 커다란 구멍이 뚫린 것 같고 거기서 수치심이 피어오른다. 그는 또다시 곧바로 나를 버렸다. 마치 쓰레기처럼. 내가 스물두 살 때, 그리고 열여섯 살 때 그랬던 것처럼. 그것은 너무도 자명하고 씁쓸한 진실이어서, 나조차도 달게 삼킬 만한 무언가로 미화할 수가 없다. 그는 내가 입을 다물고 있을 건지만 확인하고 싶었을 뿐이다. 그는 나를 또 한번 이용했다. 대체 몇번째야? 얼마나 더 당해야 정신 차릴래, 버네사?

책상 앞에 앉은 나는 테일러의 페이스북을 띄운다. 피드 맨 위에 새 게시글이 올라온 지 한 시간도 안 되었다. 한때 나를 보살피고 보호하겠다고 약속했던 학교가 오늘 가해자 편을 들었다. 실망했지만 놀라진 않았다. 댓글을 펼쳐보니, 수십 개의 좋아요를 받은 댓글이 맨 먼저 나온다. 정말, 정말 유감이네요. 더이상 할 수 있는 일이 없나요? 이게 끝인가요? 테일러의 답변에 내 입이 바짝 마른다.

이건 절대 끝이 아니에요, 라고 그녀가 썼다.

휴식 시간이 되자 나는 호텔 뒤쪽 골목으로 나가 가방 밑바닥에서 구겨진 담뱃갑을 꺼낸다. 비상계단에 기대어 담배를 피우며 휴대전화를 들여다보고 있는데, 보도에 신발이 끌리는 소리와 쉿 하는 소리, 숨죽인 웃음소리가 들려온다. 고개를 드니 출근길에 보았던 여자애 둘이 보인다. 아이들은 골목 반대편 끝에 서 있다. 금발 여자애가 검은 머리 여자애의 팔을 잡고 있다.

"네가 가서 물어봐." 금발이 말한다. "어서."

검은 머리 여자애가 내 쪽으로 한 걸음 다가오더니 멈춰 서서 팔짱을 낀다. "저기요." 그애가 나를 부른다. "혹시……" 그러더니 금발 여자애를 돌아본다. 금발 여자애는 주먹으로 입을 막고 청재킷 소매 뒤에서 웃고 있다.

"혹시 담배 남는 거 있어요?" 검은 머리 여자애가 묻는다.

내가 두 개를 내밀자 두 아이가 서둘러 온다. "좀 눅눅해." 내가 말한다. 괜찮다고, 그애들이 말한다. 전혀 상관없다고. 금발 여자애가 어깨에 멘 배낭을 내리더니 앞주머니에서 라이터를 꺼낸다. 그들은 서로에게 불을 붙여준다. 담배를 빠는 그들의 뺨이 옴폭해진다. 아이라이너로 그린 고양이 같은 눈꼬리와 헤어라인을 따라 난 작은 여드름들이 보일 정도로 가까운 거리다. 이 나이 또래 아이들과 함께 있으면, 스트레인이 신화화하도록 가르쳤던 마법의 나이인 아이들과 함께 있으면, 나 자신이 스트레인이 되는 것을 느낀다. 내 입안에 질문들이 쌓여간다. 아이들을 좀더 내 곁에 머물게 할 만한 질문들. 나는 그것들이 쏟아져나오지 않도록 입술을 깨문다. 이름이 뭐니? 몇 살이니? 담배 더 줄까? 아니면 맥주? 아니면 마리화나? 여자애를 자기 곁에 붙잡아두기 위해서라면 뭐든 주고 싶었을 절박했던 그의 마음을 상상하는 건 너무도 쉽다.

여자애들은 나를 돌아보며 고맙다고 말하고는 골목길을 되돌아간다. 아이들의 들뜬 모습이 손가락 사이에 끼운 담배에 대한 느긋한 감사 인사로 바뀐다. 아이들은 엉덩이를 흔들며 걷다가 모퉁이를 돌면서 마지막으로 나를 한번 더 쳐다보고, 사라져버린다.

나는 아이들이 사라진 지점을 계속 쳐다본다. 저물어가는 태양 빛이 쓰레기통에서 새어나오는 구정물에, 시동을 켜놓고 서 있는 배달 차량의 유리창에 반사된다. 그애들이 날 보고 무슨 생각을 했을지 궁금하다. 혹시 동질감을 느꼈는지, 나에게 담배를 달라고 한 것이, 내 나이에도 불구하고, 사실은 내가 자기들과 동류라는 걸 알아보았기 때문이었는지.

나는 담배 연기를 내뿜으며 휴대전화를 꺼내 테일러의 프로필 화면을 띄워보지만, 아무것도 눈에 들어오지 않는다. 나의 마음은 여자애들을 쫓아 사라져버리고, 스트레인이 담배를 빌리고 태도가 거친 그애들을 보면 뭐라고 할지 궁금해진다. 아마도 스트레인은 그애들이 천박하고, 너무 건방지고, 무모하다고 말할 것이다. 넌 참 온순해, 그가 마음대로 내 몸을 움직이도록 내버려둘 때면 스트레인은 그렇게 말하곤 했다. 그는 그 말을 칭찬처럼 했고, 나의 수동성이 소중하고도 희귀한 것이라고 했다.

저애라면 어떻게 할까? 그것은 질문이라기보다는 하나의 미로와 같다. 십대 여자애를 보면 나는 항상 그 질문의 미로에서 길을 잃는다. 만약 저애의 선생님이 저애를 만지려 했다면 올바르게 대처했을까? 선생님의 손을 뿌리치고 달아났을까? 아니면 선생님이 일을 마칠 때까지 몸을 축 늘어뜨리고 있었을까? 나는 가끔 나와 똑같이 반응하는 또다른 여자애를 상상해보려 애쓴다. 쾌락에 빠져들고, 그것을 갈구하고, 그것을 삶의 중심에 놓는 아이. 그러나 상상할 수가 없다. 나의 뇌는 막다른 골목에 다다르고, 어둠이 미로를 삼켜버린다. 생각을 할 수도 없고, 말을 할 수도 없다.

네가 그렇게 적극적으로 나오지 않았다면 난 결코 할 수 없었을 거야, 스트레인은 그렇게 말했다. 그 말은 기만처럼 들린다. 어떤 여자애가 그가 나에게 했던 그런 짓을 원하겠는가? 그러나 사람들이 믿건 안 믿건, 그것이 진실이다. 그것에, 그리고 그에게 이끌렸던 나는, 결코 존재해서는 안 되는 아이였다. 소아성애자의 손에 자신을 기꺼이 바친 아이.

아니, 소아성애라는 단어는 옳지 않다. 한 번도 옳았던 적이 없다. 그것은 지나친 단순화다. 그 말은 내가 피해자 그 이상도 이하도 아니라고 말하는 것만큼이나 부당하다. 스트레인은 그렇게 단순한 사람이 아니었고, 나 역시 마찬가지였다.

먼길을 돌아 호텔 로비로 가기 위해, 나는 주차장의 가장 낮은 층을 가로질러 호텔 지하로 들어가서 세탁실의 공업용 세탁기와 건조기들을 지난다. 객실관리부 지배인이 계단을 올라가던 나를 부르더니, 게츠 씨에게 여분의 수건을 가져다줄 수 있겠냐고 묻는다. 게츠 씨는 격주 월요일마다 342호실에 묵는 투숙객이다.

"정말 괜찮겠어요?" 수건을 건네며 그녀가 묻는다. "그 손님이 우리 여자 직원들한테 추근대면서 못되게 굴거든요. 그래도 버네사에게는 호의적인 것 같아서."

342호를 노크하자 발소리가 들리고 게츠 씨가 문을 연다. 셔츠를 입지 않고 허리에 수건을 두르고 있다. 머리카락이 젖었고, 어깨로 물이 뚝뚝 떨어지고, 가슴에 난 검은 털은 배 중앙까지 이어져 있다.

나를 보는 순간 그의 얼굴이 환해진다. "버네사! 버네사가 올 줄은 몰랐네요." 그가 문을 활짝 열면서 안으로 들어오라고 고갯짓한다. "수건은 침대에 놓아줄래요?"

나는 문 앞에서 머뭇거리며 문에서 침대까지의 거리와 침대에서 장식장까지의 거리를 가늠해본다. 게츠 씨는 한 손으로 허리에 두른 수건을 붙잡고 다른 한 손으로 장식장 앞에서 지갑을 열고 있다. 나는 문이 닫히는 걸 원치 않고, 그와 단둘이 있는 걸 원치 않는다. 서둘러야 한다. 나는 얼른 침대 쪽으로 달려가 수건을 던져놓는다. 그리고 문이 닫히기 전에 문가로 돌아온다.

"잠깐만요." 게츠 씨가 20달러를 내민다. 나는 고개를 젓는다. 깨끗한 수건을 가져다주는 일상적인 업무의 팁치고는 너무 큰 금액이다. 꺼림칙할 정도로, 도망치고 싶을 정도로 큰 금액이다. 그는 떠돌이 개에게 먹을 것을 흔들듯 지폐를 흔든다. 내가 지폐를 받는데 그의 손가락이 내 손가락을 쓰다듬는다. 그가 윙크한다. "고마워, 자기." 그가 말한다.

안전하게 로비의 안내 데스크 뒤로 돌아온 나는 20달러짜리 지폐를 지갑에 넣고, 그 돈으로 호신용 스프레이와 주머니칼을 사야겠다고 중얼거린다. 실제로 사용하지 않더라도 항상 가지고 다닐 거라고. 가방 안에 그게 있다는 사실만으로도 도움이 될 테니까.

그때 휴대전화가 진동한다. 새 메일.

수신 : vanessawye@gmail.com
발신 : jbailey@femzine.com
제목 : 브로윅 사립학교 사건 관련

안녕하세요 버네사,

저는 재닌 베일리라 하고 <펨진>의 기자예요. 메인주 노럼베가의 브로윅 사립학교에서 성적 학대가 발생했다는 주장에 관한 기사를 쓰고 있는데, 버네사도 1999년부터 2001년까지 그 학교에 다닌 걸로 알고 있어요.

브로윅 졸업생 테일러 버치를 인터뷰했는데, 테일러 버치는 2006년도에 영문학 교사인 제이컵 스트레인으로부터 성폭력을 당했다고 주장하고 있고, 인터뷰 과정에서 또다른 피해자로 추정되는 인물로 버네사가 거론되었어요. 그와 별개로 브로윅 사립학교에서 버네사와 스트레인 사이에 일어난 성적 학대에 관한 익명의 제보도 있었습니다.

버네사와 얘기를 나누고 싶어요. 최대한 세심하고 정확하게 이 기사를 쓸 생각이에요. 희생자들의 이야기에 중점을 두고 제이컵 스트레인과 브로윅 사립학교에 책임을 묻고 싶어요. 전국적으로 성폭력 사건이 이슈가 되고 있는 만큼, 테일러의 이야기와 당신의 이야기를 엮을 수만 있다면 꽤 큰 파장을 일으킬 계기가 될 것 같아요. 물론 버네사가 겪은 일을 기사에서 어디까지 언급할지는 전적으로 버네사가 결정하는 거예요. 부디 이것이 버네사가 직접 자신의 목소리로 그 사건을 이야기할 기회가 되길 바랍니다.

이 메일 주소나 385-843-0999로 연락해주세요. 언제든 괜찮으니 전화나 문자 주시고요.

꼭 연락 주셨으면 좋겠습니다.

재닌

2001년

올해 겨울은 모두를 지치게 한다. 추위가 혹독하고, 밤이 되면 영하 28도까지 떨어졌다가 영하 17도가 되면 눈이 내린다. 눈은 몇 날 며칠 계속된다. 폭설이 내릴 때마다 눈이 점점 더 높이 쌓여서 교정은 엷은 잿빛 하늘 아래 높은 벽으로 둘러싸인 미로가 된다. 크리스마스에 새로 산 옷들은 넉 달간 계속되는 겨울을 지나며 얼룩이 지고 보풀이 인다. 교사들은 인내심을 잃어가고 심지어 야박해져서 상담 시간에 우리를 거칠게 몰아세우고, 우리는 울면서 상담실을 나선다. 마틴 루서 킹 기념일 주말에는 머리카락 뭉치 때문에 샤워장 배수구가 백만번째로 막히자 기숙사 관리인이 우리에게 치를 떨며 샤워장 문을 잠가놓는 바람에 톰프슨 선생님이 클럽으로 자물쇠를 따야 했다. 학생들도 미쳐가긴 마찬가지다. 어느 날 저녁에는 구내식당에서 디애나와 루시가 신발이 없어진 일을 두고 고함을 질러가며 싸우고, 루시는 디애나의 머리를 움켜잡고 놓아주질 않는다.

　기숙사 사감 선생님들은 아이들에게 우울증 징후가 있는지 수시로 살핀다. 사 년 전 겨울, 2학년 남자애 하나가 자기 방에서 목을 맸기 때문이다. 톰프슨 선생님은 부정적인 감정들을 떨쳐내는 데 도움이 되는 활동들을 기획한다. 게임의 밤, 공예의 밤, 베이킹 파티와 영화 감상. 각각의 행사를 알리는 화사한 색지 안내문이 방문 밑으로 들어온다. 톰프슨 선생님은 "계절성 우울증" 증세가 있는 것 같으면 언제든 자기 방에 와서 조명 테라피를 받아도 좋다고 한다.

　나는 모든 행사에 건성으로 참석한다. 나의 뇌는 둘로 나뉘어서, 반은 그 순간 속에 있고 나머지 반은 내게 일어난 모든 일들 속에 있다. 스트레인과 섹스를 하는 나는 예전에 내게 어울렸던 장소에 더이상 어울리지 않는다. 내가 쓰는 모든 글이 공허하게 느껴진다. 나는 더이상 톰프슨 선생님의 개를 산책시키지 않는다. 수업시간에는, 마치 멀리서 수업을 지켜보는 것처럼 아득한 기분이 든다. 미국문학 시간에 나는 제니가 세미나 테이블에서 자리를 바꾸어 해나 레베스크의 옆자리에 앉는 것을 본다. 해나 레베스크는 눈을 크게 뜨고 숭배의 눈빛으로 제니를 쳐다본다. 작년 한 해 동안 나 역시 그런 표정이었을 것이다. 나는 조용한 혼란에 빠진다, 마치 줄거리가 혼란스러운 영화를 보는 것처럼. 실제로, 모든 것이 가상현실 같고, 비현실적이다. 나는 모든 게 그대로인 척하는 수밖에 없지만, 이제 협곡이 나를 에워싸고 고립시킨다. 섹스가 그 협곡을 만든 것인지, 아니면 원래 협곡이 있었는데 스트레인 때문에 그것을 의식하게 된 건지는 모르겠다. 스트레인은 후자라고 말한다. 날 처음 본 순간부터 내가 어딘가 다르다는 걸 감지할 수 있었다고.

"항상 겉도는 것 같은 기분이 들지 않던? 부적응자인 것 같은 기분?" 그는 묻는다. "아주 어렸을 때부터 조숙하다는 얘기 들었지?"

나는 초등학교 3학년 때 성적표를 들고 집으로 돌아오던 기억을 떠올린다. 성적표 맨 아래 담임 의견란에는 이렇게 적혀 있었다. 버네사는 또래보다 무척 앞서 있습니다. 마치 서른 살을 살고 있는 여덟 살 같아요. 내가 진짜 어린애였던 적이 있기나 한지 잘 모르겠다.

통금 시간 이십 분 전, 목욕 용품 가방과 수건을 들고 기숙사 샤워장으로 들어서는데 제니가 세면대에 서서 얼굴에 비누칠을 하고 있다. 같은 기숙사에 살다보니 어쩔 수 없이 마주치게 되긴 하지만 나는 되도록 빈도를 줄이려고 최선을 다한다. 제니의 방 앞을 지나가지 않으려고 뒤쪽 계단으로 돌아가고 샤워도 늦은 밤에 한다. 미국문학 시간에는 어쩔 수 없이 마주치지만 내 정신이 스트레인에게 쏠려 있어 제니를 무시하기가 쉽다. 그 외의 나머지 수업들은 더이상 귀에 거의 들어오지 않는다.

그래서 샤워장에서 슬리퍼를 신고 작년에 입던 지저분한 가운 차림으로 서 있는 제니를 본 순간 나는 너무 놀라 반사적으로 돌아서서 복도로 나온다. 제니가 나를 멈춰 세운다.

"그렇게 도망칠 필요는 없잖아." 그녀가 말한다, 마치 따분하다는 듯, 나른한 목소리로. "그 정도로 날 미워하는 게 아니라면."

제니는 세안제로 마사지하듯 얼굴을 문지른다. 머리카락은 학기초의 단발에서 조금 자라서 지금은 가냘픈 목 뒤로 묶을 수 있게 되었다. 제니는 자신의 목을 무척 의식하곤 했다. 긴 목 때문에 자기 얼굴이 빨대에 얹은 공, 가지 위의 꽃처럼 느껴진다면서. 가느다란 손가락, 230인 발 사이즈에 대해서도 똑같이 말하면서, 항상 내가 가장 부러워하는 자신의 신체적 특징들로 주의를 집중시키곤 했다. 나는 여전히 제니가 부러운가? 때로 스트레인은 수업시간에 제니를 흘금거리곤 한다. 스트레인의 시선이 그녀의 등에서부터 갈색 머리카락까지 이어지는 목선을 훑곤 한다. 작은 이집트 여왕. "네 목은 완벽해, 제니." 나는 그렇게 말하곤 했다. "너도 알잖아." 제니는 알고 있었다. 모를 리가 없었다. 단지 내가 그 말을 하는 걸 듣고 싶었을 뿐.

"나 너 미워하지 않아." 내가 말한다.

제니가 거울 속의 나를 흘긋 쳐다본다. 어딘가 미심쩍은 표정이다. "당연히 안 미워하겠지."

더이상 너에게 그 어떤 감정도 없다고 말하면 제니가 상처받을지 궁금하다. 너와의 우정을 잃는 것이 왜 세상을 잃는 것 같았는지, 그 우정이 어째서 그토록 심오해 보였고 다시는 오지 않을 것 같았는지 기억조차 안 난다고 말하면. 크고 나서 돌아보면 어린 시절이 그렇듯이, 이제는 그저 창피하게 느껴질 뿐이다. 제니가 톰과 사귀기 시작하면서 어딜 가든 톰이 나타나고, 식사 때마다 톰이 우리와 함께 앉고, 이 건물에서 저 건물로 걸어가는 이 분을 함께 보내기 위해 톰이 대수학 교실 밖에서 기다릴 때, 내가 얼마나 비참한 기분이 들었는지 떠올려본다. 질투가 아니라고 생각했지만, 물론 그건 질투였다. 나는 제니와 톰 둘 다를 질투하고 있었다. 나는 전부 다 원했다. 남자친구도 원했고 단짝 친구도 원했다. 아무도 우리 둘 사이를 갈라놓을 수 없을 정도로 날 사랑해줄 누군가를. 그것은 내 힘으로 통제할 수 없는, 펄떡거리는 괴물과도 같은 갈망이었다. 겉으로 드러내서는 안 되는 건 물론이고 그 자체로 지나친 감정이라는 걸 알고 있었지만, 어느 토요일 오후 시내의 빵집에서, 나는 참지 못하고 폭발해 마치 떼쓰는 어린애처럼 제니에게 소리를 질렀다. 제니는 그날을 나와 단둘이 보내기로 약속했었다. 남자친구가 생기기 이전처럼. 그런데 한 시간도 채 되기 전에 톰이 나타나 의자를 끌어당기고 테이블에 앉더니 제니의 목에 얼굴을 비볐다. 나는 도저히 참을 수 없었다. 그래서 폭발했다.

그게 4월 말이었지만 나는 몇 달째 속을 끓이고 있었고 그래서인지 제니는 별로 충격받은 것처럼 보이지 않았다. 제니는 마치 나의 댐이 무너지기를 기다리고 있었던 것처럼 반응했다. 기숙사 방으로 돌아오자마자 제니가 말했다. "톰이 네가 나에 대한 애착이 너무 심한 것 같다고 하더라." 내가 "애착이 너무 심한 것 같다"는 게 무슨 뜻이냐고 물었더니, 제니는 별일 아니라는 듯 어깨를 으쓱하며 대답했다. "그냥 톰이 그렇게 말했다는 거야." 톰이 나에 대해 뭐라고 말하건, 나는 상관없었다. 톰은 말이 거의 없는 남자애였고, 그가 입고 다니는 밴드 티셔츠가 톰과 관련해 유일하게 흥미로운 점이었다. 그러나 톰이 한 말을 나에게 전해야 할 만큼 중요한 얘기라고 생각했다는 게 견딜 수 없었다. "애착이 너무 심한 것같다." 다른 여자애한테 과하게 애착을 보인다는 게 어떤 의미인지를 생각하니 머리카락이 곤두섰다. "그건 사실이 아니야." 내가 말했고 그때 제니는 지금과 똑같이 미심쩍은 표정으로 나를 쳐다보았다. 당연히 아니겠지, 버네사. 좋을 대로 생각해. 나는 더 말하지 않았다. 나는 마음을 닫았고, 더이상 제니에게 말을 걸지 않았으며, 그때부터 시작된 침묵의 대치 상태가 오늘까지 이어진 것이었다.

마음속 깊은 곳에서 나는 제니 말이 옳다는 걸 알고 있었다. 나는 제니를 너무 사랑했고, 그 사랑을 멈추는 건 상상조차 할 수 없었다. 그러나 일 년도 채 지나지 않은 지금, 나는 제니에게 전혀 관심이 없다.

제니가 세면대에 몸을 숙이더니 비누를 닦아내고 수건으로 얼굴을 두드려 닦으며 말한다. "뭐 하나 물어봐도 돼? 너에 관해 들은 얘기가 있어서."

옛날 생각에 젖어 있던 나는 퍼뜩 정신을 차리고 눈을 깜빡거린다. "무슨 얘기?"

"말하기가 좀 그래. 정말 너무…… 황당한 얘기라."

"말해봐."

제니는 입술을 꽉 다물고 어떻게 말할지 고민한다. 그리고 목소리를 낮춰 묻는다. "네가 스트레인 선생님하고 사귄다는 소문이 있어."

제니는 나의 반응을 기다린다. 자신의 예상대로 내가 부정해주기를 기다린다. 그러나 말을 하기에 나는 너무도 아득히 멀리 있다. 나는 망원경을 거꾸로 들고 제니를 쳐다보고 있다. 제니는 여전히 수건을 얼굴에, 벌겋게 달아오른 목에 대고 있다. 마침내 내가 간신히 말한다. "그건 사실이 아니야."

제니가 고개를 끄덕인다. "아닐 거라고 생각했어." 제니는 세면대로 돌아서서 수건을 내려놓더니, 칫솔을 들고 물을 튼다. 내 귀에서 물소리가 바닷소리처럼 증폭되어 들린다. 욕실이 물바다로 변하고 타일 벽이 파도처럼 너울거린다.

제니가 세면대에 양칫물을 뱉고 물을 잠근 다음 기대에 찬 표정으로 나를 쳐다본다. "그렇지?" 그녀가 재촉하듯 묻는다.

제니가 말을 하고 있었던가? 이를 닦는 동안? 나는 고개를 젓고, 입을 벌린다. 제니가 내 표정을 살피고, 그녀의 눈 뒤에서 엉켰던 무언가가 풀린다.

"좀 이상하긴 하더라고." 그녀가 말한다. "수업 후에 항상 네가 교실에 남는 게."

어딜 가나 스트레인이 나타나기 시작한다, 마치 항상 나를 감시하는 것처럼. 그는 구내식당에 나타나 교사용 테이블에서 날 지켜본다. 자습 시간에 도서관에 나타나 내 바로 앞 서가에서 책을 훑어본다. 프랑스어 수업시간에는 열려 있는 교실 문 앞을 지나가면서 매번 나를 흘긋 쳐다본다. 나는 그게 감시라는 걸 알면서도 한편으로는 그가 나를 쫓아다니는 것 같은, 숨막히면서도 우쭐한 기분이 든다.

어느 토요일 밤, 나는 샤워를 하고 머리가 젖은 상태로 침대 위에서 앞에 숙제를 펼쳐놓고 있다. 기숙사는 고요하다. 실내 육상경기, 원정 농구 경기, 슈거로프산에서 열리는 스키 경기가 있다. 꾸벅꾸벅 졸던 나는 노크 소리에 침대에서 벌떡 일어나고 그 바람에 책들이 바닥으로 떨어진다. 나는 문을 열면 스트레인이 거기 있을 거라고 기대한다. 그가 내 손을 잡고 나를 자기 차로, 자기 집으로, 자기 침대로 데려갈 거라고. 그러나 문을 열어보니 양쪽으로 닫힌 문들만 죽 이어진 텅 빈 복도뿐이다.

어느 날 오후 스트레인은 내게 점심시간에 어디 갔었느냐고 묻는다. 오후 다섯시이고 우리는 교실 안쪽 그의 사무실에 있다. 인문학관은 이제 텅 비었고 어둡다. 사무실은 벽장보다 조금 큰 크기여서 테이블 하나, 의자 하나, 팔 받침대의 올이 다 해진 소파 하나가 겨우 들어간다. 원래는 예전에 쓰던 교재와 오래전에 졸업한 학생들의 과제물이 들어 있는 상자들로 가득차 있었지만, 이곳을 우리가 사용할 수 있도록 스트레인이 정리를 해놓았다. 이곳은 완벽한 은신처다. 우리와 복도 사이에는 잠긴 문이 두 개나 있다.

나는 소파에 책상다리를 하고 앉는다. "방에 있었어요. 생물학 숙제가 있어서."

"어떤 애하고 같이 몰래 빠져나가는 것 같던데." 그가 말한다.

"그럴 리가요."

스트레인은 소파 반대편 끝에 앉더니 내 다리를 자기 무릎에 올려놓고 테이블 위에 쌓인 과제물에서 한 개를 집어들어 채점한다. 우리는 한동안 아무 말 없이 앉아 있다. 그는 과제물을 채점하고 나는 역사 과제를 읽는다. "너와 내가 함께 구축한 경계선이 잘 지켜지고 있는지 궁금한 것뿐이야."

나는 그가 무슨 말을 하려는지 몰라서 그를 빤히 쳐다본다.

"네가 얼마나 친구한테 털어놓고 싶은지 알아."

"나 친구 없어요."

그가 펜과 종이를 테이블 위에 내려놓고 두 손으로 내 발을 감싼다. 처음에는 발을 문지르다가, 내 발목에 자신의 손가락을 감는다. "난 널 믿어, 정말로. 하지만 우리가 비밀을 지키는 게 얼마나 중요한지는 알고 있지?"

"넵."

"네가 이 문제를 심각하게 받아들였으면 좋겠어."

"심각하게 받아들이고 있어요." 나는 발을 빼려 애쓴다. 그가 내 발목을 꽉 잡고 있어서 움직일 수가 없다.

"들키는 날엔 우리가 어떤 상황에 처하게 되는지 네가 제대로 이해하고 있는지 모르겠다." 내가 말하려 하지만 그가 내 말을 자른다. "물론 내가 해고되는 건 거의 확실해. 하지만 너도 짐을 싸야 할 거야. 그런 스캔들이 터지면 브로윅은 네가 여기 있는 걸 원치 않을 테니까."

내가 의심하는 표정으로 그를 쳐다본다. "날 쫓아내진 않을걸요. 내 책임이라고 판단하지는 않을 테니까요." 나는 말하지만 내가 정말 그렇게 생각한다고 그가 믿길 원치 않아서 덧붙인다. "제 말은, 엄밀히 말하면 전 미성년자잖아요."

"그건 상관없어." 그가 말한다. "저 윗사람들한테는. 그 사람들은 골칫거리를 아예 뿌리 뽑으려 할 거야. 이런 학교는 그런 식으로 돌아가."

스트레인은 고개를 뒤로 젖히고 천장에 대고 얘기한다. "우리가 운이 좋으면, 학교에서 쫓겨나는 걸로 끝나겠지. 하지만 혹시라도 경찰에서 낌새를 알아차리면, 난 분명히 감옥에 가게 될 거야. 넌 위탁 가정 같은 데 가게 될 거고."

"설마." 내가 코웃음친다. "내가 보호소에 갈 일은 없어요."

"방심했다간 큰코다쳐."

"잊으셨나본데요, 나한텐 부모님이 있어요."

"있지. 하지만 주정부는 자식을 성도착자와 어울리도록 방치하는 부모를 좋아하지 않아. 왜냐하면 그들은 날 그렇게 볼 거거든, 일종의 성범죄자로. 날 체포하고 나면 그다음에는 널 주정부 보호

시설로 보내겠지. 넌 지옥으로 이송되는 거야. 소년원에서 막 출소한 아이들이 너한테 무슨 짓을 할지는 아무도 모르지. 너의 미래는 네 통제를 벗어날 거고. 그렇게 되면 넌 대학도 못 가. 어쩌면 고등학교도 졸업 못 할 수 있어. 내 말을 믿지 않을지 모르겠지만, 버네사, 법이라는 게 얼마나 잔인할 수 있는지 넌 몰라. 우리가 빌미를 주는 순간 놈들은 우리 둘의 삶을 파멸시키기 위해 무슨 짓이든 할 거고……"

스트레인은 그런 얘기를 계속하고, 나의 뇌는 그의 얘기를 따라잡을 수가 없다. 그가 지나치게 과장하는 것 같으면서도 그가 하는 말에 완전히 압도당한 나는 어디까지 믿어야 할지 종잡을 수가 없다. 스트레인은 가장 황당한 일들마저도 일어날 법한 일로 느껴지도록 만들 수 있는 사람이다. "알았어요." 내가 말한다. "내가 살아 있는 한 아무한테도 말하지 않을게요. 말하느니 차라리 죽을게요. 됐어요? 차라리 죽겠다고요. 그 얘기 좀 그만하면 안 돼요?"

그 말에 그가 정신을 차린다, 마치 잠에서 깨어난 듯 눈을 깜빡이면서. 그리고 두 팔을 뻗어 나를 자기 쪽으로 끌어당겨 품에 안는다. "미안해." 그는 그 말을 하고 또 한다. 그 말이 아무 의미도 없어질 때까지.

"널 겁줄 생각은 없었어." 그가 말한다. "단지 이게 너무 위험한 일이라서 그래."

"알아요. 나 그렇게 멍청하지 않아요."

"멍청하지 않다는 거 알아. 알고말고."

프랑스어 수업에서 퀘벡주로 주말여행을 간다. 아침 일찍 우리는 푹신한 의자에 작은 텔레비전 화면이 달려 있는 대형 버스에 탑승한다. 나는 중간쯤의 창가 쪽 자리에 앉아 가방에서 CD 플레이어를 꺼내 CD를 넣고 내가 이 버스에서 유일하게 혼자 앉은 학생인 것이 아무렇지 않은 척한다.

처음 두 시간, 버스가 언덕들과 농장들 사이로 달리는 동안 나는 창밖을 내다본다. 캐나다 국경에 다다르자 풍경은 그대로인데 도로 간판이 프랑스어로 바뀐다. 로랑 선생님은 버스 앞자리에 앉아 우리의 주의를 집중시킨다. "르가르데*!" 그녀가 지나치는 간판을 가리키며 우리에게 소리 내어 읽어보라고 한다. "우에스트, 아레**……"

퀘벡의 시골 마을 어딘가에서 우리는 화장실을 사용하기 위해 팀 호턴스*** 앞에 선다. 가게 앞쪽에 유료 공중전화가 있고 내 주머니에는 스트레인이 외로울 때 전화하라며 준 선불 전화카드가 두 장 들어 있다. 전화기를 들고 다이얼을 돌리는데 제시 리가 가게에서 걸어나온다. 제시는 밑단이 넓게 퍼지는 검은색 코트를 입고 있는데, 코트라기보다는 망토에 가깝다. 그 뒤로 멀찌감치 떨어져서 마이크 루소와 조 루소가 나온다. 그들은 서로를 툭툭 치고 키득거리며, 목소리를 낮출 생각도 하지 않고 제시를 놀려댄다. "어둠의 왕자 납셨군!" 그들이 말한다. "트렌치코트 마피아****인

---

* '보세요'라는 뜻의 프랑스어.
** '서쪽, 정류장'이라는 뜻의 프랑스어.
*** 도넛과 커피를 판매하는 캐나다의 프랜차이즈 브랜드.
**** 콜럼바인고등학교에서 총기를 난사한 뒤 자살한 학생들이 소속되어 있던 교내 불량 서클 이름.

가봐." 아이들은 제시를 게이라고 놀리진 않는다. 그건 너무 심한 말이니까. 하지만 아이들이 그를 놀리는 진짜 이유가 코트 때문인 것 같지는 않다. 제시의 위로 치켜든 턱과 꽉 다문 입을 보니 그들이 하는 말을 들은 게 분명하지만, 대꾸하기엔 자존심이 허락지 않는 모양이다. 나는 전화기를 내려놓고 그에게 다가간다.

"제시!" 나는 우리가 친한 친구 사이라는 듯이 그에게 미소를 짓는다. 내 뒤쪽에서 루소 쌍둥이가 웃음을 멈춘다. 나 때문이라기보다는 버스 옆에서 스웨트셔츠를 벗는 마고 애서턴 때문이긴 하지만. 티셔츠가 말려 올라가는 바람에 마고는 배를 15센티미터 정도 드러냈다. 어쨌건 나는 옳은 일을 했다는 기분이 든다. 버스에 올라타서 자리에 앉는 동안 제시는 아무 말도 하지 않는다. 그러나 버스가 출발하기 전에, 그가 짐을 챙겨들고 통로로 나와 내 쪽으로 다가온다.

"여기 앉아도 돼?" 내 옆 빈자리를 가리키며 그가 묻는다. 나는 헤드폰을 빼고, 고개를 끄덕이고는 내 가방을 치워준다. 제시는 한숨을 쉬며 자리에 앉아 고개를 뒤로 젖힌다. 버스가 몸을 부르르 떨며 주차장에서 빠져나가 고속도로로 접어들 때까지 제시는 그 자세로 앉아 있는다.

"멍청한 녀석들이야." 내가 말한다.

그가 번쩍 눈을 뜨더니 숨을 훅 들이켠다. "그렇게 나쁜 애들은 아니야." 그러고는 소설책을 펼쳐 들고 나에게서 조금 떨어져 앉는다.

"너한테 못되게 굴었잖아." 나는 말한다. 마치 제시가 그걸 모른다는 듯이.

"난 괜찮아, 정말이야." 책에서 고개를 들지 않고 제시가 말한다. 그가 책장을 꽉 움켜쥔다. 검은색 매니큐어를 칠한 손톱 끝이 부서져 있다.

퀘벡시티에서 로랑 선생님이 우리를 인솔해 돌길을 걸어가면서 노트르담 퀘벡 대성당, 샤토 프롱트나크 호텔 같은 역사적인 건축물들을 손으로 가리킨다. 제시와 나는 서로 거의 아는 척도 하지 않고 있다가 다른 아이들로부터 이탈해 거대한 화강암 단상 위에서 펼쳐지는 마임 공연을 보고, 케이블카를 타고 윗마을에서 아랫마을로 왔다가 다시 윗마을로 돌아간다. 제시는 싸구려 기념품들을 산다. 길거리에서 어느 할머니에게 샤토 프롱트나크를 그린 수채화를 사고, 뒷면에 퀘벡의 겨울 축제 장면이 새겨져 있는 스푼을 나에게 사준다. 우리는 한 시간 뒤에 일행에 합류하고, 그래서 곤경에 처할 거라 생각하지만 어느 누구도 우리가 없어진 것을 알아차리지 못한다. 그날 오후 내내, 제시와 나는 다시 무리에서 빠져나와 별 대화도 없이, 어쩌다 한 번씩 웃거나 이상한 것을 손가락으로 가리키며 구시가지 거리를 돌아다닌다.

여행 둘째 날, 나는 공중전화로 스트레인에게 전화를 걸지만 그는 전화를 받지 않는다. 나는 감히 메시지를 남길 생각은 하지 못한다. 제시는 누구에게 전화를 거는 거냐고 묻지 않는다. 물어볼 필요가 없다.

"지금쯤 아마 교정에 있을 거야." 그가 말한다. "오늘 도서관에서 커피하우스 오픈 마이크* 행사가 있어. 인문학과 교사들은 전부 거기 참석하게 되어 있고."

나는 전화카드를 주머니에 도로 집어넣으며 제시를 쳐다본다.

"걱정하지 마." 그가 말한다. "아무한테도 말 안 할 테니까."

"어떻게 알았어?"

그가 장난해?라고 묻는 듯한 표정을 지어 보인다. "두 사람 항상 같이 있잖아. 어떤 상황인지 안 봐도 뻔하지. 내가 직접 보기도 했고."

나는 스트레인이 위탁 가정과 감옥에 관해 했던 얘기를 떠올린다. 방금 내가 한 말도 제시에게 털어놓은 것으로 간주되는지 모르겠지만, 나는 혹시나 해서, "그건 사실이 아니야"라고 말한다. 그 말이 어찌나 한심하게 들리는지, 제시는 그냥 다시 한번 나를 쳐다볼 뿐이다. 말이 되는 소릴 해, 라고 말하는 것처럼.

우리는 일요일 아침에 출발한다. 돌아가는 차에 타고 한 시간 정도 지났을 때, 제시가 한숨을 쉬며 소설을 무릎 위에 거꾸로 엎어놓고 날 쳐다보며 헤드폰을 빼라고 손짓한다.

"너 그거 정말 멍청한 짓이란 건 알고 있지?" 그가 묻는다. "그러니까 말도 안 되게 멍청한 짓이란 거."

"뭐가?"

제시는 나를 한참 쳐다본다. "너하고 네 남자친구 선생님."

나는 얼른 주위를 훑어보지만 다들 다른 일에 정신이 팔려 있는 것 같다. 잠을 자거나, 책을 읽거나, 아니면 헤드폰을 끼고 있거나.

그가 말을 잇는다. "윤리적으로 용납을 못하겠다거나 그런 게

---

* 보통 카페나 클럽 같은 곳에 무대와 마이크를 설치해놓고 아마추어들이 참가해시 낭송이나 노래, 연주 등을 하는 행사.

아니야. 스트레인이 네 인생을 망칠 거란 얘길 하는 거야."

제시의 말이 너무도 날카롭게 나를 베는데도, 나는 위험을 감수할 가치가 있는 일이라고 답한다. 내 말이 그에게 어떻게 들릴지 궁금하다. 미친 것처럼 들릴지, 용감하게 들릴지, 아니면 둘 다일지. 제시가 고개를 젓는다.

"왜?"

"넌 바보야." 그가 말한다. "그뿐이야."

"이런, 고마워."

"모욕하려고 한 말이 아니야. 나도 바보거든, 나만의 방식으로."

제시가 내게 바보라고 말하는 순간, 스트레인이 나를 두고 어두운 로맨티스트라고 했던 기억이 떠오른다. 두 가지 다 내 나쁜 의사 결정 습관을 두고 하는 말 같다. 얼마 전에 스트레인은 나에게 "우울감"이 있다고 말했다. 나는 그 단어를 찾아보았다—침울한 기분에 젖어드는 경향.

폭설이 노럼베가를 강타하고, 아침에 눈을 떠보니 교정이 1센티미터 두께의 얼음 옷을 입고 반짝이고 있다. 눈의 무게에 나뭇가지가 휘어 땅을 향해 구부러지고, 눈이 얼마나 두껍게 얼었는지 눈밭을 걸을 때 부츠가 표층을 파고들지도 않는다. 토요일 오후 스트레인의 사무실 소파에서, 우리는 처음으로 대낮에 섹스를 한다. 섹스가 끝난 뒤에 나는 그의 발가벗은 몸을 보지 않으려고, 바다 거품 빛깔 유리창을 통해 초록빛으로 물든 나른한 겨울 햇살 속에서 소용돌이치는 먼지를 바라본다. 그는 내 피부의 푸른 정맥이 그리는 지도를 손으로 따라가며, 내가 자기를 굶주리게 만든다고, 할 수만 있다면 날 먹고 싶다고 말한다. 나는 잠자코 그에게 팔을 내민다. 먹어요. 그는 팔을 살짝만 깨물지만, 아마도 나는 그가 날 찢어발기는 것마저도 허락할 것이다. 나는 그에게 전부 다 허락한다.

2월이 왔다가 가고 나는 감추는 것을 더 잘하게 되는 동시에 더 못하게 된다. 토요일 밤에 집에 전화할 때 더이상 스트레인 얘기를 꺼내지 않는다. 그러나 나는 그의 교실을 떠날 줄을 모른다. 이제 나는 그의 교실에 붙박이처럼 머문다. 심지어 다른 학생들이 상담 시간에 숙제에 관한 도움을 청하러 올 때에도 나는 세미나 테이블에 떡하니 앉아 있고, 내 숙제에 집중하는 척하지만 실은 귀가 후끈거릴 정도로 그들의 대화를 엿들으려 애쓴다.

어느 날 오후 우리가 단둘이 있을 때, 스트레인이 폴라로이드 카메라를 가방에서 꺼내더니 세미나 테이블에 앉아 있는 내 모습을 찍어도 되겠느냐고 묻는다. "거기 앉아 있는 네 모습을 기억하고 싶어서 그래." 그가 말한다. 나는 긴장한 나머지 곧바로 웃음을 터뜨린다. 얼굴을 만지작거리고 머리카락을 잡아당긴다. 나는 사진 찍는 게 싫다. "싫으면 싫다고 말해." 그가 말하지만, 나는 그의 눈빛에서 간절함을, 이게 얼마나 중요한 일인지를 읽는다. 거절하면 그가 속상해할 것이다. 그래서 나는 몇 장을 찍게 해준다. 세미나 테이블에서 찍고 그의 책상 뒤에서 찍고 사무실의 소파에 책상다리를 하고 앉아 노트를 무릎에 펼쳐놓고 찍는다. 스트레인은 너무도 고마워하면서, 사진이 인화되는 동안 미소를 머금고 지켜본다. 그는 그 사진들을 영원히 간직하겠다고 말한다.

또 어느 날 오후에는 새로운 책을 가져다준다. 블라디미르 나보코프의 『창백한 불꽃』. 그가 내게 책을 주자마자 책장을 뒤적여보지만 소설 같지가 않고, 긴 시들과 주석들이 있다.

"어려운 책이야." 스트레인이 설명한다. "『롤리타』보다 접근하기 어려워. 독자들에게 통제권을 내려놓으라고 요구하는 소설이야. 이해하기보다는 체험한다는 생각으로 읽어보는 게 좋을 거야. 포스트모더니즘이……" 실망한 내 표정을 보고 그가 말끝을 흐린다. 나는 또다른 『롤리타』를 원한다.

"보여줄 게 있어." 그가 내 손에 들린 문고판 책을 도로 가져가더니 페이지를 넘기다가 어느 한 연을 가리킨다. "이것 좀 봐라. 꼭 네 얘기 같지."

이리 와 숭배받으세요, 이리 와 애무받으세요,
진홍색 줄무늬의 나의 검은 버네사*여, 나의 신성한,
나의 붉은 제독 나비여! 설명해봐요,
당신은 대체 어쩌자고 라일락 꽃길에서,
이 무례하고 신경질적인 존 셰이드가
당신의 얼굴과 귀, 어깨뼈에 대해 울먹이며 말하게 하시나요?

나는 숨이 막히고, 얼굴이 달아오른다.

"기묘하지 않니?" 스트레인이 그 페이지를 바라보며 미소를 짓는다. "숭배받고 애무받는, 나의 검은 버네사." 그가 내 머리카락을 쓰다듬다가 한 가닥을 손가락에 휘감는다. 진홍색 줄무늬, 단풍색 머리카락. 그가 나에게 조너선 스위프트의 시를 보여주었을 때

---

* 붉은 제독 나비(Red Admiral)의 학명은 버네사 아탈란타이다.

내가 했던 말을 떠올린다. 이 모든 게 운명처럼 느껴진다는 말. 솔직히 그때는 정말 그렇게 생각한 건 아니었다. 단지 내가 이 관계에 얼마나 기꺼이, 적극적으로 임할 생각인지 보여주고 싶었을 뿐이다. 그러나 이 책에서 내 이름을 보는 순간, 마치 자유낙하를 하는 것 같은, 통제력을 잃는 것 같은 기분이 든다. 어쩌면 지금 내게 일어나는 일은 실제로 예정되어 있었는지도 모른다. 어쩌면 이게 내가 태어난 이유인지도.

나이들고 머리가 벗어진 노이스 선생님이 교실로 들어설 때도, 우리는 여전히 딱 붙어서 함께 책을 들여다보고 있다. 스트레인이 한 손을 내 등에 올려놓은 채로. 우리는 황급히 반대 방향으로 움직인다. 나는 세미나 테이블로, 스트레인은 자기 책상 뒤로. 들킨 게 분명하지만, 노이스 선생님은 별로 개의치 않는 것 같다. 그가 웃으며 스트레인에게 말한다. "특별히 아끼는 학생이 있나봐요." 마치 별일 아니라는 듯이. 그 말을 듣고 보니 들킬까봐 그렇게 전전긍긍할 필요가 있는지 의문이 든다. 어쩌면 학교측에서 알게 된다고 해도, 세상이 끝나는 건 아닐지 모른다. 어쩌면 그들은 그저 스트레인을 가볍게 나무라고, 내가 졸업해서 열여덟 살이 될 때까지 조금 기다리라고 말할 수도 있다.

노이스 선생님이 나가자 내가 스트레인에게 묻는다. "다른 학생하고 교사도 이런 일이 있었나요?"

"어떤 일?"

"이런 일."

스트레인이 책상에서 고개를 든다. "없진 않았지."

그가 다시 읽던 글로 돌아가고 다음 질문이 내 혀에 묵직하게 누른다. 질문을 내뱉기 전에, 나는 내 손을 쳐다본다. 그의 표정에 대답이 선명하게 드러날 거라고 생각하니 그 대답을 보고 싶지 않다. 솔직히 알고 싶지 않다.

"선생님은요? 전에도 학생하고 사귄 적 있어요?"

"그랬을 것 같니?" 그가 묻는다.

허를 찔린 나는 고개를 든다. 어땠을 것 같은지는 모르겠다. 어떻게 믿고 싶은지, 어떻게 믿어야 하는지는 알겠지만, 내가 나타나기 이전의 긴 세월 동안 실제로 일어난 일들과 나의 믿음이 일치하는지는 모르겠다. 그는 내가 살아온 날만큼이나 긴 세월 동안 교사였다.

스트레인은 적절한 대답을 찾으려 고민하는 나를 지켜본다. 그의 얼굴에 미소가 번진다. 마침내 그가 말한다. "답은 '없었다'야. 그런 욕망을 느낀 순간이 몇 번 있었다 해도, 절대 그 위험을 감수할 정도는 아니었어. 네가 나타날 때까지는."

나는 눈을 치뜨며 그 말에 내가 얼마나 기쁜지를 감추려 애쓰지만, 그의 대답이 나의 가슴을 활짝 열어젖히고 나를 무기력하게 만든다. 그가 내게 손을 뻗어 원하는 걸 전부 다 쟁취하는 것을 막을 길이 없다. 나는 특별하다. 나는 특별하다. 나는 특별하다.

『창백한 불꽃』을 읽고 있는데 톰프슨 선생님이 귀가 확인을 위해 내 방 문을 두드린다. 화장을 지우고, 머리를 스크런치 밴드로 묶은 톰프슨 선생님이 방안으로 얼굴을 들이민다. 선생님이 나를 보고 목록에서 이름을 지운다.

"버네사, 안녕." 선생님이 방으로 들어선다. "금요일에 외출할 땐 서명을 해야 해. 크리스마스 연휴 전에 잊었더구나."

선생님이 한 걸음 다가오자 나는 읽고 있던 페이지의 끝을 접고 소설을 덮는다. 소설 속에서 나와 관련된 내용을 더 발견해서 현기증이 나던 참이다. 주인공이 살고 있는 마을의 이름이 뉴 와이wye다.

"숙제는 잘되어가니?" 톰프슨이 묻는다.

나는 스트레인에게 톰프슨 선생님에 관해 물어본 적이 없다. 핼러윈 댄스파티 이후 두 사람이 함께 있는 모습은 보지 못했다. 그리고 그와 내가 처음 섹스한 뒤 그가 "친밀한 관계"를 가진 지 한참 되었다고 말했던 것도 기억한다. 섹스한 적이 없다면, 두 사람은 그저 친구일 뿐이고, 그렇다면 질투할 이유가 없다. 나도 다 안다. 그런데도 톰프슨 선생님이 가까이 있으면 괜히 심술이 나고, 내가 무슨 짓을 했는지, 무슨 짓을 할 수 있는지 살짝 보여주고 싶다.

나는 『창백한 불꽃』을 그녀가 보도록 놓는다. "숙제하는 거 아니에요. 아, 어쩌면 숙제일 수도 있겠네요. 스트레인 선생님 때문에 읽는 거라서."

톰프슨이 내게 미소를 짓는다, 짜증스러울 정도로 순진한 미소를. "스트레인 선생님이 가르치는 영문학 수업을 듣니?"

"넵." 내가 속눈썹 사이로 그녀를 올려다보며 말한다. "스트레인 선생님이 제 얘기 한 번도 안 하시던가요?"

톰프슨 선생님의 이마 주름이 선명해진다. 그 표정은 겨우 일 초간 지속될 뿐이다. 예민하게 관찰하지 않았다면 알아차리지도 못했을 것이다. "안 하셨던 것 같은데." 그녀가 말한다.

"놀랍네요." 내가 말한다. "스트레인 선생님과 전 아주 친하거든요."

나는 톰프슨 선생님의 얼굴에 의혹이, 뭔가 잘못되었다는 직감
이 피어오르는 것을 지켜본다.

다음날 오후 스트레인이 교사 회의에 참석하고 있을 때, 나는 그
의 책상 앞에 앉아, 다른 상황이었다면 결코 하지 않았을 일을 한
다. 교실 문은 닫혀 있어서, 내가 채점하지 않은 과제물들과 수업
계획표를 뒤적이고 이상한 물건들이 들어 있는 그의 기다랗고 좁
은 서랍을 열어보는 것을 볼 사람은 아무도 없다. 그의 서랍에는
뜯은 젤리 한 봉지, 성 크리스토포루스 펜던트가 달린 끊어진 체
인, 역겨워서 내가 도로 안으로 밀어넣은 설사약 한 병이 있다.
　평상시 그의 컴퓨터에는 수업 자료와 그가 거의 사용하지 않는
학교 메일밖에 없어서 별로 재미없지만, 화면보호기를 걷어내는
순간 알림 창이 뜬다. (1)melissa.thompson@browick.edu로부터
온 새 메일. 메일을 열어본다. 다른 메일에 대한 답신이고 주고받은
세 개의 메일이 연달아 있다.

　　수신 : jacob.strane@browick.edu
　　발신 : melissa.thompson@browick.edu
　　제목 : 학생 관련

　　안녕하세요, 제이크. 직접 만나서 얘기하고 싶지만 메일로 얘기할
　　게요. 문서로 남기는 게 좋을 것 같아서요. 얼마 전에 버네사 와이와
　　제이크에 관해 이상한 대화를 나누었어요. 버네사는 제이크의 수업
　　에 필요한 숙제를 하고 있었는데, 자기가 제이크와 아주 "친한" 사이

라는 거예요. 버네사가 그 말을 하는 방식이 아주 묘했어요. 약간 적개심이 보이고…… 어쩌면 집착 같기도 했어요. 아무래도 그애가 제이크를 남몰래 좋아하고 있는 것 같은데…… 알고 계셔야 할 것 같아서요. 그 아이가 교실 주변을 맴돈다고 제이크가 말하기도 했잖아요. 조심하세요 :) 멜리사

수신 : melissa.thompson@browick.edu
발신 : jacob.strane@browick.edu
제목 : re:학생 관련

멜리사,
알려줘서 고마워요. 주시할게요.
JS

수신 : jacob.strane@browick.edu
발신 : melissa.thompson@browick.edu
제목 : re:re:학생 관련

별말씀을…… 제가 과민 반응을 보이는 게 아니기를. 그냥 좀 느낌이 그랬어요. 혹시 못 볼지도 모르니 미리 인사할게요, 휴가 잘 보내시길 :) 멜리사

나는 톰프슨 선생님이 보낸 가장 최근 메일을 읽지 않음으로 표시한 뒤 메일에서 빠져나온다. 스트레인의 퉁명스러운 답장을 보

니 큰 소리로 웃게 된다. 톰프슨 선생님의 메일에 담긴 초조함, 작은 웃는 얼굴들, 말줄임표로 끝나는 불완전한 문장들도. 톰프슨 선생님은 별로 똑똑한 사람이 아니라는 생각이 든다. 아니면 적어도 나만큼은 똑똑하지 않거나. 선생님을 두고 이런 생각을 해보긴 처음이다.

스트레인이 교사 회의를 마치고 기분이 좋지 않은 상태로 돌아와 노란 노트 패드를 책상에 던지며 한숨 반 신음 반의 소리를 낸다. "학교 돌아가는 꼴이 아주 개판이네." 그가 중얼거린다. 그리고 컴퓨터 화면을 흘긋 쳐다보더니 묻는다. "내 컴퓨터 건드렸니?" 나는 고개를 젓는다. "흠." 그가 마우스를 들고 이리저리 움직여본다. "비밀번호를 설정해야겠어."

교사 상담 시간이 끝날 무렵, 그가 서류가방을 챙기고 있을 때, 나는 너무도 심드렁해서 내 목소리 같지 않은 목소리로 묻는다. "톰프슨 선생님이 우리 기숙사 사감인 거 알고 있죠?"

나는 스트레인이 대답을 고민하는 것을 볼 필요가 없도록 코트를 입으며 부산을 떤다.

"알고 있어." 그가 말한다.

내가 지퍼를 목까지 올린다. "두 사람 친구예요?"

"물론."

"핼러윈 파티 때 같이 있는 걸 본 기억이 있어서요." 나는 그가 안경을 넥타이로 닦아서 도로 쓰는 모습을 지켜본다.

"역시 내 메일 읽었구나." 그가 말한다. 내가 아무 말도 하지 않자, 그는 팔짱을 끼고 선생님 같은 표정을 짓는다. 헛소리 집어치워.

"친구 이상이었어요?" 내가 묻는다.

"버네사."

"질문하는 것뿐이잖아요."

"그렇지." 그가 동의한다. "하지만 의도가 있는 질문이잖아."

나는 지퍼를 몇 번 올렸다 내리기를 반복한다. "어느 쪽이든 난 상관없어요. 그냥 알아두는 게 좋을 것 같아서 그래요."

"어째서 그렇지?"

"혹시라도 톰프슨 선생님이 우리 사이를 의심하면 어떻게 해요? 질투할 수도 있고 그러면……"

"그러면?"

"모르겠어요. 복수를 할지도요?"

"말도 안 되는 소리."

"메일을 보냈잖아요."

스트레인이 의자에 등을 기댄다. "이 문제에 대한 최선의 해결책은 네가 내 메일을 읽지 않는 거야."

내가 눈을 위로 치켜뜬다. 그는 회피하고 있고, 그렇다는 건 진실이 내 바람과는 다르다는 뜻이다. 어쩌면 톰프슨 선생님은 친구 이상이었을지도 모른다. 어쩌면 두 사람은 섹스를 했을지도.

나는 어깨에 가방을 멘다. "화장 안 한 얼굴 본 적 있는데요. 별로 안 예뻐요. 게다가 약간 뚱뚱하던데요."

"그런 말 하면 못써." 그가 나를 꾸짖는다. "좋지 않아."

나는 그를 쏘아본다. 물론 그건 좋지 않다. 그리고 바로 그래서 문제인 거다. "저 지금 떠나요. 일주일 뒤에 보겠네요."

교실 문을 열기 전에 스트레인이 말한다. "질투하지 마."

"질투 안 해요."

"질투하잖아."

"안 한다니까요."

그가 일어서서 책상을 돌아 나와 교실을 가로질러 나에게 다가온다. 그리고 내 어깨 뒤로 손을 뻗더니 불을 끈 다음, 두 손으로 내 얼굴을 잡고 이마에 키스한다. "알았어." 그가 다정하게 말한다. "너 질투하는 거 아니야."

나는 스트레인이 이끄는 대로 끌려가고, 나의 뺨이 그의 커다란 가슴 한복판에 닿는다. 그의 심장소리가 내 귓가에서 울린다.

"날 만나기 전에 네가 누구와 농탕을 쳤건 난 전혀 시기하지 않아." 그가 말한다.

농탕. 나는 그 말을 중얼거려본다. 그의 말이 내가 바라는 그런 뜻인지 궁금하다. 설령 톰프슨 선생님과 무슨 일이 있었다고 해도 더이상은 그런 관계가 아니고, 톰프슨 선생님과는 결코 나와의 관계처럼 진지하지 않았다는 뜻인지.

"널 만나기 전의 일은 내가 어찌할 수 있는 게 아니야." 그가 말한다. "그건 너도 마찬가지겠지."

나로 말하자면, 그를 만나기 전엔 아무도 없었다, 아무도. 그러나 중요한 건 그게 아니라는 걸 안다. 중요한 건 그가 내게서 무언가를 원한다는 것이다. 용서라기보다는 절대적인 믿음, 어쩌면 초연함을. 그는 자신이 과거에 한 일에 대해 내가 초연하기를 원한다.

"알았어요." 내가 말한다. "앞으론 질투하지 않을게요." 이렇게 말하니 관대한 사람이 된 것 같은 기분이다. 마치 내가 그를 위해 희생하고 있는 것처럼. 나 자신이 이렇게 어른스럽게 느껴지긴 처음이다.

*

지난여름 내가 한창 부루퉁했을 때, 엄마는 남자애들 얘기를 하며 날 격려하려 했다. 실제로 제니와 무슨 일이 일어났는지 엄마는 알지 못했다. 전부 다 톰 때문이라고 생각했다. 내가 톰을 좋아했는데 톰이 나 대신 제니를 선택했다거나, 혹은 그와 비슷한 뻔한 상황일 거라고 짐작했다. 남자애들은 겉모습 외의 다른 것을 보는 데 시간이 걸리는 법이라고 엄마는 말했다. 그리고 나무에서 사과가 떨어지면, 남자애들은 쉽게 주울 수 있는 사과를 먹지만, 결국 가장 맛있는 사과를 얻으려면 좀더 공을 들여야 한다는 걸 알게 된다는 식의 비유를 들었다. 나는 그런 얘기는 듣고 싶지 않았다.

"그러니까 여자애들은 그저 남자애들이 먹으라고 있는 과일이라는 거예요?" 내가 물었다. "성차별적인 발언이잖아요."

"아니." 엄마가 말한다. "절대 그런 얘기가 아니야."

"엄만 지금 내가 나쁜 사과라고 말하고 있어요."

"그게 아니라니까." 엄마가 말한다. "다른 여자애들이 나쁜 사과라고."

"어떤 여자애든 왜 나쁜 사과가 되어야 하는데요? 왜 애초에 우리가 사과여야 하는데요?"

엄마는 한숨을 쉬고 손바닥으로 이마를 지그시 눌렀다. "세상에, 너랑 얘기하기 진짜 힘들다." 엄마가 말했다. "엄마 말은, 남자애들이 철이 들려면 시간이 걸린다는 거야. 네가 그런 일로 속상해하지 않았으면 좋겠다고."

날 격려하려고 하는 말이었지만 엄마의 논리는 너무 빤했다. 남자애들은 내게 관심이 없다. 따라서 나는 예쁘지 않다. 내가 예쁘지 않으면, 누구든 나를 알아보기까지 시간이 오래 걸린다. 왜냐하면 남자애들은 철이 들어야 외모 말고 다른 무언가에 관심을 가지게 되니까. 당분간 나의 유일한 선택은 기다리는 것뿐이다. 마치 야구장 관람석에서 남자애들이 경기하는 모습을 구경하며 앉아 있는 여자애들처럼, 혹은 남자애들이 비디오게임을 하는 것을 지켜보며 소파에 앉아 있는 여자애들처럼. 그저 끝없는 기다림만이 있을 뿐이다.

엄마 말이 얼마나 틀렸는지 생각해보면 우습다. 왜냐하면 용기 있는 사람에게는 다른 선택이 있기 때문이다. 남자애들을 건너뛰고, 바로 남자에게 가는 것이다. 결코 날 기다리게 하지 않을 남자. 나의 관심에 굶주려 있고 작은 관심에도 감사하는 남자, 나를 너무도 사랑해서 내 발치에 자신을 내던지는 남자.

2월 방학이 되어 집으로 돌아갔을 때, 나는 엄마와 마트에 갔다가, 시험삼아 거기 있는 남자들을 전부 다 뚫어져라 쳐다본다. 심지어 아주 못생긴 남자도. 오히려 못생긴 남자들을 더 열심히 쳐다본다. 마지막으로 어린 여자애가 그들을 그렇게 쳐다본 게 언제였을까. 그들이 딱하다는 생각이 든다. 얼마나 간절하고, 얼마나 외롭고, 얼마나 슬플까. 내가 쳐다보는 것을 눈치챈 남자들은 대놓고 혼란스러워하고, 내 의도를 파악하려고 미간을 찌푸린다. 그들 중 몇 명만이 나를 알아본다. 나와 눈을 맞추는 그들의 얼굴에 비장함이 감돈다.

스트레인은 일주일 넘게 내 소식을 못 들으면 견딜 수가 없단다.

그래서 어느 날 밤 부모님이 잠자리에 들자 나는 무선전화기를 들고 내 방으로 간다. 소리가 새어나가는 걸 막으려고 베개를 방문 밑에 쌓아놓는다. 그의 번호를 누르는데 가슴이 파닥거린다. 그가 피곤한 목소리로 여보세요, 하며 전화를 받고, 나는 아무 말도 하지 않는다. 열시에 잠자리에 드는 노인처럼 자다가 부스럭거리며 전화받는 그의 모습을 상상하니 문득 창피하다는 생각이 든다.

"여보세요?" 그가 말한다. 조바심 때문에 그의 목소리가 커진다. "여보세요?"

내가 마음을 푼다. "저예요."

그가 한숨을 쉬며 내 이름을 부른다. 내 이름의 사가 그의 치아 사이로 휘파람처럼 새어나온다. 그는 내가 보고 싶다고 말한다. 방학을 어떻게 보내고 있는지 말해달라고, 전부 다 알고 싶다고. 나는 나의 일과를 최대한 자세하게 설명한다. 베이브와의 산책, 시내 쇼핑, 해질 무렵 얼어붙은 호수에서 타는 스케이트. 되도록 부모님을 언급하지 않으면서 그 모든 일을 나 혼자 하는 것처럼 말한다.

"지금은 뭐하고 있니?" 스트레인이 묻는다.

"내 방에 있어요." 그가 다른 질문을 해주기를 바라지만 그는 잠자코 있다. 다시 잠이 든 건가. "선생님은 뭐하고 있어요?"

"생각."

"무슨 생각이요?"

"네 생각." 그가 말한다. "네가 내 침대에 누웠던 그때 생각. 그때 느낌 기억나니?"

나는 기억난다고 말한다, 비록 나의 느낌과 그의 느낌은 전혀 다르다는 걸 알면서도. 눈을 감으면 나는 플란넬 시트의 촉감과 오리털 이불의 무게가 느껴진다. 내 손목을 잡고 아래쪽으로 이끌던 그의 손이 느껴진다.

"지금 뭐 입고 있니?" 그가 묻는다.

나는 얼른 문 쪽을 바라보고, 혹시라도 부모님 방에서 소리가 들리진 않는지 귀기울이며 숨을 참는다. "잠옷이요."

"내가 사주었던 것 같은 잠옷?"

나는 아니라고 말하고, 부모님 앞에서 그런 잠옷을 입고 있는 상상을 하며 웃는다.

"어떤 잠옷인지 말해줘." 그가 말한다.

나는 내 잠옷에 그려진 강아지 얼굴, 소화전, 뼈다귀 무늬들을 내려다본다. "완전 유치해요." 내가 말한다. "마음에 안 들걸요."

"그거 벗어." 그가 말한다.

"너무 추워요." 순진한 척하며, 애써 가볍게 말하지만, 나는 그가 원하는 게 무언지 안다.

"벗으라니까."

스트레인이 말하고, 나는 움직이지 않는다. "벗었니?" 그가 묻자 나는 벗었다고 거짓말한다.

그것을 시작으로 그는 계속 내게 지시를 내리고, 나는 그가 시키는 것을 하나도 하지 않으면서 하는 척한다. 시큰둥하게, 살짝 짜증난 상태로 누워 있는데, 그가 말하기 시작한다. "넌 아이야, 어린 여자아이." 그 순간 내 안의 무언가가 움직인다. 나는 자위를 하진 않지만, 눈을 감고 그가 무얼 하고 있을지를 상상하니, 그러면서 내 생각을 하고 있다고 상상하니 가슴이 두근거린다.

"부탁 하나 해도 될까?" 그가 묻는다. "네가 해주었으면 하는 말이 있어. 몇 마디면 돼. 해줄 수 있겠니? 날 위해서 말 몇 마디만 해줄 수 있겠니?"

나는 눈을 뜬다. "좋아요."

"좋다고? 좋아. 좋아." 소리가 잠시 아득해진다. 그가 전화기를 반대편 귀로 옮기는 것처럼. "네가 '사랑해요, 대디Daddy'라고 말해주었으면 좋겠어."

잠시 나는 웃는다. 너무 황당하다. 대디. 내 진짜 아빠조차 더이상 그렇게 부르지 않는다. 그렇게 불렀던 때가 기억도 나지 않는다. 그러나 웃는 동안 내 정신이 나에게서 멀리 날아가버리고, 더이상은 하나도 우습지 않다. 그 어떤 감정도 느껴지지 않는다. 나는 텅 비었다. 사라졌다.

"어서 해봐." 스트레인이 말한다. "사랑해요, 대디."

나는 시선을 방문에 고정한 채 아무 말도 하지 않는다.

"딱 한 번만." 그의 목소리가 황폐하고 거칠다.

내 입술이 움직이는 것이 느껴지고 소음이 머리를 채운다. 백색소음이 너무도 커서 내 입이 만들어내는 소리와 스트레인이 내는 거친 숨소리와 신음소리가 겨우 들린다. 그가 다시 한번 말해달라고 하고, 내 입이 다시 그 말을 만들어내지만, 뇌가 아닌 몸이 만들어내는 소리일 뿐이다.

나는 아득히 멀리 있다. 공중에 붕 떠서, 제멋대로 움직인다, 그가 처음으로 내 몸에 손을 대던 그날처럼. 내가 단풍 빛깔 꼬리가 달린 유성이 되어 교정을 가로질러 날아가던 그날처럼. 나는 집에서 벗어나 밤의 어둠 속으로 날아간다. 소나무숲을 지나고, 얼어붙은 수면 아래로 물이 흐르고 신음하는 호수 위를 가로지른다. 그가 나에게 다시 한번 그 말을 해달라고 한다. 나는 귀마개를 쓰고 흰 스케이트를 신고 있는 내 모습을 본다. 나는 빙판 위를 미끄러지며 나아가고, 30센티미터 두께의 얼음 밑에서 그림자 하나가 나를 따라온다. 스트레인이, 탁한 호수 밑바닥에서 헤엄을 치고 있다, 그의 고함이 신음소리로 잦아든 채로.

그의 거친 숨소리가 멈추고 나는 다시 내 방으로 돌아온다. 그가 끝마쳤다, 이제 끝났다. 그가 자위하는 모습을 상상해본다. 손에 사정할지, 수건에 할지, 아니면 시트에 할지. 마지막에 그렇게 지저분한 것을 쏟아내야 하다니, 남자들은 참 역겹다. 당신 씨발 구역질나요, 라는 말이 내 안에 차오른다.

스트레인이 헛기침한다. "자, 이제 그만 널 보내줘야 할 것 같구나." 그가 말한다.

그가 전화를 끊자, 나는 전화기를 바닥에 내던지고, 그 바람에 배터리가 바닥에 나뒹군다. 나는 침대에 한참을 누워 있다. 깨어 있지만 푸른 어둠에 시선을 고정한 채 꼼짝도 하지 않는다. 내 마음은 무無로 가득차 있고, 그 위에서 스케이트를 타도 될 정도로 투명하고 고요하다.

차를 타고 브로윅으로 향할 때까지 엄마는 내가 통화하는 소리를 들었다고 말하지 않는다. 엄마가 그 말을 하는 순간, 나는 차문 손잡이를 잡는다, 마치 문을 열고 배수로로 뛰어들겠다는 듯이.

"남자하고 통화하는 것 같던데." 엄마가 말한다. "맞지?"

나는 앞만 쳐다본다. 말을 한 건 주로 스트레인이었지만, 엄마가 수화기를 들고 엿들었을 수도 있다. 부모님 침실에는 전화기가 없고 내가 우리집의 유일한 무선전화기를 사용했다. 혹시 엄마가 아래층으로 내려가는 소리를 내가 못 들은 건가?

"그렇다고 해도 상관없어." 엄마가 덧붙인다. "남자친구 생겼어도 괜찮아. 그걸 비밀로 할 필요는 없어."

"뭘 들었는데요?"

"사실 아무것도 못 들었어."

나는 곁눈으로 엄마의 표정을 살핀다. 엄마가 진실을 말하고 있는지 잘 모르겠다. 아무것도 못 들었다면 왜 남자라고 생각했을까? 나의 마음이 상황을 파악하려고 차와 함께 질주한다. 아마 뭔가 듣긴 했지만, 특별히 의심을 품을 정도는 아니었을 것이다. 누가 들어도 성인 남자의 것인 스트레인의 굵은 목소리를 들었다면, 곧바로 기겁하고 내 방으로 뛰어들어와 전화기를 빼앗았을 것이다. 차에 타서 우리 둘만 남을 때까지 기다렸다가 조심스럽게 그 얘기를 꺼내지는 않았을 것이다.

나는 천천히 숨을 내쉬고 손잡이를 잡은 손에서 힘을 뺀다. "아빠한텐 말하지 마세요."

"안 할게." 엄마가 말한다. 목소리가 밝다. 엄마는 기분이 좋아 보인다. 내가 솔직하게 말하고 비밀을 털어놓아서 기쁜가보다. 아니면 내가 남자친구가 있다는 게, 다른 아이들과 어울리고, 학교생활에 적응하고 있다는 게 안심이 되는 걸지도.

"그래도 어떤 앤지 얘기 좀 해봐." 엄마가 말한다.

엄마가 그의 이름을 묻고, 나는 잠시 아득해진다. 나는 그를 이름으로 부른 적이 없다. 가짜 이름을 댈 수도 있다. 아니 그래야 할지도 모른다. 그러나 그의 이름을 소리 내어 말하고 싶은 유혹이 너무도 강렬하다. "제이컵."

"아, 이름 괜찮네. 잘생겼니?"

나는 어떻게 말해야 좋을지 몰라 어깨를 으쓱한다.

"괜찮아." 엄마가 말한다. "외모가 전부는 아니니까. 너한테 잘해주는지가 더 중요해."

"잘해줘요."

"다행이다." 엄마가 말한다. "엄마한테 중요한 건 그것뿐이야."

나는 의자 머리 받침대에 기대고 눈을 감는다. 스트레인이 나에게 잘해주는 게 외모보다 중요하다는 엄마의 말을 들으니, 가려운 데를 긁어준 것 같은 기분이다. 나에게 잘해주는 게 외모보다 중요하다면, 나에게 잘해주는 게 나이 차이보다, 혹은 그가 나의 선생님이라는 사실보다 중요할 것이다.

엄마가 더 많은 질문을 던지기 시작한다. 몇 학년인지, 어디 출신인지, 무슨 과목을 같이 듣는지. 나는 가슴이 답답해지고, 그래서 고개를 저으며 쏘아붙인다. "더이상 얘기하고 싶지 않아요."

우리는 말없이 1킬로미터 정도를 달리다가 엄마가 묻는다. "혹시 섹스하니?"

"엄마!"

"만약 그렇다면, 피임약 먹어야 해. 엄마가 병원 예약해놓을게." 엄마가 잠깐 말을 멈췄다가 목소리를 낮춰서, 나에게라기보다는 자기 자신에게 중얼거린다. "아니, 넌 이제 겨우 열다섯 살이잖아. 섹스하기엔 너무 어려." 엄마가 나를 쳐다보며 미간을 찌푸린다. "선생님들이 감독은 하고 있지? 거기가 그렇게 무질서한 곳은 아니잖아."

나는 꼼짝 않고 눈도 깜빡이지 않은 채로 앉아 있는다. 엄마가 나에게서 무슨 말을 듣고 싶은지 모르겠다. 맞아요, 선생님들이 감독해요. 우릴 아주 철저히 감시하고 있어요. 문득 나는 구역질이 난다, 마치 무슨 게임을 하듯이 나누는 이 대화가, 이 기만이.

나는 괴물인가? 그런 의문이 든다. 괴물이 분명해. 그렇지 않고서야 이렇게 거짓말을 할 리가 없어.

"병원 예약해야 할까?" 엄마가 묻는다.

나는 내 골반을 누르며 나를 붙잡던 스트레인을, 그가 받은 수술, 정관절제수술을 떠올린다. 나는 고개를 젓고 엄마는 안도의 한숨을 내쉰다.

"엄만 네가 행복하기만을 바라." 엄마가 말한다. "네가 행복했으면 좋겠고 너한테 잘해주는 사람들에게 둘러싸여 있으면 좋겠어."

"그러고 있어요." 내가 말한다. 창밖으로 숲이 스쳐지나갈 때, 나는 조금 더 용기를 낸다. "내가 완벽하대요."

엄마가 입술을 힘주어 다물며, 좀더 커다란 미소를 참는다. "첫사랑은 정말 특별하단다." 엄마가 말한다. "영원히 못 잊어."

방학이 끝나고 돌아온 첫날, 스트레인은 기분이 좋지 않다. 수업중에 나에게 거의 눈길도 주지 않고 내가 손을 들어도 무시한다. 우리는 『무기여 잘 있거라』를 읽고 있고, 해나 레베스크가 그 소설이 따분하다고 말하자 스트레인은 그녀에게 헤밍웨이도 네가 따분하다고 생각할 거라고 쏘아붙인다. 이어 그는 톰 허드슨이 운동복 상의 지퍼를 올리지 않고 푸 파이터스* 티셔츠를 드러냈다며 복장 불량이라고 몰아세운다. 수업이 끝날 무렵, 교실에 남아 있고 싶은 생각이 눈곱만치도 없어진 나는 아이들과 함께 교실을 나선다. 그러나 내가 문을 나서기 전에, 스트레인이 내 이름을 부른다. 내가 멈춰 서고 다른 아이들이 마치 강물처럼 나를 지나친다. 톰은 화가 나서 입을 꾹 다문 채로, 해나는 상처받은 표정으로, 제니는 나에게 할말이 있는 듯한, 하고 싶은 말이 입술 뒤에 쌓여 있는 듯한 표정으로.

교실이 텅 비자 스트레인이 문을 닫고 불을 끄더니 나를 사무실로 이끈다. 라디에이터를 최고로 세게 틀어놓아서 바다 거품 빛깔 유리창에 뿌옇게 김이 서린다. 그는 소파의 내 옆에 앉지 않고 마치 나에게 어떤 메시지를 전달하는 것처럼 일부러 테이블에 기대어 선다. 그는 전기 주전자의 전원을 켜고 물이 끓을 때까지 아무 말도 하지 않다가 물이 끓자 차를 한 잔 우린다. 나에겐 차를 권하지 않는다.

마침내 그가 입을 열 때, 그의 말투는 딱 부러지고, 사무적이다. 그가 들고 있는 차에서 김이 피어오른다. "지난번에 통화할 때 내가 부탁한 것 때문에 화난 거 알아." 사실 나는 그가 전화했던 것과 나에게 부탁했던 일을 잊고 있었다. 지금 기억을 떠올려보아도 잘 생각나지 않는다. 나의 뇌는 나 자신의 통제를 넘어선 어떤 힘에 의해 떠밀려 그 기억으로부터 멀어졌다.

"화 안 났어요." 내가 말한다.

"화난 게 분명해."

내가 얼굴을 찌푸린다. 이건 속임수다. 화가 난 건 내가 아니라

---

* 1990년대에 결성된 미국의 록 밴드.

자기면서. "그 얘긴 할 필요 없어요."

"아니," 그가 말한다. "해야 해."

말하는 사람은 주로 스트레인이다. 이번 방학 동안, 그는 아무리 생각해도 내가 여전히 미스터리라는 생각을 하게 되었다고 말한다. 날 잘 모르겠다고. 어쩌면 자신의 모습을 내게 투사하고 있는 건 아닌지, 그래서 투사된 자신의 모습을 보면서 그와 내가 서로 통한다고 스스로를 속여온 건 아닌지 의문이 들었다고.

"우리가 사랑을 나누는 행위를 네가 정말 즐기고 있는 건지조차 의문이 들기 시작하더구나. 혹시 네가 그저 날 위해 연기하고 있는 건 아닌지."

"즐기고 있어요." 내가 말한다.

그가 한숨을 내쉰다. "네 말을 믿고 싶다. 정말 믿고 싶어."

스트레인은 작은 사무실 이 끝에서 저 끝을 오가며 말을 잇는다. "난 너한테 정말 강하게 끌리고 있어." 그가 말한다. "때로는 이러다가 죽을까봐 걱정될 정도로. 지금까지 그 어떤 여자에게도 이런 감정을 느끼지 못했어. 지금까지 내가 느꼈던 감정들과 같은 시공간에 존재하는 감정이 아니야." 그가 말을 멈추고 나를 쳐다본다. "나 같은 남자가 너에 대해 이런 식으로 말하는 걸 듣는 게 두렵니?"

나 같은 남자. 나는 고개를 젓는다.

"그럼 어떤 기분이 들지?"

나는 적절한 단어를 찾기 위해 천장을 바라본다. "내가 강한 사람이 된 것 같은 기분?"

내 말에 스트레인의 표정이 조금 누그러진다. 자신이 나를 강한 사람으로 만든다는 생각에 안심한다. 열다섯은 이상한 나이라고, 역설 그 자체라고, 그가 말한다. 청소년기의 한복판이고 그 나이대의 뇌가 작동하는 특유의 방식 때문에 그 어느 때보다 용감하다고, 그래서 유연함과 오만함이 뒤섞인 나이라고.

"지금 열다섯 살인 넌," 그가 말한다. "아마 네가 열여덟 살이나 스무 살 때보다 스스로가 더 어른처럼 느껴질 거야." 스트레인은 웃으면서 내 앞에 웅크리고 앉아 내 손을 꽉 움켜쥔다. "세상에, 스무 살이 된 네 모습을 한번 상상해봐라." 그가 내 머리 한 가닥을 귀 뒤로 넘긴다.

"그때 그런 기분이었어요?" 내가 묻는다. "선생님이……" 나는 그 나머지 말을, 선생님이 내 나이였을 때, 라는 말을 하지 않는다. 너무 어린애들이나 하는 말처럼 들린다. 그러나 어쨌든 그는 이해한다.

"아니, 남자애들은 달라. 십대 시절, 남자애들은 별 볼 일이 없어. 남자애들은 어른이 되어야만 진정한 인간이 되거든. 여자애들은 일찍 인간이 돼. 열넷, 열다섯, 열여섯. 그때가 정신이 깨어나는 시기야. 그걸 지켜본다는 건 정말 멋진 일이지."

열넷, 열다섯, 열여섯. 특정한 나이에 신화적 의미를 부여하는 그는 마치 험버트 험버트 같다. "아홉 살부터 열네 살이 아니고요?" 내가 묻는다. 장난스럽게 한 말이고, 그가 맥락을 이해할 거라 생각했지만, 스트레인은 마치 내가 자기에게 끔찍한 혐의를 씌우기라도 했다는 듯 나를 쳐다본다.

"아홉 살?" 그가 고개를 홱 쳐든다. "절대. 세상에, 아홉 살이라니."

"농담이에요." 내가 말한다. "『롤리타』에선 그렇잖아요. 님펫들의 나이 말이에요."

"넌 날 그렇게 보고 있는 거니?" 그가 묻는다. "소아성애자로?"

내가 대답하지 않자, 그가 일어서서 서성거리기 시작한다.

"그 책을 너무 곧이곧대로 받아들이는구나. 난 그 소설의 주인공이 아니야. 우리는 그들이 아니야."

그의 비난에 내 뺨이 달아오른다. 이건 좀 억울하다. 자기가 나한테 그 소설을 주어놓고선. 대체 뭘 기대한 건가.

"난 아이들한테 끌리지 않아." 그가 말을 잇는다. "널 봐. 네 몸을 보라고. 넌 전혀 어린애가 아니야."

내가 눈을 가늘게 뜬다. "그게 무슨 뜻이에요?"

스트레인이 말을 멈추고, 잠시 자신의 분노에서 벗어난다. 나는 힘이 살짝 내 쪽으로 기우는 것을 느낀다. "글쎄, 네가 어떠냐 하면," 그가 말한다. "넌……"

"내가 어떤데요?" 나는 소파에 앉아서 적절한 단어를 찾아 더듬거리는 그의 모습을 지켜본다.

"네가 상당히 성숙하다는 뜻으로 한 말이었어. 넌 거의 성인 여자에 가까워."

"내가 뚱뚱하단 거네요."

"아니. 절대 그렇지 않아. 그 얘기가 아니야. 당연히 아니지. 날 봐, 내가 뚱뚱하지." 스트레인은 자기 배를 두드리면서 나를 웃기려 애쓴다. 나도 한편으로는 웃고 싶다. 그의 말이 그런 뜻이 아니란 걸 안다. 그러나 그의 마음을 불편하게 하는 게 기분이 좋다. 그가 옆자리에 와서 앉더니 두 손으로 내 얼굴을 감쌌다. "넌 완벽해." 그가 말한다. "넌 완벽해, 넌 완벽해, 넌 완벽해."

우리는 한동안 아무 말도 하지 않는다. 스트레인은 나를 쳐다보고 있고, 나는 내가 얻은 권력을 너무 빨리 포기하고 싶지 않아서 천장을 쏘아본다. 그를 흘긋 쳐다보니 뺨을 타고 땀이 한 방울 흐른다. 나도 땀을 흘리고 있다, 겨드랑이와 가슴 밑에서.

그가 나를 똑바로 쳐다본다. "내가 통화할 때 부탁했던 그건, 단지 환상일 뿐이야. 실제로는 결코 그런 걸 원하지 않아. 난 그런 사람 아니야."

나는 아무 말도 하지 않고 다시 천장을 본다.

"날 믿니?" 그가 묻는다.

"잘 모르겠어요. 아마도."

스트레인이 손을 뻗어 나를 자기 무릎 위로 앉히고 두 팔로 끌어안으며 내 얼굴을 그의 가슴에 기대게 한다. 때로는 이런 자세일 때, 서로를 쳐다보지 않을 때, 얘기하기가 더 편하다.

"내가 좀 어둡다는 건 알아." 그가 말한다. "그건 어쩔 수가 없어. 난 항상 이런 식이었으니까. 이런 식으로 산다는 건 외로운 일이야. 네가 나타나기 전까지 난 그 외로움을 감수하고 살았어." 그가 내 머리카락을 잡아당긴다. 네가 나타나기 전까지. "네가 나에게 시들을 보여주고 날 쫓아다니기 시작했을 때, 처음엔 이렇게 생각했어. 얘가 날 좋아하는구나. 그럴 수도 있지. 그냥 조금 받아주고 내 교실에서 시간을 보내게 해주어야지. 그 이상은 안 돼. 하지만 너와 함께하는 시간이 길어지면서, 이런 생각이 들더라. 세상에, 이 아이는 나와 똑같아. 다른 아이들과 동떨어져서, 어둠을 갈망하고 있어. 맞지? 그렇지 않니? 그렇지?"

그는 나의 대답을 기다린다. 내가 그렇다고, 정말 그렇다고 대답하기를 기다린다. 그러나 스트레인이 묘사하는 사람은 내가 생각하는 나의 모습과 다르다. 내가 그를 쫓아다녔다는 그의 기억도 틀린 것 같다. 내가 시를 주기 전에 그가 먼저 나에게 책을 주었다. 내게 잘 자라고 키스해주고 싶다고 말한 사람도 그였고 내 머리카락이 빨간 단풍잎 빛깔이라고 말한 것도 그였다. 그 모든 것들이 내가 무슨 일이 일어나고 있는지 깨닫기도 전에 벌어졌다. 그가 내가 책임자라고 말하고 자길 만나기 이전에 일어난, 존재하지도 않는 농탕에 대해서는 신경쓰지 않는다고 말했던 일을 떠올린다. 그에겐 자신의 모습을 견디며 살아가기 위해 믿어야만 하는 것들이 있다. 그것들을 거짓말이라고 이름 붙이는 것은 너무 잔인한 일일 것이다.

"내가 처음 널 만졌을 때 네가 어떻게 반응했는지 생각해봐." 그가 말한다. "너와 같은 반에 있는 다른 여자애들이었다면 내가 그런 행동을 했을 때 기겁을 했겠지. 하지만 넌 안 그랬어."

스트레인이 내 머리카락을 한 움큼 움켜쥐고 얼굴이 보이도록 내 머리를 뒤로 젖힌다. 그의 손길은 거칠지 않지만, 그렇다고 다정하지도 않다.

"우리가 함께 있을 때면," 그가 말한다. "내 안의 어두운 것들이 수면 위로 떠올라서, 너의 내면에 있는 어두운 것들을 건드리는 것 같아." 그의 목소리가 격한 감정에 떨리고, 사랑으로 가득찬 그의 눈은 크고 투명하다. 그가 나의 표정을 살피고, 나는 그가 무얼 원하는지 안다―인정, 이해, 그리고 이것이 자기 혼자만의 감정이 아니라는 확신.

나는 책상 뒤에서 날 누르던 그의 무릎을, 내 다리를 쓰다듬던 그의 손을 떠올린다. 그가 나에게 괜찮은지 묻지 않았던 것, 그가 나의 선생님이었다는 것, 교실에 아홉 명의 다른 학생들이 있었다는 것을 그때는 신경쓰지 않았다. 그 일이 일어난 순간, 나는 그 일이 다시 일어나기를 원했다. 평범한 여자애였다면 그런 식으로 반응하지 않았을 것이다. 나에겐 어두운 면이 있고, 그것은 늘 그 자리에 있었다.

내가 그렇다고, 나도 그것—그의 내면의 어둠, 그리고 나의 내면의 어둠—을 느낀다고 말하자, 스트레인은 감사와 사랑으로 벅차올라, 내 머리카락을 더 세게 움켜쥔다. 안경 뒤에서 그의 동공이 갈망으로 확장된다. 그는 원하고, 원하고, 또 원할 뿐이다. 때로 그가 내 몸에 올라타 있을 때면, 내가 기분이 좋은지 슬픈지 혹은 따분한지조차 모른 채 눈을 꽉 감고 신음할 때면, 그가 원하는 것은 오직 내 몸속에 자신의 흔적을 남기는 것, 자신의 소유권을 행사하는 것, 나를 임신시키는 대신 그보다 더 영원한 무언가를 남기는 것뿐이라는 생각이 든다. 그는 자신이 무슨 일이 있어도 항상 내 곁에 있으리라는 것을 확실히 해두고 싶어한다. 내 온몸에, 내 모든 근육과 뼈에, 자신의 지문을 남기고 싶어한다.

그때 그가 내 안으로 들어온다. 그는 소파의 팔걸이에 다리를 고정한 채 내 귓가에 대고 신음한다. 훗날 열다섯 살의 내 모습을 떠올릴 때마다, 이 순간을 생각하리라는 걸 내가 알고 있다는 게 참 이상하다.

2017년

호텔에서 옥토버페스트* 체험 행사가 열려서 호텔 안뜰이 맥주통, 플라스틱 맥주잔, 그리고 브라트부르스트**를 입안 가득 욱여넣는 중년의 커플들로 북적인다. 나는 안내 데스크에서 부드러운 프레츨을 손으로 뜯어먹는다. 투숙객들은 너무 취해서 나를 찾지 않을 것이다.

직원들도 대부분 취했다. 레스토랑 매니저는 내가 들어왔을 때 거의 쓰러지기 일보 직전이었다. 그는 지금 안쪽 사무실에서 저녁 시간 전에 정신을 차리려고 블랙커피를 벌컥벌컥 마시는 중이다. 주차 요원들은 팔다리를 흐느적거리며 불안정한 눈빛으로 주차하고, 프런트 데스크 뒤에서는, 심지어 겨우 열일곱 살인 호텔 소유

---

* 매년 9월 말에서 10월 초에 걸쳐 독일 뮌헨에서 열리는 맥주 축제.
** 보통 돼지고기로 만드는 독일식 소시지.

주의 딸마저 하이볼 잔을 들고 몰래 홀짝거리고 있다. 나는 사제락*
두 잔을 마신다. 살짝 취하기에 적당한 양이다.

나는 컴퓨터를 켜놓고 한가하게 이메일-트위터-페이스북-이
메일-트위터-페이스북의 무한궤도를 돌고 있다. 그 기자가 또 메
일을 보냈다. 공손하면서도 은근히 부담을 주는 후속 메일이다. 안
녕하세요, 버네사. 당신의 진실을 세상에 알리고자 하는 저의 의지가 얼
마나 확고한지 재차 알려드리고 싶어 다시 한번 연락드립니다. 말을 아
끼면서도 내가 응징에 대한 욕망을 품고 있을 거라는 가정하에 그
욕구에 호소하고 있다.

나는 비틀거리며 로비로 들어오는 술 취한 투숙객을 곁눈질로
보고는, 어깨를 구부정하게 구부리고 컴퓨터를 더 골똘하게 쳐다
본다. 쭈그렁 할망구처럼 보이면 집적거릴 확률이 적다는 걸 알
기 때문이다. 남자가 "어이, 거기 아가씨"라고 말하는 걸 듣는 순
간 가슴이 철렁하지만 그의 시선은 프런트 데스크 뒤의 열일곱 살
이네즈를 향하고 있다. 나는 다시 컴퓨터로, 기자의 메일로 돌아간
다. 당신의 진실을 세상에 알리고자. 나의 진실이라니. 그게 뭔지 내
가 알고 있다는 듯이 말하고 있다.

프런트 데스크 뒤에서 이네즈가 술잔을 숨기려 하지만 남자가
눈치챈다. "그게 뭐죠?" 그가 데스크 안쪽을 들여다본다. "근무시
간에 술 마시는 거예요? 나쁜 아가씨네."

마우스를 움직이는 손이 내 손 같지 않다. 다른 누군가가 마우
스를 오른쪽 위로 가져가 '전달' 버튼을 누르는 것 같다.

---

* 코냑이나 위스키를 베이스로 만든 칵테일.

이네즈의 웃음소리가 높고 억지스럽다. 남자는 그 웃음을 격려로 받아들이고 양쪽 팔꿈치를 데스크에 올려놓고 몸을 앞으로 숙인다. 그가 이네즈의 명찰을 본다. "이네즈. 예쁜 이름이네."

"아, 감사합니다."

"몇 살이에요?"

"스물한 살이요."

남자가 고개를 저으며 손가락을 흔든다. "스물한 살일 리가 없어요." 그가 말한다. "보아하니 아가씨를 쳐다보기만 해도 내가 체포될 나이 같은데."

나의 손가락이 자판 위에서 움직이며 jacob.strane@browick.edu를 수신자란에 입력하는 동안 나는 이네즈에게 참 예쁘다고, 자기가 서른 살만 젊었으면 좋겠다고 말하는 술 취한 남자를 지켜본다. 이네즈는 엷은 미소를 지으며 도움을 청하려고 로비를 둘러본다. 이네즈의 시선이 잠시 나에게 머물 때 나는 커서를 '발송'으로 움직인 다음 클릭한다.

메일이 전송되고 발송 완료라는 글자가 브라우저 맨 위에 뜨고 그리고…… 아무 일도 일어나지 않는다. 내가 무얼 기대했던 걸까. 경보기라도 작동할 거라고, 점점 더 증폭되는 사이렌소리라도 울려퍼질 거라고 기대했던 걸까. 그러나 로비는 여전히 똑같고, 술 취한 남자는 여전히 집적거리고, 이네즈는 여전히 나에게 도움을 청하고 있고, 나는 그런 이네즈를 바라보며 생각한다. 나한테 뭘 원해? 내가 널 구해주어야 해? 이건 아무것도 아니야. 넌 안전해. 저 남자는 데스크 맞은편에 있고 널 잡지 못해. 그렇게 무서우면 사무실 안쪽으로 피하든지, 그만 가라고 노골적으로 말해. 이런 상황에 어떻게 대처해야 하는지 너도 알잖아.

내 뒤쪽으로 엘리베이터 문이 열리고 호텔 직원 하나가 정원 이 벤트에 사용할 와인 상자가 쌓인 카트를 밀고 나온다. 기회를 잡은 이네즈는 프런트 데스크에서 빠져나와 그에게 달려간다.

"도와드릴까요, 압델?" 그녀가 묻는다. 그가 고개를 젓지만 이 네즈는 카트 한쪽 끝을 붙잡는다. 술 취한 남자는 양팔을 축 늘어 뜨린 채, 복도 쪽으로 사라지는 이네즈를 지켜본다. 이네즈가 사라지자, 남자가 어깨 너머로 뒤를 돌아보다가 처음으로 내 존재를 알아차린다.

"뭘 봐요?" 그가 묻더니 비틀거리며 정원으로 나간다.

한숨을 내쉬고 컴퓨터 화면으로 돌아가 이메일-트위터-페이스북 궤도로 다시 돌아가는데, 스트레인으로부터 전화가 온다. 나는 책상 위에서 휴대전화가 진동하다가 음성사서함으로 넘어가는 것을 지켜본다. 그가 다시 전화를 걸고, 또 걸고, 또 건다. 부재중 전화가 쌓일 때마다 내 안의 무언가―일종의 오만, 일종의 승리감―가 동력을 얻는다. 어쩌면 그 기자의 생각이 틀리지 않은지도 모른다. 어쩌면 내 안에 복수심이 도사리고 있는지도.

근무를 마치고 나는 술집으로 간다. 근무복 차림으로 술집 스툴에 앉아, 물 탄 위스키를 마시면서 휴대전화 연락처들을 훑어보고, 월요일 밤 열한시 십오분에 날 만나고 싶은 사람이 있나 문자를 보내본다. 아이라는 나를 무시한다. 몇 주 전에 내가 집으로 데려왔던 남자도. 내가 그의 몸 아래서 말이 없어지고 아무 반응 없이 두 손으로 얼굴을 가리고 몸을 웅크리자, 그는 나의 아파트에서 잠시도 지체하지 않고 떠났다. 오직 한 사람만 미끼를 물었다. 몇 달 전에 나와 잤던 쉰한 살의 이혼남. 나는 그가 내게 말하는 방식이, 나와의 나이 차이를 무슨 포르노 영화에서처럼 다루면서, 자기를 대디라고 부르라고 하고 엉덩이를 맞고 싶으냐고 묻는 것이 싫었다. 나는 그에게 그만하라고, 난 평범한 게 좋다고 했지만 그는 내 말을 들으려 하지 않고 내 입을 한 손으로 틀어막으며 말했다. 너 이런 거 좋아하잖아, 넌 이런 걸 좋아해, 너도 알잖아.

> 나 : 혼자 술 마시는 중.
> 그 : 젊은 여자가 혼자 술 마시면 안 돼.
> 나 : 그래요?
> 그 : 음. 내 말 들어. 너한테 뭐가 좋은지는 내가 잘 알아.

문자를 주고받던 중에 스트레인이 또 전화한다. 기자의 메일을 전달한 뒤로 일곱번째 전화다. '무시'를 누르고 나서, 나는 이혼남에게 술집 위치를 알려준다. 십오 분 뒤 이혼남과 나는 술집 뒷골목에서 담배를 피운다. 나는 그에게 어떻게 지냈는지 묻고, 그는 나에게 그동안 못된 짓을 많이 했느냐고 묻는다.

나는 담배 연기를 길게 내뿜으며 그가 얼마나 진지하게 하는 말인지, 대답을 기대하고 한 질문인지 가늠해본다.

"보아하니 그동안 못된 짓을 하고 다닌 것 같아서." 그가 말한다.

나는 아무 말도 하지 않고 전화를 내려다본다. 스트레인이 문자를 보낸다. 무슨 말을 하고 싶어서 그 메일을 나한테 보냈는지 모르겠군. 휴대전화를 들여다보고 있는데, 문자가 하나 더 온다. 난 지금

게임이나 할 기분이 아니야, 버네사. 어른이면 어른답게 행동해야지. 이 혼남이 내 쪽으로 다가오더니 술집의 벽돌담 쪽으로 날 밀어붙인다. 그는 대형 쓰레기통 뒤에서 자기 몸을 내 몸에 밀착한 다음 내 바지 허리 밴드 속으로 손을 쑤셔넣으려 한다. 처음에 나는 웃으며 그의 손을 피한다. 그래도 그가 그만두지 않자 손바닥으로 그를 밀친다. 그는 물러서지만 여전히 날 내려다보며 서 있다, 숨을 헐떡이고 어깨를 들썩이면서. 내가 담뱃재를 떨고, 담뱃재가 그의 신발 위로 떨어진다.

"진정해요." 내가 말한다. "좀 점잖게 행동하라고, 응?" 전화벨이 울리기 시작한다. 이혼남이 곁에 있어서, 혹은 내가 스트레인을 공포에 몰아넣었다는 걸 알고 있어서, 혹은 그게 바로 내가 원했던 것이어서, 혹은 술에 취해 멍청해져서, 나는 전화를 받는다. "원하는 게 뭐죠?"

"원하는 게 뭐냐고?" 스트레인이 말한다. "정말 이런 식으로 나올 거야?"

나는 반밖에 피우지 않은 담배를 바닥에 던져 밟은 다음, 곧바로 가방을 뒤져 담배를 한 개비 더 꺼내고, 라이터를 내미는 이혼남에게 손사래를 친다.

"좋아." 이혼남이 말한다. "안 건드릴게. 어떤 상황인지 감잡았어."

스트레인이 전화로 묻는다. "누구지? 지금 누구랑 같이 있어?"

"아뇨." 내가 말한다. "아무도 아니에요."

이혼남이 코웃음치더니, 술집으로 들어가려는 듯 돌아섰다가, 내가 자기를 붙잡을 거라 기대하는 듯 어깨 너머로 날 쳐다본다.

"그 메일을 왜 나한테 전달했지?" 스트레인이 묻는다. "대체 무슨 꿍꿍이야?"

"꿍꿍이 같은 거 없어요." 내가 말한다. "그냥 좀 보라고 보냈어요."

두 남자 다 말이 없다. 스트레인은 전화 건너편에서 침묵하고 이혼남은 술집 문을 연 상태로, 내가 가지 말라고 말해주기를 기다리고 있다. 이혼남은 처음 만난 날과 똑같은 옷을 입고 있다. 검은 청바지, 검은 티셔츠, 검은 가죽 재킷, 검은 군화―요즘 나와 늘 엮이게 되는 나이든 펑크족의 유니폼, 자신이 정력적이라고 믿지만 사실은 어린애처럼 구는 여자들만 다룰 줄 아는 남자들.

"네가 유혹을 느끼는 건 이해해." 스트레인이 단어 하나하나를 조심스럽게 골라가며 말한다. "이 집단히스테리에 동참하고 싶은 유혹. 우리 사이에 일어났던 일을…… 부적절하다거나 가학이었다거나 혹은 네 마음 가는 대로 이런저런 이름을 붙이고 싶은 것도 이해해. 네가 원하는 대로 날 바꾸어놓을 수 있다는 걸 난 믿어 의심치 않아……" 그가 말끝을 흐리며, 한숨을 쉰다. "하지만 버네사, 정말 평생 그런 꼬리표를 달고 살고 싶어? 만약 네가 그 일에 동참한다면, 네가 앞으로 나선다면, 넌 영원히 그 꼬리표를……"

"저기요, 난 아무 짓도 안 해요." 내가 말한다. "기자한테 답장 안 할 거고, 얘기 안 할 거라고요. 됐어요? 말 안 한다고요. 단지 내가 무슨 일을 겪고 있는지 알려주고 싶었어요. 이건 당신 혼자만의 문제가 아니라고요."

전화선을 통해 그의 방향으로 조수가 기우는 것이, 갑자기 격해지는 그의 감정이 느껴진다. 스트레인이 씁쓸하게 웃는다. "그래서 이러는 거야?" 그가 묻는다. "관심과 동정이 필요해서? 그래서 하필 지금, 이 미친 소용돌이 한복판에서, 너도 상처받은 척하는 거야?"

내가 사과하려 하지만 그가 말을 자른다.

"겨우 메일 두어 통 받은 걸 내가 당하는 수모와 비교하겠다고?" 그가 묻는다. 거의 소리를 지르고 있다. "젠장 너 지금 제정신이야?"

스트레인은 이 상황이 나에게 유리하다는 점을 일깨워준다. 내가 얼마나 막강한 권력을 쥐고 있는지 모르겠느냐고. 그와 나의 얘기가 세상에 알려지면, 어떤 식으로든 날 비난할 사람은 아무도 없다고. 잘못은 전부 다 그가 뒤집어쓰게 될 거라고.

"나는 이 상황의 무게를 혼자 견뎌야 해." 그가 말한다. "내가 너한테 부탁하는 것이라고는 이 상황을 더 악화시키지는 말라는 게 전부잖아."

나는 결국 골목의 벽돌담에 이마를 기대고 울음을 터뜨린다. 미안해요. 내가 왜 이러는지 모르겠어요. 미안해요, 당신 말이 맞아요. 당신 말이 맞아요. 스트레인도 울음을 터뜨린다. 그는 상황이 심상치가 않아서 자기도 두렵다고 말한다. 학교로 복귀하긴 했지만 학생 절반이 그의 수업에서 빠져나갔고, 지도학생들도 전부 다 빼앗겼고, 아무도 그의 눈을 똑바로 쳐다보지 않는다고. 다들 그를 쫓아낼 빌미가 생기기만을 기다리고 있다고.

"네가 내 편이 되어줘야 해, 버네사." 그가 말한다. "난 네가 필요해."

다시 술집 안으로 들어가 바 앞에 고개를 숙인 채로 앉아 있는

데, 이혼남이 내 어깨를 만진다. 나는 그를 집으로 데려간다. 그에게 엉망진창인 집안 꼴을 보여주고, 그가 마음대로 하도록 내버려둔다. 나는 아무것도 신경쓰지 않는다. 아침이 되자, 내가 잠든 척하고 있는 동안 그가 내 마리화나를 피운다. 그가 떠날 때조차 나는 눈을 뜨지도 몸을 움직이지도 않는다. 근무시간 십 분 전까지 침대에 누워 있는다.

출근하고 데스크 뒤에 앉아서야 기사를 본다. 포틀랜드 신문 1면에 기사가 났다. "사립학교 장기근속 교사, 성적 학대 혐의 추가 폭로에 정직 처분." 이제 그를 고발한 학생의 수는 다섯이 되었다. 테일러 버치 외 네 명이 더 있다. 최근 졸업생 둘과 재학생 둘이고, 그들이 주장하는 학대 행위는 전부 다 그들이 미성년자였을 때 일어났다.

나머지 근무시간 내내, 나의 몸이 업무를 처리한다. 몸의 기억에 의존해 레스토랑에 전화를 걸고, 투숙객의 예약을 확인하고, 길을 알려주고, 모두에게 멋진 저녁을 기원한다. 로비 건너편에서 주차 요원이 가방을 높이 쌓아올린 수화물 카트를 밀고 있고, 프런트 데스크에서는 이네즈가 높고 상냥한 목소리로 "감사합니다. 올드 포트호텔입니다"라고 말한다. 나는 눈에 띄지 않는 로비 한쪽 구석에서, 머리가 텅 빈 상태로 뻣뻣하게 서서 저만치 허공을 응시하고 있다. 호텔 소유주가 지나가며 나에게 직업 정신이 투철해 보인다고 말한다. 내 자세가 마음에 든다고, 내 눈빛에 사심 없는 온순함만이 있어서 좋다고 말한다.

기사에 따르면 스트레인이 소녀들을 그루밍*했다고 말한다. 그루밍. 나는 그 말을 되풀이하고 또 되풀이하며, 그게 어떤 의미인지 이해하려 애쓰지만, 머릿속에 떠오르는 것은 그가 내 머리를 쓰다 듬을 때 내가 느꼈던 그 애정어린 따스함뿐이다.

* grooming. 가해자가 피해자에게 접근해 호감이나 신뢰를 얻는 등의 방식으로 심리적 통제력을 행사하는 상태에서 성폭력을 가하는 것을 뜻하는 말.

2001년

"버네사, 풀이 과정을 보여줘야지." 주간 개인 지도 시간에 제출한 기하학 숙제의 구겨진 곳을 펴며 안토노바 선생님이 말한다. "그렇지 않으면 네가 어떻게 답을 도출했는지 내가 어떻게 알겠니?"

내가 답만 맞으면 되지 그런 게 왜 필요하냐고 웅얼거리자, 안토노바 선생님은 안경 너머로 나를 한참 쳐다본다. 그게 왜 중요한지는 나도 안다. 선생님이 이미 여러 차례 설명했다.

"다음주 금요일 시험은 어떨 것 같니?" 선생님이 묻는다.

"다른 모든 시험과 똑같을 것 같은데요."

"버네사! 태도가 왜 그 모양이니? 너답지 않아. 똑바로 앉고, 예의바르게 굴어." 그녀가 몸을 앞으로 숙이고 내가 아직 펼치지도 않은 노트를 연필로 두드린다. 나는 한숨을 쉬며 축 늘어져 있던 몸을 추스르고 노트를 펼친다.

"피타고라스정리 다시 짚어봐야 할까?" 선생님이 묻는다.

"선생님이 필요하다고 생각하시면요."

안토노바 선생님이 안경을 벗어서 솜사탕 같은 머리 위에 꽂는다. "이 시간은 내가 너한테 뭘 하라고 시키는 시간이 되어선 안돼. 너에게 필요한 게 있으면, 우린 그걸 할 거야. 하지만 너도 최소한⋯⋯" 그녀가 한 손을 들어 적절한 단어를 찾는 시늉을 한다. "중간 지점까지 마중은 나와야지."

수업이 끝나자, 나는 서둘러 가방을 챙긴다. 교정을 가로질러 인문학관으로 가서 스트레인이 교사 회의에 들어가기 전에 그를 보고 싶다. 그러나 안토노바 선생님이 나를 붙잡는다.

"버네사." 그녀가 말한다. "물어보고 싶은 게 있어."

선생님이 교재와 바인더, 가방을 챙기는 동안 나는 뺨 안쪽을 깨문다.

"다른 수업들은 어때?" 의자에 걸려 있던 파시미나 숄을 집어들며 선생님이 묻는다. 그녀는 파시미나를 어깨에 두르고 끝에 달린 술을 매만진다. 일부러 천천히 움직이는 것 같다.

"괜찮아요."

선생님이 교실 문을 붙잡아주며 다시 묻는다. "미국문학 점수는 어때?"

나는 교과서를 꽉 움켜쥔다. "괜찮아요."

함께 복도를 걷는 동안, 나를 지켜보는 선생님의 시선을 모르는 척한다. "네가 스트레인 선생님의 교실에서 많은 시간을 보낸다는 소문이 있어서 묻는 거야." 그녀가 말한다. "사실이니?"

나는 침을 꿀꺽 삼키고, 발걸음을 센다. "그런 거 같아요."

"문예창작 클럽활동을 했었지만 그 활동은 가을에만 하는 거 맞지? 미국문학은 네가 가장 잘하는 과목이니, 따로 도움이 필요할 것 같진 않은데."

나는 최대한 태연한 척하려고 어깨를 으쓱한다. "선생님과 저는 친구예요."

안토노바 선생님이 내 표정을 살피더니 처진 눈썹 사이에 깊은 주름이 잡힌다. "친구라." 그녀가 내 말을 되풀이한다. "스트레인 선생님이 너한테 그러시던? 너와 자기가 친구라고?"

우리는 모퉁이를 돌고 이제 여닫이문이 시야에 들어온다. "죄송합니다, 안토노바 선생님. 제가 숙제가 좀 많아서요." 나는 빠른 걸음으로 복도를 지나 여닫이문 한쪽을 열고 나가서 계단을 뛰어내려간다. 그리고 도와주셔서 감사하다고 어깨 너머로 인사한다.

나는 안토노바 선생님의 질문에 대해 스트레인에게 말하지 않는다. 그랬다가 우리가 더 조심해야 한다는 말을 들을까봐 걱정이 되기 때문이다. 우리는 이미 신입생 환영회 행사가 있는 날, 눈이 휘둥그레진 8학년들과 학부모들이 무리 지어 캠퍼스를 돌아다니는 그 토요일에 함께 그의 집에 가기로 계획을 세워두었다. 스트레인은 그날이 몰래 만나기 좋은 날이라고, 특별한 행사가 있는 날에는 학교가 어수선해서 사람들의 눈을 피하기가 쉬울 거라고 했다.

열시가 되자, 나는 지난번과 똑같이 움직인다. 톰프슨 선생님에게 귀가 확인을 받고 경보기가 고장난 뒤쪽 계단으로 빠져나간다. 교정을 가로지를 때 구내식당에서 소음이 들려온다. 배달 트럭들, 쾅하고 닫히는 철문, 어둠 속에서 울려퍼지는 남자들의 목소리. 이번에도 스트레인의 스테이션왜건이 헤드라이트를 끈 상태로 인문학관 옆 교사 주차장에서 나를 기다린다. 작은 상자 속에 갇혀 날 기다리는 스트레인은 연약해 보인다. 내가 창문을 두드리자 그가 놀라 펄쩍 뛰며 한 손을 가슴에 대고, 나는 잠시 그 자리에 서서 유리창 너머의 그를 바라보면서 생각한다. 하마터면 심장마비로 죽을 수도 있었겠어.

스트레인의 집에 도착한 뒤, 그가 스크램블드에그와 토스트를 만드는 동안, 나는 주방 카운터에 앉아 발꿈치로 의자 다리를 툭툭 두드린다. 스트레인이 할 줄 아는 요리가 달걀 요리밖에 없는 게 거의 확실하다.

"우리 사이를 의심하는 사람이 있을까요?" 내가 묻는다.

그가 놀란 표정을 짓는다. "왜 그런 걸 묻니?"

내가 어깨를 으쓱한다. "그냥요."

토스터에서 띵 소리가 나고, 토스트가 튀어오른다. 너무 시커멓게 탔지만 나는 아무 말도 하지 않는다. 스트레인이 토스트 위에 달걀을 스푼으로 떠서 올린 다음 접시에 담아 내 앞에 놓아준다.

"아니, 아무도 의심하는 것 같지 않아." 그가 냉장고에서 맥주 한 캔을 꺼내더니 내가 먹는 모습을 쳐다보며 마신다. "사람들이 의심했으면 좋겠니?"

나는 크게 한 입을 베어 물며 대답할 시간을 번다. 그가 하는 질문 중 어떤 것은 평범한 질문이고 어떤 것은 테스트다. 이번 질문은 테스트처럼 느껴진다. 토스트를 씹어 삼키며 내가 말한다. "내가 선생님한테 특별한 사람이란 걸 사람들이 알았으면 좋겠어요."

스트레인이 미소를 지으며 내 접시로 손을 뻗어 달걀 한 점을 집어 입안에 던져넣는다. "내 말 믿어." 그가 말한다. "그거라면 다들 확실히 알아."

그는 놀랍게도 우리가 같이 볼 영화—오래된 큐브릭 버전의 〈롤리타〉—를 준비해놓았다. 내가 그 소설을 너무 심각하게 받아들인다고 말했던 것에 대해 나름의 방식으로 사과를 하려는 것 같다. 영화를 보는 동안, 그는 내게 맥주를 마시게 해주고, 그 이후 침대에 갔을 때 나는 다시 딸기 잠옷을 입는다. 나는 몽롱하게 붕 뜬 상태가 되어서 그가 뒤에서 하겠다면서 손과 무릎을 짚고 엎드리라고 했을 때도 전혀 창피해하지 않고 시키는 대로 한다. 섹스가 끝나자 그는 거실에서 폴라로이드 카메라를 가져온다.

"아직 옷 입지 마." 그가 말한다.

나는 두 팔로 가슴을 가리며 눈이 휘둥그레져서 고개를 젓는다.

스트레인은 다정하게 웃으면서 자기만 볼 거라고 나를 안심시킨다. "이 순간을 기억하고 싶어." 그가 말한다. "지금 이 순간의 네 모습을."

그가 사진을 찍는다. 사진을 찍고 나서 나는 이불로 몸을 감싸고 스트레인은 사진들을 매트리스 위에 늘어놓는다. 우리는 사진이 현상되는 과정을, 침대와 나의 몸이 어둠 속에서 나타나는 과정을 함께 지켜본다. "세상에, 네 모습 좀 봐라." 스트레인이 말한다. 그의 시선이 사진들을 차례로 훑는다. 그는 넋이 나간 채로 얼어붙는다.

나는 사진을 보면서 그가 무얼 보고 그러는지 이해해보려 하지만 사진 속의 나는 너무 이상하다. 어수선한 침대 위에 지나치게 창백한 모습, 눈은 초점이 없고 섹스한 뒤라 머리는 부스스하다. 그가 사진에 대한 생각을 묻자 나는 말한다. "피오나 애플 뮤직비디오 같아요."

그는 폴라로이드 사진에서 고개를 들지 않는다. "피오나 뭐?"

"애플. 내가 가장 좋아하는 가수잖아요. 전에 내가 피오나 노래 들려준 거 기억 안 나요?" 그리고 두 주 전에는 피오나 애플의 노래 가사를 노트 종이에 적어서 접은 다음 교실을 나서면서 그의 책상에 놓아두었다. 그때 우리는 나의 대학 진학 문제로 싸우는 중이었다. 나는 대학에 가고 싶지 않다고 했고, 그는 옆길로 새어선 안 된다고, 그 자신을 포함한 그 누구 때문에라도, 그 무엇 때문에라도 그래선 안 된다고 했다. 나는 울음을 터뜨렸고, 그는 내가 눈물로 자기를 조종하려 한다고 말했다. 나는 스트레인이 그 노래 가사를 읽으면 내 심정을 이해할지도 모른다고 생각했지만 그는 가사에 대해 한마디도 하지 않았다. 그걸 읽기나 했는지 모르겠다.

"그래, 그랬지." 그가 사진들을 전부 한데 모은다. "이걸 안전한 은신처에 숨겨두는 게 좋겠다."

스트레인은 침실 밖으로 나가더니 아래층으로 내려가고, 나는 갑자기 너무 화가 나서 가슴에서, 얼굴과 팔다리에서 불이 나는 것 같다. 나는 이불을 머리끝까지 뒤집어쓰고 뜨거운 공기를 들이마신다. 몇 주 전에 브리트니 스피어스 얘기를 꺼냈을 때도 스트레인은 그게 누군지도 몰랐다. "팝 가수인지 뭔지 그런 거 하는 애니?" 그는 물었다. "네 취향이 그런 쪽인 줄은 몰랐네." 브리트니 스피어스가 누군지도 모르는 사람은 자기면서 오히려 나를 한심한 애취급했다.

4월 방학중에 나는 열여섯 살이 된다. 베이브는 동물병원에서 난소절제술을 받고 복부를 면도하고 봉합한 상태로 약에 취해 집으로 돌아온다. 나는 스트레인이 골라준 대학 목록을 부모님에게 보여주고 우리는 대학을 둘러보기 위해 차를 몰고 메인주 남부로 간다. 교정을 돌아다니며 아빠는 건물들을 보고 할말을 잃고, 엄마는 온라인에서 검색한 정보들을 읽는다. 보든 칼리지는 학생의 40퍼센트가 해외 유학 프로그램에 참여하고, 네 명 중 한 명꼴로 대학원에 진학한다. "여긴 대체 가격표가 어느 정도야?" 아빠가 묻는다. "당신 금액도 출력해왔어?"

그 주가 반쯤 지났을 때, 부모님이 근무중인 시간에 스트레인이 나를 만나러 온다. 그는 잡초가 우거진 어느 보트 경사로에 스테이션왜건을 세워두고 숲을 가로질러 우리집으로 걸어온다. 나는 거실에 앉아 주방에 있는 출입문 쪽을 흘금거리며 그가 창문에 나타나기를 기다린다. 그가 나타나자 나는 작게 비명을 지른다, 마치 두렵다는 듯이. 그러나 나는 전혀 두렵지 않다. 내가 어떻게 두려울 수가 있나? 카키색 재킷에 클립온 선글라스를 끼고 있는 그는 누군가의 아빠 같고, 눈에 띌 것 없는, 온순하기 짝이 없는 얼간이 아저씨 같은데.

그가 양손을 모아 창문 안을 들여다보고, 나는 베이브의 목줄을 잡고 문을 연다. 그가 안으로 들어오자 베이브가 내 손에서 빠져나간다. 베이브가 분홍색 혀를 늘어뜨리고 달려들자 스트레인이 얼굴을 찌푸린다. 안 돼, 라고 말하라고, 그러면 멈출 거라고 했는데도, 스트레인은 베이브를 세게 밀쳐서 바닥에 나가떨어지게 한다. 베이브는 흰자위를 번득이며 물러나더니 제집으로 들어간다. 그 순간 나는 스트레인이 밉다.

어디에도 손을 대기가 겁난다는 듯, 그가 뒷짐을 지고 우리집을 둘러본다. 그러자 갑자기 나도 모든 것이 그의 시선으로 보이고, 우리집이 그의 집처럼 깨끗하지 않다는 사실을 의식한다. 카펫에 수북이 쌓인 개털, 낡은 소파와 내려앉은 쿠션. 아래층으로 내려가는 도중에, 창틀에 진열된 나무로 만든 장난감 집을 보고 스트레인이 걸음을 멈춘다. 엄마가 모으는 것들이다. 나는 해마다 크리스마스에 장난감 집을 엄마에게 선물한다. 스트레인이 그것들을 바라보는 동안 나는 그가 무슨 생각을 하고 있을지 짐작해본다—참 흉측하고 한심한 수집품이로군. 나는 그의 책장에 진열되어 있는 수집품들을 떠올린다. 하나하나가 외국에서 사온 것들이고 사연이 있었다. 나는 그가 학교 행사에서 우리 부모님을 만난 뒤 했던 말을 떠올려본다. 좋은 분들이라고 그는 말했다, 귀하고 선량한 사람들이라고. 그가 다른 장학생들을 두고 했던 말들이 떠오른다. 스트레인이 맡고 있는 AP 과목의 상급생 중 하나인 웰즐리는 대학에 합격했지만 학비가 너무 비싸서 진학하지 않기로 했다. 스트레인은 그 학생이 너무 딱하다면서, 하지만 어쩌겠느냐고 했다. 별 볼 일 없는 집안에서 태어난 가엾은 애인걸, 그는 이렇게 말했다.

"아래층은 따분해요." 내가 그의 손을 잡으며 말한다. "위층으로 올라가요."

내 방문을 통과하기 위해 스트레인이 몸을 숙인다. 그는 너무도 커서 방을 거의 다 차지한다. 그의 머리가 비스듬한 천장을 스치고, 그의 시선이 포스터로 뒤덮인 벽과 정돈되지 않은 침대로 향한다.

"이런," 그가 숨을 내쉬며 말한다. "여긴 정말 너무도 특별한 장소로구나."

브로윅에 진학하는 바람에 나의 방은 시간 속에서 얼어붙었다.

현재의 나보다는 열세 살의 나를 보여준다. 나는 너무 어린애 방처럼 보일까봐 걱정하지만 스트레인에게는 전혀 문제가 되지 않는 것 같다. 그는 읽을 나이가 한참 지난 중등 수준의 소설로 가득 찬 책장, 말라버린 매니큐어 병들과 먼지 앉은 비니베이비스 인형으로 가득찬 화장대를 본다. 보석함 뚜껑을 열자 발레리나가 빙글빙글 돌기 시작하고 그가 미소 짓는다. 그는 형겊 주머니를 열어서 갈색 종이로 만든 걱정 인형*들을 손바닥에 쏟아놓는다. 그는 모든 것을 너무도 조심스럽게 다룬다.

섹스하기 전에 그는 나에게 잠든 척하라고, 자기가 살금살금 다가와서 나를 만지는 순간 깨어나는 척하라고 시킨다. 내 몸속으로 밀고 들어올 때, 그는 한 손으로 내 입을 틀어막고 "소리 내면 안 돼"라고 말한다. 마치 집안에 다른 사람이 있는 것처럼. 그가 내 몸속에서 움직일 때, 너무도 미친듯이 빠르고 격렬해서, 나의 뇌가 두개골에서 덜그럭거리고, 팔다리가 축 늘어진다. 내 영혼은 몸에서 빠져나가 대체 자기가 뭘 잘못했는지 영문을 모른 채 아래층 개집에서 낑낑거리는 베이브에게로 간다. 섹스를 끝내고 나서 스트레인은 침대에 누워 있는 내 모습을 폴라로이드로 찍는다. 그는 먼저 내 머리카락이 가슴 위로 흘러내리도록 자세를 잡아준 다음 창문 블라인드를 걷어 내 몸에 햇살을 드리운다.

우리는 그의 스테이션왜건을 타고 드라이브하러 나가서, 동부 연안의 숲을 꼬불꼬불 가로지르는 고속도로를 타고 달린다. 그는

---

* 과테말라에서 유래한 작은 수제 인형으로, 잠들기 전에 인형에게 걱정거리를 말하고 베개 밑에 넣어두면 밤새 근심이 사라진다고 한다.

창문을 열어놓고 한 팔을 밖으로 늘어뜨린다. 기온은 21도 정도로 4월치곤 따스하다. 나무마다 새순이 돋았고 도로변에 잡초가 자라나기 시작한다.

"여름방학에도 이렇게 널 만나러 올게." 그가 말한다. "널 태우고 드라이브할 거야."

"롤리타와 험버트처럼." 나는 별생각 없이 말하고는 움찔하며 그의 짜증스러운 대답을 기다리지만, 그는 미소를 지을 뿐이다.

"그렇게 봐도 될 것 같아." 스트레인이 나를 흘긋 쳐다보고 자신의 손을 내 허벅지 위쪽으로 미끄러뜨린다. "넌 그렇게 생각하고 싶은 거지? 그렇지? 이러다가 어느 날 집으로 데려다주지 말고 그냥 계속 달릴까보다. 널 훔쳐서 도망칠까봐."

해변에 가까워질수록 거리가 북적이지만, 스트레인은 두려워하지 않는 것 같고, 그래서 나도 두렵지 않다. 우리는 법망을 피해 달아나는 무법자들이고, 메인주의 동쪽 끝까지 질주하는 뻔뻔한 범죄자들이다. 그곳의 어촌에서는 우리가 음료를 사러 슈퍼마켓에 가고 슬쩍 손을 잡고 부둣가를 걸어다녀도 아무도 눈길 한 번 주지 않는다.

"열여섯 살이라니," 그가 감탄한다. "이젠 다 큰 여자나 마찬가지야."

우리는 폴라로이드 카메라에 타이머를 설정하고 자동차 후드에 세워놓는다. 사진은 살짝 노출과다로 나온다. 바다를 배경으로, 스트레인이 한 팔로 나를 안고 있다. 우리 둘이 찍은 유일한 사진이다. 그 사진을 가져도 되느냐고 묻고 싶지만 그가 안 된다고 말하리란 걸 안다. 그래서 그가 주유소에 차를 세울 때 나는 자동차 수

납함에서 사진을 꺼내 가방에 집어넣는다. 내 침대에서 찍은 사진은 남겨둔다. 그가 가장 아끼는 사진은 어차피 그 사진이니까.

집으로 돌아오는 길에 그는 내게 좀더 오래 키스하고 싶다면서, 고속도로에서 비포장도로로 빠진다. 스테이션왜건이 자갈밭에서 덜컹거리고 차 앞유리에 진흙이 튄다. 빽빽한 숲으로 몇 킬로미터 더 들어가니 나무들이 성글어지다가 어느 순간 완전히 사라져버리고, 굽이치는 야생 블루베리 밭, 흰 바위들이 점점이 박힌 초록색 카펫이 펼쳐진다. 그가 차를 세우고, 엔진을 끄고, 안전벨트를 푼 다음 내 벨트도 풀어준다.

"이쪽으로 건너와." 그가 말한다.

나는 콘솔 박스를 넘어가서 그에게 올라탄다. 내 등이 운전대를 눌러서 경적을 울리는 바람에 저멀리 블루베리 밭 가장자리에 앉아 있던 까마귀들이 하늘로 날아오른다. 스트레인이 내 엉덩이를 움켜잡고, 원피스의 스커트 자락이 허리께로 올라가고, 윙윙거리는 소리가 들려온다. 창밖을 내다보니 60미터 정도 거리에 벌떼가 날아다니는 양봉장이 보인다. 우리는 인적이나 마을로부터 멀리 떨어져 있고, 원하는 건 뭐든지 할 수 있다. 우리의 고립은 위험한 만큼 안전하게 느껴진다. 나는 이제 그 두 가지 감정 중 하나만 느끼는 방법을 알지 못한다.

그가 내 속옷을 옆으로 민다. 두 개의 손가락이 몸속으로 들어온다. 내 방에서 했던 섹스 때문에 아직도 온몸이 끈적끈적하고 허벅지 안쪽이 빨개지기 시작했다. 나는 이마를 그의 목 움푹한 곳에 대고, 그가 나를 절정에 이르게 하는 동안 뜨거운 입김을 그의 쇄골에 내뿜는다. 스트레인은 내가 느끼는 순간 자신도 느낄 수 있다고 말한다. 어떤 여자들은 거짓말을 하지만 나의 몸은 거짓 연기를 할 수 없다고. 내가 절정에 빨리 도달한다고 그는 말한다. 얼마나 빨리 도달하는지 믿기지가 않는다고. 그래서 자꾸만 내가 느끼게 해주고 싶다고, 연달아 몇 번까지 느낄 수 있는지 보고 싶다고. 그러나 나는 그걸 원하지 않는다. 그러면 섹스가 오직 스트레인만 할 수 있는 게임처럼 느껴진다.

절정을 느끼자마자 나는 그에게 그만하라고 말한다. 딱 한 번 말하지만 그는 마치 불에 덴 듯 얼른 손을 뗀다. 나는 그에게서 떨어져 다시 조수석으로 간다. 다리가 끈적거리고 가슴이 들썩인다. 그가 내 몸속에 넣었던 손가락을 얼굴에 대고 나를 들이마신다. 나는 그가 지금까지 나에게 몇 번이나 절정을 느끼게 해주었는지 궁금하다. 축하해요, 나는 말하고 싶다. 또 해내셨네요. 나는 머리를 뒤로 젖히고 벌떼와 저멀리 흔들리는 침엽수의 꼭대기를 본다.

"올여름 선생님 없이 어떻게 보내야 할지 모르겠어요." 내가 말한다. 그 말이 진심인지 잘 모르겠다. 방학 때마다 나는 그 없이도 잘 지냈다. 나와 얘기하거나 만나지 않고는 일주일도 못 버티겠다고 말한 사람은 스트레인이다. 이건 단지 섹스하고 나서 마음이 여려지고 연약해질 때 새어나오는 말일 뿐이다. 그러나 스트레인은 내 말을 진지하게 받아들인다. 내가 너무 집착한다 싶을 때, 자신이 내게 장기적으로 어떤 영향을 미친다 싶을 때, 그는 예민해진다.

"날 많이 보게 될 거야." 그가 말한다. "7월이 되면 내가 지겨워질걸."

다시 도로를 달릴 때, 스트레인이 다시 한번 말한다. "내가 지겨워질 거야." 그가 덧붙인다. "나에게 상처를 줄 사람은 바로 너야.

그 조그만 두 손으로 내 심장을 붙잡고 있잖아."

내가 그에게 상처를 준다고? 그런 힘을 지닌 내 모습을 상상해보려 애쓴다. 그의 심장을 움켜쥐고 있는 나를, 내가 마음대로 괴롭힐 수 있는 그의 심장을. 그러나 내 손안에서 박동하고 고동치는 그의 심장을 상상해보아도, 여전히 실권자는, 나를 끌고 다니고 이리저리 쥐고 흔드는 것은 그의 심장이다. 나는 거기 매달린 채 그것을 놓지 못한다.

"선생님이 나한테 상처를 줄지도 몰라요." 내가 말한다.

"불가능해."

"왜 불가능해요?"

"이런 이야기는 그런 식으로 끝나지 않으니까." 그가 말한다.

"왜 꼭 끝나야 하는데요?"

스트레인이 도로를 바라보던 시선을 돌려 나를 바라보고, 다시 도로를 본다. 그의 눈썹이 놀란 듯 위로 올라간다. "버네사, 우리가 이별하게 되면, 너한텐 별로 괴로운 일이 아닐 거야. 넌 날 떼어낼 준비가 되어 있을 테니까. 남은 삶이 네 앞에 펼쳐져 있을 거고. 나한테서 벗어나는 게 아주 설레는 일이겠지."

나는 아무 말도 하지 않고 차창 밖을 내다본다. 말하거나 움직이려 했다간 울음을 터뜨리고 말 것이다.

"널 기다리고 있는 수많은 일들이 보여." 그가 말한다. "넌 아주 놀라운 일들을 하게 될 거야. 책을 쓰고, 전 세계를 누비겠지."

그가 계속 예언한다. 내가 스무 살쯤에는 사귀었던 애인이 열두 명은 될 거라고 한다. 스물다섯 살이 되어도, 앳된 모습은 없겠지만 여전히 소녀 같을 거라고, 그러나 서른 살이 되면, 여자가 되고,

젖살이 사라지고, 눈가에 가느다란 주름이 생길 거라고. 그리고 결혼도 할 거라고, 그가 말한다.

"난 결혼 안 해요." 내가 말한다. "선생님처럼요. 기억 안 나요?"

"그건 네 진심이 아니야."

"아뇨, 진심이에요."

"아니." 스트레인이 단호하게 말한다. 그의 선생님 말투가 살아난다. "난 네가 본보기로 삼을 만한 사람이 아니야."

"더이상 이 얘기는 하고 싶지 않아요."

"화내지 마."

"화내는 거 아니에요."

"화내고 있잖아. 네 모습을 봐. 너 울고 있잖아."

나는 그로부터 몸을 돌려 어깨를 구부리고 차창에 이마를 기댄다.

"그렇게 될 수밖에 없어." 그가 말한다. "우리가 항상 지금처럼 서로에게 잘 맞진 않을 테니까."

"제발 그만해요."

그렇게 1킬로미터를 달린다. 트레일러트럭의 소음, 에스커*의 완만한 곡선과 그 아래 펼쳐진 수렁 같은 호수. 어쩌면 무스**일 수도 있고 어쩌면 아무것도 아닐 수도 있는, 저멀리 보이는 갈색과 검은색의 형체.

그가 말한다. "버네사, 훗날 되돌아보면, 넌 나를 널 사랑했던 여러 남자들 중 한 명으로 기억할 거야. 내가 장담하는데, 네 삶은

---

* 빙하 아래를 흐르는 물에 의해 모래와 자갈이 퇴적되어 생긴 둑 모양의 흙더미.
** 엘크라고도 불리는 큰 사슴.

나보다 훨씬 더 클 거야."

나는 떨리는 숨을 내쉰다. 어쩌면 그의 말이 맞을지도 모른다. 어쩌면 그의 말에 안심해야 할지도 모른다. 아무 탈 없이, 그 어떤 구속도 없이 그를 떠날 기회가 있다는 의미인지도 모른다. 이 모든 일을 슬기롭게 이겨내고, 특별한 사연을 가진 여자애로 남는 내 모습을 상상하는 것이 과연 그토록 불가능한 일일까? 언젠가 사람들이 내게 "네 첫사랑은 어떤 사람이었어?"라고 물으면, 나의 진실은 여느 사람들과 나를 구분해줄 것이다. 나는 평범한 남자애가 아닌 나이 많은 남자를, 나의 선생님을 사랑했다. 그는 나를 간절하게 사랑했지만, 나는 그를 떠나야만 했다. 너무도 괴로운 일이었지만, 다른 선택지가 없었다. 그게 이 세상이 돌아가는 방식이니까.

스트레인이 운전하면서 한 손을 내 쪽으로 뻗는다. 그의 손가락이 내 무릎을 어루만진다. 그는 이따금 도로에서 시선을 돌려 내 표정을 살핀다. 그의 손길을 내가 좋아하는지 확인하고 싶어한다. 이러면 기분좋아? 이러면 행복해? 그의 손이 내 허벅지 위쪽으로 움직일 때 나의 눈꺼풀이 떨린다. 그는 나를 기쁘게 하기 위해 산다. 만약 우리가 끝내 헤어진다고 해도, 지금 이 순간 그는 나를 숭배한다—그의 검은 버네사를. 그걸로 충분한 것 아닐까. 이런 사랑을 가질 수 있는 나는, 이토록 사랑받는 나는, 행운아다.

*

4월 방학 이후로는, 모든 게 내리막길로 치닫는다. 날씨가 따뜻해져서 야외 수업을 하고 블루산으로 주말여행도 간다. 수선화가 피고 노럼베가강의 수위가 높아져서 시내 거리에 물이 차오른다. 문예지 최신호의 인쇄가 완료되자 문예창작 클럽활동이 다시 시작된다. 제시와 내가 문예지가 담긴 상자들을 훑어보며 배부 장소를 의논하고 있는데 스트레인이 나를 사무실로 부르더니 혀를 내 입안에 밀어넣으며 거칠게 키스한다. 그는 무모하다, 황당할 정도로 무모하다. 제시가 교실에 있고 사무실 문은 완전히 닫히지도 않았다. 입술이 부풀어오르고 뺨이 벌겋게 달아오른 상태로 내가 교실로 돌아갔을 때 제시는 모르는 체하지만, 그다음 모임에 나타나지 않는다.

"제시는 어디 있어요?" 내가 묻는다.

"그만뒀어." 스트레인이 말한다. 그는 다행이라는 듯 미소를 짓는다.

미국문학 시간에는 유명한 그림과 올해 우리가 읽은 작품을 비교하는 모둠활동을 시작한다. 모두가 거나하게 취해 있는 르누아르의 〈보트 파티에서의 오찬〉은 『위대한 개츠비』에, 전쟁의 공포를 해체적으로 표현한 피카소의 〈게르니카〉는 『무기여 잘 있거라』에 비견된다. 스트레인이 앤드루 와이어스의 〈크리스티나의 세계〉를 보여주자 언덕 위 높은 곳에 있는 집과 그 강렬한 외로움이 『이선 프롬』을 연상시킨다는 데 모두가 동의한다. 수업이 끝난 뒤 나는 스트레인에게 와이어스의 그림에서 롤리타를 보았다고 말하고, 그 이유를 설명한다. 가냘픈 발목을 드러낸 여자의 모습이 너무도 황폐해 보이고, 좁혀질 수 없는 그녀와 집 사이의 거리가, 임신한 상태로 죽음을 앞둔 롤리타의 창백한 마지막 모습을 연상시킨다고. 스트레인은 고개를 저으면서 내가 그 소설에 너무 큰 의미를 부여한다고 백만번째로 말한다. "네가 가장 좋아할 책을 새로 찾아 봐야겠어." 그가 말한다.

미국문학 수업시간에 스트레인은 우리를 데리고 앤드루 와이어 스가 살던 마을로 견학을 간다. 우리는 밴을 타고 해안을 달린 다. 밴이 얼마나 큰지 그의 옆자리 조수석에 앉아 있으니, 다른 아이들이 같이 타고 있다는 생각이 거의 들지 않는다. 그와 함께 교정을 떠나니 마음이 설렌다. 우리 반 전체가, 아무것도 모르는 포로들이 함께 간다고 해도. 이 기회를 틈타 그와 내가 함께 도망친 다면? 휴게소에 아이들을 버려두고 도망칠 수도 있을 것이다. 휘날리는 머리카락이 얼굴을 때리는 가운데 우리가 멀어지는 모습을 바라보는 제니를 뒤로하고.

그러나 견학의 시기가 좋지 않다. 그와 내가 싸우는 중이기 때문이다. 나는 여름방학 전에 그의 집에서 하루를 더 보내고 싶다고 우기는 중이고, 스트레인은 우리가 자제해야 한다고, 운을 시험하지 말자고 한다. 여름 내내 자기를 여러 번 보게 될 거라면서. 그러나 내가 날짜를 대라고 다그치자, 그는 내가 자기를 중심으로 일상을 꾸려가는 걸 멈추어야 한다고 말한다. 그래서 차를 타고 가는 길에 나는 침묵으로 시위하고 스트레인을 화나게 하는 행동을 한다. 라디오 채널을 이리저리 돌리고, 발을 계기반에 올려놓는다. 스트레인은 나를 무시하려 애쓰지만, 나는 그의 꽉 다문 입과 운전대를 세게 움켜쥐고 있는 손을 알아차린다. 내가 이런 식으로 나올 때면, 이렇게 내가 어린아이처럼 굴 때면, 도무지 말이 통하지 않는다고 그가 말한다.

쿠싱에 다다르자 우리는 〈크리스티나의 세계〉에 등장하는 언덕 위의 전원주택, 올슨 하우스를 둘러본다. 방마다 낡고 오래된 가구들과 와이어스의 그림 액자들로 꽉 차 있다. 그러나 진품이 아니라고 여행 가이드가 설명한다. 복제품이라고. 소금기어린 바람이 너무 강해서 캔버스가 망가지기 때문에 진품을 걸어놓을 수가 없다고.

기온이 18도라, 야외에서 점심을 먹어도 좋을 정도로 따스하고 화창하다. 스트레인이 언덕 아래 전원주택이 보이는 자리, 〈크리스티나의 세계〉와 똑같은 지점에 자리를 편다. 식사하고 나서 우리는 자유롭게 글을 쓰는 시간을 갖고 그는 뒷짐을 진 채 우리 주위를 맴돈다. 여전히 화나 있는 나는 어깃장을 놓는다. 노트와 펜을 바닥에 팽개쳐놓고 등을 대고 누워 하늘을 쳐다본다.

"버네사," 스트레인이 말한다. "일어나, 앉아서 글을 써야지."

어떤 학생에게라도 그렇게 말하겠지만 나에게 말할 때는 목소리가 약해지고, 다른 학생들도 알아차릴 정도로 애원하는 투다. 버네사, 제발 나한테 이러지 마. 나는 꼼짝도 하지 않는다.

다른 아이들이 전부 브로윅으로 돌아가는 밴에 올라타자 스트레인이 내 팔을 잡고 차 뒤쪽으로 이끈다. "이런 행동 당장 그만둬." 그가 말한다.

"이거 놔요." 나는 그를 뿌리치려 해보지만 그가 나를 너무 꽉 붙잡고 있다.

"이런 식으로 나와봐야 네가 원하는 걸 얻을 수 없어." 그가 내 팔을 잡고 너무 세게 흔드는 바람에 나는 하마터면 넘어질 뻔한다.

밴의 뒤쪽 창문을 바라보면서 내가 둘로 갈라지는 것 같은 기분을 느낀다. 나의 일부는 그와 함께 여기 있고, 또다른 일부는 다른 아이들과 함께 차에 타서 안전벨트를 매고 가방을 좌석 아래 넣고 있다. 아이들 중 한 명이라도 뒤쪽 유리창 밖으로 우릴 보았다면, 스트레인의 손가락이 내 위팔의 연한 피부를 파고드는 걸 보았을 것이고, 그것은 의혹의 빌미를 제공하기에 충분할 것이다, 아니 충분한 것 이상이다. 한 가지 생각이 나를 때리고, 내 살갗을 찌른다―어쩌면 스트레인은 누군가가 보기를 원하는지도 모른다. 오랫동안 사람들을 속이다보면 갈수록 무모해지고 그러다가 어느 순간 차라리 들키길 바라게 된다는 걸, 나는 그제야 깨닫기 시작한다.

제니가 내 방문을 두드리더니 얘기 좀 할 수 있겠느냐고 묻는다. 나는 침대에 앉아 제니가 방으로 들어와 문을 닫는 것을 지켜본다. 그녀가 엉망진창인 내 방을 둘러본다. 바닥에는 옷이 아무렇게나 널려 있고, 책상은 과제물과 곰팡이가 피기 시작한, 마시다 만 찻잔으로 뒤덮여 있다.

"응, 나 여전히 지저분해." 내가 말한다.

제니가 고개를 젓는다. "나 그런 말 안 했어."

"생각은 했잖아."

"안 했어." 제니가 내 책상 의자를 끌어당기지만, 의자에는 정돈하지 않은 일주일 전 세탁물이 그대로 있다. 나는 제니에게 옷을 치우고 앉으라고 말하고, 그녀는 의자를 기울여 옷가지들을 바닥에 떨어뜨린다.

"좀 심각한 얘기를 하려고 해." 제니가 말한다. "나한테 화내지 않았으면 좋겠어."

"내가 왜 화를 내?"

"넌 항상 나한테 화나 있잖아. 내가 뭘 그렇게 잘못했는지 진짜 모르겠어." 제니가 자기 손을 내려다보며 덧붙인다. "우린 친구였는데."

내가 얼굴을 찌푸리며 반박하려는 순간, 제니가 한숨을 쉬며 말한다. "오늘 견학 갔을 때 스트레인 선생님이 널 만지는 걸 봤어."

제니가 무슨 말을 하는 건지 처음엔 이해가 안 간다. 스트레인 선생님이 널 만지는 걸 봤어. 지나치게 성적인 표현이다. 견학 갔을 때 스트레인은 날 만지지 않았다. 우리는 내내 서로에게 화가 나 있었다. 그때 스트레인이 내 팔을 잡고 밴 뒤쪽으로 끌고 간 기억이 떠오른다.

"아." 내가 말한다. "그건……"

제니가 내 표정을 살핀다.

"그건 별일 아니었어."

"선생님이 너한테 왜 그런 거야?" 그녀가 묻는다.

나는 고개를 젓는다. "기억이 안 나."

"전에도 그런 적 있어?"

그 질문에 어떻게 대답해야 할지 모르겠다. 왜냐하면 제니가 묻는 게 정확히 뭔지 확실치 않기 때문이다. 그 말은 이제 스트레인과 내가 사귄다는 소문을 믿는다는 뜻인지. 제니는 구제불능인 사람을 상대하는 듯한 표정을 짓는다. 자기가 알고 있는 음악이나 영화, 세상이 돌아가는 일반적인 방식을 내가 모를 때 짓곤 했던 표정이다. "낌새가 이상했어." 제니가 말한다.

"낌새라니?"

"네가 죄책감 느낄 필요 없어. 이건 네 잘못이 아니니까."

"뭐가 내 잘못이 아니란 거야?"

"그 사람이 널 학대하고 있는 거 알아." 제니가 말한다.

내가 고개를 홱 돌린다. "날 학대한다고?"

"버네사……"

"누가 그런 소릴 해?"

"아무도." 제니가 말한다. "네가 A를 받으려고 스트레인 선생님
하고 섹스한다는 소문을 들었을 때도, 난 믿지 않았어. 너한테 그
얘기를 하기 전에도, 난 믿지 않았다고. 넌 그런 애가 아니고……
네가 그럴 리가 없으니까. 그러다가 오늘 선생님이 너한테 하는 짓
을 봤어. 선생님이 널 붙잡았고, 그제야 상황을 알겠더라."

제니가 얘기하는 내내 나는 고개를 젓는다. "네가 잘못 생각하
는 거야."

"버네사, 내 말 들어봐." 제니가 말한다. "스트레인은 아주 끔찍
한 인간이야. 예전에 우리 언니가 변태라고 했었어. 여자애들이 스
커트를 입고 오면 성희롱하고 그런다고. 하지만 이 정도로 나쁜 사
람인 줄은 몰랐어." 제니가 몸을 앞으로 숙인다. 제니의 눈빛이 거
칠어진다. "우리가 그 사람 해고당하게 할 수 있어. 올해 우리 아
빠가 학교 이사회에 있어. 내가 아빠한테 얘기하면, 스트레인은 끝
이야."

제니가 하는 말이 너무도 충격적이라 나는 눈을 깜빡인다―해
고, 변태, 성희롱. 제니가 그를 '스트레인'이라고 부르는 것은 또 얼
마나 끔찍한지. "왜 내가 선생님이 해고되길 바란다고 생각해?"

"왜 안 바라는데?" 제니는 진심으로 혼란스러워하는 표정이다.
잠시 후 제니의 표정이 누그러진다, 힘주어 다물었던 입술과 치켜

세운 눈썹도. "네가 두려워한다는 거 알아." 제니가 말한다. "하지만 그럴 필요 없어. 그 사람은 더이상 널 해칠 수 없어."

나를 쳐다보는 제니의 얼굴에 연민이 가득하다. 문득 한때나마 내가 제니에게 어떻게 그토록 깊은 감정을 느낄 수 있었는지, 같이 쓰는 작은 방에서 그녀 곁에 잠들 때, 우리의 몸이 불과 1미터 거리에 있는데도 조금이라도 더 제니 가까이 다가가고 싶은 마음을 품는 게 어떻게 가능했는지 의문이 든다. 나는 문 뒤에 걸려 있던 제니의 남색 목욕 가운을, 그녀의 책상 위 선반에 놓여 있던 셀로판지에 싸인 작은 건포도 상자들을, 밤이면 라일락 향이 나는 로션을 다리에 바르던 제니의 모습을, 머리를 막 감고 나왔을 때 그녀의 티셔츠에 생기던 물 얼룩을 떠올린다. 제니는 가끔 전자레인지에 피자를 데워서 잔뜩 먹곤 했는데 피자를 먹는 내내 제니의 온몸에서 수치심이 배어났다. 나는 제니의 모든 것을, 그녀가 하는 모든 행동을 알아차렸다. 대체 왜 그랬을까? 제니의 어떤 면이 그렇게 특별했을까? 이제 나에게 제니는 나와 스트레인의 관계를 이해하기엔 너무도 편협한 사고방식을 가진, 지극히 평범한 여자애일 뿐이다.

"왜 그렇게 이 일에 관심이 많아?" 내가 묻는다. "너하고 상관없잖아."

"당연히 상관있지." 그녀가 말한다. "스트레인은 여기 있어선 안 돼. 우리 근처에 있으면 안 되는 사람이야. 그 사람은 성범죄자야."

나는 성범죄자라는 말에 큰 소리로 웃는다. "말이 되는 소릴 해."

"난 우리 학교를 정말 좋아한다고. 내가 이 학교를 더 좋은 곳으로 만들고 싶어한다는 이유로 날 비웃지는 마."

"그럼 난 브로윅을 좋아하지 않는다는 거야?"

제니가 머뭇거린다. "그렇다는 게 아니라…… 솔직히 난 너하고는 다르지. 너희 가족 중에는 이 학교 출신이 없잖아, 안 그래? 넌 여기 다니다가 졸업하면 그걸로 끝이겠지. 다시는 생각하지도 않을 거잖아. 학교에 기여도 안 할 거고."

"기여? 학교에 돈 내는 거 말하는 거야?"

"아니," 제니가 얼른 덧붙인다. "그 얘기가 아니라."

나는 고개를 젓는다. "너 진짜 속물이다."

제니는 자기가 한 말을 주워 담으려 애쓰지만 나는 이미 헤드폰을 끼고 있다. 헤드폰은 아무것에도 연결되어 있지 않고 연결선 끝이 침대 옆에서 대롱거린다. 하지만 제니는 하던 말을 멈춘다. 나는 제니가 나가려고 자리에서 일어나 빨래를 도로 의자 위에 올려놓는 모습을 지켜본다. 선의로 하는 행동이지만 이 순간에는 오히려 나의 화를 돋운다. 나는 헤드폰을 벗고 묻는다. "해나하고는 잘 되어가?"

제니가 멈칫한다. "그게 무슨 뜻이야?"

"너희 둘, 이제 뭐 단짝 친구라도 된 거야?"

제니가 눈을 깜빡인다. "그렇게 야비하게 굴지 마."

"너야말로 항상 해나한테 야비하게 굴었지." 내가 말한다. "항상 개 면전에 대고 놀렸잖아."

"그래, 그땐 내가 잘못했어." 제니가 쏘아붙인다. "해나는 괜찮은 애야. 하지만 넌, 상태가 심각해."

제니가 문을 열 때 내가 덧붙인다. "우린 아무 일도 없었어. 네가 들은 얘긴 다 한심한 소문일 뿐이야."

"들은 얘기가 아니야. 스트레인이 널 만지는 걸 내가 봤어."

"넌 아무것도 못 봤어."

제니가 눈을 가늘게 뜨고 날 바라보더니 방문 손잡이를 잡는다. "아니," 제니가 말한다. "봤어."

스트레인은 제니가 한 말을 한마디도 빠뜨리지 말고 그대로 해 보라고 한다. 제니가 그를 변태라고 불렀다는 대목에서, 자길 그런 식으로 취급하는 사람이 있다는 걸 도저히 믿을 수 없다는 듯 그의 눈이 휘둥그레진다. 스트레인은 제니를 "시건방진 년"이라고 부르고 그 순간 내 몸이 싸늘해진다. 그가 그런 말을 하는 건 처음 듣는다.

"괜찮을 거야." 그가 나를 안심시킨다. "우리가 전부 다 부정하는 한 아무 문제 없어. 소문이 진지하게 받아들여지려면 증거가 필요하니까."

나는 그저 소문이 아니라고, 그가 내 팔을 잡는 걸 제니가 보았다고 지적한다. 스트레인은 코웃음친다.

"그건 절대 증거가 될 수 없어." 그가 말한다.

다음날 미국문학 수업시간에, 스트레인은 『유리 동물원』에 관해 질문을 던지고, 손을 들지도 않았는데 제니를 호명한다. 제니는 당황해서 책을 들여다본다. 딴생각을 하다가 그의 질문조차 듣지 못한 것 같다. 제니가 "음" 하며 계속 우물거리지만 스트레인은 다른 학생을 호명하지 않고 의자에 기대앉아 팔짱을 낀다. 마치 하루종일이라도 기다릴 수 있다는 듯이.

톰이 대답하려 하자 스트레인이 손을 든다. "난 제니의 생각을 듣고 싶어." 그가 말한다.

우리는 고통스러운 십 초를 더 견딘다. 마침내 제니가 작은 목소리로 "모르겠어요"라고 대답하자, 스트레인은 눈썹을 치키며 고개를 끄덕인다. 그럴 줄 알았어, 라고 말하듯이.

수업이 끝난 뒤 나는 해나와 함께 교실을 나서는 제니를 쳐다본다. 두 사람이 수군거리고, 해나가 어깨 너머로 나를 쏘아본다. 나는 칠판을 지우고 있는 스트레인에게 다가가서 말한다. "제니한테 그럴 필요 없었잖아요."

"네가 좋아할 줄 알았는데."

"제니한테 창피를 줘봐야 상황이 악화될 뿐이에요."

내 말에 담긴 비난을 알아차리고 그가 나를 보며 눈을 깜빡인다. "십삼 년 동안 그런 애들을 가르쳤어. 어떻게 다루어야 하는지는 내가 잘 알아." 그가 지우개를 분필 받침대에 가볍게 떨구고 손을 닦는다. "그리고 내 수업에 관한 비판은 삼가주면 정말 고맙겠다."

내가 사과하지만 진심어린 사과가 아니라는 걸 스트레인도 안다. 그래서 숙제를 해야 한다고, 그만 가봐야 한다고 말하자 그도 나를 잡지 않는다.

방으로 돌아온 나는 침대에 엎드려 얼굴을 베개에 대고 숨을 쉬면서 그를 미워하는 마음을 진정시키려 애쓴다. 왜냐하면 지금 이 순간만큼은 내가 정말로 그를 미워하는 것처럼 느껴지기 때문이다. 스트레인이 나한테 화낼 때가 정말 싫다. 그럴 때면, 마음속에서 애초부터 존재하지 않았어야 했던 것들이 느껴지기 때문이다. 수치심, 두려움, 그리고 도망치라고 다그치는 목소리.

불과 일주일 만에 모든 게 끝장이 난다. 사건은 수요일에 시작된다. 프랑스어 수업을 듣고 있는데 스트레인이 교실 문을 열고 로랑 선생님에게 나를 데려가도 되겠느냐고 묻는다. "가방 챙겨." 그가 속삭인다. 교정을 가로질러 행정실 건물로 가는 동안 그가 상황을 설명하지만, 어떤 상황인지는 이미 분명하다. 지난 이틀 동안 제니는 미국문학 수업에 나타나지 않았다. 다른 곳에서 제니를 보았기 때문에 아픈 게 아니라는 건 안다. 전날 저녁식사 시간에 나는 제니와 해나가 고개를 숙인 채 머리를 맞대고 있는 것을 보았다. 고개를 들었을 때 둘 다 곧장 내 쪽을 쳐다보았다.

스트레인은 제니의 아버지가 학교로 편지를 보냈다고, 하지만 전부 소문일 뿐 증거는 없다고 말한다. 그래봐야 아무 수확도 얻지 못할 거라고. 우리는 이미 얘기했던 대로 행동하기만 하면 된다. 전부 부정하는 것. 우리가 부정한다면 그들은 우리를 해칠 수 없다. 귓속에서 바다가 포효한다. 스트레인이 말할수록, 그의 목소리가 더 아득해진다.

"자일스 교장한테는 내가 이미 사실이 아니라고 말했지만, 네가 부정하는 게 더 중요해." 걷는 동안 그가 내 표정을 살핀다. "할 수 있겠니?"

나는 고개를 끄덕인다. 건물 정문에 도달하기까지 오십 계단이, 어쩌면 그보다 더 적은 수의 계단이 남아 있다.

"아주 침착하구나." 스트레인이 말한다. 그가 나를 들여다보면서 틈새를 찾는다. 우리가 처음 섹스한 뒤에 그의 스테이션왜건에서 그랬던 것처럼. 문을 열면서 그가 말한다. "우린 이겨낼 거야."

자일스 교장선생님은 편지에 적힌 내용보다 우리 얘기를 믿고 싶다고 말한다. 스트레인과 내가 말썽을 피운 학생들처럼 나란히 나무의자에 앉아 있을 때, 거대한 책상 뒤에서 자일스 교장선생님은 정확히 그렇게 말한다.

"솔직히, 이런 얘기가 어떻게 진실일 수 있는지 도저히 상상이 안 가더라고요." 그녀가 편지인 듯한 종이를 집어든다. 그녀의 눈이 편지의 내용을 훑는다. "'지속적인 성관계'라니. 그런 일이 일어나고 있는데 어떻게 아무도 알아차리지 못할 수가 있죠?"

그게 무슨 소리인지, 나는 이해가 가지 않는다. 분명히 사람들이 알아차렸는데. 그게 제니의 아버지가 편지를 쓴 이유다—사람들이 눈치를 챘다는 것.

내 옆에 앉아 있던 스트레인이 말한다. "정말이지 어이가 없네요."

교장선생님은 왜 이런 일이 일어났는지 짐작이 간다고 말한다. 이따금 이런 소문이 돌면 학생들, 학부모들, 그리고 다른 교사들은 그걸 듣고 곧바로 사실로 받아들인다고. 그 소문이 아무리 황당한 것이라고 해도.

"누구나 스캔들을 좋아하니까요." 교장선생님이 말하고, 그녀와 스트레인이 의미심장한 미소를 주고받는다.

교장선생님은 보통은 질투나 순수한 호의를 잘못 해석하는 데서 소문이 시작된다고 이야기한다. 교사 생활을 하다보면 수없이 많은 학생들을 상대하게 되고, 그들 중 대다수는, 더 나은 단어가 떠오르지 않는데, 그저 스쳐지나갈 뿐이다. 총명하거나 성적이 우수한 학생들도 있지만, 그렇다고 교사들이 반드시 그들에게 특별한 감정을 느끼는 건 아니다. 그런데 때때로 학생 쪽에서 특정 교사에게 특별한 감정을 느끼는 경우가 있다.

"교사들도 결국 너희 학생들처럼 인간일 뿐이야." 교장선생님이 말한다. "말해보렴, 버네사. 너도 선생님들을 다 똑같이 좋아하는 건 아니지?" 내가 고개를 끄덕인다. "물론 그렇겠지. 어떤 선생님이 다른 선생님보다 더 좋을 거야. 학생들에 대한 선생님의 마음도 똑같아. 선생님에게도, 어떤 학생들은 좀 특별하지."

자일스 교장선생님이 의자 뒤로 몸을 기대며 팔짱을 낀다. "내가 보기엔 네가 스트레인 선생님으로부터 특별 대우받는 걸 제니 머피가 질투하는 것 같구나."

"버네사로부터 또 한 가지 그와 연관된 사실을 들었는데요." 스트레인이 말한다. "버네사와 제니는 작년에 한방을 썼는데 별로 사이가 좋지 않았답니다." 스트레인이 나를 쳐다본다. "맞지?"

천천히, 나는 고개를 끄덕인다.

교장선생님이 두 손을 든다. "바로 그거네요. 사건 종결."

그녀가 내게 종이를 한 장 내민다. 제니의 아버지가 보낸 편지다. "이제 그걸 읽어보고 여기 서명하렴." 그녀가 딱 한 문장만 적혀 있는 두번째 종이를 내민다. "아래 두 사람은 패트릭 머피가 2001년 5월 2일에 쓴 편지의 모든 내용을 부인하는 바다." 서류 밑에는 서명란이 두 개 있다. 나와 스트레인. 나의 눈이 집중하지 못한 채 편지를 훑어내린다. 나는 서류에 서명한 뒤 스트레인에게 건네고, 스트레인도 똑같이 한다. 사건 종결.

자일스 선생님이 미소를 짓는다. "이거면 충분할 거예요. 최대한 신속하게 이 문제를 처리하도록 하죠."

안도감에 몸을 떨며, 토할 것 같은 기분으로, 나는 일어서서 문으로 향하지만, 문을 나서기 전에 자일스 교장선생님이 나를 멈춰 세운다. "버네사, 내가 부모님께 전화해서 이 상황을 알려드릴 거야." 그녀가 말한다. "그러니까 너도 오늘 저녁에 전화드려. 알았지?"

목에서 쓴 물이 넘어온다. 이런 상황은 예상 못했다. 당연히 교장선생님은 부모님에게 전화할 것이다. 선생님이 집으로 전화할지, 자동응답기에 메시지를 남길지, 아니면 두 분 중 한 분에게 직장으로 전화할지 궁금하다. 병원에 있는 아빠에게 전화할지, 보험회사에 있는 엄마에게 전화할지.

교장실을 나서는데 교장선생님이 스트레인에게 하는 말이 들린다. "더 필요한 게 있으면 알려드릴게요. 하지만 아마 이걸로 해결될 거예요."

그날 저녁 집으로 전화했을 때, 나는 온갖 진부한 변명들을 늘어놓는다. 다 괜찮다, 아무 일도 없다, 전부 다 말도 안 되는 얘기이고, 한심한 소문일 뿐이고, 물론 절대 사실이 아니다. 부모님은 각기 다른 전화기를 붙잡고 동시에 말한다.

"일단 선생님들하고 어울리는 걸 그만둬." 엄마가 말한다.

선생님들? 한 명 이상이었던가? 순간 나는 추수감사절에 했던 거짓말을 떠올린다. 내 머리카락이 단풍잎 색이라고 말한 사람이 정치학 선생님이라고 했다.

아빠가 묻는다. "아빠가 데리러 갈까?"

"대체 이게 무슨 일인지 정확히 알아야겠어." 엄마가 덧붙인다.

"아뇨." 내가 말한다. "저 괜찮아요. 그리고 아무 일도 없다고요. 전부 다 괜찮아요."

"혹시 누가 널 괴롭히면 우리한테 얘기할 거지?" 엄마가 말한다. 두 사람 다 내가 그럴 거라고 대답하며 안심시켜주기를 기다린다.

"그럼요." 내가 말한다. "하지만 그런 일이 아니라고요. 아무 일도 없었어요. 어떻게 그런 일이 일어나겠어요? 여기서 얼마나 철저하게 학생들을 감독하는지 알잖아요. 제니 머피가 꾸며낸 거짓말이에요. 제니가 나한테 얼마나 못되게 굴었는지 기억하죠?"

"하지만 대체 제니가 왜 이런 거짓말을 한다니? 자기 아버지까지 끌어들여서?" 엄마가 묻는다.

아빠가 말한다. "이건 어딘가 앞뒤가 안 맞아."

"제니는 스트레인 선생님을 싫어해요. 선생님한테 앙심을 품은 거예요. 제니는 워낙 저 잘난 맛에 사는 애라 자기한테 아부하지 않는 사람은 다 파멸당해 마땅하다고 생각해요."

"어딘가 느낌이 좋지 않아, 버네사." 아빠가 말한다.

"괜찮다니까요." 내가 말한다. "무슨 일 있으면 제가 아빠한테 말할 거란 거 아시잖아요."

아빠와 나는 잠자코 엄마의 반응을 기다린다.

"이제 거의 학기가 끝났으니," 엄마가 말한다. "널 데리고 오는 건 좋은 생각이 아닌 것 같아. 하지만 버네사, 그 선생님하고는 거리를 둬, 알았지? 혹시 너한테 말을 걸거든, 교장한테 일러."

"저희 선생님인데 당연히 저한테 말을 걸 수 있죠."

"엄마 말이 무슨 뜻인지 알잖아." 엄마가 말한다. "수업만 듣고, 바로 일어나라고."

"그 선생님은 아무 문제 없다니까요."

"버네사!" 아빠가 호통친다. "엄마 말 들어."

"매일 밤 전화해." 엄마가 말한다. "여섯시 삼십분에 정확히. 알 겠지?"

나는 휴게실을, 음소거 상태로 켜놓은 MTV 화면을, 카슨 데일 리*의 뾰족한 머리와 검은 매니큐어를 바라보며 웅얼거린다. "명심 하겠습니다, 어머님!" 엄마가 한숨을 쉰다. 엄마는 내가 그렇게 부 르는 걸 싫어한다.

스트레인은 당분간 자제해야 한다고, 사람들의 시선을 의식해야 한다고 말한다. 늦은 오후에 그의 사무실에서 긴 시간을 보내는 것 도 안 된다. "이것도 위험해." 점심을 거르고 그의 교실로 간 내게 그가 말한다. 문을 활짝 열어두었는데도 말이다. 나와 거리를 두는 게 자기도 힘들어 죽겠지만, 적어도 당분간은 그래야 한다면서.

하지만 머지않아 전부 다 잠잠해질 거라고 스트레인은 장담한 다. 그는 계속 그 표현을 쓴다. "잠잠해진다." 마치 이게 무슨 나쁜 날씨인 것처럼. 여름이 오면 그의 스테이션왜건을 타고 드라이브 를 가게 될 거라고, 창문을 열어놓고 바닷바람을 쐴 거라고. 자길 믿으라고, 가을학기 전에는 다 잊힐 거라고. 내가 그를 믿는지는 잘 모르겠다. 그렇게 며칠이 지나고 상황은 나아진 것 같지만, 내 가 눈에 보일 때마다 제니는 엄청난 적개심이 담긴 눈빛으로 쏘아 본다. 제니가 스트레인의 수업을 그만두고 다른 반으로 옮겨가자 스트레인은 제니가 마음을 접은 것 같다고 말하지만, 나는 제니가 여전히 화나 있다는 걸 안다.

---

* 1998년부터 2003년까지 MTV 채널에서 뮤직비디오 방송을 진행한 방송인.

게시판에 모든 상급생의 대학 진학 결과가 발표된다. 저녁을 먹으러 가서 샌드위치 줄에 서서 기다리는데, 제니와 해나가 구내식당의 테이블을 차례로 돌고 있다. 제니는 노트와 펜을 들고 있고, 테이블마다 해나가 거기 앉은 사람들에게 질문을 한 뒤 대답을 기다렸다가, 제니가 노트에 무언가를 적는다. 나는 너무도 많은 시선이 나에게로 향했다가, 나에게 들키지 않으려고 얼른 피하는 것도 알아차린다.

줄에서 벗어나 식당을 가로지르는데 해나가 "버네사 와이하고 스트레인 선생님이 사귄다는 소문 들어봤어요?"라고 묻는 게 들린다.

그곳은 상급생 테이블이다. 게시판에 다트머스대학 진학생으로 이름을 올린 브랜던 매클레인이 묻는다. "버네사 와이가 누군데?"

그의 곁에 앉아 있던 여자애―알렉시스 카트라이트, 윌리엄스대학―가 나를 가리킨다. "쟤가 버네사 와이 아니야?"

테이블에 앉아 있던 모두가 돌아본다. 제니와 해나도. 제니가 노트를 가슴에 대고 숨기기 전에, 나는 그 노트에 적힌 학생들의 명단을 흘긋 본다.

스물여섯 명. 제니의 명단에는 스물여섯 명의 이름이 적혀 있다. 나는 자일스 교장선생님의 책상 맞은편에 앉는다. 이번에는 선생님과 나 둘뿐이고, 비서도, 스트레인도 없다. 교장선생님이 나에게 명단을 건넨다. 적힌 이름을 보니 주로 2학년 반 친구들이고, 기숙사 같은 층에 사는 애들이다. 나는 스트레인에 관해서 그 누구에게도 얘기한 적이 없다. 그때 마지막 이름이 눈에 들어온다―제시 리.

"나한테 하고 싶은 얘기가 있으면," 자일스 교장선생님이 말한다. "지금 얘기하렴."

교장선생님이 나에게 기대하는 게 뭔지 잘 모르겠다. 아직도 소문이 사실이 아니라고 생각하는지, 아니면 이 명단 때문에 생각이 바뀌어서 내가 거짓말한 것에 대해 화가 났는지. 교장선생님은 무언가에 화가 나 있다.

내가 명단에서 고개를 든다. "무슨 얘기를 하라시는 건지 잘 모르겠어요."

"나한테 솔직하게 말해줬으면 좋겠구나."

나는 아무 말도 하지 않는다. 어느 방향으로든 섣불리 한 발짝을 내딛고 싶지 않다.

"이 명단에 있는 학생 중 한 명과 얘기했는데, 네가 스트레인 선생님과 로맨틱한 관계를 맺고 있다고 자기한테 노골적으로 말했다던데?"

"노골적으로"라는 말이 성적인 의미가 아니라 내가 누군가에게 직접 말했다는 의미임을 깨닫기까지 잠시 시간이 걸린다. 이번에도 나는 아무 말도 하지 않는다. 교장선생님의 말이 진실인지 잘 모르겠다. 텔레비전 드라마에 나오는 경찰이 자백을 받아내기 위해 사용하는 수법 같다. 그럴 때는 입다물고 변호사를 기다리는 것이 언제나 가장 영리한 대처법이다. 하지만 내 경우에는 변호사에 해당하는 사람이 누구인지 모르겠다. 스트레인일까? 아니면 부모님?

교장선생님이 한숨을 쉬며 관자놀이를 손가락으로 문지른다. 그녀는 이런 일로 골머리를 썩고 싶지 않다. 그건 나도 마찬가지다.

그냥 다 잊어버리면 좋겠다. 그게 내가 하고 싶은 말이다. 그냥 다 잊어버려요. 그러나 그럴 수 없다는 걸 안다. 제니가 주동하고 있고, 제니 아버지의 신분 때문에 그럴 수가 없다. 브로윅 사립학교의 구조가 갑자기 선명하게 보인다. 힘과 지명도에 따라 특정인들이 다른 사람들보다 대놓고 중요하게 대우받는 조직. 항상 느끼고 있었지만 이렇게 명확하게 이해한 적은 없었다.

"우린 이 사건의 진상을 규명해야 해." 교장선생님이 말한다.

"규명했잖아요." 내가 말한다. "전부 사실이 아니에요. 그게 진상이에요."

"내가 이 학생을 찾아서 데려오면 너의 이야기가 달라질까?" 그녀가 묻는다.

내가 교장선생님의 진실성을 시험하는 게 아니라 그녀가 나의 진실성을 시험하고 있음을 깨닫고 내가 눈을 깜빡인다. "그건 사실이 아니에요." 나는 다시 한번 말한다.

"좋아." 교장선생님이 일어서더니 문을 열어둔 채 교장실 밖으로 나간다.

비서가 고개를 들이밀고 나를 보며 미소 짓는다. "조금만 기다리렴." 그녀가 말한다.

비서의 작은 친절에 목구멍에서 무언가가 울컥 치민다. 비서는 나를 믿을까. 지난번에 스트레인과 함께 교장선생님을 면담했을 때, 노란 노트 패드에 우리가 하는 말을 전부 받아 적으면서 비서는 무슨 생각을 했을까.

몇 분 뒤 교장선생님이 제시 리를 데리고 들어온다. 제시는 내 옆 의자에 앉지만 나를 쳐다보지 않는다. 그의 얼굴이 목과 귀까지 벌겋게 달아올라 있다. 숨을 쉴 때마다 가슴이 헐떡인다.

"제시." 자일스 선생님이 말한다. "네가 전에 대답했던 질문을 똑같이 던져볼게. 버네사가 너에게 스트레인 선생님과 사귄다고 말한 적이 있니?"

제시가 고개를 젓는다. "아뇨." 그가 말한다. "버네사는 그런 말을 한 적이 없어요." 그의 목소리는 높고, 격앙돼 있다. 진실을 말하지 않겠다는 절박함에 사로잡힌 나머지 거짓말이라는 게 다 드러난다 해도 상관없다는 목소리.

교장선생님이 손끝으로 관자놀이를 지그시 누른다. "오 분 전에는 그렇게 말하지 않았잖아."

제시는 계속 고개를 젓는다. 아뇨, 아뇨, 아뇨. 제시는 지금 제정신이 아니다. 나는 문득 그에게 걷잡을 수 없는 연민을 느낀다. 그의 손 위에 내 손을 올려놓고 괜찮아. 진실을 말해도 괜찮아, 라고 말하는 상상을 한다. 그러나 실제로는 잠자코 앉아서 그를 지켜볼 뿐이다. 그가 이런 고통을 겪는 것이 결국 다 내 잘못일까. 잃을 게 더 많은 사람은 나인데, 과연 지금 그런 게 중요할까.

"선생님께 뭐라고 얘기한 거야?" 내가 조용히 묻는다.

제시의 눈이 나를 홱 돌아본다. 그리고 계속 고개를 저으며 말한다. "일이 이렇게 될 줄은 몰랐어. 교장선생님이 나한테 물은 건……"

"제시." 교장선생님이 묻는다. "버네사가 너에게 자기가 스트레인 선생님과 사귀는 사이라고 얘기한 적이 있니?"

제시가 나와 교장선생님을 번갈아 쳐다본다. 그의 눈이 바닥으로 향하고, 나는 그가 무슨 말을 할지 안다. 내가 눈을 감는 동시에 제시가 그렇다고 말한다.

내가 더 나약한 애였다면, 이걸로 끝장이었을 것이다. 나는 덫에 걸렸고, 나 자신의 모순과 맞닥뜨렸다. 날 내려다보는 자일스 선생님의 눈빛, 이제 끝이라고, 내가 무너질 거라고 생각하는 게 분명한 저 표정. 그러나 이 터널 밖으로 벗어날 길은 여전히 남아 있다. 한줄기 빛이 보인다. 나는 그 지점을 공략해야 한다.

"제가 거짓말했어요." 내가 말한다. "전부 거짓말이었어요. 제가 스트레인에 대해"—나는 얼른 정정한다—"스트레인 선생님에 대해 제시에게 한 말들은 전부 다 거짓말이었어요."

"거짓말이라고." 자일스 선생님이 내 말을 되풀이한다. "왜 그런 거짓말을 했지?"

나는 그녀를 똑바로 쳐다보며 이유를 설명한다. 너무 따분하고 외로워서 그랬다고, 선생님을 남몰래 좋아해서 그랬다고, 지나치게 상상력이 풍부해서 그랬다고. 얘기하면 할수록 점점 더 확신이 생겨서, 나는 스스로를 비난하고 스트레인을 두둔한다. 이것은 너무도 훌륭한 변명이다. 이걸로 내가 제시에게 했던 모든 말과 명단에 있는 스물다섯 명이 들었다는 소문이 전부 다 해명된다. 이것은 처음부터 내가 지어낸 얘기였어야 한다.

"거짓말이 나쁘다는 건 알아요." 나는 제시와 교장선생님을 번갈아 쳐다보며 말한다. "그 점에 대해서는 죄송합니다. 하지만 그게 다예요. 그것 말고는 아무 일도 없었어요."

얼굴을 덮고 있던 이불을 걷어내고 폐 속에 신선한 공기를 들이는 것만큼이나 아찔한 쾌감이다. 다른 사람이 생각하는 것보다 나는 영리하고 강하다.

나는 점심을 거르고 곧장 스트레인의 교실로 가서 노크한다. 반투명한 유리창을 통해 빛이 새어나오는데도 스트레인은 답하지 않는다. 나는 아직도 사람들의 시선을 걱정하는 모양이라고 생각하지만, 미국문학 시간이 되자 교실에는 스트레인 대신 노이스 선생님이 들어와 있고, 내가 들어서는 순간 그가 나에게 행정실 건물로 가라고 말한다.

"무슨 일인데요?" 내가 묻는다.

그가 양손을 든다. "난 전달만 할 뿐이야." 노이스 선생님이 말한다. 그러나 마치 내 가까이에 있고 싶지 않다는 듯 경계하는 표정으로 보아 뭔가 아는 게 분명하다. 나는 걸음을 재촉해야 할지 늑장을 부려야 할지 모르는 채로 교정을 가로질러 행정실 건물 앞에 도착하고, 기둥과 이중문에 박힌 브로윅의 휘장을 올려다보는데, 아빠의 트럭이 교정 정문으로 들어온다. 나는 손으로 햇빛을 가리며 차에 부모님 두 분이 다 있다는 걸 확인한다. 아빠가 운전하고 있고 엄마는 조수석에서 손으로 입을 가리고 있다. 트럭이 주차장으로 들어오고 두 사람이 트럭에서 내린다.

나는 계단을 내려와 소리친다. "여긴 무슨 일로 왔어요?" 내 목소리를 듣고 엄마가 왹 돌아보더니 베이브가 말썽을 피워서 혼낼 때처럼 손가락으로 자기 발치를 가리킨다. 당장 이리로 와. 나는 베이브처럼 5미터 거리를 두고 멈춰 서서 더는 다가가지 않는다.

"무슨 일로 왔어요?" 내가 다시 묻는다.

"세상에, 버네사, 무슨 일로 왔을 것 같니?" 엄마가 쏘아붙인다.

"교장선생님이 전화하셨어요? 엄마 아빠가 올 이유가 전혀 없는데."

아빠는 여전히 근무복 차림이다. 가슴 주머니에 필이라고 수놓인 파란 줄무늬 셔츠에 회색 바지. 그럴 상황이 아닌데도, 수치심이 밀려든다. 옷 좀 갈아입고 오면 안 되나?

아빠가 트럭 문을 쾅 닫고 내 쪽으로 성큼성큼 걸어온다. "괜찮니?"

"괜찮아요. 아무 일도 없어요."

아빠가 내 손을 잡는다. "무슨 일이 있었는지 말해봐."

"아무 일도 없었어요."

아빠가 애원하듯 나를 똑바로 쳐다보지만 나는 아무런 내색도 하지 않는다. 아랫입술조차 떨리지 않는다.

"여보," 엄마가 말한다. "들어가자."

나는 부모님을 따라 건물 안으로 들어가고, 계단을 오르고, 어느덧 낯익은 비서가 있는 교장실 앞의 작은 방으로 들어선다. 또 한 번 웃어주기를 기다리지만 비서는 나를 외면하고 우리에게 들어가라고 손짓한다. 스트레인이 교장선생님의 책상 옆에서 주머니에 손을 넣은 채 어깨를 펴고 서 있다. 그의 품에 파고들고 싶어 가슴이 저려온다. 그에게 내 몸을 밀착하고 그의 몸이 나를 통째로 집어삼키게 할 수만 있다면.

교장선생님이 부모님에게 악수를 청한다. 스트레인도 악수를 청하고, 아빠는 악수하지만 엄마는 스트레인을 없는 사람 취급하며 그를 외면하고 자리에 앉는다.

"버네사는 나가 있는 게 좋을 것 같구나." 자일스 교장선생님이 말한다. 교장선생님이 스트레인을 쳐다보고 스트레인이 짧게 고개를 끄덕인다. "대기실에 가 있으렴."

교장선생님이 문을 가리키지만 나는 스트레인을 쳐다보고, 그제
야 샤워를 한 듯 그의 머리카락이 젖어 있고 트위드 블레이저에 넥
타이를 맸다는 걸 알아차린다. 말하려나봐. 나는 생각한다. 자백할
생각인 거야.

"하지 말아요." 내가 말하지만, 소리가 거의 나오지 않는다.

"버네사." 엄마가 말한다. "나가 있어."

회의는 삼십 분 정도 진행된다. 비서가 라디오를 켜놓아서 안다.
아마도 교장실 안에서 오가는 대화를 내가 듣지 못하도록 켜놓은
것일 테다. "여러분의 두시 반 커피 타임이 찾아왔습니다." 디제이
가 말한다. "삼십 분 동안 논스톱으로 잔잔한 히트곡 들려드릴게
요." 비서가 노래를 따라 부르고, 나는 내가 이 노래들을 영원히 기
억하게 될 거라고 생각한다. 스트레인이 날 위해 자백하고 자신을
희생하는 동안 들었던 노래니까.

얘기가 끝나자 모두가 함께 밖으로 나온다. 교장선생님과 부모
님이 대기실에 멈춘다. 스트레인은 계속 걸어간다. 내 쪽으로 눈길
도 주지 않고 떠난다. 엄마의 코가 벌름거리고 눈이 휘둥그레져 있
다. 아빠는 예전에 우리가 오래 기르던 개가 간밤에 죽었다는 소식
을 전할 때처럼 입을 직선으로 다물고 있다.

"가자." 아빠가 내 손을 잡으며 말한다.

우리는 바깥의 벤치에 앉는다. 아빠가 얘기하는 동안 엄마는 팔
짱을 단단히 끼고 땅을 쳐다본다. 아빠가 하는 말이 나의 예상과
너무도 거리가 멀어서, 그 말을 제대로 알아듣기까지 시간이 걸린
다. 아빠는 우린 다 알고 있어. 네 잘못이 아니야, 라고 말하지 않는

다. 아빠는 브로윅 사립학교에는 학생들이 지켜야 하는 윤리 강령이 있는데, 내가 교사에 관해 거짓말을 하고 그의 명예를 훼손해서 그 강령을 어겼다고 말한다.

"이 학교에서는 그런 일들을 상당히 심각하게 다뤄." 아빠가 말한다.

"그럼……" 나는 부모님의 얼굴을 번갈아 쳐다본다. "스트레인 선생님이……"

엄마가 고개를 홱 돌린다. "스트레인 선생님이 뭐?"

나는 침을 꿀꺽 삼키고 고개를 젓는다. "아무것도 아니에요."

부모님의 설명이 이어진다. 나는 이번 학기를 일찍 마칠 것이다. 어차피 몇 주 남지도 않았다. 부모님은 오늘밤 시내의 숙소에 묵을 예정이고 나는 내일 아침, 아빠의 표현에 따르면, "잘못을 바로잡아야" 한다. 교장선생님은 내가 제니 머피의 목록에 있는 모든 학생들에게 나와 스트레인 선생님에 관한 소문은 내가 지어낸 거짓말이라고 말하길 바란다.

"그러니까, 한 사람 한 사람한테 일일이 다 말하라고요?" 내가 묻는다.

아빠가 고개를 젓는다. "다들 한자리에 모이고 네가 한 번에 말하라는 것 같아."

"안 해도 돼." 엄마가 말한다. "짐 싸서 오늘밤에 떠나도 돼."

"자일스 선생님이 그러길 원하신다면 해야 해요." 내가 말한다. "교장선생님이잖아요."

엄마가 마치 더 할 얘기가 있는 것처럼 입술에 힘을 준다.

"내년에 다시 학교에 돌아올 수 있는 거죠?"

"한 번에 한 가지만 생각하자꾸나." 아빠가 말한다.

부모님은 나를 시내 피자집에 데려간다. 우리 세 사람이 피자 한 판도 먹지 못한다. 각자의 피자 조각을 께적거리고, 엄마는 냅킨으로 피자 기름을 찍어내고 또 찍어낸다. 두 사람 다 나를 쳐다보려 하지 않는다.

부모님이 날 학교로 데려다주겠다고 하지만 나는 괜찮다고, 걷고 싶다고 한다. 얼마나 멋진 밤인지 보라고, 해질녘에도 아직 따스하다고.

"학교로 돌아가기 전에 잠깐 평화로운 시간을 보내고 싶어요." 내가 말한다.

안 된다고 할 거라고 생각했지만, 두 사람은 실랑이하기엔 너무 넋이 나가 있어서 나를 보내준다. 식당 앞에서 인사를 나누고 아빠는 내 귀에 대고, "사랑한다, 네사"라고 말한다. 부모님은 숙소 쪽으로 돌아서고 나는 곧장 학교와 공공도서관이 있는 방향으로, 스트레인의 집이 있는 방향으로 걷는다.

"어리석은 행동이란 거 알지만," 그가 문을 열자 내가 말한다. "선생님을 꼭 만나야 했어요."

그가 내 뒤쪽을, 거리와 보도 쪽을 살핀다. "버네사, 여기 오면 안 돼."

"들어가게 해줘요. 오 분이면 돼요."

"그만 돌아가."

나는 너무도 화가 나서 소리를 지르며 온 힘을 다해 그를 밀친다. 스트레인은 꿈쩍도 하지 않지만 당황해서 문을 닫고 거리에서 보이지 않도록 나를 집 옆으로 데리고 간다. 후미진 곳에 들어서는 순간 나는 두 팔로 그를 끌어안고, 그의 몸에 나의 몸을 최대한 밀착시킨다.

"저보고 내일 학교를 떠나래요." 내가 말한다.

그가 한 발짝 뒤로 물러서더니, 내 팔을 풀고 아무 말도 하지 않는다. 나는 그의 얼굴에 무언가—상황이 이 지경에 이르게 된 것에 대한 분노 혹은 두려움 혹은 후회—가 나타나기를 기다리지만 그의 얼굴은 완전히 텅 비어 있다. 스트레인은 양손을 주머니에 넣고 내 뒤쪽을, 집 쪽을 바라본다. 내 앞에 서 있는 그는 낯선 사람 같다.

"학생들 앞에서 말하래요." 내가 말한다. "내가 거짓말했다고 말하래요."

"알아." 그가 말한다. 얼굴을 잔뜩 찌푸린 채로 여전히 날 쳐다보려 하지 않는다.

"내가 할 수 있을지 잘 모르겠어요." 그 말에 스트레인의 눈빛이 얼른 내게로 향한다. 작은 승리감을 느낀 나는 조금 더 밀어붙인다. "아무래도 사실대로 말해야 할까봐요."

그는 헛기침을 하지만 움찔하지는 않는다. "듣기로는, 이미 거의 그런 것 같던데." 그가 말한다. "어머니한테 내 얘기를 했다며. 어머니한테 내가 네 남자친구라고 말했다던데."

처음엔 기억나지 않지만 그 순간 떠오른다. 2월 방학이 끝나고 학교로 돌아오는 길에, 엄마가 한밤중에 통화하는 소리를 들은 뒤에. 그애 이름이 뭐니? 엄마가 물었고, 눈 덮인 들판과 앙상한 가지만 남은 나무들이 차창 밖으로 빠르게 스쳐가고 있었다. 나는 진실을 말했다, 제이컵이라고. 그러나 그것은 그저 한 단어일 뿐이었고, 평범한 이름을 댄 것뿐이었다. 자백한 것과는 달랐다. 그 한마디로 엄마가 진실을 간파한 건 아니었다. 그럴 리가 없었다. 그랬다면 엄마는 스트레인이 교장실을 나가는 것을 허락하지 않았을 것이고, 내가 학생들 앞에서 사과해야 한다는 요구에 동의하지도 않았을 것이다.

"날 파멸시키기로 작정한 거라면," 스트레인이 말한다. "난 널 막을 수 없어. 하지만 그랬을 때 어떤 일이 벌어질지는 알고 있길 바라."

그런 의도로 한 말이 아니었다고. 그리고 당연히 절대로 얘기하지 않을 거라고 말하려 애쓰지만 그의 목소리가 나의 목소리를 삼킨다.

"네 이름과 사진이 신문에 날 거야." 그가 말한다. "뉴스도 온통 네 얘기일 거고." 그가 천천히, 신중하게, 반드시 이해시키고 말겠다는 듯이 말한다. "이 일이 영원히 널 따라다니겠지. 평생 낙인이 찍히는 거야."

너무 늦었어요, 라고 나는 말하고 싶다. 이미 영원히 그의 낙인이 찍힌 것 같은 기분으로 일상을 살고 있다고. 하지만 그렇게 말하는 건 부당할지도 모른다. 그는 그동안 날 구원하기 위해 노력하지 않았던가? 내 삶이 그의 삶보다 클 거라면서, 대학에 진학하겠다는 약속을 받아냈다. 그는 내가 많은 걸 누리기를, 좁은 길로 가기보단 무한한 미래를 갖기를 원한다. 그러나 그것은 그의 존재가 비밀에 부쳐져야만 가능한 일이다. 진실이 밝혀지고 나면, 그가 나의 삶 전체를 정의하게 될 것이다. 내가 가진 다른 것들은 하나도 중요하지 않게 될 것이다. 어렴풋이 기억 하나가 떠오른다, 마치 꿈의 기억과도 같은. 반은 나이고 반은 톰프슨 선생님이 뒤섞인 소녀—어쩌면 나는 모니카 르윈스키*의 영상을 떠올리고 있는 것일까? 두 뺨에 눈물을 흘리며, 수치스러운 질문들 속에서 고개를 들고 있으려 애쓰는 젊은 여자. 그가 당신에게 무슨 짓을 했는지 정확히 말해보세요. 진실을 말하겠다고 결심하는 순간 나의 삶이 기나긴 파멸의 연속이 되는 것을 상상하기란 어렵지 않다.

"그걸 견디느니 지금 여기서 내 삶을 끝내겠어." 스트레인이 말한다. 여전히 바지 주머니에 손을 넣은 채 나를 내려다보면서. 내 눈에 깃든 절망을 보면서도 그는 태평하다. "하지만 넌 어쩌면 나보다 강하겠지."

그 말에 울음이 터지고, 나는 제대로 운다. 스트레인 앞에서 한 번도 운 적 없는 방식으로, 딸꾹질하면서, 콧물까지 흘리면서 끔찍하고 추잡하게 운다. 격하게 밀려든 울음이 나를 쓰러뜨린다. 나는 그의 집 벽에 기대어 두 손으로 내 허벅지를 짚고, 숨을 쉬려 애쓴다. 흐느낌이 멈추지 않는다. 나는 두 팔로 배를 감싸고, 바닥에 웅크리고 앉아, 뒤통수로 삼나무 널을 세게 친다, 마치 그렇게 해서 집을 부수겠다는 듯이. 스트레인이 내 앞에 무릎을 꿇고 앉아 두 손을 내 머리 뒤쪽에, 나와 집 사이에 넣는다, 내가 몸부림치는 것을 멈추고 눈을 뜰 때까지.

"자, 착하지." 그가 말한다. 그는 숨을 들이쉬고, 내쉬고, 나의 가슴도 그와 함께 오르내린다. 그의 손은 여전히 내 머리를 감싸고 있고, 얼굴은 키스할 정도로 가까이 있다. 눈물이 말라붙어서 뺨이

---

* 백악관에서 인턴으로 일하는 동안 빌 클린턴과 성적인 스캔들에 휘말렸던 여성.

당긴다. 그의 엄지가 내 귀 뒤의 여린 살을 어루만진다. 지금까지 내가 한 일들이 고맙다고, 스트레인이 말한다. 책임을 떠안고 나 자신을 늑대들에게 내어준 것은 참 용기 있는 일이었고, 그것이 사랑의 증거라고. 그가 알았던 어느 누구보다도 내가 그를 사랑해주는 것 같다고.

"아무한테도 말하지 않을 거예요." 나는 말한다. "그러고 싶지 않아요. 절대 말하지 않을 거예요."

"알아." 그가 말한다. "네가 말하지 않으리란 거 알아."

우리는 다음날 모임에서 내가 할 말을 같이 생각해본다. 나는 소문이 난 건 다 내 잘못이라고, 거짓말해서 미안하다고, 스트레인은 아무 잘못도 하지 않았다고 말할 것이다. 내가 이런 일을 강요당하는 건 부당하다고, 그는 말한다. 하지만 자신이 명예를 회복하는 것만이 우리가 이 상황에서 살아남는 유일한 방법이라고. 교실 책상 뒤에서 처음으로 키스했던 때처럼 그가 나의 이마와 눈가에 키스한다.

떠나기 전에, 나는 어깨 너머로 어두운 잔디에 서 있는 그의 모습을 돌아본다. 거실 창문에서 새어나온 불빛이 그의 실루엣을 비춘다. 그에게서 발산되는 고마움이 내 안으로 흘러들어와 나를 사랑으로 채운다. 이타적으로 행동한다는 게, 선하게 행동하는 게 바로 이런 것이리라. 오직 나만이 그를 구원할 힘을 갖고 있는데 나는 어째서 스스로가 무력하다고 생각했을까.

다음날 아침, 제니의 명단에 있던 스물여섯 명이 셸던 선생님의 교실에 모인다. 모두 앉을 수 있는 자리가 없어서 어떤 아이들은 벽에 기대선다. 누가 누군지도 모르겠다. 그저 위아래 양옆으로 흔들리는 얼굴들이, 부표들의 바다가 보일 뿐이다. 교장선생님이 나를 교실 앞 자기 옆에 세우고, 나는 전날 밤에 스트레인과 함께 쓴 글을 읽는다.

"스트레인 선생님과 저의 부적절한 관계에 관해 여러분이 들었던 소문은 사실이 아닙니다. 제가 거짓말을 퍼뜨렸고 스트레인 선생님은 그런 모함을 당할 이유가 없습니다. 정직하지 못한 행동을 해서 죄송합니다."

아이들이 미심쩍은 표정으로 나를 쳐다본다.

"버네사에게 질문 있는 사람?" 교장선생님이 묻는다. 한 명이 손을 든다. 디애나 퍼킨스.

"왜 그런 거짓말을 했는지 이해가 안 가." 디애나가 말한다. "말이 안 되잖아."

"음." 나는 교장선생님을 쳐다보지만 선생님도 날 쳐다볼 뿐이다. 모두가 날 쳐다본다. "그건 질문이 아니잖아."

디애나가 눈을 치켜뜬다. "왜 그랬느냐고 묻는 거잖아."

"나도 모르겠어." 내가 말한다.

누군가가 왜 늘 스트레인 선생님의 교실에 있었느냐고 묻는다. "선생님 교실에 있었던 적 없어." 내가 말한다. 너무도 새빨간 거짓말이라 두어 명이 웃는다. 누군가가 혹시 내게 "정신적으로" 문제가 있는 게 아니냐고 묻고, 나는 "모르겠어, 어쩌면"이라고 대답한다. 질문이 이어지는 동안, 명백한 사실을 깨닫는다. 나는 다시 이 학교로 돌아올 수 없다. 이런 일을 겪고 돌아올 순 없다.

"됐다." 교장선생님이 말한다. "그 정도면 됐어."

모두에게 세 가지 질문이 적힌 종이가 한 장씩 배부된다. 첫째, 소문을 누구에게서 들었나? 둘째, 언제 들었나? 셋째, 부모님에게 이 사실을 얘기했나? 나는 교실을 나서고 스물여섯 명의 학생들은 머리를 숙이고 질의서에 답을 적는다. 제니만 제외하고. 제니는 팔짱을 끼고 책상을 바라보며 앉아 있다.

기숙사로 돌아가보니 부모님이 내 방에서 짐을 챙기고 있다. 침대보가 벗겨졌고, 옷장이 비었다. 엄마는 멍한 표정으로 내 물건들을 쓰레기봉투에 넣는다. 쓰레기, 과제물, 바닥에 있는 것들 전부 다.

"어떻게 됐니?" 아빠가 묻는다.

"뭐가요?"

"그, 뭐냐……" 뭐라고 불러야 할지 몰라 아빠가 말끝을 흐린다. "회의."

나는 대답하지 않는다. 어떻게 됐는지, 실제로 무슨 일이 있었는지 나도 잘 모르겠다. 나는 엄마를 쳐다보면서 말한다. "엄마, 지금 중요한 것들을 버리고 있어요."

"쓰레기야." 엄마가 말한다.

"아뇨, 지금 학교 과제물을 버리고 있잖아요. 필요한 것들인데."

엄마가 물러서고 내가 쓰레기봉투를 뒤적인다. 나는 스트레인이 평을 달아준 에세이 한 편과 그가 나눠준 에밀리 디킨슨에 관한 자료를 챙긴다. 그것들을 가슴에 대고 움켜쥔다. 내가 챙기는 게 뭔지 부모님에게 보이고 싶지 않다.

아빠가 옷을 잔뜩 집어넣은 커다란 여행가방의 지퍼를 닫는다. "이제 짐을 아래로 하나씩 나를게." 그가 복도로 나서며 말한다.

"지금 가는 거예요?" 나는 엄마를 돌아본다.

"이리 와." 엄마가 말한다. "여기 비우는 것 좀 도와줘." 엄마가 책상 서랍 맨 아래 칸을 열고 기겁한다. 쓰레기로 가득차 있다. 구겨진 종이들, 음식물 포장지들, 사용한 휴지, 검게 변한 바나나 껍질. 몇 주 전 청결 검사를 하기 직전에 당황해서 서랍 안에 전부 다 쑤셔넣었는데 치우는 것을 잊어버렸다. "버네사, 세상에 맙소사!"

"그렇게 소리지르실 거면 내가 혼자 할게요." 내가 쓰레기봉투를 엄마에게서 빼앗는다.

"그냥 다 버리지 그래?" 엄마가 말한다. "버네사, 맙소사, 그건 다 버릴 거잖아. 쓰레기라고. 쓰레기를 서랍에 모아두는 사람이 어디 있니?"

서랍에 있던 것들을 쓰레기봉투에 집어넣으며 나는 호흡에 집중한다.

"위생적이지도 않을뿐더러 정상적인 행동이 아니야. 엄만 가끔 네가 무섭더라. 너 그거 아니? 버네사, 너의 이런 행동들, 도무지 이해가 안 가."

"자요." 나는 서랍을 다시 책상에 끼워넣는다. "이젠 깨끗해요."

"소독해야 해."

"엄마, 괜찮아요."

엄마가 방안을 둘러본다. 방안은 여전히 엉망이지만, 어떤 게 내가 어지른 거고 어떤 게 짐을 싸느라 어질러진 건지 구분이 가지 않는다.

"지금 출발할 거면," 내가 말한다. "먼저 할일이 있어요."

"어디 가려고?"

"십 분이면 돼요."

엄마가 고개를 젓는다. "넌 아무데도 못 가. 여기서 우리가 방 치우는 걸 도와야 해."

"작별인사 해야 해요."

"누구한테 작별인사를 하겠다는 거니? 친구도 하나 없는 애가?"

내 눈에 눈물이 고이는 것을 보면서도 엄마는 미안해하는 표정이 아니다. 엄마는 기다리고 있는 것 같다. 이번주 내내 모두가 그런 표정으로 나를 보았다. 내가 무너지기를 기다리는 것 같은 표정으로. 엄마는 다시 엉망인 방을 향해 돌아서서 서랍장 맨 위 칸을 확 열고 안에 있던 옷가지를 꺼낸다. 엄마가 옷을 꺼낼 때 무언가가 엄마와 나 사이에 떨어진다. 바닷가에서 스트레인과 내가 함께 찍은 폴라로이드 사진. 잠시 엄마와 내가 그 사진을 쳐다본다. 똑같이 놀란 표정으로.

"대체 이게……" 엄마가 웅크려 앉으며 사진을 향해 손을 뻗는다. "이 사람……"

내가 얼른 사진을 집어서 가슴에 뒤집어 댄다. "아무것도 아니에요."

"그게 뭐니?" 엄마가 물으며 나에게 손을 뻗는다. 나는 물러선다.

"아무것도 아니라니까요." 내가 말한다.

"버네사, 어서 내놔." 엄마가 손을 뻗는다. 마치 내가 그렇게 쉽게 사진을 내놓을 거라는 듯이, 마치 내가 어린애라는 듯이. 나는 다시 한번 아무것도 아니라고 말한다. 아무것도 아니라고 했잖아요, 네? 말하고 또 말하는 동안 두려움이 깃든 내 목소리가 점점 높아지고 어느 순간 너무도 엄청난 비명이 되어서 엄마가 내게서 한 발짝 물러난다. 반쯤 텅 빈 방에서 나의 고성이 반향을 남기며 울려퍼지는 것만 같다.

"그 사람이었어." 엄마가 말한다. "너와 그 사람."

바닥을 보면서, 고성을 내지른 여파에 후들거리며, 내가 중얼거린다. "그 사람 아니에요."

"버네사, 엄마가 봤어."

내 손가락이 폴라로이드 사진을 꽉 움켜쥔다. 스트레인이 이 방에 있다면 어떻게 엄마를 진정시킬지 상상해본다. 아무것도 아니에요, 라고 그는 말할 것이다. 마치 연고처럼 마음을 누그러뜨리는 목소리로. 당신이 생각하는 그런 게 아니에요. 나에게 그랬던 것처럼, 그는 어떻게든 엄마를 설득할 것이다. 엄마를 의자로 안내하고 차 한 잔을 건넬 것이다. 사진을 주머니에 슬쩍 넣을 것이다, 엄마가 알아차리지 못할 만큼 아주 미묘하고도 날렵한 동작으로.

"왜 그 사람을 감싸는 거야?" 엄마가 묻는다. 엄마의 호흡은 거칠고, 눈빛은 탐색한다. 그것은 분노에서 우러나는 질문이 아니다. 엄마는 정말 이해를 할 수가 없는 것이다. 내가, 이 모든 상황이 당혹스러운 것이다. "그 사람이 너한테 상처를 줬잖아." 엄마가 말한다.

나는 고개를 젓는다. 엄마에게 진실을 말한다. "그러지 않았어요."

그때 아빠가 돌아온다, 땀에 젖은 얼굴로. 아빠는 책이 잔뜩 든 더플백을 한쪽 어깨에 메고는, 더 들고 갈 게 있는지 둘러보다가, 엄마와 내가 대치중이라는 걸 알아차린다. 나는 여전히 가슴에 폴라로이드 사진을 대고 있다. 아빠가 엄마에게 묻는다. "무슨 일 있어?"

완벽한 정적의 한 박자가 지나간다. 오전 중반의 기숙사에는 우리 말고는 아무도 없다. 엄마가 내게서 시선을 거둔다. "아무 일 없어." 엄마가 말한다.

우리는 나머지 짐을 정리한다. 네 번을 왔다갔다하고 나서야 짐을 전부 싣는다. 트럭에 타기 직전에 도망치고 싶은 마음에 발이 후끈거린다. 나는 교정을 가로지르고 언덕길을 내려가서 마을로, 스트레인의 집으로 달려가고 싶다. 그의 집으로 뛰어들어가서 침대에 올라가 이불 속에 숨는 상상을 한다. 둘이 도망칠 수도 있었을 텐데. 어젯밤 그의 집에서 돌아서기 전에도 나는 그렇게 말했다. "지금 차를 타고 어디로든 도망쳐요." 하지만 그는 안 된다고, 그럴 수 없다고 말했다. "이 상황을 해결할 수 있는 유일한 방법은 결과를 직시하고 그 결과를 견뎌내기 위해 최선을 다하는 것뿐이야."

아빠가 마지막 쓰레기봉투를 트럭 짐칸에 싣자 엄마가 내 어깨에 손을 얹는다. "지금이라도 가서 말할 수 있어." 엄마가 말한다. "지금 당장 다시 들어가서……"

아빠가 차문을 열고, 운전석에 앉는다. "다들 준비됐어?"

나는 어깨를 비틀어 엄마의 손을 홱 뿌리치고, 엄마는 차에 올라타는 나를 바라본다.

집으로 가는 길 내내 나는 뒷좌석에 누워 있다. 나무들이, 나뭇잎의 은빛 속살이, 송전선과 주간 고속도로의 표지판들이 보인다. 트럭 짐칸에서 내 물건들을 덮은 방수포가 바람에 펄럭인다. 부모님은 정면을 바라보고 있다. 그들의 분노와 슬픔은 입안에서 그 맛이 느껴질 정도로 선명하다. 나는 그 모든 것을 꿀꺽 삼켜버리려고 입을 벌린다. 그러나 뱃속 깊은 곳에서 그것은 원망으로 바뀐다.

2017년

마트에 들렀다가 집으로 걸어가는데 엄마가 전화를 한다. 대용량 아이스크림과 와인병들로 장바구니가 묵직하다. 엄마가 묻는다. "추수감사절엔 집에 올 거니?" 엄마의 목소리에서 짜증이 배어난다, 마치 이 질문을 벌써 여러 차례 했다는 듯이. 사실 우린 연휴 얘기는 전혀 한 적이 없다.

"내가 가기를 바라시는 줄 알았는데요." 내가 말한다.

"너 편한 대로 해."

"내가 안 갔으면 좋겠어요?"

"아니, 왔으면 좋겠어."

"그럼 뭐가 문젠데요?"

긴 침묵이 흐른다. "음식 하기가 싫어."

"안 해도 돼요."

"안 하면 마음이 찜찜해."

"엄마," 내가 말한다. "음식 안 해도 돼요." 쇼핑백을 고쳐 메면서 나는 엄마가 유리병 딸그락거리는 소리를 못 듣기를 바란다. "어떻게 하면 되는지 알아요? 파란 상자에 담겨 나오는 냉동 닭튀김을 사는 거예요. 그냥 그거 먹어요. 금요일 밤마다 먹었던 거 기억나요?"

엄마가 웃는다. "그거 먹은 지 진짜 오래됐다."

나는 콩그레스 스트리트를 따라 걷는다. 버스 정류장을 지나고, 모든 행인들을 내려다보는 롱펠로 동상을 지난다. 전화기 건너편에서 배경음으로 뉴스 소리가 들려온다. 어느 평론가의 목소리가 들리고, 그다음엔 트럼프의 목소리가 들린다.

엄마가 신음하더니 배경소음이 사라진다. "나는 저 사람 나올 때마다 소리를 죽여."

"어떻게 하루종일 뉴스를 보는지 이해가 안 가요."

"그러게 말이다."

내가 사는 아파트 건물이 시야에 들어온다. 전화를 끊으려는데 엄마가 말한다. "얼마 전 뉴스에 네 모교가 나오더라."

나는 걸음을 멈추지 않는다. 그러나 생각을 멈추고, 보는 것을 멈춘다. 아파트 건물을 지나치고, 길을 건넌 다음 계속 걷는다. 나는 숨을 죽이고 엄마가 좀더 추궁할지 기다려본다. 엄마는 그 남자가 아니라 네 모교라고만 말했다.

"하여간," 엄마가 한숨을 쉬며 말한다. "참 기분 나쁜 학교야."

다른 여자애들에 관한 기사의 여파로, 브로윅 사립학교는 스트레인에게 무급 직무 정지 명령을 내리고 다시 조사에 착수한다. 이번에는 주 경찰도 나선다. 적어도 여기까지는 사실인 것 같다. 테일러의 페이스북과 기사의 댓글에서 주워들은 정보의 단편들이다. 소문들, 구호들, 우려들 틈에 제대로 된 정보가 숨겨져 있다. 사람들이 외친다. 간단한 문제다, 소아성애자들을 다 거세하라. 좀더 침착하게 온화한 주장을 펼치는 사람도 있다. 유죄가 입증되기 전까지는 무죄가 아닌가? 정의가 실현될 수 있도록 기다리자. 피해자의 말이 항상 신빙성이 있는 것은 아니다. 더구나 그 피해자들이 상상력이 풍부하고 감정적으로 불안정한 십대 소녀들이라면 더더욱. 머리가 지끈거리고 끝날 기미가 보이지 않는다. 스트레인이 얘기를 해주지 않아서 상황이 어떻게 돌아가는지 알 수가 없다. 내 전화는 며칠 동안 잠잠했다.

나는 인내심을 최대로 끌어내 그에게 연락하고 싶은 마음을 억누른다. 스트레인에게 문자를 썼다가, 지웠다가, 다시 쓴다. 발송하지 않을 메일을 쓰고, 그의 전화번호를 화면에 띄우고 손가락을 발신 버튼 위에 놓지만, 누르지 않는다. 오랜 유예의 시간에도 불구하고, 그로부터 무엇이 진실이고 무엇이 청교도적 히스테리이며 무엇이 뻔한 거짓말인지에 관한 연설을 들었음에도 불구하고, 나는 아직 진실에 대한 감을 잃지는 않았다. 가스라이팅으로 분별을 잃지는 않았다. 내가 분노해야 한다는 걸 알고, 그 감정은 협곡 저 건너에, 손닿을 수 없을 정도로 먼 거리에 있다는 걸 알지만, 나는 그 감정을 느낀 것처럼 행동하려 최선을 다한다. 나는 가만히 앉아 있는다. 테일러가 기사를 반복해서 공유하고, 불끈 쥔 주먹 이모티콘과 최후의 결정타와도 같은 문구―숨고 싶으면 숨어요. 하지만 진실은 반드시 당신을 찾을 겁니다―를 덧붙이는 것을 지켜보면서, 침묵으로 말을 대신한다.

그가 연락한 시간은 이른아침이다. 베개 밑에 있던 전화가 울리
자 매트리스 전체에 진동이 전해지고 꿈속에서 그 소리는 호수 위
를 가로지르는 모터 소리처럼 들린다. 물밑에서 잠영하는 내 위로
지나가는 쾌속정의 거칠고 둔탁한 소리. 전화를 받을 때도 나는 여
전히 꿈속에서 호수의 물을 맛보면서, 썩은 나뭇잎들과 부러진 나
뭇가지들과 온갖 오물들이 뒤섞인 어둠을 가르고 뻗어나가는 햇살
을 바라보고 있다.

전화로 스트레인이 떨리는 숨을 내쉰다. 울고 난 직후의 거친 숨
소리. "다 끝이야." 그가 말한다. "하지만 내가 널 사랑했다는 건 알
아줘. 비록 내가 괴물이었다고 해도, 난 널 진심으로 사랑했어." 그
는 밖에 있다. 바람소리가 들리고, 소음의 벽이 그의 말을 삼킨다.

나는 일어나 앉으며 창밖을 내다본다. 아직 해가 뜨기 전이고, 하
늘은 검은색에서 자주색까지 다양한 빛깔이다. "전화 기다렸어요."

"알아."

"왜 얘기 안 했어요? 신문기사 보고 알았잖아요. 얘기해줄 수도
있었을 텐데."

"그런 일이 일어날 줄 몰랐어." 그가 말한다. "전혀 몰랐어."

"그 여자애들은 누구예요?"

"나도 몰라. 그냥 여자애들이야. 걔들은 아무도 아니야. 버네사,
대체 이게 무슨 일인지 모르겠어. 내가 대체 뭘 어쨌어야 했는지도."

"그애들은 당신이 성추행했다고 말하고 있어요."

스트레인은 조용하다. 아마도 그 말이 내 입에서 나온 것에 놀랐

을 것이다. 나는 오랜 세월 그에게 다정했다.

"사실이 아니라고 말해줘요." 내가 말한다. "맹세해줘요." 나는 바람의 백색소음에 귀를 기울인다.

"사실일 수도 있다고 생각하는구나." 그가 말한다. 질문이라기 보다는 깨달음이다. 마치 한 걸음 물러서서 보니 나의 충성심 가장 자리에서 번져가는 의심이 보인다는 듯이.

"그애들한테 무슨 짓을 했어요?" 내가 묻는다.

"대체 무슨 상상을 하는 거니? 내가 무슨 짓을 할 수 있었다고 생각해?"

"뭔가 하긴 했잖아요. 아무 짓도 안 했다면 그애들이 왜 그런 말을 하겠어요?"

"이건 유행병이야." 그가 말한다. "유행병엔 논리가 없어."

"어린애들이잖아요." 나의 목소리가 갈라지고, 흐느낌이 치밀어오른다. 마치 다른 사람이, 내 역할을 맡은 다른 여자가 우는 모습을 지켜보는 것 같은 기분이 든다. 대학 시절 룸메이트였던 브리짓에게 스트레인에 대해 처음 얘기했을 때, 브리짓이 했던 말이 떠오른다. 네 인생 꼭 영화 같다. 마음이 동의하지 않은 일을 수행하는 자신의 몸을 지켜보는 게 얼마나 끔찍한 일인지 브리짓은 알지 못한다. 브리짓은 좋은 뜻으로 한 말이었다. 모든 십대 소녀들이 원하는 일 아니야? 항상 따분해하고, 관심을 갈망하잖아.

스트레인이 이 상황을 이해하려 애쓰지 말라고 한다. 그랬다간 미칠 거라고. "이 상황이 뭔데요?" 내가 묻는다. "그게 뭐냐고요." 나에겐 스며들 하나의 장면이 필요하다. 그들이 교실의 어디에 있었는지, 책상 뒤인지 세미나 테이블인지, 조명이 어땠는지, 그가 어느 손을 사용했는지에 관한 묘사가 필요하다. 그러나 나는 너무 격하게 울고 있고, 스트레인은 자기 얘기를 들어보라고, 울음을 멈추고 자기 얘길 들어보라고 말한다.

"너하곤 달랐어. 내 말 이해하겠니? 너와는 달랐다고. 난 널 사랑했어, 버네사. 널 사랑했어." 그가 말한다.

그가 전화를 끊자, 나는 다음에 할 일이 무엇인지 안다. 예전에 나의 무력함에 화가 난 아이라가 스트레인을 고소하겠다고 했을 때, 내가 아이라에게 했던 협박이 떠오른다. "아이라, 그러기만 해." 내 목소리는 침착하고 냉랭했다. "그에 관해 무슨 얘기든, 누구에게든 하기만 해. 다시는 날 못 볼 줄 알아. 영원히 잠적해버릴 거야."

휴대전화를 쳐다보면서, 911에 신고하고 싶다는 욕망은 비이성적인 거라고, 부적절한 일이라고 스스로를 타이르지만, 사실 나는 두렵다. 전부 다 털어놓지 않고, 이 상황을—내가 누구인지, 그가 누구인지—어떻게 설명해야 할지. 신고해봐야 도움이 안 될 거라고 스스로를 타이른다. 그가 밖에 있고 바람 부는 곳에 있다는 것 말고는 어디 있는지도 모른다. 신고하기에 충분한 정보가 아니다. 그 순간 나는 그의 문자를 본다. 전화하기 직전에 보낸 문자다. 원하는 대로 해. 그는 썼다. 사람들에게 말하고 싶으면, 그렇게 해.

나는 답장한다. 나의 손가락이 화면 위로 날아다닌다. 말하고 싶지 않아요. 절대 말하지 않을 거예요. 나는 문자가 전송되고 확인하지 않은 상태로 남아 있는 것을 지켜본다.

나는 도로 잠이 든다. 처음엔 뒤척이다가 나중에는 죽은 듯 깊이 잠들고 열한시 십오분에 잠에서 깨어났을 때, 이미 사람들이 강에

서 그의 시신을 건졌다. 오후 다섯시가 되자 포틀랜드 신문에 기사
가 난다.

브로윅 사립학교 장기근속 교사
노럼베가강에서 시체로 발견

노럼베가—브로윅 사립학교에서 오랜 세월 교사로 재직했던 노럼
베가 출신의 59세 제이컵 스트레인이 토요일 이른아침 사망했다.

내로스 브리지 인근 노럼베가강에서 오늘 오전 스트레인이 발견되
었다고 노럼베가 보안관사무소가 전했다.

"다리에서 뛰어내렸어요. 오늘 아침 시신을 수습했습니다." 보안
관사무소측은 진술했다. "여섯시 오분경에, 남자가 다리에서 뛰어내
리려 한다는 제보를 받았고, 사망자가 뛰어내리는 것을 제보자가 목
격했습니다. 폭행치사의 정황은 발견되지 않았습니다."

스트레인은 몬태나주 뷰트에서 태어나 삼십여 년간 노럼베가의
사립 기숙학교에서 영문학을 가르쳤으며 지역사회의 유명 인사였
다. 지난 목요일, 본 신문은 다섯 명의 브로윅 학생들이 2006년에서
2016년에 걸쳐 스트레인에게 성적 학대를 받았음을 폭로함에 따라
스트레인에 대한 조사가 진행되고 있다는 기사를 보도한 바 있다.

보안관사무소측은 스트레인의 죽음을 자살로 추정하지만 조사는
계속 진행될 예정이라고 말했다.

기사에는 최근에 학교 사진 촬영일에 찍은 그의 사진이 실려 있
다. 파란색 배경 앞에 앉아 있는 스트레인은 내가 본 적이 있고 심

지어 감촉까지 기억하는 넥타이를 매고 있다. 작은 다이아몬드 무늬가 있는 남색 넥타이. 그는 너무도 늙어 보인다. 허옇게 센 가느다란 머리카락, 깨끗하게 면도한 누르스름한 얼굴, 축 늘어진 목살과 눈꺼풀이 처진 눈. 그는 작아 보인다. 어린아이처럼 작아 보이는 게 아니라 노인처럼 푸석하고 지쳐 보인다. 그는 정면의 카메라 대신 왼쪽 어딘가를 바라보고 있다, 당혹스러운 표정으로 입을 살짝 벌린 채로. 그는 혼란스러운 표정이다. 무슨 일이 일어났는지, 혹은 자신이 무슨 일을 저질렀는지 정확히 이해하지 못했다는 듯이.

그가 다리에서 뛰어내리기 전날 나에게 보낸 소포 상자가 그다음날 도착한다. 그 안에는 폴라로이드 사진들, 편지들, 카드들, 내가 그의 수업시간에 썼던 에세이의 사본들이 들어 있다. 그 모든 것이 노랗게 변색된 천 위에 놓여 있다. 우리가 처음 잤던 날 그가 나에게 사주었던 딸기 무늬 잠옷이다. 편지는 없다. 그러나 나에겐 설명이 필요하지 않다. 여기 모든 증거가 있다, 그가 지니고 있던 모든 증거가 하나도 빠짐없이.

메인주 전체에 이야기가 퍼진다. 지역방송국 뉴스에서는 브로윅 사립학교의 교정과 소나무가 우거진 산책로를 걷는 학생들, 기숙사의 흰 목조건물들, 전면에 두리기둥이 있는 행정실 건물을 보여주는 짧은 영상을 내보낸다. 인문학관은 조금 길게 잡는다. 그리고 앞서 본 것과 똑같은 스트레인의 사진이 나오고, 사진 밑에 철자를 잘못 쓴 그의 이름, 제이컵 스트래인이 나온다.

기사 댓글, 페이스북 게시글, 트위터를 훑어내리는 동안 시간은 흔적없이 사라진다. 그의 이름으로 설정해놓은 구글 알림이 수시로 울린다. 나는 노트북에 창 열다섯 개를 한꺼번에 띄워놓고 여기저기 돌아다니며 댓글을 전부 다 읽고 나서는, 뉴스 영상을 본다. 뉴스 영상을 처음 보았을 때는 욕실로 달려가 토했지만, 마음을 다 잡고 여러 번 보았더니 결국 무뎌진다. 스트레인의 사진이 화면에 뜰 때도 나는 일절 반응을 보이지 않는다. 뉴스 진행자가 "다섯 명의 학생들이 제기한 혐의"라고 말할 때도 나는 움찔하지도 않는다.

스물네 시간이 지난 후, 남쪽까지 소식이 전해진다. 보스턴과 뉴욕의 신문에도 기사가 실리고, 사람들이 논평 기사를 쓰기 시작한다. 혐의를 제기하는 최근의 문화 현상을 좀더 복잡하게 만들기 위해 "여론 재판, 너무 멀리 갔나?" "죽음으로 내모는 혐의" "이제는 무모한 혐의 제기의 위험성을 논할 때"라는 제목의 기사들이 등장하기 시작한다. 논평 기사는 스트레인과 함께 테일러를 다루고, 테일러에게서 지나치게 열성적인 고발자, 자신의 행동으로 인한 결과를 생각할 줄 모르는 전형적인 밀레니얼 세대 정의의 투사의 모습을 끌어낸다. 소셜 미디어에서는 테일러를 두둔하는 사람들이 있지만, 그녀를 비난하는 목소리가 더 크다. 사람들은 테일러가 이기적이라고, 냉혹하다고, 살인자라고 말한다. 스트레인이 죽은 것이 테일러 때문이니까. 테일러가 스트레인을 자살로 내몰았다. 남성 인권 팟캐스트의 진행자는 한 회 전체를 이 사건에 할애하면서, 스트레인이 페미니즘의 횡포에 희생되었다고 말한다. 그의 청취자들이 테일러에게 몰려간다. 그들은 테일러의 전화번호와 집과 직장 주소를 알아낸다. 테일러는 익명의 남자들로부터 받은 강간하겠다, 죽여서 그녀의 몸을 토막내겠다는 메일과 협박 문자를 페이스북에 공개한다. 그리고 몇 시간 뒤, 그녀가 사라진다. 그녀의 프로필이 잠기고, 공개 글이 전부 사라진다. 너무도 순식간에 일어난 일이다.

그동안 나는 계속 결근하면서 노트북을 켜놓고 스탠드 옆에 음식 포장지와 빈병들을 쌓아놓으며 여러 날을 보낸다. 술을 마시고, 마리화나를 피우고, 스트레인이 찍은, 앳된 얼굴에 팔다리가 가냘픈 내 사진들을 본다. 사진 속의 나는 너무도 어려 보인다. 상의를 입지 않은 채 미소 지으며 카메라를 향해 손을 뻗는 사진도 있다. 그의 스테이션왜건 조수석에 늘어진 채 카메라를 쏘아보는 사진도 있다. 또 어떤 사진 속에서는 허리까지만 이불을 덮고 그의 침대에 엎드려 있다. 이 사진을 찍고 보았던 기억이 떠오른다. 그때 나는 그걸 섹시하다고 생각하는 그가 이상하다고 생각하면서도 나 역시 그런 식으로 보려고 노력했다. 뮤직비디오의 한 장면 같은 건가보다고, 속으로 생각했었다.

노트북을 가져와서 검색창에 '피오나 애플 크리미널'을 입력하고 비디오를 찾는다. 침울하고 유연한 십대 시절의 피오나가 나온다. 피오나는 나쁜 여자가 되는 것에 대해 노래하고, 나는 이혼남이 술집 뒷골목에서 나에게 했던 질문을 떠올린다. 못된 짓 많이 했어? 보아하니 그동안 못된 짓을 하고 다닌 것 같아서. 스트레인이 내가 자기를 범죄자로 만들었다고 말했던 기억도 떠오른다. 그때 나는 그 말 속에서 힘을 보았다. 나는 그를 감옥에 집어넣을 수 있었다. 그리고 심술이 나면, 그런 상상도 했다. 작고 쓸쓸한 감방에서 아무 할일 없이 오직 나만 생각하는 스트레인.

뮤직비디오가 끝나자 나는 사진들을 모아서 도로 상자에 집어넣는다. 이 빌어먹을 상자. 평범한 여자애들은 신발 상자에 연애편지와 말라비틀어진 코르사주 따위를 간직하는데, 내 상자에는 아동 포르노 사진만 가득하다. 내가 좀더 똑똑했다면 전부 태워버렸을 것이다. 특히 사진들은. 왜냐하면 평범한 사람들에게 그것들이 어떻게 보일지 너무도 잘 알기 때문이다. 성매매 조직에서 압수했을 법한 사진들이고, 명백한 범죄 증거다. 그러나 도저히 태워버릴 수가 없다. 그것은 마치 나 자신을 태우는 것이나 마찬가지일 테니까.

나를 찍은 사진을 소지한 것으로도 내가 체포될 수 있는지 궁금하다. 이렇게 나도 성범죄자가 되는 걸까, 십대 여자애들을 보고 흥분하는 것이 나의 성적 취향을 말해주는 걸까. 나는 학대 성향이 있는 사람은 반드시 어린 시절에 학대당한 경험이 있다는 사실을 떠올린다. 그런 식으로 되풀이되는 거라고. 그러나 노력한다면 피할 수 있다고. 사람들은 말한다. 그러나 나는 너무 게을러서 쓰레기를 내다버리지도, 청소를 하지도 않는다. 아니, 이중 어떤 것도 나에겐 해당되지 않는다. 나는 학대당하지 않았다, 그런 식으로는.

생각 그만해. 너에게 애도를 허락해. 하지만 부고도 없고, 장례식도 없고, 낯선 사람들이 쓰는 기사들만 있는데 어떻게 애도를 할 수 있나? 누가 장례식을 준비할지도 모르겠다. 아이다호에 살고 있다는 그의 여동생이 할까? 설령 장례식이 있다고 해도, 과연 누가 갈까? 나는 갈 수 없다. 사람들은 나를 볼 것이고, 누군지 알아볼 것이다. 무슨 일이 있었는지 말해봐요, 그들은 말할 것이다. 그 사람이 당신한테 무슨 짓을 했는지 말해봐요.

뇌가 날뛰기 시작하고, 내 방에서 갑자기 섬광 조명이 번쩍인다. 진정제를 한 알 먹고, 마리화나를 피운 다음, 도로 눕는다. 나는 항상 약기운이 퍼질 때까지 기다렸다가 약을 한번 더 먹을지 결정한다. 나는 절대 과다 복용하지 않는다. 신중하다. 그래서 내 문제가 심각하지 않다는 걸 안다. 만약 나에게 문제라는 게 있기나 하다면 말이다. 어쩌면 문제가 없는지도.

나는 괜찮다. 술을 마시는 것도, 마리화나를 피우는 것도, 진정제를 먹는 것도, 심지어 스트레인도, 다 괜찮다. 아무것도 아니다. 정상이다. 재미있는 여자들에겐 항상 어린 시절에 나이든 연인이 있다. 그것은 일종의 통과의례. 들어갈 땐 어린 소녀이지만 나올 땐 성인 여자는 아닐지언정 그에 근접한 사람이 된다. 자기 자신과 자신이 지닌 힘을 더 잘 인식하게 된다. 자의식이란 좋은 것이다. 자의식은 자신감으로 이어지고, 이 세상에서 자신의 위치를 알게 해준다. 스트레인은 내 또래 남자애가 결코 할 수 없는 방식으로 내가 스스로에게 눈뜨게 해주었다. 학교의 다른 여자애들처럼 지냈더라면 내 삶이 더 나았을 거라고 누구도 장담할 수 없다. 다른 여자애들은 입으로 해주고 손으로 해주고, 끝도 없이 노동을 하다가, 결국은 창녀로 낙인찍히고 버려졌다. 적어도 스트레인은 날 사랑했다. 적어도 나는 숭배의 대상이 되는 게 어떤 기분인지 안다. 그는 내게 키스를 하기도 전에 내 앞에 무릎을 꿇었다.

또 한 판—마시고, 피우고, 삼킨다. 나는 점점 더 낮아져서 수면 밑으로 들어가 공기가 필요하지 않은 상태로 헤엄치고 싶다. 스트레인은 그 열망을 이해했던 유일한 사람이다. 죽는 것이 아니라 이미 죽은 상태가 되고 싶은 열망. 아이라에게 이것을 설명하려 애썼던 기억이 있다. 슬쩍 내비친 것만으로도 그를 걱정하게 만들었고, 걱정은 결코 좋은 결과로 이어지지 않는다. 걱정은 사람들로 하여금 참견하지 말아야 할 곳에 머리를 들이밀게 만든다. "버네사, 난 네가 걱정돼." 그 말을 들을 때마다, 내 삶은 산산조각났다.

위스키, 마리화나, 하지만 진정제는 그만. 나는 내 한계를 안다. 이런 상황에서조차 나는 분별을 잃지 않는다. 스스로를 보살필 수 있다. 날 보아라. 난 괜찮다. 난 문제없다.

노트북으로 손을 뻗어 비디오를 다시 재생한다. 십대 소녀들이 속옷 차림으로 꿈틀거리고 얼굴 없는 남자들이 그들의 머리와 손을 아래로 잡아당긴다. 피오나 애플은 열두 살에 강간당했다. 내가 열두 살 때, 피오나 애플이 어느 인터뷰에서 그 얘기를 하는 것을 본 기억이 있다. 피오나는 너무도 스스럼없이 말했다. '강간'이라는 말이 마치 다른 단어들과 똑같은 단어라는 듯이. 그녀의 아파트 앞에서 일어난 일이었다. 남자가 그 짓을 하는 내내 피오나는 자신의 개가 집안에서 짖는 소리를 들었다. 그 얘기를 자세히 듣는 동안 나는 우리집의 늙은 셰퍼드를 끌어안고 울었다. 뜨거운 눈물이 개의 털 속으로 스며들었다. 당시에 나는 강간에 대해 걱정할 이유가 없었지만—나는 운이 좋은 아이였고, 안전했으며, 충분히 사랑받고 있었다—그 얘기에 몹시 충격을 받았다. 그때 이미 내게 다가올 일을 예감하고 있었다. 그러나 생각해보면, 어떤 여자애인들 그렇지 않겠는가? 그런 폭력의 위험은 언제나 우리 앞에 도사리고 있다. 사람들은 그 위험성을 우리의 머릿속에 주입하고, 그러다보면 어느 순간부터는 피할 수 없는 일이라는 생각이 들기 시작한다. 우리는 그 일이 과연 언제 일어날지 궁금해하면서 자란다.

'피오나 애플 인터뷰'를 검색하고 눈이 흐릿해질 때까지 읽는다. 1997년 〈스핀〉에 실린 기사에서 방금 본 뮤직비디오에 관한 기사 한 줄을 읽는 순간 나는 흐느끼는 듯한 웃음을 작게 내뱉는다. "이

비디오를 보고 있으면, 마치 험버트 험버트가 된 것처럼 음흉한 기분이 든다." 어느 줄이든 잡고 세게 당기면, 줄이 풀리는 과정에서 『롤리타』가 등장한다. 기사 후반에 피오나는 인터뷰 기자에게 강간과 강간범에 관해 일련의 질문들을 던진다. "어린 여자애를 해치려면 어느 정도의 힘이 필요할까요? 어린 여자애가 그 일을 극복하려면 어느 정도의 힘이 필요할까요? 둘 중 누가 더 강한 사람일까요?" 질문이 허공에 떠 있고 대답은 자명하다—강한 사람은 피오나다. 나도 강한 사람이다, 사람들이 생각하는 것보다 훨씬 더 강한 사람.

물론 내가 강간당한 건 아니다. 적어도 사람들이 생각하는 그런 강간은 아니었다. 스트레인이 내게 상처를 주긴 했지만, 결코 그런 식으로는 아니었다. 물론 나는 강간당했다고 주장할 수 있고 사람들은 분명히 내 말을 믿어주겠지만 말이다. 자신들에게 일어난 온갖 나쁜 일들로 벽을 빼곡하게 채우는 수많은 여성들의 운동에 동참할 수도 있겠지만, 거기 끼려고 거짓말하진 않을 것이다. 나는 나 자신을 피해자라고 부르지 않을 것이다. 테일러 같은 여자들이야 피해자의 호칭에 위안을 얻는다면 다행이지만, 나는 그가 죽기 직전에 전화한 사람이다. 그는 자기 입으로 말했다—나는 다른 애들과 달랐다고. 그는 나를 사랑했다, 나를 사랑했다.

상담실로 들어서는데, 루비가 나를 보자마자 말한다. "잘 못 지내고 있군요."

나는 루비와 눈을 맞추려 애쓰지만 나의 시선은 루비가 어깨에 두르고 있는 오렌지색 파시미나에 머문다.

"무슨 일 있어요?"

나는 입술을 축인다. "애도하는 중이에요. 중요한 사람을 잃었거든요."

루비가 손을 가슴으로 가져간다. "설마 어머니는 아니죠."

"아뇨," 내가 말한다. "다른 사람이에요."

그녀는 설명을 기다린다. 몇 초가 지나고 그녀의 이마 주름이 깊어진다. 평상시에 나는 직설적이다. 얘기하고 싶은 주제 몇 개를 들고 준비된 상태로 들어온다. 루비는 한 번도 캐물을 필요가 없었다.

내가 심호흡한다. "제가 불법행위에 대해 얘기하면, 루비는 절 신고해야 하나요?"

허를 찔린 루비는 천천히 대답한다. "그야 상황에 따라 다르죠. 혹시 버네사가 누군가를 살해했다고 말하면, 신고해야겠죠."

"살해하진 않았어요."

"그럴 줄 알았어요."

그녀는 내가 더 설명하기를 기다리고, 나는 문득 이렇게 내숭을 떠는 게 너무 어이없다는 생각이 든다.

"제가 느끼는 슬픔은 학대와 관계가 있어요." 내가 말한다. "혹은 사람들이 학대로 여길 만한 일들이요. 전 그게 학대였다고 생각하지 않아요. 제가 원하지 않으면 아무에게도 말하지 않겠다고 약속해주세요."

"당신이 겪은 학대 행위를 얘기하는 건가요?"

루비의 어깨 너머 창문에 시선을 고정한 채 나는 고개를 끄덕인다.

"버네사의 확실한 동의가 없으면, 난 버네사가 하는 얘기를 누구에게도 공유할 수 없어요." 그녀가 말한다.

"제가 미성년자일 때 일어난 일이라도요?"

루비의 눈꺼풀이 떨리더니, 빠르게 몇 번 깜빡인다. "상관없어요. 버네사는 이제 성인이잖아요."

가방에서 휴대전화를 꺼내 그녀에게 건넨다. 스트레인의 자살에 관한 기사가 떠 있다. 기사를 읽는 동안 루비의 얼굴이 어두워진다. "이 사건이 버네사와 관계가 있어요?"

"저의 선생님이었어요, 예전에 제가……" 나는 더듬거린다. 설명하려 애쓰지만 말이 나오지 않는다. 이 일을 설명할 수 있는 말은 존재하지 않는다. "이 선생님 얘기를 한 번 한 적이 있어요. 기억하실지 모르겠지만."

몇 달 전 일이고, 루비와 나는 아직 서로를 알아가는 단계였다. 상담이 끝나갈 무렵, 루비는 나에게 이런저런 질문들을 던졌다. 마치 긴 시간 운동을 하고 나서 몸을 식히는 휴식처럼. 어디서 자랐는지, 취미로 뭘 하는지 따위의 따분한 질문들이었다. 어느 주에는 글쓰기에 대해, 대학에서 글쓰기를 배운 것에 대해, 몇 살부터 글을 쓰기 시작했는지에 대해 물었다. "특별히 버네사를 격려해준 선생님이 있었나요?" 무해한 질문이었지만 그 질문에 나의 표정이 무너졌다. 눈물이 나서가 아니라 들떠서였다. 나는 숨을 헉 들이마시고 십대처럼 키득거렸다. 두 손으로 얼굴을 가리고 손가락 틈으로 루비를 쳐다보자 그녀는 놀란 표정으로 나를 지켜보았다.

"특별히 나를 격려해주었던 선생님이 있었는데, 좀 복잡했어요." 마침내 나는 가까스로 말했다. 그 말을 할 때 상담실에 작용하는 중력이 더 커지는 것처럼 느껴졌다. 마치 스트레인이 나의 몸을 이용해 자신의 모습을 드러내는 것 같았다.

"거기 사연이 있군요." 루비가 말했다.

나는 여전히 몸을 꼬며 고개를 끄덕였다.

그때 아주 낮은 목소리로, 그녀가 물었다. "그 선생님과 사랑에 빠졌나요?" 그 질문에 뭐라고 대답했는지 모르겠다. 아마 어떤 식으로든 그렇다고 대답했을 것이다. 그다음에 다른 얘기로 넘어갔고, 다른 얘기를 나누었지만, 나는 여전히 그 질문에 사로잡혀 있었다. 지금까지도. 그 질문이 암시하는 주체성에. 내가 그와 사랑에 빠졌던가? 비밀을 털어놓았을 때 누구도 그런 질문을 하지 않았다. 그와 잤는지, 처음에 어떻게 시작되었는지, 혹은 어떻게 끝났는지를 물었지만 내가 그를 사랑했는지는 아무도 묻지 않았다. 그 상담이 끝난 뒤로 우리는 그 얘기를 다시 하지 않았다.

맞은편에 앉아 있는 루비의 입이 쩍 벌어진다. "이 사람이 그 사람이에요?"

"죄송해요." 내가 말한다. "제가 불쑥 너무 부담스러운 얘기를 꺼냈다는 거 알아요."

"사과하지 말아요." 루비는 기사를 조금 더 읽고 나서 우리 사이에 놓인 테이블 위에 휴대전화를 뒤집어놓고 내 눈을 똑바로 쳐다본다. 루비가 어디부터 얘기하고 싶은지 묻는다.

나에게서 말이 한 방울씩 떨어지는 동안 그녀는 인내심을 발휘한다. 나는 간단하게 요약하려고 최선을 다한다. 어떻게 시작되었고, 어떻게 지속되었는지 설명한다. 내가 느낀 감정에 대해서는, 그 일이 나에게 어떤 영향을 미쳤는지에 대해서는 얘기하지 않지만, 내가 말한 사실만으로도 루비를 공포에 몰아넣기에는 충분하다. 그러나 내가 그녀의 표정을 읽는 데 선수가 아니었다면 알아차리지 못했을 정도로, 루비는 두려움을 오직 눈에만 가둬놓는다.

상담이 끝나자 루비는 내가 용기 있는 사람이라고 말한다. 그 일을 털어놓고, 자신을 믿어주었다고. "영광이에요." 루비가 말한다. "이 일을 나에게 털어놓아주어서요."

상담실을 나서며, 내가 언제 그런 결심을 했는지 생각해본다. 이야기를 하겠다고 속으로 결심하고 여기 온 건지, 그게 과연 내 통제 범위 안에 있긴 했는지.

집으로 돌아가는 길에, 비밀을 털어놓고 난 뒤의 들뜬 기분이 나에게 힘을 준다. 짐을 내려놓은 순간의 갑작스러운 홀가분함. 나는 한 무리의 관광객을 피해 걷는다. "담배꽁초를 이렇게 많이 보긴 처음이야. 여긴 아름다운 곳인 줄 알았는데." 한 관광객이 다른 관광객에게 말한다. 나는 상담 시간 내내, 루비가 나를 마치 언제 달아날지 모르는 겁먹은 고양이처럼 대했던 것을 떠올린다. 그녀의 조심스러운 태도는 스트레인의 느릿한 접근과 닮았다. 처음에 자신의 무릎이 내 허벅지에 닿도록 각도를 조절할 때, 그는 얼마나 조심스러웠던가. 그것은 우연일 수도 있는 미세한 동작이었다. 그다음엔 손을 내 무릎에 올려놓고 살짝 다독였고, 그것은 사람들이 서로에게 할 수 있는 다정한 행동이었다. 톡-톡-톡. 전에도 학생을 포옹하는 선생님들을 본 적이 있고, 그 정도는 괜찮았다. 그러나 내가 그런 행동을 문제삼지 않는다는 걸 그가 확인한 순간, 상황이 급진전했다. 동의를 구한다는 게 바로 그런 것 아닌가? 뭘 원하는지 항상 묻는 것 말이다. 키스해주길 원하니? 만져주기를 원하니? 씹해주길 원하니? 그렇게 서서히 나는 불길 속으로 인도되었다. 그게 얼마나 짜릿한 일인지 왜 다들 인정하기를 두려워할까? 성적으로 길들여진다는groomed 것은 곧 사랑받는 것이고 소중하고 섬세한 물건처럼 다루어지는 것이다.

내 아파트의 퀴퀴한 공기 속으로 들어서는 순간, 들뜬 기분이 잦아들고, 정돈되지 않은 침대와 음식물 포장지로 뒤덮인 주방 조리대, 몇 달 전 루비의 권유로 냉장고 위에 붙여놓은 달력을 보는 순간, 기분이 곤두박질친다. 달력의 날짜들은 황당할 정도로 기본적인 일들―세탁, 쓰레기 내놓기, 장 보기, 방세 내기―로 채워져 있다. 대부분의 사람들이 자연스럽게 하는 일들이다. 그런 일들을 눈에 띄는 곳에 적어놓지 않으면, 나는 더러운 옷가지 사이로 걸어다니고, 모퉁이 가게에서 산 포테이토칩으로 연명하게 된다.

폴라로이드 사진의 행렬이 거실을 가로지르고, 딸기 잠옷은 라디에이터에 걸쳐져 있다. 내가 대체 어느 정도로 미쳐 있는지, 그리고 여기서 얼마나 더 미칠 수 있는지 궁금하다. 과거의 쓰레깃더미 속에서 누구의 방해도 받지 않고 살기 위해 창문에 판자로 못질하는 여자가 되기까지 몇 단계가 더 남아 있을까. 나는 루비에게 이런 상황을 상상한 적이 있다고 말했다. 그가 죽는 것을, 어떻게 죽을지를, 그러면 나는 어떤 기분일지를 상상했었다고. 그는 나보다 스물일곱 살이 많았고, 나는 마음의 준비가 되어 있었다. 그러나 나는 죽음을 앞두고 자리에 누워, 야위고 무기력한 모습으로 날 올려다보는 그의 모습을 상상했다. 그리고 그가 나에게 실질적인 무언가를 남길 거라고 상상했다. 그의 집, 그의 차, 아니면 그냥 돈이라도. 마지막에 험버트가, 자신으로 인해 롤리타가 겪어야 했던 모든 일들에 대해 현금이 든 봉투로 물질적 보상을 해주었던 것처럼.

상담중 어느 순간, 루비는 내 안에 많은 감정이 쌓여 있는 것 같다고, 이제 그걸 터뜨릴 준비가 된 것 같다고 말했다. 루비는 내 마음이 얘기하고 싶어서 불이 붙은 상태라고 했다.

"조심해야 해요." 루비가 말했다. "한꺼번에 너무 많이 터뜨리지 말아요."

그러나 거실에 서 있는 나는, 무모한 행동을 하면 어떤 기분일지 상상해본다. 서른두 살부터 열다섯 살까지 거슬러올라가는 이 모든 증거에 기름을 부으면 어떻게 될지, 생각만 해도 숨이 멎는 것 같다. 여기 성냥 하나를 떨어뜨렸을 때, 내가 일으킬 수 있는 참상을 생각만 해도.

2001년

6월 초, 이 주 내내 비가 오다가 처음 갠 날이다. 흑파리는 사라졌지만, 보트를 타고 호수로 향하는 우리 주위엔 모기가 들끓는다. 아빠와 나는 각각 보트 양쪽 끝에 앉아 노를 하나씩 들고 바위를 지나 수심이 깊은 곳으로 나아간다. 그런 다음 아빠는 보트를 닻으로 고정하고 닻의 위치를 표시하는 부표를 띄운다. 우리는 한동안 보트 위에 앉아 있다. 아빠는 한쪽 발을 물에 담그고 나는 무릎을 가슴까지 끌어올려서 낡고 늘어진 수영복을 가린다. 수영복의 고무 밴드가 삭았고 어깨끈은 늘어져서 팔 아래로 흘러내리지 않도록 매듭지어 묶었다. 호숫가에서 베이브가 헐떡이며 서성거린다. 베이브의 줄은 소나무 몸통에 묶어놓았다. 우리 둘 다 헤엄쳐서 집으로 돌아가고 싶지 않다. 그간 따뜻한 날들이 많지 않아서 호수 물이 아직 차다.

앉아서 호수를 바라보니, 햇살이 여러 갈래로 호수 바닥까지 곧

게 내리비치고 있다. 백여 년 전, 호수와 호수를 둘러싼 숲이 목재
소 소유였던 시절에 가라앉은 통나무들이 보인다. 호숫가 가까운
곳에는 선피시가 보금자리에 알을 낳고 지키고 있다. 선피시의 보
금자리는 꼬리지느러미로 부지런히 모래를 파서 만든 완벽한 동그
라미다. 실잠자리 두 마리가 기다란 두 개의 몸이 붙은 상태로 물
위를 쏜살같이 날아다니며 짝짓기할 안전한 장소를 찾는다. 그러
다가 내 팔뚝에 앉는다. 몸은 쨍한 파란색이고 날개는 투명하다.

"이제 좀 나아진 것 같네." 아빠가 말한다.

이제 우리는 스트레인, 브로윅, 내게 일어난 모든 일에 관해 이
런 식으로 얘기한다. 대충 얼버무리는 식으로. 그나마 이게 가장
직접적인 언급이다. 아빠는 호숫가의 베이브에게 시선을 고정한
채, 대답을 들으려고 나를 돌아보지 않는다. 아빠는 최근 들어 자
주 그러는 것 같다. 날 보는 것을 피한다. 내가 겪은 일 때문이라는
걸 알면서도, 이 년 동안 내가 학교에서 떨어져 지냈기 때문이라
고, 이제 내가 컸기 때문이라고, 늘어진 수영복을 입은 십대 딸을
보고 싶은 아버지가 어디 있겠느냐고 속으로 되뇐다.

나는 아무 말도 하지 않고 실잠자리를 내려다본다. 좀 나아진 것
같긴 하다. 적어도 한 달 전 브로윅을 떠날 때보다는 나아진 것 같
다. 그러나 그 사실을 인정하는 것은, 마음을 정리하는 것과 너무
비슷하게 느껴진다.

"이제 그만 물에 들어갈 때가 된 것 같다." 아빠가 일어서더니
물속으로 뛰어든다. 물위로 머리를 내밀면서 아빠가 소리지른다.
"이런 젠장, 물이 차네." 아빠가 날 쳐다본다. "들어올래?"

"좀더 있다가요."

"좋을 대로 하렴."

나는 아빠가 물을 가르며 호숫가로 향하는 모습을 지켜본다. 베이브가 아빠의 정강이에서 떨어지는 물방울을 핥으려고 기다리고 있다. 나는 눈을 감고 보트 옆면을 때리는 물소리, 디-디-디 하는 박새 울음소리, 개똥지빠귀와 우는비둘기 소리를 듣는다. 어렸을 때 부모님은 내가 우는비둘기처럼 말한다고 했다. 항상 부루퉁하고, 항상 슬퍼한다고.

물속으로 뛰어드니 얼마나 추운지 잠시 수영을 할 수도, 움직일 수도 없어서 몸이 초록빛과 검은빛이 감도는 호수 바닥으로 향하지만, 그러다가 다시 부드럽게 위로 끌어당겨지고, 나의 얼굴이 위로, 태양으로 향한다.

뜰을 가로질러 집으로 걸어가다가, 엄마의 차가 진입로에 있는 것을 보고 가슴이 철렁 내려앉는다. 퇴근길에 엄마가 피자를 사왔다. "좀 먹으렴." 아빠가 말한다. 아빠는 피자 한 조각을 반으로 접어 크게 한 입 베어 문다.

엄마는 가방을 조리대에 내려놓고 신발을 벗어던진다. 엄마가 젖은 머리로 수영복을 입고 있는 나를 본다. "버네사, 제발, 수건 좀 가져와. 바닥이 물 천지잖아."

나는 엄마 말을 무시하고 피자의 소시지와 치즈 덩어리를 살핀다. 너무 배가 고파서 손이 떨리는데도 나는 얼굴을 찌푸린다. "웩. 기름 좀 봐. 역겨워."

"됐어." 엄마가 말한다. "넌 먹지 마."

말다툼의 징후를 감지하고 아빠가 주방에서 나가 거실 텔레비전 앞으로 도피한다.

"그럼 이거 말고 뭐 먹으면 되는데요? 이 집에는 하나같이 못 먹을 음식만 있는데."

엄마가 두 손가락으로 이마를 짚는다. "버네사, 제발. 너랑 실랑이할 기분 아니야."

나는 찬장 문을 열고 캔을 하나 꺼낸다. "콘비프 통조림은 유통기한이"—나는 날짜를 확인한다—"이 년 지났네. 와우. 맛있겠다."

엄마가 통조림을 빼앗아 쓰레기통에 던진다. 그러고 돌아서더니 욕실로 들어가서 문을 쾅 닫는다.

얼마 후 노트를 들고 침대에 누워 내 머릿속에서 끊임없이 재생되는 장면들—스트레인이 책상 뒤에서 나를 처음으로 만지던 날, 그의 집에서 보낸 밤들, 그의 교실에서 보낸 시간들—을 쓰고 있는데, 엄마가 피자 두 쪽을 들고 들어온다. 엄마가 침대 옆 탁자 위에 접시를 놓고 침대 가장자리에 앉는다.

"버네사, 이번 주말에 바닷가로 여행 가면 어떨까." 엄마가 말한다.

"가서 뭐할 건데요?" 내가 웅얼거린다. 나는 노트에서 고개를 들지 않지만 엄마가 상처받는 것을 느낄 수 있다. 엄마는 다시 나를 어린애로 돌려놓으려 애쓴다. 엄마와 내가 딱히 무언가를 할 필요가 없었던 시절로, 우리가 차를 타고 그저 훌쩍 떠나던 시절로, 그저 같이 있는 것만으로도 즐거웠던 시절로.

엄마가 노트를 내려다보며, 내가 무엇을 쓰고 있는지 보려고 고개를 기울인다. 반복해서 등장하는 교실과 책상과 스트레인.

나는 노트를 덮는다. "뭐하세요?"

"버네사." 엄마가 한숨을 쉰다.

우리는 서로를 쳐다본다. 엄마의 눈빛이 내 표정을 살핀다. 달라진 것이 있는지, 혹은 무언가 익숙한 것의 흔적이 있는지. 엄마는 알고 있다. 엄마가 날 쳐다볼 때마다 나는 그 생각뿐이다―엄마는 알고 있다. 처음엔 엄마가 브로윅에 전화를 하거나, 경찰에 신고하거나, 아빠에게라도 말할까봐 두려웠다. 몇 주 동안 전화벨이 울릴 때마다, 올 것이 왔다는 생각에 몸이 움츠러들었다. 그러나 그런 일은 일어나지 않았다. 엄마는 내 비밀을 지키고 있다.

"정말 아무 일도 없었다면," 엄마가 말한다. "이제 그만 잊을 방법을 찾아야지."

엄마가 일어서며 내 손을 다독이고, 내가 홱 몸을 피하는 것을 못 본 체한다. 엄마가 방문을 반쯤 열어놓고 나가자 나는 일어나 문을 닫는다.

잊으라니. 처음에 엄마가 아무에게도 말하지 않으리란 사실을 깨달았을 땐 마음이 놓였다. 그러나 지금은, 실망 비슷한 감정이 밀려든다. 왜냐하면 엄마는 마치, 엄마가 네 비밀을 지켜주길 바란다면 너 역시 아무 일도 일어나지 않은 척해야 해, 라고 말하는 것 같기 때문이다. 나는 그럴 수가 없다. 전부 다 최대한 생생하게 기억할 것이다. 다시 그를 만날 때까지 그 추억 속에서 살 것이다.

여름이 깊어진다. 밤이 되면 나는 침대에 누워 아비새의 비명을 듣는다. 부모님이 직장에 있는 낮시간에는 흙길을 거닐며 팬케이크에 넣어 먹을 산딸기를 딴다. 나는 팬케이크를 시럽에 흠뻑 적셔 구역질이 날 때까지 먹는다. 뜰에 나가 바랭이풀 밭에 엎드려 누워 베이브가 호숫가를 돌아다니며 물고기를 찾는 소리를 듣는다. 베이브는 물을 털어낼 때 내 등에 물이 튀면 마치 괜찮은지 묻는 것처럼 코를 내 목뒤에 문지른다.

나는 이 상황을 내 이야기가 일시적인 소강상태에 접어든 것이라고, 나의 충성심을 시험하지만 결국엔 나를 더 강하게 만들 유배의 시간이라고 여기기로 한다. 스트레인에게 연락할 수 없다는 사실을 받아들인다, 적어도 당분간은. 부모님이 전화 발신자와 전화요금을 확인하지 않는데도, 나는 통화 내용이 도청되는 것 같고 이메일이 검열당하는 것 같다. 내 전화 한 통으로 그가 해고될 수도 있다. 경찰이 그의 집으로 찾아갈 수도 있다. 나 자신이 그 정도로 위험한 인물이라고 생각하니 이상하지만, 이미 벌어진 일만 해도 그렇다. 내가 입도 벙긋하지 않았는데 우리에게 재앙에 가까운 일이 벌어졌다.

내가 할 수 있는 일은 그저 견디는 것뿐이다. 나는 노를 저어 카누를 타고 호수 한가운데로 나갔다가 카누가 물살에 다시 호숫가로 떠내려오는 동안 『롤리타』를 백만번째 읽으며 희미해진 스트레인의 주석을 찬찬히 살펴본다. 140쪽을 보면, 험버트와 롤리타가 처음 섹스를 한 뒤 아침에 차 안에 있는 장면이 나오는데, 펜으로 그은 지 얼마 안 된 것 같은 밑줄이 있다. "상당히 특별한 것이었다, 그 기분은. 마치 방금 내가 죽인 누군가의 작은 유령과 앉아 있는 것처럼, 숨막힐 정도로 기분 나쁜 압박감이었다." 나는 그의 집에서 첫날밤을 보낸 뒤 나를 다시 학교로 데려다주던 스트레인을 떠올린다. 괜찮으냐고 물을 때 그는 얼마나 찬찬히 내 표정을 살폈던가. 나는 노트에 끼적인다. '감방미끼'*란 한 번의 손길로 남자를 범죄자로 만들 수 있는 힘을 지닌 사람.

나는 8월이 두렵다. 왜냐하면 브로윅의 기숙사 입주일이 지나고 나면, 더이상 상황이 저절로 바로잡힐 가능성이 있는 척할 수 없기 때문이다. 어느 날 아침 눈을 뜨면 부모님이 트럭에 짐을 실어놓고 "놀랐지! 다 해결됐어. 당연히 다시 학교로 돌아가야지!"라고 말할 거라고 기대할 수 없기 때문이다. 기숙사 입주일에 눈을 떠보니, 집은 비었고 부모님은 출근했다. 주방 조리대에 내가 해야 할 일의 목록이 적힌 메모가 놓여 있다. 청소기 돌리기, 설거지하기, 베이브의 털 빗어주기, 토마토와 호박에 물 주기. 나는 잠옷 반바지에 티셔츠 차림으로 운동화를 신고 숲으로 향한다. 수풀에 정강이를 긁히면서 절벽까지 달린다. 숨을 헐떡이며 절벽 꼭대기에 다다라, 나는 호수 건너편, 땅에서 고래 등처럼 길고도 낮게 솟아오른 산을 바라본다. 끝없이 펼쳐진 숲을 방해하는 것은 오직 한 가닥의 고속도로와 장난감처럼 도로를 미끄러지는 트레일러트럭들뿐이다. 나는 텅 빈 기숙사 방에 들어서는 장면을, 벌거벗은 매트리스 위로 드리워지는 햇살을, 창틀에 새겨진 다른 학생의 이니셜을 발견하는 것을 상상한다. 스트레인이 나를 생각하면서 교실을 둘러보고 있을 때, 새로운 학생들이 세미나 테이블 주위에 자리를 잡고 앉는 장면을 상상한다.

나의 새로운 고등학교는 기다란 단층 건물이다. 베이비부머 세대를 수용하기 위해 1960년대에 급하게 건축한 뒤로 개보수를 하

---

* jailbait. 성관계를 가지면 동의 여부와 관계없이 강간죄가 성립되는 일정 연령 이하의 아동.

지 않았다. 할인 마트, 빨래방, 신용카드를 판매하는 텔레마케팅 센터, 아직도 흡연을 허용하는 식당이 있는 상가 건물과 주차장을 같이 쓴다.

새 학교는 모든 면에서 브로윅과 반대다. 카펫이 깔린 교실, 단합 대회, 티셔츠에 청바지 차림의 아이들, 직업훈련 수업, 치킨너 깃과 눅눅한 피자가 담긴 구내식당의 식판, 너무 비좁아서 책상 하나도 더 넣을 수 없는 교실. 그날 아침 등굣길에 엄마는 새 학교에 학기 첫날부터 갈 수 있어서 다행이라고, 아이들과 곧바로 친해질 수 있을 거라고 말하지만 복도를 걸을 때 이미 내가 표적이 되었다는 게 분명해진다. 중학교를 같이 다닌 아이들은 시선을 피하고, 다른 아이들은 대놓고 쳐다본다. 고급 프랑스어 4반 수업의 교재는 이미 내가 배운 것들로 가득차 있고, 내 옆에 앉은 남자애 둘은 새로 전학 온 2학년 이야기를 들었는데 걔가 선생님하고 붙어먹은 창녀라고 수군거린다.

처음엔 교재만 쳐다보며 눈을 깜빡인다. 붙어먹었다고?

그 순간 분노가 나를 관통한다. 저애들은 자기가 말하는 그 여자애가 바로 옆에 앉아 있다는 걸 모르기 때문이고, 나에겐 오직 두 가지 선택지만이 있을 뿐인데 둘 다 내키지 않기 때문이다—가만히 앉아서 아무 말도 하지 않든가, 아니면 소란을 피우고 나 자신을 드러내든가. 내가 자기들처럼 3학년이라고 짐작한 것일 수도 있지만 그보다는 내가 문제의 그 여자애라는 생각 자체를 하지 못했을 확률이 높다. 맨얼굴에 10 사이즈 코듀로이 바지를 입은 나는 겉보기엔 그저 평범한 여자애일 뿐이다. 네가? 자신들이 상상했던 창녀와 내가 너무도 달라서 아이들은 황당해하며 반문할 것이다.

넷째 날 식당으로 가는 길에 여자애 둘이 내게 다가온다. 한 명은 나와 같은 중학교 출신의 제이드 레이놀즈다. 갈색 머리카락을 놋쇠 빛깔을 띤 주황색으로 탈색했고, 즐겨 입던 통 넓은 바지와 바벨 목걸이는 버렸지만 검은 눈화장은 고수하고 있다. 다른 한 명인 찰리는 나와 화학 수업을 같이 듣는다. 찰리는 키가 크고, 담배 냄새가 나고, 탈색을 얼마나 심하게 했는지 머리카락이 거의 흰색에 가깝다. 매부리코 때문에 눈이 살짝 사시처럼 보인다, 샴고양이처럼.

함께 걷는 동안 제이드가 내게 미소를 짓는다. 호의적이라기보다는 꿰뚫어보는 것 같은 미소다. "버네사, 안녕." 그녀가 느릿느릿한 말투로 밝게 인사를 건넨다. "우리랑 점심 같이 먹을래?"

반사적으로 나의 어깨가 움츠러든다. 나는 덫을 감지하며 고개를 젓는다. "괜찮아."

제이드가 고개를 살짝 숙인다. "정말?" 제이드는 여전히 묘하게 탐색하는 듯한 미소를 짓고 있다.

"그러지 말고 같이 먹자." 찰리가 말한다. 그녀의 목소리는 거칠다. "혼자 먹는 게 좋은 사람이 어딨어."

구내식당에 들어서자 두 사람은 곧장 구석자리로 간다. 내가 자리에 앉기도 전에 제이드가 갈색 눈을 커다랗게 뜨고 내 쪽으로 몸을 기울인다.

"근데," 그녀가 말한다. "너 왜 이 학교로 전학 왔어?"

"그 학교 별로였어." 내가 말한다. "기숙학교라 너무 비싸더라."

제이드와 찰리가 서로 눈짓을 주고받는다.

"네가 선생님하고 섹스했다는 얘기 들었어." 제이드가 말한다.

그 질문을 내가 직접 듣는다는 게 차라리 다행스럽다. 그 이야기가 그곳에만 고여 있지 않고 여기까지 흘러왔다는 것 또한 다행스럽다. 부모님은 그런 일이 일어나지 않은 척하고 있지만, 그 일은 일어났다. 분명히 일어났다.

"멋있는 남자였니?" 찰리가 묻는다. "멋있는 선생님이라면 나라도 자겠어."

대답을 못하고 머뭇거리는 나를 그들이 호기심어린 눈빛으로 쳐다본다. 프랑스어 수업의 남자애들처럼, 얘들이 상상하고 있는 것도 실제와는 거리가 멀다. 마치 영화에 나올 법한 젊고 멋진 선생님. 배가 나오고 뿔테안경을 쓴 스트레인을 본다면 이애들이 날 어떻게 생각할까.

"그러니까 정말 하긴 한 거야?" 제이드가 묻는다. 도저히 못 믿겠다는 듯한 말투다. 제이드는 확신이 없다. 나는 어깨를 으쓱한다. 인정하는 것도 아니고, 그렇다고 해서 부정하는 것도 아니다. 찰리는 알았다는 듯 고개를 끄덕인다.

그 둘은 제이드가 가방에서 꺼낸 땅콩버터 크래커 한 봉지를 나눠 먹는다. 둘 다 크래커를 반으로 쪼개 땅콩버터를 치아로 긁어 먹는다. 그들의 시선이 구내식당을 순찰하는 교사를 좇는다. 식당 맞은편 테이블에 앉은 학생들과 얘기를 나누려고 교사가 몸을 숙이자, 제이드와 찰리가 벌떡 일어선다.

"가자." 찰리가 말한다. "가방 챙겨."

그들은 서둘러 식당을 나서더니 복도를 걷다가 학교의 별관 쪽으로 꺾는다. 그러곤 임시 교실로 연결되는 통로의 문을 열고 나간 뒤, 몸을 숙여 통로의 난간 밑으로 들어가더니 그 아래의 잔디밭으로 뛰어내린다.

내가 머뭇거리자 찰리가 다가와 내 발목을 세게 친다. "들키기 전에 얼른 뛰어."

우리는 잔디를 가로질러 주차장과 상가 쪽으로 향한다. 사람들이 마트 쇼핑백이 가득 담긴 카트를 밀고 있다. 한 남자가 빈 택시에 기대어 담배를 길게 한 모금 빨며 우리를 지켜본다.

찰리가 내 소매를 잡고 마트 안으로 이끈다. 나는 그들에게 이끌려 마트를 돌아다닌다. 점원이 우리를 본다. 우리가 고등학생이라는 건 너무도 빤하다. 메고 있는 가방이 결정적인 증거다. 찰리와 제이드는 여기저기 돌아다니다가 화장품 코너로 향한다.

"이거 마음에 든다." 립스틱의 바닥을 확인하며 제이드가 말한다. 제이드는 찰리에게 립스틱을 내밀고, 찰리는 그걸 거꾸로 들고 색상 명을 읽는다. "와인 위드 에브리싱Wine with Everything."

제이드가 립스틱을 내게 넘긴다. "괜찮네." 나는 그렇게 말하고 다시 그들에게 내민다.

"아니," 그녀가 속삭인다. "네 주머니에 넣으라고."

그제야 상황을 파악한 나는 립스틱을 꽉 움켜쥔다. 찰리는 눈 깜짝할 사이에 매니큐어 세 개를 자기 가방에 넣는다. 제이드는 립스틱 두 개와 아이라이너 한 개를 주머니에 넣는다.

"일단은 이 정도만 하자." 찰리가 말한다.

나는 그들을 따라 마트를 가로질러 출구로 향한다. 텅 빈 계산대를 지날 때 나는 립스틱을 막대사탕 틈에 떨어뜨린다.

평행 우주에서 나는 여전히 브로윅에 있다. 기숙사에서 또 한번 독방을 쓴다. 이번에는 해가 좀더 잘 드는, 조금 더 큰 방이다. 화학, 미국사, 대수학 대신 항성천문학, 로큰롤의 사회학, 수학의 예술 과목을 듣는다. 나는 스트레인의 지시에 따라 책을 읽고, 오후에 그의 사무실에서 만나 그가 권해준 책에 대해 이야기를 나눈다. 생각들이 그에게서 곧바로 나에게로 흘러들고, 우리의 정신과 육체는 서로 연결된다.

나는 침실 벽장을 뒤져, 미래에서 은하수를 발견했던 8학년 시절 내가 집으로 가져왔던 번드르한 안내책자를 꺼낸다. 그러곤 안내책자의 사진을 잘라 일기장 겉표지에 풀로 붙인다. 학부모 초청 행사를 위해 식탁보를 깔아놓은 다이닝홀의 테이블들, 도서관에서 책을 읽고 있는 학생들, 황금빛 햇살과 단풍으로 물든 가을의 교정. 엘엘빈 카탈로그가 우편으로 도착하자 나는 그것도 자른다. 카탈로그에 나온 남자들은 모두 스트레인의 대역이다. 트위드 블레이저에 플란넬 셔츠, 등산화를 신고 김 오르는 뜨거운 블랙커피가 담긴 머그잔을 들고 있는 남자들. 스트레인이 너무도 그립다. 그리움에 지쳐간다. 나는 이 교실에서 저 교실로 나 자신을 힘겹게 끌고 다니고, 하루를 내가 감당할 수 있는 작은 조각들로 쪼갠다. 시간으로 쪼개어도 안 되면 분 단위로 쪼갠다. 내 앞에 얼마나 많은 날들이 남아 있는지를 생각하다보면, 해서는 안 되는 생각들에 집착하게 된다. 죽음이 가장 끔찍한 일은 아닐 거라는 생각. 어쩌면 그렇게 나쁘진 않을지도 모른다는 생각.

세번째 주에 쌍둥이 빌딩이 무너지고, 우리는 학교에서 하루종일 뉴스를 본다. 자동차에, 사람들의 재킷에, 편의점의 계산대 옆에 작은 성조기가 꽂히기 시작한다. 학교 식당 텔레비전에서 폭스 뉴스가 나오고, 부모님은 매일 저녁 몇 시간씩 CNN 뉴스를 본다. 연기가 자욱한 건물을 찍은 똑같은 장면, 폭발 현장에서 메가폰을 들고 있는 조지 W. 부시 대통령, 탄저균 협박 편지의 출처에 대해 얘기하는 전문가들. 나의 새 영어 선생님은 자신의 책상 앞에 울고 있는 흰머리수리 그림을 걸어놓고 화이트보드 한구석에는 결코 잊지 말기를, 이라고 써놓는다. 그런데도 내 머릿속엔 온통 스트레인과 나의 상실감뿐이다. 나는 노트에 이렇게 쓴다. 우리 나라가 공격을 받았다. 비극적인 날이다. 나는 노트를 덮었다가 다시 펼친 다음 이렇게 덧붙인다. 그런데도 나는 오직 나 자신만 생각할 뿐이다. 나는 이기적이고 못됐다. 이렇게 쓰면 창피해질 줄 알았다. 그런데 아무렇지도 않다.

점심시간에 찰리와 제이드와 나는 상가 뒤쪽, 판지들이 높이 쌓여 있는 두 개의 대형 쓰레기통 사이에 숨어 담배를 피운다. 제이드는 찰리에게 화학 수업을 빠지고 어디든 가자고 말한다. 쇼핑몰에 가자는 건지, 잘 모르겠다. 사실 난 그들의 말을 듣고 있지 않다. 제이드가 찰리에게 수업을 빠지라고 하는 이유는 질투심 때문이다. 제이드는 찰리와 내가 자기 없이 화학 수업을 듣는 걸 싫어한다. 오십 분 동안 우리와 연락이 안 되기 때문이다.

"빠지면 안 돼." 찰리가 말하며 담뱃재를 떤다. 찰리의 가운뎃손가락에는 조그만 하트 모양 문신이 있다. 바늘과 잉크로 한 거라고. 그녀는 말했다. 엄마의 남자친구가 해주었다고. "오늘 시험 보는 거 맞지, 버네사?"

나는 고개를 젓는 것과 동시에 끄덕인다. 나도 모른다.

제이드는 마트의 하역장을, 화물칸이 뒤쪽으로 향하도록 차를 대고 식자재를 납품하는 트레일러트럭을 바라본다. "그럴 줄 알았어." 그녀가 중얼거린다.

"세상에, 걱정 마." 찰리가 웃는다. "수업 끝나고 가면 되잖아. 너 오늘 더럽게 예민하다."

제이드가 담배 연기를 한차례 내뿜는다. 코끝이 벌름거린다.

화학 시간에 찰리는 윌 코비엘로를 보면 흥분된다면서, 자긴 오럴섹스를 절대 하지 않는 사람이지만 그를 너무도 원하기 때문에 그에겐 해줄 수 있다고 말한다. 나는 찰리가 하는 말을 듣는 둥 마는 둥 한다. 내 정신은 노트 안쪽에 적어놓은 스트레인의 시간표에 온통 쏠려 있다. 스트레인은 지금 세미나 테이블에 앉아 2학년 영문학을 가르치고 있다. 내 자리엔 다른 학생이 앉아 있을 것이다.

"너무 서글프지 않아?" 찰리가 묻는다. "나 너무 한심하니?"

나는 노트에서 고개를 들지 않는다. "난 네가 원하는 사람 누구하고든 네가 하고 싶은 걸 해야 한다고 생각해."

나는 스트레인의 다음 일정을 본다. 쉬는 시간. 나는 채점할 과제들을 무릎 위에 올려놓고 사무실 소파에 앉아 있는 스트레인을, 어쩌다보니 생각이 나에게로 흐른 스트레인을 상상한다.

"내가 이래서 널 좋아한다니까." 찰리가 말한다. "넌 완전 쿨해. 우리 같이 다니자. 그러니까, 진짜로 말이야. 학교 밖에서도."

나는 노트에서 고개를 든다.

"금요일 어때? 볼링장으로 와."

"나 볼링 별로 안 좋아해."

찰리가 눈을 위로 치켜뜬다. "진짜 볼링을 치자는 얘기가 아니야."

그럼 거기서 뭘 하느냐고 묻지만 찰리는 그저 싱긋 웃고 실험용 버너의 가스 밸브 쪽으로 고개를 숙이더니 입술을 내밀고 불을 켜려 한다. 내가 찰리의 손을 잡자, 그녀가 거칠고도 요란하게 웃는다.

금요일 밤이 되자, 찰리가 차를 몰고 우리집으로 온다. 찰리는 집안으로 들어와 부모님에게 인사를 한다. 머리를 뒤로 단정하게 묶었고 문신을 숨기려고 반지를 끼었다.

찰리는 엄마에게 운전면허를 딴 지 일 년이 되었다고 말한다. 얼마나 천연덕스럽게 거짓말을 하는지 나조차도 속는다. 나는 부모님이 눈짓을 주고받는 것을, 엄마가 양손을 서로 문지르는 것을 본다. 그러나 부모님이 나를 못 가게 할 수 없다는 걸 안다. 이제 나는 적어도 친구를 사귀고 있고 이 학교에 적응하고 있다.

진입로를 따라 걸어가다가 부모님 귀에 들리지 않을 거리가 되자 찰리가 말한다. "세상에, 너 완전 시골 촌구석에 산다."

"알아, 너무 싫어."

"나라도 싫겠다. 나 작년에 여기 사는 남자애랑 사귄 적 있어." 찰리가 이름을 말하지만 모르는 이름이다. "나보다 나이가 좀 많았어." 그녀가 설명한다.

찰리의 자동차가 끼익 소리를 내며 진입로를 빠져나갈 때 나는 그 소리를 들으며 인상을 쓰는 엄마의 모습을 상상한다. "아, 미안." 찰리가 말한다. "소음기가 좀 안 좋아." 찰리는 한 손으로 운전대를 잡고 다른 한 손으로는 담배를 들고 있다. 담배 연기를 내

보내려고 운전석 창문을 조금 열어놓았다. 찰리는 손끝 부분이 뚫려 있는 장갑을 끼고 있고 코트는 고양이 털로 뒤덮여 있다. 찰리는 나에 관해, 학교의 이런저런 사람들을 내가 어떻게 생각하는지에 대해, 브로윅 생활이 어땠는지에 대해 묻는다. 찰리는 사립학교에 대한 생각을 떨쳐버릴 수가 없다고 말한다.

"완전 이상했어?" 그녀가 묻는다. "이상했겠지. 부잣집 애들이 엄청 많지?"

"전부 다 부자는 아니었어."

"사방에 마약이 널려 있어?"

"아니." 내가 말한다. "그렇지 않았어. 거긴……" 나는 흰색 목조건물들이 있는 교정, 가을의 떡갈나무들, 우리 키보다 높이 쌓인 눈더미, 청바지와 플란넬 셔츠를 입은 선생님들을 떠올린다─책상 뒤 어둠 속에서 날 지켜보던 스트레인을. 나는 고개를 젓는다. "설명하기 힘들어."

찰리는 담배 끝을 창밖으로 내민다. "어쨌든 넌 운이 좋아. 이 년밖에 못 있었다고 해도 말이야. 우리 엄마라면 절대 허락 안 해줬을 거야."

"장학금 받아서 간 거야." 내가 얼른 말한다.

"그렇다고 해도 우리 엄만 안 보내줬을걸. 우리 엄만 날 너무 사랑하거든. 고등학교 1학년짜리 여자애를 멀리 떠나보낸다고? 열네 살밖에 안 된 애를? 말도 안 되지." 찰리가 담배 연기를 들이마셨다가 내쉬고 나서 덧붙인다. "미안. 물론 네 엄마도 널 사랑하겠지. 단지 우리 엄마와는 좀 다른 거 같아. 우린 엄청 친해. 엄마와 나 둘뿐이거든."

나는 손을 내저으며 괜찮다고 말하지만, 찰리의 말은 내 가슴을 찌른다. 어쩌면 그 말이 사실이기 때문에 속이 상한지도 모른다. 어쩌면 나는 충분히 사랑받지 못했는지도, 그래서 스트레인이 나에게서 외로움을 보았는지도 모른다.

"오늘밤에 윌도 거기 올 거야." 찰리가 갑자기 화제를 바꾸는 바람에 나는 윌이 누구인지 물으려다가 찰리가 화학 시간에 했던 말을 떠올린다. 윌 코비엘로는 너무 멋있어. 내가 걔 오럴섹스 해줄 거야. 두고 봐. 하고 말 테니까. 나는 윌 코비엘로를 유치원 때부터 알았다. 윌은 우리보다 한 살 많은 3학년이고 앞마당에 테니스코트가 있는 커다란 집에서 산다. 중학교 시절 여자애들은 윌을 윌리엄 왕자라고 부르곤 했다.

볼링장에 도착해보니 제이드가 벌써 와 있다. 제이드는 안에 브라를 입지 않은 채로 새틴 캐미솔을 입고 있다. 볼링장의 조명은 흐릿하다. 볼링 레인 앞에 기다란 테이블들이 놓여 있고 그곳에 학교에서 본 아이들이 앉아 있다. 아이들의 얼굴은 대부분 낯이 익지만 이름은 기억에 없다. 볼링장 옆에는 스포츠 바*가 붙어 있는데, 두 공간을 분리하는 문이 열려 있어서 주크박스의 음악과 맥주 냄새가 볼링장으로 흘러든다.

찰리가 제이드 옆에 앉는다. "윌 봤어?" 제이드가 고개를 끄덕이며 문 쪽을 가리키고, 찰리가 얼마나 빨리 일어나 그쪽으로 사라지는지 의자가 뒤로 넘어갈 뻔한다.

찰리가 없을 때 제이드는 내게 말을 걸지 않는다. 제이드는 나를

---

* 텔레비전으로 스포츠 경기를 시청하면서 술을 마실 수 있는 술집.

보지 않고 날카로운 눈빛으로 내 어깨 너머를 본다. 눈꺼풀을 가로지르는 아이라인은 끝이 뾰족하다. 제이드가 아이라인을 그렇게 칠한 건 처음 본다.

음료를 손에 든 남자들이 바에서 나와 볼링장으로 들어서고, 그들의 시선이 흐릿한 볼링장 안을 훑는다. 위장복 무늬 재킷을 입은 남자가 우리 테이블을 쳐다보더니 친구에게 손짓한다. 다른 남자가 고개를 저으며 두 손을 들어올린다. 마치, 거기 엮이고 싶지 않으니 난 빼줘, 라고 말하는 것처럼.

나는 재킷을 입은 남자가 우리 쪽으로 다가오는 것을, 그의 시선이 제이드와 제이드의 야한 상의에 집중되는 것을 지켜본다. 남자가 제이드 옆의 의자를 잡아당기고 자기 음료를 테이블 위에 올려놓는다. "괜찮다면 여기 좀 앉고 싶은데." 그가 말한다. 여기라는 단어를 길게 늘여 발음할 때 그의 억양이 두드러진다. "사람이 많아서, 여기 말고는 자리가 없네."

농담이다. 자리는 얼마든지 있다. 웃어야 하는 상황이지만, 제이드는 그를 쳐다보지도 않는다. 그녀는 허리를 꼿꼿하게 펴고 팔짱을 끼고 앉아 있다. 제이드가 작은 목소리로, "그러세요"라고 말한다.

남자는 손이 투박하긴 하지만, 얼굴이 못생긴 편은 아니다. 우리 학교 남자애들이 어른이 되면 이런 모습일 것이다. 메인주의 억양에 픽업트럭을 모는 남자. "몇 살이에요?" 내가 묻는다. 의도한 것보다 목소리가 조금 더 크게 나오는 바람에 비난하는 것처럼 들리지만, 그는 개의치 않는 것 같다. 남자가 내 쪽을 돌아본다. 그의 관심은 곧바로 제이드에게서 멀어진다.

그가 내게 말한다. "그 질문은 내가 해야 할 것 같은데."

"내가 먼저 물었잖아요."

그가 히죽거린다. "말해줄게. 하지만 계산은 네가 해라. 1983년에 고등학교를 졸업했어."

나는 잠시 생각해본다. 스트레인은 1976년도에 고등학교를 졸업했다. "서른여섯이네요."

남자가 눈썹을 치켜세우고, 음료를 한 모금 들이켠다. "징그럽니?"

"뭐가 징그러워요?"

"서른여섯 살이면 늙은 거니까." 그가 웃는다. "넌 몇 살인데?"

"몇 살인 거 같아요?"

그가 나를 훑어본다. "열여덟."

"열여섯."

그가 다시 웃으며 고개를 젓는다. "젠장."

"나쁜 거예요?" 한심한 질문이고 나도 그걸 안다. 물론 나쁘다. 얼마나 나쁜지가 그의 표정에 그대로 드러난다. 제이드에게 눈을 돌리자, 제이드가 마치 나를 난생처음 본다는 듯이, 내가 누군지 모르겠다는 듯이 쳐다보고 있다.

테이블의 반대편 끝에 앉아 있던 3학년 여자애가 우리 쪽으로 몸을 숙인다. "저기요, 술 한 모금만 마셔도 될까요?" 그녀가 묻는다. 옳지 않은 일임을 안다는 듯 남자가 잠깐 얼굴을 찌푸리지만 그러면서도 술잔을 밀어놓는다. 3학년 여자애가 술을 한 모금 마시더니, 마치 곧바로 취하기라도 한 듯 깔깔거리고 웃는다.

"됐어, 그만." 남자가 술잔으로 손을 뻗는다. "쫓겨나고 싶지는 않아."

"이름이 뭐예요?" 내가 묻는다.

"크레이그." 그가 술잔을 내 쪽으로 민다. "너도 한 모금 마실 래?"

"뭔데요?"

"위스키 앤드 코크."

나는 손을 뻗는다. "위스키 좋아해요."

"네 이름은 뭐니, 위스키를 좋아하는 열여섯 살 아가씨?"

나는 고갯짓으로 머리카락을 뒤로 넘긴다. "버네사." 마치 눈물이 날 만큼 따분하다는 듯, 마치 내 안에서 불길이 타오르고 있지 않다는 듯 나는 한숨을 내쉬며 이름을 말한다. 이것도 바람피우는 것에 해당되는지, 만약 스트레인이 들어와서 이 광경을 본다면 얼마나 화를 낼지 궁금하다.

찰리가 돌아온다. 얼굴이 벌겋게 달아올랐고 머리카락은 엉망으로 헝클어져 있다. 찰리는 제이드의 소다를 길게 한 모금 들이켠다.

"무슨 일이야?" 제이드가 묻는다.

찰리가 손사래를 친다. 얘기하고 싶지 않단다. "빨리 여기서 나가자. 그냥 집에 가서 기절하고 싶어." 찰리가 갑자기 생각이 난 듯 나를 쳐다본다. "젠장, 너 집에 데려다줘야 하네."

크레이그가 유심히 바라본다. "차편 필요하니?" 그가 나에게 묻는다.

나는 멈칫한다. 팔다리가 간질거린다.

"누구세요?" 찰리가 묻는다.

"크레이그라고 해." 그가 악수를 청한다. 찰리는 그저 그를 바라만 본다.

"그러시군요." 찰리가 나를 쳐다본다. "이 사람하고 같이 가는 건 안 돼. 내가 데려다줄게."

나는 크레이그에게 멋쩍게 미소 지어 보이며 안심한 티를 내지 않으려 애쓴다.

"쟤가 항상 너한테 이래라저래라 하니?" 그가 내게 묻는다. 내가 고개를 젓자 그가 내 쪽으로 몸을 숙인다. "그럼 너하고 얘기를 좀 하고 싶으면? 어떻게 하면 될까?"

그가 전화번호를 달라고 하지만 나는 부모님이 그의 목소리를 듣는 순간 바로 경찰에 신고하리란 걸 안다. "혹시 채팅 아이디 있어요?"

"AOL* 같은 거? 그럼, 있지."

찰리는 내가 가방 안쪽에서 펜을 하나 꺼내 그의 손에 내 채팅 아이디를 적어주는 모습을 지켜본다. "너 진짜 나이든 남자 좋아하는구나?" 문으로 향할 때 찰리가 묻는다. "섹스 기회를 내가 날려버린 거라면 미안. 그 사람이 데려다주는 걸 네가 정말로 원할 줄은 몰랐어."

"원하지 않았어. 그냥 관심을 즐겼을 뿐이야. 보나마나 한심한 놈이야."

찰리가 웃고는 자동차 문을 열고 차에 타서 몸을 옆으로 숙여 조수석 문을 열어준다. "그거 알아? 너 완전 또라이야."

---

* 'America Online'이라는 미국의 미디어 회사에서 제공했던 인스턴트 메신저 서비스를 가리킨다.

집으로 가는 길에 찰리는 미시 엘리엇의 노래를 듣고 또 듣는다. 찰리가 랩을 따라 부를 때 계기반의 불빛이 찰리의 얼굴을 파랗게 물들인다. "부끄러워할 것 없어, 여성들아, 하고 싶은 일을 해/게임의 주도권을 놓치지만 않으면 돼."

월요일이 되자 찰리가 윌에게 오럴섹스를 해주었다는 사실을 모두가 알게 되지만, 윌은 찰리와 대화하길 거부한다. 제이드는 벤 사전트로부터 윌이 찰리를 백인 쓰레기라고 했다는 얘기를 듣는다.

"남자들은 다 쓰레기야." 마트 뒤쪽 쓰레기통 사이에서 담배를 피우며 찰리가 말한다. 제이드가 동조하며 고개를 끄덕이고, 나도 고개를 끄덕이지만 그저 그들에게 보여주기 위한 행동일 뿐이다. 나는 크레이그와 채팅하느라 토요일과 일요일 밤늦도록 깨어 있었다. 그가 했던 온갖 칭찬들이 내 머릿속에서 울리고 있다. 내가 너무 예쁘고, 멋지고, 믿을 수 없을 정도로 섹시하다는 말. 금요일 밤에 나를 만난 뒤로, 줄곧 내 생각만 했다는 말. 날 다시 만날 수만 있다면 무슨 짓이든 하겠다는 말.

찰리는 남자들이 다 쓰레기라고 하지만 사실 남자애들을 두고 하는 말이다. 찰리는 눈물이 흐르기 전에 서둘러 닦아낸다. 찰리가 화가 났고 마음이 무척 아프리란 걸 알지만, 한편으로 나는 이런 생각을 하지 않을 수가 없다. 대체 뭘 기대한 거야?

*

크레이그는 스트레인과 다르다. 그는 걸프전 참전 용사로, 지금

310

은 건설 현장에서 일한다. 그는 책을 읽지 않고, 대학도 가지 않았고, 내가 좋아하는 것들에 대해 얘기할 땐 전혀 할말이 없다. 가장 끔찍한 점은 그가 총을 무척 좋아한다는 것이다. 사냥용 소총뿐만 아니라 권총까지도. 내가 총은 한심한 물건이라고 생각한다고 하자, 그는 채팅에 이렇게 쓴다. 한밤중에 네 집에 누군가 쳐들어왔을 땐 그런 생각 안 들걸. 그럴 땐 총을 들고 있는 게 가장 영리해 보이겠지.

누가 내 방에 쳐들어오는데요? 내가 되받아친다. 당신?

어쩌면.

크레이그와는 채팅만 하기 때문에 그가 변태처럼 굴어도 상관없다. 볼링장에서 만난 후로 한 번도 그를 만난 적이 없고 굳이 빨리 만나고 싶은 생각도 없지만 그는 날 만나고 싶어한다. 늘 나와 데이트하고 싶다고 말한다.

우리가 어딜 갈 수 있는데요? 내가 묻는다, 마치 멍청한 애처럼. 대화가 원하지 않는 방향으로 흐를 때마다, 나는 멍청한 척한다. 그건 내가 자주 멍청한 척한다는 뜻이고, 그래서 그는 내가 진짜 멍청한 줄 안다.

어딜 갈 수 있느냐고? 그게 무슨 뜻이야? 크레이그가 묻는다. 영화도 보고, 식사도 해야지. 데이트해본 적 없어?

좋아요, 하지만 난 열여섯 살이에요.

열여덟 살인 척하면 돼.

그는 전혀 감을 못 잡는다. 내가 열여덟 살인 척하고 싶지 않다는 걸, 그가 내 또래 남자애인 척하며 영화를 보러 가는 것에 내가 전혀 관심이 없다는 걸 그는 이해하지 못한다.

날씨가 추워지면서 완연한 잿빛이 된다. 색이 변한 나뭇잎이 떨어지고, 숲은 헐벗은 나무들로 성글어진다. 나는 나 자신에 대해 몇 가지 사실들을 알게 된다. 잠을 하루 다섯 시간으로 줄이면, 너무 피곤해서 내 주위에서 일어나는 일들에 대해 신경쓰지 않게 된다. 저녁시간이 될 때까지 아무것도 먹지 않으면, 굶주림의 고통이 다른 모든 감각을 마비시킨다. 크리스마스가 왔다가 가고, 새해가 밝는다. 뉴스는 여전히 탄저병과 전쟁에 대해 성토한다. 학교에서 나에 관한 소문은 이미 오래전에 잦아들었다. 부모님은 무선전화기를 매일 밤 안방에 두는 것을 중단한다.

나는 크레이그와 채팅하지만 그의 찬사는 시들해지고 처음 만났을 때 그가 내게 느끼게 해준 감정은 말라버린다. 이제 크레이그와 얘기할 때면, 스트레인이 그를 어떻게 생각할지, 내가 그와 얘기하며 시간을 보내는 것을 스트레인이 어떻게 생각할지 궁금할 뿐이다.

크레이그 207 : 한 가지 말해도 될까? 토요일에 하룻밤 즐겼어.

다크_버네사 : 그 얘기를 왜 나한테 해요?

크레이그 207 : 왜냐하면 그때 계속 네 생각을 했다는 걸 네가 알아야 할 거 같아서.

다크_버네사 : 흐음.

크레이그 207 : 그 여자가 너라고 상상했어.

크레이그 207 : 그래서 그 선생님은 아직 연락 없어?

다크_버네사 : 아직 선생님하고 얘기를 하는 건 안전하지 않아요.

크레이그 207 : 나하고는 얘기하잖아. 뭐가 달라?

다크_버네사 : 우린 아무 짓도 안 했잖아요. 얘기만 하잖아요.

크레이그 207 : 내가 그 이상을 원한다는 건 알잖아.

크레이그 207 : 그럼 그 선생님 말고는 정말 사귄 사람 없어?

크레이그 207 : 버네사? 거기 있니?

크레이그 207 : 나 그동안 진짜 잘 참았는데. 이제 서서히 한계에 달하고 있어. 얘기라면 이제 할 만큼 했다고.

크레이그 207 : 언제 만날 수 있어?

다크_버네사 : 음 잘 모르겠어요. 아마 다음주쯤?

크레이그 207 : 다음주는 2월 방학이라고 했잖아.

다크_버네사 : 아, 네. 잘 모르겠어요. 만나긴 좀 어려울 거 같아요.

크레이그 207 : 어려울 것 없어. 당장 내일이라도 만날 수 있어.

크레이그 207 : 네 학교에서 내가 일하는 곳까지는 800미터 정도밖에 안 돼. 내가 데리러 갈게.

다크_버네사 : 그건 안 돼요.

크레이그 207 : 돼. 내가 증명할게.

다크_버네사 : 그게 무슨 뜻이에요?

크레이그 207 : 두고 보면 알아.

다크_버네사 : 대체 무슨 얘길 하는 거예요?

크레이그 207 : 두시쯤 끝나지? 그 시간에 버스들이 정문에 서 있더라.

다크_버네사 : 어쩌려고요? 무작정 나타나기라도 하겠다는 거예요?

크레이그 207 : 얼마나 간단한 일인지 알게 될 거야.

다크_버네사 : 제발 그러지 마요.

크레이그 207 : 네가 갖고 놀던 남자가 마침내 행동을 취하는 게 싫어?

다크_버네사 : 진지하게 말하는 거예요.

크레이그 207 : 곧 보자.

나는 그의 채팅 아이디를 차단하고, 우리의 모든 대화와 메일을 지우고, 다음날 꾀병을 부려 학교를 결석한다. 내가 어디 사는지 정확하게 말하지 않아서 그가 집으로 찾아올 일은 없으니 다행이다. 학교로 돌아간 날에는 버스를 타러 걸어갈 때 우리집 열쇠를 손가락 사이로 비죽이 나오도록 잡는다. 나는 그가 뒤에서 날 덮쳐서 자신의 트럭에 강제로 태우는 상상을 한다. 그런 다음에는 무슨 짓을 할지 누가 알겠는가. 나를 강간하고 살해할지도 모른다. 내 시신을 들고 극장에 가서, 그가 항상 떠들어대던 데이트를 마침내 감행할지도 모른다. 아무 일 없이 일주일이 지나자 나는 무기처럼 열쇠를 들고 다니는 것을 중단하고, 혹시 그가 메시지를 보냈는지 확인하려고 차단시켰던 그의 아이디를 복구한다. 그는 메시지를 보내지 않았다. 그는 사라졌다. 나는 다행이라고 속으로 중얼거린다.

3월 초, 침대맡 탁자에 놓아둔 나의 『롤리타』가 사라진다. 그 책을 찾으려고 방안을 샅샅이 뒤진다. 그 책이 없어졌다고 생각하니 겁에 질려 거의 제정신이 아니다. 그건 단순히 내 책이 아니다. 그건 스트레인의 책이다. 여백에 그가 쓴 글이 있고, 책장에 그의 흔적이 남아 있다.

부모님이 가져갔을 것 같진 않지만, 그렇지 않고서야 책이 없어질 리가 없다. 아래층에 내려가보니 엄마가 식탁에 혼자 앉아 있다. 식탁은 청구서들로 뒤덮여 있고, 종이 한 무더기와 계산기가 놓여 있다. 아빠는 다가오는 주말에 장작 난로에 단풍 수액을 끓여서 집안을 달콤한 수증기로 채우는 데 필요한 것들을 사러 시내에 나갔다.

"엄마 내 방에 들어왔었어요?" 내가 묻는다.

엄마가 계산기에서 고개를 든다. 침착한 표정이다.

"없어진 게 있어서요." 내가 말한다. "엄마가 가져갔어요?"

"뭐가 없어졌는데?" 엄마가 묻는다.

나는 한 박자를 쉰다. "책이요."

엄마가 눈을 깜박이더니, 다시 청구서로 돌아간다. "어떤 책?"

나는 어금니를 꽉 깨문다. 뱃속이 옥죄어온다. 엄마는 내가 그 말을 하는지 보고 싶은 것 같다. "무슨 책이든," 내가 말한다. "내 책이잖아요. 엄마가 가져갈 권리는 없어요."

"글쎄, 무슨 소릴 하는 건지 모르겠구나." 엄마가 말한다. "엄만 네 방에서 아무것도 안 가져갔어."

종이를 뒤적이는 엄마를 지켜보는 동안 내 심장이 빠르게 뛴다. 엄마는 숫자들을 적고, 그 숫자들을 계산기에 입력한다. 계산기에 총계가 뜨자 엄마가 한숨을 쉰다.

"엄만 절 보호한다고 생각하겠지만 너무 늦었어요." 내가 말한다.

엄마가 고개를 들고, 눈빛이 날카로워지면서 차분한 표정에 균열이 간다.

"어쩌면 이렇게 된 데는 엄마 잘못도 있는지 몰라요." 나는 말한다. "그런 생각은 안 해보셨어요?"

"지금 너하고 이런 얘기 할 기분 아니야." 엄마가 말한다.

"대부분의 엄마는 열네 살에 자식이 집을 나가는 걸 허락하지 않아요. 엄마도 그건 알고 있죠?"

"넌 집을 나간 게 아니야." 엄마가 날카롭게 말한다. "학교에 들어간 거지."

"내 친구들은 다 엄마가 그걸 허락한 게 이상하대요." 나는 말한다. "다른 엄마들은 자식들을 너무 사랑해서 떠나보내지 못하는데, 엄마는 아니었나봐요."

엄마가 나를 쏘아본다. 엄마의 얼굴에서 핏기가 사라지더니, 잠시 후 붉은 기운이 번진다. 시뻘겋게 달아오른 얼굴에 벌름거리는 코, 엄마가 이렇게 화가 난 모습은 처음 보는 것 같다. 순간 나는 엄마가 식탁에서 벌떡 일어나 내게 달려들어 목을 조르는 상상을 한다.

"그 학교에 보내달라고 네가 애원했잖아." 엄마가 말한다. 평정을 유지하려 애쓰느라 목소리가 떨린다.

"애원하지 않았어요."

"우리 앞에서 그 빌어먹을 발표까지 했잖아."

나는 고개를 젓는다. "엄마가 과장하는 거예요." 내가 말한다, 사실 과장이 아닌데도. 나는 발표를 했다. 그리고 애원도 했다.

"그러지 마." 엄마가 말한다. "네 입맛에 맞게 이야기를 각색하려고 사실을 왜곡하지 마."

"그게 무슨 뜻이에요?"

엄마가 말을 하려는 듯 숨을 들이마신다. 그러더니 숨을 내쉬고, 마음을 접는다. 엄마는 일어서서 주방으로 들어간다. 나를 피하기 위한 것임을 알면서도, 나는 엄마를 쫓아간다. 몇 발자국 뒤에서,

내가 다시 묻는다. "그게 무슨 뜻이에요? 엄마, 그게 대체 무슨 뜻이냐고요." 엄마는 내 목소리를 차단하려고 물을 있는 대로 세게 틀고 싱크대의 접시들을 딸그락거리지만, 나는 멈추지 않는다. 계속 그 질문을 던진다. 내 통제권을 벗어나, 나 자신을 벗어나 엄마를 몰아세운다.

엄마의 손에서 접시가 미끄러진다. 아니, 어쩌면 일부러 떨어뜨린 건지도. 어느 쪽이건 싱크대에서 접시가 깨진다. 나는 입을 다문다. 마치 내가 접시를 깬 것처럼 손이 저린다.

"넌 엄마한테 거짓말을 했어, 버네사." 엄마가 말한다. 뜨거운 물에 벌겋게 된 비누 묻은 엄마의 손이 물을 잠그더니 주먹이 된다. 그 주먹으로 엄마가 가슴을 치고, 엄마의 셔츠에 짙게 물 얼룩이 진다. "넌 남자친구가 있다고 했어. 네가 그렇게 버젓이 앉아서 거짓말을 했는데 엄마는 그것도 모르고……"

엄마가 말끝을 흐리며 젖은 손으로 눈을 가린다. 그 기억을 떠올리는 것을 견딜 수 없다는 듯이. 그날 브로윅으로 돌아가는 길에, 엄마는 말했다. 엄마한테 중요한 건 그 친구가 너한테 잘해주는지 그것뿐이야. 엄마는 나에게 섹스를 하느냐고, 피임약을 먹을 필요가 있느냐고 물었다. 첫사랑은 정말 특별하단다, 엄마는 말했다. 영원히 못 잊어.

엄마가 다시 한번 말한다. "넌 엄마한테 거짓말을 했어."

엄마는 기다린다, 내가 사과하기를. 나는 우리 사이의 허공에 그 말이 떠돌게 둔다. 속이 텅 빈 것 같고 발가벗겨진 기분이 들지만, 미안하다는 생각은 들지 않는다. 그 무엇에 대해서도.

엄마 말이 옳다. 나는 거짓말을 했다. 엄마가 마음대로 생각하게 내버려두고도 가책을 느끼지 않았다. 거짓말을 했다는 생각조차 들지 않았다. 그보다는 엄마가 듣고 싶어하는 말에 맞게 진실의 형태를 좀 바꾸었다고 생각했다. 그것은 스트레인에게서 배운 왜곡 행위였고, 나는 소질이 있었다. 내가 무슨 짓을 했는지 엄마가 모르도록 너무도 교활하게 진실을 조작했다. 그뒤에 죄책감을 느껴야 옳았겠지만, 떠올려보면 그때 나는 그렇게 진실을 감추어서 엄마, 스트레인, 나 세 사람을 보호했다는 생각에 뿌듯했을 뿐이었다.

"네가 그런 짓을 할 수 있는 애인 줄은 상상도 못했어." 엄마가 말한다.

나는 어깨를 으쓱한다. 내 목에서 쉰 목소리가 나온다. "아마 엄마가 날 잘 모르는 거겠죠."

엄마는 눈을 깜박이며 내가 한 말을, 그리고 하지 않은 말을 이해한다. "네 말이 맞는 것 같아." 엄마가 말한다. "엄마는 널 잘 모르는 것 같아."

엄마는 손을 씻고 더러운 접시들과 깨진 접시가 있는 싱크대에서 돌아선다. 그리고 주방에서 나가다 말고 문간에서 멈춰 선다. "있잖아, 난 가끔 네가 내 딸인 게 수치스러워." 엄마가 말한다.

나는 한참을 주방 한복판에 우두커니 서 있는다. 내 귀는 엄마가 위층으로 올라가며 나는 계단 삐걱거리는 소리, 부모님 방문이 열렸다 닫히는 소리, 바로 내 머리 위에서 엄마가 침대에 누울 때 침대의 철제 프레임이 삐거덕대는 소리를 좇는다. 우리집 벽과 바닥은 너무도 얇다. 집을 너무 허술하게 지어서 귀기울이면 소리가 다 들리고 뭘 하고 있는지 항상 들킬 위험이 있다.

나는 싱크대에 손을 담그고 깨진 접시 조각들을 무작정 헤집는다. 손이 베이는 것도 개의치 않는다. 비누가 묻고 물이 뚝뚝 떨어지는 유릿조각들을 조리대 위에 나란히 늘어놓는다. 나중에 침대에 누워서 여전히 내 상처를 살피고 있을 때―엄마가 한 말, 너무 심한 거 아닌가? 내가 뭘 그렇게까지 잘못했다고―엄마가 유릿조각들을 쓰레기통에 던져넣는 소리가 들린다. 유리 부딪치는 소리가 내 다락방에서도 들린다. 다음날 내 책장에 『롤리타』가 다시 꽂혀 있다.

찰리의 엄마가 뉴햄프셔에서 일자리를 구하고 찰리는 사 년 사이에 세번째 이사를 한다. 마지막으로 학교에 온 날, 찰리는 가방에 숨겨 온 맥주를 꺼내 마트 뒤에서 나와 나누어 마신다. 우리의 트림소리가 쓰레기통에 부딪혀 메아리친다. 학교가 끝나자, 찰리가 여전히 취한 상태로 나를 집까지 태워준다. 찰리는 시내에서 벗어나는 동안 빨간불을 전부 다 지나치고, 나는 웃으며 차창에 머리를 기대고 생각한다. 이렇게 죽는 것도 나쁘지 않을 것 같네.
"너 이사 안 가면 좋겠다." 호수 길에 접어들 때 내가 말한다. "난 너 말고 친구 하나도 없는데."
"제이드 있잖아." 바닥이 팬 곳을 피해 가려고 어두운 도로를 바라보며 찰리가 말한다.
"웩, 됐어. 걔 완전 최악이야." 나의 노골적인 말에 내가 놀란다. 지금까지는 한 번도 찰리에게 제이드에 대해 험담한 적이 없다. 하지만 이젠 안 될 게 뭔가?
찰리가 코웃음친다. "맞아, 걔가 그런 면이 있지. 그리고 걔도 널 좀 싫어하긴 해." 찰리가 우리집 진입로 앞에 차를 세운다. "들어가고 싶지만, 네 부모님이 나한테서 맥주 냄새를 맡을 것 같아서. 물론 너한테서도 맥주 냄새가 나겠지만."

"잠깐만." 나는 담배를 피우기 시작하면서 들고 다니는 치약을 꺼낸다. 치약을 조금 짜서 입안에 넣고 헹군다.

"너 이제 보니," 찰리가 웃는다. "완전 또라이면서 거기다가 똑똑하기까지 하구나."

나는 찰리를 한참 끌어안는다. 들뜬 기분에 찰리에게 키스하고 싶다는 생각이 들지만 욕구를 억누르고 차에서 내린다. 문을 닫기 전에 내가 몸을 숙이며 말한다. "찰리, 볼링장에서 그 남자하고 같이 나가는 거 막아줘서 고마웠어."

찰리가 그날의 기억을 떠올리려 하며 얼굴을 찌푸린다. 찰리의 눈썹이 올라간다. "아, 그거! 당연히 그래야지. 그 사람 분명히 널 살해할 생각이었을 거야."

그녀가 진입로에서 차를 돌리고 나서 창문을 내리더니 외친다. "연락해!" 나는 고개를 끄덕이며, "그럴게!"라고 소리치지만 아무 의미도 없는 말이다. 나는 찰리의 집주소를 모르고 새 전화번호도 모른다. 훗날 페이스북에서도 트위터에서도 나는 찰리를 찾을 수 없을 것이다.

나는 한동안 제이드와 어울리려 노력한다. 점심시간에 둘이 같이 마트로 걸어가, 서로에게 물건을 훔치라고 부추기고 상대가 말을 듣지 않으면 화를 낸다. 어느 날 아침, 1교시 시작 전에 구내식당에 앉아 대수학 숙제를 끝내려고 애쓰고 있는데, 제이드가 내게 다가온다.

"토요일에 볼링장에서 그 크레이그라는 남자 만났어." 제이드가 말한다.

내가 고개를 든다. 제이드는 미소를 짓고 있고, 벌어지는 입을 가까스로 다물고 있다. 금방이라도 말을 쏟아낼 것 같은 표정이다. "크레이그가 너한테 쌍년이라고 전해달래." 그녀는 눈을 크게 뜨고 나의 반응을 기다린다. 내 얼굴이 후끈 달아오른다. 나는 대수학 책을 제이드에게 던지고, 제이드를 쓰러뜨린 다음 허옇게 탈색한 머리카락을 잡아당기는 상상을 한다.

그러나 나는 그냥 눈을 치켜뜨고 크레이그는 총을 좋아하는 소아성애자라고 웅얼거리고는 다시 숙제에 집중한다. 그날 이후, 제이드는 인기 있는 아이들과 어울려 다니기 시작한다. 중학교 때 제이드가 친하게 지냈던 애들이다. 머리를 갈색으로 염색하고 테니스 팀에도 들어간다. 복도에서 마주칠 때면, 제이드는 정면을 바라본다.

구내식당에서 앉을 자리를 찾는 수고를 하는 대신, 나는 전부 포기하고 점심시간을 상가의 식당에서 보낸다. 매일 커피와 파이를 주문하고 책을 읽거나 과제를 한다. 부스에 혼자 앉아 있는 내가 신비롭고 어른스러워 보일 거라고 상상하면서. 가끔은 카운터 의자에 앉아 있는 남자들의 시선을 느끼고 때로는 그들과 눈을 맞추지만, 매번 거기서 끝난다.

*

깊은 숲속 우리집에 있을 때면 인터넷이 나의 유일한 탈출구다. 온라인에서 나는 끝없이 검색한다. 스트레인의 이름과 브로윅을 다양한 조합으로 검색해보고, 따옴표를 넣어도 보고 빼어도 보지만, 그의 교사 프로필과 1995년도에 문맹 퇴치 프로그램에서 자원봉사를 했다는 기록만 나온다. 그러다가 3월 중순, 새로운 검색 결과가 뜬다. 그가 전국 단위의 교사상을 수상하게 되어서 뉴욕에서 시상식에 참석했다는 내용이다. 그가 단상에 올라가 상패를 받는 사진이 있다. 검은 턱수염 사이로 흰 치아를 드러내고 함박웃음을 짓고 있다. 못 보던 신발을 신었고 내가 기억하는 것보다 머리가 짧다. 그 모든 순간에 스트레인이 내 생각을 전혀 하지 않았을 거라는 생각이 들자 수치심이 등골을 타고 올라온다. 나는 그를 생각하지 않는 순간이 단 한 순간도 없는데.

밤이 되면, 인터넷 메신저로 밤늦도록 낯선 사람들과 대화를 나눈다. 나는 똑같은 키워드로 반복해서 검색한다. 롤리타, 나보코프, 선생님. 그 검색어로 뜨는 남자들 모두에게 메시지를 보낸다. 그러다가 그들이 크레이그처럼 음흉하게 나오기 시작하면 대화방을 나온다. 난 그런 걸 원하는 게 아니다. 내가 스트레인과의 사이에서 일어났던 일을 전부 얘기할 때 그들이 기꺼이 들어주는 게 좋을 뿐이다. 아주 특별한 아가씨네, 그들은 말한다. 그런 남자의 사랑을 알아주는 걸 보면. 남자들이 내게 사진을 보내달라고 하면, 나는 〈처녀들, 자살하다〉에 나오는 커스틴 던스트의 사진을 보내주는데, 그들 중 누구도 그 사진이 가짜라며 날 비난하지 않는다. 문득 그들이 그저 멍청한 건지 아니면 내가 거짓말쟁이여도 상관없는 건지 궁금해진다. 그들이 사진을 보내주면 나는 미남이라고 말해주고, 그들 모두가 내 말을 믿는다. 심지어 누가 보아도 못생긴 사람들조차도. 나는 그들의 사진을 부모님이 보지 못하도록 전부 다 수학 과제

물이라는 이름의 폴더에 저장한다. 나는 가끔 그들의 사진을 하나
씩 열어본다. 하나같이 우중충하고 평범한 얼굴들이다. 만약 스트
레인을 제대로 알기 전에 그가 내게 사진을 보내주었다면, 그 역시
꼭 그런 얼굴로 보였을 것이다.

진흙탕의 계절이 흑파리의 계절로 바뀐다. 얼어붙었던 호수가
서서히 녹는다. 처음엔 잿빛이 되더니 그다음엔 파란색이 되고 그
다음엔 차가운 물이 된다. 뜰의 눈은 녹지만 깊은 숲속에는 여전히
바위틈에 눈덩이가 있고 단단한 눈더미 위에 솔잎과 가문비나무
열매가 뿌려져 있다. 4월이 되고, 내 열일곱번째 생일이 일주일 앞
으로 다가오자 엄마가 내게 파티를 열고 싶으냐고 묻는다.
"누굴 초대하는데요?"
"네 친구들." 엄마가 말한다.
"어떤 친구들이요?"
"너 친구들 있잖아."
"처음 듣는 얘긴데요."
"너 친구 있잖아." 엄마가 우긴다.
엄마가 딱하다는 생각까지 든다. 내 학교생활을 어떻게 상상하
고 있는 건지. 웃는 얼굴로 복도를 걸어다니고 성적 좋은 착한 애
들과 점심을 먹는 줄 아는 걸까. 실은 땅만 보고 걸어다니면서 퇴
직한 노인들과 식당에서 블랙커피를 마시는 게 현실인데.
결국 우리는 내 생일을 축하하기 위해 올리브 가든이라는 식당
으로 외식을 하러 나간다. 라사냐 한 덩이에 이어 초를 한 개 꽂은
티라미수 한 덩이가 나온다. 내가 받은 선물은 팔 주간의 운전 연수

교육이다. 우리가 브로윅에서 더 멀어졌음을 암시하는 선물이다.

"혹시 아니, 네가 면허 시험에 합격하면," 아빠가 말한다. "차를 한 대 장만해줄지."

엄마의 눈썹이 올라간다.

"때가 되면." 아빠가 정정한다.

나는 부모님에게 감사하다고 말하면서, 차를 몰고 갈 수 있는 곳들을 생각하며 너무 흥분하지 않으려 애쓴다.

*

그해 여름, 아빠는 시내 병원에서 서류를 정리하는 일자리를 알아봐준다. 한 시간에 8달러를 받고 일주일에 사흘 일하는 자리다. 나는 비뇨기과 의무기록실로 배정된다. 창문 없는 기다란 공간이고 바닥에서 천장까지 이어진 책장에는 전국 각 주에서 배송된 의무기록들이 빼곡하게 꽂혀 있다. 매일 아침 병원에 도착하면, 정리해야 할 의무기록 한 무더기와 기록을 찾아놓아야 할 환자 명단이 기다리고 있는데, 찾아야 하는 명단은 예약이 잡혀 있거나 혹은 이미 오래전에 사망해서 폐기해야 할 기록이다.

병원은 일손이 부족하고, 그래서 팀장은 하루종일 한 번도 날 찾아와 점검하지 않는다. 그러면 안 된다는 걸 알면서도, 나는 의무기록을 읽으며 대부분의 시간을 보낸다. 기록이 너무도 많다. 남은 삶 내내 이 병원에서 일한다고 해도 전부 다 훑어볼 수 없을 것이다. 나는 색상으로 구분해놓은 스티커를 손가락으로 훑으며 기록 하나를 무작위로 뽑아 흥미로운 내용이 담겨 있는 것을 찾는 일종의 추측 게임을 한다. 어떤 기록이 재미있을지는 결코 알 수 없다. 두툼한 기록은 소설처럼 읽을 수 있다. 오랜 세월에 걸친 증상, 수술, 합병증이 파란색 카본지에 빛바랜 잉크로 적혀 있다. 때로는 얇은 기록이 가장 황망한 이야기를 담고 있다. 한 편의 비극이 몇 번의 예약과 전면에 찍힌 사망이라는 빨간 글자로 압축되어 있다.

비뇨기과 환자 거의 대부분이 남자이고 대부분이 중년이거나 더 나이가 많다. 혈뇨가 있는 사람들, 아예 소변을 보지 못하는 사람들, 소변에서 결석이 나오거나 종양이 자라고 있는 사람들이다. 기록에는 조영제로 환히 밝혀진 신장과 방광의 거친 엑스레이 사진, 의사의 진단이 적힌 음경과 고환의 그림이 있다. 어느 기록에는 장갑 낀 손 위에 세 개의 뾰족뾰족한 모래 알갱이 같은 요로결석이 놓인 사진이 들어 있다. 소변에 피가 나온 지 며칠 됐죠?라는 의사의 질문에 환자의 대답이 육 일이라고 적혀 있다.

점심시간이 되면, 나는 구내식당에서 아빠와 같이 앉지 않기 위해 책 한 권을 들고 식사를 한다. 아빠는 직장에서는 전혀 다른 사람이 되기 때문에 거리를 두는 편이 낫다. 메인주 억양이 더 강해지고, 만약 옆에 엄마가 있었다면 불쾌해했을 음란한 농담에 웃기도 한다. 더구나 아빠에겐 친구가 엄청 많다. 아빠를 보는 순간 사람들의 얼굴이 환해진다. 아빠가 그렇게 인기가 많은 사람인 줄은 몰랐다.

내가 병원에 출근한 첫날, 아빠는 나를 데리고 다니며 병원의 거의 모든 사람들에게 인사를 시켰다. 그때 내가 아빠에게 물었다. "어떻게 모두가 아빠를 알아요?" "셔츠에 이름이 박혀 있으면 큰 도움이 되지." 아빠가 셔츠 앞주머니에 수놓인 필이라는 글자를 가리키고 웃으면서 말했다. 그러나 단순히 알아보는 것 이상이다. 아빠를 보면 심지어 의사들도 미소를 짓는다. 의사들은 절대 웃지 않는 사람들이 아닌가. 나에 대해 이미 알고 있는 사람들도 있다. 내가 몇 살인지 알고 글쓰기를 좋아한다는 것도 안다. 사람들은 내가 아직도 브로윅에 다니는 줄 안다. 브로윅에 입학했을 때 아빠가 모든 사람들에게 말했을 것이다. 하지만 쫓겨났을 땐 굳이 사람들을 찾아다니며 말하진 않았을 것이다.

아빠와 나는 서로에게 별로 할 얘기가 없지만, 그건 괜찮다. 트럭에 타면 아빠는 거의 대화를 나눌 수 없을 정도로 라디오를 크게 틀어놓고, 집에 돌아오면 의자에 앉아 텔레비전을 켠다. 오후에 아빠는 어렸을 때 보던 〈앤디 그리피스 쇼〉나 〈보난자〉 같은 프로그램들을 즐겨 보고, 그럴 때면 나는 베이브를 데리고 호숫가를 걷거나, 유기된 채 썩어가는 야전침대가 있는 절벽의 동굴로 간다. 엄마가 오기 전에는 되도록 집밖에 있으려고 노력한다. 엄마가 아빠보다 편해서라기보다는, 두 사람이 함께 있으면 날 내버려두기 때문이고, 그러면 슬쩍 내 방으로 올라가 방문을 닫을 수 있기 때문이다.

아빠는 내게 대학의 교재 구입비를 위해 저축을 해야 한다고 말한다. 그러나 나는 첫 두 달의 월급을 디지털카메라를 사는 데 탕진한다. 일하지 않는 날, 나는 숲속에서 꽃무늬 원피스에 무릎까지 오는 양말을 신고 사진을 찍는다. 양치식물들이 허벅지를 간질이고 햇살이 머리카락으로 스며들어서, 마치 숲의 요정처럼 보인다. 하데스를 기다리며 초원을 거니는 페르세포네처럼. 나는 JPEG 파일 열두 장을 첨부해서 스트레인에게 보낼 메일을 쓴 다음 마우스를 '발송'으로 가져가지만, 그에게 닥칠지 모를 불행을 상상하는 순간 차마 보낼 수가 없다.

여름 중반, 스트레인이 정리해야 할 의무기록의 모습으로 내 앞에 나타난다. 메인주 서부에서 온 기록들 속에 그의 것이 포함되어 있다. 스트레인, 제이컵. 1957년 11월 10일생. 그 안에는 그가 1991년에 받았던 정관절제수술의 기록과 함께 의사가 친필로 쓴 첫 진료 기록이 있다. 33세, 미혼이나 아이를 원치 않는다는 생각 확고. 그 이후의 예약일에 실제 수술의 기록도 있다. 환자에게 하루에 한 번 얼음주머니를 음낭에 대고 있을 것과 이 주 동안 음낭 보호대 착용 지시. "음낭 보호대"라는 말에 나는 기록을 닫는다. 그게 정확히 뭔지 알지도 못하는데도 수치심이 밀려든다.

나는 다시 차트를 펼치고 처음부터 다시 읽어본다. 그의 활력징후, 성별과 나이, 193센티미터, 127킬로그램. 그의 서명이 세 군데에 있다. 나는 십여 년 된 잉크 자국에 붙어버린 두 개의 페이지를 떼어내면서 펜의 잉크가 흘러 그의 손에 묻는 상상을 한다. 그의 손가락, 굳은살, 물어뜯은 납작한 손톱들이 보인다. 처음으로 날 만지던 날, 내 허벅지 위에 놓였던 그의 손이 어떤 모습이었는지도.

그의 의무기록은 평범하면서도 초현실적이다. 음경에 얼음주머니를 대고 있는 모습으로 그의 회복 과정이 설명되어 있다. 그 모습을 상상해본다. 7월에 수술을 받았으니 아마 얼음이 녹았을 것이고, 그의 반바지가 젖어서 자국이 생겼을 것이다. 그의 곁에 수증기가 맺힌 차가운 음료가 한 잔 놓여 있을 것이고, 오렌지색 진통제 통에서 알약을 손바닥에 덜어냈을 것이다. 당시 나는 몇 살이었을까? 머릿속으로 셈을 해본다. 여섯 살, 1학년, 아직 온전한 인간이라고 말할 수도 없는 나이다. 그로부터 구 년 뒤, 나는 그와 한 침대에 누워 그의 손길을 피하려 하고 그는 자기가 정관절제수술을 받았기 때문에 임신할 일은 없다며 나를 진정시킨다.

그의 기록을 훔치고 싶지만, 병원에서 날 고용하면서 의료 기록을 유출하면 법적 처벌을 받는다는 내용이 진한 글씨로 적힌 기밀 유지 약정서에 서명하게 했다. 그래서 나는 매일 그의 기록을 열어보는 것으로, 책장 맨 아래 칸의 제자리에서 빼내 그 내용을 내 일기장에 옮기는 것으로, 미혼이나 아이를 원치 않는다는 생각 확고에 밑줄을 긋는 것으로 만족한다. 그 대목은 『롤리타』에서 내가 유일하게 정말 싫어하는 대목을 연상시킨다. 험버트가 롤리타와 딸을 낳고, 또 그 딸들을 통해 손녀를 얻는 것을 상상하는 장면이다. 그 부분은 또한 내가 거의 잊을 뻔했던 기억을 떠올려준다. 그가 통화중에 자위하면서 자기를 대디라고 불러달라고 한 일을.

그러나 이런 생각들은 마치 물살에 매끄러워진 돌멩이를 주워 찬찬히 살펴보다가, 다시 호수에 던지는 것과 같다. 병원의 정적 속에서 환풍기가 내 머리카락을 헝클어뜨릴 때, 그런 생각들은 나의 뇌 밑바닥에 가라앉았다가 진흙 속으로 사라져버린다. 나는 그의 기록을 덮고, 다른 기록을 집어들어 정리한다.

2017년

객실 예약이 꽉 찬 토요일에 프런트 데스크 직원 한 명이 결근하는 바람에 이네즈 혼자 데스크를 맡게 되어서 나는 안내 데스크 일을 접고 이네즈를 도우러 간다. 팔 년 전 처음 이 호텔에 취업했을 때 프런트 데스크 일을 했기 때문에 기본적인 것들은 아직도 기억하고 있다. 이네즈가 내게 업데이트된 컴퓨터 시스템을 알려주어야 한다. 예약과 체크인 과정을 설명할 때 이네즈의 목소리가 마치 질문하는 것처럼 높아진다. 내가 옆에 있어서 긴장을 한 건지 아니면 그저 짜증이 난 건지 잘 모르겠다. 일을 잘못 처리하고 나서 내가 자책하는 말을 하면, 이네즈는 "괜찮아요, 괜찮아요, 괜찮아요"라는 말을 연거푸 빠르게 내뱉는다.

머리가 멍한 상태임에도, 어쩌면 그래서 더더욱, 시간이 쏜살같이 지나간다. 바텐더가 내게 다크 앤드 스토미 칵테일을 한 잔 가져다주고, 내가 이네즈에게도 한 모금 마시게 해주자 이네즈가 미소를 짓는다. 우리 둘은 데스크 뒤에 쪼그려앉아 술을 주거니 받거니 한다. 나는 누군가와 함께 일하는 것이 어떤 기분인지를, 고객들을 상대해야 할 때 생겨나는 동지애를 잊고 있었다. 직접 예약 이력을 볼 수 있도록 데스크 안으로 들여서, 항상 237호였음을 확인시켜주었는데도 자기에게 이전과 다른 방을 주었다고 우기는 투숙객, 거리 전망의 저렴한 방은 소음이 심할 거라는 우리의 경고를 무시하고 그 방에 들어갔다가 한 시간 만에 소음 때문에 화가 나서 내려온 커플. 이네즈는 고객들의 불평에 능숙하게 대처한다. 그녀는 눈을 깜박이며 두 손을 가슴에 대고 말한다. "정말 죄송합니다. 정말 정말 죄송해요." 이네즈가 그렇게 과하게 나오니 투숙객들은 당황한다. 결국엔 그들 대부분이 그녀에게 괜찮다고, 별일 아니라고 그녀를 안심시키고, 그러다가 그들이 돌아서면 이네즈는 낮게 욕을 내뱉는다.

"난 이네즈를 상사의 딸로만 생각했는데." 내가 말한다. "이제 보니 진짜 일을 잘하네요."

이네즈는 눈을 가늘게 뜨고 내 말이 모욕인지 아닌지 가늠해본다.

"이네즈가 나보다 나아요. 나는 공감하는 척 연기 못해요." 그 순간 우쭐해진 이네즈의 얼굴에 미소가 번진다.

"사람들은 화가 나면 싸울 거리를 찾잖아요." 이네즈가 말한다. "그럴 때 순종적으로 굴면 물러서죠."

"맞아요. 사실 그건 내가 남자들한테 쓰는 전략이기도 해요." 나는 그렇게 말하며 이네즈의 반응을 보려고, 그녀가 무슨 말인지 안다는 듯 피식 웃는지 보려고 그녀를 돌아보지만 이네즈는 그저 살짝 혼란스러운 표정으로 이마를 찌푸린다.

나는 컴퓨터를 클릭하는 이네즈를 바라본다. 화면이 이네즈의 얼굴을 환하게 밝힌다. 이네즈는 열일곱 살이지만 그보다 훨씬 성숙해 보인다. 분사기로 파운데이션을 뿌려서 한 화장과 완벽한 직선으로 떨어지도록 고데기로 편 머리카락. 정장 속에 흰색 실크 블라우스를 받쳐 입고 진주 목걸이를 한 이네즈는 전체적으로 조화롭고, 이미 나보다 여성으로 사는 것에 노련하다.

"이네즈는 아주 예리한 데가 있어요." 내가 말한다. "나이에 비해 성숙해 보여요."

이네즈가 곁눈질로 나를 흘긋 쳐다본다. 여전히 조금은 경계하고 있다. "아, 고맙습니다." 이네즈는 다시 컴퓨터로 돌아가서, 내가 화면을 보지 못하도록 어깨를 움츠린다.

아홉시 반이 되고 북적이는 시간이 지나자, 웬 남자가 데스크로 다가온다. 사십대에 미남이고 키가 작다. 그는 하룻밤만 예약했다. 정원 전망의 월풀 욕조가 있는 스위트룸. 그는 도착 시간에 맞추어 몇 가지 서비스를 요청해놓았다. 흐릿한 조명, 거품 목욕, 침대 위의 장미 꽃잎, 얼음통에 넣은 샴페인.

체크인하면서 나는 다 준비되었다고 말한다. "서비스 여전히 원하시는 것 맞죠?" 내가 말하며 로비를 둘러본다. 그는 혼자인 것 같다.

남자가 이네즈에게 미소를 짓는다. 체크인 수속을 내가 하는데도, 그는 데스크에 온 뒤로 계속 이네즈에게 미소를 짓는다. "훌륭하네요." 그가 말한다.

그가 카드키를 주머니에 넣고 엘리베이터로 향한다. 이네즈는 그의 예약 내역을 정리하려 돌아서고 나는 남자가 로비 쪽으로 반쯤 걸어가다가 손을 내미는 것을 본다. 소파에 앉아 있던 여자가 일어선다. 여자가 어깨 너머로 프런트 데스크 쪽을 쳐다보고, 나와 눈을 맞춘다. 자세히 보니 성인 여자가 아니다. 컨버스 스니커즈에 소매가 손목 아래까지 내려오는 오버사이즈 스웨터를 입은 십대 소녀다. 엘리베이터를 기다리는 동안 남자가 여자의 목에 얼굴을 문지르자 여자애가 딸꾹질 같은 웃음을 터뜨린다.

"봤어요?" 그들이 엘리베이터를 탄 뒤 내가 이네즈에게 묻는다. "저 남자가 데려온 여자. 열네 살 같았어요."

이네즈가 고개를 젓는다. "난 못 봤어요." 이네즈는 체크인 목록을 바라보고 있다. 전부 다 초록색 불이 들어왔다. 모두가 자기 방에 들어가 있다. 이제 쉴 수 있다. "뭘 좀 먹어야겠어요." 이네즈가 말한다.

나는 만반의 준비가 된 방을, 침대에 뿌려진 장미 꽃잎을, 보글거리는 거품 목욕을, 남자가 여자애의 스웨터를 벗길 때 그애가 지을 불편한 웃음을 생각한다. 이네즈가 주방으로 향할 때, 나는 열쇠를 들고 위층으로 올라간 다음, 방으로 들이닥쳐서 남자를 할퀴고 여자애에게서 떼어내는 상상을 한다. 그러나 내가 한바탕 난리를 피워봐야 해고되는 것 말고 무얼 얻을 수 있을까? 여자애는 기꺼이 남자를 따라온 것 같았고, 행복해 보였다. 남자가 여자애를 강제로 끌고 간 게 아니었다. 나는 데스크 뒤에서 마지막 남은 칵테일 한 모금을 넘기며 파스타 접시를 들고 오는 이네즈를 바라본다. 이네즈는 걸어오면서 입안에 파스타를 욱여넣고 그 바람에 빨간 소스가 흰 블라우스에 튄다.

이네즈가 안쪽 사무실에서 파스타를 먹는 동안, 남자 한 명이 다가와 예약을 했다고 말한다. 내가 예약을 확인하는 동안, 덥수룩한 눈썹에 딸기코의 그 남자는 팔짱을 낀 채 나를 내려다본다. 그러다가 자기가 얼마나 짜증이 났는지, 내가 얼마나 무능한지 알리려는 듯 한숨을 내쉰다. 지금 위층에서 어떤 여자애가 강간당하고 있는 거 알아요? 나는 생각한다. 그리고 아무도 그걸 막을 수 없다는 거?

"고객님 성함으로 예약된 내역이 없는데요." 내가 말한다. "이 호텔에 예약하신 게 맞나요?"

"맞고말고요." 그가 주머니에서 접힌 종이를 한 장 꺼낸다. "여기요, 맞죠?"

확인해보니 오리건주 포틀랜드에 있는 호텔이다. 내가 그의 실수를 지적하며 마치 나의 실수인 양 사과하자, 남자가 예약증을 보고 기겁하고, 그다음엔 나를, 그리고 가방에 둘러싸인 채 로비 맞은편에 앉아 있는 자기 아내를 보고 기겁한다.

"우린 플로리다에서 왔는데요." 그가 웅얼거린다. "어쩌면 좋죠?"

이 도시의 모든 호텔이 오늘밤 예약이 끝났지만 나는 공항 근처의 호텔 한 곳에 가까스로 예약을 잡아준다. 남자는 너무 당황한 나머지 내게 고맙다는 인사도 없이 로비 맞은편에 앉아 있던 아내를 이끌고 주차 요원에게 가고, 주차 요원이 그의 렌터카를 가져온다. 그들이 출발하자 나는 데스크에서 몸을 축 늘어뜨린다. 머리를 두 손으로 감싼다. 심호흡.

전화벨이 울리자, 나는 눈도 뜨지 않은 채 전화를 받으며 호텔의 인삿말을 한다.

"안녕하세요." 목소리가 말한다. 머뭇거리는 여자 목소리. "버네사 와이와 통화할 수 있을까요?"

나는 눈을 뜨고 조용한 로비를 내다본다. 이네즈가 안쪽 사무실에서 나와 내게 손짓하고—금방 갈게요—직원용 화장실로 향한다.

"여보세요?" 목소리가 기다린다. "혹시 버네사인가요?"

나는 전화 교환대의 빨간 통화 취소 버튼으로 손을 뻗는다.

"끊지 마세요." 목소리가 말한다. "저는 〈펨진〉의 재닌 베일리예요. 이야기를 나누고 싶어서 제가 메일을 몇 번 보냈었어요. 최후의 방법으로 직장으로 연락드려보면 어떨까 생각이 들더라고요."

나는 '통화 취소' 버튼에 손가락을 가져가지만 누르지는 않는다. "이미 전화하셨잖아요. 음성 메시지를 남기셨죠." 내 목소리가 갈라진다.

"맞아요." 그녀가 말한다. "그랬어요."

"그런데 또 전화를 하셨네요. 이번엔 직장으로."

"알아요." 그녀가 말한다. "제가 부담을 드리고 있다는 거 알아요. 하지만 한 가지만 물을게요. 어디까지 알고 계시죠?"

그녀의 말이 무슨 뜻인지 몰라 나는 잠자코 있는다.

"테일러 버치—테일러 아시죠? 지난 몇 주 동안 테일러는 지옥같은 나날을 보냈어요. 테일러가 그간 어떤 학대를 당했는지 아세요? 남성의 권리를 옹호하는 사람들이 트위터에서 그녀를 괴롭히고 있어요. 테일러는 지금 살해 협박을……"

"네." 내가 말한다. "그런 글 봤어요."

딸깍 소리가 들리더니 그녀의 목소리가 좀더 크고 좀더 가깝게 들린다. 스피커폰 기능을 해제한 것처럼. "솔직하게 말할게요, 버네사." 그녀가 말한다. "난 버네사의 과거를 알아요. 앞으로 나서라고 강요할 순 없어도, 버네사의 얘기가 테일러에게 얼마나 큰 도움이 될지 알려주고 싶었어요. 지금 당신에게는 이 운동 전체에 도움을 줄 기회가 있어요."

"내 과거를 안다니, 그게 무슨 뜻이에요?"

그녀의 목소리가 반 옥타브 정도 올라간다. "그게, 테일러가 알려주었어요…… 소문들, 오랜 세월 동안 제이컵 스트레인이 얘기했다는 세세한 것들이요."

나는 고개를 번쩍 든다. 오랜 세월 동안?

"그리고 그것 말고도……" 재닌이 웃음을 터뜨린다. "테일러가 블로그 링크를 하나 보내주었어요. 당신의 블로그라고 하던데요? 읽어보았는데, 멈출 수가 없더라고요. 정말로요. 매혹적인 글이었어요. 버네사는 정말 훌륭한 작가예요."

깜짝 놀란 나는 예전 블로그의 주소를 브라우저에 입력해본다. 대학 시절의 사건 때문에 나는 그 블로그를 비공개로 전환하고 비밀번호를 입력해야만 들어갈 수 있게 해놓았다. 그런데 지금은 모든 설정이 다시 공개로 돌아가 있다. 블로그가 잠긴 것을 마지막으로 확인한 게 언제인지 기억나지 않는다. 어쩌면 지난 몇 년 동안 공개 상태였는지도 모른다. 페이지를 아래로 내려보니, 'S'라는 글자가 보인다. 누가 보아도 스트레인을 칭한 게 분명한 'S'가 글 곳곳에 퍼져 있다.

"비공개로 되어 있었는데," 나는 로그인 화면으로 들어가서 십 년 전 비밀번호를 기억하려 애쓴다. "어떻게 된 일인지 모르겠네요."

"기사에 블로그 내용을 언급하고 싶어요."

"안 돼요." 내가 말한다. "내게 거부할 권리가 있죠?"

"당신 허락을 받고 싶어요." 그녀가 말한다. "하지만 그 블로그는 공개로 설정되어 있었어요."

"지금 삭제할 거예요."

"좋을 대로 하세요. 하지만 이미 화면을 캡처해두었어요."

나는 컴퓨터 화면을 바라본다. 비밀번호를 복구하려면 최근 몇 년 동안 접속한 적이 없는 애틀랜티카 메일 계정으로 들어가야 한다. "무슨 얘길 하는 거예요?"

"되도록 허락을 받고 싶다고요." 그녀가 다시 말한다. "하지만 저에겐 최고의 기사를 써야 할 의무가 있어요. 우리가 힘을 합치면 어떨까요? 버네사가 편안하게 얘기할 수 있는 부분을 알려줘요. 거기서부터 시작하면 돼요. 그렇게 해줄 수 있겠어요, 버네사?"

입안에 하고 싶은 말들—나한테 전화하지 말아요, 메일 보내지 말아요, 마치 아는 사람인 양 내 이름을 부르지 말아요—이 차오르지만 각을 세워선 안 된다. 우리의 이야기를 나의 언어로 쓴 블로그 게시글을 그녀가 보았다면 더더욱 그래선 안 된다.

"어쩌면요." 내가 말한다. "잘 모르겠어요. 생각을 좀 해볼게요."

재닌이 내 귀에 대고 숨을 내쉰다. "버네사, 꼭 그래주면 좋겠어요. 우리는 서로를 위해 할 수 있는 일을 해야만 해요. 결국 우리 모두 한배를 탔잖아요."

나는 로비 건너편을 바라보며 억지로 동의한다. "그럼요, 그렇고말고요. 정말 맞는 말이에요."

"절 믿으세요. 이게 얼마나 힘든 일인지 나도 알아요." 재닌이 목소리를 낮춘다. "나도 생존자예요."

그 단어, 그 단어에 담긴 과도한 공감, 어떤 맥락에서 나오건 내 몸을 오그라들게 만드는, 잘난 체하며 모든 걸 납작하게 뭉개버리는 단어. 그 말이 나를 과하게 자극한다. "당신이 나에 대해 뭘 안다고 그래요." 그 말을 내뱉는 내 입술이 치아 위로 말려 올라간다. 나는 전화를 끊고 다급하게 로비를 가로질러 비어 있는 직원용 화장실에 들어가 변기에 대고 토한다. 파도가 잦아들 때까지, 내 속이 텅 빌 때까지 변기를 끌어안고 담즙까지 게워낸다.

바닥에서 숨을 고르며 블레이저에 토사물이 묻었는지 살펴보고 있는데, 화장실 문이 열리며 내 이름을 부르는 소리가 들린다. 이네즈다.

"버네사? 괜찮아요?"

나는 손등으로 입을 닦는다. "괜찮아요." 내가 말한다. "속이 좀 안 좋아서요."

문이 닫혔다가 다시 열린다.

"정말 괜찮아요?" 그녀가 묻는다.

"괜찮아요."

"혹시 필요하면 내가 대신······"

"젠장 제발 나 좀 혼자 있게 해줄래?" 화장실 칸의 철제 벽에 뺨을 대고 기대어 있는 동안 이네즈가 서둘러 데스크로 돌아가는 소리가 들린다. 남은 근무시간 내내, 이네즈는 금방이라도 울음을 터뜨릴 듯 눈물을 글썽인다.

몇 년 전, 콩그레스 스트리트에서 길을 건너려고 기다리다가, 신호등 기둥에서 나를 쳐다보고 있는 테일러의 얼굴을 본 적이 있다. 어느 술집에서 열리는 시 낭송회의 광고 전단지였다. 나는 그녀가 시를 쓴다는 것과 몇 편을 지면에 발표했다는 걸 알고 있었다. 나는 그녀의 시를 닥치는 대로 찾아서 읽었다. 문예지를 주문하고, 거의 업데이트되지 않는 그녀의 웹사이트도 주기적으로 확인했다. 나는 테일러의 글에서 스트레인의 흔적을 찾아보았다. 그러나 내가 찾은 것이라고는 백열전구 아래 산누에나방의 고요한 이미지와 그녀의 자궁에 대한 단상들을 담은 6연시뿐이었다. 나로서는 도저히 납득이 가지 않는 것이, 만약 스트레인이 그녀에게 한 짓이 그토록 악랄했다면, 스트레인이 아닌 다른 것을 소재로 글을 쓰며 사는 게 어떻게 가능할까.

아무리 애를 써도 테일러를 이해할 수 없었다. 몇 년 전, 나는 그녀의 직장이 어디인지, 사는 동네가 어디인지를 알아냈다. 그녀가 인스타그램에 자기 집 주방에서 창밖 풍경을 찍은 사진을 올렸을 때, 그걸 보고 그녀가 사는 건물을 정확히 알아낼 수 있었다. 테일러를 스토킹한 건 아니었다, 정말 그런 건 아니었다. 점심시간 즈음에 테일러가 일하는 건물을 지나치면서 금발의 여성을 일일이 확인한 게 그나마 가장 가까이 다가간 것이었다. 그러나 레스토랑이나 커피숍, 슈퍼마켓, 모퉁이의 상점에서 내가 테일러의 얼굴을 찾지 않았던 적이 있었던가? 때로는 시내를 걸을 때 그녀가 내 바로 뒤에서 따라오는 상상을 했다. 테일러가 날 지켜보고 있다는 생각이 들면 몸이 후들거렸다. 스트레인이 날 감시하고 있다고 생각했을 때와 똑같은 느낌이었다.

테일러의 시 낭송회에 갔을 때, 나는 흐릿한 조명의 술집 뒤쪽에 서 있었고, 붉은 머리카락을 틀어올려 비니 모자 속에 감추었다. 테일러가 마이크 앞으로 다가가 말을 하기 시작할 때까지만 거기 머물렀다. 커다란 미소와 거침없는 손짓. 테일러는 별문제 없어―

집으로 돌아오면서, 질투심과 안도감 사이의 무언가로 뺨이 달아오른 채로, 나는 그렇게 중얼거렸다. 테일러는 평범해 보였고, 행복해 보였으며, 훼손되지 않은 것처럼 보였다. 그날 밤, 나는 예전 폴더를 뒤져 대학 시절에 쓴 수정한 에세이들과 고등학교 시절의 시들을 찾아보았다. 『타이터스 앤드로니커스』*에서의 강간의 기능에 관해 쓴 논문에 헨리 플라우가 이런 평을 달았다. 버네사, 정말 놀라운 글이에요. 그 평가를 보고 코웃음쳤던 기억이 있다. 그저 이번에도 날 좀더 가까이 유인하려는 선생님의 칭찬일 뿐이고 진지하게 받아들일 필요가 없다는 걸 알았다. 그러나 어쩌면 진심으로 한 말일 수도 있었다. 그리고 어쩌면 스트레인 역시—그는 나를 수없이 칭찬했고, 내가 세상을 바라보는 방식이 특별하다고 거듭 말했다—진심일 수도 있었다. 그의 모든 잘못에도 불구하고, 그는 학생의 잠재력을 노련하게 간파하는, 훌륭한 선생님이었다.

나는 스트레인의 이름을 트위터에 검색해본다. 주로 페미니스트를 옹호하고 성차별주의자를 공격하는 테일러의 글이다. 그중에는 필드하키 유니폼을 입고 미소 짓고 있는 앙상한 열네 살 소녀 테일러의 사진도 있다. 그 사진 밑에, 제이컵 스트레인이 성폭력을 저질렀을 당시 테일러 버치의 모습이라고 적혀 있다. 나는 열다섯 살 때 스트레인이 찍은 내 사진 밑에, 무거운 눈꺼풀에 입술이 부어오른 내 모습에 똑같은 설명이 붙는 상상을 한다. 아니면 열일곱 살 때 자작나무 숲을 배경으로 내가 직접 찍은 사진 아래에. 그 사진 속에서 카메라를 바라보며 스커트를 들어올리고 롤리타 같은 모습으로

---

* 셰익스피어가 집필한 비극으로 잔혹한 복수극을 다루고 있다.

서 있는 나는 내가 원하는 게 무엇이고, 내가 어떤 존재인지 정확히 알고 있었다. 사람들이 나 같은 여자애한테는 과연 어느 정도의 피해의식을 주입하려고 나설지 궁금하다.

2002년

마지막 학년이 시작되고 첫 주, 나는 작성한 대학 입학원서와 여름 내내 작업한 대입 지원 에세이를 들고 진학 상담실을 찾는다. 스트레인이 적어준 대학 목록을 여전히 갖고 있지만 진학 상담 선생님은 나에게 목록을 확장해보라고 한다. 안정권의 대학이 필요하다고, 그녀가 말한다. 주립대학도 좀 살펴보는 게 어떻겠느냐고.

상가 식당은 여름 내내 문을 닫아서, 나는 영문학 수업을 같이 듣는 웬디, 마리아와 함께 학교 식당에서 점심을 먹는다. 마리아는 칠레에서 온 교환학생이고 웬디의 가족과 함께 살고 있다. 두 사람은 나의 부모님이 친구로 사귀기를 원하는 바로 그런 유의 애들이다. 학구적이고, 착하고, 남자친구가 없는 애들. 점심시간에 우리는 저지방 요구르트와 얇게 썬 사과에 땅콩버터를 정확히 두 스푼 곁들여 먹으면서 플래시 카드로 서로에게 퀴즈를 내고, 숙제를 비교해보고, 대학 입시에 열을 올린다. 웬디는 버몬트대학교에 가고 싶어하고 마리아도 미국에 남아서 대학에 진학하고 싶어한다. 보스턴에 있는 대학 어디든 진학하는 것이 마리아의 꿈이다.

삶은 그렇게 흐르고 또 흐른다. 나는 운전면허를 따지만 차는 받지 못한다. 베이브는 어느 날 주둥이에 온통 호저의 가시가 박힌 채로 돌아오고, 엄마와 내가 베이브를 붙잡고 있는 동안 아빠가 끝이 뾰족한 펜치로 가시를 하나씩 뽑는다. 아빠는 병원 노조위원장으로 선출된다. 엄마는 지역 전문대학에서 역사 과목에 A를 받는다. 나뭇잎 색이 변한다. 나는 SAT 점수를 괜찮게 받고 또 한 편의 대입 지원 에세이를 완성한다. 영문학 시간에는 로버트 프로스트에 관한 수업을 듣지만 선생님은 섹스에 대해 언급하지 않는다. 마리아와 웬디는 점심시간에 베이글을 손으로 뜯어 나눠 먹는다. 물리학 수업을 같이 듣는 남자애가 겨울 댄스파티에 같이 가자고 데이트 신청을 하고 나는 호기심에 승낙하지만 그의 입에서는 양파 냄새가 나고 그애가 나를 만진다는 생각만 해도 죽고 싶다. 어두운 강당에서 느린 댄스곡이 나올 때 그가 키스하려 하자 나는 남자친구가 있다고 말해버린다.

"언제부터?" 눈살을 찌푸리며 그가 묻는다.

항상 있었어, 나는 생각한다. 네가 나에 대해 뭘 알아.

"나이가 많아." 내가 말한다. "넌 모르는 사람이야. 미안해. 내가 좀더 일찍 말했어야 하는데."

그때부터 댄스파티가 끝날 때까지 그는 나에게 말을 걸지 않고, 파티가 끝나자 날 집에 데려다줄 수 없다고, 우리집이 너무 멀고 자기가 너무 피곤하다고 말한다. 나는 아빠에게 전화해서 데리러 오라고 한다. 집으로 가는 길에 아빠가 무슨 일이 있었느냐고, 남자애가 무슨 짓을 했느냐고, 내게 상처를 주었느냐고 묻는다. 나는 "아무 일도 없었어요. 아무 일도요"라고 말하면서 속으로 지금 우리가 하는 말이, 아빠의 질문과 나의 부정이, 어딘가 낯설지 않다는 걸 아빠가 깨닫지 못하기를 바란다.

대기자 명단이나 확실한 거절이 담긴 얄팍한 봉투들만 속속 도착하다가 3월에 애틀랜티카 칼리지에서 두툼한 봉투가 날아온다. 진학 상담 교사가 넣어보라고 했던 대학이다. 내가 봉투를 찢고, 부모님은 뿌듯한 미소를 띠고 나를 쳐다본다. 축하해. 정말 기쁘구나. 내가 기숙사에 살고 싶은지, 특별히 선호하는 기숙사가 있는지, 식사는 어떻게 할 건지를 묻는 안내책자와 서류가 쏟아져나온다. 신입생 환영회 초대장이 들어 있고 이미 출간한 시집이 대여섯 권 되는 시 창작 교수가 친필로 쓴 편지도 들어 있다. 버네사의 시는 특출합니다, 라고 교수는 썼다. 함께 수업할 날을 기다릴게요. 그 모든 것을 뒤적이는 나의 손이 떨린다. 애틀랜티카 칼리지는 주립대학이고 명문 대학이 아니지만, 합격 통지를 받는 기분이 브로윅 때와 너무 비슷해서 나는 다시 시간을 거슬러올라간다.

그날 밤, 부모님이 잠자리에 들고 나서 나는 무선전화기를 들고 눈 덮인 뜰로 나간다. 얼어붙은 호수를 달이 비춘다.

스트레인이 전화를 받지 않는 게 그리 놀랍지는 않다. 자동응답기가 작동되자 나는 전화를 끊고 다시 걸고 싶어진다. 계속 전화를 걸면 화가 나서 받을지도 모른다. 자길 가만히 내버려두라고 소리지른다고 해도, 적어도 그의 목소리는 들을 수 있을 것이다. 나는 와이, 필 & 잰, 이라고 적힌 발신자를 쳐다보는 그를 상상한다. 나의 부모님이 그에게 전화를 걸어서 자기들이 전부 다 알고 있다고 말하려는 게 아니라는 걸, 그를 감방에 보내려는 게 아니라는 걸 그가 알 리가 없다. 나는 잠시나마 그가 두려워하길 바란다. 그를 사랑하지만, 뉴욕에서 상을 받는 사진을 생각하면, 뉴잉글랜드기숙학교협회에서 올해의 우수 교사로 제이컵 스트레인을 선정한 걸 생각하면 그에게 상처를 주고 싶다.

자동응답기에 녹음된 그의 목소리가 들려오고―"제이컵 스트레인입니다……"―나는 거실에 서 있는 그의 모습을 그려본다. 맨발에 티셔츠를 입고, 속옷 위로 뱃살을 드러내고, 자동응답기에 시선을 고정하고 있는 스트레인. 삑 소리가 귀를 찌르고 나는 호수 건너편을 바라본다. 검은 하늘을 배경으로 펼쳐진 자줏빛 기다란 산을.

"저예요." 내가 말한다. "저하고 얘기하면 안 된다는 거 알아요. 하지만 애틀랜티카 칼리지에 합격했다는 소식 전하고 싶었어요. 8월 21일부터 대학 캠퍼스에 있을 거예요. 그땐 열여덟 살이 되니까……"

나는 말을 멈추고 자동응답기의 테이프가 돌아가는 소리를 듣는다. 그 소리가 법정에서 증거자료로 재생되고, 스트레인이 테이블을 앞에 두고 변호사 옆자리에 앉아 수치심에 고개를 떨구는 장면을 상상한다.

"선생님도 날 기다리고 있길 바라요." 내가 말한다. "왜냐하면 난 선생님을 기다리고 있으니까요."

날씨가 따스해지고 애틀랜티카 칼리지의 합격통지서를 받고 나

니 모든 게 한결 수월해진다. 그것은 유배 생활의 쓸쓸함을 누그러
뜨리는 소식이고 긴 수령의 끝을 밝혀주는 빛이다. 합격이 취소될
수도 있다는 교사들의 경고에도 불구하고, 나의 성적은 B와 C로
추락한다. 나는 일주일에 한두 번, 오후 수업을 빼먹고 고등학교와
주간 고속도로 사이의 숲을 거닌다. 운동화가 진흙으로 엉망이 되
는 동안, 헐벗은 나무들 사이로 지나가는 차를 바라보면서 수학 수
업을 같이 듣는 남자애한테 돈을 주고 사달라고 부탁한 담배를 피
운다. 어느 날 오후, 나는 사슴 한 마리가 도로로 뛰어드는 바람에
차량 다섯 대가 차례로 충돌하는 광경을 목격한다. 눈 깜짝할 사이
에 일어난 일이다.

내 생일을 이틀 앞둔 4월의 어느 날, 메일을 확인하고 있는데 알
림 메시지가 뜬다. 제니9876이 대화를 요청했습니다. 수락하시겠습니
까? '네'를 너무 세게 누르는 바람에 마우스가 손에서 미끄러진다.

제니9876 : 안녕, 버네사. 나 제니야.
제니9876 : 안녕?
제니9876 : 거기 있으면 제발 대답 좀 해줘.

나는 메시지가 뜨는 것을 지켜본다. 채팅창 아래쪽에 제니9876
이 메시지를 입력중입니다…… 제니9876이 메시지를 입력중입니다, 라
는 알림이 뜬다. 그러다가 멈춘다. 나는 제니의 모습을 상상해본
다. 제니의 목선, 반짝이는 갈색 머리카락. 지금은 브로윅의 4월 방
학 기간이다. 지금쯤 보스턴의 집에 와 있을 것이다. 내 손가락이
키보드 위에서 서성거리지만, 준비되지 않은 상태로 대답을 입력

하고 싶지 않다. 내가 글을 쓰다가, 멈추었다가, 다시 쓰는 걸 보면서 내가 고심하고 있음을 제니가 알아차리게 하고 싶지 않다.

다크_버네사 : 뭐지.

제니9876 : 안녕!

제니9876 : 답해줘서 고마워.

제니9876 : 잘 지내?

다크_버네사 : 왜 연락한 거야?

제니는 브로윅에서 일어난 일 때문에 내가 자기를 증오하는 걸 안다고 말한다. 이미 오래전 일이고 더이상 내가 신경쓰지 않을지도 모르지만 자기는 죄책감을 느끼고 있다고. 졸업이 다가오니 내 생각을 많이 하게 된다고. 나는 거기 없고 스트레인은 아직 거기 있다는 게 너무 부당하다고.

제니9876 : 내가 교장선생님한테 갔을 때 일이 이렇게 될 줄 몰랐다는 걸 알아주었으면 좋겠어.

제니9876 : 너무 순진하게 들리겠지만 난 스트레인이 해고될 줄 알았어.

제니9876 : 네가 너무 걱정되어서 그랬어.

그녀는 내게 미안하다고 말하지만, 나의 관심은 오직 스트레인뿐이다. 제니가 사과하는 동안 나는 질문들을 쓰기 시작한다, 내가 문장을 이상하게 시작하는 걸, 무슨 말을 해야 할지 몰라 허둥지둥

하는 걸 제니가 알아차린다고 해도 더이상은 상관없다. 제니가 대학 얘기를 시작한다. 자기는 브라운대학교에 진학하게 되었다고, 애틀랜티카 칼리지에 대해 좋은 얘기를 많이 들었다고. 그러나 나는 대학 얘기는 하고 싶지 않다. 나는 제니에게 묻고 싶다, 그의 머리 길이가 어떤지, 혹시 머리가 덥수룩하고 단정치 않은지, 옷이 후줄근한지. 그것이 그의 심리상태를 말해주는 유일한 단서이기 때문이고, 내가 정말 궁금해하는 것들, 이를테면 그가 우울한지, 아니면 날 그리워하는지 따위를 제니가 말해줄 수는 없기 때문이다. 결국 나는 슬쩍 물어본다. 스트레인 자주 봐? 그 순간 스트레인에 대한 제니의 증오심이 화면에서도 또렷하게 느껴질 정도로 끓어오른다.

제니9876 : 응, 봐. 제발 안 봤으면 좋겠어. 도저히 못 봐주겠거든. 마치 실의에 빠진 사람처럼 교정을 돌아다니는데, 사실 자기는 그럴 이유가 없잖아. 정작 힘든 일을 겪은 사람은 너인데.

다크_버네사 : 그게 무슨 뜻이야? 슬퍼 보인다는 거야?

제니9876 : 비참해 보여. 널 그렇게 달리는 버스 앞으로 밀쳐놓고선 그러고 있다니 정말 어이가 없어.

다크_버네사 : 그게 무슨 뜻이야?

제니9876이 메시지를 입력중입니다……
제니9876이 메시지를 입력중입니다……

제니9876 : 넌 모를 수도 있겠구나.

다크_버네사 : 뭘?

제니9876 : 스트레인이 널 학교에서 쫓아낸 장본인이야. 스트레인이 자일스 교장선생님에게 그러라고 압력을 넣었어.

제니9876 : 이런 얘기 하면 안 될 것 같긴 한데.

제니9876 : 사실 이건 애초에 내가 알아서는 안 되는 일이었어.

다크_버네사 : ???

제니9876이 메시지를 입력중입니다……

제니9876이 메시지를 입력중입니다……

제니9876 : 작년에 나하고 몇몇 친구들이 '사회정의 실현을 위한 학생회'라는 새로운 클럽활동을 시작했거든. 우리가 하고 싶은 일들 중에 가장 중요한 건 브로윅이 성적 괴롭힘에 관한 현실적 방침을 세우게 만드는 거였어. 명문화된 규정이 전혀 없었거든(정말 무책임한 일이고 엄밀히 말하면 불법이야). 그래서 작년 겨울에 내가 그 문제로 자일스 교장선생님을 만났어. 행정실에서는 전혀 도움을 주지 않았거든. 나는 교장선생님을 면담하면서 너의 경우를 하나의 사례로 들었어. 다시는 그런 일이 일어나지 않았으면 좋겠다고.

제니9876 : 그날 그 모임에서 네가 책임을 전부 다 떠안긴 했지만 실제로 어떤 일이 일어났는지는 모두가 알고 있어. 네가 그의 희생양이 되었다는 걸 모두가 알아.

제니9876 : 어쨌든 내가 자일스 교장선생님을 만났을 때, 선생님은 내가 잘못 알고 있다고, 네가 부당한 대우를 받은 게 아니고 학교측에서는 잘못한 게 없다고 했어. 그러면서 스트레인이 너에 관해 쓴 보고서를 보여주었는데, 전부 다 네가 지어낸 얘기라고 썼더라.

제니9876 : 너무 화가 났어. 왜냐하면 네가 그러지 않았다는 걸 난 아니까. 두 사람 사이에 정확히 어떤 일이 있었는지는 모르겠지만 난 스트레인이 널 붙잡는 걸 봤어.

다크_버네사 : 보고서?

제니9876 : 응. 두 개가 있었어. 하나는, 네가 자기 명예를 실추시켰고 브로윅은 거짓말쟁이를 용납해서는 안 된다는 내용이었어. 스트레인이 널 "총명하나 정서적으로 불안정한 아이"라고 썼던 기억이 나. 스트레인은 네가 학교 윤리 규범을 어겼고, 그래서 퇴학당해야 한다고 했어.

제니9876 : 다른 하나는 그보다 먼저 쓴 거였어. 아마 2001년 1월 쯤? 네가 자길 흠모해서 교실 주변을 서성거린다는 내용이었어. 너의 행동이 통제를 벗어날 때를 대비해 공식 기록을 남겨두고 싶다면서. 발각될 경우에 자신의 행적을 정당화할 무언가를 써놓은 거지.

그뒤로, 나의 뇌는 거리를 두고 상황을 이해하기 위해 허공으로 튀어올라 하늘로, 숲으로 날아간다. 2001년 1월. 스트레인과 내가 노란 가로등 불빛이 드리운 거리를 지나 그의 집으로 향할 때, 그가 나에게 딸기 잠옷을 줄 때, 그는 학교에 나에 관한 거짓말을 했다. 그때 나는 제정신이 아니었고, 무슨 일이 일어나는지 이해할 수도 없었지만, 그는 이미 작전을 짜면서 열 발짝을 앞서가고 있었다. 결국 모든 게 무너졌을 때, 그는 사람들 앞에서 내가 거짓말쟁이라고 말하라고 날 설득했다. 그가 그때 뭐라고 했던가? "버네사, 그들은 널 퇴학시키기로 결정했고 그 결정은 바뀌지 않아. 다 끝났어." 나는 "그들"이 자일스 교장선생님, 행정실, 브로윅이라는 기관 자체라고 생각했다. 그와 내가 함께 그들에게 맞서고 있다고 생각했다.

채팅방에서 나가기 전에, 제니가 실제로 무슨 일이 있었느냐고 묻는다. 나는 떨리는 손으로 타자를 치기 시작한다. 그가 날 이용한 뒤에 버렸어. 그러나 이내 생각을 고치고 그 문장을 지운다. 그가 해고당하고 경찰이 오고 스트레인이 감옥에 가는 건 여전히 너무 두렵다.

다크_버네사 : 아무 일도 없었어.

*

생일 다음날, 나는 있지도 않은 학교 과제 핑계를 대면서 시내 도서관에 가야 한다고 말한다. 나 혼자 차를 몰고 나가게 해달라는 첫 부탁이다. 부모님은 앞뜰에 한해살이를 심으려고 밭을 고르느라 팔꿈치까지 흙투성이다. 엄마가 망설이지만 아빠가 손을 내젓는다. 다녀와.

"너도 가끔은 혼자 외출해야지." 아빠가 말한다.

자동차 열쇠를 들고 차로 반쯤 걸어갔을 때 엄마가 나를 부른다. 가슴이 두근거리고, 한편으로는 엄마가 날 못 가게 하길 바란다.

"나간 김에 우유 좀 사다 줄래?" 엄마가 묻는다.

차를 모는 동안, 내가 유배의 시간 동안 쌓아올린 논리가 새로운 정보의 무게를 감당하지 못하고 금방이라도 무너져내릴 것 같다. 나의 절박함 외에, 그가 나와 연락하길 원하고 내가 열여덟 살이 되길 기다리고 있다고 믿을 근거가 있었던가. 딱히 그가 약속을 한 것도 아니었다. 심지어 마지막으로 대화했을 때도. 그는 다 괜찮을 거라고 나를 안심시켰고, 나는 "괜찮다"는 말에 어떤 의미가 있을 거라고 생각했지만, 그가 무슨 뜻으로 그렇게 말했는지 누가 알겠는가. "괜찮다"는 건 단지 그가 별 탈 없이 위기를 넘기는 것, 해고당하지 않는 것, 감옥에 가지 않는 것을 의미했는지도 모른다. 운전대를 잡은 나의 손이 축축해진다. 아무 근거도 없이 혼자 이야기를 지어내고 그 이야기에 스스로 속기란 얼마나 쉬운가.

시내에 접어들어 서쪽 노럼베가로 향하는 좁은 고속도로에 진입할 때, 나는 기억을 더듬으며 실체가 있는 무언가를 찾아보려 애쓴다. 학교에서 나이가 많은, 숨겨놓은 남자친구가 있다고 말했던 기억. 생각만 해도 몸이 오글거린다. 완벽한 진실은 아닐지라도 그 정도 거짓말은 해도 될 것 같았다. 남자친구라는 호칭이 적절하지는 않더라도, 그가 날 기다리고 있는 건 사실이었으니까. 그런데 그 시간 내내, 나는 버림받았고, 그는 나를 원하지 않았다. 어쩌면 스트레인은 나를 완전히 잊고, 다른 사람과 사랑에 빠져서 섹스하고 있을지도 모른다. 다른 여자, 혹은 다른 학생과.

그 생각을 하니 합선이 일어난 것처럼 뇌의 불이 꺼진다. 번쩍하는 섬광 그리고 고통이 이어진다. 차가 갓길로 빠졌다가 다시 도로로 접어든다.

노럼베가는 여전하다. 가로수가 늘어선 강, 서점, 마리화나 용품점, 피자 가게, 제과점, 시내 저 위에서 반짝이는 언덕 위의 브로윅 교정. 나는 그의 집 앞 진입로에, 그의 스테이션왜건 뒤에 차를 세운다. 교정에서 그의 집으로 갈 때 탔던 그 차, 그리고 나중에는 그가 한 손을 내 다리 사이에 놓고 동부의 숲을 달리던 그 차. 너무도 많은 시간이 흘렀지만 마치 이 년 전 그대로인 것 같다. 나 역시 그때와 똑같은 옷을 입고 다니고, 겉모습도 똑같다. 아니 어쩌면 나이가 들었는데 그 사실을 깨닫지 못하는지도 모르겠다. 혹시 그가 날 못 알아볼 수도 있을까? 내가 열여섯 살이 되었을 때 그의 얼굴에 실망이 스치는 것을 감지한 기억이 있다. 이젠 다 큰 여자나 마찬가지야. 어쩌면 나는 뻣뻣해지고 나이가 들었는지도 모른다. 나는 더 강해진 것 같은, 적어도 그때보다는 강해진 것 같은 기분이 든다. 하지만 왜일까. 그동안 힘든 일을 겪은 것도 아닌데. 나는 숲에서 자동차가 충돌하는 광경을 목격했고, 남자들과 온라인으로 대화를 나누었고, 총기 수집가인 쓰레기에게 하마터면 납치당할 뻔했고, 식당에서 수많은 파이를 혼자 먹었다. 어쩌면 그 모든 것이 합쳐져서 지혜가 되었는지도 모른다. 만약 스트레인이 지금 나의 선생님이라면, 과연 내가 그에게 빠졌을지 의문이다.

그에게 겁을 주고 싶어서 나는 노크하지 않고 경찰처럼 문을 쾅쾅 두드린다. 그가 나오지 않을지도 모른다고, 거실 한복판에 꼼짝 않고 서서 내가 포기하고 갈 때까지 숨죽이고 기다릴지도 모른다고 생각한다. 다시는 날 보고 싶어하지 않을 수도 있다. 나를 떠나보낼 때 어쩌면 그게 그의 목표였는지도 모른다. 내가 지니고 있는 파괴력과 함께 나를 그의 삶에서 영영 몰아내는 것.

하지만 그렇지 않다—그는 곧바로 문을 연다, 마치 문 안쪽에서 날 기다리고 있었던 것처럼. 문을 활짝 열고 모습을 드러낸 그는 더 나이들어 보이면서 동시에 더 젊어 보인다. 턱수염이 희끗희끗하고 머리도 더 길다. 팔은 가무잡잡하게 그을렸다. 티셔츠와 반바지 차림에 양말 없이 보트 슈즈를 신었고 창백한 다리는 짙은 색 털로 뒤덮여 있다.

"세상에," 그가 말한다. "이게 누구야."

그가 손을 내 등에 얹으며 날 안으로 데리고 들어간다. 그의 집 안에서 나는 냄새, 그리워할 생각조차 못했던 그 냄새가 나의 머리를 채우고, 나는 그 냄새를 떨쳐내려고 두 손을 든다. 그가 마실 걸 원하는지 묻고는 거실을 향해 손짓하며 앉으라고 한다. 그러고는 냉장고를 열더니 맥주 두 병을 꺼낸다. 이제 정오가 막 지났을 뿐인데.

"생일 축하해." 나에게 맥주병을 내밀며 스트레인이 말한다.

나는 받지 않는다. "선생님이 무슨 짓을 했는지 알아요." 분노를 유지하려 애쓰지만, 나의 말은 새된 비명처럼 나온다. 나는 이미 눈물을 쏟기 직전의 생쥐 꼴이다. 그가 나를 진정시키려고 한 손으로 내 얼굴을 쓰다듬는다. 내가 홱 몸을 피하고, 그 순간 나의 머릿속에 『롤리타』의 대사 한 줄이 떠오른다. 오랜 세월이 지난 뒤 험버트가 롤리타를 찾았을 때 롤리타가 한 말. "내 몸에 손대면 죽어버릴 거야."

"선생님이 날 퇴학시키라고 했다면서요." 내가 말한다.

나는 그의 얼굴이 하얗게 질리고 풀이 죽기를 기다린다. 잘못을 들킨 사람처럼. 그러나 그는 움찔하지도 않는다. 그저 눈을 깜빡일 뿐이다. 스트레인은 내 분노의 입구를 찾으려 애쓰고, 마침내 입구를 찾자 미소를 짓는다.

"너 화났구나." 그가 말한다.

"완전 열받았어요."

"그렇구나."

"날 퇴학시킨 사람은 선생님이었어요. 선생님이 날 쫓아냈어요."

"난 널 쫓아내지 않았어." 그가 다정하게 말한다.

"내가 퇴학당하게 만들었잖아요."

"우리가 같이 결정했잖아." 그는 이마를 찌푸리고 미소를 짓는다, 마치 혼란스럽다는 듯이, 내가 황당한 말을 한다는 듯이. "기억 안 나?"

그가 내 기억을 되살려주려 애쓴다. 내가 전부 다 알아서 하겠다고 말하지 않았느냐고, 책임을 다 뒤집어쓰기로 작정했던 나의 비장한 표정을 지금도 생생히 기억한다고. "설령 내가 널 말리고 싶었다고 해도 못 말렸을걸." 스트레인이 말한다.

"그런 말 한 기억 없어요."

"글쎄, 어쨌든 넌 그렇게 했어. 난 생생하게 기억해." 그가 맥주를 한 모금 마시고 손목으로 입을 닦은 뒤 덧붙인다. "넌 정말 용감했지."

나는 브로윅을 떠나기 전 그의 집 뒤뜰에서, 주위에 어둠이 내리기 시작할 때, 그와 마지막으로 나눈 대화를 떠올려본다. 나는 얼마나 두려웠던가. 그에게 괜찮을 거라고 말해달라고, 내가 다 망친 게 아니라고 말해달라고 애원했었다. 그때 그는 나를 보고 경악한 듯했다. 그게 바로 그날의 대화에서 내가 가장 또렷하게 기억하고 있는 것이었다. 딸꾹질하고 콧물을 흘리며 무너져내리던 나를 바라보던 그의 혐오감어린 표정. 내가 다 알아서 하겠다고 말한 기억은 없다. 우리는 괜찮을 거라고 그가 말했던 기억만 있다.

"그 일로 내가 퇴학당할 줄은 몰랐어요." 내가 말한다. "그렇게 될 거라고는 말 안 했잖아요."

그가 어깨를 으쓱한다. 뭐, 그건 좀 미안하게 됐다. "대놓고 말하진 않았지만, 그때 우리를 위협하던 지옥에서 벗어날 길은 명백히 그것밖에 없었어."

"선생님이 감옥에 가지 않을 유일한 길이었겠죠."

"그래, 맞아." 그가 동의한다. "그런 생각도 하긴 했어. 당연히 했지."

"하지만 나는요?"

"네가 어때서? 널 봐. 멀쩡하지 않니? 넌 아주 멀쩡해 보여. 이렇게 예쁘잖아."

내가 원하지 않는데도 나의 몸이 반응한다. 숨을 헉 들이켜는 순간, 치아로 스며드는 공기가 휘파람소리를 낸다.

"버네사," 그가 말한다. "네가 화가 난 거, 네가 상처받은 거 이해해. 하지만 나도 최선을 다했어. 난 정말 두려웠다고. 그래서 본능적으로 행동했던 거야. 물론 나 자신을 보호하고 싶은 생각이 있었던 것도 사실이지만, 너도 내 마음속 우선순위에서 가장 위에 있었어. 브로윅을 떠난 덕분에, 너에게 닥칠 수도 있었던 조사를 피할 수 있었잖아. 그러지 않았다면 네 이름이 신문에 나고, 네 힘으로 통제할 수 없는 오명이 평생 널 따라다녔겠지. 너도 그걸 원하진 않았잖아. 넌 못 버텼을 거야." 스트레인의 시선이 나를 훑는다. "나는 줄곧, 내가 왜 그럴 수밖에 없었는지 네가 이해할 거라고 생각하고 있었어. 심지어 네가 날 용서할 거라고도 생각했지. 다 내 희망사항이었던 것 같지만. 어쩌면 내가 너한테 너무 많은 걸 기대한 건지도 모르겠다. 내가 종종 그랬다는 거 알아."

싸늘한 무언가가 내 등골을 타고 흐른다. 창피함, 수치심. 어쩌면 내가 너무 옹졸하고 편협하게 굴고 있는지도 모른다.

"자." 그가 맥주 한 병을 내 손에 쥐여준다. 나는 멍한 상태로 아직 술을 마실 나이는 아니라고 말한다. 그가 미소를 지으며 대꾸한다. "마실 수 있고말고."

우리는 거실 소파의 양끝에 앉는다. 소소한 변화가 있다. 우편물 무더기가 주방 카운터에서 커피 테이블로 옮겨져 있고, 문 옆에 못 보던 등산화가 뒹굴고 있다. 그것 말고는 똑같다. 가구, 벽에 걸린 그림들, 책장에 꽂힌 책들의 위치, 모든 것의 향기. 나는 그의 체취에서 벗어날 수가 없다.

"그래서," 그가 말한다. "곧 애틀랜티카 칼리지로 간다고. 너한텐 괜찮은 곳일 거야."

"무슨 뜻이에요? 좋은 학교에 가기엔 내가 너무 멍청하단 거예요?"

"버네사."

"선생님이 골라준 학교엔 갈 수 없었어요. 누구나 다 하버드에 가는 건 아니니까요."

스트레인은 맥주를 길게 한 모금 들이켜는 나를 지켜본다. 익숙한 가벼운 거품이 목구멍을 타고 넘어간다. 찰리가 전학 간 뒤로 나는 술을 마신 적이 없다.

"올여름엔 뭘 할 거니?" 그가 묻는다.

"일할 거예요."

"어디서?"

나는 어깨를 편다. 병원에서 예산을 삭감했기 때문에 병원엔 갈 수 없다. "아빠 친구분이 자동차 부품 창고에서 일하게 해준대요."

스트레인은 놀라움을 감추려 애쓰지만 나는 그의 눈썹이 올라가는 것을 본다. "정직한 일이지." 그가 말한다. "나쁘지 않아."

나는 또 한번 길게 맥주를 들이켠다.

"말이 별로 없구나." 그가 말한다.

"무슨 말을 해야 할지 모르겠어요."

"무슨 말이든 해도 돼."

나는 고개를 젓는다. "선생님이 더는 내가 아는 사람 같지가 않아요."

"난 항상 네가 아는 사람일 거야." 그가 말한다. "난 하나도 변하지 않았어. 변하기엔 너무 늦었어."

"난 변했어요."

"분명히 그랬겠지."

"이제는 선생님이 알던 순진한 애가 아니에요."

그가 고개를 갸우뚱한다. "네가 순진했던 적이 있었던가."

내가 한 모금을 더 마신다. 두 모금에 3분의 1이 줄어든다. 스트레인이 맥주 한 병을 비우고 냉장고에서 한 병을 더 꺼낸다. 내 것도 한 병 더 가져온다.

"나한테 얼마나 오랫동안 화가 나 있을 생각이야?" 그가 묻는다.

"내가 화내면 안 된다고 생각해요?"

"네가 왜 화가 났는지 설명해줬으면 좋겠어."

"왜냐하면 나는 소중한 것들을 잃었으니까요." 내가 말한다. "선생님은 아무것도 잃지 않았고요."

"그건 사실이 아니야. 난 많은 사람들에게 명예를 잃었어."

내가 코웃음친다. "그게 뭐가 대단하다고. 난 명예를 잃었을 뿐만 아니라 그것 말고도 엄청 많은 걸 잃었어요."

"예를 들면?"

나는 맥주병을 다리 사이에 끼고 손가락으로 하나씩 꼽는다. "브로윅을 잃었고, 부모님의 신뢰를 잃었어요. 새 학교에 간 첫날부터 나에 관한 소문이 돌았어요. 평범한 학생으로 살아갈 기회 자체가 없었다고요. 저는 그것 때문에 트라우마가 생겼어요."

트라우마라는 말에 그가 얼굴을 찌푸린다. "무슨 정신과의사를 만났던 것처럼 말하는구나."

"내가 어떤 일을 겪었는지 선생님이 이해할 수 있게 설명하는 것뿐이에요."

"알았어."

"너무 부당한 일이었어요."

"뭐가 부당한 일이었다는 거지?"

"내가 그 모든 일을 겪는 동안 선생님은 아무 일도 겪지 않았다는 것."

"네가 고통을 겪은 게 부당했다는 건 인정해. 하지만 내가 너하고 똑같이 고통을 겪었다고 해서 공평해지는 건 아니야. 그래봐야 더 많은 고통이 생길 뿐이지."

"정의는 어쩌고요?"

"정의," 그가 코웃음치더니, 갑자기 표정이 굳는다. "내가 정의의 심판을 받기를 바라고 있니? 그러려면 버네사, 내가 너에게 심각한 해를 끼쳤다고 믿어야겠지. 그렇게 믿니?"

나는 커피 테이블 위에 놓여 있는 물기 맺힌 맥주병에 시선을 고정한다.

"네가 그렇게 믿는다면," 스트레인이 말을 잇는다. "지금 말해. 그럼 가서 자수할 테니까. 내가 감옥에 가야 마땅하다고 생각한다면, 단지 십대 소녀와 사랑에 빠지는 불운을 겪었기 때문에 자유를 완전히 빼앗기고 괴물로 낙인찍혀야 한다고 생각한다면, 지금 당장 그렇다고 말해."

그렇게 생각하는 건 아니다. 내가 말한 정의는 그런 게 아니다. 단지 제니가 말한 것처럼 스트레인이 그동안 비참했고, 실의에 빠졌었다는 걸 확인하고 싶을 뿐이다. 왜냐하면, 지금 내 앞에 앉아 있는 그는 전혀 실의에 빠진 것처럼 보이지 않기 때문이다. 그는 행복해 보인다. 우수 교사상이 책장 위에 놓여 있다.

"내가 힘들지 않았을 거라 생각했다면, 네가 틀렸어." 스트레인이 마치 내 생각을 읽기라도 한 것처럼 말한다. 어쩌면 그는 정말로 내 생각을 읽고 있는지도, 늘 그래왔는지도 모른다. "정말 괴로웠어."

"그 말 안 믿어요." 내가 말한다.

그가 몸을 앞으로 숙이더니 내 무릎을 만진다. "보여줄 게 있어." 그는 일어나서 계단을 올라간다. 복도를 지나 침실로 들어서는 그의 발걸음을 따라 천장이 삐걱거린다. 그는 봉투 두 개를 들고 돌아온다. 봉투 하나에는 2001년 7월에 내 앞으로 쓴 편지가 들어 있다. 첫 줄을 읽는 순간 뱃속이 울컥 뒤집힌다. 버네사, 작년 11월 너의 따스한 무릎에 기대어 신음하면서 "내가 널 망치고 말 거야"라고 말했던 거 기억하니? 지금 너에게 묻고 싶구나. 내가 정말 그랬니? 파괴당한 기분이 드니? 이 편지를 너에게 안전하게 전할 방법이 없지만, 나의 죄책감이 기꺼이 그 위험을 감수하게 할지도. 네가 괜찮은지 알고 싶어.
또다른 봉투 안에는 생일카드가 들어 있다. 안에 사랑을 담아, JS라
고 서명을 했다.

"이번주에 어떻게든 이 카드를 부칠 용기를 내볼 생각이었어."
그가 말한다. "네 부모님이 노럼베가 소인을 못 보도록 오거스타까
지 차를 몰고 가서 거기 우편함에 넣으려고 했지."

나는 별 감흥이 없다는 듯 봉투를 커피 테이블에 던지고 일부러
눈을 치켜뜬다. 그 정도로는 충분치 않다. 그가 극심한 고통을 겪
었다는 증거가 더 필요하다. 수십 장의 증거가 필요하다.

스트레인이 소파의 내 옆으로 다가앉는다. "네사, 생각해봐. 넌
여길 떠나서 이 상황에서 탈출했잖아. 반면 난 오직 네 생각을 나
게 할 뿐인 곳에서 수많은 날을 보내야 했어. 매일 우리가 만났던
교실에서 아이들을 가르치고, 네 자리에 앉아 있는 다른 학생들을
봐야만 했다고. 이제 그 사무실은 쓰지도 않아."

"사무실을 안 쓴다고요?"

그가 고개를 끄덕인다. "이젠 쓰레기 천지야. 네가 떠난 이후로
줄곧 그랬어."

그 사실만큼은 쉽게 무시하지 못하겠다. 그의 사무실이 사용되
지 않은 채 방치되었다는 것이야말로 나의 유령이 휘두른 권력의
증거 같다. 매일 내가 그의 머릿속을 점령했다. 내가 여기서 탈출
할 수 있었다는 그의 말은 옳다. 공립학교의 복도와 교실은 전혀
그의 기억을 떠올리게 하지 않았다. 비록 나는 그 시간을 끝없는
슬픔의 시간으로 여겼지만, 낯선 상황에 내던져진 덕분에 한결 견
디기 수월했는지도 모른다. 스트레인이 견뎌야 했던 것들과 비교

하면 내가 견딘 것들이 나은 면도 있는 것 같다.

나는 두 병째 맥주를 마신다. 그가 세번째 맥주병을 커피 테이블에 올려놓자, 나는 운전해서 집에 가야 한다며 항의하지만, 그러면서도 길게 한 모금을 마신다. 알코올에 대한 나의 내성은 높지 않다. 두 병을 마신 뒤로 얼굴이 벌겋게 달아오르고, 눈이 흐릿해진다. 술을 마실수록, 처음 왔을 때의 분노로부터 멀리 떠내려간다. 하늘을 바라보며 물위에 뜬 상태로, 점점 더 깊은 물로 떠내려갈 때, 작은 파도가 내 귀에 철썩거릴 때, 나의 분노는 저 물가에 남아 있다.

그가 지난 이 년 동안 무얼 했느냐고 묻는다. 끔찍하게도 나는 어느새 그에게 크레이그, 온라인 채팅 상대들, 그리고 나를 댄스파티에 데려갔던 남자애에 대해 털어놓고 있다. "전부 다 역겨웠어요." 내가 말한다.

스트레인이 환하게 웃는다. 그의 반응에 질투의 기미는 없다. 내가 노력했지만 실패했다는 게 흐뭇한 눈치다.

"선생님은요?" 내가 묻는다. 나의 목소리가 어눌하고, 지나치게 크다.

그는 대답하지 않는다. 대답을 피하며 미소만 짓는다. "내가 어떻게 지냈는지는 알잖아." 그가 말한다. "나야 늘 똑같지. 여기서."

"누구와 무얼 했느냐고 묻는 거잖아요." 나는 맥주를 한 모금 꿀꺽 마시고 입술을 병에 대고 쩝쩝거린다. "톰프슨 선생님 아직 여기 있어요?"

그가 다정하고도 거만한 미소를 짓는다. 내가 매력적으로 행동하고 있나보다. 내가 대답을 요구하는 게 귀여운가보다. "원피스 예쁘다." 그가 말한다. "그 옷 기억나."

"선생님을 위해 입은 거예요." 이런 말을 하는 내가 밉다. 솔직하게 말할 필요가 없는데도, 나는 멈출 수가 없다. 나는 제니와 얘기했다고, 제니가 그를 실의에 빠진 남자 같다고 했다고 말한다. "선생님이 날 내쫓은 장본인이라고 말해준 게 제니예요. 전부 다 알고 있던데요. 자일스 교장선생님한테 내가 '정서적으로 불안정한 아이'라고 했다면서요." 나는 손가락으로 허공에 따옴표를 만든다.

스트레인이 나를 쳐다본다. "제니가 뭘 읽었다고?"

나는 미소를 짓는다. 참을 수가 없다. 마침내 내 말이 그의 신경을 건드린다.

"제니가 어떻게 그 문서를 읽었지?" 스트레인이 묻는다. 그가 문서라는 단어를 사용하는 것을 듣고 내가 웃는다.

"자일스 교장선생님이 보여주었다던데요."

"말도 안 돼. 있을 수 없는 일이야."

"좋은 일 아닌가." 내가 말한다. "왜냐하면 덕분에 선생님도 한통속이었다는 걸 내가 알게 되었으니까요."

그가 찬찬히 내 표정을 살피며, 내가 얼마나 알고 있는지, 얼마나 진지한지 가늠해본다.

"'불안정한 아이'라고 썼다면서요? 마치 내가 미치기라도 한 것처럼. 멍청한 여자애라는 듯이. 선생님이 왜 그랬는지 알아요. 그래야 선생님을 보호하기가 쉬웠겠죠. 십대 여자애들은 다 미쳤으니까. 그건 누구나 아는 사실이니까."

"너 술 너무 많이 마신 것 같다." 그가 말한다.

나는 손등으로 입을 쓱 닦는다. "그것 말고 내가 또 뭘 알게요?"

이번에도 그는 나를 쳐다만 본다. 그의 꽉 다문 입에서 초조함이 엿보인다. 조금만 더 밀어붙이면, 그는 내 말을 자르고, 내 손에서 맥주병을 빼앗고, 날 문밖으로 쫓아낼 기세다.

"다른 편지에 대해서도 알아요. 이 모든 게 시작될 무렵 쓴 편지. 내가 선생님을 남몰래 흠모하고 있다면서, 내가 부적절한 행동을 하거나 통제를 벗어날 때를 대비해 공식 기록을 남겨두고 싶었겠죠. 그때는 나하고 본격적으로 자기도 전이었는데 선생님은 이미 뒷일을 수습할 궁리를 하고 있었던 거예요."

그의 얼굴이 창백해졌을지도 모르지만, 내 눈은 흐릿하고 초점이 맞지 않는다.

"하지만 그것도 이해해요." 내가 말한다. "선생님한테 난, 내다 버릴 수 있는 존재였으니까……"

"그건 사실이 아니야."

"마치 쓰레기처럼……"

"아니야."

나는 그가 더 말해주기를 기다리지만 그가 한 말은 그게 전부다. 아니야. 내가 일어서서 문을 향해 대여섯 걸음을 걸어갔을 때, 스트레인이 나를 붙잡는다.

"갈래요." 내가 말한다. 괜히 해보는 소리인 게 너무도 빤하다. 나는 신발도 신지 않았다.

"버네사, 너 취했어."

"그게 뭐 대수라고."

"좀 누워야 해." 그가 나를 위층으로, 복도를 지나 침실로 안내한다. 똑같은 카키색 이불에 체크무늬 시트.

"여름엔 플란넬 시트 쓰면 안 돼요." 내가 등을 대고 털썩 눕고, 이번에도 나는 호수에 떠 있다, 침대가 파도와 함께 출렁인다. "내 몸에 손대지 마." 그가 내 원피스 어깨끈을 내리려 할 때 내가 말한다. "내 몸에 손대면 죽어버릴 거야."

나는 그에게서 떨어져 벽 쪽으로 돌아누운 채, 그가 일어서는 소리를 듣는다. 스트레인은 계속 한숨을 쉬다가, "빌어먹을"이라고 중얼거린다. 그리고 마룻바닥이 삐걱거린다. 그는 거실로 돌아간다.

안 돼, 나는 생각한다. 돌아와.

나는 그가 날 계속 지켜봐주기를, 내 곁에서 불침번을 서주기를 바란다. 내가 일어났다가 정신을 잃은 척하면서 바닥에 쓰러지면 그가 달려와 날 일으켜주고, 내 뺨을 어루만지며 정신이 돌아오게 해주는 상상을 한다. 아니면 울어볼 수도 있을 것이다. 내가 흐느껴 울면, 그가 달려와주리란 걸, 그가 다정해지리란 걸 안다. 물론 그 다정함은 결국 거칠고 단단해져서, 내 허벅지 사이로 발기한 그의 성기가 파고들 것이다. 나는 섹스 이전의 그 순간들을 원한다. 그가 나를 돌봐주길 원한다. 그러나 그러기에 나는 너무 몽롱하고, 팔다리가 너무 무거워서 아무것도 할 수 없다.

침대로 들어오는 그의 기척에 잠에서 깬다. 눈을 번쩍 떠보니 벽에 드리운 빛과 그림자의 무늬가 반대편 벽으로 옮겨가 있다. 내가 뒤척이자 그가 동작을 멈추지만, 내가 눈을 깜빡이다가 도로 감고 움직이지 않자 그가 매트리스에 눕는다. 나는 눈을 감고, 귀를 기울이며 누워서, 모든 것을, 그의 숨소리와 그의 몸을 느낀다.

다시 깨어났을 때, 나는 똑바로 누워 있고 원피스가 허리까지 올라와 있으며 속옷은 벗겨졌다. 스트레인은 바닥에 무릎을 꿇고 앉아 머리를 내 다리 사이에 놓고 얼굴을 파묻고 있다. 내가 움직이지 못하도록 그의 두 팔이 내 허벅지를 단단히 붙든다. 그가 고개를 들어 나와 눈을 맞춘다. 내 머리가 뒤로 축 늘어지고 그는 계속한다.

나는 나의 몸을 위에서 내려다본다. 개미처럼 작고 창백한 내 팔다리는 호수 위에 둥둥 떠 있고 이제 물이 내 귀를 지나 차오른다. 물이 뺨을 때리며 입까지 차올라 거의 익사하기 직전이다. 내 밑에는 괴물들이 있다. 거머리들과 장어들, 이빨이 날카로운 물고기들, 발목을 부러뜨릴 수 있을 만큼 강한 턱을 가진 거북이들. 그는 계속한다. 그는 내가 절정을 느끼기를 원한다, 내 살이 쓸려서 따가운데도. 머릿속에서 릴이 돌아간다. 감긴 눈꺼풀 안쪽에 장면들이 펼쳐진다. 따스한 주방 조리대에서 부풀어오르는 빵 반죽, 엄마가 수표책을 들고 지켜보는 가운데 계산대 컨베이어벨트에서 움직이는 식료품, 흙속으로 자라나는 뿌리의 저속 촬영 장면. 팔에 묻은 흙을 닦다가 시계를 보는 부모님. 두 사람 중 누구도 아직은 "버네사가 어디 있지?"라고 소리 내어 묻지 않는다. 왜냐하면 내가 나간지 너무 오래되었다는 걸 인정하는 순간 작은 두려움의 균열이 생기기 때문이다.

스트레인이 침대로 올라와 한 손으로 자신의 음경을 잡고 내 몸속에 밀어넣으려 할 때, 릴이 끊어진다. 나는 눈을 번쩍 뜬다. "하지 말아요."

그가 얼어붙는다. "내가 멈추길 원해?"

베개 위에서 내 머리가 이리저리 흔들린다. 그는 한 박자를 기다렸다가 천천히 내 몸 안팎으로 움직이기 시작한다.

파도가 나를 해변에서 더 멀리 데려간다. 그가 만드는 리듬이, 규칙적으로 들고 나는 리듬이, 다시 릴을 돌아가게 한다. 그가 항상 이렇게 느리고 무거웠던가? 그의 어깨에서 흘러내린 땀방울이 내 뺨에 떨어진다. 전엔 이렇지 않았는데.

나는 다시 눈을 감고 이번에도 부풀어오르는 빵, 끝없이 앞으로 움직이는 식료품들을 본다. 수많은 설탕 봉지, 시리얼 상자, 줄기를 자른 브로콜리, 우유팩이 지평선 너머로 사라진다. 나간 김에 우유 좀 사다 줄래? 처음으로 나에게 심부름을 시키면서 엄마는 기뻐했다. 심부름을 핑계로 내가 차를 몰고 나가는 걸 허락한 것에 마음이 편해졌을지도 모른다. 아무 일 없을 것이다, 나는 안전하게 집으로 돌아갈 것이다. 그래야만 했다. 나는 우유를 사가지고 갈 생각이었다.

스트레인이 신음한다. 그동안은 손으로 몸을 받치고 있었지만, 이제 내 위에 몸을 축 늘어뜨린다. 그의 팔이 나의 어깨 밑으로 들어오고 그의 숨결이 귓가에서 느껴진다.

숨을 헐떡이며 그가 말한다. "네가 느꼈으면 좋겠어."

난 당신이 멈췄으면 좋겠어, 나는 생각한다. 그러나 그 말을 입 밖에 내지는 않는다—할 수가 없다. 나는 말할 수도, 볼 수도 없다. 억지로 눈을 떠보아도, 초점이 맞지 않는다. 나의 머리는 솜이고, 나의 입은 자갈이다. 나는 목이 마르고 메스껍다, 나는 아무것도 아니다. 그가 계속 움직이고, 더 빠르게 움직인다. 사정이 임박했다는 뜻이고, 일 분 정도 남았다는 뜻이다. 그 순간 한 가지 생각이 나를 관통한다. 이게 강간인가? 그가 날 강간하고 있는 건가?

사정하는 순간, 그가 내 이름을 부르고 또 부른다. 그가 몸을 빼더니 등을 대고 눕는다. 그의 온몸이, 심지어 팔과 발까지, 땀범벅이다.

"믿기지가 않네." 그가 말한다. "오늘 하루를 이렇게 마무리하게 될 줄은 꿈에도 몰랐는데."

나는 몸을 구부리며 바닥에 토한다. 철퍼덕 소리와 함께 토사물이 바닥에 쏟아진다. 맥주와 담즙이다. 하루종일 너무 초조해서 아무것도 먹지 못했다.

스트레인이 팔꿈치를 받쳐 몸을 일으키고 토사물을 쳐다본다. "이런, 버네사."

"미안해요."

"아냐, 괜찮아. 상관없어." 그는 몸을 일으켜 침대에서 내려선 뒤 바지를 입고, 토사물을 피해 발을 내딛는다. 그러곤 욕실에서 스프레이 병과 걸레를 들고 와 무릎을 꿇고 바닥을 닦는다. 나는 눈을 꽉 감은 채로 암모니아와 소나무 냄새를 맡는다. 속이 여전히 울렁거리고, 내 밑에서 침대가 파도친다.

다시 침대로 돌아온 스트레인은 내가 방금 토했는데도 불구하고 내 온몸을 더듬는다. 그의 손에서 세정제 냄새가 난다. "괜찮을 거야." 그가 말한다. "술에 취해서 그런 것뿐이야. 여기서 한숨 푹 자." 그의 입과 손이, 뭐가 변했는지를 살피며 나를 점령한다. 그가 조금 보드라워진 내 배를 꼬집는 순간, 나의 뇌가 금이 간 기억을, 어쩌면 꿈인 것도 같은 기억을 불러온다—그의 교실 뒤쪽 사무실에서, 나는 소파에 발가벗은 채로 앉아 있고, 그는 옷을 다 입고 마치 과학자처럼 냉정하게 나의 몸을 살펴보던 기억. 그는 나의 배를 움켜잡았고, 손가락으로 내 혈관을 따라갔다. 그때도 아팠고, 지금도 아프다. 그의 무거운 팔다리와 사포 같은 손, 내 다리를 벌리는 무릎 모두. 스트레인은 어떻게 또다시 준비가 되었을까? 욕실 선반에 있던 비아그라 병, 내 머리카락에 엉겨붙어 굳어가는 토사물. 내 몸 위에 있는 그의 몸은 너무도 커서 그가 조심하지 않으면 내가 질식해 죽을 것 같다. 그러나 그는 조심스럽고 노련하며 나를 사랑하고 나는 이걸 원한다. 그가 내 몸속으로 밀고 들어올 때면 나는 여전히 둘로 쪼개지는 것 같지만, 앞으로도 늘 그렇겠지만, 나는 이걸 원한다. 원해야만 한다.

나는 자정을 십오 분 앞두고서야 집에 도착한다. 주방으로 들어서니 엄마가 기다리고 있다. 엄마가 내 손에서 열쇠를 빼앗는다.

"다시는 못 나갈 줄 알아." 엄마가 말한다.

나는 헝클어진 머리에 눈은 충혈된 상태로 양팔을 축 늘어뜨린 채 서 있다. "어디 갔었느냐고 안 물어요?" 내가 말한다.

엄마가 내 눈을 똑바로 들여다본다. 엄마는 전부 다 알고 있다. "물어보면 사실대로 말할 거니?" 엄마가 말한다.

*

나는 졸업식장에서 다른 아이들과 함께 운다. 그러나 나의 눈물은 내가 여전히 속죄라 여기고 있는 시간을 견뎌낸 것에 대한 안도감 때문이다. 졸업식은 체육관에서 열리고 형광 불빛 때문에 우리는 누렇게 떠 보인다. 교장선생님은 우리가 단상에 올라갈 때 아무도 박수를 치지 말라고 한다. 박수를 치면 졸업식이 너무 길어지고, 어떤 학생은 더 큰 환호를 받고 어떤 학생은 전혀 환호를 받지 못하는 건 불공평하다면서. 브로윅의 졸업식도 같은 토요일 오후에 열린다. 졸업식이 진행되는 동안 나는 브로윅의 졸업식을 상상한다. 다이닝홀 앞 잔디밭에 정렬해놓은 의자들, 소나무숲에 서 있는 교사들, 멀리서 울려퍼지는 교회 종소리. 나는 졸업장을 받기 위해 고요한 단상을 가로지르며 눈을 감고 얼굴에 내리쬐는 햇살과 붉은 띠가 둘린 브로윅의 두툼하고 흰 가운을 입은 내 모습을 상상한다. 교장선생님이 힘없이 내 손을 잡으며 다른 학생들에게 했던 것과 똑같은 말을 한다. "잘했어요." 이 모든 게 아무 의미도 없는 것 같지만 무슨 상관인가? 사실 나는 이 후덥지근한 체육관에 있는 게 아닌데. 삐걱거리는 접이식 의자와 헛기침소리 속에, 땀으로 번들거리는 얼굴에 식순이 적힌 종이로 부채질을 하는 버스럭거리는 소음 속에 있는 게 아닌데. 나는 바닥에 깔린 노란 바늘잎의 카펫을 지나 브로윅 교사들의 포옹을, 심지어 자일스 교장선생님의 포옹을 받는다. 나의 상상 속에서 교장선생님은 나를 내쫓지 않았다. 교장선생님이 나를 나쁘게 볼 이유는 전혀 없다. 스트레인이 나의 졸업장을 내민다. 이 년 반 전, 나를 침대에 눕히고 잘 자라고 키스해주고 싶다고 말했던 바로 그 나무 옆에 서서. 졸업장을 건넬 때 그의 손가락이 나를 살짝 스친다. 다른 사람들은 아무도 알아차리지 못하지만, 그 짜릿함에 나는 여기가 어디고 내가 누구인지조차 알지 못하는, 붕 뜬 것 같은 기분을 느낀다. 비밀로 얼굴이 벌겋게 달아오른 채 그의 교실을 나설 때면 느끼곤 했던 바로 그 기분을.

체육관에서 나는 졸업장을 꽉 움켜쥐고 내 의자로 돌아온다. 신발이 바닥에 끌린다. 교장은 감히 박수를 치는 유일한 부모를 쏘아본다.

졸업식이 끝나자 다들 주차장으로 나와, 상가 건물이 배경으로 나오지 않는 자리에서 사진을 찍는다. 아빠가 내게 웃으라고 하지만 나는 도저히 웃음이 나오지 않는다.

"제발, 행복한 척이라도 해봐." 아빠가 말한다.

나는 입술을 벌리고 이를 드러내지만 결국 물어뜯을 기세의 짐승처럼 보일 뿐이다.

여름 내내 나는 자동차 부품 창고에서 일한다. 내가 시동기와 스트럿바의 주문서를 작성할 때 컨베이어벨트의 백색소음 위로 라디오에서 클래식 록 음악이 요란하게 울려퍼진다. 일주일에 두 번, 내가 일을 마칠 무렵, 스트레인이 주차장에서 나를 기다린다. 나는 그의 스테이션왜건에 올라타기 전에 손톱 밑의 기름때를 빼내려 애쓴다. 그는 앞코에 금속을 덧댄 부츠와 내 팔에 생긴 근육을 좋아한다. 여름 한철 정도는 육체노동을 하는 게 나한테 좋을 거고, 덕분에 내 대학 생활이 더 소중해질 거라고 말한다.

때때로 나는 분노에 휩싸이지만, 다 지나간 일이라고 마음을 추스른다. 브로윅도, 그가 브로윅에서 나를 떠나게 만든 것도 다 과거일 뿐이라고. 내가 여름에 보스턴에서 인턴을 할 수 있게 도와주겠다고 말했던 기억을 떠올릴 때나 브로윅 졸업식에서 입고 나서 벽장에 걸어둔 그의 하버드 가운을 볼 때, 나는 그를 증오하지 않으려 안간힘을 쓴다. 그는 애틀랜티카도 좋은 대학이라고, 부끄러

위할 것 없다고 말한다.

금요일 오후 창고에서 화물 운반대에 놓인 섀시 부품 작업을 시작하는데, 잭슨 브라운의 노래가 흘러나온다. 노래가 〈The Load-Out〉에서 〈Stay〉로 바뀌자 옆자리에 앉아서 주문서들을 정리하던 남자가 큰 소리로 노래를 부른다. 나는 비닐 포장을 뜯다가 칼이 미끄러지는 바람에 팔을 15센티미터 정도 베인다. 피가 쏟아져 나오기 전에, 살짝 벌어진 피부 사이로 통증 없이 안이 들여다보인다. 옆자리에 앉아 있던 남자가 흘긋 돌아보다가, 손으로 상처를 꽉 움켜쥐고 있는 나를 본다. 손가락 사이로 피가 새어나와 콘크리트 바닥에 뚝뚝 떨어진다.

"젠장!" 그가 달려오며 입고 있던 스웨트셔츠의 지퍼를 열어 옷으로 내 팔을 묶는다.

"베였어요." 내가 말한다.

"베였다고?" 남자가 구제불능이라는 듯 고개를 젓고는 옷으로 내 팔을 더 단단히 조인다. 그의 손마디에 시커먼 창고 먼지가 끼어 있다. "얼마나 더 그렇게 멀뚱히 서 있다가 얘기할 생각이었니?"

스트레인이 창고로 날 데리러 오는 날이면, 우리는 십대 아이들처럼 여기저기 정처 없이 돌아다닌다. 나를 집으로 데려다줄 땐 비포장도로 끝에 내려준다. 엄마가 어디 갔었느냐고 물으면 나는 "마리아랑 웬디랑 같이 있었어요"라고 말한다. 한때 점심시간에 같이밥을 먹었지만 졸업한 뒤론 만난 적도 없는 애들이다.

"걔들하고 그렇게 친한 줄은 몰랐네." 엄마가 말한다. 엄마는 날더 다그칠 수도 있다. 왜 그애들이 나를 내려주면서 집에는 한 번도 들어오지 않는지, 왜 엄마는 통 그애들의 모습을 볼 수 없는지. 나는 열여덟 살이고 8월 말이면 애틀랜티카 칼리지로 떠난다. 엄마가 다그치면 난 그렇게 대답할 생각이다. 그러나 엄마는 한 번도 묻지 않는다. 알았다고 하고 거기서 멈춘다. 그 자유 속에서 나는 엄마가 무얼 아는지, 무얼 의심하는지 모르는 상태로 표류한다. "굳이 옛날 책을 책장에서 꺼내고 싶지 않아." 이모가 전화해서 엄마의 어린 시절 얘기를 들먹일 때마다 엄마가 하는 말이다. 엄마의 주위에는 벽이 있다. 나도 내 주위에 벽을 쌓는다.

스트레인은 아직도 자기한테 화가 났느냐고 묻는다. 우리는 침대에 누워 있고 땀에 젖은 우리의 몸뚱이 아래 그의 플란넬 시트가 축축하다. 나는 열린 창밖을 바라보며, 자동차와 행인들의 소리에, 그의 집에 감도는 완벽한 정적에 귀기울인다. 계속해서 이런 질문을 하는 그가, 항상 확인받고 싶어하는 그가 지겹다. 아뇨, 화 안 났어요. 네, 용서했어요. 네, 난 이걸 원해요. 아뇨, 난 당신이 괴물이라고 생각하지 않아요.

"내가 원하지 않았으면 지금 여기 있겠어요?" 내가 묻는다. 그 대답이 너무 명백하다는 듯이. 나는 우리 위 허공에 떠다니는 것들을, 나의 분노, 수치심, 상처를 외면한다. 그것들이야말로 정말 괴물 같다, 말할 수 없는 그 모든 것들이야말로.

2017년

루비와의 그다음 상담 시간에, 나는 자리에 앉기도 전에 혹시 누가 나에 관한 정보를 캐내려고 연락하지 않았느냐고 묻는다. 어젯밤에 아이라에게도 전화해서 같은 질문을 했다. 아이라와 통화할 때 옆에서 그의 여자친구가 "그 여자야? 왜 너한테 전화하는데? 아이라, 전화 끊어"라며 짜증을 냈다.

"누가 버네사에 관한 정보를 캐는데요?" 루비가 묻는다.

"이를테면 기자요."

루비가 당혹스러운 표정으로 쳐다보자 나는 휴대전화를 꺼내 이메일을 화면에 띄운다. "나 피해망상 아니에요. 실제로 일어나고 있는 일이라고요. 보세요."

그녀가 휴대전화를 받아 읽기 시작한다. "난 잘 이해가⋯⋯"

내가 루비의 손에서 휴대전화를 받아든다. "별일 아닌 것처럼 보일 수도 있지만, 메일만 오는 게 아니에요. 전화까지 하면서 날 괴롭혀요."

"버네사, 심호흡해요."

"제 말 믿으세요?"

"믿어요." 그녀가 말한다. "하지만 일단 좀 진정하고 무슨 일인지 설명해봐요."

나는 자리에 앉아 손바닥으로 눈을 누르면서, 메일과 전화, 기자가 찾아낸 옛날 블로그를 겨우 지운 일, 그러나 기자가 이미 블로그 화면을 캡처해 저장한 일에 대해 설명하려 애쓴다. 하지만 나의 뇌는 제멋대로 날뛰고 문장 하나도 제대로 끝맺지 못하고 집중력이 흐트러진다. 그런데도 루비는 상황을 파악하고, 그녀의 표정이 연민으로 누그러진다.

"이건 명백한 침해예요." 그녀가 말한다. "기자의 행동은 너무나 비윤리적이에요." 루비는 재닌의 상사에게 메일을 쓰거나 경찰에 신고하는 게 어떻겠느냐고 하지만, 경찰을 언급하는 순간 나는 의자 팔걸이를 잡고 "싫어요!"라고 소리지른다. 잠시, 루비는 정말 겁에 질린 표정이다.

"죄송해요." 내가 말한다. "너무 겁이 나서 그래요. 제가 지금 제정신이 아니에요."

"괜찮아요." 그녀가 말한다. "이해할 수 있는 반응이에요. 당신의 가장 끔찍한 악몽이 실현되는 거잖아요."

"그 여자를 봤어요. 호텔 앞에서."

"기자요?"

"아뇨, 기자 말고요. 테일러. 스트레인을 고소한 여자요. 그 여자도 날 괴롭혀요. 나도 그 여자 직장으로 찾아갈까봐요. 기분이 어떤지 한번 보라고."

어젯밤 해질녘에 내가 본 광경을 설명한다. 길 건너에서 웬 여자가 호텔 쪽을 바라보고 있었다고. 금발 머리카락을 얼굴에 휘날리며 내가 내다보던 바로 그 로비 창문으로 나를 똑바로 쳐다보고 있었다고. 내가 얘기하는 동안, 루비가 심란한 표정으로 날 쳐다본다. 내 말을 믿고 싶지만 믿을 수가 없다는 듯이.

"잘 모르겠어요." 내가 말한다. "어쩌면 헛것을 봤는지도 몰라요. 가끔 그러기도 하거든요."

"헛것을 봐요?"

나는 어깨를 으쓱한다. "가끔 제 뇌가 보고 싶은 사람의 얼굴을 낯선 사람들한테 투영하는 거 같아요."

루비가 힘들겠다고 말하자 나는 다시 어깨를 으쓱한다. 루비가 그런 일이 얼마나 자주 일어나는지 묻고 내가 그때그때 다르다고 말한다. 몇 달 동안 아무 일이 없기도 했다가, 또 몇 달 내내 그러기도 했다가. 악몽하고 똑같다고, 한번 악몽을 꾸기 시작하면 파도처럼 몰려온다고, 악몽을 일으키는 요인을 예측하는 게 늘 쉽지는 않다고. 기숙학교를 배경으로 한 책이나 영화는 되도록 멀리해야 한다는 걸 알지만 때로는 단풍나무, 혹은 내 피부에 닿는 플란넬의 감촉처럼 평범한 것들에 허를 찔리기도 한다고.

"이렇게 말하니 제가 미친 것 같네요." 내가 말한다.

"아니요, 미친 거 아니에요." 루비가 말한다. "트라우마죠."

나는 그녀에게 털어놓을 다른 이야기들을 생각한다. 하루를 버티기 위한 음주와 흡연, 아파트가 미로처럼 느껴져서 결국 화장실 바닥에서 잤던 밤들. 나의 부끄러운 행동들이 얼마나 쉽게 하나의 병명으로 정리될 수 있는지 알고 있다. 밤을 지새워가며 외상후스트레스증후군에 관해 읽고, 각각의 증상들을 하나씩 확인해보았다. 그러나 나의 내면의 모든 것들이 그토록 쉽게 정의된다고 생각하면 묘한 실망감이 든다. 그다음엔 어떻게 해야 할까—치료, 약물, 그리고 모든 것을 잊고 새로운 시작? 어떤 사람들에겐 그게 해피 엔딩일 수도 있지만 나에게는 협곡의 절벽만이 있을 뿐이다, 저 아래 거센 물이 출렁이는 절벽만이.

"그 기자가 저에 관해 글을 쓰는 걸 허락해야 한다고 생각하세요?" 내가 묻는다.

"그건 오직 버네사만이 할 수 있는 결정이죠."

"맞아요. 그리고 이미 마음의 결정을 했어요. 난 절대 동의 안 해요. 단지 루비가 허락해야 한다고 생각하는지 궁금해서요."

"허락하면 엄청난 스트레스에 시달릴 거예요." 루비가 말한다. "앞서 말했던 증상들이 더 심각해져서 일상생활이 힘들어질까봐 걱정돼요."

"도의적인 차원에서 어떻게 해야 하는지를 말하는 거예요. 이게 그 스트레스를 전부 다 감수할 정도로 가치 있는 일인 건 아닐까요? 사람들이 계속 그렇게 말하잖아요. 무슨 일이 있어도 나서서 말해야 한다고."

"아뇨." 루비가 단호하게 말한다. "그건 옳지 않아요. 트라우마에 시달리는 사람이 감당하기에는 너무 위험한 수준의 압박감이에요."

"그렇다면 사람들은 왜 계속 얘기하는 걸까요? 왜냐하면, 이 기자 한 사람 얘기가 아니잖아요. 나서서 얘기하는 수많은 여자들이 있잖아요. 하지만 만약 사람들 앞에 나서서 자신이 당한 나쁜 일에 대해 얘기하고 싶지 않은 여자가 있다면, 그런 여자는 뭐죠? 나약한 사람? 이기적인 사람?" 내가 두 손을 들고 내젓는다. "전부 빌어먹을 헛소리예요. 정말 너무 싫어요."

"화가 났군요." 루비가 말한다. "지금까지 버네사가 진짜 화난 모습을 본 적이 없었던 것 같아요."

나는 눈을 깜빡이며 코로 숨을 쉰다. 내가 좀 방어적인 기분이 든다고 하자, 루비는 방어적이라는 게 어떤 의미냐고 묻는다.

"궁지에 몰린 것 같아요." 내가 말한다. "저 자신을 드러내지 않는 게 갑자기 강간범을 용인하는 일이 되어버린 것 같아요. 난 애초에 이 논란 속에서 거론될 이유가 없어요! 난 학대당하지 않았어요. 다른 여자들이 주장하는 그런 식의 학대를 당하진 않았다고요."

"당신과 비슷한 관계를 경험했던 사람들이 그걸 학대적인 관계라고 생각할 수 있다는 건 이해하나요?"

"물론이에요." 내가 말한다. "난 세뇌당하지 않았어요. 십대 소녀들이 중년 남자를 사귀어선 안 되는 이유도 알고 있다고요."

"이유가 뭐죠?" 그녀가 묻는다.

내가 눈을 치뜨며 읊어대기 시작한다. "권력의 불균형 때문이죠. 십대 소녀들의 두뇌는 아직 완전히 성숙하지 않았다나 뭐라나. 그런 헛소리들 있잖아요."

"그 이유가 버네사에게 적용되지 않는 이유는 뭔가요?"

나는 루비를 곁눈으로 슬쩍 쳐다보면서, 루비가 날 어디로 이끄는지 알고 있음을 보여준다. "루비," 내가 말한다. "진실은 이거예요. 알겠어요? 스트레인은 나에게 잘해줬어요. 조심스럽고 친절하고 착한 사람이었어요. 하지만 당연히 모든 남자가 그렇진 않겠죠. 어떤 남자는, 특히 어린 여자애들에게는, 성폭력범이 되죠. 내가 어렸을 땐, 스트레인이 나에게 그렇게 자상했는데도, 모든 게 너무 힘들었어요."

"왜 힘들었죠?"

"왜냐하면 온 세상이 우리의 적이었으니까요! 우린 거짓말을 하고 숨어 다녀야 했어요. 그리고 그가 막아줄 수 없는 일들이 있었죠."

"예를 들면요?"

"내가 쫓겨났던 일 같은 거요."

내가 그 말을 하는 순간, 루비의 눈이 가늘어지고, 이마가 찌푸려진다. "어디서 쫓겨났단 거죠?"

그 얘기를 안 했다는 걸 잊었다. "쫓겨났다"는 말이 다소 거친 표현이고 잘못된 인상을 심어준다는 걸 안다. 그렇게 말하면 내가 그 상황에서 전혀 주체성이 없었던 것처럼 들린다. 마치 내가 잘못을 저지르다가 들켜서 당장 짐을 싸라는 명령을 들은 것처럼. 그러나 나에겐 선택권이 있었다. 그리고 나는 거짓말을 하기로 선택했다.

그래서 나는 루비에게 말한다, 좀 복잡한 문제라고, "쫓겨났다"는 건 적절한 표현이 아닌 것 같다고. 그녀에게 그 얘기를 한다. 소문과 회의들, 제니의 목록, 마지막날 아침 아이들이 교실에 모여 있을 때 내가 칠판 앞에 섰던 일. 전엔 이 일을 이렇게 상세하게 얘기한 적이 없고, 심지어 이런 식으로—시간순으로, 하나의 사건이 다른 사건으로 이어지는 식으로—생각해본 적도 없었던 것 같다. 지금까지 내 머릿속에서 그 일은 대체로 파열되어 있었고, 깨진 유리와도 같은 기억이었다.

두어 번, 루비가 끼어든다. "그 사람들이 어떻게 했다고요?" 그녀는 묻는다. "그 사람들이 뭐라고요?" 루비는 내가 한 번도 관심 가져본 적 없는 사실들에 대해 경악한다. 자일스 교장선생님과 처음 만날 때, 수업에서 나를 빼내 데려간 사람이 스트레인이었다는 것, 아무도 그와의 일을 주정부에 신고하지 않았다는 것.

"아동보호국 같은 데 말인가요?" 내가 묻는다. "진정하세요. 그런 상황이 아니었어요."

"아동이 학대를 당하고 있다고 의심이 되면 교사는 즉시 당국에 보고하게 되어 있어요."

"처음 포틀랜드에 왔을 때, 아동보호국에서 일했었어요." 내가 말한다. "거기 오는 아이들은 실제로 학대 행위를 겪은 아이들이에요. 아주 끔찍한 학대요. 내가 겪은 일은 그런 것과는 전혀 달랐어요." 나는 팔짱을 끼고 뒤로 기대앉는다. "이래서 이 얘기를 하고 싶지 않은 거예요. 얘기하다보면 항상 실제보다 훨씬 나쁘게 들리거든요."

루비가 나를 찬찬히 바라보고, 이마에 깊은 주름이 진다. "이제 보니 버네사는 과장하기보다는 축소하는 편인 거 같아요."

루비는 내가 지금껏 한 번도 들어본 적 없는 권위적인 어조로, 거의 야단치는 식으로 말한다. 브로윅이 나에게 강요했던 일은 너무도 모욕적인 일이라고. 내가 겪은 다른 일은 다 제쳐두고, 친구들 앞에서 자신을 비하하는 것만으로도 외상후스트레스증후군을 유발하기에 충분하다고.

"한 사람에 의해 무기력한 상황에 강제로 내몰리는 것도 끔찍한 일이지만," 그녀가 말한다. "여러 사람들 앞에서 그런 모욕을 당한다는 건…… 그게 더 나쁘다고 말하고 싶진 않아요. 하지만 그건 전혀 다른 문제예요. 너무도 비인간적인 처사예요. 더구나 어린애한테."

내가 "어린애"라는 말에 대해 지적하려는 순간, 루비가 자신의 말을 수정한다. "두뇌 발달이 완전히 이루어지지 않은 사람에게." 그러고 나서 그녀는 나와 눈을 맞추며, 내가 스스로 한 말을 부정하는지 지켜본다. 내가 부정하지 않자, 그녀는 그 모든 일이 일어난 뒤에도 스트레인이 브로윅에 남아 있었느냐고, 그날 학생들이 모인 자리에서 무슨 일이 있었는지 스트레인도 알고 있었느냐고 묻는다.

"알고 있었어요. 내가 무슨 말을 할지 준비하는 걸 도와줬어요. 그의 명예를 회복할 방법은 그것밖에 없었어요.

"그 사람도 버네사가 퇴학당하리란 걸 알았나요?"

내가 어깨를 으쓱한다. 거짓말을 하고 싶진 않지만, 알고 있었다고 말하고 싶지도 않다. 그는 알고 있었고, 그렇게 되기를 바랐다.

"있잖아요." 루비가 말한다. "버네사는 그 사람이 당신을 보호할 힘이 없었던 것처럼 얘기했지만, 듣고 보니 그 사람이 이 일을 일으킨 장본인이네요."

나는 잠시 숨이 턱 막히지만, 빠르게 회복한다. 마치 별일 아니라는 듯 으쓱하면서. "복잡한 상황이었어요. 스트레인은 최선을 다했어요."

"그 사람이 죄책감을 느꼈나요?"

"내가 퇴학당한 거에 대해서요?"

"그래요." 그녀가 말한다. "그리고 버네사에게 거짓말하게 하고, 책임을 뒤집어씌운 것에 대해서."

"안타깝긴 하지만 어쩔 수 없는 일이라고 생각했던 것 같아요. 무슨 대안이 있었겠어요? 그 사람이 감옥에 가는 거?"

"네." 그녀가 단호하게 말한다. "그게 대안이었겠죠. 바로 그렇게 되어야 했어요. 왜냐하면 그 사람이 당신에게 한 짓은 범죄니까요."

"스트레인이 감옥에 갔다면 우리 둘 다 못 버텼을 거예요."

루비가 나를 유심히 본다. 그녀의 눈빛이 변한다. 무언가를 머릿속으로 기록하고 있다. 텔레비전에 나오는 상담사처럼 노트에 무언가를 적는 것보다는 훨씬 더 미세한 움직임이지만, 그래도 감지할 수 있다. 루비는 나를 찬찬히 관찰하면서, 나의 말과 행동을 보다 큰 맥락에서 바라본다. 루비의 그런 모습은 스트레인을 연상시킨다. 어떻게 안 그럴 수 있을까? 수업시간에 스트레인의 시선은 항상 나를 꿰뚫어보았고, 끊임없이 계산을 했다. 언젠가 루비는 자기가 가장 좋아하는 환자가 나라고 말한 적이 있다. 나에겐 항상 벗겨내야 할 베일이 있고, 캐내야 할 무언가가 있다면서. 그 말을 들었을 때 마치 스트레인에게 넌 내 최고의 학생이야, 라는 말을 들었을 때처럼 설렜다. 스트레인이 내가 특별하고 희귀하다고 말했을 때처럼, 헨리 플라우가 내가 수수께끼 같고 불가해하다고 말했을 때처럼.

그때 루비가 내게 줄곧 하고 싶었던 것 같은 질문을 던진다. "스트레인을 고소한 여자들의 말을 믿어요?"

나는 주저 없이 믿지 않는다고 말한다. 나의 시선이 곧바로 루비의 얼굴로 향하고, 놀라서 눈을 빠르게 깜빡이는 그녀의 모습을 포착한다.

"그 사람들이 거짓말한다고 생각하는군요." 그녀가 말한다.

"그렇다기보다는, 제가 보기엔 휩쓸린 것 같아요."

"휩쓸렸다고요?"

"요즘 유행하는 이 집단히스테리에," 내가 말한다. "계속되는 폭로에. 이건 하나의 운동이잖아요. 안 그래요? 사람들도 그렇게 부르잖아요. 엄청난 동력을 지닌 운동을 보면, 자연스럽게 동참하고 싶다는 생각이 들죠. 하지만 이 운동에 동참하려면, 자신에게 끔찍한 일이 일어났어야 해요. 따라서 과장을 피할 수 없어요. 게다가 이 모든 게 너무 모호해요. 이 용어들은 조작하기가 쉬워요. 무엇이든 폭행이라 주장할 수 있죠. 스트레인은 그저 다리를 좀 다독인 것뿐일지도 모르는데."

"하지만 스트레인이 결백했다면, 그가 자살한 것에 대해선 어떻게 이해하고 있죠?" 그녀가 묻는다.

"스트레인은 항상 소아성애자라는 오명을 쓰고 사느니 차라리 죽겠다고 말했어요. 고발들이 나오기 시작했을 때 스트레인은 모두가 자기를 유죄로 추정할 거란 사실을 알고 있었어요."

"스트레인에게 화가 나나요?"

"자살한 것에 대해서요? 아뇨. 왜 자살했는지 이해해요. 그리고 적어도 부분적으로 내 책임이 있다는 것도 알아요."

루비가 그렇지 않다고 말하려는 순간 내가 그녀의 말을 자른다.

"알아요, 안다고요. 내 잘못이 아니란 거, 나도 알아요. 하지만 애초에 이런 소문이 나기 시작한 게 저 때문이었잖아요. 만약 학생들과 자는 교사라는 소문이 없었다면, 테일러는 그를 고발하지 않았을 거라 생각해요. 테일러가 나서지 않았다면, 다른 학생들도 나서지 않았을 거고요. 교사가 한번 이런 혐의를 받게 되면, 그가 하는 말과 행동을 전부 색안경을 쓰고 보게 되고, 심지어 별 뜻 없는 행동조차도 음흉한 행동으로 여겨지죠." 내 마음속에 남아 있던 스트레인의 망령이 갑자기 완전히 살아나, 나는 앵무새처럼 그의 주장을 되풀이하며 말을 잇는다.

"생각해보세요." 내가 말한다. "만약 평범한 남자가 어떤 여자애의 무릎을 건드렸다면, 아무 문제도 없었겠죠. 하지만 소아성애자 혐의가 있었던 사람이 그랬다면? 사람들은 지나치게 과민하게 반응할 거예요. 그래서 결론은, 아뇨, 난 그에게 화가 나지 않았어요. 난 그 여자들한테 화가 나요. 스트레인을 괴물로 둔갑시킨 이 세상에 화가 나요. 스트레인이 한 일이라곤 하필 운나쁘게 나와 사랑에 빠졌던 것뿐인데 말이에요."

루비는 마치 스스로를 진정시키려는 듯이, 팔짱을 끼고 자기 무릎을 내려다본다.

"이 모든 게 어떻게 들리는지 알아요." 내가 말한다. "보나마나 절 끔찍한 사람으로 생각하시겠죠."

"버네사가 끔찍한 사람이라고 생각하지 않아요." 여전히 자신의 무릎을 내려다보며 루비가 조용히 말한다.

"그럼 어떻게 생각하는데요?"

루비가 숨을 크게 들이쉬고 나와 눈을 맞춘다. "솔직히 말하면요, 버네사, 그 사람이 참 나약한 사람이고, 어린 시절에도 버네사는 자신이 그 사람보다 더 강하다는 걸 알고 있었다는 생각이 들어요. 버네사는 그가 한 짓이 폭로되면 그가 견디지 못하리란 걸 알았고 그래서 책임을 뒤집어썼잖아요. 지금도 그를 보호하려 하고 있고요."

나는 뺨 안쪽을 깨문다. 왜냐하면, 내 몸이 정말 하고 싶은 일을 하게 할 수는 없으니까. 나는 몸을 안으로 일그러뜨리고 싶다, 뼈가 부러질 때까지 세게 안으로 말아 넣고 싶다. "그 사람 얘긴 더이상 하고 싶지 않아요."

"그래요."

"난 아직 슬픔에 잠겨 있어요. 안 그래도 힘든 상황인데, 그의 죽음까지 애도하고 있다고요."

"정말 힘들겠어요."

"힘들어요. 견딜 수 없을 정도로." 나는 목구멍에서 치밀어오르는 단단한 무언가를 삼킨다. "내가 그를 죽게 내버려뒀어요. 혹시 날 딱하다고 생각할까봐 하는 얘기예요. 그가 죽기 직전에 나에게 전화했어요. 그가 무슨 짓을 할지 알고 있었지만 난 말리지 않았어요."

"당신 잘못이 아니에요." 루비가 말한다.

"네, 계속 그렇게 말씀하시네요. 내 잘못은 하나도 없는 것처럼."

루비는 아무 말도 하지 않고, 여전히 괴로운 표정으로 나를 쳐다본다. 그녀가 무슨 생각을 하는지 안다. 스스로 무덤을 파는 데 열중하는 내가 한심하다고 생각할 것이다.

"내가 그를 고문했어요." 나는 말한다. "내가 이 모든 일에 얼마나 큰 책임이 있는지 루비는 잘 모르는 것 같아요. 그 사람의 삶 전체가 나 때문에 나락으로 떨어졌어요."

"그 사람은 성인이었고 당신은 열다섯 살이었어요." 그녀가 말한다. "당신이 그를 고문한다고 해봐야 뭘 얼마나 할 수 있었겠어요?"

나는 잠시 할말을 잃는다. 내가 그의 교실로 들어갔잖아요. 내가 존재했잖아요. 내가 태어났잖아요. 이것 말고는 대답이 떠오르지 않는다.

고개를 뒤로 젖히며 내가 말한다. "그 사람은 날 너무나 사랑했어요. 내가 교실에서 나가면, 내 의자에 앉곤 했어요. 내 체취를 들이마시려고 테이블에 엎드렸어요." 전에도 했던 얘기고, 항상 나를 향한 그의 통제할 수 없는 사랑의 증거로 했던 얘기지만, 지금은 그 얘기가 루비에게, 그리고 다른 모든 사람들에게 들리는 것처럼 들린다—망상적이고 정신 나간 소리처럼.

"버네사," 그녀가 다정하게 말한다. "당신이 그래달라고 부탁한 게 아니잖아요. 버네사는 그저 학교에 다닌 것뿐이에요."

나는 루비의 어깨 너머로 창밖을, 항구를, 모여드는 갈매기를, 회색 슬레이트 빛깔의 모래와 하늘을 바라보지만, 눈에 보이는 것은 이제 갓 열여섯 살이 된 여자애가 눈물을 머금고 아이들 앞에서 자신은 거짓말쟁이라고, 벌받아 마땅한 나쁜 애라고 말하는 모습뿐이다. 루비의 아득한 목소리가 내게 무슨 생각을 하느냐고 묻지만, 날 겁먹게 한 건 바로 진실이라는 것을, 진실의 거대함과 적나라함이라는 것을 루비는 알고 있다. 진실은 숨을 곳을 주지 않는다.

2006년

9월 초이고 대학 4학년이 시작되려는 참이다. 나는 아파트 창문을 활짝 열고 청소를 한다. 해마다 이맘때면 거리에서 계절의 변화를 알리는 소음이 들려온다. 이사 차량의 끙끙대는 브레이크 소리, 따스한 계절과 저렴한 호텔 숙박을 노리는 마지막 관광객들의 소음이 투어용 트롤리의 확성기 소리와 뒤섞인다. 마을의 중심이 캠퍼스 쪽으로 이동하고, 5월까지 애틀랜티카는 대학가가 점령한다. 나의 룸메이트 브리짓은 다음날 로드아일랜드주에서 도착할 예정이고 개강은 그다음날이다. 나는 여름 내내 여기서 지냈다. 스트레인이 오는 날을 제외하면 용돈을 벌기 위해 호텔방을 청소하거나, 취해 있거나, 밤이면 온라인에서 시간을 탕진하면서. 스트레인은 아주 가끔씩만 온다. 장거리 운전이 싫다고는 하지만 사실 스트레인이 정말로 싫어하는 건 우중충한 내 아파트다. 아파트에 처음 왔을 때, 그는 한 번 휙 둘러보고 말했다. "버네사, 이런 곳에 살다

가 사람들이 자살하는 거야." 그는 마흔여덟이고 나는 스물한 살이
지만, 대체로 육 년 전과 똑같다. 큰 위협은 사라졌지만—이제 감
옥에 가거나 직장을 잃을 일은 없다—나는 여전히 부모님에게 그
에 관해 거짓말한다. 그의 존재를 아는 사람은 브리짓뿐이다. 그와
만날 때는 그의 집 혹은 나의 아파트에서 커튼을 친다. 스트레인은
가끔 공공장소에 나를 데리고 가지만, 우리를 알아보는 사람이 거
의 없는 곳에만 간다. 한때는 필요에 의한 비밀이었지만, 지금은
수치심의 산물인 것 같다.

나는 욕실에서 샤워부스 옆면을 닦는다. 욕실 청소는 그가 올 때
만 하는 일이다. 그때 제이컵 스트레인이라는 글자와 함께 휴대전화
가 울린다.

'통화' 버튼을 누른다. 손가락이 세제 때문에 자줏빛이다. "여보
세요? 오늘 이따가……"

"오늘밤엔 못 가." 그가 말한다. "여기 일이 너무 많아."

그가 또다시 학장을 맡게 되어서 할일이 너무 많다고 말하는 동
안 나는 거실로 나간다. "우리 학과가 아주 엉망이야." 그가 말한
다. "교사 한 명이 출산휴가를 갔는데 새로 뽑은 교사가 아주 대
책이 없어. 게다가 학교에서 상담 프로그램을 새로 개설했는데, 나
이가 너보다 별로 많지도 않은 애가 우리한테 학생들의 감정을 다
루는 법을 지도한다네. 모욕적인 처사야. 여기서 이십 년 가까이
일한 사람한테."

나는 선풍기 바람이 닿는 곳을 따라 거실을 서성이기 시작한다.
우리가 갖고 있는 유일한 가구는 덕트테이프를 붙인 등근 의자, 플
라스틱 우유 상자로 만든 커피 테이블, 나의 부모님이 쓰던 낡은

텔레비전 받침대뿐이다. 그래도 곧 소파가 생길 것이다. 브리짓이
아는 사람이 안 쓰는 소파를 거저 준다고 했단다.

"하지만 오늘이 우리가 만날 수 있는 마지막 기회잖아요."

"너 내가 모르는 장거리 여행이라도 떠나니?"

"내일 룸메이트가 돌아와요."

"아." 그가 혀로 딸깍 소리를 낸다. "그래도 뭐, 네 방 따로 있잖
아. 문도 닫을 수 있고."

나는 살짝 한숨을 쉰다.

"제발 심통 부리지 마." 그가 말한다.

"그런 거 아니에요." 하지만 나는 그러고 있다. 팔다리를 축 늘
어뜨리고 아랫입술을 내밀고 있다. 오전 내내 침실에 있던 빈병과
커피잔들을 치우고, 설거지하고, 욕조에 있던 머리카락을 걷어냈
다. 더구나 나는 그와 함께 있고 싶다. 그것이 내가 실망한 진짜 이
유다. 그를 본 지 벌써 두 주가 지났다.

나는 전화기에 대고 웅얼거린다. "나 욕구불만이에요." 그나마
그것이 내가 느끼는 감정에 가장 근접한 표현이다. 성욕과는 다르
다. 내가 원하는 건 섹스가 아니다. 그가 나를 바라봐주고, 나를 사
랑해주고, 내가 어떤 사람인지 얘기해주고, 그래서 내가 다른 사람
들과 똑같은 척하며 지루한 일상을 이어가는 데 필요한 것들을 주
기를 원한다.

스트레인이 미소 짓는 소리가 들린다—짧은 한숨, 목 안쪽에서
나오는 그 부드러운 소리. 나 욕구불만이에요. 그는 그 말을 좋아한
다. "조만간 갈게." 그가 말한다.

다음날 오후 브리짓이 도착해서 거실 한복판에 가방들을 털썩

내려놓는다. 브리짓이 눈을 반짝이며 묻는다. "그 사람 왔어?" 브리짓은 스트레인을 무척 만나고 싶어한다. 브리짓이 그의 존재를 실제로 믿는지 잘 모르겠다. 작년 여름, 우리가 아파트 임대계약에 서명하고 나서, 나는 그에 관해 모호한 버전의 이야기를 들려주었다. 브리짓도 나처럼 영문학 전공이고 우리는 삼 년 동안 수업을 같이 들었지만, 우리가 좋은 친구 사이라고 말할 수는 없었다. 우리는 편의상 같이 살게 된 것뿐이었다. 브리짓이 침실 두 개짜리 집을 얻었고, 나는 있을 곳이 필요했다. 그러던 어느 날 밤 술집에서, 나는 브리짓에게 브로윅에 "일 년 남짓" 다녔다는—대체로 그게 내가 가장 진실에 가깝게 하는 말이다—얘기를 꺼냈고, 결국 술을 다섯 잔 마신 뒤에, 그 사건의 자초지종을 횡설수설 털어놓기에 이르렀다. 나는 브리짓에게 그가 나를 선택했고, 나와 사랑에 빠졌고, 그를 배신할 수 없어서 내가 퇴학당했지만, 나이 차를 비롯한 다른 모든 여건에도 불구하고 도저히 헤어질 수가 없어서 다시 만났다고 했다. 브리짓은 강렬한 대목에서는 눈이 휘둥그레지고, 힘겨운 순간에는 고개를 끄덕이며 공감하면서 이야기의 완벽한 청취자가 되어주었다. 그리고 듣는 내내 비난의 기색은 전혀 없었다. 그날 이후에도 브리짓은 한 번도 스트레인 얘기를 먼저 꺼낸 적이 없었고, 항상 나에게 맡겼다. 심지어 지금 그 사람 왔어?라고 묻는 것도 내가 전날 브리짓에게 미안해하며 보낸 경고 문자 때문이다. 내일 도착했을 때 아파트에 중년 남자가 있어도 너무 놀라지 마. 스트레인을 농담의 대상으로 언급한 건 처음이었고 기분이 좋았다, 놀라울 정도로.

그 사람 왔어? 나는 고개를 젓지만 이유는 설명하지 않고 브리짓도 묻지 않는다.

우리는 브리짓의 나머지 짐을 안으로 들여온다. 옷이 가득 담긴 검은색 쓰레기봉투들, 신발이 잔뜩 들어 있는 쓰레기통, DVD가 들어 있는 도자기 냄비. 우리는 소파를 수거하러 가서—문자 그대로 수거하러 간다—그걸 들고 네 블록을 걸어온다. 차들이 우리를 향해 경적을 울리며 지나간다. 중간에 한 번 소파를 내려놓고 그 위에 널브러져서, 손으로 햇빛을 가리며 팔다리를 늘어뜨리고 쉰다. 소파를 아파트 안에 들여놓은 뒤에는 거실 벽에 밀어붙여놓고 오후 내내 달착지근한 와인을 마시며 〈더 힐스〉를 본다. 우리는 각자 병째로 와인을 마시며, 손등으로 입술을 닦고, 주제가를 따라 부르고, 에피소드들을 차례로 본다.

하늘이 어두워지고 와인이 떨어지자 우리는 모퉁이 상점에서 사온 술을 마시며 술집에 갈 준비를 한다. 내가 방에서 머리를 펴고 눈화장을 하는 동안 맞은편 브리짓의 방에서 릴로 카일리의 노래가 흘러나온다. 그러다가 어느 순간, 브리짓이 가위를 들고 내 방문 앞에 나타난다.

"내가 앞머리 잘라줄게." 브리짓이 말한다.

내가 욕조에 걸터앉고, 브리짓이 페인트 묻은 가위로 내 앞머리를 자른다. 노트북에 제니 루이스*를 띄워놓고 참고하면서. "완벽해." 내가 거울을 볼 수 있도록 옆으로 물러서며 브리짓이 말한다. 삐죽삐죽한 앞머리 뒤에서 거울을 바라보는 커다란 두 개의 눈동자. 나는 어린 소녀 같다.

---

* 미국의 가수이자 배우로, 인디 록 밴드 릴로 카일리의 멤버.

"너 진짜 예쁘다." 브리짓이 말한다.

이리저리 내 모습을 살펴보면서 나는 스트레인이 어떻게 생각할지 궁금해진다.

술집에 도착하자, 나는 간이의자에 앉아 맥주를 벌컥벌컥 마시고 브리짓은 남자들에게 둘러싸인다. 그들은 브리짓을 포옹한다는 핑계로 그녀의 몸을 끌어당겨 만진다. 브리짓은 아름답다. 높이 솟은 광대뼈에 꿀 빛깔의 긴 머리, 남자들이 환장하는 살짝 벌어진 앞니. 반면 나는 예쁘장하긴 하지만 아름답진 않다. 똑똑하지만 멋지진 않다. 나는 신랄하고, 날카롭고, 드세다. 브리짓의 약혼자가 나를 만났을 때, 내 옆에 있는 것만으로도 고환을 걷어차인 기분이 든다고 했다.

*

애틀랜티카 칼리지는 아침 안개와 소금이 흠뻑 밴 바람, 점박이 몸뚱이를 분홍색 화강암 해변에 눕히고 일광욕을 하는 바다표범, 교실로 개조된 고래잡이 어부의 집, 구내식당에 걸려 있는 거대한 혹등고래의 해골로 설명할 수 있다. 학교 마스코트는 투구게이고, 그게 얼마나 우스꽝스러운지 모두가 알고 있다. 게 먹었니 GOT CRABS*?라고 적힌 스웨트셔츠가 서점 안쪽에 죽 걸려 있다. 스포츠 팀이라고는 하나도 없고, 학생들이 총장을 이름으로 부르고, 교수들은 스포츠 샌들에 티셔츠를 입고 자기가 기르는 개를 수업시

---

* crabs에는 성병이라는 의미도 있다.

간에 데리고 온다. 나는 이 대학을 사랑한다. 졸업하고 싶지 않고 떠나고 싶지 않다.

스트레인은 성장에 대한 나의 거부감을 보다 넓은 맥락에서 이해해볼 필요가 있다고 말한다. 내 또래의 모든 젊은 아이들이 스스로를 희생양으로 만드는 것에 끌린다고. "젊은 여성의 경우에 그런 성향을 거부하기가 특히 힘들지." 그가 말한다. "온 세상이 널 무기력한 아이의 상태로 유지하려고 혈안이 되어 있으니까." 스트레인은 문화적으로 피해의식은 아동기의 연장이라 여겨진다고 말한다. 따라서 여성이 피해자가 되기로 선택하면, 개인의 책임으로부터 자유로워지고, 그러면 다른 사람이 어쩔 수 없이 그녀를 돌봐주어야 한다고. 그래서 여성이 한번 피해자가 되기로 선택하면, 그 선택을 되풀이하게 되는 거라고.

나는 여전히 내가 다른 아이들과 다르다고 느낀다. 열다섯 살 때처럼 어둡고 내면 깊은 곳에서 사악하다고 느낀다. 그러나 나는 그 이유를 조금 더 잘 이해해보려고 노력했다. 나는 나이 차의 은유에 관한 전문가가 되었고, 성인과 법적 미성년자 사이의 로맨스를 담은 책과 영화를 닥치는 대로 보았다. 끝없이 나 자신을 찾았지만 나에게 꼭 들어맞는 얘기는 없었다. 그런 이야기 속의 여자애들은 항상 피해자이고, 나는 그렇지 않다. 그건 내가 지금보다 어렸을 때 스트레인이 내게 했던 혹은 하지 않았던 일들과는 전혀 상관이 없다. 내가 피해자가 아닌 이유는 한 번도 피해자이고 싶었던 적이 없었기 때문이다. 내가 원하지 않는다면 나는 피해자가 아닌 것이다. 그렇게 돌아가는 것이다. 강간과 섹스는 마음 상태의 차이다. 기꺼이 하겠다는 사람을 강간할 수는 없어, 안 그래? 내가 신입생 시

392

절 룸메이트에게 파티에서 만난 남자들과 술에 취해 집으로 돌아가는 걸 그만하라고 하자 그애가 그렇게 대답했다. 기꺼이 하겠다는 사람을 강간할 수는 없다. 물론 끔찍한 농담이지만, 그래도 일리는 있다.

설령 스트레인이 내게 상처를 주었다고 해도, 어차피 모든 여자애들에겐 오래된 상처가 있다. 처음 애틀랜티카에 왔을 때, 나는 브로윅과 비슷하지만 그보다 조금 불건전한 여학생 기숙사에 살았다. 술과 마리화나를 쉽게 구할 수 있었고 관리 감독은 최소한으로만 이루어졌다. 복도마다 방문들이 열려 있었고, 여자애들은 밤늦도록 이 방 저 방 돌아다니며 비밀을 고백하고 속을 털어놓았다. 불과 몇 시간 전에 만난 애들이 내 침대에 누워 울면서, 소원한 엄마와 못된 아빠와 바람피운 남자친구 얘기를 하며 세상이 거지같다고 말했다. 그들 중에 나이 많은 남자를 사귀었던 애는 한 명도 없는데도 그들의 삶은 여전히 엉망이었다. 설령 내가 스트레인을 만나지 않았다고 해도, 삶이 얼마나 달랐을지 의문이다. 보나마나 어떤 남자애가 날 이용하고, 당연히 여기고, 내 마음을 찢어놓았을 것이다. 적어도 스트레인은 나에게 그들의 이야기보다 더 나은 이야기를 주었다.

때로는 그런 식으로 생각하는 편이 더 쉬웠다, 하나의 이야기로. 지난가을 소설 창작 수업을 들었는데, 학기 내내 스트레인에 관한 글을 써서 제출했다. 수업시간에 내 글이 평가받을 때면, 나는 다른 사람들이 한 말을 기록했다. 모두의 평을 기록했다, 한심한 평, 잔인한 평까지도. 만약 어떤 학생이, "여자애가 완전 걸레네요. 선생님하고 자는 사람이 어디 있어요? 누가 그런 짓을 해요?"라고 말하면 그 질문을 내 노트에 기록하고 나 자신의 질문도 덧붙였다. (나는 왜 그랬을까? 내가 걸레라서?)

얻어맞아서 멍든 기분으로 교실을 나섰지만, 그것이 속죄처럼, 내가 당연히 느껴야 할 수치심처럼 느껴졌다. 냉혹한 워크숍을 조용히 견디는 것과 브로윅의 교실에 서서 쏟아지는 질문을 견디던 날을 비교할 수도 있겠지만, 나는 그런 생각에 오래 매달리지 않는다. 그저 고개를 숙이고, 계속 앞으로 나아갈 뿐이다.

캡스톤* 문학 세미나를 가르치는 교수가 새로 부임했다. 헨리 플라우. 얼마 전 내 지도교수의 연구실 옆에 있는 그의 연구실 명패를 보았다. 문이 살짝 열려 있어서 책상과 의자 두 개가 놓인 빈방이 보였다. 첫번째 세미나 시간에 나는 숙취에 시달리며, 혹은 아직도 술이 깨지 않은 상태로, 몸과 머리카락에서 맥주 냄새를 풍기며 테이블 맨 끝자리에 앉는다.

강의실로 들어오는 다른 학생들을 지켜보고 있는데, 모두가 낯익은 얼굴들이고, 나의 뇌가 경련하듯 섬광이 번쩍하면서 소음의 벽이 생긴다. 순간적으로 두통이 너무 심해서 손가락으로 눈을 꽉 누른다. 다시 눈을 떴을 때 제니 머피가 보인다. 예전 룸메이트이자 잠시나마 가장 친한 친구였던, 그리고 내 삶을 망쳐놓은 장본인인 그 제니. 그녀가 턱을 괴고 세미나 테이블에 앉아 있다. 갈색 단발머리에 긴 목선이 그때와 똑같다. 이 학교로 옮긴 건가? 제니가 날 알아보기를 기다리는 동안 나의 몸이 후들거린다. 우리 둘 다

---

* 대학 마지막 학년에 특정 주제를 선택해 연구하는 세미나 형식의 수업.

전혀 나이를 먹지 않았다는 게 참 우습다. 나도 열다섯 살에서 하루도 더 나이를 먹지 않은 것 같다. 똑같이 주근깨 난 얼굴에 길고 붉은 머리카락.

헨리 플라우가 갈색 가방을 메고 교재를 들고 강의실에 들어올 때도 나는 여전히 제니에게 시선을 고정하고 있다. 이윽고 나는 제니에게서 시선을 거두고 그를 유심히 본다. 새로 온 교수. 처음에 언뜻 보았을 때, 그는 스트레인이다. 턱수염과 안경, 무거운 발걸음과 넓은 어깨. 그러나 차츰 다른 점들이 드러난다. 그는 위압적으로 큰 키가 아닌 보통 키에 머리카락과 턱수염은 검은색이 아니라 금색이고, 눈동자는 회색이 아닌 갈색이며, 안경은 철제 테가 아닌 뿔테다. 그는 더 호리호리하고, 몸집이 작고, 더 젊다—나는 그걸 가장 마지막에 알아차린다. 흰머리도 없고, 턱수염 아래의 피부가 매끄러운 삼십대 중반이다. 그는 번데기 단계의 스트레인이고, 여전히 여리다.

헨리 플라우가 교재를 세미나 테이블에 떨어뜨리고 그 바람에 요란한 쿵 소리가 나서 모두가 움찔한다.

"미안해요, 일부러 그런 거 아니에요."

그가 도로 책을 들더니, 잠시 어쩔 줄을 모르고 그 상태로 있다가, 아주 조심스럽게 내려놓는다.

"이제 시작해볼까요?" 그가 말한다. "내 어색한 입장도 끝났고 하니."

시작부터 그의 태도는 전부 다 틀렸다. 그는 상냥하고, 자기 비하적이다. 첫날부터 칠판에 아무도 읽어본 적 없다고 차마 인정하지 못하는 시를 빼곡하게 적어놓고 공포 분위기를 조성했던 스트레인과는 전혀 다르다. 그런데도 헨리가 출석부를 보고 세미나 테이블을 훑으며 우리를 일일이 눈에 담을 때, 나는 다시 스트레인의 교실로 돌아가, 나를 들이마시는 그의 시선을 느낀다. 열린 창문으로 한줄기 바람이 들어오고, 소금기어린 바람에서 스트레인의 사무실 라디에이터에서 나던 탄 먼지 냄새가 풍긴다. 갈매기 소리는 삼십 분마다 울리는 노럼베가 교회 종소리로 바뀐다.

테이블 맞은편 끝에서 제니가 마침내 내 쪽을 바라본다. 우리의 눈이 마주치고 나는 그녀가 제니가 아니라는 사실을 깨닫는다. 예전에 같은 수업을 들은 적이 있는 동그란 얼굴의 갈색 머리 여자애다.

헨리 플라우가 출석부의 맨 끝에 다다른다. 늘 그렇듯이 나는 마지막이다. "버네사 와이?" 새 학기의 첫날이라 그런지 내 이름이 너무도 애처롭게 들린다. 버네사, 왜why?

나는 손을 들기에는 너무 얼떨떨한 상태라 손가락 두 개만 든다. 테이블 맞은편에서 제니라고 생각했던 여자애가 볼펜 뚜껑을 열자, 내 안에서 몰아치던 폭풍이 물러가고 쓰레기와 썩어서 뒤엉킨 해초 가닥들만 남는다. 나는 익숙한 두려움을 느낀다. 내가 미쳤고, 자아도취 상태고, 망상에 빠졌는지도 모른다는 두려움. 자기 생각에만 너무 골몰한 나머지, 본의 아니게 주변 사람들을 유령으로 만들어버리는 사람일지도 모른다는 두려움.

헨리 플라우가 내 얼굴을 기억하려는 듯 찬찬히 바라본다. 그가 성적기록부의 내 이름 옆에 표시를 한다.

세미나 시간 내내 나는 자리에 웅크리고 앉아, 그를 곁눈질로만 흘금거린다. 나의 뇌는 자꾸만 창밖으로 흘러나간다. 벗어나길 원하는 건지 아니면 넓은 시야를 확보하고 싶은 건지 잘 모르겠다. 수업이 끝나고 바닷가로 난 길을 따라 혼자 걸어서 집으로 가는 길에, 바다 안개에 내 머리카락이 곱슬곱슬해진다. 칠흑처럼 어두운 밤이고 나는 이어폰을 꽂고 있고, 음악을 최대한 크게 틀어놓아서 누구든 뒤에서 날 붙잡는다면 속수무책이다. 황당할 정도로 멍청한 행동이다. 한 번도 인정한 적이 없지만, 뒷목에서 느껴지는 괴물의 숨결을 생각하면 나는 스릴을 느낀다. 괴물을 부르는 전형적인 행동, 그것이 나를 앞으로 나아가게 한다.

그 주 금요일 밤에 스트레인이 나를 만나러 온다. 매일 아침 우리 아파트를 이스트와 커피 향으로 채우는 아파트 앞 베이글 가게의 작은 계단에 앉아 그를 기다린다. 따스한 저녁이다. 여름 원피스를 입은 여자들이 술집으로 걸어간다. 시 수업을 같이 듣는 남자애가 보드를 타고 맥주를 마시며 지나간다. 스트레인의 스테이션왜건이 나타나고, 그는 눈에 띄기 쉬운 대로에 차를 세우지 않고 골목으로 들어간다. 애틀랜티카에는 브로윅 동창생이 없는데도 그는 여전히 강박적이다.

잠시 후 그가 어두운 골목에서 나타나 가로등 불빛 아래 미소를 지으며 두 팔을 내민다. "이리 와."

그는 물 빠진 청바지에 흰 운동화 차림이다. 아빠의 옷차림. 오랜만에 그를 만나면 나는 항상 흠칫 놀라고, 결국 매번 그의 가슴에 얼굴을 파묻는다. 그러면 그의 불그스름한 코와 희끗희끗한 수염, 허리 위로 늘어진 배를 보지 않아도 되기 때문이다.

마치 우리집이 아니라 자기 집인 것처럼, 스트레인이 내 아파트로 가는 어두운 계단을 앞장서서 오른다. "소파가 생겼네." 그가 안으로 들어서며 말한다. "엄청난 발전이군."

그가 쓴웃음을 지으며 돌아서다가 나를 제대로 보는 순간 표정이 누그러진다. 좀전에 밖에 있을 땐 너무 어두워서 여름 원피스를 입고, 앞머리를 자르고, 눈꼬리가 올라가게 아이라이너를 그리고, 장밋빛으로 입술을 칠한 내가 얼마나 예쁜지 그는 미처 알아보지 못했다.

"아니 이제 보니," 그가 말한다. "1965년도의 프랑스 소녀 같구나."

그의 승인은 내 몸의 긴장을 풀기에, 그의 흉측한 옷을 그렇게 흉측하지 않은 것으로, 혹은 별로 중요하지 않은 것으로 바꾸기에 충분하다. 그는 항상 나이가 많을 것이다. 그래야 한다. 그것만이 내가 영원히 젊고 아름다움이 넘칠 수 있는 유일한 방법이다.

방문을 열기 전에 내가 그에게 경고한다. "치울 시간이 없었어요, 그러니까 너무 뭐라 하지 말아요."

내가 불을 켜자 그가 엉망인 방안을 둘러본다. 옷 무더기들, 침대 옆 바닥에 뒹구는 커피잔과 빈 와인병들, 부서져서 카펫에 짓이겨진 아이섀도 팔레트.

"어떻게 이러고 사는지 난 영원히 이해 못할 거야." 그가 말한다.

"난 이게 좋아요." 침대 위에 있던 옷들을 양손으로 밀어내며 내가 말한다. 그 말은 사실이 아니지만, 지저분한 환경은 지저분한 마음을 반영한다는 그의 설교를 듣고 싶지 않다.

우리는 침대에 눕는다. 스트레인은 등을 대고 눕고 나는 그와 벽 사이에 끼인 채 모로 눕는다. 그가 내 수업에 대해 묻고, 나는 수강

과목들을 열거하다가, 헨리 플라우의 수업에 대해 말할 차례가 되자 머뭇거린다. "그리고 캡스톤 세미나가 있어요."

"교수가 누구지?"

"헨리 플라우. 새로 온 교수예요."

"박사학위를 어디서 받았대?"

"나도 몰라요. 그런 건 강의계획서에 안 나와요."

스트레인이 살짝 못마땅한 표정으로 얼굴을 찌푸린다. "장래 계획에 대해서는 생각해봤니?"

장래 계획. 졸업 이후. 부모님은 내가 남쪽으로 가기를, 포틀랜드, 보스턴, 그보다 더 멀리 가기를 원한다. "윗동네에는 네가 할만한 일이 없어." 아빠는 농담을 한다. "요양원이나 재활 센터뿐이지. 오거스타 북쪽 사람들은 노인이거나 중독자뿐이니까." 스트레인도 내가 떠나길 원한다. 시야를 넓히고 세상 밖으로 나가야 한단다. 그러나 그러다가도 이런 말을 덧붙이곤 한다. "근데 네가 떠나면 난 어떻게 살아야 할지 모르겠다. 그냥 내키는 대로 아무렇게나 살까보다."

나는 애매하게 고개를 흔든다. "어쩌면요. 아, 한 대 피울래요?" 나는 그의 몸을 타넘어 마리화나를 보관해두는 보석함으로 손을 뻗는다. 그는 내가 파이프에 마리화나를 채우는 모습을 얼굴을 찌푸리고 바라보지만 막상 파이프를 건네자 길게 한 모금 들이마신다.

"스물한 살 된 여자친구를 두는 게 중년의 약물 남용으로 이어질 줄은 몰랐네." 그가 말한다. 연기를 내뿜느라 그의 목소리가 가늘어진다. "진작 알았어야 했는데."

나는 목구멍이 델 정도로 연기를 세게 들이마시고, 약기운이 퍼진다. 그가 날 여자친구라고 부를 때 흥분하는 내가 싫다.

우리는 마리화나를 피우고 침대 옆 바닥에 놓여 있던, 거의 꽉 찬 와인 한 병을 마신다. 내가 작은 텔레비전을 틀고, 경찰들이 채팅방에서 십대 소녀인 척하며 자기들을 만나려고 한 남자들을 체포하는 리얼리티 쇼를 장장 오 분 동안이나 고통스럽게 시청한다. 나는 영화를 튼다. 내가 갖고 있는 영화들은 대부분 똑같이 정곡을 찌르는 것들이다. 두 가지 버전의 〈롤리타〉와 〈프리티 베이비〉〈아메리칸 뷰티〉〈사랑도 통역이 되나요?〉.* 그러나 그 영화들은 적어도 아름다움에 초점이 맞추어져 있고, 사랑 이야기의 틀을 갖추고 있다.

스트레인이 원피스를 벗기고 내 몸을 돌려 바로 눕힐 때 나는 완전히 약에 취해 멍한 상태다. 마치 빙글빙글 피어오르는 연기처럼. 그러나 그가 아래쪽으로 내려가자, 갑자기 정신이 번쩍 든다. 나는 다리를 오므리고 힘을 준다. "그건 싫어요."

"버네사, 이러지 마." 그가 힘을 준 내 허벅지 위에 얼굴을 기대고 나를 쳐다본다. "하게 해줘."

나는 천장을 바라보며 고개를 젓는다. 나는 거의 일 년 가까이 그가 그곳으로 가는 걸 막고 있다. 어쩌면 그보다 더 오래. 허락한다고 죽는 건 아니겠지만, 그러면 내가 지는 셈이 된다.

그가 계속 조른다. "넌 지금 쾌락을 거부하고 있어."

나는 온몸에 힘을 준다. 나는 깃털처럼 가볍고, 나무판자처럼 뻣뻣하다.

"너 자신을 벌주는 거야?"

---

* 모두 나이 많은 남성과 어린 여성의 성적인 관계가 등장하는 영화들이다.

나의 생각들이 웜홀로 빨려 들어가고, 모서리가 뭉툭해져 완만한 곡선이 된다. 나는 밤바다를, 화강암 해안을 때리는 파도를 본다. 거기 스트레인이 있다, 분홍색 화강암 바위에 서서 두 손을 모아 입에 대고 서 있다. 하게 해줘. 너에게 쾌락을 주게 해줘. 그가 계속 외치지만 나는 그의 손이 닿지 않는 곳에 있다. 나는 커다란 파도를 지나 헤엄치는 점박이 바다표범이고, 몇 킬로미터고 날아갈 수 있는 커다란 날개를 가진 바닷새다. 나는 그에게서, 모두에게서 벗어나 안전하게 숨어 있는 새로 뜬 달이다.

"고집불통이네," 스트레인은 그렇게 말하며 내 몸 위로 올라와 무릎으로 내 다리를 벌린다. "미련할 정도로 고집불통이야."

그는 내 안으로 들어오려 하지만, 그전에 자기 걸 애무하려고 손을 뻗는다. 그는 자꾸만 힘을 잃는다. 내가 도울 수도 있지만, 나는 아직도 깃털처럼 가볍고 나무판자처럼 뻣뻣하다. 더구나, 이건 내 문제가 아니다. 만약 마흔여덟 살 남자가 스물한 살 여자 앞에서 발기가 되지 않는다면, 대체 무엇에 발기가 된다는 건가. 열다섯 살짜리 여자애라면 될지도. 가끔 노럼베가에 있는 그의 집에서, 우리는 다시 첫날밤인 척 연기를 하곤 한다. 긴장을 풀어, 아가. 네가 긴장을 풀지 않으면 내가 들어갈 수가 없어. 심호흡을 해.

그가 내 몸 안팎으로 움직이기 시작하면, 나는 눈을 감고 반복해서 재생되는 익숙한 장면들을 본다. 부풀어오르는 빵, 계산대 컨베이어벨트를 타고 움직이는 식료품들, 보드라운 흙속으로 뻗어가는 흰색 뿌리의 저속 촬영 장면. 릴이 돌아갈수록 내 피부에 소름이 돋는다. 나는 가슴을 헐떡이기 시작한다. 눈을 뜨고 있는데도 그 장면들만 보인다. 그가 내 몸 위에 있고, 씹하고 있는데도, 나는 그가 보이지 않는다. 이런 일이 자꾸만 반복된다. 지난번에 이 기분을 그에게 설명하려 했을 때, 그는 히스테리성 시각 장애인 것 같다고 말했다. 그냥 진정하고, 마음을 좀 가라앉혀, 애야.

내가 나의 목을 잡는다. 그가 내 목을 졸라주어야 한다. 그래야만 내가 다시 돌아올 수 있다. "세게 해줘," 내가 말한다. "아주 세게." 그는 내가 애원해야만 그렇게 해준다. "제발"이라고 반복해서 말해야만, 마지못해 건성으로 내 목을 누른다. 그 정도만 해도 나의 아파트가 다시 돌아오고, 뺨에 땀을 줄줄 흘리며 나를 바라보는 그의 얼굴이 돌아온다.

나중에 그가 말한다. "난 그거 하기 싫어, 버네사."

나는 일어나 앉아서 몸을 숙이고 바닥에서 원피스를 집어든다. 소변을 보고 싶지만 그의 앞에서 발가벗고 돌아다니는 건 싫다. 더구나 브리짓이 언제 돌아올지 모른다.

그가 덧붙인다. "어딘가 아주 거슬리는 데가 있어."

"그게 뭔지 정의해봐요." 원피스를 머리 위로 입으며 내가 말한다.

"네가 나에게서 원하는 폭력은 너무……" 그가 얼굴을 찌푸린다. "너무 어두워, 나한테조차도."

잠들기 전, 불은 끄고 〈프리티 베이비〉를 무음으로 틀어놓고 있는데, 브리짓이 술집에서 돌아온다. 우리는 브리짓이 거실을 돌아다니다가, 살짝 비틀거리다가, 욕실로 들어가는 소리를 듣는다. 브리짓이 물을 크게 틀지만, 토하는 소리는 묻히지 않는다.

"도와줘야 할까?" 스트레인이 속삭인다.

"괜찮아요." 그렇지만 그가 없었다면, 나가서 브리짓을 돌보았을 것이다. 나는 스트레인이 브리짓 근처에 가는 게 싫은 건지, 아니면 그 반대인지 잘 모르겠다.

얼마 후, 브리짓이 주방으로 들어선다. 찬장 문이 열리고 시리얼 박스를 꺼냈는지 비닐봉지가 구겨지는 소리가 들린다. 오늘은 원래 브리짓과 내가 소파에 진을 치고 밤늦게까지 심야 광고를 보다가 곯아떨어지는 그런 밤이다.

이불 속에서 스트레인의 손이 내 허벅지로 올라온다. "내가 온 걸 알아?" 스트레인이 속삭인다. 그의 손이 내 다리 사이에서 움직이는 가운데 브리짓이 아파트 안을 돌아다니는 소리가 들린다.

아침이 되자, 나는 침대에서 혼자 눈을 뜬다. 스트레인이 간 모양이라고 생각하고 있는데 거실에서 발소리가 들리고 화장실 문이 열린다. 그때 브리짓이 놀란 목소리로 말한다. "어머, 죄송합니다!" 스트레인의 다급한 목소리가 이어진다. "아뇨, 아뇨, 괜찮아요. 지금 막 가려던 참이라."

두 사람이 서로 인사를 나누는 소리가 들린다. 스트레인은 자신이 평범한 사람이라는 듯, 이 모든 게 평범한 상황이라는 듯 "제이컵"이라고 자신을 소개하고, 나는 침대에 얼어붙은 채, 마치 벽장 문 밑으로 기어나오는 발톱을 본 영화 속 소녀처럼, 갑자기 두려움에 사로잡힌다. 그가 침대로 돌아왔을 때 나는 잠든 척한다. 내 어깨를 건드리며 이름을 불러도, 나는 눈을 뜨지 않는다.

"깨어 있는 거 알아." 그가 말한다. "방금 네 룸메이트 만났어. 괜찮은 애 같더라. 웃을 때 벌어진 앞니 보이는 게 예쁘던데."

나는 얼굴을 이불 속에 더 깊이 파묻는다.

"나 이제 갈 건데. 작별 키스 안 해줘?"

나는 한 팔을 이불 밖으로 꺼내 하이파이브를 하자는 의미로 들어올리지만 그는 무시한다. 나는 아파트 안을 가로지르는 스트레인의 무거운 발소리를 듣고, 그가 브리짓에게 인사하는 소리가 들리자 두 손으로 얼굴을 가린다.

눈을 떠보니 브리짓이 팔짱을 끼고 내 방문 앞에 서 있다. "방에서 섹스 냄새가 진동하네." 브리짓이 말한다.

나는 이불을 끌어당기며 일어나 앉는다. "그 사람 역겨운 거, 나도 알아."

"역겹지 않던데."

"늙었잖아. 너무 늙었어."

그녀가 웃으며 머리카락을 뒤로 넘긴다. "진짜야, 그렇게 형편 없진 않았어."

내가 옷을 입은 뒤, 우리는 베이컨과 달걀을 곁들인 베이글에 블랙커피를 마시러 아래층 커피숍으로 내려간다. 나는 창가 자리에 앉아서 털이 꼬불꼬불한 커다란 개를 산책시키는 커플을 바라본다. 헐떡거리는 입 밖으로 분홍색 혀가 늘어져 있다.

"그러니까 열다섯 살 때부터 지금까지 사귄 거야?" 브리짓이 묻는다.

내가 치아 사이로 커피를 들이켜다가 혀를 덴다. 이렇게 캐묻는 건 브리짓답지 않다. 우리는 서로 거리를 두고, 그 거리를 "판단 보류 영역"이라고 농담삼아 부르곤 한다. 그 공간에서 나는 고향인 로드아일랜드주에 약혼자를 두고도 다른 남자들과 어울리는 브리짓을 봐주고, 스트레인과 내가 하고 싶은 일들을, 그게 무엇이건 간에, 하고 있다.

"사귀다 말다 했어." 내가 말한다.

"그 사람이 네가 처음 섹스한 남자야?"

나는 고개를 끄덕인다. 눈으로는 여전히 털북숭이 개와 커플을 바라보면서. "처음이고 유일해."

그 말에 그녀의 눈이 휘둥그레진다. "잠깐, 정말이야? 다른 사람하고는 한 번도 안 했어?"

나는 어깨를 으쓱하고 커피를 더 넘기며 목구멍을 뜨겁게 지진다. 나의 삶이 다른 사람의 얼굴을 충격과 경탄으로 일그러지게 만드는 걸 볼 때면 묘한 만족감이 든다. 그러나 일 초만 지나면 그들의 경탄은 얼빠진 표정이 된다.

"그게 어떤 기분이었을지 나로서는 상상도 안 간다." 브리짓이 말한다.

나는 눈물이 고이는 것을 감추려 애쓴다. 속상해할 일이 아니다. 별일 아니다. 브리짓은 단지 궁금한 것뿐이다. 친구가 있다는 건 바로 이런 거다. 남자들 얘기도 하고, 거친 십대 시절 얘기도 하고.

"무서웠어?"

베이글을 뜯어먹으며, 나는 고개를 젓는다. 내가 왜 무서웠겠는가? 스트레인은 너무도 조심스러웠다. 나는 공립학교를, 찰리와 윌 코비엘로를 떠올린다. 윌 코비엘로는 찰리를 백인 쓰레기라고 불렀고 찰리가 오럴섹스를 해준 이후 한 번도 그녀와 말을 섞지 않았다. 자신이 원하는 바를 얻은 그는 거만한 미소를 머금고 볼링장으로 돌아왔다. 그런 유의 수치스러운 일을 당하는 것이라면 두려웠을 것이다. 스트레인은 그렇지 않았다. 그는 내 앞에 무릎을 꿇었고, 내가 일생일대의 사랑이라고 말했다.

나는 브리짓에게 눈을 맞추고 똑바로 쳐다본다. "스트레인은 날 숭배했어. 내가 운이 좋았지."

가을은 갑자기 닥친다. 호텔들이 문을 닫고 외국인 노동자들은 고향으로 돌아간다. 9월 둘째 주가 되자 나뭇잎이 물들고, 한 무더기의 노란 잎이 구름 낀 하늘 아래 선명하다. 아침은 춥고 안개 때문에 습하다. 나는 발목에 축축한 시트를 감은 채 잠에서 깨어난다.

9월 말, 헨리 플라우의 세미나가 시작되기 직전의 고요한 시간, 1학년 때부터 나와 문예창작 워크숍을 같이 들었던 여자애가 세미나 테이블에 자리를 잡고 자신의 책들을 내려놓는다. 카우보이 부츠와 짧은 스커트 차림에, 문학잡지에 작품을 기고하는 학생으로, 나의 지도교수는 언젠가 그녀를 두고 "아이오와*에 갈 운명"이라고 말한 적이 있다. 그 책들 중 맨 위에, 블라디미르 나보코프의 『창백한 불꽃』이 있다. 그 소설을 본 순간 나는 얼어붙는다. "이리 와 숭배받으세요, 이리 와 애무받으세요, / 나의 검은 버네사여."

헨리가 그 책을 가리킨다. "탁월한 선택이군요." 그가 말한다. "내가 가장 좋아하는 작품 중 하나죠."

그녀가 미소를 짓는다. 관심이 집중되자 그녀의 뺨이 곧바로 붉어진다. "20세기 문학 수업에서 쓰는 교재예요. 이 작품에 관한 리

---

* 아이오와대학교의 문예창작 석사과정인 '아이오와 작가 워크숍'을 가리키는 것으로, 수많은 유명 작가들을 배출했다.

포트를 쓰는 중인데"―그녀가 눈을 커다랗게 뜬다―"너무 막막해요."

곁에 앉아 있던 남학생이 어떤 내용이냐고 묻고, 나는 더듬거리며 설명하려 애쓰는 그녀의 말을 두근거리고 후끈거리는 상태로 듣는다. 헨리가 말을 하려는 순간, 내가 더 큰 소리로 끼어든다.

"줄거리라는 게 사실 없어." 내가 말한다. "음, 적어도 그런 식으로 읽는 책은 아니야. 시와 주석으로 이루어져 있는데, 주석이 그 자체로 하나의 이야기지만 주석을 쓴 인물 자체를 신뢰할 수가 없어서, 이야기 전체를 신뢰할 수 없는 거지. 의미를 거부하는 소설이고, 독자들에게 통제권을 포기할 것을 요구하는……"

이런 식으로 말할 때―스트레인이 나를 통해 자신을 드러내는 것 같을 때―마다 나는 밀려드는 초조함을 느끼며 말끝을 흐린다. 스트레인의 입에서 나올 땐 근사하게 들리지만, 내가 이렇게 말할 때면 거만하고 사납고 재수없는 년 같다.

"어쨌건," 여자애가 말한다. "이건 내가 가장 좋아하는 나보코프 작품은 아니야. 『서배스천 나이트의 진정한 인생』을 읽었는데, 그게 훨씬 더 좋더라."

내가 조용히 그녀의 말을 수정한다. "진짜 인생."

그녀는 눈을 치켜뜨며 나에게서 고개를 돌린다. 그러나 세미나 테이블 앞쪽에선, 다른 학생들이 들어와 자리를 잡는 동안, 헨리가 엷은 미소를 머금고 생각하는 듯한 표정으로 나를 지켜보고 있다.

수업을 마치고 집으로 돌아온 나는 저녁을 먹고 다음주 수업을 위해 『타이터스 앤드로니커스』를 읽는다. 셰익스피어를 다루는 단원의 첫번째 작품이다. 잘린 손과 머리를 파이에 넣고 요리하는 잔인하고 유혈이 낭자한 희곡인데, 장군의 딸인 라비니아는 집단 강간을 당하고 신체가 훼손된다. 라비니아를 강간한 남자들이 그녀가 말하지 못하도록 혀를 자르고 글을 쓰지 못하도록 손을 자른다. 그런데도 그녀는 너무도 간절히 말하고 싶었고, 결국 입에 막대기를 물고 남자들의 이름을 땅에 쓴다.

그 대목에 도달했을 때, 나는 읽는 것을 멈추고 스트레인의 낡은 『롤리타』를 책장에서 꺼내 165쪽을 펼친다. 낯선 남자가 사탕을 주면 싫다고 말하고 길바닥에 자동차 번호를 손톱으로 긁어 적어두라는 신문 칼럼을 보고 롤리타가 웃는 장면이다. 나는 책장 여백에 라비니아?라고 쓰고 책장 모서리를 접어 표시한다. 다시 『타이터스 앤드로니커스』로 돌아가지만 나의 뇌는 집중하지 못한다.

컴퓨터를 켜고 삼 년 전에 만든 블로그에 들어간다. 엄밀히 말하면 공개 블로그이지만 익명이다. 나는 필명을 쓰고 몇 주에 한 번씩 구글 검색창에 입력해보고 검색 결과에 나오지 않는 것을 확인한다. 이 블로그를 유지하는 것은 헤드폰을 끼고 한밤중에 혼자 집으로 걸어오는 것, 앞이 보이지 않을 정도로 술에 취하는 것만을 목적으로 술집에 가는 행위와 같다. 기초 심리학 교재에서 '위험 행동'이라고 일컬어지는 것들이다.

2006년 9월 28일

그가 오늘 나보코프를 언급했고 나는 이 급격한 진전을 기록해야 할 것 같은 생각이 든다.

나는 그것을 어떻게 불러야 할지 모른다. 사실 '그것'은 아무것도 아니다, 나의 타락한 뇌에서 탄생한 내러티브일 뿐. 그러나 인물, 배경, 수많은 세부 사항이 똑같은데 어떻게 그 익숙한 이야기에 뛰어들지 않을 수 있겠는가? (강의실에서 교수의 시선은 세미나 테이블 끝자리로, 읽을 차례가 될 때마다 목소리가 떨리는 빨간 머리 여학생에게로 향한다.)

기이한 일이다. 기이한 건 나다. 알지도 못하는 남자에게 이 모든 것을 투영하다니. 그에 대해 내가 아는 것이라고는 칠판 앞에 서 있는 모습과 구글 검색으로 누구나 알아낼 수 있는 가장 따분한 사실들뿐이다. 마치 내가 강의실에서 그를 점찍은 것 같은 기분이 든다. 마치 S가 나에게 그랬던 것처럼. 그러나 이 시나리오에선 그 교수가 S가 되어야 하지 않을까?

나는 그를 보는 날이면 열다섯 살처럼 옷을 입기 시작했다. 베이비돌 드레스에 컨버스화를 신고, 머리를 땋는다. 님펫처럼 보이려 애쓰는 나를 보면, 내가 누구인지, 무얼 할 수 있는지 그가 깨달을 수도 있다는 듯이. 그건 말하자면…… 아마도 내가 실제로, 제대로, **미쳤다**는 뜻일 수도 있다.

"내가 가장 좋아하는 작품 중 하나예요." 오늘 그가 『창백한 불꽃』(『롤리타』가 아니었다. 만약 『롤리타』라고 말했다면 어땠을까?)을 두고 그렇게 말했다. 대수롭지 않은 일이다. 별 뜻 없는 말이다. 모든 영문학 교수가 그 소설을 사랑한다. 그런데 이 교수가, 내가 특별하다고 생각하는 교수가 그렇게 말하니, 갑자기 하나의 계시가 된다.

'창백한 불꽃'이라는 말을 듣는 순간 내 머릿속에는 온통, 나에게 자기 책을 주며 37쪽을 펴보라고 말하던 S 생각뿐이다. 책에서 내 이름을 보던 그 기분. 나의 검은 버네사.

그리고 그런 식으로, 나의 마음은 인물들을 새로이 연결 짓는다. 때로 이건 정말 일종의 저주처럼 느껴진다. 아무데나 갖다붙일 수 있는 의미인 것처럼.

*

애틀랜티카에는 세 개의 술집이 있다. 수제 맥주가 나오는 탭이 있고 바닥이 깨끗한, 학생들이 가는 술집, 절인 계란이 담긴 유리병과 당구대가 있고 음식도 파는 술집, 마지막으로 방파제 끝에 자리잡고 있고 때로 술 취한 어부들이 칼부림을 하는 술집 겸 굴 직판장. 브리짓과 나는 학생들이 가는 술집만 가지만, 브리짓이 당구대가 있는 술집에서 토요일 밤에 댄스파티가 열린다는 소식을 듣는다.

"거긴 아는 사람 하나도 없을걸." 브리짓이 말한다. "마음놓고 놀 수 있을 거야."

브리짓의 말이 맞다. 우리가 그 술집의 유일한 애틀랜티카 칼리지 학생이고, 다른 손님들보다 열 살은 어린 것 같지만 조명이 어두워서 알아보기 힘들다. 우리는 차가운 테킬라 몇 잔을 마신 다음 맥주병을 들고 댄스 플로어로 가서 카녜이, 비욘세, 샤키라의 노래에 맞추어 몸을 흔들며 맥주를 홀짝인다. 우리는 너무 어지러워서 서로를 붙잡는다. 빨간색과 노란색 머리카락이 얼굴에 흘러내리고 술병 안으로 들어간다. 웬 남자가 우리에게 너희는 뭐든 둘이 같이 하느냐고 묻고, 우리는 너무도 신이 난 상태라 기분이 상한 티를 내지 않는다. 그저 웃으며 "아마도!"라고 말한다. 디제이가 테크노 음악을 틀자 우리는 댄스 플로어 밖으로 나와 숨을 고르며 바에 자리잡는다. 우리 앞으로 계속 술이 나오고 레드삭스 모자를 쓰고 위장복 재킷을 입은 남자가 술값을 지불한다.

"두 사람 춤추는 모습이 보기 좋네요." 남자가 말하고, 섬뜩한 찰나의 순간, 그는 크레이그다, 고등학교 시절 볼링장에서 만났던 그 변태. 하지만 눈을 깜빡이고 다시 보니 그는 얽은 얼굴에 구취가 심한 낯선 남자다. 우리가 단지 그를 피하려고 다시 댄스 플로어로 나갈 때까지, 남자는 우리 주위에서 얼쩡거린다. 밤이 끝나갈 무렵, 브리짓이 화장실에 간 사이에 내가 바에 기대어 서 있는데, 테킬라를 너무 많이 마셔서 눈의 초점이 맞지 않는 와중에, 그 남자가 다시 나타난다. 그의 모습은 보이지 않지만 냄새가 난다. 맥주와 담배, 그리고 그 외에 다른 것들이 뒤섞인 냄새, 그리고 그가 내 엉덩이를 쓰다듬을 때 내 얼굴을 강타하는 썩은 내. "네 친구가 더 예쁘긴 한데," 그가 말한다. "네가 더 재미있을 것 같아."

나는 열 살 때 엄마의 차문에 손이 끼었을 때의 그 얼얼한 기분을 느낀다. 그때 나는 소리지르는 대신, 가만히 서서 생각했다. 내가 이걸 얼마나 오래 견딜 수 있을까? 나는 그의 손을 밀어내며 꺼지라고 말한다. 그가 나에게 못된 년이라고 말한다. 브리짓이 화장실에서 나와 열쇠 꾸러미를 꺼내더니 호신용 스프레이를 그의 얼굴에 대고 흔들고, 남자는 브리짓에게 미친년이라고 말한다. 집으로 돌아오는 길 내내, 브리짓과 나는 손을 잡고 어깨 뒤를 홀금거리며 두려움에 떤다.

집에 돌아오자 브리짓은 반쯤 먹다 남은 맥앤드치즈 용기를 끌어안고 소파에서 정신을 잃는다. 나는 욕실로 들어가서 문을 닫고 스트레인에게 전화를 건다. 전화는 음성사서함으로 넘어가고, 나는 그가 잠에 취한 목소리로 전화를 받을 때까지 걸고 또 건다.

"늦었다는 거 알아요." 내가 말한다.

"취했니?"

"취한 것의 정의가 뭔데요?"

그가 한숨을 쉰다. "취했구나."

"누가 날 만졌어요."

"뭐?"

"어떤 남자가요. 술집에서. 내 엉덩이를 움켜쥐었어요."

반대편에서 침묵이 흐른다, 마치 내가 본론을 말해주기를 기다린다는 듯이.

"나한테 묻지도 않았어요. 그냥 만졌어요."

"나한테 일일이 털어놓을 필요는 없어." 그가 말한다. "넌 젊어. 즐길 수 있는 나이야."

그는 나에게 안전하냐고 묻고, 아침에 전화하라고 말한다. 스트레인은 마치 부모님처럼 날 보살피고, 내 진짜 부모님보다 나를 더 잘 안다. 매주 일요일 밤에 부모님과 이십여 분간 통화할 때는 포괄적인 얘기만 뭉뚱그려서 한다.

나는 욕실 타일 바닥에 수건을 뭉쳐서 베고 누워 중얼거린다. "내가 이렇게 엉망이라 미안해요."

"괜찮아." 그가 말한다. 하지만 나는 내가 엉망이 아니라고 그가 말해주기를 원한다. 내가 아름답다고, 소중하다고, 희귀하다고.

"다 당신 잘못이야, 알다시피." 내가 말한다.

침묵. "그래."

"내게 문제가 있다면 그건 전부 다 당신 때문이라고."

"이러지 말자."

"당신이 날 엉망으로 만들었어."

"얘야, 그만 자."

"내 말이 틀렸어요?" 내가 묻는다. "내 말이 틀렸으면 그렇다고 말해요." 나는 천장을 가로지르는 물 얼룩을 바라본다.

마침내 그가 말한다. "네가 그렇게 생각하고 있다는 건 알겠어."

『템페스트』 토론 수업시간에, 헨리는 우리에게 두 명씩 짝을 지으라고 말한다. 학생들은 미세한 몸짓과 눈짓으로 순식간에 짝을 이룬다. 그들이 서로에게 의자를 바짝 당겨 앉는 동안 나는 일어서서 짝이 없는 사람이 있는지 두리번거린다. 강의실을 둘러보다가 다정한 표정으로 날 쳐다보는 헨리를 본다.

"버네사, 여기." 에이미 두셋이 손짓한다. 내가 자리에 앉자 에이미가 내 쪽으로 몸을 숙이고 속삭인다. "난 안 읽었는데, 너 읽었어?"

나는 어깨를 으쓱하면서 고개를 끄덕이고는 거짓말한다. "대충 훑어보긴 했어." 사실 나는 그 책을 두 번 읽었고 스트레인에게 전화해서 작품에 관해 얘기했다. 스트레인은 교수에게 좋은 인상을 주고 싶으면 그 희곡을 포스트식민주의와 엮어서 언급하거나 이 작품을 쓴 사람이 프랜시스 베이컨이라는 농담*을 하라고 말했다. 내가 프랜시스 베이컨이 누구냐고 물었지만 그는 말해주지 않았다. "내가 네 숙제를 전부 다 해줄 수는 없어." 그가 말했다. "직접 찾아봐."

줄거리를 에이미에게 설명하면서, 나는 헨리가 짝을 이룬 학생들을 차례로 돌아보는 것을 곁눈으로 확인한다. 그가 우리 쪽으로 다가왔을 때, 나의 목소리가 높아진다. 부자연스럽게 높고 또렷하다. "하지만 희곡의 내용은 별로 중요하지 않아. 어차피 셰익스피어가 아니라 프랜시스 베이컨이 썼으니까!"

헨리가 웃음을 터뜨린다. 뱃속으로부터 나오는 진짜 웃음이다.

수업이 끝날 무렵, 그가 강의실을 나서는 나를 불러 세우더니, 『타이터스 앤드로니커스』의 라비니아에 관해 쓴 나의 에세이를 돌려준다. 나는 그녀의 잘린 혀와 손, 그로 인한 침묵에 초점을 맞추었고, 강간을 당한 상황에서의 언어적 좌절에 대해 썼다.

"훌륭한 글이에요." 헨리가 말한다. "그리고 아까 한 농담 재미있었어요. 에세이 말고, 수업중에." 그가 얼굴을 붉히며 말을 잇는다. "에세이에는 농담이 없던데, 아마 내가 놓쳤나보네요."

"아뇨, 농담이 없었어요."

"그렇군요." 그가 말하고, 이제 그의 목까지 붉게 물든다.

헨리의 곁에 있으면 나는 너무도 초조하고, 나의 온몸은 그저 도망치고 싶을 뿐이다. 하지만 에세이를 재킷 주머니에 쑤셔넣고 가방을 어깨에 메는데 그가 다시 나를 멈춰 세우며 묻는다. "4학년 맞죠? 혹시 대학원 진학할 건가요?"

---

* 셰익스피어의 희곡 작품을 사실은 영국의 철학자이자 정치가였던 프랜시스 베이컨이 썼다는 유명한 음모론을 말한다.

갑작스러운 질문이고, 나는 놀라서 웃는다. "모르겠어요. 생각해본 적이 없는데요."

"한번 생각해봐요." 헨리가 말한다. "그 과제 하나만 놓고 보아도"—그는 내가 주머니에 구겨넣은 에세이를 가리킨다—"아주 강력한 후보예요."

집으로 돌아가는 길에 나는 에세이를 다시 한번 읽어본다. 처음에는 여백에 쓴 헨리의 코멘트를 찬찬히 읽고, 그다음에는 그가 평을 한 문장을 읽으면서 나의 잠재력을 찾아보려 애쓴다. 이 에세이는 급하게 썼고 첫 단락에만 오타가 세 개인데다, 결론도 생뚱맞다. 스트레인이었다면 B를 주었을 것이다.

11월 첫째 주, 스트레인이 바닷가의 고급 레스토랑을 예약하고 호텔방도 잡아놓는다. 그가 예쁘게 차려입으라고 해서 내가 갖고 있는 유일하게 좋은 옷인, 가는 어깨끈이 달린 검은색 실크 원피스를 입는다. 미슐랭 별점을 받은 레스토랑이라고 스트레인이 말하고, 나는 그게 무슨 뜻인지 아는 척한다. 축사를 리모델링했다는 이 레스토랑은 낡은 나무 벽에 대들보가 드러난 공간에 흰 테이블보와 갈색 가죽 안락의자들이 놓여 있다. 메뉴는 아스파라거스 파이를 곁들인 가리비, 푸아그라를 얹은 안심 같은 식이다. 가격표는 어디에도 없다.

"여긴 내가 아는 음식이 하나도 없네요." 나는 반항적으로 한 말인데, 그는 내가 불안해하는 거라고 생각한다. 웨이터가 다가오자 스트레인이 우리 두 사람 몫의 음식을 주문한다. 프로슈토로 싼 토끼 엉덩이 살, 연어와 석류 소스, 디저트로는 샴페인 판나코타*. 모든 음식이 거대한 흰 접시에 담겨져 나온다. 접시 한복판에 전혀 음식 같지 않은 작은 건축물이 놓여 있다.

"어때?" 그가 묻는다.

"좋은 거 같아요."

"좋은 거 같다고?"

내가 고마워할 줄 모르는 아이라는 듯한 표정으로 그가 나를 쳐다보고, 사실 실제로 그렇다. 상류층의 세계를 엿보고 감탄하는, 시골 출신의 눈이 커다란 여자애 역할을 할 생각은 없다. 그는 내 생일에도 포틀랜드에서 이런 레스토랑에 데려갔었다. 그때 나는 고분고분하게 굴었다. 테이블 맞은편에 앉아 음식을 보며 신음하면서, 너무 황홀해요, 라고 속삭였다. 그런데 지금은 판나코타를 찔러대며 여름 원피스를 입고 떨고 있다. 맨 팔에 소름이 돋는다.

그가 우리 두 사람의 잔에 와인을 따른다. "졸업 후에 뭘 할지는 생각해봤니?"

"끔찍한 질문이네요."

"계획이 없으니까 끔찍하지."

나는 입술 사이에서 스푼을 뺀다. "시간이 더 필요해요."

"앞으로 일곱 달은 남았으니까." 그가 말한다.

"아뇨, 일 년은 더 필요해요. 일부러 전과목에 낙제할까봐요. 시간이나 좀 벌게."

그가 다시 그 표정으로 나를 쳐다본다.

"생각해봤는데," 내가 스푼을 넣고 빙글빙글 돌려서 판나코타를

---

* 생크림과 설탕, 젤라틴을 끓여 식힌 후 시원하게 먹는 이탈리아식 후식.

곤죽으로 만들며 말한다. "내가 뭘 할지 잘 모르게 되면, 같이 있어도 돼요? 일종의 차선책으로."

"아니."

"생각조차 안 해보네요."

"생각할 필요도 없으니까. 황당한 발상이야."

나는 의자에 기대어 앉아 팔짱을 낀다.

스트레인이 몸을 앞으로 기울이고 고개를 숙이더니 낮은 목소리로 말한다. "우리집으로 들어오는 건 안 돼."

"들어간다고는 안 했어요."

"네 부모님이 어떻게 생각하시겠니?"

내가 어깨를 으쓱한다. "부모님이 굳이 알 필요 없죠."

"굳이 알 필요 없다니." 그가 고개를 저으며 내 말을 따라 한다. "노럼베가 사람들은 반드시 알게 될 거야. 네가 나와 같이 사는 걸 보면 그 사람들이 어떻게 생각하겠니? 난 지금도 그 사건에서 벗어나려고, 그 사건에 다시 빨려 들어가지 않으려고 애쓰고 있는데."

"됐어요." 내가 말한다. "됐다고요."

"넌 괜찮을 거야." 그가 말한다. "너한텐 내가 필요 없어."

"됐다니까요. 못 들은 걸로 쳐요."

그의 말투에서 짜증이 배어난다. 그런 걸 물어서, 심지어 내가 그걸 원해서 그는 화가 났다. 그러나 나도 화가 난다. 나는 그에게 여전히 너무도 헌신적이고, 여전히 어린애다. 오래전 그가 했던 예언의 근처에도 가지 못했다. 그는 내가 스무 살이 되면 거쳐간 애인이 스무 명은 될 거라고, 자기는 그저 여러 명 중 한 명일 거라고 했다. 스물한 살이 되었는데도, 나에겐 여전히 스트레인뿐이다.

계산서를 받자 금액을 보려고 내가 먼저 집어든다. 317달러. 한 끼 식사에 그렇게 많은 돈을 쓰다니 생각만 해도 속이 울렁거리지만, 나는 아무 말도 하지 않고 계산서를 그에게 밀어놓는다.

저녁식사를 마치고 우리는 호텔 근처에 있는 칵테일 라운지로 향한다. 그곳은 창문을 어둡게 해놓았고 육중한 문들이 달려 있으며 실내조명이 흐릿하다. 우리는 구석에 있는 작은 테이블에 앉는다. 웨이터가 내 신분증을 너무 오랫동안 쳐다보자 스트레인이 짜증을 내며, "그 정도면 됐어요"라고 말한다. 우리 옆에는 중년 커플 두 쌍이 앉아서 해외여행에 관한 얘기를 나누고 있다. 스칸디나비아, 발트해, 상트페테르부르크. 한 남자가 계속 다른 남자에게 말한다. "거기 꼭 가봐야 한다니까. 여기와는 전혀 달라. 여긴 완전히 똥통이야. 거길 가보라고." 나는 그가 똥통이라고 생각하는 데가 어딘지 궁금하다. 메인주인지, 미국인지, 아니면 이 칵테일 라운지인지.

스트레인과 나는 무릎이 닿도록 바짝 붙어 앉는다. 커플들의 대화를 엿들으며 그가 내 허벅지를 더듬는다. "칵테일 괜찮니?" 그는 사제락 두 잔을 주문했다. 내 입에는 전부 다 위스키 같다.

그의 손이 내 다리 사이로 더 깊이 들어오고 엄지손가락이 속옷 가랑이 부분을 문지른다. 그는 발기했다. 엉덩이를 뒤척이며 헛기침하는 것을 보면 알 수 있다. 또한 나는 알고 있다. 그가 자기 또래의 남자들과 그들의 나이든 아내 옆에서 날 더듬기를 좋아한다는 걸.

나는 사제락을 한 잔 더 마시고, 한 잔, 또 한 잔을 마신다. 스트레인의 손은 내 다리를 떠날 줄을 모른다.

"온몸에 소름이 돋았네." 그가 중얼거린다. "어떻게 된 애가 11월에 스타킹도 안 신니?"

나는 그의 말을 정정하고 싶다. 타이츠 말하는 거겠죠. 요샌 아무도 '스타킹'이라고 안 해요. 지금이 무슨 1950년대도 아니고. 그러나 내가 대답하기도 전에 그가 자신의 질문에 자답한다.

"어떻게 된 애긴. 못된 애겠지."

호텔 로비에서 그가 체크인하는 동안 나는 뒤에 서서 기다린다. 나는 사람이 없는 안내 데스크를 살펴보다가 실수로 안내책자를 바닥에 떨어뜨린다. 올라가는 엘리베이터에서 스트레인이 말한다. "프런트 데스크 남자가 나한테 윙크한 것 같아." 엘리베이터가 땡 소리와 함께 우리 층에 도착하자 그가 내게 키스한다. 마치 엘리베이터 문이 열릴 때 누군가 우리를 기다리고 있으면 좋겠다는 듯이. 그러나 문이 열렸을 때 복도는 텅 비어 있다.

"토할 거 같아요." 내가 방문 손잡이를 잡고 힘껏 내린다. "빨리 좀 열려."

"거기 우리 방 아니야. 너 왜 이렇게 취하도록 마셨니?" 그가 나를 끌고 복도로, 방으로 향하고, 나는 방에서 곧장 욕실로 달려가 바닥에 주저앉아 변기를 두 팔로 끌어안는다. 스트레인은 문간에 서서 나를 지켜본다.

"150달러짜리 저녁식사가 배수구로 흘러가네." 그가 말한다.

나는 섹스하기엔 너무 취했지만 그래도 그는 시도한다. 스트레인이 내 다리를 벌리자 나의 머리가 베개 위에서 축 늘어진다. 내가 마지막으로 기억하는 것은 그에게 밑으로 내려가지 말라고 한 것이다. 그는 내 말을 들은 모양이다. 잠에서 깨었을 때 내가 속옷을 입고 있는 걸 보니.

아침이 되자 그가 나를 애틀랜티카로 데려다준다. 라디오에서 브루스 스프링스틴의 노래가 흘러나온다. 〈빨간 머리 여인〉. 스트레인이 음흉하게 웃으며 나를 흘긋 쳐다보고, 나도 웃게 만들려 애쓴다.

잘 들어, 바람둥이.
넌 인생 헛산 거야.
빨간 머리 여인 앞에 무릎 꿇고
그녀를 맛보기 전까지는.

나는 몸을 숙여 라디오를 끈다. "구역질나."
잠시 침묵이 흐른 뒤, 그가 말한다. "내가 깜박 잊고 얘기 안 했는데, 브로윅에 새로 온 상담 교사 남편이 너희 대학 교수더라."
그런 걸 신경쓰기엔 숙취가 너무 심하다. "스릴 넘치네." 해변이 스쳐지나가는 차가운 유리창에 뺨을 대고 내가 웅얼거린다.

헨리의 연구실은 캠퍼스에서 가장 크고 흉물스러운 브루털리즘 양식의 콘크리트 건물 4층에 자리잡고 있다. 대부분의 학과가 그 건물에 있고, 4층은 영문학과 교수들이 차지하고 있다. 열린 문틈으로 책상과 안락의자와 빼곡한 책장 들이 보인다. 하나하나가 스트레인을 연상시킨다. 거친 소파와 바다 거품 빛깔 유리. 이 복도를 걸을 때마다 시간 감각이 사라진다. 마치 시간이 평평한 것처럼 느껴지고, 저절로 접히고 또 접히는 것처럼 느껴진다. 마치 한 장의 종이가 학이 되듯이.

헨리의 연구실 문이 열려 있고, 몇 센티미터의 문틈으로 책상 앞에 앉아 노트북 화면을 보고 있는 그의 모습이 보인다. 문틀을 살짝 두드리자 그가 놀라 펄쩍 뛰며 비디오를 멈추려고 스페이스 바를 때린다.

"버네사." 그가 말하며 문을 당겨서 연다. 문 앞에 서 있는 사람이 다른 누구도 아닌 나여서 기쁘다는 듯, 그의 목소리에 특별한 울림이 있다. 헨리의 연구실은 학기초에 내가 흘금 보았을 때와 똑같이 썰렁하다. 바닥에 러그도 없고 벽에도 아무것도 걸려 있지 않지만 잡동사니들이 쌓이기 시작했다. 책상 위에 종이들이 산만하게 흩어져 있고, 책장에는 책들이 아무렇게나 누워 있다. 파일 캐비닛에는 더러운 검은색 배낭의 한쪽 어깨끈이 걸려 있다.

"바쁘세요?" 내가 묻는다. "다음에 다시 와도 돼요."

"아니, 괜찮아요. 일을 좀 하려던 참이었어요." 우리 둘 다 그의 컴퓨터 정지 화면을 본다. 한 남자가 기타를 치다 말고 얼어붙어 있다. "'하려던 참'이었다는 점에 유의하세요." 그가 덧붙이고는 빈 의자를 가리킨다. 자리에 앉기 전에 의자와 그의 책상 사이의 거리를 가늠해본다. 가깝긴 하지만 그가 손을 뻗어 갑자기 날 만질 수는 없는 거리다.

"학기말 과제 관련해 생각한 게 있는데요," 내가 말한다. "수업시간에 다루지 않았던 작품을 끌어와야 해서요."

"어떤 책을 생각하고 있는데요?"

"음, 나보코프? 『롤리타』에 나타난 셰익스피어?"

1학년 때 신뢰할 수 없는 화자에 관한 수업에서 내가 『롤리타』를 사랑 이야기라고 말했더니 교수가 내 말을 자르면서, "이 소설을 사랑 이야기라고 말하는 걸 보니 책을 아주 잘못 읽었네요"라고 말했다. 그녀는 내 말을 끝까지 들으려고도 하지 않았다. 그날 이후 나는 어떤 수업에서도 감히 『롤리타』를 언급할 수 없었다.

그러나 헨리는 팔짱을 끼며 몸을 뒤로 기댄다. 그가 『롤리타』와 우리가 읽은 희곡들이 어떻게 연결되는지를 묻고, 나는 내가 발견한 유사점에 대해 설명한다. 『타이터스 앤드로니커스』에서 라비니아가 자신을 강간한 남자들의 이름을 땅에 쓰는 장면과, 낯선 사람이 사탕을 주면 그의 차번호를 길바닥에 쓰라는 제안을 보고 고아가 된 롤리타가 비웃는 장면, 『헨리 4세』의 팔스타프가 소아성애자가 어린아이를 유인하는 방식으로 핼을 가족들로부터 유인하는 장면, 처녀성을 상징하는 『오셀로』의 딸기 손수건과 험버트가 롤리타에게 준 딸기 무늬 잠옷.

마지막 대목에서 헨리가 얼굴을 찌푸린다. "잠옷 무늬는 잘 기억이 안 나는데."

나는 멈칫하며 머릿속으로 소설을 뒤적여보면서, 그 장면을 정확히 기억해보려 애쓴다. 롤리타의 어머니가 죽기 전인가, 아니면 롤리타와 험버트가 같이 묵던 첫번째 호텔에서였나, 아니면 그들의 첫 여행이 시작될 때였나. 그 순간 나는 소스라치게 놀란다. 스트레인이 옷장 서랍에서 꺼내던 잠옷, 내 손가락 사이에 닿던 잠옷의 감촉, 타일이 깔린 욕실의 거친 불빛 속에서 그 잠옷을 입어보던 기억이 되살아난다. 아주 오래전에 보았던 영화의 한 장면처럼, 안전거리 밖에서 지켜보는 것처럼.

내가 눈을 깜빡인다. 의자에 앉아 있는 헨리가 다정한 눈빛으로 입술을 조금 벌리고 나를 지켜본다.

"괜찮아요?" 그가 묻는다.

"그 부분은 제가 착각을 했나봐요." 내가 말한다.

그는 괜찮다면서 내 아이디어가 전반적으로 훌륭하다고, 탁월하다고 말한다. 지금까지 학생들이 제출한 논문 주제 중에 단연 가장 훌륭하다고, 그리고 거의 대부분의 학생들이 주제를 제출했다고.

"사실," 그가 말한다. "『롤리타』에서 내가 가장 좋아하는 문장은 민들레에 관한 부분이에요."

나는 그 문장이 뭔지 생각해본다…… 민들레, 민들레. 그 문장이 있는 페이지가 보인다. 소설의 도입부, 그들이 램즈데일에 있을 때, 롤리타의 어머니가 아직 살아 있을 때 나왔던 대목이다. "대부분의 민들레가 해에서 달로 변했다."

"달로 변했다." 내가 말한다.

헨리가 고개를 끄덕인다. "해에서 달로 변했다."

잠시 우리의 뇌가 서로 연결된 것 같다. 마치 나의 뇌에서 스르륵 빠져나간 전선이 저절로 그의 뇌에 꽂혀서, 똑같은 장면이 우리의 머릿속에 움트고 자라난 것처럼. 그가 그 소설에서 가장 좋아하는 문장이 그토록 순수한 문장이라는 게 이상하다. 롤리타의 유연하고 작은 몸에 대한 묘사도 아니고, 자신의 행동을 정당화하려는 험버트의 노력도 아니고, 뜻밖에도 앞뜰에 피어난 잡초를 사랑스럽게 묘사한 대목이라니.

헨리가 고개를 젓고 우리를 연결했던 전선이 끊어진다. 그 순간은 끝났다.

"어쨌든," 그가 말한다. "훌륭한 문장이에요."

2006년 11월 17일

삼십 분 동안 교수와 『롤리타』에 관해 얘기를 나누고 이제 막 돌아왔다. 교수가 자기가 가장 좋아하는 문장("대부분의 민들레가 해에서 달로 변했다." 73쪽)을 말해주었다. 어느 순간 그가 "님펫"이라는 말을 했고, 그 단어를 듣는 순간 그를 찢어발겨서 먹어버리고 싶었다.

그는 나에 관해 이상한 점을 집어냈다. 내가 『롤리타』에 대해 너무도 잘 알고 있다는 것이었다. 내가 세부적인 묘사—험버트가 자신의 첫 아내에게 끌린 것이 검은 벨벳 구두를 신은 그녀의 발 때문이었다는 대목—에 대해 얘기하자 교수가 물었다. "다른 수업 때문에 이 작품을 읽고 있는 거예요? 아니면……" 그 말인즉슨, 어떻게 그렇게 잘 아느냐는 것이었다. 나는 그 소설이 나의 소설이라고 말했다. 내 것이라고.

"가끔은 왜, 어떤 책이 자기 책이라는 생각이 들 때가 있잖아요?" 그 말에 그가 정확히 무슨 뜻인지 알겠다는 듯이 고개를 끄덕였다.

그의 의도는 분명히 순수할 것이다. 그는 단지 내가 훌륭한 통찰력을 지닌 똑똑한 학생이라고 생각할 것이다. 하지만 이런 순간들이 있다. 그의 연구실을 나서기 전에, 그는 내가 코트를 입는 모습을 지켜보고 있었다. 나는 소매를 찾을 수가 없어서 소매가 어디인지 더듬느라 잠시 허둥거렸다. 그때 그가 아주 조금 움직였다, 마치 나를 도와주려는 듯이. 그러나 이내 멈추고 자제했다. 그러나 그의 눈빛은, 너무도, 너무도 다정했다. 나를 그런 식으로 보아준 사람은 S가 유일했는데.

내가 욕심을 부리는 건가, 아니면 망상에 빠진 건가? 또다시 선생님과 사랑에 빠지다니, 말이 되는 소리냔 말이다. 번개를 두 번 맞을 수는 없다. 그러나 실제로 그런 일이 일어난다면, 이번에도 똑같은 유의 사건으로 간주될까? 기본적인 여건들은 훨씬 더 설득력이 있다. 열다섯 살이 아닌 스물한 살, 마흔두 살이 아닌 서른네 살. 성적 결정권이 있는 두 성인. 스캔들인지 아니면 연애인지, 누가 판단할 것인가?

내가 앞서가는 게 분명하지만, 그럼에도 나는 나를 안다. 내가 무엇이 될 수 있는지를 안다.

나는 시집 출판사에서 인턴을 하면서, 출간에 맞추어 우리 동네를 방문하는 유명한 시인을 맞이할 채비를 한다. 다른 인턴인 짐과 함께 이 주 동안 언론 홍보 자료를 만들어 우리의 직속 상사와 부국장에게 보여주고, 자료를 다시 만들고, 또다시 만든다. 포틀랜드로 가서 그 시인을 태워 오겠느냐는 질문을 받았을 때 나는 기회를 잡는다. 나는 무슨 옷을 입을지 미리 생각해두고 캠퍼스로 돌아오는 동안 나눌 대화 주제의 목록을 작성한다. 혹시 그가 나의 시에 관심을 가질 꿈같은 상황에 대비하여, 비록 부끄러울 만큼 어설프게 느껴지긴 해도 그나마 내가 쓴 가장 괜찮은 시도 몇 편 출력해둔다.

시인이 도착하는 날, 국장인 아일린이 주방에서 전기 주전자에 물을 채우고 있던 나를 찾아온다.

"버네사, 안녕하세요." 모음을 얼마나 길게 늘여서 말하는지, 마치 내가 겪은 어떤 비극적인 사건에 대한 위로의 말을 전하는 것처럼 들린다. 사실 나는 그녀가 내 이름을 기억하고 있는 줄도 몰랐다. 지난봄 면접 뒤로 그녀는 한 번도 내게 말을 건 적이 없었다.

"내일 로버트가 오기로 되어 있는데," 아일린이 말한다. "버네사가 공항에서 그를 데리고 오기로 했다면서요. 그런데 로버트는 알다시피……" 그녀가 어떤 반응을 기대하는 표정으로 나를 쳐다본다. 나는 그저 그녀를 쳐다볼 뿐이다. 그러자 아일린이 속삭인다. "좀 노골적인 사람이라서요. 뭐랄까, 손버릇이 안 좋아요."

나는 여전히 전기 주전자를 들고 놀라서 눈만 깜빡인다. "아, 그렇군요."

"지난번에 초청했을 때 약간 불미스러운 사건이 있었어요. 물론 '사건'이라는 말이 좀 과하긴 하지만요. 사실 별일도 아니었어요. 하지만 버네사는 거리를 두는 게 나을 것 같아요. 안전을 기하기 위해서요. 내 말 무슨 뜻인지 알겠죠?"

내 얼굴이 달아오르고, 내가 너무도 세차게 고개를 끄덕이는 바람에 주전자 안의 물이 출렁인다. 아일린도 얼굴을 붉힌다. 내게 이런 얘기를 하는 게 수치스러운 것 같다.

"그럼 제가 공항에 가지 말아야 할까요?" 아일린이 가지 말라는 건 아니라고, 당연히 가야 한다고 말할 거라 생각하며 내가 묻는다. 그러나 아일린은 얼굴을 찌푸리며, 나도 이렇게 말하고 싶진 않지만 어쩔 수 없다는 듯한 표정을 짓는다.

"그게 최선일 것 같아요. 제임스가 갈 수 있는지 한번 물어볼게요."

제임스요? 하마터면 이렇게 물을 뻔했지만 짐을 두고 하는 말임을 이내 깨닫는다.

"이해해줘서 고마워요, 버네사." 아일린이 말한다. "마음이 한결 편하네요."

그날 오후 내내, 나는 자료들을 읽으며 보낸다. 읽기는 하지만 아무것도 눈에 들어오지 않는다. 가슴이 두근거리고 이가 딱딱 부딪친다. 아일린이 "버네사는 거리를 두는 게 나을 것 같아요"라고 말할 때의 그 방식에 소름이 돋는다. 그 말이 계속 들린다. 그녀가 "버네사는"이라고 말한 그 방식, 마치 내가 무슨 골칫거리라도 된다는 듯한.

남은 학기 내내, 마리화나가 떨어져도 채우지 않고, 폭음도 중단한다. 우연히 일어난 일이다. 나는 특별한 노력 없이 무려 한 주 반 동안 맑은 정신으로 지낸다. 설거지를 하고, 욕실을 청소한다. 심지어 빨래도 규칙적으로 해서, 비키니 수영복 하의를 속옷 대신 입어야 하는 지경에 이르지 않는다.

나는 캠퍼스에서 항상 헨리 플라우를 본다. 일주일에 세 번, 우리는 학생 휴게실에서 서로를 지나친다. 내가 도서관에서 책을 정리하고 있을 때면, 그가 모퉁이에서 나타나 내 카트와 부딪칠 뻔한다. 우리 아파트 아래 커피숍 대기 줄에서 세 사람 앞에 서 있는 그를 본다. 그가 내가 잠자는 곳과 그렇게 가까이 있다는 사실에 속이 울렁거린다. 가끔은 서로를 지나칠 때, 나는 그에게 다가가 이미 대답을 알고 있는, 세미나에 관한 한심한 질문들을 던진다. 어느 날은 그의 곁을 스쳐지나가면서 손을 뻗어 그의 팔을 장난스럽게 주먹으로 치고, 헨리는 놀라며 미소를 짓는다. 또 어떤 날은 내가 너무 절박하게 군다는 생각이 들어서, 그를 무시하고 모르는 척한다. 그가 인사를 하면 눈을 가늘게 뜬다.

그의 학기말 과제가 나의 마지막 과제물이라, 기말고사 주간의 금요일 오후에야 끝난다. 나는 프린터에서 출력한 따끈따끈한 과제물을 들고 빈 주차장과 어두운 건물들을 지나 연구실로 그를 만나러 간다. 건물 안에 들어서니 영문학과의 복도는 헨리의 연구실을 포함하여 닫힌 문들의 연속이지만, 나는 헨리가 안에 있다는 걸 안다. 건물로 들어오기 전에 헨리의 연구실 창문에 불이 밝혀져 있는 것을 보았다.

노크하는 대신 나는 에세이를 문 밑으로 밀어넣으며 그가 에세이 첫 장에 적힌 내 이름을 보고 문 쪽으로 다가오기를 바란다. 나는 숨을 죽이고, 이내 손잡이가 돌아가며 문이 열린다.

"버네사," 특유의 경외감 섞인 목소리로 헨리가 내 이름을 부른다. 그가 바닥에서 에세이를 집어들며 묻는다. "에세이는 잘 풀렸어요? 안 그래도 기다리던 참이었어요."

내가 어깨를 으쓱한다. "너무 기대하진 마세요."

그가 처음 두어 쪽을 뒤적인다. "당연히 기대하죠. 버네사가 낸 모든 과제물이 다 훌륭했어요."

나는 어쩔 줄을 몰라 문 앞에서 서성거린다. 이제 에세이를 제출했고 학기가 끝났다. 더이상은 그와 얘기할 핑계가 없다. 헨리는 나를 바라보며 의자에 앉아 몸을 앞으로 살짝 숙인다. 내가 가는 걸 원하지 않는 사람의 몸짓이다. 그러나 그가 말을 해주어야만 한다. 우리의 눈이 마주친다.

"앉아도 돼요." 그가 말한다. 일종의 초대지만, 여전히 나에게 달려 있다.

나는 앉기로, 머물기로 결정한다. 둘 다 잠시 아무 말이 없다가 이내 내가 미소를 지으며—아량을 베푸는 듯이—어느덧 책이 빼곡하게 채워져 있는 그의 책상 위쪽 책장을 가리킨다. "연구실 진짜 엉망이네요."

그가 한숨을 쉰다. "엉망이죠."

"사실 제가 이런 말 할 입장은 아니에요." 내가 말한다. "제 방도 엉망이거든요."

그는 금방이라도 바닥으로 쏟아질 것 같은 서류 봉투 더미와 책상 가장자리에 놓인 아직 연결되지 않은 프린터, 뒤엉킨 전기 코드들을 바라본다. "이편이 더 좋다고 생각하지만, 그건 자기기만이겠죠."

스트레인에게 수도 없이 똑같은 말을 했던 기억을 떠올리며 내가 입술을 깨문다. 나의 눈이 연구실을 훑다가 가장 큰 책장의 책들 사이에 놓인 따지 않은 맥주 두 병에 멈춘다. "술을 숨겨두셨네요."

헨리가 내가 가리키는 곳을 본다. "숨길 생각으로 저기 두었다면 심하게 어설픈 거죠." 그가 일어서더니 상표가 보이도록 맥주병을 돌린다. 셰익스피어 스타우트.

"아." 내가 말한다. "범생이 맥주."

그가 미소를 짓는다. "굳이 변명하자면, 선물로 받았어요."

"언제 마시려고 아껴두신 거예요?"

"특별한 이유가 있어서 아껴둔 건 아니에요."

그다음에 내 입에서 무슨 말이 나올지는 너무도 뻔하다. 그는 내가 그 말을 해주기를 숨죽이며 기다리는 것 같다.

"지금 마시는 건 어때요?"

내가 너무도 장난스럽게 말해서 그는 어렵지 않게, 버네사, 그건 좋은 생각이 아닌데요, 라고 말할 수 있었을 것이다. 만약 다른 학생이 그렇게 물었다면, 아마도 그렇게 말했을 것이다. 그러나 그는 고심하는 척조차 하지 않는다. 내가 그의 팔을 비틀기라도 해서 더는 저항할 수 없다는 듯, 헨리가 두 손을 든다.

"안 될 거 없죠." 그가 말한다.

나는 열쇠고리를 꺼낸다. 열쇠고리에 병따개가 달려 있기 때문이다. 우리가 맥주병을 쨍하며 부딪치자, 따뜻한 맥주의 거품이 내 코끝까지 전해진다. 맥주를 마시는 그의 모습을 지켜보는 것은 마치 커튼 뒤에서 그를 훔쳐보는 것 같다. 나는 술집에서, 집에서, 소파에 앉아서, 침대에 누워서 맥주를 마시는 그의 모습을 본다. 그가 밤늦게 과제물을 채점할지, 내 에세이는 마지막에 채점하려고 일부러 맨 밑에 아껴둘지 궁금하다.

아니―그는 그런 타입이 아니다. 맥주병을 기울이기 전에 나에게 멋쩍은 미소를 짓는 그는 너무도 착한 소년 같다. 나야말로 숨겨둔 목적을 지닌 사람이다. 내가 타락시키는 사람이고, 그를 덫으로 유인하는 사람이다. 나는 그에게 정신 차리라고, 사람을 그렇게 쉽게 믿지 말라고 말할 뻔한다. 헨리, 학생하고 연구실에서 맥주를 마시면 안 돼요. 이게 얼마나 한심한 짓인지, 이러다가 곤경에 처하기가 얼마나 쉬운지 알기나 해요?

그는 나에게 다음 학기에 고딕 문학 세미나를 들을 거냐고 묻고, 나는 잘 모르겠다고, 아직은 아무것도 정한 게 없다고 말한다.

"들어야 할 거예요." 그가 말한다. "이제 시간이 얼마 없잖아요."

"전 항상 막판까지 미뤄요. 제가 워낙 양아치라서요." 나는 병을 기울이며 맥주를 길게 한 모금 마신다. 양아치. 그동안 나의 두뇌에 온갖 찬사를 바쳤던 헨리에게 그런 식으로 나를 설명하니 기분이 좋다.

"막말해서 죄송해요." 내가 덧붙인다.

"괜찮아요." 그가 말하고 나는 그의 표정이 살짝 변하는 것을, 우려의 기미가 스치는 것을 본다.

헨리는 나의 다른 수업들에 관해, 앞으로의 계획에 관해 묻는다. 대학원 진학 문제는 좀 생각해보았느냐고. 가을학기는 늦었지만 내년 학기에 일찌감치 지원해볼 수도 있다고.

"잘 모르겠어요." 내가 말한다. "저의 부모님은 대학도 안 나오셨거든요." 그게 대체 무슨 상관인가. 그러나 헨리는 무슨 뜻인지 이해한다는 듯 고개를 끄덕인다.

"제 부모님도요." 그가 말한다.

그는 만약 대학원에 진학하기로 결정하면, 내가 대학원 과정을 잘 헤쳐나가도록 돕겠다고 말하고, 나의 두뇌가 그의 단어 선택을 포착한다. 헤쳐나가도록. 나는 책상 위에 지도를 펼쳐놓고 머리를 맞대고 있는 우리 두 사람을 본다. 우린 길을 찾아낼 수 있어요, 버네사. 버네사와 나 둘이서.

"내가 처음 대학원 진학을 생각했을 때 얼마나 주눅이 들었는지 기억나요." 헨리가 말한다. "너무도 낯선 영역으로 들어서는 것 같았어요. 실은 여기 오기 전에 일 년 동안 어느 사립학교에 있었는데, 거기 다니는 아이들을 가르치는 게 기분이 참 묘하더라고요.

태어날 때부터 어떤 특권 의식이 주입된 아이들 같았어요."

"저도 그런 학교에 다닌 적 있어요." 내가 말한다. "이 년 정도 이긴 하지만요."

그가 어느 학교냐고 묻고, 내가 브로윅이라고 대답하자 그가 깜짝 놀란다. 그는 맥주를 책상 위에 내려놓고 두 손을 맞잡는다. "브로윅 사립학교?" 그가 묻는다. "노럼베가에 있는?"

"들어보셨어요?"

헨리가 고개를 끄덕인다. "묘한 우연이네요. 실은……"

그가 말하기를 기다리는 동안 입안으로 맥주가 들어오지만, 순간 목구멍이 너무 조여들어 맥주를 삼킬 수가 없다. "내 친구가 거기서 근무하거든요." 그가 말한다.

갑자기 욕지기가 치밀어오르고 손이 심하게 떨린다. 나는 맥주병을 바닥에 내려놓으려다가 쓰러뜨리고 만다. 거의 비어 있긴 했지만, 바닥에 맥주가 조금 쏟아진다.

"이런, 죄송해요." 내가 병을 세우려다가 다시 쓰러뜨리고, 결국 포기하고 쓰레기통에 던진다.

"아뇨, 정말 괜찮아요."

"쏟아졌네요."

"괜찮아요." 괜한 걱정을 한다는 듯 그가 웃지만, 내가 머리카락을 뒤로 넘기자, 그는 내가 울고 있다는 걸 알아차린다. 그러나 이건 평범한 울음이 아니다. 그저 눈물이 느닷없이 볼을 타고 흐르는 것일 뿐이다. 이렇게 울 때면, 나는 이 눈물이 내 눈에서 나오는 건지조차 확신할 수 없다. 마치 눈물이 쥐어짜지는 것 같다, 스펀지처럼.

"너무 창피하네요." 손등으로 코를 닦으며 내가 말한다. "저 한 심하죠."

"그런 말 하지 말아요." 헨리가 당황하며 고개를 젓는다. "그런 말 하지 말아요. 버네사는 괜찮아요."

"친구분이 거기서 무슨 일을 하는데요? 교사인가요?"

"아뇨." 그가 말한다. "그녀는……"

"여자분이세요?"

헨리는 너무도 걱정스러운 표정으로 고개를 끄덕이고, 내가 무슨 고백을 하건 그라면 끝까지 들어줄 것 같다. 말을 꺼내기도 전에, 나는 이미 그의 친절함을 느낀다.

"혹시 그분 말고 거기서 근무하는 사람들 중에 아는 사람이 있어요?" 내가 묻는다.

"없어요." 그가 말한다. "버네사, 무슨 일이에요?"

"저 그 학교 선생님한테 강간당했어요." 내가 말한다. "열다섯 살 때." 이렇게 거짓말이 술술 나오다니 너무도 놀랍다. 그러나 내가 거짓말을 하는 건지, 아니면 그저 진실을 말하지 않는 건지 잘 모르겠다. "그 사람 아직도 그 학교에 있어요." 내가 덧붙인다. "그래서 교수님이 그 학교에 아는 사람이 있다고 했을 때, 그냥…… 갑자기 겁이 났어요."

헨리는 두 손을 얼굴로, 입으로 가져간다. 그리고 맥주병을 다시 들었다가, 내려놓는다. 마침내 그가 말한다. "너무 놀랐어요."

좀더 분명하게 설명하려고, 내가 좀 과장을 하고 있다고, 그 단어를 사용하면 안 될 것 같다고 말하려는 순간, 그가 먼저 입을 연다.

"여동생이 하나 있는데," 그가 말한다. "비슷한 일이 내 여동생한테도 일어났어요."

슬픔에 찬 커다란 눈으로 그가 나를 쳐다본다. 그의 이목구비 하나하나가 스트레인의 조금 더 부드러운 버전이다. 그가 무릎을 꿇고, 내 무릎에 얼굴을 파묻는 것을 상상하기는 쉽다. 그러나 그것은 자기가 나를 파멸시키고 말 거라고 탄식하기 위해서가 아니라, 이미 다른 사람이 나를 파멸시킨 것에 애도를 표하기 위해서일 것이다.

"유감이에요, 버네사." 그가 말한다. "이런 말 해봐야 아무 소용 없겠지만. 정말로 유감이에요."

우리는 잠시 아무 말도 하지 않는다. 그는 마치 나를 위로하려는 듯 몸을 앞으로 숙인다. 그의 친절은 마치 목욕물처럼, 내 어깨를 포근하고도 따스하게 감싼다. 나는 이런 호의를 받을 자격이 없다.

나는 시선을 바닥에 고정하고 말한다. "친구분에게 절대 얘기하지 마세요."

헨리가 고개를 젓는다. "꿈도 꾸지 않을게요."

*

크리스마스가 지난 어느 날, 나는 피오나 애플의 노래를 크게 틀어놓고 목청껏 따라 부르며, 스트레인의 집으로 차를 몬다. 의자에 편안하게 기댄 채 노럼베가 시내의 거리들을 지나 그의 집 맞은편 도서관 앞에 차를 세워놓고, 눈에 띄기 쉬운 머리카락을 후드로 가린 다음 그의 집으로 뛰어간다. 나는 스트레인이 시킨 이 예방책을 너무도 오랫동안 지켜와서, 이제는 생각하지 않아도 무의식적으로

하게 된다.

안에 들어서는 순간부터 나는 불안해진다. 그의 눈을 쳐다보지 않고 그의 손길을 피한다. 헨리에게 내가 무슨 말을 했는지 그가 알아차릴까봐 두렵다. 헨리가 그의 친구에게 말했을 가능성이 있고, 그 친구가 브로윅의 다른 사람에게 말했을 수도 있다. 스트레인의 귀에 들어가기까지 그리 오래 걸리지 않을 것이다. 그것 외에도 불가능한 줄 알면서도 반쯤 믿는 것이 있다. 내가 하는 모든 말과 행동을 스트레인이 다 알고 있다는 것, 그가 내 마음속을 들여다볼 수 있다는 것.

그가 포장한 선물을 내밀며 나를 놀래지만, 나는 혹시 덫일 수도 있다는 생각에 선뜻 받지 않는다. 선물을 받아서 열어보면 카드에 나는 네가 무슨 짓을 했는지 알고 있어, 라고 적혀 있을 것만 같다. 그는 지금껏 한 번도 내게 크리스마스 선물을 준 적이 없다.

"열어봐." 그가 웃으면서 선물을 내 가슴 쪽으로 내민다.

나는 선물을 내려다본다. 상점 직원의 솜씨인 듯 짙은 금색 포장지에 빨간 리본을 묶은, 옷이 담겨 있을 법한 상자다. "난 아무것도 못 샀는데."

"기대 안 했어."

포장지를 벗긴다. 목둘레에 크림색 페어 아일 디자인*이 이 있는 짙은 남색 스웨터가 들어 있다. "와." 내가 스웨터를 상자에서 꺼낸다. "너무 예뻐요."

"놀랐나보구나."

---

* 스코틀랜드 페어섬의 전통에서 유래한, 다채로운 색의 뜨개질 패턴.

나는 스웨터를 머리 위로 끼워 입는다. "내가 어떤 옷을 입는지 관심 있는 줄은 몰랐네요." 한심한 소리다. 물론 그는 관심이 있다. 그는 나의 모든 것을 알고 있다. 내 과거의 모든 것, 그리고 내 미래의 모든 것을.

스트레인은 우리가 먹을 파스타와 토마토소스를—처음으로 달걀과 토스트가 아니다—만들어서 접시를 간이 조리대에 놓고 마치 데이트하는 것처럼 은식기와 접은 냅킨을 꺼내놓는다. 그가 다음 학기에 무슨 과목을 들을 건지 묻지만, 늘 하던 교과 개요와 독서 목록에 대한 비판은 하지 않는다. 기말 과제와 헨리의 수업에서 제출한 에세이에 대해 얘기하자 그가 내 말을 자른다.

"바로 그 교수야." 그가 말한다. "텍사스에서 온 영국문학 전공 교수 맞지? 그 사람 맞아. 그 사람 아내가 새로 온 상담 교사야."

나는 혀를 세게 깨문다. "아내요?"

"퍼넬러피. 이제 막 대학원을 졸업했고 LCS*인가 뭔가 하는 사회복지학 과정을 이수했다더군."

나의 호흡이 들숨과 날숨 사이에서 멈춘다.

스트레인이 내 접시 가장자리를 포크로 두드린다. "괜찮니?"

나는 애써 음식을 삼킨다. 내 친구가 거기서 근무하거든요. 친구. 헨리는 그렇게 말했다. 아니면 내가 잘못 기억하는 건가? 하지만 왜 거짓말을 했을까? 다른 여자를 화제에 올리는 것만으로도 나에게 미안했을까? 하지만 그는 자기 여동생 얘기도 했다—더구나 그 거짓말을 한 건 내가 강간 얘기를 꺼내기도 전이었다. 그렇다면 왜

---

* Liquidlogic Children's Social Care System. 리퀴드로직 아동 사회복지 시스템.

거짓말했을까?

스트레인에게 그 여자는 어떤 사람이냐고 묻는다. 그것이 내가 생각할 수 있는 가장 평범한 질문이다. 왜냐하면 정말 궁금한 질문—어떻게 생겼는지, 똑똑한지, 어떤 옷을 입는지, 그 여자가 헨리 얘기를 했는지—은 차마 할 수 없으니까. 그러나 내가 그 말을 속으로 삼켜도, 스트레인은 안다. 그는 내 안의 그것을 간파한다. 내가 귀를 쫑긋 세우고 털을 곤두세우고 있는 걸 안다.

"버네사, 그 사람 가까이하지 마." 그가 말한다.

나는 얼굴을 찌푸리며 분노를 가장한다. "왜 그런 말을 해요?"

"착하게 굴어야지." 그가 말한다. "네가 무슨 짓을 할 수 있는지 너도 알잖아."

식사를 마치고 접시들을 개수대에 넣은 뒤, 내가 위층 침실로 올라가는데 그가 나를 멈춰 세운다.

"할 얘기가 있어." 그가 말한다. "이쪽으로 와봐."

그가 나를 거실로 이끌고, 나는 올 게 온 거라고, 내가 한 말을 따지려는 거라고 생각한다. 그래서 스트레인이 헨리 얘기를 꺼낸 거라고. 서서히 나를 덫으로 유인하고 있는 거라고. 그러나 소파에 앉는 순간, 그는 지금부터 자기가 하는 얘기가 실제보다 더 나쁘게 들릴 거라고 경고한다. 하지만 그건 오해이고, 상황이 의도치 않게 나쁜 방향으로 흘러간 것뿐이라고.

그의 말이 예상과 너무 달라서 내가 끼어든다. "잠깐만요. 내가 한 행동에 관한 얘기가 아니에요?"

"아니야, 버네사." 그가 말한다. "내가 하는 얘기가 전부 다 너에 대한 얘기는 아니야." 그가 한숨을 쉬고 머리를 쓸어넘긴다. "미안." 그가 덧붙인다. "좀 긴장이 되네, 왜 그런지 모르겠지만. 이 세상에 날 이해해줄 단 한 사람이 있다면, 그게 바로 너일 텐데."

그는 브로윅에서 사건이 있었다고 말한다. 지난 10월, 그의 교실에서, 상담 시간에 일어난 일이라고. 그는 에세이에 관한 질문이 있는 학생과 일대일로 면담중이었다. 늘 이런저런 질문이 많은 여학생이었다. 처음엔 그저 좀 초조한가보다고, 성적을 걱정하는 모양이라고 생각했지만, 그의 교실을 점점 더 자주 기웃거리기 시작하면서, 그애가 자신을 좋아하고 있음을 알게 되었다고. 솔직히 그 아이가 날 연상시킨 건 사실이라고 했다. 그 아이의 열성적인 태도와 대범한 애정이.

10월의 어느 오후, 그들은 세미나 테이블에 나란히 앉아 있었고 그가 학생의 에세이를 훑어보고 있었다. 그 아이는 흥분한 상태였고, 초조해서 몸을 떨었고—성적이 걱정되어서, 그리고 그와 너무도 가까이 앉아 있어서—어느 순간 그는 손을 뻗어 아이의 무릎을 다독였다. 학생을 안심시키기 위해서 한 행동이었다. 그는 친절을 베풀고 싶었다. 그러나 그애가 그 손길을 아주 흉측한 것으로 둔갑시켰다. 그날부터 친구들에게 선생님이 자기 몸에 손을 댔고 자기와 섹스를 하고 싶어한다고, 자신을 성적으로 학대했다고 떠들고 다녔다.

나는 한 손을 들고 그의 말을 자른다. "어느 손이었어요?"

그가 놀라 눈을 깜빡인다.

"그 아이를 만질 때요. 어느 손이었어요?"

"그게 뭐가 중요하지?"

"보여줘요." 내가 말한다. "정확히 어떤 행동을 했는지 보고 싶어요."

나는 소파에 앉아 그에게 시범을 보이라고 한다. 그와 적정한 거리를 두고 떨어져 무릎을 붙이고 똑바로 앉는다. 모든 게 처음 시작되었던 그때, 그의 옆에 앉을 때의 그 긴장한 자세를 나의 몸은 기억하고 있다. 그가 손을 뻗어 내 무릎을 만진다. 그 동작은 구역질이 날 만큼 친근하다.

"별거 아니었어." 그가 말한다.

나는 그의 손을 뿌리친다. "별거 아닌 게 아니죠. 나하고도 그렇게 시작했잖아요. 내 다리를 만지면서."

"그건 사실이 아니야."

"아뇨, 사실이에요."

"그렇지 않아. 너와 난 내가 너를 만지기 한참 전부터 시작됐어."

너무도 단호하게 말해서, 그가 이미 수도 없이 그 말을 스스로에게 되뇌었음을 알 수 있다. 그러나 그가 날 처음 만졌을 때 시작된 게 아니라면, 언제 시작된 걸까? 핼러윈 파티 때 그가 나를 잠자리에 눕히고 잘 자라고 키스해주고 싶다고 했을 때? 아니면 내가 방과후에 그와 단둘이 있을 핑계를 만들기 시작하고 그의 시선을 느끼기 시작했을 때? 그가 나의 시 습작에 버네사, 이 시는 좀 무섭구나, 라고 썼을 때? 아니면 개학 첫날, 그가 얼굴이 땀범벅이 되어 연설하는 모습을 보았을 때? 어쩌면 그 시작을 꼭 집어 말할 수 없는지도 모른다. 어쩌면 우리는 우주의 힘에 이끌려 만난 건지도, 우주의 힘이 우리를 무기력하게, 결백하게 만든 건지도 모른다.

"너와는 비교조차 불가능해." 그가 말한다. "이 학생은 나한테 아무 의미도 없어. 소위 그 육체적 접촉이라는 건 아무 일도 아니었어. 단 몇 초 닿았을 뿐이었다고. 내 인생을 파멸시킬 만한 일이 절대 아니야."

"이 일이 왜 선생님 인생을 파멸시켜요?"

스트레인이 한숨을 쉬며 의자 뒤로 기대앉는다. "행정실에서 이 일을 알게 됐어. 조사를 해야겠대. 무릎 한 번 두드렸다고! 이건 청교도적 광기야. 차라리 수도원에 사는 게 낫지 원."

나는 그를 뚫어지게 쳐다본다, 그를 움찔하게 만들 생각으로. 그러나 그는 결백해 보인다. 근심으로 이마에 잡힌 주름, 안경 뒤의 커다란 눈. 그런데도, 나는 여전히 화를 내고 싶다. 그런 접촉은 하나도 중요하지 않다고 그는 말하지만, 그런 접촉에 얼마나 많은 의미가 담길 수 있는지, 나는 안다.

"나한테 이 얘길 왜 하는 거예요?" 내가 묻는다. "괜찮다고 말해주길 바라요? 용서한다고? 그런데 용서 못하겠어요."

"아니," 그가 말한다. "난 용서를 구하는 게 아니야. 용서하고 말고 할 것도 없어. 단지 내가 널 사랑한 일의 결과를 아직도 견디면서 살고 있다는 걸 알아주길 바랐을 뿐이야."

짧은 순간, 나는 눈을 치켜뜨려다가 얼른 멈추지만 그래도 그는 본다.

"비웃고 싶으면 마음껏 비웃어." 그가 말한다. "하지만 너 이전에는, 아무도 성급히 이런 결론을 내리지 않았어. 내 말을 제쳐두고 이 여자애 말을 믿을 이유가 없었지. 이 사람들은 나의 동료야. 내가 이십 년 가까이 함께 일해온 사람들이라고. 내 이름이 진흙탕에 처박히고 나니 그 세월은 아무 의미도 없나봐. 모두가 나를 두고 최악의 시나리오를 가정해. 항상 사람들의 시선이 느껴져. 끊임

없는 의심의 눈초리가. 이런 일로 이 난리를 피우다니! 세상에, 아무 생각 없이 무릎 한 번 살짝 건드렸을 뿐인데, 그게 내 타락의 증거로 쓰이다니."

정확히 몇 명의 여학생들을 건드렸어요? 이 질문이 입가에 맴돌지만 나는 말하지 않는다. 나는 그 질문을 삼키고, 그것이 내 목을 태우며 내려가서 뱃속에 또하나의 불씨로 자리잡는다.

"널 사랑하는 바람에 난 타락한 인간으로 낙인찍혔어." 스트레인이 말한다. "내가 가진 다른 것들은 더이상 중요하지 않아. 한번 삐긋한 걸로 내 남은 삶은 끝장이야."

우리는 잠시 침묵 속에 앉아 있다. 그의 집에서 나는 소음이 증폭된다. 냉장고의 웡웡거리는 소리, 스팀 히터의 쉭쉭대는 소리.

나는 그에게 미안하다고 말한다. 그렇게 말하고 싶지 않지만 해야만 할 것 같다. 그가 그 말이 너무도 간절히 듣고 싶어서 마치 치아를 뽑듯 내게서 말을 뽑아내는 것 같다. 내가 드리운 긴 그림자에서 선생님이 결코 벗어날 수 없게 되어 미안해요. 우리가 함께 저지른 일이 너무도 끔찍해서, 돌이킬 방법이 없어서 미안해요.

그는 나를 용서한다. 괜찮다고 말하고, 손을 뻗어 내 무릎을 두드리다가, 문득 자신의 행동을 의식하며 멈추고, 손을 오므려 주먹을 쥔다.

그의 침대로 가서 플란넬 시트 위에 누워서도 우리는 옷을 그대로 입고 있다. 나는 그가 만졌다는 여자애를 생각한다. 얼굴도 없고 몸뚱이도 없는, 비난의 망령이자 명백한 사실의 전령인 그 여자애를. 그 명백한 사실은 바로, 내가 나이를 먹고 있고, 매일 나보다 어린 여자애들이 태어나고 있고, 그 여자애들이 어느 날 그의 교실에 들어올 수도 있다는 것이다. 나는 그들을, 그들의 밝은 머리카락과 솜털 덮인 팔을 지칠 때까지 상상한다. 그러나 마음을 진정하자마자, 스트레인이 헨리에 대해, 헨리의 아내에 대해 했던 말이 떠오른다. 그것은 들어서면 길을 잃는 또하나의 미로다. 내가 스트레인에 대해 헨리에게 했던 얘기를, 내가 사용했던 강간이라는 단어를, 그는 그날 밤 집으로 가서 자기 아내에게 전부 다 말했을 것이다. 절대 말하지 말아달라는 약속을 받아내긴 했지만, 그 약속마저도 그의 거짓말의 연장선에 있을 뿐이다. 그는 당연히 말할 것이다. 그의 아내는 누구에게 말할까. 상담 교사라면, 학교에 보고할 의무가 있을까? 이런 상황이 이렇게 쉽게 되풀이되다니, 입안이 바짝 마른다. 나는 이 굴레에서 벗어날 수가 없다. 스트레인에게 들키지 않고 이런 얘기를, 무슨 얘기든, 할 수 있다고 생각하다니, 내가 어리석었다.

자정 무렵, 사이렌소리가 들린다. 처음에는 희미하더니, 점점 더 가까워지다가, 어느 순간 바로 집 앞에서 나는 것 같다. 잠시 동안 나는 그들이 우리를 잡으러 왔다고, 경찰이 문을 열고 들이닥칠 거라고 생각한다. 스트레인이 침대에서 일어나 어두운 창밖을 내다본다.

"아무것도 안 보여." 그가 스웨터를 집어들고 방에서 나가 아래층 현관으로 향한다. 문을 여는 순간, 차가운 바람과 함께 연기가 집안으로 스며든다. 얼마나 독한지 2층으로 올라와 집안을 가득 채운다.

그가 나에게 외친다. "저 길 아래서 불이 났어. 아주 큰 불." 얼마 후 그가 파카를 걸치고 부츠를 신고 돌아온다. "일어나. 가보자."

우리는 아무도 알아보지 못하도록 목도리 위로 눈만 내놓고 옷을 겹겹이 껴입는다. 눈 쌓인 보도를 걷는 우리는 그저 여느 사람들과 다르지 않은 평범한 사람들 같다. 사이렌과 연기를 따라 걸어도 아무것도 보이지 않다가 모퉁이를 도는 순간, 불길과 얼음에 휩싸인 5층짜리 프리메이슨 사원이 보인다. 소방차 여섯 대가 건물 주변에 서서 호스로 최대한 세게 물을 뿌리고 있지만 너무도 추운 밤이다. 물줄기가 건물의 석회암 외벽에 닿는 순간 얼어버리고, 불길은 안에서 활활 타오른다. 소방관들이 물을 쏟아부을수록 얼음 옷이 점점 더 두꺼워진다.

불구경을 하는 동안 스트레인이 장갑 낀 내 손을 꼭 잡는다. 결국은 소방관들도 우리처럼 포기하고, 뒤로 물러나 건물이 불타는 것을 지켜본다. 소규모의 구경꾼이 모이고, 방송국 트럭들이 도착한다. 스트레인과 나는 손을 잡고 한참을 그 자리에 서서 눈을 깜빡이며 속눈썹에 수정처럼 고이는 눈물을 참는다.

나중에 침대로 돌아왔을 때, 몸과 마음이 지친 상태에서 나는 묻는다. "그 여자애에 대해 나한테 얘기 안 한 거 있어요?" 그가 대답하지 않자, 내가 더 확실하게 묻는다. "걔랑 잤어요?"

"젠장, 버네사."

"잤다고 해도 괜찮아요." 내가 말한다. "용서해줄게요. 어쨌든 알아야겠어요."

스트레인이 내 쪽으로 돌아누워 양손으로 내 얼굴을 잡는다. "그냥 살짝 만졌어. 그게 다야."

그가 내 머리카락을 쓰다듬고 그 아이를 끔찍하게 욕하는 동안 나는 눈을 감는다. 거짓말쟁이, 못된 년, 정서적으로 불안정한 여자애.

내가 오랜 세월 속으로 그를 뭐라고 욕했는지 안다면, 그리고 헨리에게 내가 무슨 말을 했는지 안다면, 그가 나를 뭐라고 욕할지 궁금하다. 그러나 나는 아무 말도 하지 않는다. 나의 침묵은 너무도 믿음직하다. 그에겐 날 믿지 못할 이유가 없다.

새벽 세시, 나는 그의 무거운 팔 밑에서 조용히 빠져나온다. 맨발로 차가운 마룻바닥을 걸어 방에서 나와 주방으로 향한다. 조리대 위에 그의 컴퓨터가 있다. 컴퓨터를 켜자 브라우저가 그의 브로윅 메일함을 불러낸다. 주간 뉴스레터, 교사 회의 회의록. 나는 '학생 성희롱 관련 보고서'라는 제목이 나올 때까지 계속 스크롤바를 내리다가, 갑자기 무슨 소리가 들려서 한 손은 트랙패드 위에 놓고 다른 손은 노트북을 닫을 준비를 한 상태로 얼어붙는다. 다시 정적이 깃들자, 나는 우편함을 열어 문서를 확인한다. 이사회에서 온 것으로, 거의 불가해할 정도로 공적인 언어로 쓴 글이지만, 어차피 세부적인 내용을 알고 싶은 게 아니다. 나는 단지 이름을 찾고 있을 뿐이다. 위아래로 스크롤을 하며 화면을 좌우로 훑는다. 그리고 두번째 줄에서 발견한다. 성희롱을 주장하는 학생의 성명, 테일러 버치. 나는 메일을 닫고 다시 살금살금 위층의 침대로, 그의 팔 밑으로 들어간다.

2017년

테일러는 내가 일하는 곳에서 다섯 블록 떨어진 신축 건물에서 일한다. 석회암과 벽돌로 된 건물들 틈에서 눈에 확 띄는 유리와 철골 건물이다. 나는 그 회사의 이름을 안다. 크리에이티브 쿠프 Creative Coop. 창의적 작업 공간이라는 설명도 붙어 있지만 대체 뭘 하는 곳인지 모르겠다. 실내는 자연 채광에 가죽소파가 있고, 널찍한 테이블에 사람들이 노트북을 펼쳐놓고 앉아 있다. 모두가 미소를 머금고 있고, 나이가 젊거나, 젊지 않아도 세련된 외모—최신 유행의 헤어스타일, 독특한 안경, 놈코어* 스타일의 옷차림—로 젊어 보이는 인상을 준다. 가방을 붙잡고 서 있는데 둥근 테 안경을 쓴 여자가 묻는다. "누굴 찾아오셨어요?"

나의 시선이 사무실 안을 빠르게 훑는다. 너무 넓고, 사람이 너

---

* normcore. 꾸미지 않은 듯 평범한 의상으로 멋을 낸 패션 스타일.

무 많다. 나도 모르게 이름을 말한다.

"테일러요? 어디 보자." 여자가 돌아서서 실내를 훑는다. "저기 있네요."

나는 그녀가 가리키는 방향을 본다. 노트북 위로 몸을 숙이고 있는 가냘픈 어깨, 밝은색 머리카락. 여자가 부른다. "테일러!" 그리고 그녀가 고개를 든다. 충격에 휩싸인 듯한 그녀의 표정에 내가 문 쪽으로 뒷걸음친다.

"미안해요." 내가 말한다. "잘못 왔네요."

밖으로 나와 이미 반 블록 정도를 걸었을 때 누군가가 내 이름을 부른다. 테일러가 보도 한복판에, 땋아내린 밝은 금발머리를 어깨에 늘어뜨리고 서 있다. 터틀넥 스웨터를 입었는데 소매가 얼마나 긴지 손목을 덮을 정도이고, 코트는 걸치지 않았다. 우리가 서로를 유심히 쳐다보는 동안 그녀가 다가온다, 소매 밖으로 나온 손가락으로 땋은머리의 끝을 잡아당기면서. 문득 나는 스트레인이 보았을 그녀의 모습을 본다. 자신에 대한 확신이 없는 열네 살 여자애, 책상 뒤에서 그가 바라보면 머리카락 끝을 만지작거리는 여자애.

"정말 당신이라니 믿기지가 않네요." 테일러가 말한다.

나는 날카로운 대사를 준비해 왔다. 나는 그녀를 뼈까지 베고 싶지만, 몸속에서 아드레날린이 너무 많이 분출된다. 날 내버려두라고 말할 때, 아드레날린이 내 목소리를 높고 떨리게 만든다.

"당신 그리고 그 기자 둘 다요." 내가 말한다. "그 기자가 계속 나한테 전화해요."

"그렇군요." 테일러가 말한다. "그러면 안 되는데."

"난 기자한테 할 얘기가 없어요."

"미안해요. 진심으로 미안해요. 제가 너무 밀어붙이지 말라고 얘기했는데."

"난 기사에 나고 싶지 않아요. 알겠어요? 그렇게 전해줘요. 내 블로그에 대해 쓰지 말라고요. 난 이 일에 얽히고 싶은 마음이 전혀 없어요."

테일러가 나를 쳐다본다. 빠져나온 머리카락이 그녀의 얼굴 주위에서 흩날린다.

"난 그냥 조용히 살고 싶다고요." 내가 말한다. 온 힘을 담아 말을 던지지만, 입 밖으로 나오는 말은 애원처럼 들린다. 이게 아닌데. 나는 어린애처럼 말하고 있다.

나는 가려고 돌아선다. 이번에도 테일러가 내 이름을 부른다.

"우리 그냥 얘기 좀 하면 안 될까요?" 그녀가 묻는다.

우리는 커피숍에 간다. 스트레인과 내가 삼 주 전에 만났던 곳. 줄을 서서 기다리면서, 나는 그녀를 찬찬히 살펴본다. 손가락에 낀 가느다란 은반지들, 왼쪽 눈 아래쪽에 번진 마스카라. 옷에는 백단유 향이 배어 있다. 테일러가 커피값을 지불한다. 신용카드를 꺼내는 그녀의 손이 떨린다.

"안 그래도 되는데." 내가 말한다.

"그러고 싶어요."

바리스타가 에스프레소 기계를 작동시키고, 분쇄와 수증기 소음이 이어지고, 잠시 후 커피 두 잔이 나란히 나온다. 거품 속에 똑같은 튤립이 그려져 있다. 우리는 주변 테이블이 비어 있는 창가 자리에 앉는다.

"호텔에서 일하시죠." 그녀가 말한다. "재미있겠어요."

내가 코웃음치며 웃자 테일러의 얼굴이 곧바로 붉게 물든다.

"미안해요." 그녀가 말한다. "제가 한심한 소릴 했네요."

테일러는 초조하다고, 그리고 어색하다고 말한다. 그녀의 손은 여전히 떨리고 있고, 시선은 나를 제외한 모든 곳으로 향한다. 나는 그녀에게 손을 뻗고 괜찮다고 말하고 싶은 마음을 애써 억누른다.

"그쪽은요?" 내가 묻는다. "거기는 정확히 어떤 회사예요?"

쉬운 질문에 안도하며 그녀가 미소를 짓는다. "회사가 아니에요." 그녀가 말한다. "예술가들을 위한 공동 작업 공간이에요."

나는 무슨 뜻인지 알겠다는 듯 고개를 끄덕인다. "예술가인 줄은 몰랐네요."

"시각 예술가는 아니고요. 시인이에요." 테일러가 커피를 들어 한 모금 마시고, 커피잔 가장자리에 엷은 분홍색 흔적이 남는다.

"그럼 시인이 직업인가요?" 내가 묻는다. "그러니까 수입이 있는?"

테일러는 마치 혀를 데었다는 듯 한 손을 입으로 가져간다. "그건 아니고요." 그녀가 말한다. "시 쓰는 걸로는 돈을 못 벌어요. 부업이 있어요. 프리랜서 작가, 웹 디자인, 컨설팅. 여러 가지요." 그녀가 커피잔을 내려놓고 두 손을 맞잡는다. "자, 그럼 제가 먼저 물어볼게요. 그 사람하고는 언제 끝났어요?"

테일러의 질문은 허를 찌른다. 너무도 날카롭지만 그러면서도 평범하다. "잘 모르겠어요." 내가 말한다. "꼭 집어 말하기가 어려워요." 그녀의 어깨가 실망으로 처지는 것 같다.

"나와는 1월 7일에 끝났어요." 그녀가 말한다. "학교에 소문이

448

돌기 시작했을 때요. 당신과도 그때 끝났는지 항상 궁금했어요."

나는 그해를 떠올리면서 인내심 있는 미소를 유지하려 애쓴다. 1월? 나는 그의 고백을, 얼음에 뒤덮인 채 불타는 건물을 떠올린다.

"내가 당한 일이 당신이 당한 일만큼 끔찍하지 않았던 건 확실해요." 테일러가 말을 잇는다. "그 사람이 날 퇴학시키거나 한 건 아니니까요. 하지만 다른 반으로 옮기게 했고, 그뒤로는 나한테 아는 체를 안 했어요. 버림받은 기분이 들었죠. 정말 끔찍했고, 그건 너무나…… 트라우마였어요."

나는 고개를 끄덕인다. 그녀를 어떻게 생각해야 할지 모르겠고, 무슨 얘기를 하는 건지, 얼마나 기꺼이 이 얘기를 하는 건지도 모르겠다. 내가 묻는다. "그럼 지난 십 년 동안 그와 연락하지 않았던 거예요?" 나는 이미 대답을 알고 있고—당연히 하지 않았겠지—그녀는 얼굴을 일그러뜨리며 대답한다. "세상에, 당연히 안 했죠!" 그녀가 묻는다. "버네사는 연락했어요?" 이게 내가 원하는 바다. 그렇다고 대답하고, 나를 차별화하고, 선을 그어서 우리의 상황이 전혀 똑같지 않음을 분명히 하는 것.

"우린 마지막까지 연락했어요." 나는 말한다. "그가 뛰어내리기 직전에 나에게 전화했어요. 그가 마지막으로 통화한 사람이 아마 나였을 거예요."

테일러가 몸을 앞으로 숙인다. 테이블이 흔들린다. "뭐라고 하던가요?"

"자기가 괴물인 걸 안다고요, 하지만 날 사랑한다고요." 나는 그녀의 얼굴에 깨달음이 번지기를 기다린다. 자신이 스트레인을, 그리고 나를 잘못 생각했다는 깨달음, 그가 그녀에게 무슨 짓을 했건 자신이 잘못 생각했다는 깨달음. 그러나 테일러는 코웃음칠 뿐이다.

"네, 그 사람답네요." 그녀가 커피를 벌컥벌컥 들이켠다. 마치 술을 마시듯 잔을 뒤로 젖히면서. 입술을 닦으며 그녀가 나의 표정을 본다. "미안해요." 그녀가 말한다. "조롱할 생각은 없었어요. 하지만 너무 전형적이지 않아요? 당신이 미안한 마음이 들도록 자신을 질책하는 거 말이에요."

갑자기 뇌의 무게가 달라진 것처럼 내 고개가 뒤로 넘어간다. 사실 그랬다. 그는 항상 그런 식이었다. 내가 그런 식으로 그의 행동을 깔끔하게 정리한 적이 있었는지 잘 모르겠다.

"다른 질문 하나 해도 돼요?" 테일러가 묻는다.

나는 그녀의 말을 듣는 둥 마는 둥 한다. 나의 뇌는 방금 그녀가 흔들어놓은 중심을 바로잡느라 바쁘다. 어디까지나 추측에 불과할 것이다, 그녀가 방금 한 말은. 스트레인이 교사로서의 본분을 망각하고 본심을 드러낸 어느 순간을 통해 유추한 것이리라. 그런 식으로 그를 설명하는 것은 표피적이다. 연민을 받으려고 자신을 질책하는 것. 어쩌다 한 번씩 그러지 않는 사람이 어디 있겠는가?

"그 당시 저에 대해 얼마나 알고 있었어요?" 그녀가 묻는다.

나는 여전히 아득히 먼 곳에서 대답한다. "전혀 몰랐어요."

"전혀요?"

눈을 깜빡이자 테일러가 시야에 들어온다. 그녀의 얼굴이 너무도 날카로워서 보고 있기가 힘들다. "당신의 존재를 알긴 했어요. 하지만 스트레인은 당신이 그저……" 나는 하마터면 아무 의미도 없는 사람이라고 말할 뻔한다. "소문일 뿐이라고 했죠."

그녀가 고개를 끄덕인다. "처음에 그는 당신에 대해서도 그렇게 말했어요." 그녀가 턱을 당기더니 스트레인 흉내를 내며 낮은 목소리로 말한다. "마치 먹구름처럼 늘 나를 따라다니는 소문."

테일러가 스트레인을 얼마나 똑같이 흉내내는지 놀랍다. 그의 억양과 그가 나를 설명할 때 사용하는 은유, 매번 언제 비를 맞을지 몰라 전전긍긍하는 그의 모습을 주입하는 그 이미지. "그래서, 나에 대해 알고 있었다고요?"

"물론이죠." 그녀가 말한다. "모두가 당신을 알았어요. 당신 얘기가 무슨 괴담처럼 떠돌았거든요. 한때 그와 사귀었지만 모든 게 탄로나자 홀연히 사라져버린 여자. 그러나 너무도 모호한 이야기였죠. 아무도 진실을 알지 못했어요. 그래서 처음엔 그의 말을 믿었어요. 그 이야기가 사실이 아니라는 말을요. 이제 와서 고백하자니 창피하네요. 왜냐하면 그 이야기는 사실이니까요. 당연히 전에도 그런 짓을 했겠죠. 하지만 그때 난 너무……" 그녀가 어깨를 으쓱한다. "너무 어렸어요."

그녀는 계속 말을 잇는다. 결국에는 스트레인이 나에 관한 진실을 말했지만, 자신이 "완전히 그루밍당할 때까지" 기다렸다가 얘기했다고. 내가 자신의 가장 큰 비밀이고, 날 사랑했지만 내가 너무 자라버려서 이제는 테일러의 나이였을 때만큼 서로 잘 맞지는 않는다고 말했다고.

"진짜 실연당한 사람처럼 보였어요." 테일러가 말한다. "기막힌 얘기지만, 초기에 그 사람이 나한테 『롤리타』를 읽으라고 했어요. 당신도 읽었죠? 당신에 관해 그 사람이 얘기하는 방식은 마치 험버트 험버트가 처음 사랑했던 여자애에 관해 얘기하는 방식 같았어

요. 그 죽은 여자애 말이에요, 그를 소아성애자로 만든 여자애. 그
땐 그런 상처를 가진 남자가 로맨틱하다고 생각했어요. 지금 돌이켜
보면, 다 정상이 아닌데 말이에요."

나는 커피잔을 들지만, 너무 손이 떨려서 달그락거리며 내려놓
다가 손에 온통 흘리고 만다. 테일러가 벌떡 일어나 냅킨을 가져와
서 테이블을 닦으면서도 계속 얘기한다. 테일러는 어느 순간 문득
스트레인이 아직도 날 만나고 있다는 생각이 들었다고 했다. 그래
서 그의 휴대전화를 몰래 훔쳐서 통화 기록과 문자를 읽어보고 진
실을 알게 되었다고.

"그 사람이 여전히 당신을 만나고 있다는 걸 알았을 때, 엄청난
질투심에 휩싸였어요." 그녀가 일어선 상태로 축축한 냅킨 한 뭉치
를 테이블 반대편으로 밀어놓는다. 그녀의 땋은 머리채 끝이 내 팔
을 스친다.

"그 사람하고 섹스했어요?" 내가 묻는다.

테일러는 눈을 깜빡이지 않고 나를 똑바로 쳐다본다.

"그러니까 내 말은, 그 사람이 당신과 섹스했나요? 강제로 했나
요? 아니면⋯⋯" 나는 고개를 젓는다. "그걸 뭐라고 불러야 할지
모르겠네요."

냅킨을 쓰레기통에 던져넣으며, 그녀가 도로 자리에 앉는다.
"아뇨." 그녀가 말한다. "그러지 않았어요."

"다른 여자애들은요?"

그녀가 고개를 젓는다.

나는 안도하며 숨을 크게 내쉰다. "그럼 그 사람이 정확히 무슨
짓을 했죠?"

"날 학대했어요."

"하지만……" 나는 커피숍을 둘러본다. 마치 다른 테이블에 앉아 있는 사람들이 날 도와줄 수도 있다는 듯이. "그게 무슨 뜻이죠? 그 사람이 키스를 했다는 건가요? 아니면……"

"그런 세부적인 것들에 초점을 맞추고 싶진 않아요." 테일러가 말한다. "그런 건 도움이 안 돼요."

"도움이 안 된다고요?"

"이 대의명분에."

"어떤 대의명분이요?"

테일러가 고개를 갸웃하고 얼굴을 찌푸린다. 내가 허둥댈 때마다 스트레인이 짓곤 하던 표정이다. 잠시 동안 나는 이번에도 테일러가 스트레인을 흉내내고 있다고 생각한다. "그에게 마땅한 책임을 묻기 위한 대의명분."

"하지만 그 사람은 죽었어요. 죽은 사람을 뭘 어쩌겠다는 거예요? 시체를 끌고 거리로 나오기라도 하겠다는 건가요?"

그녀의 눈이 휘둥그레진다.

"미안해요." 내가 말한다. "말이 잘못 나왔네요."

그녀가 눈을 감고 숨을 들이쉬고, 잠시 숨을 참았다가, 다시 내쉰다. "괜찮아요. 이건 힘든 얘기예요. 우린 둘 다 최선을 다하고 있어요."

테일러는 기사에 관해 얘기하기 시작한다. 기사의 목적은 우리를 구제하지 못했던 제도적 현실을 세상에 폭로하는 것이라고. "그들 모두가 알고 있었어요." 그녀가 말한다. "그런데도 그를 막기 위해서 아무런 조치도 취하지 않았어요." 나는 테일러가 말하는 그들이 브로윅, 그러니까 학교의 관리자들일 거라고 추측하지만 묻지는 않는다. 그녀의 말이 너무 빨라서 따라가기가 힘들다. 그 기사의 또다른 목적은 다른 생존자들과 연대하는 것이라고, 그녀는 말한다.

"일반 대중 전체를 대상으로요?" 내가 묻는다.

"아뇨," 그녀가 말한다. "그 사람에게 똑같은 일을 당한 생존자들이요."

"다른 사람들이 또 있어요?"

"당연히 있을 거예요. 거기서 삼십 년이나 가르쳤잖아요." 그녀가 빈 머그잔을 손으로 감싸며 입술에 힘을 준다. "당신이 기사화되는 걸 원치 않는다고 말한 거 알아요." 내가 입을 열지만 그녀가 말을 잇는다. "완전히 익명으로 나갈 수도 있어요. 그게 당신이라는 걸 아무도 모를 거예요. 버네사, 당신이 겪은 일은……" 그녀가 고개를 숙이고 똑바로 나를 쳐다본다. "사람들의 사고방식을 바꿀 수도 있는 힘을 지닌 이야기예요."

나는 고개를 젓는다. "난 못해요."

"두렵다는 거 알아요." 테일러가 다시 말한다. "나도 처음엔 두려웠어요."

"아뇨," 내가 말한다. "두려워서가 아니에요."

나의 설명을 기다리며 그녀의 눈이 빠르게 움직인다.

"나는 내가 학대당했다고 생각하지 않아요." 내가 말한다. "당신들 모두가 그렇게 생각하는 게 분명하지만요."

그녀의 옅은 색 눈썹이 놀라움을 드러내며 위로 올라간다. "학대당했다고 생각하지 않는다고요?"

커피숍에서 공기가 빠져나가고, 소음이 증폭되고, 색이 흐릿해진다. "난 내가 피해자였다고 생각하지 않아요." 내가 말한다. "당시에 내가 어떤 일에 휘말리고 있는지 알고 있었어요. 난 그걸 원했어요."

"당신은 열다섯 살이었어요."

"열다섯 살이었지만 알았어요."

나는 계속 나 자신을 정당화한다. 나에게서 말이 쏟아져나온다, 늘 하던 익숙한 대사. 그와 나는 똑같은 것을 갈망하던 어두운 사람들이었다. 우리 관계는 끔찍하긴 했지만, 결코 학대적이진 않았다. 테일러의 얼굴이 점점 더 놀란 표정으로 바뀌어갈수록, 나는 더 밀어붙인다. 그와 나의 관계는 위대한 사랑 이야기의 소재가 될 법한 것이라고 했을 때, 그녀가 한 손을 입으로 가져간다. 마치 금방이라도 토할 것처럼.

"아주 솔직하게 얘기하면," 나는 말한다. "난 당신과 그 기자라는 사람이 하고 있는 일이 진짜 역겹다고 생각해요."

테일러의 얼굴이 믿을 수 없다는 듯 일그러진다. "진심으로 하는 말이에요?"

"정직하지 못한 일 같아요. 당신이 스트레인에 대해 하는 얘기들 중엔 내가 아는 진실과 다른 부분이 있어요."

"내가 거짓말한다고 생각해요?"

"당신이 그 사람을 실제보다 더 악랄하게 만들고 있다고 생각해요."

"그 사람이 나한테 무슨 짓을 했는지 알면서 어떻게 그런 말을 할 수가 있어요?"

"그 사람이 당신한테 무슨 짓을 했는지 나는 몰라요." 내가 말한다. "당신이 말 안 했잖아요."

테일러의 눈이 파르르 떨리며 감긴다. 그녀는 마치 자신을 진정시키듯이 손바닥으로 테이블을 누른다. 천천히, 그녀가 입을 연다. "그 사람 소아성애자라는 건 알고 있겠죠."

"아뇨," 내가 말한다. "그렇지 않았어요."

"당신은 열다섯 살이었어요." 그녀가 말한다. "난 열네 살이었고요."

"그건 소아성애가 아니에요." 내가 말한다. 그녀가 놀란 표정으로 날 쳐다본다. 나는 목을 가다듬고 조심스럽게 말한다. "더 정확한 용어는 후청소년성애자ephebophile예요."

그 말과 함께 그녀와 나를 연결하던 줄이 느슨해진다. 테일러는 마치 그만 됐어요, 라고 말하는 듯한 표정으로 두 손을 든다. 이제 돌아가서 일해야 된다며 빈 커피잔과 휴대전화를 챙기는 동안 테일러는 나를 쳐다보지 않는다.

나는 그녀를 따라 커피숍을 나서다가 문 앞에서 살짝 비틀거린다. 문득 손을 뻗어 그녀의 땋은머리를 붙잡아서 못 가게 하고 싶은 충동을 느낀다. 거리에는 코트 주머니에 두 손을 넣고 땅만 바라보며 걷는 남자 말고는 아무도 없다. 남자가 우리 쪽으로 다가오며 흔들림 없는 단음의 휘파람을 분다. 남자를 쳐다본 테일러가 너무도 분노에 휩싸인 표정이라, 그에게 조용히 하라고 소리를 지를지도 모른다는 생각이 든다. 그러나 남자가 곁을 지나갈 때 테일러는 내 쪽으로 돌아서서 나를 향해 손가락을 뻗는다.

"그가 나를 학대하던 내내 난 당신을 생각했어요." 그녀가 말한다. "내가 겪은 일을 이해할 사람은 오직 당신밖에 없다고 생각했죠. 난……" 그녀가 심호흡하고 들었던 팔을 내린다. "하긴 내 생각이 뭐가 중요하겠어요. 내가 틀렸네요. 완전히 틀렸어요." 테일러는 돌아서서 걷다가, 멈춰 서서 다시 덧붙인다. "이 사실을 폭로한 이후 살해 협박을 받았어요. 그거 알고 있어요? 사람들이 내 주소를 온라인에 올리고, 날 강간하고 살해하겠다고 협박했어요."

"네," 내가 말한다. "알고 있어요."

"우리가 하는 말을 아무도 안 믿어주는데 돕지 않는 건 이기적이에요. 만약 당신이 나서서 폭로한다면, 아무도 당신을 무시하지 못할 거예요. 사람들은 당신 말을 믿어줄 거고 그러면 우리 말도 믿어줄 거라고요."

"하지만 그렇게 해서 당신이 무얼 얻을 수 있는지 모르겠네요. 그 사람은 죽었어요. 그는 사과하지 않을 거예요. 그 사람은 자기 잘못을 한 가지도 인정하지 않을 거예요."

"중요한 건 그 사람이 아니에요." 그녀가 말한다. "만약 당신이 나선다면, 브로윅도 이런 일이 있었다는 걸 인정하겠죠. 그들이 책임을 질 거예요. 학교의 운영 방침도 달라질 거고요."

테일러는 기대에 찬 표정으로 나를 쳐다보지만 나는 어깨를 으쓱한다. 그녀가 분노의 한숨을 내쉰다.

"당신 참 딱하네요." 그녀가 말한다.

테일러가 돌아서서 걷기 시작하고 내가 손을 뻗는다. 내 손가락이 그녀의 등을 스친다. "그 사람이 당신한테 무슨 짓을 했는지 말해줘요." 나는 말한다. "그냥 학대했다고만 말하지 말고요. 무슨 일이 있었는지 말해줘요."

테일러가 돌아선다. 눈빛이 거칠다.

"그 사람이 키스했나요? 자기 사무실로 데려갔나요?"

"사무실?" 그녀가 되묻고, 나는 눈을 감는다. 그녀의 혼란에 안도하면서. "그게 당신한테 왜 그렇게 중요하죠?" 테일러가 묻는다.

나는 입을 벌리고 왜냐하면, 이라고 말할 태세를 취한다. 왜냐하면…… 왜냐하면 당신한테 무슨 일이 일어났든 나만큼 나쁜 일은 아니었을 테니까요. 정작 가장 큰 타격을 받은 사람은 나인데, 겨우 그 정도 일로 그렇게 많은 걸 요구하는 당신이 난 너무 황당하니까요. 평생 낙인찍힌 사람은 바로 나라고요.

"날 더듬었어요, 됐어요?" 그녀가 말한다. "교실에서, 책상 뒤에서."

숨을 내쉬자 맥이 풀려서 내 몸이 선 채로 흔들린다. 마치 핼러윈 파티 때 가문비나무 아래 서 있던 스트레인처럼. 지금 내가 뭘 하고 싶은지 아니? 그때까지만 해도, 그는 나를 만지기만 했다. 책상 뒤에서 더듬기만 했다.

"하지만 다른 방식으로도 내 영역을 침범했어요." 그녀가 말한다. "학대라는 게 반드시 육체적인 것만을 뜻하지는 않아요."

"다른 학생들은요?" 내가 묻는다.

"그 학생들도 더듬었어요."

"그게 다예요?"

그녀가 코웃음친다. "네, 그게 다인 것 같네요."

스트레인은 그 아이들을 만졌다. 스트레인은 줄곧 내게 그렇게 말했다. 그의 집에서 보낸 그날 밤부터, 그는 두 손으로 내 얼굴을 붙잡고 말했다. 그냥 살짝 만졌어. 그게 다야. 그때 나는 안도했다.

나는 그 안도감이 다시 나를 찾아오기를 기다리지만, 아무것도 없다. 심지어 분노도, 충격도 없다. 그 말을 직접 들었다고 해서 달라지는 건 없으니까. 나는 이미 알고 있었다.

"당신과는 달랐다는 거 알아요." 테일러가 말한다. "하지만 처음 시작은 똑같지 않았나요? 당신을 자기 책상으로 불렀잖아요. 블로그에 그렇게 썼었죠. 처음 그 글을 읽었을 때가 생각나요. 마치 내 얘기 같았어요."

"그 당시에 이미 그 글을 읽었다고요?"

그녀가 고개를 끄덕인다. "그의 컴퓨터에 북마크가 되어 있었어요. 내가 익명의 댓글을 남기기도 했어요. 내 실명을 남기기엔 너무 두려웠어요."

난 전혀 모르고 있었다고 대답한다. 테일러의 댓글도, 그녀가 읽고 있었다는 것도.

"버네사는 뭘 알고 있었죠?" 그녀가 묻는다. "나에 대해 정말 몰랐어요?" 테일러는 이미 그 질문을 했고 나는 이미 대답했지만, 지금 그 질문은 다른 의미를 지닌다. 테일러는 스트레인이 자신에게 한 짓을 내가 알고 있었는지를 묻고 있다.

나는 진실을 말한다. "알고 있었어요." 내가 말한다. "당신에 대해 알고 있었어요." 스트레인은 내게 테일러에 대해 고백했지만 그녀가 아무 의미도 없는 존재라고 말했고 나는 그 말에 반박하지 않았다. 나는 그를 용서했다. 나는 그것보다 훨씬 더 끔찍한 일조차도, 심지어 그가 하지도 않은 일조차도 용서했다. 그가 나에게 한 짓과 비교하면 손으로 다리를 더듬은 게 뭐가 대수겠는가? 난 별일 아니라고 생각했다. 심지어 지금도, 테일러가 이렇게 내 앞에 서

있어도, 그 일이 그녀의 삶에 그렇게 큰 피해를 입혔다는 건 납득
하기 어렵다. 그게 정말 그렇게 끔찍했어요? 그가 한 짓이? 이렇게까
지 해야 할 정도로?

"당신에겐 사소해 보일 수도 있지만," 테일러가 말한다. "날 파
괴하기엔 충분했어요."

그녀는 나를 보도 한복판에 세워두고 돌아선다. 성큼성큼 걸어
가는 그녀의 등에 땋은머리가 부딪히며 튕긴다. 나는 광장을 가로
질러 집으로 향한다. 조명이 밝혀진 거대한 크리스마스트리를 지
나고, 점심시간에 배회하는 고등학생들을 지나고, 후드를 쓴 남자
들과 청재킷에 스크래치가 난 운동화를 신고 다니는 십대 소녀들
을 지난다. 끝이 까진 매니큐어와 뒤로 묶은 머리와 웃음소리―나
는 눈을 꼭 감는다. 너무 꼭 감아서 섬광과 별이 보인다. 그는 여전
히 내 안에 있고 자기가 보았던 것과 똑같은 방식으로 내가 이 세
상을 보게 만들려 한다. 세미나 테이블에 앉아 있는 이름 없는 소
녀들. 스트레인은 그들이 아무 의미도 없는 존재임을 내가 기억하
기를 원했다. 누가 누군지도 잘 알지 못할 만큼 그에게 아무 의미
도 없다고. 나에 비하면 그들은 아무것도 아니라고 했다.

난 널 사랑했어, 그가 말한다. 나의 검은 버네사.

루비의 상담실에서, 내가 묻는다. "제가 이기적이라고 생각하세
요?"

늦은 시간이고, 평상시 우리가 상담하는 날짜도 시간도 아니다.
내가 그녀에게 문자를 했다. 긴급한 상황이에요. 루비는 그런 일이
생기면 연락해도 된다고 늘 내게 말했지만 정말 연락을 하게 되리

라 생각한 적은 없었다.

"당신 자신을 낱낱이 드러내지 않고도 나설 방법은 얼마든지 있어요." 루비가 말한다. "더 좋은 방법들이요."

루비는 안락의자에 앉아 날 바라보면서 무한한 인내심을 발휘하며 기다린다. 창밖의 하늘은 다채로운 파란색이다. 하늘색부터 청록색과 암청색에 이르기까지. 나는 고개를 뒤로 젖혀 머리카락이 얼굴 밖으로 흘러내리게 한 다음 천장에 대고 말한다. "제 질문에 대답하지 않으셨어요."

"난 버네사가 이기적이라고 생각하지 않아요."

나는 고개를 바로 한다. "이기적이라고 생각하셔야 해요. 난 스트레인이 테일러에게 무슨 짓을 했는지 아주 오랫동안 알고 있었어요. 십일 년 전에 스트레인은 자기가 그애를 만졌다고 했어요. 그는 거짓말하지 않았어요. 내게 숨기지 않았어요. 단지 내가 상관하지 않았던 거죠."

루비의 표정은 달라지지 않는다. 단지 파르르 떨리는 속눈썹만이 나의 말에 영향을 받았음을 보여준다.

"다른 여자애들에 대해서도 알고 있었어요." 내가 말한다. "스트레인이 그 아이들을 만졌다는 걸 알았어요. 스트레인은 오랜 세월 동안 한밤중에 내게 전화했고 우리는…… 내가 어렸을 때 우리가 했던 일들에 대해 얘기하곤 했어요. 주로 섹스 얘기요. 하지만 다른 여자애들 얘기도 했어요. 그의 반 학생들이요. 그애들을 자기 책상으로 불렀다고 얘기했죠. 자기가 무슨 짓을 했는지 내게 말했어요. 그런데도 나는 상관하지 않았어요."

루비의 표정은 여전히 그대로다.

"내가 그를 막을 수도 있었어요." 내가 말한다. "그가 자신을 통제하지 못한다는 걸 알았어요. 만약 내가 그를 가만히 내버려두었다면, 어쩌면 멈출 수 있었을지도 몰라요. 스트레인은 원하지 않았는데, 내가 그런 감정을 되살리도록 부추겼어요."

"그 사람이 당신이나 다른 이들에게 한 짓은 당신 잘못이 아니에요."

"하지만 난 그 사람이 나약한 사람이란 걸 알았어요. 기억해요? 루비도 그랬잖아요. 당신 말이 옳아요. 난 알고 있었어요. 스트레인은 자기가 내 곁에 있어선 안 된다고, 내가 자기의 어두운 면을 끌어낸다고 했어요. 그런데도 난 그를 가만히 내버려두지 않았어요."

"버네사, 지금 당신이 하는 말을 들어봐요."

"내가 그를 막을 수도 있었어요."

"좋아요." 루비가 말한다. "설령 당신이 그를 막을 수 있었다고 해도, 그건 당신 책임이 아니고, 당신 입장에서는 바뀌는 게 아무것도 없었을 거예요. 왜냐하면 그를 막았다고 해서 당신이 학대당했다는 사실이 바뀌는 건 아니니까요."

"난 학대당하지 않았어요."

"버네사……"

"아뇨, 제 얘기 들어보세요. 제가 멋모르고 떠드는 소리라고 생각하지 마세요. 스트레인은 한 번도 강요한 적이 없었다고요. 아시겠어요? 그 사람은 모든 일에 동의를 구했어요. 내가 어렸을 때는 더더욱요. 그는 조심스러웠어요. 그리고 노련했어요. 스트레인은 날 사랑했어요." 나는 그 말을 하고 또 한다. 그 후렴구는 너무도 순식간에 의미를 잃는다. 그는 날 사랑했어요, 그는 날 사랑했어요.

내가 두 손으로 머리를 움켜잡자 루비가 나에게 심호흡을 하라고 말한다. 나는 루비의 목소리 대신 스트레인의 목소리를 듣는다. 자기가 내 안으로 더 깊이 들어갈 수 있게 심호흡을 하라는 목소리. 잘했어, 그는 말했다. 아주 잘했어.

"빌어먹을, 지겨워 죽겠어." 내가 중얼거린다.

루비가 내 앞의 바닥에 웅크리고 앉아 두 손을 내 어깨에 얹는다. 그녀가 내 몸에 손을 대는 건 처음이다. "뭐가 지겹죠?" 그녀가 묻는다.

"그의 말이 들리고, 그의 모습이 보이고, 내가 하는 모든 일에 그가 뒤엉키는 거요."

우리는 잠시 가만히 있는다. 나의 호흡이 안정을 되찾자 루비가 일어서며 내게서 손을 거둔다.

다정하게, 그녀가 말한다. "첫 사건으로 돌아가보면……"

"아뇨, 못해요." 나는 머리를 뒤로 젖히고 쿠션에 몸을 기댄다. "그 시간으로 돌아가기 싫어요."

"돌아갈 필요 없어요." 루비가 말한다. "이 방안에 있으면 돼요. 그저 그 순간을 생각해봐요. 두 사람 사이에 처음으로 친밀하다고 여겨질 만한 일이 일어났던 그 순간. 그 첫 기억을 떠올려보면, 누가 주도자인가요, 당신인가요 아니면 그 사람인가요?"

루비가 기다리지만 나는 그 말을 할 수가 없다. 그 사람. 그가 나를 자기 책상으로 불러서 다른 학생들이 숙제를 하고 있는 동안 나를 만졌다. 나는 그의 옆에 앉아서 창밖을 내다보고 있었고, 그가 원하는 대로 하도록 내버려두었다. 나는 그 행동을 이해하지 못했고, 요구하지도 않았다.

나는 숨을 내쉬고 고개를 떨어뜨린다. "못하겠어요."

"괜찮아요." 그녀가 말한다. "천천히 해요."

"전 지금 너무……" 나는 손바닥으로 허벅지를 꽉 누른다. "내가 그토록 오랫동안 매달려왔던 걸 잃을 수는 없어요. 아시겠어요?" 그 말을 토해내는 고통에 나의 얼굴이 일그러진다. "이건 반드시 사랑 이야기여야 한다고요. 반드시 그래야만 한단 말이에요."

"알아요." 루비가 말한다.

"왜냐하면, 만약 이게 사랑 이야기가 아니라면, 그럼 뭐죠?"

나는 루비의 투명한 눈을, 활짝 열린 공감의 표정을 본다.

"이게 내 삶이에요." 내가 말한다. "이게 내 삶의 전부였어요."

내가 슬프다고 말하자 루비가 내 앞에 선다. 너무 슬프다는, 그 작고도 단순한 말이, 내가 어린애처럼 내 가슴을 움켜쥐고 아픈 곳을 가리킬 때 유일하게 의미가 통하는 말이다.

2007년

봄학기가 되자 나는 다시 술을 마시기 시작한다. 침대 옆 탁자 위에 빈병이 쌓여간다. 수업에 들어가 있지 않을 땐 노트북을 들고 침대에 누워 있고 밤늦도록 선풍기가 돌아가고 컴퓨터 화면이 환하게 켜져 있다. 나는 신경쇠약에 빠진 브리트니 스피어스의 사진들을 본다. 그녀는 머리카락을 밀고, 우리에 갇힌 동물 같은 눈빛으로 우산을 들고 파파라치를 공격한다. 가십 블로그들이 똑같은 사진을 올리고 또 올린다. "십대 팝 여왕의 처참한 추락!"과 같은 제목과 함께. 신이 난 댓글들이 수십 페이지에 달한다. 완전 만신창이네!…… 왜 쟤들은 항상 저런 식으로 끝나는지…… 이달 내로 사망할 듯.

밤이 되면 휴대전화를 침대맡 창틀에 놓아두었다가, 아침이 되면 가장 먼저 스트레인이 전화를 몇 번 했는지 확인한다. 브리짓과 함께 술집에 갔다가 휴대전화가 진동하는 것이 느껴지면, 가방에서 전화를 꺼내 브리짓에게 그의 이름을 보여준다. "안됐긴 한데,"

내가 말한다. "얘기하기 싫어." 나는 브리짓에게 스트레인이 받는 조사에 관해 얘기했고, 그의 표현처럼 이게 "마녀사냥"이며 실제로 그가 잘못한 일은 없다는 점을 분명히 하면서도, 그래도 여전히 화가 난다고 말했다. 나에게도 화낼 권리는 있는 거 아니냐고. "당연히 있지." 브리짓이 말한다.

나는 테일러 버치의 페이스북 프로필을 매일 확인하고, 공개된 사진들을 훑어보고, 교정기를 끼고 밝은 금발을 지저분하게 기른 그녀의 너무나도 평범한 모습에 넌더리가 나면서도 기분이 좋다. 오직 한 장의 사진만이 나를 멈칫하게 한다. 필드하키 유니폼을 입고 웃고 있는 사진으로, 그을린 허벅지 중간 정도까지 내려오는 킬트 스커트를 입었고, 브로윅이라는 적갈색 글자가 밋밋한 가슴에 새겨져 있다. 그러나 그 순간 나는 스트레인이 열다섯 살 때의 내 몸을 묘사하던 기억을 떠올린다. 내 몸이 꽤 성숙하다고, 성인 여자의 몸에 가깝다고 했다. 톰프슨 선생님을, 그녀의 여성스러운 몸을 떠올려본다. 나는 그를 괴물로 둔갑시키는 데 혈안이 되어선 안 된다.

학점이 필요한 건 아니지만 그래도 나는 헨리의 고딕 세미나를 듣는다. 수업시간에 다른 학생들이 토론에 부진할 때면 헨리는 나를 찾는다. 강의실에 침묵이 내리고 그의 시선은 그들을 훑은 뒤 언제나 나에게 와서 멎는다. "버네사?" 그가 묻는다. "버네사 생각은 어때요?" 그는 집착적인 여자들과 괴물 같은 남자들의 이야기에 관해서라면 언제나 나에게 할 얘기가 있을 거라고 믿는다.

매번 수업이 끝나면, 내게는 헨리를 따라 그의 연구실로 가야할 구실—그가 내게 빌려주고 싶은 책이 있다, 그가 나를 학과장상 수상자로 추천했다. 내년에 지원할 수 있는 조교 자리에 대해, 대학원을 준비하는 동안 해볼 만한 일에 대해 나와 할 얘기가 있다—이 주어지지만 막상 우리가 단둘이 있게 되면, 대화는 수다와 웃음으로 흐른다. 웃음! 나는 스트레인과 웃었던 것보다 훨씬 많이 헨리와 웃는다. 나는 여전히 스트레인의 전화를 외면하고 있다. 스트레인은 거의 매일 밤 전화하고, 제발, 제발 전화를 받아달라는 음성메시지를 남기지만, 나는 그의 목숨이 지금 얼마나 경각에 달려 있는지에 대해 듣고 싶지 않다. 나는 헨리를 원하고, 헨리의 연구실에 앉아서 벽에 유일하게 걸려 있는 엽서를 가리키며 거기 담긴 사연을 들려달라고 하고 싶다. 그 엽서는 독일에 컨퍼런스 참석차 갔다가 사온 것인데, 거기서 짐을 잃어버리는 바람에 트레이닝팬츠 바람으로 돌아다녔다는 얘기를. 나는 헨리가 나를 재미있고 매력적이고 영리한 학생이라고 말하는 것을, 자기가 만나본 최고의 학생이라고 말하는 것을 듣고 싶고, 그가 생각하는 나의 잠재력을 듣고 싶다. "버네사가 대학원에 가게 되면," 그가 말한다. "아마가장 세련된 조교가 될걸요. 근무시간에 커피숍에서 일하는." 별것아닌 말이지만 나의 가슴이 벅차오른다. 나는 강의실 앞에 서 있는 내 모습을, 학생들에게 무엇을 읽고 무엇을 써야 하는지 가르쳐주는 내 모습을 그려본다. 어쩌면 내가 늘 원했던 게 바로 그런 것이었는지도 모른다. 나는 선생님들을 원한 게 아니라 선생님이 되기를 원했는지도 모른다.

　나는 헨리가 내게 하는 모든 말을, 모든 표정을, 모든 미소를 블로그에 기록한다. 그게 어떤 의미인지에 관한 질문에 집중하며, 마치 그러면 답을 알 수 있다는 듯이 그 모든 것을 합산한다. 우리는 학생회관에서 함께 점심을 먹는다. 어느 날은 그가 새벽 한시에 내 메일에 답장하면서 내 농담을 맞받아치며 서명에 "헨리"라고 쓴다. 다른 학생들에게는 "H. 플라우"라고 쓰면서. 나는 블로그에 아무 의미가 없을 수도 있지만 의미가 있을 수도 있다, 라고 화면 가득 반복해서 쓴다. 그가 열 살 때 「재버워키」*를 재미삼아 외웠다고 말하자, 나는 소년 시절 그의 모습을 상상한다. 스트레인과는 할 수 없었던 일이다. 그러나 헨리가 꼭 그렇다. 실제로 소년은 아니지만, 소년 같다. 내가 놀리면 싱긋 웃고 얼굴이 벌겋게 달아오르는 모습이. 그는 메일에서 〈심슨 가족〉의 에피소드를 얘기하면서 자신의 대학원생 시절에 유행했던 노래에 대해 언급한다. "벨 앤드 서배스천**을 모른다고요?" 그가 놀라며 묻는다. 헨리는 나에게 CD를 만들어주고, 단서를 찾기 위해 가사를 훑자 그의 마음속에 살고 있는 내 모습을 드러낸다.

그러나 그는 나를 만지지 않는다. 만지는 것 근처에도 가지 않는다. 악수조차 하지 않는다. 그저 끝없이 바라볼 뿐이다—그의 연구실에서, 그리고 수업시간에. 내가 말하려고 입만 열면 그의 표정이 애틋해지고, 내가 하는 모든 말을 칭찬하는 바람에 다른 학생들이 짜증스러운 표정을 주고받는 지경에 이른다. 또 시작이네, 라는 듯한 표정. 이 모든 게 나에겐 익숙하다. 너무도 익숙한 궤도라 우리가 단둘이 있을 때 그에게 달려들지 않기 위해 주먹을 꽉 쥐어야할 정도다. 다 나 혼자 상상하는 거라고, 원래 평범한 교사들은 가

---

* 루이스 캐럴의 『거울 나라의 앨리스』에 실린, 말장난으로 이루어진 무의미 시(nonsense poem). '의미 없는 말'을 뜻하는 단어로도 쓰인다.
** 스코틀랜드의 인디 밴드.

장 뛰어난 학생을 이렇게 대한다고, 약간의 관심일 뿐이라고, 거기 넘어 나가서는 안 된다고 나 자신을 타이른다. 내가 너무 타락한 거라고, 내 마음이 스트레인 때문에 지나치게 왜곡되어서 순수한 호감을 성적인 관심으로 곡해하는 거라고. 하지만 나에게 CD를 만들어주는 건? 매일 연구실로 나를 부르는 건? 그건 평범하게 느껴지지 않는다. 적어도 내 몸은 그렇게 느끼지 않는다. 정신은 혼란스러울지언정 나의 몸은 안다. 때로는 내가 먼저 행동을 취하기를 그가 기다리는 것 같지만, 나에겐 열다섯 살 때의 용기가 없다. 나는 거절이 두렵고, 더구나 그는 나에게 아직 충분히 주지 않는다. 무릎을 다독이지도 않고, 나뭇잎을 내 머리카락 옆에 들어 보이지도 않는다. 나의 가장 뻔뻔한 행동은 어느 날 실크 캐미솔 속에 브라를 입지 않고 가는 것이지만 그가 날 쳐다보자 구역질이 난다. 대체 내가 원하는 게 뭐지? 나도 모르겠다, 나도 모르겠다.

늦은 밤, 자제력을 발휘하기엔 너무 취한 나는 노트북을 열어 브로윅의 주소를 검색창에 입력하고 임직원 프로필에 들어간다. 퍼넬러피 마르티네스는 2004년도에 텍사스대학교에서 학사학위를 취득했고, 그렇다면 나이가 스물넷인 셈이다. 그것은 스트레인과 일이 있었건 없었건, 당시 톰프슨 선생님의 나이였다. 그땐 왜 아무도 그걸 이상하다고 생각하지 않았을까? 스물네 살의 여자애와 마흔두 살의 남자? '여자애'라고 말한 것은 당시 스크런치 밴드와 후드 달린 스웨트셔츠를 즐겨 입는 톰프슨 선생님은 여자라기보다는 여자애에 가까웠기 때문이다. 퍼넬러피도 여자애처럼 보인다. 윤기 흐르는 짙은 색 머리카락, 작고 둥근 코, 가냘픈 어깨. 상큼한 얼굴에 젊어 보이는 인상이 스트레인이 좋아하는 타입이다. 나는 퍼넬러피와 나란히 교정을 걷는 스트레인의 모습을 상상해본다. 스트레인이 뒷짐을 지고 그녀를 웃게 만드는 모습을. 만약 스트레인이 더듬으려고 한다면 퍼넬러피는 어떤 반응을 보일까. 헨리가 처음으로 퍼넬러피를 만졌을 때 그녀는 어떻게 반응했을까. 두 사람이 어떻게 만났는지는 모르겠지만 헨리가 열 살은 더 많을 것이고 그 커다란 손은 서툴렀을 것이며 턱수염 사이로 뜨거운 입김을 내뿜었을 것이다.

어느 날 오후 헨리와 그의 연구실에서 대화를 나누고 있는데, 그의 전화가 울린다. 그가 전화를 받는 순간, 나는 퍼넬러피라는 걸 안다. 헨리는 내게서 돌아앉더니 그녀의 질문에 짧게 대답한다. 그의 목소리가 어딘가 날카로워서 내가 방해하고 있는 기분이 들지만, 내가 나가려고 일어서자 그가 한 손을 들고 입 모양으로 기다려요, 라고 말한다.

"그만 끊어야 해." 그가 전화기에 대고 화난 목소리로 말한다. "학생이 와 있어." 그가 인사도 없이 전화를 끊자 나는 이긴 것 같은 기분이 든다.

헨리는 퍼넬러피가 "친구"가 아니라 아내라고 한 번도 명쾌하게 밝히지 않는다. 아예 언급 자체를 하지 않는다. 하긴 왜 밝히겠는가? 하지만 굳이 안 밝히는 이유는 또 뭘까? 연구실에 퍼넬러피의 존재를 증명하는 건 아무것도 없다. 결혼반지도 없고 사진도 없다. 어쩌면 퍼넬러피는 그에게 못되게 구는지도 모른다. 어쩌면 따분한 여자인지도, 어쩌면 헨리는 불행한지도. 날 만난 뒤로 좀더 기다렸어야 했는데, 라고 생각한 순간들이 있었을지도. 나는 억지로 퍼넬러피의 존재를 상기한다. 윤리적으로 그래야만 할 것 같아서.

그러나 그녀는 그저 주변을 서성이는 모호한 인물일 뿐이다. 퍼넬러피. 헨리가 그녀를 그렇게 부를지, 아니면 애칭을 부를지 궁금하다. 나는 브로윅 사립학교 홈페이지에서 임직원 프로필을 다시 찾아보면서 내가 헨리와 얘기를 나누고 있는 바로 그 시간에 퍼넬러피가 스트레인과 얘기를 나누고 있을 확률을 생각해본다. 스트레인은 전화를 하고 또 하고, 내가 필요하다면서, 이런 식으로 대화를 단절하는 건 잔인하고 부당하다고 말한다. 어쩌면 그는 내가 외면한 탓에 너무도 외로워져서 예쁜 상담 교사에게 수작을 걸 수도 있을 것이다. 퍼넬러피는 분명 대화하기 편한 사람일 것이다. 나보다는 훨씬 편할 것이다. 인내심 있고 흔들림 없는 미소를 머금고 앉아서 스트레인의 불평을 들어주는 퍼넬러피의 모습을 상상한다. 잘 들어주는 사람. 스트레인은 그런 사람을 좋아할 것이다. 나의 뇌는 계속 그런 식으로 돌아가다가 어느 순간 이 모든 일이 내 머릿속에서 일어나는 일이라는 사실까지 잊는다. 내가 헨리를 웃게 만드는 동안 스트레인이 퍼넬러피를 웃게 만든다. 헨리가 집 거실에서 밤늦도록 나에게 메일을 쓸 때 퍼넬러피는 침실에서 스트레인에게 메일을 쓴다.

그러나 나의 상상은 언제나 차가운 현실로 돌아온다. 헨리가 만지는 것을 내가 허락하리란 걸 그도 알고 있을 텐데, 그는 한 번도 시도하지 않는다. 나는 이것이야말로 가장 의미 있는 디테일이라는 걸 알고 있다. 그 사실이 다른 모든 것을 무력화한다.

2007년 2월 13일

S와 마지막으로 대화한 뒤로 육 주가 지났다. 그때 그는 사람들이 그를 잡으려고 혈안이 되어 있고 그의 적들 중 한 명이 내게 연락할지도 모른다고 했다. 나는 충성을 맹세했고, 영원히 충성을 바칠 생각이다(다른 대안이 어디 있겠는가? 그를 고발하는 것? 상상조차 할 수 없다). 그러나 그의 집에서 보낸 그날 밤 이후, 나는 그를 견딜 수가 없다. 음성사서함에 그가 남긴 메시지들이 있다. 나를 데리고 식사하러 나가고 싶다고, 내가 잘 지내는지 궁금하다고, 보고 싶다고, 나를 원한다고. 나는 그것들을 몇 초씩만 듣다가 휴대전화를 팽개친다. 처음으로 그가 날 쫓아다니고 있다는 생각이 든다. 그 시점이 그가 자신의 잘못을 자백한 이후인 것은 우연이 아니다.

그가 무슨 짓을 했는지 차마 글로 옮기지는 못하겠다. 물론 이렇게 회피하면 그의 행동이 더 끔찍하게 보이겠지만. 그가 사람을 죽이거나 한 건 아니다. 사람을 다치게 한 것도 아니다, 물론 '다쳤다'는 건 너무도 주관적인 개념이지만. 우리가 서로에게 주는 수많은 고통을 생각해보라. 팔 위에 앉아 있는 모기를, 우리는 일말의 주저 없이 때려죽인다.

수업이 끝난 뒤, 헨리가 나에게 물어볼 게 있다고 말한다. "메일을 보낼까도 생각했는데," 그가 말한다. "직접 만나서 얘기하는 편이 나을 것 같아서요."

우리는 그의 연구실로 들어가고, 헨리가 문을 닫는다. 나는 그가 얼굴을 문지르며 심호흡하는 모습을 지켜본다.

"좀 난감하네요." 그가 말한다.

"제가 긴장해야 할까요?" 내가 묻는다.

"아뇨," 그가 얼른 말한다. "글쎄요, 잘 모르겠어요. 버네사의 고등학교에 관한 소문을 얼핏 들었는데요. 어떤 영문학 선생님이 학생과 부적절한 관계가 있었다네요. 저는 전해들은 이야기라, 실제로 어떤 일이 있었는지는 모르지만, 왠지…… 글쎄요. 어떻게 생각해야 할지 모르겠네요."

나는 침을 삼킨다. "혹시 친구분이 얘기하시던가요? 거기서 근무하신다는?"

헨리가 고개를 끄덕인다. "네, 맞아요."

나는 긴 침묵이 흐르도록 가만히 기다린다. 그가 진실을 털어놓을 수 있을 만큼 충분한 시간이다.

"들은 얘기가 있어서, 나도 좀 책임감이 느껴지더라고요." 그가 말한다.

"하지만 교수님하곤 전혀 상관없는 일이잖아요." 그가 놀란 표정을 짓자 내가 덧붙인다. "그러니까, 좋은 의미로요. 걱정하실 필요가 없다는 거죠. 교수님 문제가 아니에요."

목구멍이 주먹처럼 오그라들어 숨이 막혀오지만 나는 아무렇지 않은 척 미소 지으려 애쓴다. 테일러 버치가 소파에 앉아서 울며, 연민이 넘치는 상담 교사 퍼넬러피에게 고백하는 광경을 상상한다. 스트레인 선생님이 날 만졌어요, 왜 그랬을까요, 또 그러면 어쩌죠. 그러나 나의 뇌는 너무 멀리 나아가 결국 스트레인의 사무실까지 간다. 쉭쉭거리는 라디에이터, 바다 거품 빛깔 유리.

"교수님," 내가 말한다. "거긴 기숙학교잖아요. 그런 소문은 항상 돌아요. 만약 친구분이 거기 오래 계셨던 게 아니라면, 심각하게 받아들여야 할 것과 무시해야 할 것을 구분 못하실 수도 있어요. 차차 알게 되실 거예요."

"듣기로는 좀 심각한 일 같던데요." 헨리가 말한다.

"전해들으신 거라면서요." 내가 말한다. "전 실제로 어떤 일이 있었는지 알아요. 그 사람한테 직접 들었어요. 여자애 다리를 좀 만진 게 전부래요."

"아," 헨리가 놀란 표정으로 말한다. "그 사람하고 아직도 연락해요? 난 그럴 거라고는…… 아니, 그런 줄은 몰랐네요."

나의 실수를 깨닫는 순간 입안이 바짝 마른다. 훌륭한 피해자라면 자신을 강간한 사람과 아직도 연락을 하고 지내지는 않을 것이다. 스트레인과 내가 여전히 연락하고 있다는 것은 내가 헨리에게 말한 모든 것에 의문을 제기한다. "그게 좀 복잡해요." 내가 말한다.

"그렇겠죠." 그가 말한다. "그렇고말고요."

"왜냐하면 그가 나한테 한 행동이 전형적인 강간은 아니었거든요."

"나한테 설명할 필요 없어요." 헨리가 말한다.

우리는 침묵 속에 앉아 있고, 나의 시선이 바닥으로 향하지만 헨리는 나를 계속 바라본다.

"정말 걱정 안 하셔도 돼요." 내가 말한다. "그 여자애한테 일어난 일은 나한테 일어난 일과는 전혀 달라요."

그가 알았다고, 내 말을 믿는다고 말하고 우리는 거기서 얘기를 끝낸다.

3월 첫 주에 스트레인이 투박한 손으로 겉면에 내 이름을 쓴 서류 봉투가 우편으로 도착한다. 그 안에는 세 장짜리 편지와 스테이플러로 찍은 서류가 들어 있다. 2001년 5월 3일, 우리가 발각되었을 때 그와 내가 서명한 서류의 사본 한 부, 스트레인과 자일스 교장선생님과 나의 부모님이 한자리에 모였던 그날의 회의에 대한 수기 기록 한 부, 어렴풋이 기억이 나는, 인어와 섬에 갇힌 선원들에 관해 내가 썼던 시 한 부, 맨 밑에 내 서명이 있는 자퇴 신청서 한 부, 나와 스트레인의 지속적인 관계에 대한 소문을 담아 교장선생님 앞으로 쓴 편지 한 통이 들어 있다. 편지의 필체가 낯설지만 맨 아래 서명을 보니 알겠다. 제니의 아버지, 패트릭 머피. 이 모든 것의 시작이었던 그 편지.

나는 전부 다 꺼내 침대 위에 하나씩 펼쳐놓는다. 스트레인은 내게 이런 편지를 썼다.

버네사,

난 잘 지내지 못하고 있어. 너의 침묵을 어떻게 받아들여야 할지, 나와 대화를 안 하는 것으로 어떤 메시지를 전하는 건지, 화가 난 건지, 날 벌주고 싶은 건지 잘 모르겠다. 내가 이미 나 자신에게 벌을 많이 주었다는 걸 너도 알 텐데.

성희롱 사건은 여전히 계속되고 있어. 빨리 해결되길 바라지만 나아지기는커녕 오히려 더 나빠질 수도 있는 상황이야. 널 이용해 나를 공격하려고 누군가가 너에게 연락을 취할 가능성도 있어. 여전히 널 믿고 의지할 수 있으면 좋으련만.

이런 내용을 글로 남기는 내가 바보겠지. 네가 내 삶에 행사할 수 있는 권력은 엄청나니까. 마음먹고 전화 한 통만 하면, 한 남자의 인생을 파괴할 수 있다는 걸 알면서도 평범한 대학생처럼 하루를 보내는 건 어떤 기분일까. 하지만 난 여전히 널 믿어. 믿지 않았다면 나의 유죄를 입증하는 증거가 될 수 있는 이런 편지를 쓰지도 않았겠지.

내가 동봉한 서류들을 보렴. 이건 육 년 전 사건의 잔해야. 그때 너는 정말 용감했어. 소녀라기보다는 투사였지. 넌 나만의 잔다르크였고, 불길이 네 발을 집어삼킬 때조차도 굴하지 않았어. 아직도 네 안에 그런 용기가 있을까? 이 서류들을 봐, 네가 날 얼마나 사랑했는지 보여주는 증거들을. 너 자신의 모습을 알아보겠니?

나는 그 편지를 블로그에 옮겨 쓴 다음 어떠한 전후 맥락이나 설명도 없이 올리고, 맨 밑에 대문자로 이렇게 쓴다. 이런 편지를 우편으로 받는 게 어떤 기분인지 당신은 알까? 누구를 향해서랄 것도 없는 질문이다. 나의 게시글에는 거의 댓글이 없다. 정기적으로 읽는 사람들이 없다. 그러나 다음날 아침, 나는 새벽 두시 이십일분에 달린 익명의 댓글을 발견한다. 그 사람을 인생에서 잘라내세요, 버네사. 당신이 이런 일을 감당할 이유가 없어요.

나는 그 게시글을 삭제하지만, 더 많은 댓글들이 달리기 시작한다. 매번 한밤중에 올린 댓글이고, 아침에 일어나면 나를 기다리고 있다. 시를 올리면 한 줄 한 줄 비평이 달리고, 내 사진을 올리면 멋져요, 라는 댓글이 달린다. 나는 누구세요?라고 묻지만 한 번도 답을 받지 못한다. 그후, 댓글이 멈춘다.

내 방문 앞에서 브리짓이 묻는다. "안 가?"

한 주 내내 수업을 빼지고 술을 마시는 스프링 플링*이 시작된다. 오늘 오후에는 부두에서 파티가 열린다.

나는 노트북에서 고개를 든다. "브리짓, 이것 좀 봐." 화면을 돌려 그녀에게 테일러 버치의 최근 사진을 보여준다. 얼굴을 가까이 들이대고 찍은 사진으로 입술을 아래쪽으로 비죽 내밀고 눈 가장자리를 검게 칠했다. 브리짓이 반응을 보이지 않자, 내가 말한다. "그 사람을 고발한 여자애가 얘야."

"그 사진이 왜?"

"너무 웃기잖아." 내가 웃는다. "얘 표정 좀 봐! 힘내라고 댓글 달아줄까봐."

브리짓이 나를 한참 쳐다보며 입술을 앙다문다. 그리고 마침내 말한다. "버네사, 쟨 어린애잖아."

나는 노트북을 다시 돌려놓는다. 화면 창을 닫는데 얼굴이 벌겋게 달아오른다.

"걔 프로필 너무 자주 확인하지 마." 브리짓이 말한다. "그래봐야 속만 상하지."

나는 노트북을 탁 닫는다.

"그리고 걔를 놀리는 건 좀 야비한 거 같아."

"그래, 알았어." 내가 말한다. "충고 고마워."

---

* 고등학교나 대학교에서 봄에 열리는 댄스파티.

브리짓은 내가 침대에서 내려와 쿵쿵거리며 방안을 돌아다니면서 바닥에 널어놓은 옷을 뒤지는 모습을 쳐다본다. "그래서, 갈 거야?" 그녀가 묻는다.

기온은 18도 정도지만, 메인주의 4월에 이 정도면 거의 여름이다. 부두에 맥주 상자가 쌓여 있고 숯불 그릴에서 핫도그가 익어간다. 비키니 상의를 입은 여자들이 일광욕하고, 보드용 반바지를 입은 세 남자가 얼음장처럼 차가운 물에 발을 담그려 화강암 바위를 기어오른다. 브리짓이 젤로 샷*이 담긴 트레이를 발견하고, 우리는 각자 세 컵씩 마신다. 어떤 사람이 졸업 후의 계획을 묻고 나는 할 얘기가 있어서 좋다. "대학원 지원 준비하는 동안 헨리 플라우의 조교로 일할 거예요." 헨리의 이름을 듣고 한 여자애가 돌아보고 내 어깨를 톡 친다. 캡스톤 세미나를 같이 듣는 에이미 두셋이다.

"헨리 플라우 교수 얘기하는 거야?" 그녀가 묻는다. 에이미는 완전히 취했다. 시선이 불안정하다. "맙소사, 그 사람 완전 섹시해. 외모가 그렇다는 게 아니라, 지적으로. 그 사람 머리를 쪼개서 뇌를 한 입 크게 베어먹고 싶어. 무슨 말인지 알지?" 그녀가 웃으며 내 팔을 때린다. "버네사는 알 거야."

"그게 무슨 뜻이야?" 내가 묻지만 에이미는 이미 돌아서서 걸어가고 있다. 그녀는 자신이 헨리의 두개골을 쪼개고 싶다고 했던 바로 그 방식으로 쪼개져 있는 거대한 수박에 정신을 온통 빼앗겼다. "저 속에 보드카 두 병 넣었대." 누군가가 말한다. 칼이나 접시를

---

* 젤리와 술을 섞어서 작은 컵에 담아 내놓는 음료.

가진 사람이 아무도 없어서 사람들은 부두에 즙을 뚝뚝 흘리며 손으로 수박을 파먹는다.

나는 미지근한 맥주 한 캔을 마시며 부두의 나무 널 사이로 파도를 바라본다. 브리짓이 뜨거운 핫도그를 양손에 하나씩 들고 다가와 나에게 한 개를 내민다. 내가 고개를 저으며 그만 가보겠다고 하자, 그녀가 어깨를 축 늘어뜨린다.

"단 한 번이라도 좀 즐길 수 없어?" 브리짓이 묻지만 그 순간 나의 상처받은 표정을 보고 자기 말이 너무 심했음을 깨닫는다. 돌아서서 걷는데 "농담이야, 버네사! 화내지 마!"라고 외치는 브리짓의 목소리가 들린다.

처음엔 집으로 가려고 했지만 또다시 오후를 침대에서 술에 취해 보내고 싶지 않아서 바로 헨리의 연구실 건물로 발길을 돌린다. 월요일 오후에는 그가 캠퍼스에 있다는 걸 안다. 나는 그의 일정을 전부 다 외웠다. 그가 언제 학교에 있는지, 언제 수업을 하는지, 언제 연구실에 있는지, 언제 혼자 있을 확률이 높은지.

문이 비스듬히 열려 있고 그의 연구실은 비어 있다. 그의 책상 위에는 종이가 잔뜩 쌓여 있고 노트북이 활짝 열린 채 놓여 있다. 나는 그의 의자에 앉아 책상 서랍을 열고 안에 있는 것들을 뒤죽박죽으로 만들어놓는 상상을 한다.

헨리가 들어왔을 때 나는 그의 책상 앞에 서 있다. "버네사."

나는 돌아선다. 그는 작문 시간에 수거한 학생들의 노트를 잔뜩 들고 있다. 헨리는 작문 수업 과제를 채점하는 걸 가장 싫어한다. 나는 그에 대해 많은 걸 알고 있다. 이렇게 많이 아는 건 정상이 아니다.

그가 작문 노트를 책상 위에 올려놓자 나는 양손으로 머리를 감싸쥐며 손님용 의자에 앉는다.

"무슨 일 있어요?" 그가 묻는다.

"아뇨, 그냥 술에 취한 거예요." 나는 고개를 뒤로 젖히고 그의 얼굴에 떠오른 미소를 본다.

"술에 취했는데 본능이 이리로 가라고 하던가요? 좀 우쭐한데요?"

나는 신음소리를 내며 손바닥으로 두 눈을 누른다. "저한테 그렇게 친절하시면 안 돼요. 제가 지금 부적절한 행동을 하고 있잖아요."

헨리의 얼굴에 상처받은 표정이 스친다. 그렇게 말하는 게 아니었는데. 우리가 지금 하고 있는 일에 과도하게 관심을 집중하는 것이야말로 관계를 전부 다 망치는 지름길이라는 걸 나는 누구보다도 잘 안다.

나는 주머니에서 휴대전화를 꺼내 부재중 전화 목록을 그에게 보여준다. "이거 보여요? 이 사람이 나한테 이렇게 계속 전화를 해요. 날 가만히 내버려두질 않아요. 미칠 것 같아요."

나는 "이 사람"이 누구인지 설명하지 않는다. 그럴 필요가 없다. 나를 볼 때마다 헨리의 머릿속에 가장 먼저 떠오르는 사람이 스트레인일 것이다. 나는 두 사람이 만났을지 궁금하다. 두 사람이 악수하는 장면을, 스트레인의 몸에 남아 있는 나의 흔적이 헨리에게로 옮겨가는 것을 상상하곤 했다. 그것이 그나마 내가 헨리를 만지는 것에 가장 가까운 일이다.

헨리가 내 전화를 유심히 본다. "그 사람이 당신을 괴롭히는군요." 그가 말한다. "번호를 차단하면 안 돼요?"

나는 이유는 모르겠지만 고개를 젓는다. 그럴 수도 있을 것이다. 그러나 나는 전화가 계속 오기를 원한다. 그것은 내 목뒤에서 느껴지는 숨결이다. 그러나 나는 또한 알고 있다, 나를 향한 헨리의 연민은 내가 나 자신을 보호하기 위해 모든 조치를 취하면서 올바른 일을 하고 또 원해야만 얻을 수 있다는 것을.

"이런 것도 괴롭히는 걸까요?" 내가 말한다. "그가 몇 주 전에 내가 브로윅에서 퇴학당했던 시절의 서류를 우편으로 보냈는데⋯⋯"

"뭐라고요?" 헨리가 기겁한다. "퇴학당한 줄은 몰랐어요."

이것도 또하나의 거짓말인가? 엄밀하게 말하면 나는 자퇴했다. 심지어 스트레인이 보낸 봉투에 자퇴 신청서도 들어 있다. 그러나 퇴학당했다는 표현이 더 진실인 것처럼 느껴진다. 왜냐하면, 비록 그건 나의 잘못이었을지언정, 나의 선택은 아니었으니까.

나는 어느새 그 얘기를 줄줄 털어놓고 있다. 스트레인이 감옥에 가는 것을 원치 않아서 내가 죄를 뒤집어쓴 것, 교실에 학생들이 모이고 그들 앞에서 내가 거짓말했다고 말한 것, 마치 기자회견처럼 질의응답을 한 것. 내 얘기를 듣는 동안 헨리의 입이 벌어진다. 그에게서 연민이 배어나고 그의 표정이 달라질수록, 나는 더 얘기하고 싶다. 내 안에서 이야기의 동력이 생기고, 정의감이 고취되고, 내가 정말 끔찍한 일을 겪었고 그 사건이 내 삶을 두 동강낼 정도로 엄청난 재앙이었다는 생각이 든다. 생존의 여진 속에서 얘기하고 싶은 욕구가 밀려든다. 내가 얘기하고 싶으면 얘기할 수 있어야 하는 게 아닐까? 심지어 진실을 조작하고 세부적인 것들을 흐리고서라도 스트레인이 내게 저지른 일의 증거를 다른 사람의 연민

어린 표정에서 확인할 자격이 있는 게 아닐까?

"그 사람이 왜 이런 짓을 하죠?" 헨리가 묻는다. "그 사람이 당신한테 이런 걸 보내는 이유가 있나요?"

"내가 전화를 안 받고 있거든요." 내가 말한다. "지금 벌어지고 있는 일들 때문에."

"그 사람에 대한 혐의?"

나는 고개를 끄덕인다. "내가 자기에 관한 이야기를 누구에겐가 털어놓을까봐 걱정하고 있어요."

"그럴 생각 있어요?" 헨리가 묻는다.

나는 대답하지 않고, 그것은 아니라고 말하는 것이나 마찬가지다. 양손 안에서 핸드폰을 이리저리 굴리며 내가 말한다. "제가 형편없는 애라고 생각하시죠."

"그렇지 않아요."

"사실 이게 정말 복잡하거든요."

"설명 안 해도 돼요."

"제가 이기적인 애라고 생각하지 않으셨으면 좋겠어요."

"그렇게 생각하지 않아요. 내가 보기에 버네사는 강한 사람이에요. 알겠어요? 버네사는 정말 믿을 수 없을 정도로 강한 사람이에요."

헨리는 스트레인이 정신이상이고 나를 통제하려 한다고, 내가 다시 열다섯 살로 돌아간 것처럼 느끼게 만들려는 거라고, 그가 나에게 했던 짓과 지금 하고 있는 짓은 완전히 도리에 어긋난beyond the pale 일이라고 말한다. 헨리가 그 말을 하는 순간, 나는 순백의 하늘과 끝없이 펼쳐진 그을린 대지, 연기의 벽 뒤에서 가까스로 보이는 하나의 형상, 창백한pale 피부 아래 푸른 정맥을 손으로 좇는 스트레인, 여린 겨울 햇살 속에서 소용돌이치는 먼지를 본다.

"난 절대로 그 사람에 대해 폭로하지 않을 거예요." 내가 말한다. "그 사람이 아무리 나쁜 사람이라 해도."

헨리의 표정이 부드러워진다—부드러워지면서 너무도, 너무도 슬퍼진다. 만약 그 순간 내가 다가가면, 그는 내가 무슨 짓을 하든 허락하리란 걸 안다. 그는 나를 거절하지 않을 것이다. 그는 손닿을 거리에 있고, 무릎을 내 쪽으로 향한 채, 기다린다. 나는 헨리가 양팔을 벌리고 나를 끌어안는 상상을 한다. 나의 입술은 그의 목에서 몇 센티미터 떨어져 있을 뿐이고, 내가 입술을 갖다대는 순간, 그의 몸은 전율할 것이다. 그는 나를 허락할 것이다. 무슨 짓이든 허락할 것이다.

나는 움직이지 않는다. 헨리가 한숨을 내쉰다.

"버네사, 난 버네사가 걱정돼요." 그가 말한다.

봄방학을 앞둔 금요일, 브리짓이 수건으로 감싼 고양이 한 마리를 집으로 데리고 온다. 초록색 눈동자의 삼색 고양이로 벼룩의 배설물이 배를 뒤덮고 있고 꼬리가 구부러졌다. "베이글 가게 쓰레기통 골목에서 발견했어." 브리짓이 말한다.

나는 고양이의 코에 손가락을 대고 엄지손가락을 깨물게 해준다. "생선냄새 난다."

"훈제 연어 통에 코를 박고 있더라."

우리는 고양이를 목욕시킨 뒤 이름을 미누라고 지어준다. 해가 질 무렵 우리는 엘즈워스에 있는 월마트에 가서 모래 상자와 사료를 산다. 고양이를 집에 혼자 둘 수 없어서, 브리짓이 고양이를 가방에 넣어 어깨에 메고 다닌다. 집으로 돌아오는 길에 미누가 내무릎 위에서 야옹거릴 때 내 휴대전화가 자꾸만 울린다. 스트레인이다.

내가 연달아 네 번 '거절' 버튼을 누르자 브리짓이 웃는다. "너 진짜 못됐다." 그녀가 말한다. "나 그 사람이 불쌍해지려고 하는데."

새 음성 메시지가 들어오자 브리짓이 놀란 척을 하며 비꼬듯이 숨을 헉 들이켠다. 우리는 고양이 때문에 너무 신이 나서 뭐든 다 마음대로 할 수 있을 것 같고, 그래서 서로를 뭐라고 놀려도 그저 웃고 또 웃을 뿐이다.

"아예 들어보지도 않을 거야?" 그녀가 말한다. "긴급한 상황일 수도 있잖아."

"장담하는데, 절대 아니야."

"네가 그걸 어떻게 알아! 들어봐."

나는 내 말이 옳다는 걸 증명하기 위해 스피커폰을 누른다. 제발 전화해달라고, 내가 연락이 없어서 초조하다고, 자기가 보낸 소포를 받긴 했냐고 묻는 굵은 목소리를 기대하면서. 그런데 그 대신 바람소리와 잡음이 섞여 잘 알아들을 수 없는, 그의 성난 목소리가 들린다. "버네사, 지금 네 아파트로 가는 길이야. 빌어먹을 전화 좀 받아." 그리고 딸깍 소리와 함께 전화가 끊긴다.

브리짓이 조심스럽게 말한다. "긴급한 상황 같은데."

내가 전화를 걸자 신호가 반도 울리기 전에 그가 전화를 받는다. "집이야? 삼십 분 뒤에 도착해."

"네." 내가 말한다. "아니, 사실 지금은 집 아니에요. 고양이가 한 마리 생겼어요. 모래 상자를 사러 나왔어요."

"뭐가 생겼다고?"

나는 고개를 젓는다. "아무것도 아니에요. 신경쓰지 말아요. 여길 왜 오는데요?"

그가 거친 웃음소리를 내뱉는다. "이유는 알고 있을 텐데."

브리짓이 계속 나를 흘금거린다. 그녀의 시선이 나와 도로 사이를 바쁘게 오간다. 계기반의 불빛 속에서 그녀의 입이 움직이는 것을 본다. 괜찮은 거야?

"몰라요." 내가 말한다. "무슨 일인지 전혀 모르겠어요. 어쨌든 그렇게 마음대로 우리집에 찾아오는 건……"

"그자가 벌써 얘기했어?"

나의 시선이 앞유리를, 헤드라이트가 어두운 고속도로에 만드는 터널을 훑는다. 스트레인이 그자라고 내뱉는 말투에 목뒤의 털이 곤두선다. "누구요?"

스트레인이 다시 웃는다. 그의 모습이 보인다. 싸늘한 눈빛, 꾹 다문 입, 오직 다른 사람에게만 분출되던 매서운 분노. 그 분노가 나에게로 향한다고 생각하니 발밑에서 땅이 스르르 무너져내리는 것만 같다.

"시치미떼지 마." 그가 말한다. "십 분 내로 도착해."

방금 전에는 삼십 분이라고 하지 않았느냐고 지적하려는 순간 그는 이미 전화를 끊었고 화면에는 통화 종료라고 뜬다. 옆에서 브리짓이 묻는다. "괜찮아?"

"아파트로 온대."

"왜?"

"나도 모르겠어."

"무슨 일 있었어?"

"나도 몰라, 브리짓." 내가 쏘아붙인다. "어차피 우리 통화하는 소리 다 들었잖아. 그 사람이 무슨 일인지 친절하게 설명해주진 않더라고."

우리는 침묵 속에서 집으로 돌아오고 우리의 편안한 동지애는 차에서 빠져나간다. 내 무릎 위에서 미누가 야옹거린다. 그 작고 애처로운 울음소리에 화가 나는 건 괴물밖에 없을 것이다. 그러나 그 괴물이 바로 나인 것 같다. 왜냐하면, 내가 지금 당장 하고 싶은 일이 바로 고양이의 조그만 얼굴을 손으로 틀어막고 고양이에게, 브리짓에게, 모두에게, 생각 좀 하게 잠깐 다들 입을 다물라고 소리를 지르는 것이기 때문이다.

브리짓은 스트레인과 내가 아파트에 단둘만 있을 수 있도록 외출하겠다고 한다. 그저 나와 나의 이상하고 늙은 남자친구로부터, 항상 날 따라다니는 불길한 먹구름으로부터 멀리 떨어져 있고 싶은 게 분명하다. 몇 주 전 브리짓이 집으로 데려온 남자에게 말했던 것처럼. 버네사는 항상 위기 상황이야. 인생이 드라마인 애 있잖아.

브리짓이 나가자 나는 소파에 앉아 미누를 무릎 위에 올려놓고 노트북을 커피 테이블에 펼쳐놓는다. 그리고 몇 분마다 한 번씩 몸을 기울여 화면을 새로고침한다. 마치 이 모든 걸 설명할 메일이 올지도 모른다는 듯이. 아파트 건물 문이 열리고 무거운 발소리가 계단을 올라오자, 나는 미누를 내려놓고 휴대전화를 든다. 그가 아파트 문을 쾅쾅 두드리자, 고양이가 소파 뒤로 숨어버리고, 나는 엄지손가락으로 휴대전화 키패드를 만지작거린다. 911을 누르는 것은 헨리의 메일이 올 거라는 생각만큼이나 황당하다. 신고해봐야 아무것도 해결되지 않을 것이다. 911에 도움을 청하면 신고 센터 직원이 던지는 대답할 수 없는 질문에 대답해야 하고 설명할 수 없는 것을 설명해야 한다. 아파트 문 앞에서 서성거리는 사람이 누구죠? 어떻게 아는 사람인가요? 두 사람은 정확히 어떤 관계죠? 전부 다 말씀해주셔야 합니다. 내가 할 수 있는 선택은 칠 년이라는 시간 동안 이어져온 이 진창 속에서 허우적거리다가 내 말을 믿지도 않을 회의적인 제삼자에게 나의 처분을 맡기거나, 아니면 문을 열고 상황이 너무 나쁘지 않기를 바라거나 둘 중 하나다.

문을 열자 스트레인이 숨을 헐떡이며 들어와 문 안쪽에서 두 손으로 허벅지를 짚고 몸을 숙인다. 숨을 들이쉴 때마다 휘파람소리가 난다. 그가 쓰러질 것 같아서 나는 한 걸음 다가선다. 그가 한 손을 든다.

"가까이 오지 마." 그가 말한다.

스트레인은 몸을 일으키더니 코트를 둥근 의자에 던져놓고 욕실 문 앞에 널려 있는 더러운 수건들, 커피 테이블 위에 놓인 맥앤드치즈가 들러붙은 그릇들을 둘러본다. 그러곤 주방으로 가 찬장들을 열어본다.

"깨끗한 유리컵 없니?" 그가 묻는다. "한 개도?"

그가 조리대에 놓인 플라스틱 컵들을 가리키며 나를 쏘아보더니—게으르고 지저분한 여자애 같으니라고—컵 하나에 수돗물을 채운다. 나는 그가 물을 마시는 것을 바라보면서 그의 분노가 차오르기까지 몇 초가 걸릴지 꼽아보지만, 스트레인은 컵을 비우고 나자

기운이 빠진 듯 조리대에 기대선다.

"내가 왜 왔는지 정말 몰라?" 그가 묻는다.

내가 고개를 젓고 그의 시선이 나를 꿰뚫는다. 그가 테일러 버치에 대해 얘기한 크리스마스 이후로는 그를 만난 적이 없다. 지난 몇 달 동안 그에게 변화가 있었다. 얼굴이 어딘가 변했다. 나는 뭐가 달라졌는지 찾는다. 안경. 테 없는 안경이라 거의 보이지 않는다. 그토록 중요한 물건을 나에게 얘기도 하지 않고 바꾸었다고 생각하니 속이 쓰리다.

"브로윅 재단 행사에서 곧장 오는 길이야." 그가 말한다. "기금 마련 행사라나. 젠장, 뭔지도 모르겠어. 애초에 갈 생각도 없었어. 내가 그런 걸 얼마나 싫어하는지는 너도 알겠지. 하지만 하룻밤만 더 집에 갇혀 있다간 죽을 것 같아서." 그가 한숨을 쉬며 눈을 문지른다. "나환자 취급당하는 것도 지긋지긋하고."

"무슨 일이에요?"

그가 손을 내린다. "동료 교사들하고 앉아 있었어, 퍼넬러피도 같이." 그가 내 반응을 살피고, 내가 숨을 헉 들이켜는 것을 알아차린다. "그것 봐. 내가 무슨 말 할지 알고 있잖아. 시치미떼지 마. 제발 좀……" 그가 손바닥으로 조리대를 내려치더니, 마치 내 어깨를 움켜쥐려는 듯, 두 팔을 앞으로 내밀고 내게 한 발짝 성큼 달려들었다가, 갑자기 멈추고 주먹을 쥔다.

커튼이 활짝 젖혀져 있고, 나는 사람들의 시선으로부터 우리를 보호해야 한다는 생각이 너무도 깊이 박힌 나머지, 머릿속엔 오직 그 생각뿐이다. 지나가던 사람이 고개를 들면 안이 훤히 다 들여다보일 텐데. 내가 블라인드를 내리려고 움직이는 순간 스트레인이 내 팔을 잡는다.

"네가 퍼넬러피의 남편한테 말했지." 그가 말한다. "너희 교수 말이야. 네가 그 교수한테 내가 널 강간했다고 했잖아."

그가 잡았던 팔을 놓으며 날 밀친다. 세게 밀친 건 아니지만 나는 뒤로 비틀거리다가 쓰레기통에 주저앉는다. 원래는 싱크대 밑에 달려 있었지만 언젠가부터 주방 바닥에 나와 있는 쓰레기통에. 내가 주저앉자 레인지 위의 후드가 바람 부는 날에 그러듯 달그락거린다. 내가 비틀거리며 일어설 때도 스트레인은 움직이지 않는다. 그가 내게 다쳤느냐고 묻는다.

나는 고개를 젓는다. "괜찮아요." 꼬리뼈가 멍든 것 같은데도 나는 그렇게 말한다. 그리고 다시 창문 쪽을, 어둠 속에 있을지도 모르는, 홀린 듯 우리를 지켜보고 있을 목격자들을 바라본다. "그 여자가 왜 내 얘기를 하는데요? 그러니까 퍼넬러피, 그 아내라는 사람이?"

"퍼넬러피는 네 얘기를 전혀 하지 않았어. 그 남편이 했지. 그 남편이 한 시간 반 동안 날 노려보다가 화장실까지 쫓아와서는……"

그 순간 나는 한계점에 다다르고, 순식간에 무너진다. "헨리가 거기 갔었어요? 헨리를 만났어요?"

내가 다른 남자의 이름을 말하는 것을 듣고, 마치 섹스를 하고 난 뒤의 한숨처럼 그 이름을 내뱉는 것을 듣고 스트레인이 멈칫한다. 잠시 그의 표정이 허물어진다.

"헨리가 뭐라고 했는데요?" 내가 묻는다.

내 말에 스트레인의 얼굴이 다시 굳는다. 이마에 주름이 잡히고 눈이 번득인다. "아니," 그가 단호하게 말한다. "여기서 질문해야

할 사람은 나야. 왜 그랬는지 네가 말해봐. 아내가 나와 같은 학교
에서 일하는 남자에게, 왜 내가 널 강간했다고 말해야만 했는지."
강간이라는 말을 하는 순간 그의 목이 멘다. 너무도 혐오스러운 말
이라 구역질이 나온다는 듯이. "왜 그랬는지 말해봐."

"브로윅을 떠날 때 무슨 일이 있었는지 설명하던 중이었어요.
잘 모르겠어요. 그냥 말이 그렇게 나왔어요."

"그걸 왜 그자한테 설명해야 했지?"

"그 사람이 사립학교에서 가르쳤던 적이 있다는 말을 했고, 나
도 사립학교에 다녔다고 하니까, 그 사람이 브로윅에 근무하는
친구가 있다고 했어요. 자연스럽게 나온 얘기였다고요. 일부러 내
가 그 얘기를 꺼낸 게 아니었어요."

"그럼 너는 어떤 사람이 브로윅 얘기를 꺼내면 느닷없이 강간당
했다는 얘기를 떠벌린다는 거야? 버네사, 너 어디 잘못된 거 아니
니?"

그가 말하는 동안 나는 움츠러든다. 그런 식의 비난이 그에게 어
떤 영향을 미칠지 내가 정말 몰랐던가? 그런 말은 이미 지푸라기를
잡고 간신히 매달려 있는 사람이 아니라 그 어떤 사람도 완전히 무
너뜨릴 수 있는 중상모략이고, 문자 그대로 범죄다. 애먼 사람들이
이 사실을 알게 되면, 스트레인은 이대로 끝장이고, 여생을 감옥에
서 보내야 한다.

"더구나 넌 다 알고 있어. 그게 바로 내가 이해할 수 없는 대목
이야. 그런 모함이 나한테 어떤 영향을 미칠지 알면서도……" 그
가 양손을 번쩍 든다. "난 도저히 이해가 안 가. 너의 그 기만, 그
잔인함이."

나 자신을 옹호하고 싶지만, 그의 말에는 하나도 틀린 것이 없다. 설령 내 입에서 그 단어가 어쩌다가 나온 거라고 해도, 나는 정정하지 않았다. 계속 거짓말했고, 헨리에게 수십 통의 부재중 전화를 보여주면서, 그가 스트레인이 "정신이상"이고 "도리에 어긋난" 행동을 하고 있다고 말하게 만들었다. 단지 내가 상처받고 연약한 여자, 따뜻하게 대해주어야 마땅한 여자가 되고 싶다는 이유만으로. 그러나 나는 동시에 스트레인이 자신의 행적을 지우기 위해 썼던 글들을 떠올린다. 당시에 나는 그런 사실을 전혀 알지 못했고, 그가 이끄는 대로 따라가기 바빴다. 그는 스스럼없이 나를 선생님을 흠모하는 정서적으로 불안정한 아이라고 낙인찍었다. 그게 나에게 어떤 피해를 입힐지 알면서도. 만약 내가 기만적이고 잔인하다면, 그 역시 마찬가지다.

내가 묻는다. "그 여자애한테 일어난 일을 왜 몇 달이나 지나서야 얘기했어요?"

"아니." 스트레인이 말한다. "이 상황을 내 탓으로 돌리지 마."

"하지만 지금 상황이 그렇지 않아요? 애초에 다른 여자애를 더듬다가 곤경에 처해서 화가 난 거잖아요."

"더듬었다고? 세상에, 그런 표현을 쓰다니."

"애들을 만지면 그렇게들 표현하죠."

그가 플라스틱 컵을 들고 수도꼭지를 튼다. "네가 이렇게 작정하고 날 악당으로 몰아갈 땐, 너하고 얘기가 안 통해."

"미안해요." 내가 말한다. "도저히 그 얘길 안 할 수가 없네요."

그가 물을 마시고, 손등으로 입을 닦는다. "네 말이 맞아. 날 나쁜 놈으로 만들기는 쉬워. 그거야말로 세상에서 가장 쉬운 일이지.

하지만 그 일은 내 잘못이기도 하지만 네 잘못이기도 해. 정말로 내가 널 강간했다고 믿는 게 아니라면." 그가 반쯤 물이 든 컵을 싱크대에 던지고 조리대에 기댄다. "강간당하는 애가 오르가슴을 느껴서 몸을 그렇게 비틀었구나. 제발 말이 되는 소리를 해라."

나는 손톱이 손바닥에 파고들 정도로 주먹을 꽉 쥐고, 나의 뇌가 이 공간에, 내 몸속에 머물도록 애쓴다. "왜 아이를 원하지 않았어요?"

그가 돌아선다. "뭐?"

"정관절제수술을 받았을 때 겨우 삼십대였잖아요. 수술받기엔 이른 나이였어요."

그가 눈을 깜빡이며, 자신이 그 수술을 받았을 때 몇 살이었는지 내게 말한 적이 있는지, 말하지 않았다면 대체 내가 그걸 어떻게 알고 있는지 생각하려 애쓴다.

"의무기록을 봤어요." 내가 말한다. "고등학교 때 병원에서 일하면서, 의무기록실에서 봤어요."

그가 내 쪽으로 다가온다.

"아이를 원치 않는다는 환자의 생각이 확고하다고 적혀 있던데요."

그가 내 쪽으로 다가오고, 나는 내 방으로 뒷걸음친다. "왜 그걸 묻는 거지?" 그가 묻는다. "무슨 얘기를 하고 싶은 거야?"

내 방에 들어서자 종아리가 침대 옆면에 부딪힌다. 나는 그 말을 하고 싶지 않다. 어떻게 말해야 할지 모른다. 그것은 하나의 질문이라기보다는, 말해서는 안 되는 것들의 안개에 가깝다. 그가 날 원했던 것처럼 그 여자애를 원한 게 아니라면, 왜 나를 만졌던 것과 똑같은 방식으로 다른 여자애를 만졌을까. 나에게 딸기 잠옷을 줄 때 왜 그의 손이 떨렸을까. 그가 나에게 그 잠옷을 주는 순간이 왜 그가 평생토록 감추어왔던 무언가를 드러내는 것처럼 느껴졌을까. 나와 통화하며 대디라고 불러달라고 했을 때, 왜 그것이 일종의 테스트처럼 느껴졌을까. 나는 그 테스트에 실패하고 싶지 않았고, 속 좁게 굴고 싶지도 않았고, 과민 반응을 보이고 싶지도 않아서, 그가 시키는 대로 했다. 그러고 나서 그는, 마치 자신을 너무 많이 드러냈다는 듯이, 허겁지겁 전화를 끊었다. 그날 밤 나는 그에게서 뿜어져나오는 수치심을 느낄 수 있었다. 그의 수치심은 전화선을 타고 곧장 나에게 전해졌다.

"빠져나갈 길을 찾으려고 날 괴물로 둔갑시키지 마." 그가 말한다. "내가 괴물이 아니란 걸 너도 알잖아."

"내가 뭘 아는지 나도 모르겠어요." 내가 말한다.

스트레인은 내가 한 짓들을 일깨워준다. 이 모든 상황에서 내가 결백하다고 생각하는 건 옳지 않다고. 이 년 만에 다시 그의 집으로 찾아온 사람은 나였다고. 나는 그를 잊고 내 삶을 살아갈 수도 있었다고.

"내가 너에게 상처를 줬다면 왜 다시 돌아왔지?" 그가 묻는다.

"뭔가 끝나지 않은 것 같았어요." 내가 말한다. "여전히 우리가 묶여 있는 것 같았어요."

"하지만 난 너에게 오라고 한 적이 없어, 심지어 네가 전화했을 때도. 기억하니? 네 작은 목소리가 자동응답기에서 들려올 때도. 난 우두커니 서 있었어. 아무 짓도 하지 않았다고."

그때 그가 울음을 터뜨린다. 마치 기다렸다는 듯, 충혈된 그의 눈에 눈물이 차오른다.

"나는 항상 조심했잖아, 안 그래?" 그가 묻는다. "네가 괜찮은지 늘 확인했잖아."

"네," 내가 말한다. "항상 조심했어요."

"난 노력했어. 내가 얼마나 노력했는지 넌 몰라. 하지만 너는 너무 확신에 차 있었어. 네가 원하는 게 뭔지 정확히 알고 있었어. 기억하니? 네가 나한테 키스해달라고 했잖아. 네가 정말 원하는지 나는 재차 물었어. 넌 가끔 내가 자꾸 묻는다고 화냈지만 그래도 난 항상 확인했어."

그의 뺨에서 눈물이 흘러 수염 속으로 사라지고, 나는 그가 우는 모습을 보며 약해진 마음을 다잡으려 애쓴다.

"네가 허락했잖아." 그가 말한다.

나는 고개를 끄덕인다. "그랬어요."

"그럼 대체 내가 언제 강간을 했다는 거니? 언제 그랬는지 말해 봐. 왜냐하면 난……" 그가 떨리는 숨을 들이켜고, 손바닥으로 눈을 문지른다. "아무리 애를 써도 도저히 이해가……"

그가 나를 따라 침대 위에 앉더니 자신의 얼굴을 내 품에 파묻는다. 내 가슴에 축축하고 거친 숨이 느껴지더니, 어느 순간 그 감정이 잦아들고 그의 안에 다른 감정이 밀려든다. 그의 입이 내 목으로 움직이고, 손이 내 원피스의 스커트 자락을 들어올린다. 그의 손길이 닿는 곳마다 아프지만, 나는 그가 원하는 대로 하도록—내 옷을 전부 벗기고 나를 침대 위에 눕히도록—내버려둔다. 그가 내 다리를 벌리고 얼굴을 그 사이에 파묻는다. 내 눈에 눈물이 고이고 뺨으로 흐른다. 이틀 뒤면 내 생일이다. 나는 스물두 살이 된다. 내

494

인생의 지난 칠 년은 이것으로 정의된다. 돌이켜보면 이것 말고는 아무것도 없을 것이다.

그러는 와중에 어느 순간 아파트 건물 문이 열리고 계단을 올라오는 두 사람의 발소리가 들린다. 브리짓의 웃음소리, 비틀거리는 소리가 계단을 타고 올라온다. "괜찮아요?" 아파트 문을 열며 남자가 묻는다. "내가 안아야 할까요?"

"나 너무 취했어요." 브리짓이 말한다. 그녀의 웃음소리가 거실을 채운다. "나 취했어요, 취했어요, 취했어요!"

열쇠 꾸러미가 바닥에 떨어지는 소리가 들리고 남자가 브리짓을 따라 방으로 들어가는 소리, 문이 쾅 닫히는 소리가 들린다. 나는 브리짓의 웃음소리에 귀를 기울여보지만 그녀는 이내 음악을 크게 튼다. 내가 비명을 질러도 그들은 듣지 못할 것이다.

스트레인이 내 몸에 열중하는 동안, 내 마음의 일부는 방에서 나가 주방으로 걸어간다. 그가 물을 마셨던 컵이 싱크대에 뒹굴고, 수도꼭지에서 물이 흐르고, 냉장고가 웡 소리를 낸다. 거실에 있던 고양이가 안아달라고 살금살금 다가온다. 잘려나간 나의 일부가 창가에 서서, 고양이를 품에 안고 창문 아래 펼쳐진 조용한 거리를 바라본다. 폭풍이 몰려오고 있고, 가로등의 오렌지색 불빛이 비의 장막을 비춘다. 잘려나간 나의 일부는 빗소리를 들으며 방에서 새어나오는 소리를 듣지 않으려고 낮게 노래를 흥얼거린다. 때때로 그녀는 숨을 참고 아직도 끝나지 않았는지 귀기울여 확인한다. 침대 프레임의 금속이 삐걱거리는 소리, 살과 살이 부딪치는 소리가 들리자, 그녀는 고양이를 꼭 끌어안고 다시 비를 바라본다.

아침이 되자 스트레인이 커피를 사러 베이글 가게에 갔다 온다. 나는 침대에 앉아 김이 피어오르는 컵을 든 채 허공을 바라보고, 그동안 스트레인은 브로윅 행사에서 있었던 일을 상세하게 얘기한다. 강당에서 학부모, 졸업생, 교사 들이 모여 와인을 마시고 전채 요리를 먹고 있었다. 그는 문득 헨리가 자신을 노려보고 있다는 걸 알아차렸고, 처음엔 대수롭지 않게 생각했다. 그러다가 화장실에 가려고 나왔는데 헨리가 복도에서 기다리고 있었다. 마치 술집에서 싸울 건수를 찾는 술꾼처럼.

"우리가 같은 학생을 가르쳤다고 말하더군." 스트레인이 말한다. "그러고는 네 이름을 얘기하는 거야. 내가 널 괴롭히고 있다는 걸 안다면서 날 벽으로 밀쳤어. 내가 무슨 짓을 했는지 안다고. 날 보고 강간범이라고 하더군." 그는 그 말을 한 뒤 입술을 꾹 다물고 심호흡한다.

나는 커피를 입술로 가져가며 이성을 잃은 헨리의 모습을 상상해본다.

"네가 그 사람한테 가서 반드시 상황을 바로잡아야 해." 스트레인이 말한다.

"그럴게요."

"만약 그자가 자기 아내한테 얘기하는 날엔……"

"알아요." 내가 말한다. "내가 진실을 말할게요."

그가 고개를 끄덕이며 커피를 한 모금 마신다. "한 가지 더 얘기하자면, 네가 블로그에 글쓰는 거 알아."

처음엔 무슨 얘긴지 몰라 나는 눈을 깜빡인다. 내 컴퓨터에서 보았다고 그는 말한다. 나는 방안을 둘러보지만 방안에는 컴퓨터가 없다. 여전히 커피 테이블 위에 있다. 한밤중에 일어나서 본 걸까? 아니라고, 그가 설명한다. 몇 년 전에 본 거라고. 그걸 안 지는 몇 년 됐다고.

"네가 얼마나 속마음을 털어놓고 싶어하는지 알아." 그가 말한다. "블로그는 그 욕구를 충족시키는 무해한 방법인 것 같았지. 종종 확인해보곤 했어. 내 이름을 직접 언급하지 않는지만 확인하려고. 하지만 솔직히, 최근까진 잊고 있었어. 지난 12월, 성추행 문제로 말도 안 되는 일이 벌어지기 시작했을 때 그걸 내리라고 말했어야 했는데."

나는 고개를 젓는다. "그걸 알면서도 지금껏 아무 말도 안 했다니 믿을 수가 없네요."

스트레인은 믿을 수 없다는 나의 말을 사과로 착각한다. "괜찮아." 그가 말한다. "나 화 안 났어." 하지만 그걸 없애주면 좋겠다고 말한다. "이건 정당한 요구인 것 같아."

커피를 다 마시고 나서, 나는 그를 따라 거실로 간다. 나는 내 몸과, 내 정신과 분리된 기분이다. 브리짓의 방문은 여전히 닫혀 있다. 아직 이른 시간이라 앞으로 몇 시간은 일어나지 않을 것이다. 스트레인은 소파에 웅크리고 있는 아기 고양이를 가리킨다. "저건 어디서 났니?"

"골목 쓰레기통에서요."

"아." 그가 코트 지퍼를 채우고 주머니에 손을 찔러넣는다. "굳이 그 교수의 입장에서 생각해보자면, 아마 네가 의도치 않게 그의 어떤 민감한 부분을 건드렸을 거야. 내가 보기에 그 사람의 그런 반응은, 어느 정도는 자기 자신의 결혼에 대한 반응인 것 같아. 거기도 좀 복잡한 문제가 있거든."

"그게 무슨 뜻이죠?"

"퍼넬러피는 헨리의 학생이었어. 고등학생이 아니라 대학생이
긴 했지만. 퍼넬러피는 너보다 겨우 몇 살 많고 그 교수는 아마 나
이가…… 마흔 가까이 됐을걸? 퍼넬러피 말로는, 자기가 열아홉
살 때 만났다더군. 만약 내가 좀더 치밀한 사람이었다면, 그의 위
선을 지적해주었을 텐데. 그랬다면 입을 닥쳤겠지."

그가 몇 년 동안 내 블로그의 존재를 알고 있었다고 말하지 않았
더라면, 전날 밤 일 때문에 넌더리가 나고 멍든 상태가 아니었다면,
아마도 나는 그 말에 충격을 받았을 것이다. 그러나 지금 나는 너
무도 지쳐서 벽에 기대어 웃는다. 너무 웃어서 숨을 쉬기 힘들 정
도로. 당연히 퍼넬러피는 헨리의 학생이었을 것이다. 그렇고말고.

스트레인이 눈썹을 치키고 나를 쳐다본다. "그게 우습니?"

나는 고개를 젓는다. 그리고 계속 웃으면서, "아뇨, 하나도 안
우스워요"라고 말한다.

계단을 내려가 건물 정문까지 스트레인을 따라간 나는 그가 밖
으로 나서기 전에, 내가 그를 강간범이라고 말하고 함부로 입을 놀
려서 아직도 화가 났느냐고 묻는다. 나는 그가 다정하게 혀를 차주
기를, 이마에 키스하며 이렇게 말해주기를 기대한다. 당연히 화 안
났지. 그러나 그는 잠시 생각하고는 이렇게 말한다. "화났다기보다
는 서글퍼."

"왜 서글퍼요?"

"글쎄," 그가 말한다. "왜냐하면, 네가 변했으니까."

나는 손바닥을 문 위에 댄다. "난 변하지 않았어요."

"아니, 변했어. 네가 나보다 더 커버렸어."

"그건 사실이 아니에요."

"버네사." 그가 두 손으로 내 얼굴을 붙잡는다. "우리 이제 끝내야 해. 당분간만이라도. 알았지? 이건 너와 나 모두에게 좋지 않아."

나는 너무 놀라 그의 손에 내 얼굴을 맡긴 채 우두커니 서 있는다.

"너도 네 삶을 만들어가야지." 스트레인이 말한다. "나에게 너무 집중하지 않는 삶."

"화 안 났다면서요."

"화 안 났어. 날 봐, 화 안 났잖아." 그 말은 사실이다. 그는 전혀 화난 것 같지 않다. 테 없는 안경 너머 그의 눈빛은 고요하다.

나는 이 주 내내 집안에만 틀어박혀 지낸다. 텔레비전 앞에 진을 치고 앉아 있으면 미누가 내 곁에 와서 몸을 웅크린다. 〈트윈 픽스〉 시리즈를 DVD로 전부 보고 난 뒤에는, 특정 에피소드로 다시 돌아가서 보고 또 본다. 브리짓도 가끔은 나와 함께 보지만, 착한 남자가 사디스트 혼령에 사로잡혀 십대 소녀들을 강간하고 살인하는, 폭력과 비명이 난무하는 장면을 내가 반복해서 재생하기 시작하면, 방으로 들어가 문을 닫는다.

그러던 중에 오리건주에서 카트리나라는 이름의 열네 살 소녀가 실종되는 사건이 보도된다. 희고 예쁜, 사진이 잘 받는 카트리나의 얼굴이 가는 곳마다 있고, 어느 순간 뉴스 헤드라인이 〈트윈 픽스〉와 뒤섞인다. '누가 카트리나를 납치했나?' '누가 로라 파머*를 살

---

* 드라마 〈트윈 픽스〉의 등장인물로, 그녀의 죽음에 얽힌 비밀을 풀어가는 것이 시

해했나?' 두 사람 다 필사적으로 달려서 전나무 숲속으로 사라지는 모습을 마지막으로 자취를 감추었다. 카트리나 실종의 유력한 용의자는 별거중인 그녀의 아버지로, 정신병력이 있고 몇 주째 연락이 두절된 상태다. 카트리나의 사진은 여러 장이 번갈아 뉴스에 나오는 반면 카트리나의 아버지 사진은 음주 운전 적발 당시에 찍은 초췌한 범인 식별용 사진만 나온다. 결국 부녀는 노스캐롤라이나주에서 발견되는데, 전기도 수도도 없는 오두막에서 살고 있다. 아버지는 체포되면서 "마침내 끝나서 기쁘다"고 말했다고 한다. 나중에 상세한 내용들이 추가로 공개된다. 오두막에서 도피생활을 하는 중에 카트리나는 무척 야위었고, 야생 꽃을 따먹으며 버텼다. 텔레비전 불빛만으로 푸르게 밝혀진 거실에 홀로 앉아서, 나는 누군가가 들었다면 너무도 끔찍했을 말을 읊조린다. 카트리나가 마음 한편으로는 그 생활을 좋아했고 절대 잡히고 싶지 않았을 거라고.

방에서 나온 브리짓이 취한 채로 소파에 널브러져서 컥컥거리며 울고 있는 나를 발견한다. 브리짓이 고양이에게 먹을 것을 주고, 내가 마신 빈병을 수거하고, 전기 요금 청구서를 커피 테이블 위에 올려놓는다. 자기 몫의 전기료 반과 소인과 주소가 찍힌 봉투와 함께. 브리짓은 스트레인이 다녀간 날 무언가 나쁜 일이 일어났다는 걸 알지만 내가 혼자 감당할 공간을 내준다. 브리짓은 묻지도 않고, 알고 싶어하지도 않는다.

리즈의 중심 줄거리다.

수신 : vanessa.wye@atlantica.edu

발신 : henry.plough@atlantica.edu

제목 : 세미나 결석

버네사, 괜찮아요? 오늘 수업에 안 왔길래 연락해요. 헨리

수신 : vanessa.wye@atlantica.edu

발신 : henry.plough@atlantica.edu

제목 : 걱정됨

좀 걱정되기 시작하네요. 무슨 일 있어요? 쓰는 것보다 말하는 게 쉬우면 전화해요. 아니면 캠퍼스 밖에서 만날 수도 있어요. 버네사가 걱정돼요. 헨리

수신 : vanessa.wye@atlantica.edu

발신 : henry.plough@atlantica.edu

제목 : 심각하게 걱정됨

버네사, 또 결석이네요. 이렇게 되면 난 버네사한테 F를 주거나 불완전 이수 처리를 해야만 해요. 난 기꺼이 불완전 이수를 줄 수 있고 만회할 방법을 같이 의논해볼 수 있지만, 그러려면 일단 학교에 와서 양식을 작성해야 해요. 내일 올 수 있어요? 나 화난 거 아니에요, 단지

너무 걱정돼서 그래요. 제발 연락해줘요. 헨리

내가 그의 연구실 문 앞에 나타나자 헨리가 미소를 짓는다. "왔군요. 걱정했잖아요. 어떻게 된 거예요?"

나는 문틀에 기대어 그를 똑바로 쳐다본다. 나는 그가 날 보자마자 사과의 말을 쏟아낼 거라고 생각했다. 두 가지 사건을 아직 연결 짓지 못했다는 건 말이 되지 않는다. 브로윅의 행사는 삼 주 전이고, 잊어버릴 정도로 오래된 일이 아니다.

나는 수강 철회서를 집어든다. "여기 서명해주실래요?"

그가 놀라 머리를 젖힌다. "먼저 대화를 해야 할 것 같은데요."

"내가 낙제할 거라면서요."

"계속 수업에 안 나왔잖아요." 그가 말한다. "어떤 식으로든 버네사의 관심을 끌 수밖에 없었어요."

"날 조종한 거예요? 대단하네요. 아주 훌륭해요."

"버네사, 진정해요." 내가 말도 안 되는 소리를 한다는 듯, 그가 웃는다. "대체 왜 이러는 거예요?"

"왜 그랬어요?"

"내가 뭘 어쨌는데요?" 헨리는 책상 뒤의 의자에 앉아, 영문을 모르겠다는 듯한 표정으로 몸을 앞뒤로 흔들며 나를 쳐다본다. 그는 거짓말하다 들킨 어린애 같다.

"그 사람을 공격했다면서요."

그가 몸을 흔드는 것을 멈춘다.

"화장실 밖에서 기다렸다가 그 사람을 붙잡고……"

그 말에 그가 벌떡 일어나 쾅 소리가 날 정도로 연구실 문을 세게 닫는다. 그가 나를 진정시키려는 듯 두 손을 든다. "저기요," 그가 말한다. "미안해요. 물론 그러지 말았어야 했어요. 변명의 여지가 없어요. 하지만 그 사람을 공격하진 않았어요."

"당신이 그 사람을 벽으로 밀쳤다고 하던데요."

"그게 현실적으로 가능한 일이기나 해요? 그 사람 거구잖아요."

"그 사람 말이……"

"버네사, 난 그 사람 만지지도 않았어요."

그 말에 목 밑에서 무언가가 울컥 치민다. 난 그 사람 만지지도 않았어요. 그냥 살짝 만졌어, 그게 다야. 두 가지 모두, 두 남자를 악당으로 만들려고 작정한 나의 과민 반응으로 귀결된다.

나는 헨리에게 묻는다. "왜 아내 얘기 안 했어요? 그 학교에서 근무하는 사람이 아내란 걸 결국 내가 알게 될 텐데."

갑자기 화제가 바뀌자 그가 눈을 껌뻑거린다. "난 사생활을 중시하는 사람이에요. 내 사생활을 학생들한테 드러내고 싶지 않아요."

그건 사실이 아니다. 나는 헨리의 사생활을 많이 알고 있고, 전부 다 그가 직접 알려준 세세한 것들이다. 그가 자란 곳, 그의 부모님이 결혼하지 않았다는 것, 스트레인이 나에게 그랬듯 자기 여동생도 나이 많은 남자에게 상처를 입었다는 것. 고등학교 때 가장 좋아했던 밴드와 지금 가장 좋아하는 밴드, 대학 시절 완전히 탈진해서 어느 학기에는 십이 학점에 해당하는 수업을 빼먹었다는 것. 그가 집에서 캠퍼스까지 운전해서 오는 데 걸리는 시간, 채점할 때 내 과제물을 옆에 빼놓고 피곤하거나 휴식이 필요할 때 읽는다는 것. 내가 아무것도 아는 바가 없는 건 오직 그의 아내에 관한 것뿐이다.

"사실," 내가 말한다. "제자와 결혼한다는 게, 좀 양아치 짓이긴
하죠."

그가 고개를 떨어뜨리고, 심호흡한다. 그는 이 얘기가 나올 줄
알고 있었다. "상황이 전혀 달랐어요."

"당신도 그녀의 선생님이었잖아요."

"난 교수였어요."

"퍽도 다르네요."

"달라요." 그가 말한다. "다르다는 거 버네사도 알잖아요."

나는 스트레인에게 했던 것과 똑같은 말을 하고 싶다. 내가 아는
게 뭔지 모르겠다고. 몇 달 전 나는 헨리와는 모든 게 다르다고 썼
다. 이번만큼은 절대 이용당하지 않겠다고. 그런데 이제 와 생각해
보니, 거의 다른 게 없는 것 같다. 나는 누군가가 스물일곱 살 차이
와 열세 살 차이는 다르다는 것을, 교사와 교수는 다르다는 것을,
범죄와 사회적으로 용인되는 관계는 다르다는 것을 보여주기를 원
한다. 하지만 어쩌면 차이는 나에게 있는지도 모른다. 열여덟번째
생일이 지난 지도 한참이 되었고, 이제 나는 합법적인 상대이고,
성적 자기 결정권이 있는 성인이다.

"당신이 그 사람한테 한 짓을 학교에 보고하겠어요." 내가 말한
다. "여기서 일하는 직원이 어떤 사람인지, 학교측에서도 알아야죠."

그 말이 신경을 건드렸는지 얼굴이 벌겋게 달아오른 헨리가 거
의 소리를 지른다. "날 보고한다고요?" 그리고 그 순간, 그가 스트
레인에게 폭발시켰을 분노가 보인다. 그러나 연구실 문밖으로 지
나가는 사람들의 목소리를 의식한 그가 음성을 낮추고 속삭인다.
"버네사, 당신은 그 사람이 다른 학생에게 무슨 짓을 했는지 알고

있었고, 내가 그 얘기를 꺼내자 날 바보 취급했잖아요. 그러더니 또 와서는, 그 사람이 당신을 괴롭힌다고, 당신에게 상처를 준다고 했잖아요. 내가 어떻게 하길 바랐어요?"

"그 사람은 그 여자애한테 아무 짓도 안 했어요." 내가 말한다. "무릎을 살짝 만졌을 뿐이에요. 그게 뭐 대단한 일이라고."

헨리의 시선이 나의 얼굴을 훑고, 그의 분노가 잦아든다. 다정하게, 어린애를 타이르듯, 그가 말한다. 자긴 다른 얘기를 들었다고, 스트레인이 무릎을 만지는 정도를 훨씬 넘어선 일들을 저질렀다고. 그는 더이상 설명하지 않고 나도 묻지 않는다. 말해봐야 무슨 소용인가? 이 모든 것은 말로 표현하는 게 불가능한 것들이고, 얘기해봐야 정신병자가 하는 말처럼 들릴 뿐이다. 언제는 강간당했다고 했다가, 또 언제는 해명이랍시고 사실 진짜 '강간'은 아니었어요, 라고 했다가. 그래봐야 더 혼란을 가중시킬 뿐인데.

"그만 가볼게요." 내가 말하고, 헨리는 손을 뻗지만 내 몸에 닿기 전에 멈춘다. 그는 갑자기 초조해한다. 내가 정말로 이 일을 보고할까봐 걱정한다. 그가 수강 철회서에 서명해주기를 바라느냐고 묻더니, 그냥 수업에 나오라고, 이제 몇 주밖에 안 남았다고, 이미 결석한 건 잊어버리라고 한다.

"난 당신이 괜찮기를 바랄 뿐이에요." 그가 말한다.

그러나 괜찮지 않다. 그뒤로 며칠 동안 나는 멍한 상태로 걸어다니고, 어딘가 침해당한 것 같은 기분을 떨쳐내지 못한다. 지도교수를 만나는 중에 그녀가 내게 평상시의 무심한 대답을 기대하며 어떻게 지내느냐고 묻는다. 대신 나는 그간 있었던 일을 털어놓는다.

나는 스트레인을 드러내고 싶지 않아서 대충 에둘러 말하고, 그러다보니 이야기에 구멍이 많고 일관성이 없어서 꼭 미친 사람이 하는 말 같다.

"지금 헨리 얘기 하는 거예요?" 지도교수가 묻는다. 그녀의 목소리는 속삭임보다 조금 클 뿐이다. 연구실 벽은 얇다. "헨리 플라우?" 헨리는 이 학교에 온 지 아직 일 년밖에 안 되었는데도 이미 인품이 훌륭한 사람이라는 평판을 얻고 있다.

지도교수가 두 손을 맞잡고 힘겹게 단어를 고른다. "버네사, 지난 몇 년 동안 버네사가 쓴 글을 보면서, 고등학교 시절에 큰일을 겪었다는 걸 알 수 있었어요. 버네사가 정말 분노를 느끼는 대상은 혹시 그 일이 아닐까요?"

나의 동의를 이끌어내려는 듯 그녀의 눈썹이 올라간다. 이것은 아마도 이 일을 털어놓은 대가일 것이다. 비록 소설의 탈을 쓰고 있어도, 일단 털어놓으면 그때부터 사람들은 당시에 관해 오직 그 사건에만 관심을 갖는다. 당신이 원하건 원하지 않건, 그 사건이 곧 당신 자신이 된다.

지도교수가 미소를 지으며 손을 뻗어 내 무릎을 다독인다. "힘내요."

교수의 연구실을 나서며 내가 묻는다. "헨리가 자기 학생과 결혼했다는 거 아세요?"

처음에 나는 폭탄을 떨어뜨렸다고 생각한다. 그런데 그녀가 고개를 끄덕인다. 그렇다고, 알고 있다고. 지도교수는 어쩔 수 없다는 듯 두 손을 든다. "종종 있는 일이죠." 그녀가 말한다.

제대로 된 사과를 받지 못했지만 나는 헨리에게 그를 용서한다고 말한다. 헨리는 남은 학기 동안 우리가 예전처럼 지내길 원한다. 그는 전처럼 수업시간에 나한테 의존하려 하지만 나는 할 얘기가 없다. 그의 연구실에 있을 땐, 그가 이런저런 방법으로 예전의 나를 소환하려 하지만, 나는 안절부절못하고 말을 얼버무린다. 그는 자기가 가르쳤던 학생들 중에 내가 가장 훌륭하다고(당신 아내보다요? 나는 묻고 싶다), 스트레인에게 그런 행동을 한 건 날 너무도 아끼기 때문이라고 말한다. 그는 대학원 입학원서에 필요한 추천서를 이미 써두었다며 보여준다. 행간 여백 없이 두 쪽 반 분량으로 내가 얼마나 특별한 학생인지를 썼단다. 학기 마지막 주에 헨리가 나를 연구실로 부른다. 우리 둘 다 안으로 들어가자 그가 문을 닫고 한 가지 인정할 게 있다고 말한다. 내 블로그를 읽었다고. 내가 블로그를 폐쇄하기 전 몇 달 동안 그걸 읽었다고.

"블로그를 폐쇄하고 버네사가 수업에 나타나지 않으니까 정말 걱정되더라고요." 그가 말한다. "그걸 어떻게 받아들여야 할지 알수 없었어요. 지금도 모르겠고요."

나는 애초에 블로그를 어떻게 찾았느냐고 묻고 그는 기억나지 않는다고 말한다. 메일 주소로 찾은 것 같기도 하고, 나를 검색하다가 찾은 것 같기도 한데, 잘 모르겠다고. 나는 늦은 밤 컴퓨터 앞에 몸을 숙이고 있는 그의 모습을, 다른 방에서 그의 아내가 잠들어 있는 사이 검색창에 내 이름을 입력하는 모습을, 나를 찾을 때까지 계속 검색하는 모습을 상상한다. 그것은 오랫동안 내가 품어왔던 환상이며, 내가 그의 삶에 침투했다는 확실한 증거다. 그러나 그것이 현실이 되었음을 확인하는 순간, 나는 속이 뒤집힌다. 구역질이 난다.

헨리는 내가 괜찮은지 확인하기 위해서 읽은 거라고 말한다. 내가 걱정이 되었다고. "강한 애착이 형성된 것 같아서," 그가 말한다. "그것도 좀 지켜보고 싶었어요."

"무엇에 대한 애착이요?"

헨리가 한쪽 눈썹을 치킨다. 마치 무슨 뜻인지 알잖아요, 라고 말하는 것처럼. 내가 멍하니 바라보자 그가 말한다. "나에 대한 애착이요."

내가 아무 말도 하지 않자 그가 방어적인 태도를 취한다.

"잘못된 추측인가요?" 그가 묻는다. "버네사가 너무 강하게 나왔잖아요. 난 너무 당혹스러웠어요."

나는 그를 바라보며 입을 떡 벌린다. 처음엔 어이가 없지만—내가 그를 점찍은 것처럼 그도 나를 점찍은 게 아니었나?—이내 수치심이 밀려든다. 왜냐하면 아마도 내가 그랬을 테니까. 나는 전에도 그런 적이 있다.

"교수님은 자신을 흠모하는 것 같은 학생을 이렇게 다루시나요?" 내가 묻는다. "온라인으로 스토킹하면서?"

"난 버네사를 스토킹하지 않았어요. 공개 블로그였잖아요."

"그래서 내가 어떻게 나올 거라고 생각했는데요? 여기 들이닥쳐서 덮치기라도 할 것 같았나요?"

"정말 모르겠더라고요." 그가 말한다. "버네사가 그 교사와의 관계에 대해 얘기한 뒤에, 버네사의 의도가 뭔지 궁금했어요."

"'그 교사'라고 말할 필요 없잖아요." 내가 말한다. "이름을 분명히 아실 텐데."

헨리가 입술을 꽉 다물더니, 창가 쪽으로 의자를 돌린다. 그는 그 상태로 한참 동안 창밖의 교정을 바라본다. 그의 용건이 끝났다고 생각하고 돌아서자 그가 말한다. "버네사에게 창피를 주려고 이런 얘길 꺼낸 게 아니에요."

나는 손잡이에 손을 올려놓은 채로 멈춰 선다.

"이 얘기를 꺼내면 우리가 서로에게 정직할 수 있는 기회가 생기지 않을까 생각했어요. 버네사가 나한테 하고 싶은 얘기가 있을 것 같아서요." 그가 내 쪽으로 돌아앉는다. "버네사가 무슨 얘기를 하건 나는 들어줄 수 있다는 걸 알았으면 좋겠어요."

나는 고개를 젓는다. "무슨 말씀이신지 모르겠어요."

"내가 읽은 바에 의하면," 그가 말한다. "나한테 하고 싶은 얘기가 있는 것 같던데요."

나는 그에 관해 쓴 글들을 떠올린다. 그를 너무도 갈망한 나머지 온몸이 욱신거린다는 글, 때로 한밤중에 달리곤 했던 댓글들―헨리가 쓴 것일까? 나는 침을 꿀꺽 삼킨다. 다리가, 손이 후들거린다. 심지어 나의 뇌마저도 흔들린다.

"이미 다 읽었다면," 내가 묻는다. "왜 내가 얘길 해야 하죠?"

그는 대답하지 않지만, 나는 이유를 안다. 내 의지를 확인하고 싶기 때문이다. 스트레인이 내가 원하는 바를 소리 내어 말하기를 원했던 것처럼. 그래야 도의적 책임이 나에게로 옮겨오니까. 말을 해, 버네사, 그게 내가 나 자신을 견딜 수 있는 유일한 방법이야. 네가 그렇게 적극적으로 나오지 않았다면, 난 결코 할 수 없었을 거야.

"버네사는 수수께끼예요." 헨리가 말한다. "이해가 불가능해요."

이번에도 내가 그를 건드리는 순간 그가 날 허락할 거라는 느낌이 든다. 만약 내가 그의 몸에 손을 댄다면, 그는 마치 우리에서 풀려난 것처럼 튀어오를 것이다. 그러곤 말할 것이다. 마침내 이 순간이 왔군요. 버네사를 처음 만난 순간부터 이 순간을 꿈꿨어요. 나는 내년에 일어날 일을 내다본다. 그의 조교로 일하는 나, 연구실 문을 닫고, 너무도 오래 미루어왔던, 더이상 피할 수 없는 섹스를 하는 우리. 나는 아직 스트레인을 제외하면 누구와도 섹스해본 적이 없지만, 헨리와는 어떨지 너무도 쉽게 상상이 된다. 그의 묵직한 몸, 힘겨운 호흡, 늘어진 턱.

그 순간 안개가 걷히고, 시야가 환해진다. 나에게서 고백을 뜯어내려는 그의 모습이 역겹다. 당신은 아내가 있잖아요, 라고 말하고 싶다. 대체 왜 이러는 거예요?

나는 내년에는 학교에 없을 거라고 말한다. "조교 자리는 다른 사람한테 주세요."

그가 놀라 눈을 깜빡이며 묻는다. "대학원은요? 그래도 지원은 할 거죠?"

앞날을 생각해보니, 그것도 보인다. 또다른 교실, 세미나 테이블 끝에서 출석부에 적힌 내 이름을 부르는 또다른 남자, 나를 들이마시는 그의 시선. 상상만으로도 너무나 지쳐서 내 머릿속엔 오직 그 짓을 또 하느니 차라리 죽는 게 낫겠어, 라는 생각뿐이다.

졸업식 전날, 헨리가 작별의 의미로 나를 데리고 점심을 먹으러 나가서 브론테의 소설을 한 권 준다. 우리끼리 주고받은 농담과 관련이 있는 책이고, 그는 책에 H라고 서명한다. 내가 대학을 떠난 뒤로 여섯 달에 한 번 정도 헨리의 메일이 오고, 그럴 때마다 나는 속이 울렁거린다. 결국 우리는 서로를 페이스북 친구로 추가하고 나는 오랫동안 상상만 했던 그의 삶을 엿본다. 퍼넬러피와 그들의 딸 사진, 헨리의 회색 머리카락과 나이들어가는 얼굴. 해가 바뀔수록 그의 모습은 스트레인을 닮아간다. 그리고 시간은 나를 냉소적이고 회의적으로 만든다. 나는 환상에서 깨어나, 우리가 처음 만났을 때 헨리는 따분했고 젊음을 잃어가고 있었고, 그런 그 앞에 젊고 자신을 흠모하는 내가 나타났던 거라고 생각을 정리한다. 자존심을 회복하기 위해 젊은 여자를 이용하는 나이든 남자. 로맨스라는 여린 감정을 걷어내고 상황을 바라보면, 모든 게 너무도 쉽게 진부한 이야기가 되어버린다.

어느 해 내 생일날, 헨리가 새벽 두시에 메일을 보낸다. 나는 버네사를 내가 가르친 최고의 학생 중 한 명으로 기억하고 있어요. 그는 이렇게 쓴다. 그리고 앞으로도 영원히 그럴 거예요. 나는 답장을 쓰기 시작한다. 헨리, 대체 그게 무슨 뜻이죠? 그러나 나는 거기서 멈추고, 그의 메일을 지우고, 필터를 설정해서 그의 메일이 곧장 휴지통으로 들어가게 만든다.

내가 가르친 최고의 학생 중 한 명. 자기 학생을 아내로 만든 사람이 하기에는 이상한 칭찬이다.

*

애틀랜티카를 졸업한 뒤, 브리짓은 고양이를 데리고 로드아일랜드주로 떠난다. 나는 포틀랜드에 있는 모든 비서, 안내원, 보조원 자리에 지원하고, 메인주에서만 연락이 온다. 아동보호국의 서류

정리 담당 사무직이고 임금은 시간당 10달러지만 노동조합비를 제하고 나면 실제로는 9달러다. 면접 도중 한 직원이 나에게 하루종일 아동 학대에 관한 글을 읽어야 하는데 괜찮겠느냐고 묻는다.

"괜찮아요." 내가 말한다. "저는 그런 경험이 전혀 없어서요."

나는 해안가에 원룸형 아파트를 구한다. 침대에 누우면, 만灣을 지나는 유조선과 여객선이 보인다. 일은 너무 힘들고 월세를 내려면 하루에 한 끼밖에 못 먹지만, 나는 정신을 차릴 때까지 일 년 혹은 이 년만 이렇게 버티자고 생각한다.

직장에서 나는 헤드폰을 끼고 서류를 정리한다. 마치 다시 병원 의무기록실로 돌아간 기분이다. 똑같은 철제 서류함과 색상별 분류 스티커가 있고, 에어컨 바람에 머리카락이 흩날린다. 그러나 이 서류들에는 암보다, 심지어 죽음보다 끔찍한 내용이 담겨 있다. 똥범벅이 된 침대에서 자다가 발견된 아이들, 표백제로 목욕을 해서 피부가 온통 손상된 상태로 발견된 아기들. 나는 그런 파일에 너무 오래 머물지 않으려 애쓴다. 보지 말라고 말하는 사람은 없지만 상세한 내용을 읽는 것은 남자들과 그들의 축 늘어진 음경에 관한 글을 읽는 것과는 비교할 수 없을 만큼 심각한 침해처럼 느껴진다. 어떤 아이들의 파일은 수많은 자료들과 함께 여러 개의 폴더에 들어 있다. 재판심리 기록, 사회복지사의 진술, 학대의 서면 증거들.

그러던 어느 날 나는 두툼한 파일 열 개를 고무 밴드로 묶어놓은 한 소녀의 서류를 발견한다. 빛바랜 자주색 색종이와 어린이용 색칠 공부 책 낱장들이 파일 밖으로 비죽이 튀어나와 있다. 그중 한 장은 아이가 직접 그린 가계도인 것 같고, 또 한 장에는 아이가 가족에게 원하는 것이 적혀 있다. 원하는 것. 엄마와 아빠, 강아지, 그리고 아기 남동생. 종이 맨 아래에는 커다란 글씨로 위선적인 사람들은 절대 싫어요, 라고 적혀 있다.

그 그림 밑에는 깨끗한 흰 종이에 손으로 쓴 편지가 있다. 작고 여성적인 성인의 필체다. 나는 그 글을 읽어보지 않을 수가 없다. 앞뒤로 세 쪽에 달하는, 소녀의 어머니가 쓴 사과문이다. 여전히 그녀의 삶에 남아 있거나 남아 있지 않은 여러 남자들의 이름이 나오고, 내 시야에서는—나는 캐비닛 앞에 선 채 파일을 살짝 펼쳐서 읽고 있다. 이렇게 열심히 읽는 모습을 들켜선 안 되기 때문이다—페이지의 반밖에 보이지 않는다.

네가 학대를 당하고 있다는 걸 알았다면, 아이의 어머니는 그렇게 썼다. 더구나 성적으로 학대당하고 있다는 걸 알았다면, 난 절대로 널…… 나머지 문장은 내 시야 밖에 있다. 편지의 마지막 장에는 어머니의 서명이 있다. 바다 같은 사랑으로, 엄마가. 그리고 바다 같은 사랑으로 밑에 소녀의 우는 얼굴이 그려져 있다. 소녀의 눈물이 웅덩이를 이루고, 그 웅덩이와 바다라는 글자가 화살표로 연결되어 있다.

*

스트레인은 포틀랜드에 딱 한 번 찾아온다. 무슨 교사 연수에 참석하러 온 김에 들른 것이고 나는 너무 긴장해서 그에게 하룻밤을 자고 갈 건지 물어볼 수가 없다. 그가 도착하자 나는 작은 아파트를 구경시켜준다. 깨끗한 청소 상태, 닦아서 정리해놓은 접시들, 진공청소기를 돌린 바닥을 그가 칭찬해주길 간절히 바라면서. 그는 아파트가 아늑하다며 갈고리 발이 달린 욕조가 마음에 든다고 말한다. 거실 겸 침실로 쓰는 공간에서, 나는 침대에 관해 한심하면서도 얄팍한 말을 한다. "이 침대 유혹적이지 않아요?" 나는 거의 일 년 가까이 섹스하지 않았고, 누군가의 손길이, 시선이 간절하다. 원피스 속에는 맨살이고, 보드랍고 매끄럽고, 타이츠도 신지 않았다. 그가 눈치챌 만한 신호다. 내가 속옷을 입지 않고 있다는 걸 알아차리는 순간 그의 목 안쪽에서 나올 신음소리를 상상하며 며칠을 보냈다.

그는 우리가 지금 나가야 한다고 말한다. 올드포트의 해산물 레스토랑에 예약을 해두었다고. 그곳에서 그는 해산물 스튜, 랍스터 꼬리를 곁들인 링귀니, 화이트와인 한 병을 주문한다. 나로서는 지난번에 부모님을 만나러 간 뒤로 처음 하는 푸짐한 식사다. 입안으로 음식을 쑤셔넣는 동안 스트레인이 이마를 찌푸리며 나를 쳐다본다.

"일은 어때?" 그가 묻는다.

"거지같아요." 내가 말한다. "하지만 임시로 하는 일이니까."

"장기 계획은 뭔데?"

그 질문에 내가 어금니를 악문다. "대학원." 내가 짜증스럽게 말한다. "전에 얘기했잖아요."

"가을학기에 원서 냈니?" 그가 묻는다. "지금쯤 입학통지서가 올 텐데."

나는 고개를 젓고 손을 흔든다. "내년 가을에 하려고요. 좀 정리할 시간이 필요하고 등록금도 모아야 해요."

스트레인이 얼굴을 찌푸리며 와인을 한 모금 마신다. 내가 하는 말이 순 헛소리고, 나에게 계획 따윈 없다는 걸 그는 알고 있다.

"넌 이렇게 살 애가 아닌데." 그가 말한다. 나는 스트레인의 목소리에서 죄책감을 감지한다. 그는 나의 잠재력이 허비되는 게 자기 탓일까봐 걱정한다. 어쩌면 그게 사실일 수도 있지만, 죄책감을 느끼면 그는 나와 섹스하려 하지 않을 것이다.

"내가 어떤지 알잖아요. 나한텐 나만의 속도가 있어요." 나는 최대한 당찬 미소를 지어 보인다. 그의 문제가 아니고 나의 문제라고 안심시키기 위한 미소.

저녁식사 후, 그는 나를 집으로 데려다주지만, 내가 안으로 들어오라고 하자 그럴 수 없다고 말한다. 그 말이 내 몸 한가운데를 날카롭게 베어서 나의 내장이 조수석으로 쏟아지는 것만 같다. 내 머릿속은 온통 한 달 뒤면 내가 스물세 살이 되고 언젠가는 서른세 살, 마흔세 살이 된다는 생각, 그리고 그 나이가 된다는 건 죽음만큼이나 상상하기 힘들다는 생각뿐이다.

"이제 내가 너무 나이가 많아서 그래요?" 내가 묻는다.

처음엔 덫이라고 생각하고 그가 날 날카롭게 쳐다본다. 그러다가 나의 무방비한 표정을 본다.

"나 심각하다고요." 내가 말한다. 그는 오늘밤 들어 처음으로 나를 쳐다본다. 어쩌면 애틀랜티카의 아파트에서 보낸 그날, 헨리가 그에게 따졌던 일을 그가 나에게 따졌던 그날, 그가 어쩌면 나를 강간한 것일 수도 있는 그날 밤 이후 처음인지도. 나도 잘 모르겠다.

"버네사, 난 착하게 살려고 노력하고 있어." 그가 말한다.

"하지만 착할 필요 없어요, 나한테는."

"알아." 그가 말한다. "그게 문제야."

그리고 그 순간, 나는 결국엔 이렇게 끝날 예정이었다는 걸 깨닫는다. 나는 그가 늘 갈망해왔던, 차마 입에 담을 수 없는 일들을 허락했고, 나의 몸을 범죄의 현장으로 제공했다. 그는 한동안 그것을 탐닉했지만, 마음 깊은 곳에서, 그는 악당이 아니다. 그는 착하게 살고 싶다. 착하게 사는 가장 쉬운 방법은 당신을 악하게 만드는 대상을 잘라내는 것임을 나 역시 누구보다도 잘 안다.

나는 한 손을 문손잡이에 올려놓고, 곧 다시 볼 수 있느냐고 묻는다. 그는 너무도 다정하게 그렇다고 말하고, 나는 내가 상처받을까봐 그가 그렇게 말한 것임을 안다. 마치 내가 잊고 싶은 무언가의 증거라는 듯이, 그의 시선이 나를 피한다.

그를 보지 않고 몇 년이 흐른다. 아빠의 첫 심장 발작이 있었고, 엄마는 마침내 학위를 취득한다. 어느 여름날 오후 내가 집에 내려가 있는데, 마당을 가로지르던 베이브에게 동맥류가 온다. 베이브는 마치 총을 맞은 것처럼 쓰러지고 아빠와 내가 달려가 사람에게 하듯이, 베이브의 가슴을 누르고 주둥이에 숨을 불어넣지만, 베이브는 그렇게 죽는다. 몸이 싸늘해지고 여전히 호수 물에 발이 젖은 상태로. 나는 아동보호국을 떠나 사무 보조직을 전전하고, 내 일을, 무미건조한 사무실을, 종이 클립과 포스트잇과 베르베르 카펫*을 끔찍이 싫어한다. 그러던 어느 날 '직장에서 일할 때 자살 충동을 느낀다면'이라고 구글 검색창에 입력하는 나의 모습을 발견하는 순간, 정신이 번쩍 들면서 이런 식으로 목숨을 연명하다가는 결국 자살하게 되리란 걸 깨닫는다. 나는 고급 호텔의 프런트 데스크

---

* 북아프리카 베르베르족의 전통 방식으로 짠 카펫으로, 올이 고리 모양이다.

자리를 얻는다. 임금은 낮지만 형광등 불빛 아래서 일하는 동안 내면에서 끓어오르던 우울에서는 탈출한다.

절대 남자친구가 될 수 없는 남자들이 있다. 커튼을 젖히고 내가 얼마나 엉망인지—문자 그대로 그리고 은유적으로—보는 사람들이다. 방에서 화장실까지 옷 무더기와 쓰레기 틈으로 좁은 길이 나 있는 나의 아파트, 끝없이 마시는 술, 다음날 하나도 기억하지 못하는 섹스와 악몽들. "당신 완전 엉망이네." 그들은 말한다. 처음엔 웃음기어린 목소리로, 마치 이거 당분간 재미있겠군, 하는 식으로 말하지만, 내가 이야기를 웅얼거리기 시작하면—선생님, 섹스, 열다섯 살, 하지만 그때가 좋았다고, 그립다고—그들과는 끝이다. "당신 문제가 심각해." 문을 나설 때 그들이 말한다.

나는 입을 닥치고 있는 편이 쉽다는 것을, 그저 그들이 그들 자신을 비우는 용기容器가 되는 편이 쉽다는 것을 깨닫는다. 나는 데이트 앱을 통해 이십대 후반의 남자를 만난다. 그는 카디건과 코듀로이 바지를 입고, 머리가 벗어져가고, 셔츠 네크라인 위로 수북한 가슴털이 보이는 것이 꼭 스트레인 같다. 첫 데이트에서 나는 다리를 떨고 냅킨을 갈기갈기 찢는다. 음료를 절반 정도밖에 안 마셨을 때 내가 묻는다. "우리 헛소리는 집어치우고 그냥 가서 섹스나 하면 안 돼요?" 마시던 맥주가 목에 걸린 그가 마치 정신병자 보듯 날 쳐다보지만, 좋다고, 원하는 게 그거라면 그러자고 말한다.

두번째 데이트에서 우리는 소아성애자인 신부들이 나오는 영화를 본다. 두 시간 동안 그는 내 손이 축축해지는 것을 알아차리지 못한다. 내 목에서 새어나가는 작은 흐느낌도. 평상시에 나는 현기증을 일으킬 만한 무언가가 영화에 나오는지 미리 조사를 하는데,

이 영화만큼은 미처 준비를 못했다. 나중에 콩그레스 스트리트를 지나 나의 아파트로 걸어가는데, 남자가 말한다. "그런 남자들은 상대를 기가 막히게 고른다는 거 알아요? 진정한 포식자죠. 무리를 쫙 훑어보고 약한 자를 고르는 거예요."

그가 그 말을 하는 순간, 나 자신이 등장하는 장면이 눈앞에 펼쳐진다. 열다섯 살 거친 눈빛의 나, 부모와 떨어져 겁에 질린 채로 설원을 뛰어가는 나를 스트레인이 뒤쫓아오다가 걸음을 늦추지도 않고 두 팔로 낚아챈다. 귓속에서 바다가 포효하면서 영화에 대한 남자의 나머지 의견들을 차단한다. 그리고 나는 생각한다, 어쩌면 그게 다였는지도 몰라. 나는 누가 보아도 쉬운 표적이었다. 스트레인은 내가 특별해서 날 선택한 게 아니었다. 그는 굶주렸고 내가 쉬웠기 때문에 날 선택했다. 아파트로 돌아와 그와 섹스하면서, 나는 오랫동안 경험하지 않았던 방식으로 나 자신을 이탈한다. 그와 나의 몸이 침실에 있는 동안 나의 마음은 아파트를 서성이고, 소파에 웅크려 앉고, 텅 빈 텔레비전을 본다.

나는 남자의 문자에 답장하지 않고, 그 뒤로 다시는 그를 만나지 않는다. 나는 그가 틀렸다고 스스로에게 말한다. 열다섯 살 때 나는 약하지 않았다고. 나는 똑똑했다고. 나는 강했다고.

그 사건이 일어난 건 내가 스물다섯 살 때다. 검은 정장에 검은 단화를 신고 출근하려고 콩그레스 스트리트를 가로지르는데, 미술관 앞에 그가 서 있다. 주로 여학생들인 열두어 명의 십대 학생들과 함께. 나는 옆구리에 가방을 꽉 움켜쥐고, 멀리서 그를 바라본다. 그가 학생들을 미술관으로 안내하며―아마 현장학습인 모양이고, 앤드루 와이어스의 전시를 보러 왔는지도 모른다—학생들이 차례로 안으로 들어가도록 문을 잡아준다.

안으로 들어가기 직전, 그가 어깨 너머를 흘긋 쳐다보고, 오래되어 색이 바랜, 초라한 유니폼을 입고 있는 나를 본다. 오랜 세월 동안 나는 오직 그가 나를 보아주기만을 원했다. 그러나 지금은 내 얼굴이, 가느다란 주름과 나이의 흔적이 너무 창피해서 한 걸음도 더 다가갈 수 없다.

그의 등뒤로 미술관 문이 닫히고, 나는 출근해서 안내 데스크에 앉아 밝은 머리카락의 소녀들을 따라 이 방 저 방 다니는 그의 모습을 상상한다. 상상 속에서 나는 그가 내 시야에서 벗어나지 않도록 그를 쫓아다닌다. 아마도 나는 남은 삶을 이러면서 살 것이다. 그를, 그리고 그가 나에게 준 것들을 쫓아다니면서. 이건 내 잘못이다. 지금쯤이면 이 일을 극복했어야 옳다. 그는 영원히 날 사랑하겠다고 약속한 적이 없다.

다음날 밤 그가 전화를 한다. 늦은 시간이고 나는 퇴근하고 집으로 걸어가는 길이다. 불이 켜진 창문은 술집과 조각 피자를 파는 가게들뿐이다. 화면에 그의 이름이 뜨는 것을 보는 순간 무릎이 휘청거린다. 전화를 받으면서 나는 건물 벽에 기댈 수밖에 없다.

그의 목소리가 내 목을 움켜쥔다. "내가 오늘 본 사람이 네가 맞니?" 그가 묻는다. "아니면 유령이었나?"

그때부터 그는 매주 전화하기 시작하고, 매번 밤늦게 한다. 우리는 내가 지금 어떤 사람인지에 대해—호텔 일, 끝없는 남자들의 행렬, 나에 대한 실망으로 입술을 비죽거리는 엄마, 아빠의 당뇨와 심장병—조금 얘기를 나누지만, 주로 예전에 내가 어땠는지에 대해 얘기한다. 우리는 교실 뒤편의 작은 사무실에서, 그의 집에서, 오래된 벌목용 도로 옆에 주차한 스테이션왜건에서의 장면들을 함께 기억하고, 내가 그의 몸 위로 올라갔을 때 굽이치던 야생 블루베리 밭, 열린 창문으로 들려오던 박새 울음소리와 양봉장의 윙윙거리는 소리를 함께 기억한다. 우리의 세세한 기억들이 한데 모인다. 그와 나는 그 순간을 생생하게, 너무도 생생하게 재생한다.

"내가 이런 기억들을 떠올리는 걸 용납하지 않았던 데는 이유가 있어." 그가 말한다. "다시 자제력을 잃을 순 없으니까."

나는 교실 책상 뒤에 앉아 있는 그의 모습을 본다. 그의 시선이 세미나 테이블에 앉아 있는 여학생들을 훑는다. 한 여자애가 고개를 들고 자신을 바라보는 그를 본다. 그리고 미소를 짓는다.

"그럼 그만해요." 내가 말한다.

"아니." 그가 말한다. "그게 문제야. 그만할 수가 없어."

그가 내 기억을 떠올리는 것에서 벗어나 자기 반 학생들에 대해 얘기할 때면, 나도 그를 따라간다. 스트레인은 그애들이 손을 들 때 드러나는 팔뚝 아래 창백하고 볼록한 부분에 대해, 뒤로 묶은 머리에서 빠져나온 덩굴손 같은 머리카락에 대해, 그들이 소중하고 희귀한 존재라고 말할 때 목까지 번지는 홍조에 대해 얘기한다. 그는 견디기 힘들다고 말한다, 철철 흘러넘치는 그 아름다움이. 그는 아이들을 자기 책상으로 불러 무릎을 만진다고 말한다. "난 그애들이 너라고 상상해." 그가 말하고, 마치 종이 울린 것처럼, 그것을 신호로 오랫동안 묻어둔 갈망이 깨어나는 것처럼, 나의 입에 침이 고인다. 나는 엎드려서 다리 사이에 베개를 넣는다. 계속해요, 멈추지 말아요.

2017년

추수감사절 전주에 재닌의 기사가 나오지만 스트레인에 관한 내용은 아니다. 사건의 배경을 설명하는 앞부분의 한 단락에서 테일러와 그녀가 당한 온라인 폭력에 대해 언급하고 있긴 하지만, 나머지는 뉴햄프셔주의 어느 기숙학교에서 사십여 년간 여학생들을 성적으로 학대했다는 어느 교사 얘기다. 기사에는 여덟 명의 피해자가 실명으로 거론된다. 그들의 현재 사진과 학생 시절의 사진이 있고, 십대 시절 일기, 교사가 쓴 연애편지의 사본도 있다. 오랜 세월 동안 그는 학생들에게 똑같은 대사를, 똑같은 애칭을 사용했다. 넌 나를 이해하는 유일한 사람이란다, 아가. 해당 기숙학교의 이름이 기사 헤드라인에 나온다. 누구나 아는 명문 학교라 클릭을 유발하고도 남는다. 이 기사를 냉소적으로 보지 않기란, 결국 이 모든 게 클릭을 위한 것이라고 보지 않기란 쉽지 않다.

브로윅은 스트레인에 대한 혐의의 내부 조사 결과를 발표한다.

그들은 진실을 감추기 위한 것으로 보이는 불가사의한 언어를 사용한다. "성적인 측면에서 부적절한 행위가 있었을지언정, 조사결과 성적 학대 행위와 관련한 신뢰할 만한 증거는 발견하지 못했다." 그들은 학구적이면서도 학생들이 안전하게 성장할 수 있는 환경을 조성하기 위한 학교측의 노력에 대해 반복적으로 언급하는 공식 성명을 발표한다. 교사들을 위한 성희롱 방지 교육을 자체적으로 재정비할 것이다. 걱정이 되는 학부모를 위해 전화번호를 알려드린다. 질문이 있으면 언제든 연락 주시라.

기사를 읽는 동안 나는 성희롱 방지 교육에 참석한 스트레인의 모습을, 그걸 다 듣고 앉아 있어야 한다는 것에 짜증이 난 그의 모습을 상상한다. 그 어떤 교육 내용도 그의 마음을 움직이지 못할 것이다. 과거에 나를 알았던 다른 교사들도 그와 함께 교육에 참석할 것이다. 나를 스트레인이 특별히 아끼는 제자라고 말했던 선생님도, 단서가 있었지만 그 단서가 정서적으로 불안정한 아이라는 증거로 이용될 때 항의하지 않았던 톰프슨 선생님과 안토노바 선생님도. 나는 그들이 교육을 받으며 동조의 의미로 고개를 끄덕이는 것을, 그렇다고, 이건 정말 너무나 중요한 일이라고, 우리가 아이들을 지켜야 한다고 말하는 것을 상상한다. 그러나 실제로 자신들이 변화를 일으킬 수 있는 상황을 마주했을 때, 그들은 과연 무얼 했던가? 역사 교사가 매년 제자들을 데리고 캠핑 여행을 간다는 얘길 들었을 때, 지도교사가 학생들을 자기 집으로 불러들일 때, 그들은 무얼 했던가? 전부 다 쇼처럼 느껴진다. 왜냐하면 나는 그 쇼가 어떻게 전개되는지, 사람들이 얼마나 쉽게 두 손을 들고, 종종 있는 일이잖아요, 혹은 그 사람이 설령 무슨 짓을 했더라도 그렇게 악랄한 짓일리는 없어요, 혹은 그걸 막기 위해 내가 무얼 할 수 있겠어요?라고 말하는지 보았기 때문이다. 우리가 그들을 위해 하는 변명들은 너무나 충격적이다. 그러나 우리가 스스로에게 하는 변명에 비하면, 그 변명들은 아무것도 아니다.

나는 루비에게, 이제 스트레인에 대한 애도가 끝나고 나 자신에 대한 애도가 시작된 기분이라고 말한다. 나 자신의 죽음에 대한 애도.

"버네사의 일부가 그와 함께 죽은 거예요." 루비가 말한다. "그건 자연스러운 일이에요."

"아뇨, 일부가 아니에요." 나는 말한다. "내 전부가 죽었어요. 나의 모든 게 그에게서 시작되었거든요. 독이 퍼진 부분을 잘라내면 아무것도 남지 않을 거예요."

스스로에 대해 그런 말을 하는 건 용납할 수 없다고, 더구나 그건 명백하게 진실이 아니라고 루비가 말한다. "내가 다섯 살의 버네사를 만났다고 해도," 루비가 말한다. "버네사는 그때도 이미 복잡한 사람이었을걸요. 다섯 살 때 기억해요?" 나는 고개를 젓는다. "여덟 살 때는요?" 그녀가 묻는다. "열 살?"

"스트레인을 만나기 이전의 나는 하나도 기억나지 않아요." 내가 웃으며 두 손으로 얼굴을 문지른다. "너무 우울하네요."

"그렇네요." 루비도 동의한다. "하지만 그렇다고 해서 그 시간을 잃어버린 건 아니에요. 단지 한동안 방치되었던 것뿐이죠. 버네사가 스스로 복구할 수 있어요."

"내면의 아이를 찾아보라고요? 맙소사. 차라리 절 죽여주세요."

"비웃으려면 비웃어요. 하지만 해볼 만한 일이에요. 다른 대안 있어요?"

나는 어깨를 으쓱한다. "빈껍데기처럼 비틀거리면서 그냥 살아가는 것? 정신을 잃을 때까지 술을 마시고, 포기하는 것?"

"물론 그럴 수도 있겠죠." 그녀가 말한다. "그럴 수도 있겠지만, 난 버네사가 그렇게 끝날 거라고는 생각하지 않아요."

추수감사절에 집에 가보니 엄마가 귀 위로 머리를 짧게 잘랐다. "흉한 거 알아." 엄마가 말한다. "하지만 내가 예쁘게 보여야 할 사람이 누가 있니?" 엄마가 면도기로 밀어버린 목 뒤쪽을 만진다.

"흉하지 않아요." 내가 말한다. "보기 좋아요, 정말로."

엄마가 코웃음치며 손을 내젓는다. 엄마는 화장을 하지 않았고, 맨얼굴 위에서 주름은 감추어야 할 대상이라기보다는 얼굴의 일부처럼 보인다. 윗입술에도 밀지 않은 털이 그늘을 드리우고 있고, 이것 역시 엄마에게 어울린다. 엄마는 여태 한 번도 보지 못한 방식으로 편안해 보인다. 엄마의 모든 말은 긴 침묵 뒤에 나온다. 내가 유일하게 걱정하는 건 엄마의 야윈 몸이다. 엄마를 안으면 너무도 가냘프다.

"엄마, 식사는 제대로 해요?" 내가 묻는다.

엄마는 내 말을 듣지 못한 듯, 한 손을 여전히 목뒤에 댄 채 내 어깨 뒤쪽을 쳐다본다. 잠시 후 엄마가 냉장고를 열고 닭튀김이 들어 있는 파란 상자를 꺼낸다.

우리는 텔레비전 앞에서 닭튀김과 마트에서 산 두툼한 파이를 먹고 우유를 넣은 커피 브랜디를 마신다. 명절 영화도, 마음이 따뜻해지는 프로그램도 없다. 우리는 자연 다큐멘터리와 엄마가 문자에서 말했던 영국 요리 프로를 본다. 소파에 함께 누워 있을 때, 나는 엄마가 발을 내 몸 밑에 넣게 해주고, 엄마가 코를 골기 시작할 때도 깨우지 않는다.

집 안팎이 지옥으로 변했다. 엄마도 알고 있지만 더이상 사과하지 않는다. 방바닥 가장자리에 먼지가 뭉텅이로 쌓여 있고 욕실에는 넘쳐나는 빨래가 문을 가로막고 있다. 잔디는 죽어서 갈색이 되었지만 엄마가 이제는 여름에 잔디를 깎지 않는다는 걸 안다. 엄마는 그걸 "초원으로 돌아갔다"고 표현한다. 엄마는 그게 벌들에게 좋다고 한다.

내가 포틀랜드로 돌아가는 날 아침, 우리는 주방에 서서 커피를 마시고 베이킹 팬에서 바로 꺼낸 블루베리 파이를 먹는다. 엄마가 어느 틈에 내리기 시작한 눈 사이로 창밖을 내다본다. 자동차 위에 벌써 눈이 얇게 쌓였다.

"하룻밤 더 자고 가지." 엄마가 말한다. "오늘 쉬겠다고 직장에 연락해. 도로가 너무 엉망이라고."

"스노타이어 있어요. 괜찮을 거예요."

"마지막으로 오일 교환한 게 언제니?"

"차는 괜찮아요."

"그런 거 항상 신경써야 해."

"엄마."

엄마가 두 손을 든다. 알았다, 알았어. 나는 파이에서 크러스트를 조금 떼어 부스러뜨린다.

"개 한 마리 키울까봐요."

"너희 집엔 뜰이 없잖아."

"산책시키면 돼요."

"네 아파트는 너무 좁아."

"개한테 방이 따로 있어야 하는 건 아니에요."

엄마가 파이를 한 입 먹고 포크를 입술 사이에서 꺼낸다. "꼭 네 아빠 같구나." 엄마가 말한다. "네 아빠도 개털을 뒤집어써야만 행복했지."

우리는 눈을 바라본다.

"요즘 엄마가 생각이 많아." 엄마가 말한다.

나는 창문에서 시선을 거두지 않는다. "무슨 생각이요?"

"그냥 뭐." 엄마가 한숨을 내쉰다. "후회스러운 일들."

나는 그 말이 허공을 떠돌도록 내버려둔다. 포크를 싱크대에 넣고 입을 닦는다. "짐 챙겨야겠어요."

"나도 그 얘기 줄곧 관심 갖고 봤어." 엄마가 말한다. "그 남자 얘기."

몸이 떨리기 시작하지만, 나의 뇌는 처음으로 자리를 지킨다. 숫자를 세고 호흡에 집중하라는 루비의 말이 들린다. 숨을 길게 들이마시고, 길게 내쉬고.

"네가 그 얘기 싫어하는 거 알아." 엄마가 말한다.

"엄마도 별로 좋아하진 않았잖아요." 내가 말한다.

엄마가 팬에 남아 있는 허물어진 파이를 포크로 찌른다. "그랬지." 엄마가 나지막이 말한다. "엄마가 더 잘 대처했어야 했다는 거 알아. 네가 엄마한테 터놓고 얘기할 수 있게 했어야 했어."

"이런 얘기 할 필요 없어요." 내가 말한다. "정말 괜찮아요."

"이 말만은 하게 해줘." 엄마가 눈을 감고, 생각을 가다듬는다. 그리고 심호흡한다. "난 그 사람이 고통받았기를 바라."

"엄마."

"너한테 한 짓 때문에 지옥에서 썩고 있으면 좋겠어."

"그 사람 다른 아이들한테도 상처를 줬어요."

엄마가 눈을 번쩍 뜬다. "다른 애들한테 한 짓은 상관 안 해." 엄마가 말한다. "엄만 너만 생각해. 그 사람이 너한테 한 짓만."

나는 고개를 떨구고 양볼을 오목하게 빨아들인다. 그가 나한테 한 짓이라니, 그게 엄마한테 어떤 의미일까? 엄마가 알 리 없는 것들이 너무나 많다. 그 관계가 얼마나 오래 지속되었는지, 내가 어디까지 거짓말했는지, 내가 어떤 식으로 그를 용납했는지. 그러나 엄마가 알고 있는 작은 부분—브로윅의 교장실에 앉아서 스트레인이 나를 정서적으로 불안정한 아이라고 부르는 걸 들은 일과 그와 내가 사귄다는 증거였던 사진이 바닥에 떨어지는 걸 본 일—만으로도 평생 죄책감을 느끼기에 충분하다. 우리의 역할이 뒤바뀌고, 나는 평생 처음으로, 엄마에게 이제 그만 잊으라고 말하고 싶다.

"네 아빠와 난 가끔 그 학교가 너한테 한 짓에 대해 얘기하곤 했어." 엄마가 말을 잇는다. "너한테 그런 짓을 하도록 용납했던 것, 네 아빠와 나한텐 그것보다 더 후회되는 일이 없었어."

"엄마 아빠가 용납했던 게 아니에요." 내가 말한다. "엄마 아빠가 할 수 있는 일은 없었어요."

"엄만 네가 끔찍한 일들을 겪게 하고 싶지 않았어. 네가 집으로 돌아오기만 하면, 그 일은 다 끝날 줄 알았어. 정말 그렇게 될 줄은……"

"엄마, 제발요."

"그때 그 사람을 응당 감옥에 보냈어야 했어."

"하지만 내가 그러길 원치 않았어요."

"가끔은 그때 엄마가 널 지켰다는 생각이 들어. 경찰, 변호사, 재판으로부터. 난 그 사람들이 널 찢어발기는 걸 원치 않았거든. 하지만 어떨 땐 그냥 내가 두려웠던 게 아닌가 싶어." 엄마의 목소리가 갈라진다. 엄마가 한 손을 입으로 가져간다.

나는 젖지도 않은 뺨을 닦는 엄마를 지켜본다. 엄마는 눈물 흘리는 걸 스스로 용납하지 않기에, 사실 울고 있지 않다. 엄마가 진짜 우는 모습을 내가 본 적이 있던가?

"네가 날 용서했으면 좋겠다." 엄마가 말한다.

마음 한편으로는 웃고 싶다. 엄마를 끌어안고 싶다. 용서하다니요, 뭘요? 엄마, 날 봐요. 다 끝났어요. 괜찮다고요. 자책하는 엄마의 모습을 보고 있자니 루비가 떠오른다. 내가 스스로에 대한 비난 속에 숨을 때 그 얘기를 들으며 그녀가 느꼈을 좌절감. 얼마 후 루비는 똑같은 말을 되풀이하는 것을 멈춘다. 어느 순간부터 그 말들이 의미가 없다는 걸 알아서이고, 나에게 필요한 것은 면죄부가 아니라 증인 앞에서 잘못을 시인하는 것임을 알았기 때문이다. 그래서 엄마가 용서해달라고 했을 때 나는 말한다. "용서해요, 당연히." 나는 엄마가 막을 수 없는 일이었다고, 엄마 잘못이 아니고 그렇게 스스로를 책망할 필요 없다고 말하지 않는다. 나는 그 말들을 삼킨다. 어쩌면 내 마음 깊은 곳 어딘가에서, 그 말들은 뿌리를 내리고 자랄 것이다.

눈이 계속 내린다. 나는 최선을 다해 차를 끌어내고 자갈길을 달리지만, 막상 언덕을 올라가 고속도로로 들어서려는 순간 차가 헛바퀴만 돈다. 나는 차를 돌려 집에서 하룻밤을 더 묵는다. 엄마와 텔레비전을 보는데, 동계올림픽 광고가 나온다. 프리스타일스키 선수가 흩뿌리는 눈, 아이스 트랙을 달리는 반짝이는 봅슬레이, 양 팔로 몸을 꼭 감싸고 눈을 질끈 감은 채 공중으로 날아오르는 피겨 스케이팅 선수.

"너 스케이트 타던 거 기억나니?" 엄마가 묻는다.

나는 생각해본다. 금이 간 흰 가죽, 한 시간을 날 위에서 중심을 잡으려 애쓰느라 욱신거리던 발목의 흐릿한 기억.

"한동안 넌 오로지 스케이트만 타고 싶어했어." 엄마가 말한다. "도무지 집으로 들어올 생각을 하질 않았는데, 나는 널 엄마 없이 혼자 호수에 두고 가고 싶지 않았어. 네가 물에 빠질까봐 너무 무서웠어. 그래서 네 아빠가 호스를 들고 나가서 마당을 물로 채웠잖아. 기억나니?"

어렴풋이 기억난다. 거친 얼음 위로 비집고 나온 나무뿌리 사이를 돌아다니며 점프를 시도할 용기를 끌어모으던 기억.

"넌 정말이지 겁이 없었어." 엄마가 말한다. "누구나 다 자기 애가 그렇다고 하지만, 넌 정말 그랬어."

우리는 링크 위에서 미끄러지는 스케이트 선수를 본다. 그녀는 스케이트 날 끝을 딛고 돌다가, 갑자기 두 팔을 앞으로 뻗고 뒤로 움직인다. 묶은 머리채가 얼굴을 때린다. 또 한번 방향을 틀고 이번에는 한 다리로 서서 빠르게 스핀 동작을 시작한다. 두 팔을 머리 위로 뻗고 회전이 빨라질수록 그녀의 키가 점점 더 커지는 것 같다.

아침이 되자 하늘이 파랗고 눈이 너무도 희어서 눈이 아리다. 우리는 고양이 모래와 돌소금을 도로에 뿌린다. 타이어가 미끄러지지 않고 굴러간다. 언덕 위에 다다르자 나는 차를 세우고, 모래와 소금 봉지를 실은 수레를 끌며 천천히 집으로 걷는 엄마를 본다.

*

개 사육장 사이의 통로를 지날 때, 암모니아 냄새가 코를 찌른다. 콘크리트 바닥은 수술복 같은 초록색과 회색으로 칠해져 있다. 개 한 마리가 짖기 시작하니 다른 개들도 따라 짖기 시작하고 여러 마리가 짖는 소리가 벽돌에 부딪혀 울려퍼진다. 어렸을 때, 아빠와 나는 개가 짖으면 그건 전부 나는 개야! 나는 개야! 나는 개야!라는 뜻이라고 농담한 적이 있다. 그러나 여기 있는 개들은 절박하고 겁에 질려 있다. 그들이 짖는 소리는 제발 제발 제발처럼 들린다.

나는 납작한 머리에 밝은 회색 털을 가진 잡종견 한 마리가 있는 사육장 앞에서 멈춘다. 사육장의 명패에는 핏불, 바이마라너, ???라고 적혀 있다. 내가 손바닥을 우리에 대자 녀석의 분홍빛 귀가 앞으로 구부러진다. 녀석이 내 손바닥을 한 번 냄새 맡고 두 번 핥는다. 조심스럽게 흔드는 꼬리.

녀석을 집으로 데리고 온 첫날밤, 돌리 파턴의 노래가 나오자 녀석이 머리를 뒤로 젖히고 따라 짖어서 이름을 졸린*이라고 짓는다.

---

*Jolene. 미국의 가수 돌리 파턴의 노래 제목.

아침이 되면 이를 닦기 전에 졸린을 산책시킨다. 나는 반도의 이 끝에서 저 끝까지, 이 바다에서 저 바다까지 걷는다. 횡단보도에서 기다릴 때면 졸린은 너무 좋아서 내 다리에 몸을 기대고 내 손을 핥는다. 졸린의 헐떡이는 숨이 차가운 공기 속에서 구름을 만든다.

우리가 시내 부두를 지나 커머셜 스트리트를 걷고 있는데 커피와 종이봉투를 들고 베이커리 문을 나서는 테일러의 모습이 보인다. 나의 희망사항이 아니라 실제 그녀임을 깨닫기까지 잠시 시간이 걸린다.

테일러는 먼저 졸린을 본다. 내 다리를 때리는 졸린의 꼬리를 보는 순간, 그녀의 얼굴이 환해진다. 그러다가 뒤늦게 나를 알아보고 테일러도 흠칫하며 내 얼굴을 다시 살핀다. 그녀 역시 이게 착시가 아니라는 걸 확인하듯이.

"버네사," 그녀가 말한다. "개를 키우는 줄은 몰랐네요." 졸린이 그녀에게 달려들어 얼굴을 핥는 동안 테일러는 무릎을 꿇고 커피를 머리 위로 든다.

"바로 얼마 전에 데려왔어요." 내가 말한다. "표현이 좀 과한 편이에요."

"아, 괜찮아요." 테일러가 웃는다. "나도 좀 그렇거든요." 테일러는 노래하는 듯한 말투로 "괜찮아, 괜찮아" 하고 반복해서 말한다. 졸린은 허리를 동그랗게 구부리고 온몸을 바둥거린다. 테일러가 나를 보고 미소를 지으며 작고 가지런한 치아를 드러낸다. 테일러의 송곳니는 마치 개의 것처럼 뾰족하다. 내 송곳니가 그렇듯이.

"내가 실망시켰다는 거 알아요." 내가 말한다.

우연한 만남이라 그 말을 하게 된다, 예기치 않은 곳에서 아무런 준비 없이 그녀를 내 앞에 마주하니. 테일러는 얼굴을 찌푸리지만 나를 올려다보진 않는다. 여전히 시선을 졸린에게 고정하고, 졸린의 귀 뒤를 긁어준다. 잠시 동안 나는 테일러가 내 말을 무시할지, 내 말을 못 들은 척할지 궁금하다.

"아뇨," 그녀가 말한다. "당신은 날 실망시키지 않았어요. 설령 그랬다고 해도, 나 역시 그런걸요. 그가 다른 아이들에게도 상처를 주었다는 걸 알았는데도 나 역시 행동을 취하기까지 오랜 시간이 걸렸어요." 테일러가 고개를 들고 나를 쳐다본다. 파란 호수 같은 두 눈으로. "우리가 뭘 어쩔 수 있었겠어요? 우린 그저 어린 여자애들이었는데."

그 말이 무슨 뜻인지 안다. 우리의 무력함은 우리의 선택이 아니라, 세상이 우리에게 강요한 것이다. 누가 우리를 믿었겠는가? 누가 우리에게 관심을 가졌겠는가?

"기사 봤어요." 내가 말한다. "기사가 좀……"

"실망스럽죠?" 테일러가 몸을 일으키고 가방을 바로 멘다. "버네사의 생각은 다를 수도 있겠지만요."

"그 기사에 공을 많이 들였다는 거 알아요."

"글쎄요. 그렇게 하면 마침내 내가 이 일을 정리할 수 있을 거라고 생각했는데, 지금은 전보다 더 화가 나 있어요." 그녀가 코를 찡긋거리며 커피 용기의 뚜껑을 만지작거린다. "솔직히 말하면 그 여자 좀 교활했어요. 진작 알아봤어야 했는데."

"그 기자요?"

테일러가 고개를 끄덕인다. "진심으로 이 문제에 관심이 있었던 것 같지 않아요. 그저 시류에 편승하고 이름을 알리고 싶었겠죠.

그런 측면이 있다는 건 알았지만, 적어도 내가 정신적으로 힘을 얻을 거라고 생각했어요. 그런데 일이 이렇게 되고 보니, 또다시 이용당한 기분이 드네요." 그녀가 코웃음치며 졸린의 귀 뒤를 긁는다. "심리 치료를 받아볼까 생각중이에요. 전에도 받아본 적 있는데 별로 도움이 안 되긴 했지만 뭐라도 해야 할 것 같아요."

"난 도움을 받았어요." 내가 말한다. "하지만 그걸로 다 해결되진 않더라고요. 그래서 강아지를 들였죠."

테일러가 졸린을 바라보며 웃는다. "이 방법 나도 시도해볼까 봐요."

테일러는 가냘파 보인다. 전에는 미처 알아차리지 못했다. 우리가 커피숍에 있을 때도, 온라인에 그녀가 올린 그 어떤 글에서도. 이제서야 나는 너무도 자명한 사실을 깨닫는다. 그녀는 길을 잃었고 그 모든 것을 이해할 방법을 찾고 있었다—스트레인, 그녀 자신, 스트레인이 한 일들, 그리고 너무도 사소해 보이는 이 일이 그녀에게 그토록 큰 의미가 있는 이유. 나는 여전히 테일러의 머릿속에 남아 있을 스트레인의 질문을 듣는다, 짜증스럽고 뉘우치는 기색 없이 묻는 질문을. 대체 언제쯤이면 이 일을 잊을 거야? 난 그저 네 다리를 조금 만진 것뿐인데.

테일러가 나를 돌아본다. "그래도 우린 노력하고 있잖아요, 안 그래요?"

문득 나는 지금 이 순간 팔을 벌려 그녀를 안아야 할 것 같은, 그녀를 나의 자매로 받아들여야 할 것 같은 기분이 든다. 만약 우리의 이야기가 좀더 비슷했다면, 그리고 내가 조금 더 다정했다면, 그런 일이 일어날 수도 있었을 것이다. 물론 같은 남자가 만졌다는 이유만으로 두 여자가 서로를 사랑하게 되는 게 좀 기이하긴 하지만 말이다. 언젠가는 그가 우리에게 한 짓 이외의 다른 무언가로 우리가 정의되는 날이 반드시 올 것이다.

돌아서기 전에 테일러는 졸린의 귀 뒤를 한번 더 긁어주고 나에게는 민망한 듯 살짝 손을 흔든다.

나는 그녀가 멀어지는 것을 본다. 소문이 아닌 한 사람의 인간, 한때 소녀였던 여자가. 나 역시 실제로 존재하는 사람이다. 그 사실을 이렇게 선명하게 느꼈던 적이 있었던가? 이것은 너무도 작은 깨달음이다. 졸린이 줄을 당기고, 나는 처음으로 그의 사람이 되지 않는 것이, 그가 되지 않는 것이 어떤 기분일지 상상할 수 있다. 어쩌면 잘해나갈 수 있을 것 같은 기분.

얼굴에 내리쬐는 햇살과 내 곁에 있는 개 한 마리, 이 정도면 잘해나가기에 충분할 정도로 가졌다.

여기서부터 시작하는 것 말고는 달리 방법이 없다. 내 손에 쥐고 있는 줄의 부드러운 압력과 금속이 짤랑거리는 소리와 벽돌 바닥에 발톱이 딸각거리는 소리와 함께. 진짜 달라졌다고 느끼기까지 시간이 걸릴 거라고, 그의 시선을 걷어낸 나만의 시선으로 더 넓은 세상을 볼 기회를 스스로에게 주어야 할 거라고 루비는 말한다. 나는 이미 달라지기 시작한 기분이다. 그 기분에는 선명함이, 가벼움이 있다.

졸린과 나는 비수기라 텅 비어 있는 바닷가에 다다르고, 졸린이 모래에 코를 갖다댄다.

"바다에 와본 적 있니?" 내가 묻자 졸린이 귀를 쫑긋 세우고 나를 쳐다본다.

나는 줄을 풀어준다. 졸린은 처음에는 깨닫지도, 이해하지도 못하지만 내가 녀석의 엉덩이를 두드리며 "자, 뛰어봐"라고 말하자 모래사장을 가로지르고, 바다로 뛰어가서 앞발을 첨벙거리며 파도에 대고 짖는다. 아직 자기 이름을 몰라서 불러도 못 알아듣지만, 바닥에 앉아 있는 나를 보고 달려와 혀를 내밀고 눈을 번득인다. 그러더니 행복에 겨운 작은 신음소리를 내며 내 발치에 눕는다.

여린 겨울 하늘 아래, 우리는 집으로 걸어간다. 아파트로 돌아오자 졸린이 방마다, 구석마다 살펴본다. 졸린은 여전히 이 자유와 공간에 적응하는 중이다. 내가 소파에 눕자 졸린이 내 다리 옆의 빈 공간을 쳐다본다. "와도 돼." 내가 말하자 졸린이 펄쩍 뛰어올라 작고 동그랗게 몸을 웅크리고 한숨을 쉰다.

"그 사람은 널 만나지 못할 거야." 나는 말한다. 그것은 엄연한 사실이고, 그 속에는 슬픔과 기쁨이 있다. 졸린이 눈을 뜨고 고개를 들지 않은 채로 나를 쳐다본다. 졸린은 끊임없이 내 얼굴과 목소리를 흡수하고 나의 모든 것을 알아차린다. 내가 졸기 시작하자, 졸린의 꼬리가 소파 쿠션을 때린다. 마치 북소리처럼, 마치 심장박동처럼, 땅에 발을 딛는 박자처럼. 넌 여기 있어, 졸린이 말한다. 넌 여기 있어. 넌 여기 있어.

가장 먼저 나의 에이전트 힐러리 제이컵슨과 나의 편집자 제시카 윌리엄스에게 감사한다. 이 놀라운 두 여성이 보내준 소설에 대한 지지와 사랑이 나는 여전히 놀랍다.

이 소설이 세상에 나올 수 있도록 애써준 윌리엄모로/하퍼콜린스의 모든 분들, 포스 이스테이트/하퍼 콜린스 UK의 애나 켈리와 모든 분들, 커티스 브라운 UK의 캐롤리나 서턴, 소피 베이커, 조디 패브리에게 감사한다.

스티븐 킹에게 감사한다. 그는 나의 아버지가 "스티브, 내 딸이 쓴 글 좀 읽어주시겠소?"라고 물었을 때 흔쾌히 수락해주었다.

로라 모리아티에게도 감사한다. 그는 나의 원고를 반복해서 읽어주었고, 그의 관대함과 격려 덕분에 제멋대로 뻗어나간 모호한 나의 이야기가 소설로 변신할 수 있었다.

나에게 공부하고 글을 쓸 기회를 제공해준 메인대학교 파밍턴 캠퍼스, 인디애나대학교, 캔자스대학교의 문예창작 프로그램에 감사한다. 그 과정에서 나와 친구가 되어 버네사의 초기 버전을 읽어주고 사랑해준 모든 친구들, 채드 앤더슨, 케이티 (바움) 오도널, 하모니 핸슨, 크리스 존슨, 그리고 애슐리 러터에게 진심으로 감사한다. 나의 학부 지도교수였던 퍼트리샤 오도널에게도 특별한 감사를 전한다. 그는 내가 2003년도에 쓴 어느 소녀와 교사의 이야기의 여백에 케이트, 이 글을 읽으면서 '진짜' 소설을 읽는 느낌을 받았어요, 라고 적었다. 그것이 내가 작가로서 처음 제대로 인정받은 순간이었고 그 피드백이 나의 삶을 바꾸었다.

소설 쓰는 건 포기하고 제대로 된 직업을 가지라고 말하지 않은 나의 부모님에게 감사드린다. 내가 출판 계약을 했다고 말했을 때, "난 단 한 순간도 의심하지 않았어"라고 말해준 아빠와 내가 어린 시절 책에 둘러싸여 자랄 수 있도록 집안을 온통 책으로 채워준 엄마에게 감사한다.

나를 정착시켜주고 내 삶을 구원해준 털룰라에게 감사한다.

오스틴에게 감사한다. 나는 지금 말문이 막힌 상태다. 왜냐하면 그토록 무지막지하게 나를 지지해준 좋은 사람에게 대체 무슨 말을 해야 할지 감이 안 잡히기 때문이다. "전부 다 고맙다"는 말이 내가 할 수 있는 최선의 표현이다.

나의 인터넷 친구들에게도 감사한다. 그들은 내가 십팔 년 넘게 『마이 다크 버네사』를 집필하는 동안, 나의 글을 가장 먼저 읽어주었고 나를 지지해주고 격려해주었다. 그들 중에는 여전히 내 삶에 남아 있는 이들도 있고 내 삶에서 멀어진 이들도 있지만, 쉽게 상처받고 쉽게 흔들렸던, 거친 사랑의 시간을 함께해준 그들 모두에게 감사한다. 여러분은 나의 가장 소중한 친구들이다.

뛰어난 시인이자 나의 자매나 다름없는, 내가 아는 최고의 작가 에바 델라 라나에게 특별한 감사를 전한다. 우리의 우정은 끊임없는 영감과 확신의 원천이었다. 우리는 십대 소녀 시절 만나서 우리만의 어두운 풍경들을 지나왔고 우리의 목소리, 재능, 심장을 온전하게 간직한 채 거기서 빠져나왔다. 에바, 그게 얼마나 멋진 일인지, 얼마나 희귀한 일인지 알고 있니?

마지막으로, 그동안 내가 만난 자칭 님펫들, 사랑의 외형을 띤 학대의 역사를 지니고 있고 자신을 돌로레스 헤이즈로 여기는 모든 롤리타들에게 감사한다. 이 책은 그 누구도 아닌 여러분을 위한 책이다.

작가에게 소설이 떠오르는 과정이 그 자체로 하나의 이야기이듯이, 나에게 번역할 작품이 찾아오는 과정도 매번 이야기가 된다. 『마이 다크 버네사』의 번역 의뢰를 받았을 때, 나는 주변에서 일어나는 수많은 인간관계의 미스터리를 '가스라이팅'이라는 마법의 단어로 풀고 있었다. 그 단어에 대한 집착으로 '가스라이팅'이라는 제목의 논픽션을 기획 번역했고, 그보다 앞서 두 여성의 심리적 지배를 다룬 『탄제린』이라는 소설을 번역했다. 그러나 심리적 지배를 다룬 소설에 대한 갈증은 여전히 남아 있었다.

어느덧 소설 번역을 세상을 이해하는 중요한 방편으로 삼게 된 나는 한 사람이 다른 사람에게 자신의 삶을 통째로 내어주고 통제와 지배를 허용하는 과정을 하나의 완벽한 이야기로 이해하고 싶었다.

지배하고 지배당하는 인간의 심리에 대해 나름 이론적으로 무장했다는 오만에 빠져 있을 때, 이 소설이 나를 무장해제했다. 소설을 번역하는 내내 나는 분노했고 또 좌절했다. 이미 여러 명의 버네사들을 현실에서 목도한 뒤였는데도.

논픽션이 우리가 살아가는 세상이 얼마나 위험한지 막연하게 경고한다면, 픽션은 현실에서 우리가 맞닥뜨리는 위험이라는 것이 얼마나 아름다운 모습으로 다가오는지 날카롭게 일깨운다. 이건 반드시 사랑 이야기여야 한다고, 버네사는 말한다. 너무 많이 이해하고 너무 많이 용서하고 너무 많이 감내했던 버네사에게, 이것은 사랑 이야기여야만 했다. 늘 타인을 이해하고 공감하라는 말을 들으며 자란 우리는 지나치게 이해하고 지나치게 감정이입하면서 그것을 사랑이자 미덕으로 착각하곤 한다.

그것은 사랑이 아니었다고, 버네사에게 말하는 것은 어쩌면 너무 잔인한 일일 것이다. 타인의 눈에 사랑으로 비춰지지 않는 사랑이 얼마나 많은지 또한 우리는 알고 있기에. 그러나 이해할 수 있어도 이해해서는 안 되는 일들도 분명히 존재한다. 감내할 수 있어도 감내해서는 안 되는 일들도 세상에는 있다. 인간은 타인의 삶은 지나치게 단순하게, 자신의 삶은 지나치게 복잡하게 설명한다. 때로는 타인의 시선으로 자신의 삶을 단순화하는 것도 필요하다. 자신의 믿음과 살아온 삶 전체를 부정해야 하는 상황에서 기억과 상처가 수정되지 않도록.

이들의 사랑 이야기가 왜 이토록 길어야 하는지 독자들은 이해할 것이다. 이것은 사랑 이야기가 아니기 때문이다. 이 소설은 사랑 이야기로 포장된 어느 소녀의 잔혹사다.

이 소설이 유독 아프게 읽히더라도, 『마이 다크 버네사』를 읽으며 당신 삶의 누군가를 떠올리게 되더라도, 당신이 거친 세상에서 홀로 살아가고 있다고 생각하진 말기를. 이것은 우리 모두가 살고 있는 세상이며 현실이다.

작가가 이 소설을 쓰기 시작한 그 순간부터 한국 독자들에게 도달하기까지 매 순간, 누군가는 용기를 내어야 했을 것이다. 용기를 낸 모든 이들에게 감사드린다.

그리고 무엇보다도, 이 소설을 나와 연결해준 문학동네 편집부 여러분께 감사드린다. 번역 과정에서 느꼈던 괴로움은 번역을 마친 순간, 놀라운 데뷔작으로 세상을 깜짝 놀라게 한 신예 작가에 대한 찬사로 가뿐히 잊혔다.

버네사는 삶의 매 순간 자신의 말과 글에 배신당했지만 작가는 버네사가 당한 배신을 멋지게 만회했다.

참 놀라운 일이다.

2022년 여름, 이진

옮긴이 **이진**

이화여자대학교에서 문헌정보학을 전공하고 광고대행사에서 근무하다가 현재 전문 번역가로 활동하고 있다. 『당신이 필요한 세계』『엘멧』『탄제린』『빛 혹은 그림자』『도그스타』『오늘은 다를 거야』『어디 갔어, 버나뎃』『저스트 원 이어』『저스트 원 데이』『우리에겐 새 이름이 필요해』『가스라이팅』『사립학교 아이들』『열세 번째 이야기』『잃어버린 것들의 책』『658, 우연히』『비행공포』『페러그린과 이상한 아이들의 집』『우린 괜찮아』『걸프렌드』 등 90권이 넘는 책을 옮겼다.

문학동네 세계문학

마이 다크 버네사

초판 인쇄 2022년 9월 6일 | 초판 발행 2022년 9월 16일

지은이 케이트 엘리자베스 러셀 | 옮긴이 이진
기획 이현자 | 책임편집 이봄이랑 | 편집 윤정민 황지연 이희연
디자인 김이정 이원경 | 저작권 박지영 형소진 이영은 김하림
마케팅 정민호 이숙재 박치우 한민아 이민경 안남영 김수현 정경주
브랜딩 함유지 함근아 김희숙 박민재 박진희 정승민
제작 강신은 김동욱 임현식 | 제작처 (주)상지사P&B

펴낸곳 (주)문학동네 | 펴낸이 김소영
출판등록 1993년 10월 22일 제2003-000045호
주소 10881 경기도 파주시 회동길 210
전자우편 editor@munhak.com | 대표전화 031) 955-8888 | 팩스 031) 955-8855
문의전화 031) 955-3578(마케팅) 031) 955-1929(편집)
문학동네카페 http://cafe.naver.com/mhdn
인스타그램 @munhakdongne | 트위터 @munhakdongne
북클럽문학동네 http://bookclubmunhak.com

ISBN 978-89-546-8802-4 03840

www.munhak.com